# 실크로드

**마인드큐브(Mindcube) :**
책은 지은이와 만든이와 읽는이가 함께 이루는 정신의 공간입니다.

# Silk 실크로드 Road

콜린 더브런 지음
황의방 옮김

Mindcube

# 차례

폴 베르뉴에게 바친다.

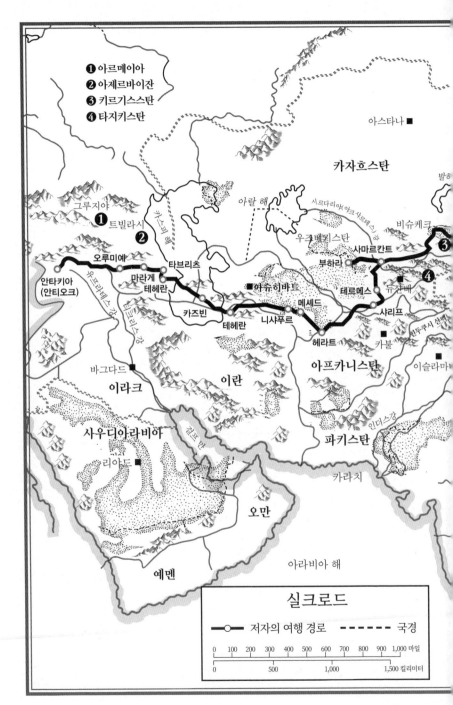

## 저자의 노트

이 책에 기록된 여행은 북아프가니스탄에서 벌어진 전투로 인해 중단되었다. 그 지연된 부분은 이듬해 같은 계절에 여행했다. 정치적 불안정 때문에 이 이야기에 묘사된 몇 사람의 신원은 밝힐 수 없어 가명을 사용했다.

# 1
## 새벽

새벽의 대지는 텅 비어 있다. 둑길이 호수를 가로지르고 있고, 그
한가운데 은색 화강암 다리가 놓여 있다. 그 너머로 사원이 희미한
자태를 드러내고 있다. 새벽빛은 순수하고 조용하게 대지에 내린
다. 도시의 소음은 사라졌고, 정적이 텅 빈 공간—인공 호수, 사원,
다리—을 마치 잊혔던 의식을 위한 형상들처럼 부각시키고 있다.

나는 세 부분으로 나뉘어 있는 계단을 올라 성소(聖所)로 향한다.
거무스레한 산들이 마치 빽빽이 들어찬 고목들처럼 보인다. 내 발
소리가 계단 위에서 작은 소리를 낸다. 계단의 새 돌과 오래된 나
무들이 내 마음 속에 부드러운 혼란을 일으킨다. 저 위 숲속 어딘
가 천년을 이어온 침엽수들 사이에 중국인들의 전설적 조상인 황
제(黃帝)의 무덤이 있다.

몇 사람의 순례자들이 사원 뜰에서 서성이고 있고, 장사꾼들이 노란 차양 밑에서 노란 장미를 팔고 있다. 사방은 고요하고 아직 어둠의 그림자가 짙다. 거대한 침엽수들이 사원 경내에까지 침입해 들어와 고목이 되어서 마치 회색 바위로 변해가는 것처럼 서 있다. 그중 하나는 황제가 몸소 심은 것이라고 한다. 또다른 나무는 2천 년 전에 이 사원을 지은 한나라 무제(武帝)가 참배에 앞서 자기 갑옷을 걸어놓았던 나무라고 한다.

순례자들이 서로 사진을 찍어준다. 장소가 그래서 그런지 자못 엄숙한 포즈들이다. 이곳에서 그들의 과거는 성스러워진다. 들리는 소리라고는 대숲을 지나는 바람 소리와 방문객들이 두런거리는 소리뿐이다. 이 사원에서 그들은 자신들의 유산, 세계에서 그들이 차지하고 있는 자랑스러운 자리에 대해 경의를 표한다. 황제가 문명을 창시했고 중국—그리고 지혜—을 존재하도록 한 사람이기 때문이다.

한 여자가 거대한 두 개의 발자국이 찍힌 바위를 살피고 있다. 호리호리한 몸매에 아직 소녀티가 나는 그녀가 나를 보고 반색을 한다. 외국인이 이곳을 찾는 건 아주 드문 일이기 때문이다. 그녀는 손가락으로 얼굴을 가리고 웃는다. 그리고는 미안해한다. 그 발자국은 황제의 것이라고 그녀가 말한다.

"설마요?"

"사실이에요. 그의 후궁 가운데 한 사람이 저 발자국을 이용해서 신발을 만들었대요. 황제는 신발을 발명한 분이지요."

우리는 초기의 황제들의 업적을 새긴 비석들이 있는 곳을 잠시 걸어서 뜰의 끝에 다다랐다. 그곳에 인류 문명의 창시자를 모신 신전이 있다. 제단에는 촛불과 향불이 피어오르고, 플라스틱 과일이 잔뜩 차려져 있다. 여자가 나를 똑바로 바라보며 황제가 글자와 음악, 수학을 발명했다고 말한다. 비단도 발견했단다. 역사가 그에게서 비롯되었다는 것이다. 사람들은 대대로 이곳을 찾아와 참배했다고 한다. "그리고 이제 당신도 이곳에 왔지요. 당신 나라 정부에서 보냈나요?" 그녀의 시선이 해진 나의 바지와 먼지가 뿌옇게 앉은 운동화로 향한다.

"교사신가요?"

"네."

나는 거짓으로 둘러댄다. 그렇게 대답해두는 게 편리할 것 같아서다. 역사에 취미가 있는 선생, 고향에 가족이 있는……. 이쯤 짐작하면 더 이상 질문을 던지지 않을 테니까.

"그래서 베이징어(北京語)를 하시는군요." 그녀가 말했다(사실 내 중국어 실력은 형편없다. 성조가 거의 없는 중국어다). "이제 어디로 갈 계획이시죠?"

나는 터키 쪽으로 간다고 할까 생각했다. 하지만 그건 너무 터무니없는 대답 같았다. 나는 이렇게 대답했다. "실크로드를 따라 북서쪽으로 카슈가르(喀什)까지 갈 겁니다." 그런데 이 대답 역시 이상하게 들린 모양이다. 그녀가 신경질적인 미소를 지었다. 그녀는 너무 깊이 파고들었다고 느꼈는지 입을 다물었다. 그러나 그녀가 입밖에 내지 않은 질문 '거긴 왜 가시죠?'가 그녀의 눈가에 서려 있었다. 이 '왜?'라는 질문을 중국에서는 여간해서는 하지 않는다. 남의 사적인 일에 지나치게 간섭하는 것이라고 생각하기 때문이다. 우리는 말없이 걸었다.

때로는 희망과 육감, 성급한 확신에서 여행이 시작된다. 손가락으로 지도를 짚어가면서 "그래, 여기 여기가 세상의 신경의 끝이지……" 하면서.

그곳에 가야 하는 백 가지 이유가 등장한다. 그곳의 인간들과 접촉하고 싶어서, 빈 지도를 인간으로 채우고 싶어서, 그곳이 바로 세상의 심장이니까, 변화무쌍한 신앙의 형태를 접하고 싶어서, 내가 아직 젊기 때문에, 그래서 흥분을 갈망하니까, 내 신발로 먼지에 자국을 내고 싶어서, 내가 늙었기 때문에, 그래서 더 늦기 전에 무언가를 더 이해하고 싶어서, 또 무슨 일이 일어나는지 보고 싶어서……:.

하지만 실크로드를 여행한다는 건 유령을 따라가는 것이다. 실크로드는 아시아의 심장부를 관통하지만, 그 길은 공식적으로는 이미 사라져버렸다. 분명치 않은 경계선, 지도에도 등재되지 않은 민족들 같은 그 희미한 흔적만이 남아 있을 뿐이다. 길은 여러 갈래로 갈라지고, 따라서 어디서건 헤매기 일쑤다. 길이 하나가 아니고 여러 개이기 때문이다. 그러니 그 여럿 가운데 하나를 선택해야 한다. 내가 가야 할 길은 1만 1,200킬로미터 이상 뻗어 있는 먼 길이고, 군데군데 위험이 도사리고 있기도 하다.

하지만 황제의 사당에서 그 여자의 시선은 북쪽으로 향했다. "그분은 저 산에 묻히셨어요." 그녀의 말이다. "그분이 하늘로 올라가실 때 사람들이 그분의 옷자락을 잡고 끌어내리려고 했다고 책에 씌어 있어요. 어떤 사람들은 그래서 그분의 옷만 거기 묻혀 있다고 말해요. 하지만 난 그 말은 사실이 아니라고 생각해요." 그녀가 부드럽게 밀했나. 그녀의 목소리는 설명할 수 없는 애조를 띠고 있었

16

다. "무덤은 아주 작아요. 후대의 황제들 무덤하고는 달라요. 그 시대에는 삶 자체가 더 소박했던 것 같아요."

우리는 사당의 처마 밑을 잠시 걸었다. 그때 갑자기 동력 드릴의 요란한 소리와 덤프트럭들의 우르릉거리는 소리로 정적이 깨지고 말았다.

"새 사당을 짓고 있어요." 그녀가 말했다. "기념식이나 회의를 하기에는 지금 이 사당은 너무 좁거든요. 새 사당은 5천 명을 수용할 수 있을 거래요."

나중에 나는 산비탈에서 새 사당이 들어설 자리를 내려다보았다. 화강암 산비탈에 솟은 듬직한 사당 건물을 상상해보았다. 이곳 황제릉은 현대의 시안(西安)에서 북쪽으로 160킬로미터밖에 떨어져 있지 않지만, 가난과 침식으로 잊혀진 땅이다. 누가 이곳을 보러 올 것인가?

하지만 이제 이곳은 국가적 성소로 부활하고 있다. 이미 옛 사당은 '국부(國父)'를 기리는 중국 정치인들의 글을 새긴 비석들로 채워져 있다. 1912년에 쑨원(孫文)이 쓴 글을 새긴 비석도 있고, 그보다 품격이 떨어져 보이는 장제스(蔣介石)의 글씨도, 황제를 봉건적이라고 비난한 마오쩌둥(毛澤東)의 글도, 덩샤오핑(鄧小平)과 미움을 받는 리펑(李鵬)의 글도 있다.

복원의 소음은 침엽수림 사이로 꾸불꾸불 난 길을 따라 올라가자 점점 작아졌다. 어딘가에서 나무를 쪼는 딱따구리 소리가 들리고, 사람들의 목소리도 희미하게 들려왔다. 여기저기 대나무 막대에 달린 노란 깃발이 길을 표시하고 있었다. 시간 속으로 깊이 빠져들어가는 느낌이다. 정상 가까이에서 길은 돌계단으로 바뀐다.

나무들 모양도 기괴해진다. 둥치가 엿가락 모양으로 뒤틀려 있거나 비틀린 회청색 나뭇결이 훤히 드러나 있다. 여기서부터는 고관대작, 심지어 황제(皇帝)라도 가마에서 내려 걸어서 묘로 다가가야한다.

음악에서 달력에 이르는 수많은 문명의 상징들을 발견한 황제가 이곳에 묻혀 있기 때문이다. 그는 기원전 2597년까지 백 년 동안 통치하다가 용을 타고 하늘로 올라갔다고 한다. 대지와 비단 축제를 처음 시작한 것도 그였다. 그 이후로 중국의 황제(皇帝)들은 쟁기로 땅을 가는 의식(儀式)으로 한 해를 시작했고 황후는 '누에의 귀부인'으로 일컬어지는 황제의 아내 누조(嫘祖)의 제단에 누에고치와 뽕잎을 바치는 의식을 거행했다.

전설에 따르면, 비단을 발견한 사람은 누조였다. 그녀는 정원에서 산책을 하다가 이상한 벌레가 뽕나무 잎을 갉아먹는 것을 보았다. 며칠 동안 그녀는 그 벌레가 황금색 그물을 짜는 것을 지켜보면서 그것이 어느 조상의 정령이라고 생각했다. 그후 그녀는 그 벌레가 고치 속으로 몸을 감추는 것을 보고 그것이 죽었다고 생각했다. 그러나 그 벌레는 나방이가 되어 다시 고치에서 나왔다. 신기하다고 생각하고 그 작은 찢어진 수의(壽衣)를 만지작거리던 황후는 실수로 그것을 자신의 찻잔 속에 빠뜨리고 말았다. 부드러워진 섬유를 찻잔 속에서 꺼낸 황후는 그 올을 풀기 시작했다. 그러자 놀랍게도 길고 반짝이는 명주실이 풀려나왔다. 얼마 후 그녀는 명주 짜는 법과 그 신비로운 벌레를 기르는 법을 가르치는 선생이 되었고 죽은 뒤에는 신격화되었다. 그녀는 하늘에 비단집 성좌인 전갈자리에 자리를 잡게 되었다.

마침내 옛 사람들이 차오 산(潮汕)이라고 불렀던 언덕 정상에 도착했다. 나무들 사이로 햇빛이 스며들고 향내가 피어오른다. 사람들은 기원전 8세기 때부터 이곳에 제물을 바쳤다. 한나라 무제는 이곳에 기도드리는 제단을 세웠는데, 이제 그 제단이 차츰 허물어져가고 있다. 참배자들이 놀라는 표정으로 아무 말 없이 나를 쳐다본다. 제단 옆의 시멘트 믹서기만한 크기의 가마솥은 선향(線香)으로 가득 차 있다. 공중에 매달린 통나무로 엄청나게 큰 종을 치게 되어 있다. 이 종소리가 숲을 뒤흔든다.

그 너머 침엽수에 뒤덮인, 칙칙한 벽으로 둘러싸인 황제의 봉분이 있다. 봉분은 거의 보이지 않을 정도다. 높이가 3.5미터 정도이고 풀이 우거진데다, 관목으로 덮여 있다. 다져진 흙길을 따라 무덤 주위를 돌 수 있게 되어 있다. 무덤 앞의 묘비에는 '차오 산의 용타는 이'라고 새겨져 있다. 하지만 정말 그가 어떻게 죽었으며 어떤 사람이었을까 하는 의심을 하게 된다. 일부 역사학자들은 용(龍)이 운석이 떨어진 사실을 상징한다고 보고 있다. 운석이 떨어져 일대에 큰 피해를 입혔고, 그 와중에 황제도 사라졌다고 보는 것이다. 운석의 파편들이 근처에서 확인되었다.

산의 가장자리를 산책하다 보면 의심은 더욱 깊어진다. 이 건조한 언덕은 고전 시대의 중국에 속한다기보다는 그 이전의 거친 세계에 속한다. 이곳은 산시 성(陝西省)이 몽골과 접하고 있는 곳이다. 이 통로를 따라 훈족, 터키족, 몽골족 등의 야만족들이 남쪽으로 내려와서 중국의 심장부인 황허(黃河) 유역의 도시들을 약탈했다. 어쩌면 황제 자신도 이런 야만족의 한 선구자였는지도 모른다. 아마 그는 서북지방으로부터 침입해오면서 그 통로에 있는 사람들을 통합한 족장이었을 지도 모른다. 흥미로운 일이다. 이 유목민들의 침입을 역사로 통합하기 위해서 기원전 11세기의 현자들이 그 정복자를 그들의 조상으로 꿰어맞춘 게 아닐까. 그의 피부색은 중국 내지(內地)의 황토 색으로 변했다. 중국의 내지는 북쪽의 사막에서 날아온 고운 먼지가 내려앉아 비옥한 들판을 만들고 있는 곳이다. 야만족의 땅의 관념적 색깔은 검은색 또는 붉은색이고, 흰색은 죽음의 색, 그리고 서양의 색이다. 바로 황색이 세계의 심장부의 색깔이다.

주위를 한 바퀴 돌아서 다시 봉분으로 돌아온 나는 혼란에 빠졌다. 갑자기 그 봉분이 황금시대의 유물이 아니라 한 유목민 추장의 보잘것없는 무덤으로 보였던 것이다. 중국의 국부(國父)는 중국인이 아니었던 것이다.

'누에의 귀부인' 역시 알려진 역사에서는 그 자취가 희미하다. 누에를 길러 비단을 만드는 기술은 그녀 이전에 이미 중국의 여러 강들 유역에 퍼져 있었다. 6천여 년 전인 신석기시대에 누군가가 상아 컵에 누에를 새겼고, 고고학자들은 사람의 손에 의해 부서진 누에고치를 발굴했다. 투르크메니스탄의 폐허가 된 도시에서는 기원전 3천 년대 후반에 만들어진 비단이 나왔고, 또 그밖의 원시 유적지들에서도 물레와 심지어 붉게 염색된 비단 리본이 나왔다.

기도를 올리는 제단 옆의 숲을 베어낸 빈터에서 한 사람이 나에게 돈을 달라고 손을 내밀었다. 향을 팔아달라는 것이었다. 하지만 나는 황제에게 경의를 표하는 다른 방법을 택했다. 나는 페인트칠이 되어 있는 통나무를 밀었다. 그 통나무는 내가 예상했던 것보다 무거웠지만, 더 빨리 움직였다. 매달려 있는 종에 통나무가 부딪치면서 종소리가 울려퍼졌다. 내가 통나무를 놓은 후에도 종소리는 계속되었다. 그 소리는 우울한 지식처럼 기도단 위로, 숲 위로, 무덤 위로 퍼져나갔다. 다른 순례자들이 몸을 돌려 나를 바라보았다. 그 종소리가 향이나 촛불보다 더 지극한 경의의 표시인 것 같았다.

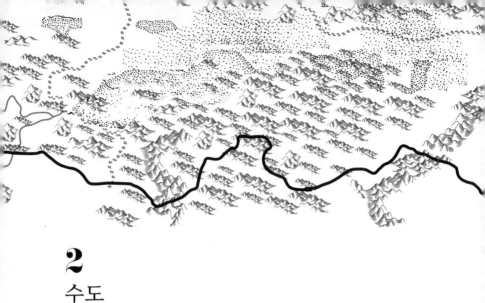

# 2
## 수도

신시가지 위로 해가 솟았다. 거리와 스카이라인 모두 시안은 엄청난 변화를 겪었다. 18년 전, 나는 황폐한 성도(省都)를 터벅터벅 걸었었다. 문화혁명의 피해를 면한 이 도시의 성벽 안에는 고작 얼마 안 되는 콘크리트 관공서 건물과 반쯤 비어 있는 국영 상점들 몇 곳이 있었을 뿐이었다. 석탄 가루와 가을의 진흙탕에서 나던 악취가 내 기억에 남아 있다. 녹슨 트럭들과 수많은 자전거의 행렬이 유령이 나올듯한 고풍스런 거리를 메우고 있었다. 보도의 색깔은 한결같이 갈색, 회색, 그리고 칙칙한 푸른색이었다. 18년 전의 이 도시는 굼뜬 역사와 운명적 인내의 장소처럼 보였었다.

그러나 지금은 활력으로 넘치고 있다. 내가 전에 보았던 당시의 모습은 거의 찾아볼 수 없다. 이 도시는 베이징처럼 웅장하게 변모하진 않았지만, 사람들로 붐비는 쇼핑센터와 식당들이 거리를 메웠고, 교외에는 첨단기술 업체들이 자리잡고 있다. 둘레가 15킬로미터 가까이 되는 성벽 안은 전에는 아무것도 없었지만, 이제는 활기찬 모습으로 변했다. 몇 킬로미터씩 늘어서서 교통체증을 일으키는 교통량을 깔때기처럼 빨아들이는 거대한 문들이 여기저기 있다. 자전거 전용로를 포함한 8차로 대로가 호텔과 고급 아파트 단지 사이를 이어주고 있고, 그 도로 위로 금방 공장에서 나온 자가용차들과 1만 대의 시트로엥 택시들이 왕래하고 있다.

도시의 중심에 있는 명나라 시대의 종루(鐘樓)가 마구 달리는 교통의 흐름 속에 갇힌 섬이 되었다. 가로대에 머리를 부딪히면서 종루의 2층으로 올라가보면, 맞은편에 있는 거대한 쇼핑몰이 컴퓨터로 작동되는 광고들을 소나기처럼 뿌려댄다. 맥도널드 가게가 번쩍이고, 새로 나온 모터스쿠터, CD 플레이어, 휴대전화를 선전하는 광고문들이 요란하다. 길은 네 방향으로 뚫려 있다. 각 가로의 끝에는 요새 같은 문들이 스모그 속에서 희미한 자태를 드러내고 있다. 그리고 그 문들 너머에는 교외의 고층빌딩들이 뛰쳐나오기를 기다리는 미래의 유령들처럼 하늘을 찌르고 있다.

미래는 오래 기다릴 필요도 없을 듯하다. 도시 전체가 건설의 소용돌이에 휩싸여 있다. 건축 현장에는 곧 완성될 건물의 거대한 컴퓨터 도형이 전시되어 있다. 그 그림을 들여다보면 지금과는 생판 다른, 마치 영화세트장 같은 모양이다. 내년에 이 도시를 다시 찾는다면 필경 전혀 다른 도시가 기다리고 있을 것이라고 이 그림들은 약속하고 있다. 중국이 원하는 모든 것, 시안은 바로 그것이 되어가고 있다.

이미 상점이나 그곳에 쌓인 물건들을 보면 세계의 유명 도시들
―파리, 뉴욕, 런던 등―을 옮겨다놓은 듯하다. 슈퍼마켓에는 5년
전만 해도 구할 수 없었던 물건들이 매대에 가득 쌓여 있다. 쌓여
있는 식품들을 보면 나이 든 사람들은 자기네들이 이상한 꿈을 꾸
고 있는 것이 아닌가 생각할 것 같다. 그뿐만이 아니다. 여기저기
서양의 명품들을 파는 가게들이 있다. 지방시, 아덴, 밸리, 기브스
앤드 호크스, 디오르, 로레알 등. 점원들은 본능적으로 그들의 역할
에 적응된 듯 무표정해 보인다. 반면에 아직 촌티를 벗지 못한 그들
의 고객들은 신기한 듯 에스컬레이터를 타고 오르락내리락 한다.

가끔 나는 눈을 반쯤 감고서 내 기억 속의 도시를 다시 상상하
려 했다. 하지만 나는 과연 그 도시가 존재했던가 하는 의심이 들
었다. 요새 같은 문루 밑으로 자동차들이 쉴새없이 달리고 있는 지
금, 그곳에 농부들이 좌판을 벌이고 있고 거리는 거의 비어 있던 그
때의 모습을 머릿속에 그린다는 건 쉬운 일이 아니었다. 옛날의 시
안은 이미 내 머릿속의 희미한 수묵화로 변해버렸다. 그 영상을 되
살리려고 안간힘을 써보았지만, 그것은 시간이 지날수록 점점 희
미해져갔다.

이제 내 주위에는 온통 새로운 세대가 움직이고 있었다. 그들의
발걸음은 더 신경질적이고 방향감각도 뚜렷하다. 작은 은색 휴대
전화가 모두의 귓가에서 반짝이고 있다. 내 기억으로는 그들의 부
모들의 표정은 방어적이거나 멍했고, 발걸음은 무거웠었다. 그러
나 이제 이 신세대는 아주 달라졌다. 더 변화하기 쉽고, 감정을 노
골적으로 드러내며, 안정성이 없다. 그중 몇은 서양에 있는 친구들
을 생각나게 했다. 남녀가 손을 잡고 걸으면서 심지어 키스를 하기

도 한다. 마오쩌둥 시대에는 꿈도 꿀 수 없던 일이다. 머리를 적갈색으로 물들인 여자들이 작은 개를 산책시키고 있었다. 어릿광대의 슬리퍼 비슷하게 생긴, 길고 끝이 뾰족한 구두와 심하게 표백한 진 바지가 유행하고 있었다.

그들이 서양식이라고 부르는 어떤 것이 허용되고 있었다. 나는 이방인처럼 그들의 서양풍을 멍하니 바라보았다. 하지만 개인주의의 폭발이 반드시 서양식은 아니라는 것을 나는 깨달았다. 서양식이 되는 것은 일종의 일치였다. 서양 풍조까지 중국인들은 중국식으로 바꾸는 것인지도 모르겠다. 이 첨단 유행을 따르는 도시의 젊은이들 사이에 마치 과거에서 온 충격파 같은, 시골에서 이주해온 사람들의 역류가 흐르고 있었다. 검게 그을린 얼굴과 부스스한 머리의 남자와 여자들이 그들의 거칠고 큰 목소리로 국수가게들을 채우고 있었다.

노인들은 무정한 가장행렬을 대하듯 이 변모하는 도시를 바라보고 있었다. 낡은 마오쩌둥 모자에 해어진 헝겊 슬리퍼를 신은 그들은 길모퉁이나 공원에 앉아서 몇 시간이고 변화된 세상이 펼쳐지는 것을 응시하곤 했다. 그들을 보면 가슴이 뭉클해지지 않을 수 없었다. 내전과 일본 침략 시대에 태어나서 대약진운동 시대의 기근을 가까스로 견뎌내고 문화혁명의 소용돌이에서 용케 살아남은 그들이 이제 필요 없는 존재들로 밀려나고 있는 것이다. 어느덧 머리칼이 하얗게 센 그들의 얼굴은 역사로 인해 주름살이 잡혔거나 텅 비어버린 것처럼 보였다. 가끔 그들은 희미한 미소를 짓는 것처럼 보였다. 그럴 여유만 있다면 그들은 끊임없이 담배를 피워댔고 햇볕을 쬐려고 바지를 무릎 위까지 걷어올렸다. 가끔 그들의 표정이 평화로워지고 심지어 재미있다는 듯한 표정으로 변하기도 했다. 그럴 때면 나는 어떤 행복한 기억이 그들의 머릿속을 스칠까 궁금했다.

성벽 안 거리를 헤매다보면 옛 교외 골목으로 들어서게 된다. 콘크리트 거리 바로 뒤에서 이 골목들은 도시의 무의식처럼 고동치고 있다. 사방이 나무판자로 둘러진 폐쇄적인 뜰이 보인다. 나무판자에는 깨진 창문들이 있고, 지붕은 회색 타일이나 함석으로 되어 있다. 이런 골목을 걷노라면 시안의 과거의 무게가 되살아난다. 이런 골목에서는 자전거의 삐걱거리는 소리, 손님을 내려주는 인력거의 덜커덩거리는 소리만이 들린다.

화가와 서예가들이 어둠침침한 작업실에서 열심히 그림을 그리고 글씨를 쓰는 어느 거리에서, 나는 먹과 오소리 털로 만들었다는 여러 사이즈의 전통적인 붓을 파는 상인들에 둘러싸였다(오소리 털로 만들었다는 것을 증명하기 위해 박제한 오소리를 걸어놓고 있었다). 대나무 피리와 병 피리를 파는 상인들은 내가 지나갈 때 그 피리들을 불어 나를 유혹했다. 하지만 그들 위의 건들건들하는 추녀와 발코니는 부자연스럽게 복원되어 있었다. 이 골목의 이름은 '옛 문화의 거리'였다. 그 너머로는 그림을 그린 부채와 경극 의상을 파는 거리와, 옻칠을 한 공예품, 도자기, 옥(玉)이나 뼈로 만든 공예품을 파는 거리가 이어졌다. 고풍스럽게 복원된 이 거리에서는 관광객들이 좋아하는 골동품을 판다. 골동품 가운데서 나는 문화혁명 기념품들을 발견했다. 마오쩌둥 서거 후 기념품으로 출판한 작은 붉은 책(小紅書)도 있고 불을 켜면 〈동방은 붉다〉를 연주하는 라이터도 있었다. 마오쩌둥이 1초마다 손을 흔드는 손목시계가 인기를 끌었다. "그는 의미 없이 손을 흔드는 게 아닙니다." 시계 장수가 웃으며 말했다. "작별인사를 하고 있는 겁니다." 끔찍했던 그 시대가 이제 과거 속으로 빨려들어가고 있는 것 같았다. 그들은 고통을 잊어가고 있었다. 이런 천박한 장식품이 나왔다는 게 그 증거다.

그날 오후 한 가게주인이 나에게 또 다른 소홍서를 내밀었다. 40년쯤 된 책이었다. 기름때가 묻은 그 책에는 양샤오민이라는 소유자의 이름이 씌어 있었다. 그것을 보는 순간 옛날의 불안감이 되살아났다. 이름도 알려지지 않은 수백만 명이 처형되고 정신적 잔혹 행위가 자행되었던 문화혁명의 공포가, 완전히 나를 떠난 것은 아니었다. 18년 전, 나는 문화혁명의 피해자들과 도처에서 마주쳤었다. 나는 존경심까지 느끼며 그 책을 만지작거렸다. 그 책은 아직도 어떤 초자연력을 가지고 있는 듯했다. 나는 톈안먼(天安門) 광장에서 마오쩌둥이 홍위병들을 향해 열변을 토하는 사진이 생각났다. 마오쩌둥에게 경의를 표하기 위해 치켜든 소홍서가 대양을 이루고 있었다. 이 책이 그중 하나였을까? 내 손 안에서 그 책은 작고 거칠게 느껴졌다. 책 뒷부분에는 마오쩌둥 사상에 관한 신문기사 스크랩이 들어 있었다. 그것을 만지는 순간, 그 악몽이 다시 현실로 되살아났다. 나는 양샤오민이 어떻게 되었을까 궁금해졌다. 그는 어떤 일을 한 사람이었을까.

다시 밝은 거리로 나왔다. 차들이 요란한 소리를 내며 달리고 있었고, 아이들이 학교에서 막 나오고 있었다. 몇 년 전에는 학생들이 질서정연한 행렬을 이루며 교사의 뒤를 따라 나왔었다. 마치 긴 줄에 어린 아이들을 꿰어놓은 듯한 모양이었다. 하지만 이제 그들은 서로 밀치고 소리를 지르고 이리저리 제멋대로 뛴다. 그들의 책

가방에는 '행복한 여행'이니 '넘버원 멋진 강아지' 같은 말들이 찍혀 있다. 나는 어리석게도 위안을 받는 느낌이다. 영화관에서는 〈당신은 왜 나를 택했나요〉라는 상하이 연애영화가 〈해리포터와 비밀의 방〉과 나란히 상영되고 있다.

이제 나는 매혹적인 혼란 속에서 걷고 있다. 내 시선은 유럽화된 모델들이 등장하는 다소 불안한 광고판에 자꾸 고정된다. 그 모델들의 눈은 부자연스럽게 둥글고, 눈초리는 너무 날카로우며, 코는 유난히 오똑하거나 조명에 의해 흐릿하게 처리되어 있다. 그리고 그들의 꽃봉오리 같은 입술은 서구적인 미소를 머금고 있다.

"우리는 부모 세대와 달라요. 우리는 시간이 부족하고 생활보장도 되어 있지 않아요. 당신은 우리가 노인들과 다르게 행동한다고 말하는데, 바로 그런 이유 때문입니다. 좀 신경이 쓰이는 일이지요."

그는 식당 테이블 건너편에서 움츠러들어 있는 것 같았다. 그는 나이가 스물셋이 안 되어 보이는 창백한 하트 모양의 얼굴을 가진 젊은이였다. "부모님들의 세계는 지금보다 더 안전했어요. 직장과 연금이 보장되어 있었고, 집도 주어졌었죠. 그래서 그분들은 모든 일을 전처럼 계속하려고 하세요. 조심스럽게, 만사를 보존하면서. 하지만 우리 세대, 우리 세계는 우리들 하기에 달려 있지요."

그는 걱정되면서도 동시에 신이 나는 듯했다. 이것이 바로 중국을 변형시키고 있는 엄청난 변화였다. 갑자기 미래가 과거보다 더 힘 있는 것이 되었다. 변화가 많은 것들을 쓸모없는 것으로 만들었다. 옛 교외지구로 번져나가고 있는 고층 아파트들에서 이런 변화를 볼 수 있었다. 수백 년 동안 공동체를 이루며 살던 마을을 불도

저로 밀어버리고 아파트를 새로 짓고는, 그 아파트에 핵가족들을 끌어들이고 있다. 도시 전체가 예전의 모습을 알아볼 수 없게 되었다고 그 청년은 말했다. 물론 변하고 있는 것은 건물들만이 아니었다. 그들이 지녀온 가치관 역시 변하고 있었다.

"난 어린 시절을 후퉁 뜰에서 보냈지요. 그때는 사람들 간의 관계가 더 따뜻했어요." 그는 마치 잃어버린 맛을 되찾으려는 듯이 입을 오므렸다. 나는 그가 어른이 된 것을 애석해하고 있는 것이 아닌가 생각했다. "지금 우리는 고층 아파트의 14층에서 삽니다. 외출할 때마다 철문을 잠그죠."

그는 이 변화된 세계의 거추장스러운 부산물이었다. 그는 동물들과 녹색의 공간을 사랑했다. 어린 시절에 그는 개를 갖고 싶어 했지만 뜻을 이루지 못했다. 그는 자기 조국의 비정함에 절망한 나머지 환경학을 공부하고 있었다. 그는 외동이었다. "내 또래는 대부분 국가에서 실시한 산아제한 정책인 1자녀정책의 산물이에요. 사람들은 우리를 '작은 황제들'이라고 부른답니다. 부모와 친척들이 모두 이 하나밖에 없는 아이에게 오냐오냐 하지요. 난 어른들의 이런 태도가 우리에게 현실에 대한 적응력을 약하게 한다고 생각합니다. 얼마 전에 열 살짜리 소년이 자기 친구를 구하려다가 익사했다는 기사를 읽었습니다. 그 애는 헤엄을 칠 줄 몰랐지요. 모두들 참 용감한 행동이었다고 말했지만, 내 생각은 다릅니다. 그게 바로 작은 황제의 전형적인 행동입니다. 어리석은 거죠. 나는 그 애가 과연 무슨 일을 할 줄 알았을까 의심됩니다." 그의 젓가락이 고추로 간을 한 치킨 위에서 떨리고 있었다. 그는 거의 한 점도 먹지 않았다. "우리가 배우지 못한 것이 너무 많아요." 그가 말했다.

"모든 가정이 늘 조용하니까요."

이 청년에게는 문화혁명의 공포가 순수한 역사에 불과하다는 것을 나는 다소 의아해하면서 깨달았다. 그가 태어나기 몇 년 전에 마오쩌둥은 세상을 떠났다. 그에게 마오쩌둥은 인간이 아니라 하나의 상징일 뿐이다. 그가 말했다. "우리 부모님은 그 시절에 대해 절대로 이야기하시질 않아요. 그 시절을 기억하고 싶어하지 않으시는 것 같아요. 그러니 내가 그분들이 무슨 일을 했는지 알 턱이 없죠. 물론 그분들은 홍위병이었어요. 나는 아버지가 옛것들을 때려부수었다는 이야기를 들었어요. 사람을 죽이기까지 했다는 것 같아요. 하지만 확실한 건 난 몰라요."

그가 느닷없이 웃었다. "내 친구들에게는 문화혁명이 하나의 농담이에요. 단체사진을 찍을 때 우린 어리석은 마오쩌둥 찬가를 부른답니다. 그 시절에 부모님들이 그러셨다는군요. 그분들은 사진을 찍기 전에 마오쩌둥 찬가를 불렀대요. 카메라를 사고 싶어도 가게주인은 사려는 사람이 마오쩌둥 찬가 두세 곡을 부르기 전에는 그걸 팔려고 하지 않았다는군요."

내가 말했다. "그 시절의 당신과 당신의 친구들을 상상할 수 있습니까? 그때 당신들이 있었다면 어떻게 했을까요?" 옛날의 불안감이 다시 고개를 들고 있었다.

"아뇨. 난 사실 그런 것을 상상할 수 없어요. 글세……뭐…… 아뇨, 상상할 수가 없어요……. 사실 우리 세대는 모두 정치에 신물이 나 있어요. 정부는 썩었어요. 사람들이 당에 들어가는 건 단지 그럭저럭 잘 살아가기 위해서죠. 우린 변화를 원합니다. 하지만 누구도 그걸 위해 죽을 각오가 되어 있진 않아요."

나는 텐안먼 광장의 학살을 생각했다. 앞뒤가 딱 맞는 것은 아니지만 그 희생자들은 변화를 위해 죽은 것이었다. 그 일에 대해 그에게 물으려고 하던 나는 당시 그가 겨우 아홉 살이었다는 사실을 깨달았다.

그가 말했다. "우리 아버지는 당시 베이징에서 일하고 계셨죠. 나는 초등학교 학생이었고요. 소음과 군인들이 기억나요. 뒤에 우리는 거리 곳곳에 있는 핏자국을 보았지요. 그 직후에 나는 어머니와 함께 그 광장을 가로질렀어요. 나는 어떤 끔찍한 일이 일어났었다는 것을 알아차렸습니다. 하지만 그게 전부였지요. 어머니는 아무 말씀도 하지 않았어요. 그리고 지금 난 그 일에 대해 많이 생각하거나 얘기하지 않습니다."

나는 경계하는 불안한 그의 눈초리에서 걱정을 감지했다. "어쨌든 난 그들이 용감했다고 생각합니다."

한동안 그는 자기 앞에 놓인 치킨을 께적거렸다. 가끔 옷소매로 입 언저리를 가볍게 문지르기도 했다. 그러다가 느닷없이 이렇게 말했다. "난 죽음이 두렵습니다. 고독도 두렵고요. 눈을 감으면 으스스해집니다. 죽음이 이와 비슷하겠구나 하고 생각하지요. 아무런 감각이나 맛도 느낄 수 없는 암흑이죠. 많은 젊은이들이 그걸 두려워한다고 난 생각합니다. 노인들은 아마 옛날의 부유했던 생활을 뒤돌아볼 수 있었고 그래서 두렵지가 않았을 테지요……."

나는 생각했다. 하긴 그들에게는 모든 것이 언제나 확실했었지.

"……하지만 우리 젊은이들은 만족하지 못하고, 또 두렵습니다. 우리 친구들 몇몇은 절에 다녀요. 뭔가를 원하기 때문이지요. 난 그런 걸 믿지 않아요. 우린 죽고 나면 그만이에요."

* * *

시안이 자리잡고 있는 웨이허(渭河) 강과 황허 강 유역은 고대 중국의 심장부였다. 북쪽은 바람에 불려온 흙이 만든 고원이 내몽골까지 이어지고, 남쪽은 갑자기 습기가 많아지는 언덕이 테라스 모양을 이루고 있어 쌀과 차의 산지가 되고 있다. 그 사이에 있는 기후가 온화한 분지—지금은 밀과 목화의 재배지가 되었다—가 폭군 황제 진시황(秦始皇)이 기원전 221년에 통일 중국의 첫 번째 수도로 선포한 곳이다. 진시황이 진흙으로 만든 수많은 전사들의 경호를 받으며 무덤 속에 묻혀 있는 곳 또한 이곳이다. 땅 속에 묻혀 있던 이 진흙 병정들은 2천여 년 만에 햇빛을 보았다. 그의 통치하에서 과거의 봉건국가들은 무자비하게 통일되었다. 그들의 문자, 법률, 심지어 역사까지도 균일화되었다. 그는 100만 명의 일꾼들과 농민들을 동원해서 만리장성을 쌓았다. 수많은 인부들이 작업에 지쳐 죽었고, 그들의 시신은 쓰레기를 매립하듯 성벽 아래 묻혔다. 진시황의 것을 제외한 모든 왕조의 역사는 불태워졌고, 이견을 말하는 학자들은 산 채로 매장되었다. 그의 것이 아닌 것은 아무것도 살아남지 못했다. 이런 무자비한 통치로 국가 비슷한 것이 생겨났다. 이 나라에서는 다양성이 도덕적인 결점으로 치부되었다.

진흙 부대는 그것이 발견되는 곳에서 아직도 행진하고 있다. 시안 동쪽 24킬로미터 지점에 있는 지하 갱이 그들이 있는 곳이다. 그해 4월 북쪽에서 퍼지고 있던 중증급성호흡기증후군(SARS) 바이러스에 대한 공포 때문에 관광객의 발길이 뚝 끊겼고, 나는 썰렁하게 조명된 그 갱 안에 거의 혼자 있다시피 했다. 어떤 사진도 이 괴기한 군단을 제대로 보여줄 수 없다. 그들은 11열 종대로 수백 명씩 떼를 지어 땅 속을 행진하고 있다. 한때는 현란한 붉은색과 초록색, 번쩍이는 검은 갑옷과 핑크빛 피부색을 갖추었던 것이 지금은 색이 바래 유령 같은 베이지색으로 변했다. 그들의 두툼한 예복이 오목한 가슴을 덮고, 그들의 머리는 단단하게 상투를 틀거나 투구 뒤에 묶여져 있다. 단추로 장식된 갑옷이 그들의 어깨를 덮고 있다. 하지만 그들은 독재 군주가 요구했을 듯한 무정한 전쟁도구로는 보이지 않고, 서로 다른 사람들로 이루어진 잡다한 요소를 포함한 대기부대처럼 보인다. 같은 모양을 한 병사를 찾아보기 힘들다. 코밑수염을 풍성하게 기르고 배가 나온 고참병이 있는가 하면, 짤막한 턱밑수염만 있는 호리호리한 체격의 학자풍 신병도 있다. 푸르스름한 조명 속에서 그들의 얼굴에는 기대, 심지어 경계의 표정이 담겨 있다. 적의 공격을 기다리고 있는 듯한 표정들이다.

하지만 나무로 된 부분—그들의 팔—은 삭아서 없어졌다. 창군(槍軍)의 주먹은 무언가를 단단히 움켜쥔 듯하지만, 주먹 안에 있던 것은 모두 사라졌다. 화살, 창, 미늘창(도끼와 창을 결합시킨 모양의 무기), 쇠뇌 등도 모두 청동의 파편만 남겼을 뿐이다. 말에 매어졌던 전차(戰車)도 사라졌고, 마부들은 허공을 향해 두 손을 내밀고 있다.

이들 위의 어두운 통로를 따라 한 바퀴 돌면서, 나는 정교한 무장을 갖춘 엘리트 보병과 소모품 격인 징모병들로 이루어진 이 부대가 바로 중국이라는 나라의 축소판이라는 생각이 들었다. 하지만 나는 이미 서쪽으로 가는 길을 꿈꾸고 있었다. 서쪽으로 구불구불 뻗어 있을 그 길이 나의 머리를 가득 채웠다. 진흙 말들 뒤로는 사라져버린 바퀴의 자국이 나 있었다. 제국 군대의 한가운데에는 귀족 출신의 궁수들과 갑옷을 입은 창병들을 태운 전차들이 있었기 때문이다. 그러나 그 전차는 중국의 발명품은 아니었다. 기원전 221년 이전 2천 년 동안 전차부대가 메소포타미아와 러시아 남부의 초원을 이리저리 누볐고, 그러던 전차가 그것이 처음 나온 지 천 년 만에 실크로드를 따라 중국에 도달했던 것이다. 그 사라진 무기들을 만든 청동야금술 또한 초원지대에서 비롯되었을 것이고, 지하 박물관에서 전차도 없이 달리는 자세를 취하고 있는 저 말들의 조상들 또한 서방에서 왔을 것이다.

6천여 개로 추정되는 진흙 장병들 가운데 7백 개 정도만 복원됐다. 많은 진흙 장병들이 기원전 206년 진나라가 멸망하면서 내려앉은 지붕 밑에 깔려, 머리가 없는 몸통과 잘린 사지가 응고된 먼지 더미 속에 묻혀 있다. 또 다른 구덩이에는 9백 개로 추산되는 장병과 90대의 전차가 목재 더미 파편 밑에 묻혀 있는데, 그 파편 위에서 궁수들은 무릎을 꿇고 사격자세를 취하고 있다. 그들의 구부러진 손가락은 무기—지금은 삭아서 없어졌지만—를 잡고 있고, 근처의 딱딱하게 굳어진 진흙은 오래 전에 부식된 쇠뇌의 완벽한 윤곽을 드러내고 있다. 중세 유럽의 쇠뇌와 흡사한 모양이다. 기원전 4세기 중국의 발명품인 쇠뇌는 실크로드를 따라 서쪽으로 전해져 노르만과 카페 왕조의 밀집 군(軍)을 무장시켰고, 크레시 전투에서 그 호적수인 영국의 큰 활과 대결했다.

이런 교류는 의문부호를 품고 있다. 고대의 도로를 따라 침투된 중국의 발명품들—인쇄술, 화약, 문의 잠금장치, 마차의 벨트, 시계, 물레, 농업을 변형시킨 마구(馬具) 등—은 만리장성 너머에서 수백 년 동안 널리 쓰이다가 홀연히 불사조처럼 서양에 등장했다. 그리고 그밖의 비상한 지식—쇠사슬 현수교, 땅을 깊이 파는 기술(중국인들은 기원전 2세기에 염수와 가스를 얻기 위해 땅에 깊이 구멍을 뚫었다)—은 서양까지 전해지는 데 천 년이 넘는 시간이 걸렸다.

하지만 중국이 고립된 제국이었다는 생각은 내 주위에서 깨어져 나가고 있었다. 무덤에서 발굴된 진흙으로 만든 사절이 뒤에 준비된 말과 함께 서 있었다. 그 말의 마구와 안장은 제자리에 놓여 있었지만, 아직 등자(鐙子)는 없었다. 무거운 등자는 4세기경에 중국에서 처음 나온 것으로 생각되고 있다. 전쟁터에서 기수를 안정시켜주는 등자는 서쪽으로 전해져 무거운 갑옷을 입고 호화로운 치장을 한 기사(騎士)들이 등장할 수 있게 해주었다. 어떤 학자들은 이 간단한 발명품이 유럽의 봉건시대를 가져온 원인이 되었다고 보고 있다. 그러나 이 봉건시대는 7백 년 후 역시 중국의 발명품인 화약에 의해 성(城)이 무너지면서 끝나고 말았다. 유럽 중세의 탄생과 종말이 실크로드를 따라 동방에서 왔던 셈이다.

이런 생각에 잠긴 채 나는 진나라 황제의 어둠침침한 묘실을 떠올렸다. 진시황 자신은 이곳에서 1.5킬로미터 떨어진 곳에 있는 88미터 높이의 토산 밑에 누워 있다. 몇 년 전에 나는 그 토산을 혼자서 둘러보았다. 이제 중국 관광국이 그 토산에 관심을 보이고 있다. 정상까지 계단이 설치되었고, 계단 양쪽은 전나무와 금잔화로 장식되었다. 기념품 판매상들이 정상에서 나를 맞으러 달려왔다. 요란한 차림의 진 시대 악단—북과 나팔, 째지는 듯한 소리를 내는 관악기로 이루어진—이 가끔 행진하면서 정적을 깨뜨렸다.

하지만 내 발 밑에는 그 무서운 황제가 아직도 누워 있을 것이었다. 당대의 실록이 정확하다면, 무덤은 광대하고도 정교한 그의 제국의 축소판을 이루고 있고, 그 안에는 보이지 않는 기계장치에 의해 수은의 강이 이리저리 계속 흐르고 있을 것이었다. 그리고 그의 옆에는 순장된 그의 처첩들이 함께 누워 있을 것이었다. 70만 명의 인부들이 그의 재위기간 마지막 몇 해 동안 이 묘를 만드는 공사에 동원되었는데, 묘의 구조에 대해 너무 많이 아는 사람들은 돌문이 내려앉을 때 그 안에 갇혀버렸다고 한다. 묘실 안의 구리와 보석으로 조각된 산들과 도시들 사이를 황제는 배 모양의 관을 타고 수은의 강—진주로 된 별이 박힌 밤하늘 밑의 수은바다로 흘러가는—위로 떠다닌다고 한다.

이렇게 그는 죽어서도 자급자족의 가상의 왕국을 완전히 지배하고 있다. 보석으로 만들어진 그 무덤 속 도시들은 마치 천국처럼 영원히 그곳에 있도록 설계되었다. 발사 준비가 된 쇠뇌들에 의해 비밀리에 경비되고 있는 성문들과 통로들이 그의 사후의 왕국의 경계선을 철통같이 지키고 있다. 그는 묘 안에서 과거 및 미래와 완전히 격리되어 있는 것이다. 황제(黃帝) 같은 그의 조상들은 아마 야만족이었을 것이다. 하지만 중국은 그의 이름을 따서 명명되었다(중국의 영어명 China는 Chin, 즉 진[秦]에서 유래되었다).

* * *

황은 내가 묵는 호텔 밖에서 나를 발견한 후 줄곧 호텔 근처를 맴돌았다. 나는 그가 원하는 것이 무엇인지 궁금했다. 그는 무기음(無氣音)이 많은 중국식 발음의 영어를 한다. 그의 머리카락이 이

36

마까지 내려와 거의 눈썹과 만난다. 그가 자기 가족을 만나보라고 집으로 나를 초청했다. 하지만 그의 가족은 집에 없었다. 그는 주체할 수 없는 어떤 강렬한 에너지에 시달리고 있는 사람 같았다.

그는 방 세 개짜리 아파트의 돌같이 딱딱한 의자에 앉아서, 중국 사람들이 품고 있는 야심을 펼쳐 보였다.

"나는 무덤덤한 삶을 살고 싶진 않습니다. 나는 큰 꿈을 꾸고 있답니다. 나는 내 인생이 이렇게 되기를 바라지요! 그리고 이렇게!" 그의 한 손이 허공에 계단 모양을 그렸다. "나는 한 계단 한 계단마다 깃발을 꽂고 싶습니다. 맨 밑바닥부터 줄곧 올라가는 거지요. 죽을 때까지."

딱딱 끊어지는 그의 목소리가 아파트 안에 울렸다. "아버지는 내게 매사에는 순서가 있다고 하셨지요. 우선 교육을 받고…… 다음에 직장, 그 다음에 가정, 그리고 친구. 맨 먼저가 교육이지요! 사람은 나무와 같다고 아버지는 말씀하셨지요. 음주, 흡연, 도박은 잘라버려야 할 가지들이라고 하셨죠. 그런 가지를 잘라버리면 누구나 무럭무럭 자랄 수 있다고 하셨죠." 그는 자랑스럽게 일어섰다. 그러나 그의 키는 165센티미터가 채 되지 못했다.

"우린 지금 많은 위험을 안고 있지요. 우리 사회는 매우 빠른 속도로 변해왔습니다. 우리는 도박에 인이 박혀 있지요. 옛날 사람들은 도박을 해봤자 몇 푼 잃지 않았으니 별 문제가 되지 않았어요. 하지만 젊은 사람들은 신세를 망치고 맙니다. 그리고 마사지 방이 도처에 있지요. 미용실이라는 이름을 내걸고 말이죠. 그런 집들은 매음굴이랍니다." 그의 촌티 나는 얼굴이 묘하게 일그러졌다가 다시 보통으로 돌아왔다. "그것이 현대적, 서구적인 것이라고 생각하고 있지요. 너무 빨리 변했기 때문이에요."

"그래요." 내가 책임을 느끼며 우물거렸다. 한 세대 전에는 그런 일들은 상상할 수도 없던 일이었다. 그런데 지금은 내 호텔 방의 전화기가 연방 울려댄다. 전화를 받으면 마사지를 해주겠다는 여인의 목소리가 들린다.

"제 아버지는 이런 일들을 경고하셨지요. 그분은 내 친구들도 잘 살피셨습니다. 그 친구들이 부모에 대한 의무를 다하면 아버지는 친구로 사귀어도 좋다고 용인하셨지요. 부모에 대한 의무를 다하지 않는 사람들은 늑대와 같다고 하셨어요. 그런 친구는 정신에 해악을 끼친다고 경계하셨답니다. 나는 그런 친구들을 멀리해야 했지요. 그런 자들은 내 심성을 그르친다고 아버지는 말씀하셨지요."

그는 자기 아버지에 대한 생각을 떨쳐버릴 수가 없었다. 노인은 책을 가지고 있다는 이유로 문화혁명의 와중에 박해를 당했다. "아버지는 두 팔이 비틀려진 채 고깔모자를 쓰고 끌려다니셨지요." 황은 중국인 특유의 억지웃음을 지었다. "하지만 이제 아버지는 낙향하셨습니다. 어린 시절에 살던 마을로 은퇴하신 거죠."

"그분에게 박해를 가하던 마을 말인가요?"

"네. 하지만 이제는 그곳의 나무들, 흐르는 물, 그리고 신문을 보면서 소일하세요."

그 노인은 이 아들이 자기발전을 향한 열정에 시달리도록 이 도시에 남겨둔 모양이다. 뒤늦게 마오쩌둥 주석의 정신을 본받아 황은 최근에 자원해서 농부들을 돕는 일에 나섰고, 채소를 수확하여 등에 진 바구니로 날랐다. "쓸데없는 일이었지요!" 그는 보이지 않는 양배추를 어깨 너머로 던지는 시늉을 했다. "이틀도 못 되어 나는 절름발이처럼 되었어요." 그는 몸을 움츠렸다. "그 직후에 아버지는 나에게 자선사업에 참여하라고 하셨지요. 이곳 산지에는 가난한 사람들이 살고 있습니다. 가진 게 아무것도 없는 사람들이지요. 그래서 나는 아내와 딸과 함께 산지로 들어갔어요. 고갯길을 아홉 시간이나 걸어서 우리가 텔레비전에서 본 곳으로 갔지요. 우리는 가난한 마을을 찾았고, 그 마을에는 네 자녀를 둔 사람이 있었어요. 나는 그와 얘기를 나누면서, 우리를 두려워하지 말라고 말했지요. 그는 돈이 한 푼도 없었고, 그래서 그의 아들들은 학교에도 못 다녔어요. 밀가루가 조금 있을 뿐이었지요. 그래서 나는 그의 큰아들에게 돈을 주어 일 년간 학교에 다니게 했어요. 이 일이 나와 내 아내, 그리고 딸에게는 좋은 교육이 되었지요. 나는 딸에게 그 사람의 자녀들과 얘기를 나누어보라고 했지요. 딸은 얘기를 하다가 그만 울음을 터뜨렸어요. 그 애들이 너무나 가난해서……."

그의 얼굴에는 연기에 몰두하는 배우 같은 표정이 떠올라 있었다. 한참 후에야 비로소 나는 그의 이야기가 사실일까, 아니면 그가 텔레비전에서 본 것을 환상 속에서 자기가 자기 아버지의 이상을 실천한 것으로 착각하고 있는 게 아닐까 의심했다.

"정부가 농민들을 위해 어떤 일을 할 수 있는지 나는 모릅니다." 그가 말했다. "나는 정치에 관심이 없어요. 나는 정치 문제에는 관여하고 싶지 않습니다." 그는 한 손으로 골치 아픈 이 세상을 쓸어버리는 시늉을 했다. "나는 지방정부에서 일하는 회계사입니다. 컴퓨터로 일을 하지요. 그런데 내 나이 벌써 서른여섯입니다. 나는 내 생활을 바꿔야 합니다. 나는 큰 꿈을 꾸고 싶습니다. 나는 외국으로 나가고 싶습니다." 그의 얼굴에 긴장된 행복한 미소가 떠올랐다. "일 년 전에 나는 브라질에서 온 관광객을 도와준 적이 있어요. 그는 변호사였어요. 그 사람이 나의 유일한 외국인 친구지요. 그리고 지금 당신을 만났고." 나는 문득 걱정스러워졌다. 이 사람이 내게 친절을 베풀고 대신 어떤 부탁을 할까 두려웠던 것이다. 그러나 그는 이렇게 말했다. "난 브라질에 가고 싶습니다. 거기 가서 낮에는 무슨 일이나 닥치는 대로 하고 밤에는 중국어를 가르칠 겁니다. 무료로 말입니다. 물론 돈은 중요하지요. 하지만 그보다 더 중요한 게 친구들이지요. 내 삶을 위해 친구들이 더 중요할 겁니다." 그것은 그의 아버지의 충고가 왜곡된 형태였다. "아마 일 년쯤 후에는 나는 중국어를 공부하는 다섯 명의 그곳 사람들을 알게 될 겁니다. 모두 내 새 친구들이지요. 여기도 친구, 여기도, 또 여기도……" 그는 그 친구들을 마치 공중에 씨앗을 심듯이 하며 말했다. "머잖아 한 친구가 내게 이렇게 말하겠지요. '여봐요, 황씨, 좋은 소식이 있어요. 우리 아버지, 우리 삼촌이 일하는 회사에서 사람이 필요하답니다.'"

이렇게 그는 중국 사람들이 가장 부러워하는 이동—정부기관에서 나와 사업체에서 일하는 것—을 계획하고 있었다. 그는 덩샤오핑의 새 중국에서 자란 사람이었다. 덩샤오핑의 중국은 부자가 존경을 받는, 그리고 이동이 가속화되는 장(場)이었다.

하지만 나는 그가 걱정되었다. 내가 물었다. "브라질에 대해 아는 게 뭐 있습니까?"

"브라질은 남아메리카에 있지요. 그 나라는 몇 가지 경제적 문제를 안고 있어요. 많은 사람들이 직장을 구하지 못하고 있고요. 하지만 경제의 어떤 부문, 그러니까 어떤 회사들은 이곳 중국의 회사

들보다 더 좋습니다. 나는 그런 회사들과 접촉할 겁니다⋯⋯." 그
는 다시 허공에 씨앗을 심기 시작했다 "접촉⋯⋯ 접촉⋯⋯ 접촉!
나는 생산을 많이 하는 회사를 찾아낼 겁니다. 그 회사에서는 이런
것을 만들고 있을지도 모르지요." 그는 테이블에서 금속제 종(鍾)
을 집어들었다. "그러면 그 종 한 개를 나는 중국에 있는 친구들에
게 보낼 거고, 친구들은 그 종을 더 싸게 만들 수 있는 회사를 찾아
낼 겁니다. 그런 다음에 우리는 그 종을 그 브라질 회사에 되팔 겁
니다. 이것, 이것!" 그가 종을 가볍게 두드렸지만 종은 소리를 내진
않았다. 그러자 그는 다른 계획으로 옮겨갔다. 그가 이익이 몇 퍼
센트이며 어떻게 거래를 하는가를 떠벌일 때, 그에 대한 나의 걱정
은 서서히 사라져갔다. 나는 막연하게 그 브라질 사람들을 동정하
기 시작했다. 나는 황이 세계를 정복해가는 광경을 머릿속에 그렸
다. 그의 뭉툭한 손 안에서 금속제 종은 자기 접시로 바뀌었고, 거
기에 식초 단지가 추가되었다. 그것들은 테이블을 가로지르며 또
다른 안전한 투자 품목들로 바뀌었다(자세한 내용은 기억나지 않는다).
그는 속사포처럼 말을 쏟아냈다. 그의 머리는 다부졌고 계산적이
었으며 민첩했다. 그의 영어가 어느 틈에 중국어로 바뀌어 있었다.
그의 시선은 나의 얼굴에 고정되었고, 두 눈은 순진한 교활함으로
빛나고 있었다. "⋯⋯그 회사는 물론 그 물건에 자기 회사의 상표
를 붙여 팔 겁니다. 품질이 똑같으니까요. 그리고⋯⋯."

그 다음에는 나는 영어건 중국어건 그가 말하는 것을 전혀 이해
할 수 없었다. 하지만 그가 주워섬기는 숫자들의 안개 속에 나른하
게 취해 있었다. 몇 시간처럼 느껴지는 시간이 지난 후에야 비로소
나는 몽롱함에서 깨어났다. "하지만 나는 브라질에 계속 머물진 않

을 작정입니다. 이 나라의 경제는 그리 좋지 않으니까요. 나는 더
좋은 나라로 갈 겁니다⋯⋯."

* * *

시안은 한때 세계에서 가장 큰 도시였다. 서기 618년 이후 3백 년
동안, 장안(長安, '장구한 평화'라는 뜻)이라는 이름으로 이 도시는 필
적할 상대가 없는 당나라의 흥망을 구체화했다. 35킬로미터에 이
르는 방벽이 근 2백 만 명의 주민들을 둘러싸 보호했고, 외벽 안에
는 다시 내성과 성문들이 있어 도시 안의 안전을 도모했으며, 성 안
에는 바둑판 같은 길이 가로세로로 나 있었다. 오늘날 시안에 남아
있는 11킬로미터의 성벽은 장안 내성의 흔적이다. 성벽의 한쪽 귀
퉁이로는 남중국해까지 뻗어 있는 운하가 도시와 연결되어 있다.
성벽의 다른 편에는 실크로드의 동쪽 끝임을 알리는 표지가 있다.
당 제국은 그 영토가 파미르 고원까지 뻗어 있었다.
　당의 귀족들은 웨이허 계곡의 무덤 비석에 곰보 자국처럼 그 흔
적을 남겼다. 지하 묘실의 벽을 따라 그들의 여인들이 어깨가 드러
난 조끼와 비단 가운을 입고 걸어가고 있다. 그들은 서로 잡담을
나누거나 장난감 매미를 가지고 놀고, 전설 속의 새들이 벽토에서
날아오를 듯 날개를 퍼덕이고 있다. 작은 입에 도마뱀 눈을 가지고
있는 여자들은 마치 귀여운 아이들 같다. 한편, 남자들은 페르시아
에서 전래된 격구(擊毬)—말을 타고 공을 치는 놀이—를 하고 있다.
이 어둠컴컴한 묘실에서 그들의 생활이 되살아난다. 비록 색깔은
녹색과 회색으로 바래었지만 그 모습은 유쾌할 정도로 사실적이

다. 그들이 사냥감을 쫓을 때, 사냥용 표범은 한두 마리 매와 함께 그들 뒤의 안장에 자리잡고, 보급품을 잔뜩 실은 한 쌍의 낙타가 뒤에서 어슬렁거리고 있다.

그들은 세련되고 사치스러운 도시에서 살았다. 그들이 사는 도시는 우주의 질서를 본떠 설계되어 있었다. 봄이면 거리에는 살구꽃과 복숭아꽃이 눈처럼 휘날렸고, 그 속에서 여인들은 그네를 탔다. 무덤의 벽화 속 인물들은 모란의 감식가들이었고, 지금은 도시의 박물관에 전시되어 있는 호박 술잔으로 술을 마시던 정부(情婦)들이었다. 박물관의 진열장은 지금도 그들의 허영심의 산물인 황금 머리핀, 꽃잎 모양의 거울, 은 향로 등으로 빛나고 있다.

하지만 이런 인공물 밑에서는 물론 어떤 힘이 맥박치고 있다. 그것은 교역의 힘이다. 실크로드의 끝인 서양 시장에서는 2백 개의 상인 길드가 활동하고 있었다. 그들의 활동 범위는 광대했다. 아라비아와 일본 사이의 모든 민족들—페르시아인, 터키인, 그리고 특히 중앙아시아의 소그드인, 인도인, 박트리아인, 유대인, 시리아인 등—이 그들의 교역 대상이었다. 엘리트 경호원들을 포함한 당 궁정의 모든 요원들이 외국인이었던 시절도 있었다. 대금업자들은 서쪽에서 온 위구르인들이었다. 때로는 이들이 돈을 꾸어주는 조건이 너무나 까다로워 사람들은 그들의 노예나 성스런 유품을 담보로 잡히기도 했다. 실크로드를 따라 투르키스탄의 음악과 춤도 들어왔다. 무시무시하고 소용돌이치는 플라멩코 춤이 몇 해 동안 대유행하기도 했다. 곡예사, 마술사, 공중그네 곡예사들도 들어왔다. 춘광문(春光門) 부근의 여관들에서는 중앙아시아의 예쁜 여자들이 피리에 맞춰 노래를 부르면서 그들의 파란 눈으로 시인들을 현혹시켰다.

외국 상인들에 대한 당국의 감독은 늘 삼엄하고 까다로웠지만, 관용의 분위기가 감지되기도 했다. 이 시대의 비단과 자기는 페르시아의 장식 문양인 날개 달린 말과 공작새가 중국의 용들과 나란히 날고 있는 모습을 보여주기도 한다. 그리고 무덤에 묻힌 부장품들 가운데는 프리기아 모자를 쓴 야만인이 모는 낙타의 형상도 있다. 고급 술집에서는 뾰족한 모자를 쓴 코 큰 사람들을 풍자하는 인형극이 공연되었다. 외국의 패션도 들어왔다. 궁정 귀부인들의 몸을 감싸는 망토는 잠깐 유행하다 사라졌고, 8세기 초의 여인들은 초원지대의 남자들처럼 부츠를 신고 터키모자를 쓴 채 말을 탔다. 심지어 모자를 쓰지 않고 말을 타기도 했다.

더욱 깊은 정신적 교류도 있었다. 2백 년 동안 당나라의 수도는 불교 사원들에서 울리는 종소리로 시끄러웠다. 645년 순례승 현장〔玄奘〕이 6백 여 권의 불경을 가지고 인도에서 돌아왔다. 온 도시의 주민들이 그를 환영했다. 그는 지금도 탑이 세워져 있는 터에 정착해서 그 불경을 번역하기 시작했다. 조로아스터교, 기독교, 마니교도 호기심에서 모두 수용되었다. 중국의 토종 신앙인 도교와 유교는 그 때를 기다려야 했다.

그러나 10세기경 이 세련된 영광의 도시는 폐허가 되었다. 운하 둑에서 하늘거리던 버드나무는 베어져서 바리케이드를 만드는 데 쓰였고, 호화로운 저택의 대들보와 기둥들은 한데 묶여 뗏목이 되었다. 사람들은 이 뗏목을 타고 더 안전한 동쪽으로 흘러갔다.

북쪽의 교외 어딘가에서 장안의 황궁이 먼지로 변해가고 있다. 나는 그것을 찾을 수 없다. 이 지역에 살고 있는 주민들은 최근에 이주해온 사람들로, 가난하다. 그들의 오두막집을 찾아다니며 옛 황궁의 위치가 어디냐고 묻기는 어렵다. 어차피 그들은 모를 것이다.

친구의 친구인 당나라 전문 역사가 후지의 도움으로 겨우 금단의 구역으로 들어가는 문을 열 수 있었다. 우리는 멀리 떨어진, 연기를 내뿜는 교외의 인가들에 둘러싸인 건축 현장으로 들어갔다. 그 현장은 산허리에 자리잡고 있었다. 한쪽 밑에는 무너진 오두막집들과 공장들이 있었고, 다른 쪽을 올려다보니 청색과 흰색의 바위가 번쩍이는 거대한 무덤 같은 계단식 대지가 보였다. 최근에 복원된 황궁 터라고 했다.

후지는 호리호리한 체격에 머리가 희끗희끗했다. 그는 커다란 캔버스 천으로 만든 쇼핑백을 가지고 다녔는데, 나이보다 더 쇠약해 보였다. 세찬 바람이 계단식 대지를 가로질러 불어왔다. 그는 스물여덟 살의 딸 밍자오를 데리고왔는데, 그녀 역시 자기(瓷器)처럼 연약해 보였다. 우리 외에 다른 사람들은 없었다. 지난번에 왔을 때는 황궁 터가 돌무더기에 불과했다고 후지가 말했다. 그런데 이렇게 변했다는 것이다. "낯설어 보이는군요." 나는 그가 무슨 생각을 하는지 알 수 없었다.

우리는 이 완벽한, 불모의 기하학적 대지 위를 한참 올라갔다. 우리들 아래에서 도시가 스모그에 묻힌 채 신음하고 있었다. 기차가 지나가는 소리가 희미하게 들렸다. 나는 천자(天子)가 이 깎인 산허리에서 부복한 수많은 신하들과 군대들의 행렬을 내려다보면서 국무를 처리하는 광경을 상상해보려고 애썼다. 밑에서 올려다보면 궁전이 구름 속에 떠 있는 것처럼 보였다고 기록자들은 썼다. 하지만 모든 구조물과 색채가 상실된 이 거대한 단(壇)은 언덕과 차갑고 황량한 대칭을 이루고 있을 뿐이었다.

"보세요…… 여기 오래된 돌들이 있습니다. ……여기도 있고." 역사교수가 비닐 막을 젖히고 성벽의 파편과 기둥이 박혔던 구멍을 보여주었다. "궁궐이 얼마나 컸는지 아시겠죠? 일본에도 당시대의 궁궐이 있지요. 하지만 그것은 이것과는 비교가 안 될 정도로 작습니다……." 그의 자랑하는 말이 이 황량한 황궁 터에서 공허하게 들렸다. "내가 약 40년 전에 여기 처음 왔을 때는 이곳은 평범한 시골이었지요. 사람들이 이곳의 돌을 수레로 날라다가 자기네 집을 지었지요……" 그는 바람 속에서 몸을 떨었다.

"왜 여기 왔었나요?"

하지만 나는 그 이유를 알 것 같았다. 약 40년 전이라면 문화혁명이 막 시작될 때였다. 당시에는 홍위병들이 전국을 뒤지고 다녔었다.

그가 말했다. "그해 여름 우리는 기차를 타고 공짜로 어디나 여행할 수 있었지요. 한동안 우리는 행복했지요." 당시는 당나라 황궁의 약탈이 훌륭한 의미를 지녔었다. 근로 대중에 의한, 봉건적 과거의 파괴였다.

하지만 후지가 이곳에 온 것은 역사를 사랑했기 때문이었다.

그는 혼란이 너무 심해진 후 시골로 추방된, 잊힌 세대에 속했다. 많은 홍위병들이 몇 년 후 그들의 신념을 완전히 상실하고 학창 시절을 낭비한 채, 그들을 잊어버리고 있던 세상으로 돌아왔다. 어떤 사람들은 입 밖에 낼 수 없는 일들의 기억을 지닌 채 살았다. 이제 예순을 바라보는 이 냉소적인 세대가 중국의 마음에 하나의 블랙홀을 이루고 있다. 하지만 내가 보기에 후지는 그 블랙홀을 피한 것 같았다.

우리가 열아홉 명의 당 황제들이 연회를 베풀던 홀로 올라갈 때, 그의 딸이 내 옆에서 넘어졌다. 그녀는 예쁘고 연약했으며, 손은 어린애 손 같았다. 그녀의 아버지는 이 연회장의 기둥이 있던 자리를 찾고 있었다. "문화혁명 때 아버지는 광산으로 보내졌었어요." 그녀가 말했다. "거기서 11년을 보내셨지요. 규폐증에 걸렸지만, 아버지는 거기서도 공부를 계속하셨어요. 저는 마오쩌둥의 슬로건으로 뒤덮인 아버지의 오래된 노트를 본 적이 있어요." 그녀의 아버지가 가장자리에 돌이 박힌 우묵한 구덩이에 허리를 굽히고 있었다. 폐허 속 유일한 어떤 구조물의 흔적이었다. "하지만 아버지가 가장 잊지 못하시는 분은 아버지를 가르친 늙은 선생님이에요." 그녀가 말을 이었다. "그 노인은 문화혁명 직전에 자살했어요. 무슨 일이 닥칠지 알고 있었던 거지요. 아버지는 그분한테 빚을 지고 있다고 생각하세요. 그분의 죽음을 아주 애석하게 생각하시죠."

후지가 당나라 연회꾼들의 유령 사이에서 몸을 일으켰다. "이곳에 황제들의 음악이 흐르고 있다고 상상해보세요!" 그가 말했다. 우리는 깨진 벽돌이 나뒹구는 폐허를 응시했다. "현종(玄宗)은 3만 명에 이르는 악단과 무용단을 가지고 있었지요!"

이 통치자는 중국인들이 좋아하는 서양 음악을 연주하기 위해 악기를 계속 바꾸었다고 후지가 말했다. 당시의 피리와 하프가 아직도 무덤들의 벽화에서 소리를 내고 있다. 후지 교수도 나와 마찬가지로 악기의 변천을 머릿속에서 음미하고 있는 듯했다. 하프가 중앙아시아에서 동쪽으로 이동해 이곳에 전해졌고, 전설에 의하면

몽골의 한 왕자가 죽어가는 자기의 애마에게 자기의 슬픔을 전하기 위해 만들었다는 말머리 피들(현악기)이 실크로드를 따라 내려와서 모든 곳의 현악기의 시조가 되었다고 한다. 유럽의 바이올린조차도 이 몽골 악기에서 비롯되었다고 한다.

후지는 이제 불운의 황제 현종을 애석해하고 있었다. 그는 40년 넘게 중국을 통치했지만, 그의 장수들은 아랍인들에게 형편없는 패배를 당했다. 시인들이 좋아하는 얘기에 따르면, 황제의 애첩을 군인들이 처형했다고 교수가 전해주었다. 그리고 끊임없이 계속되는 내전이 그의 나라를 약화시켰다. 후지는 속삭이듯이 말했다. 나는 그가 홍위병이었다는 사실을 믿을 수가 없었다. 아마 홍위병의 깨어진 이상이 당의 합리적인 영광 속에서 치유되었으리라.

사라진 연회장에서 그는 미소짓고 있었다. "황제는 4백 필의 아름다운 말을 가지고 있었지요. 그는 그 말들에게 춤을 가르쳤다고 합니다……."


실크로드는 옛 장안의 서문에서 시작되었다. 시안 시 당국은 그 것을 기념하여 붉은 사암에 한 떼의 낙타들을 실물의 두 배 크기로 조각해놓았다. 하지만 서문 터는 이미 슈퍼마켓이 차지했다. 그리고 크레디트 카드 광고가 요란했다. 그래서 낙타들은 근처에 있는 도로의 한가운데 안전지대에 놓여 있다.

당 시대에는 그 누구도 실크로드에 대해 이야기하지 않았다. 실크로드라는 말은 19세기에 독일의 지리학자 페르디난트 폰 리히트호펜(P. W. Ferdinand von Richthofen)이 만들어낸 말이다. 실크로드는 한 가닥의 도로가 아니다. 그것은 지중해까지 뻗어 있는, 복잡하게 얽혀 있는 도로망이다. 역사학자들은 실크로드가 기원전 2세기에 처음 생겨났다고 주장하지만, 그에 대해 기록되기 훨씬 이전부터 왕래가 있었다. 기원전 1500년에 생산된 중국의 비단이 북아프가니스탄의 무덤에서 발견되었고, 기원전 10세기 이집트 미라의 머리가 명주실로 땋아져 있는 것도 발견되었다. 그로부터 4백 년 후인 철기시대 독일 귀족의 무덤에서도 비단이 발견되었고, 스키타이인 추장의 말을 덮어주는 덮개에 비단이 함께 조합되어 있는 것도 발견되었다. 이 비단은 2,400년 전에 공물로 바쳐졌거나, 아니면 짐승가죽과 맞바꾼 것일 터이다.

교역품은 비단만이 아니었다. 장안을 떠나는 대상(隊商)들은—때로는 낙타가 천 마리 이상 되기도 했다—은 철과 청동, 칠기(漆器), 자기(瓷器) 등을 잔뜩 싣고 있었고, 서쪽에서 장안으로 돌아오는 대상들은 유리, 금, 은으로 만든 공예품, 인도의 향신료와 보석, 모직과 리넨 천, 그리고 때로는 노예들과 놀라운 발명품인 의자를 가지고 왔다. 과일과 꽃의 교환도 활발하게 이루어졌다. 중국에서 서쪽으로 간 것으로는 오렌지와 살구, 뽕나무, 복숭아, 대황, 그리고 장미, 동백, 모란, 진달래, 국화 등이 있었고, 반대로 페르시아와 중앙아시아에서 중국으로 들어온 것으로는 포도와 무화과, 아마, 석류, 재스민, 대추야자, 올리브, 그리고 수많은 채소와 약초들이 있었다.

한(漢) 제국이 고대 로마를 향해 중앙아시아까지 그 세력을 뻗치던 시대, 또는 몽골 제국이 뜻밖의 평화를 가져왔던 시대 같은 안정된 시기에는 실크로드를 오가는 상인들이 많았다. 하지만 이런 시기에도 같은 대상이 전 구간을 여행하지는 않았다. 로마인이 장안의 거리를 거닐지도 않았고, 중국인 상인이 팔레스타인 사람들을 놀라게 한 적도 없었다. 대신 그들의 상품은 릴레이 경주를 하듯 여러 차례 인계되었고, 그러는 가운데 그 희귀성과 원거리의 요소 가 가미됨으로써 그 값은 자꾸 높아졌다.

도로 가운데 안전지대에서 오도가도 못하는 조각된 낙타들 옆에 서 후지의 딸이 갑자기 나에게 이렇게 물었다. "얼마나 길게 여행 을 하시는 거죠?"

돌에 조각된 낙타몰이 상인들—5백 년 동안 실크로드 교역을 지 배했던 중앙아시아의 소그드인들—의 그림자 안에서, 현대의 어 떤 여행도 빛을 잃었다. 8개월이라는 나의 대답은 이 사람들에게 는 아무것도 아닌 것으로 들렸을 것이다. 그들의 여행은 때로는 몇 년씩 걸렸다. 영원히 돌아오지 못하는 경우도 많았다. 그들의 뼈는 모래 위에 흩어졌다. 도기에 새겨진 소그드인들—그들은 대개 작 은 모자를 쓰고 있다—의 형상은 다소 우스꽝스러워 보인다. 튀어 나온 눈과 손잡이 같은 코를 가진 그들의 모습은 중국 캐리커처의 전형이다. 하지만 그들은 낙타를 잘 다루었고, 위로 향한 이상한 모양의 그들의 신발은 모래에서 마찰을 줄이기 위해 그렇게 만든 것이었다. 그들이 화적떼나 모래폭풍 또는 급작스런 홍수로 죽을 확률은 꽤 높았다. 그에 비해 내가 죽을 확률—아마 아프가니스탄 의 지뢰에 의한—은 아주 낮다. 그날밤 자기 전 한가한 시간을 이 용해서 이 반백의 사업가들과의 상상의 대화를 엮어보았다.

그 : 당신 뭣 하러 가는 거요?

나(경건하게) : 이해를 위해서. 두려움을 떨쳐버리기 위해서 가오. 당신은 뭣 하러 갔었소?

그 : 허톈(和闐)에서 나는 인디고(쪽빛 물감)와 소금을 팔러 갔소. 이해가 어째서 두려움을 없애주죠?

나(걱정하면서) : 그건 사실이오.

그 : 그럼 당신은 지금 두렵소?

나 : 나는 아무 일도 일어나지 않는 것, 아무 것도 경험하지 못하는 것이 두렵소. 그것이 바로 현대의 여행가들이 두려워하는 것이오. 허공. 그렇게 되면 당신은 당신 자신의 소리만을 듣지요.

그 : '아무 일도 일어나지 않는다.' 나는 그렇게 해달라고 부처님께 2파운드의 향을 바쳤소. 당신은 어차피 당신 자신의 소리를 들을 것이오. 나는 부하라의 무당을 한 사람 알고 있소. 청동 거울을 파는 사람이오. 그의 말이, 이 세상에는 오직 당신 자신만이 있다는 거요. 나머지는 환상이오. 그저 당신이 있을 뿐이오. 다른 아무도 없고. 그래서 당신은 혼자 가고 있는 거 아니오? 순례자와 미친 사람들만이 혼자 다니는 거요. 당신은 어느 쪽이오? 첩을 얻도록 하시오(턱수염을 잡아당긴다). 당신 어느 나라 사람이오?

나 : 영국…….

그 : 영국이란 나라는 존재하지 않소. 당신은 세계의 심장이니 뭐니 하는데, 세계는 사람이 아니란 말이오. 어느 한 부분이 다른 부분보다 더 의미가 있지는 않소. 시베리아에도 호박(琥珀)이 있소. (더 친절한 말투로) 주석 장사를 해보지 그러오. 이문이 괜찮다는데…….

* * *

도시의 가장 큰 박물관의 조명이 희미한 전시실 한켠에 세계에서 가장 오래된 종이가 걸려 있다. 그 표면은 돋을새김의 지형도처럼 오톨도톨하고 가장자리는 너덜너덜하다. 이 종이는 한 무제(武帝) 통치기인 기원전 100년경에 대마와 쐐기풀 섬유로 만들어졌다. 그 위에 아무 글씨도 쓰여 있지 않다. 마치 낙타가 제 몸을 박물관 벽에 비빈 것 같은 모양이다.

종이 만드는 법이 유럽에 도달하기까지는 1,200년 이상이 걸렸다. 그 동안 장안에서는 종이가 옷, 갑옷, 손수건, 연(鳶), 허리띠, 돈 등에 쓰였다. 아름답게 채색된 얇은 종이도 등장했다(15미터 길이의 두루마리도 나왔다). 황제의 도서관에는 20만 개의 두루마리가 있었다. 이 족자들은 채색된 상아 표찰로 찾기 쉽게 되어 있고, 그 껍데기에는 수정이 박혀 있었으며, 그 종이는 운모(雲母)로 광을 냈다. 6세기경에는 이미 불경의 제작이 일반화되어, 그 시대의 한 저명한 관리는 가족들이 불경을 화장실의 휴지로 사용하는 것을 금했을 정도였다.

종이 만드는 기술은 아랍인들이 탈라스 전투에서 중국군을 패주시킨 서기 751년 이후에야 비로소 중국인 제지 기술자 포로들과 함께 서쪽 사마르칸트로 전파되었다. 그러나 유럽까지 전파되는 데는 다시 3백 년이 필요했다. 조용한 박물관에 걸려 있는 이 종이는 너무 거칠어서 글자를 쓰기 어려울 것 같았다. 그러나 서기 100년쯤에는 뽕나무 껍질에 쓴 편지들이 실크로드를 따라 전달되고 있었다. 고고학자 오렐 슈타인은 로프 사막의 전망대를 조사하다가 배달되지 않은 편지들을 발견했다. 소그드어로 쓰인 이 메시지들은 그 연대가 서기 313년까지 거슬러 올라간다. 이 편지들은 지금까지 발견된, 종이 위에 쓰인 최초의 편지들이다. 글씨는 먹으로 쓰여 있다. 한 편지는 오래 잊혀진 아내의 넋두리를 담고 있다("당신의 아내가 되느니 차라리 개나 돼지의 아내가 되는 게 낫겠어요!"). 또 다른 편지는 무너져가는 중국의 정세—도시의 약탈, 황제의 도피 등—와 그에 따르는 교역의 기회를 언급하고 있다. 나머지 편지들은 교역 내용을 자세히 적은 것들이다. "구장에서 후추 2,500자루를 급히 보냈고……하르스탕은 당신에게 은 20냥을 빚지고 있었다.. 그가 나에게 은을 주어 달아보니 4.5냥 밖에 안 되었다. 그래서 내가 묻기를…….."

붉은 등을 내건 만두 식당에서 후지와 그의 딸은 무언가에 대해 토론을 벌이고 있었다. 부녀는 똑같이 작은 입과 납작한 코를 가지고 있다. 아버지가 당(唐)의 역사를, 딸은 송(宋)의 역사를 전공하고 있다. 가끔 딸은 웃고, 아버지는 미소를 짓는다. 아버지는 고대의 예절을 재조명하는 논문집을 집필중이다. "아득한 옛날부터 전해 내려오는 이야기가 많습니다." 그가 만두를 주문했다. "난 그런 이야기들을 의심하는 시각에서 새로 쓸 작정입니다."

그가 당나라 시절부터 전해지는 얘기를 하나 해주었다. 반군에게 포위된 요새의 사령관은 6백 여 명의 그의 장졸들이 아사지경이라는 것을 깨달았다. 그러나 그는 항복하지 않고 먼저 자기 아내를 죽여서 그 고기를 장병들에게 먹였다. 그런 다음 그는 하나씩 하나씩 약한 사람을 죽여서 더 강한 병사들에게 그 고기를 먹였다. 결국 그의 병력은 1백 명으로 줄어들었다. 그러나 그들의 요새는 구원 병력이 도착하기 사흘 전에 적에게 유린당하고 말았다.

"이 장군의 행위가 국가에 대한 완벽한 봉사의 본보기라고 역사에서 추앙되어왔지요. 그래서 나는 이 이야기를 다른 시각에서 다시 썼습니다. 이 행위를 어떻게 판단해야 옳을까요?" 그는 얼마간 후회가 된다는 듯 얼굴을 찌푸렸다. "당신도 알다시피 중국에는 인명(人命)을 존중하는 전통이 없어요. 우리의 과거에는 그런 개념 자체가 없었지요." 그는 무릎에 놓여 있던 두 손을 가슴께까지 들어 올리며 주먹을 쥐었다. 그 손은 학자의 손치고는 거칠어 보였다. 그가 광산에서 몇 년을 보냈다는 말이 생각났다. "그게 우리의 문제지요. 비인간성."

내 한 손이 그의 팔에 스쳤다. 나는 그에 대한 동정심을 느꼈다. 순간 나는 내가 이 척박한 땅에서 한순간도 어떤 걱정에서 벗어나지 못했다는 것을 깨달았다. 그것이 문화혁명의 찌꺼기라는 것을 나는 알았다.

후지가 조용히 말했다. "그래서 텐안먼 광장의 학살이 일어날 수 있었던 거지요."

나도 모르는 사이에 내가 그에게 물었다. "그런 일이 다시 일어날 수 있을까요?"

잠시 침묵을 지키다가 그가 말했다. "난 그렇게 생각하지는 않습니다. 지금은 우리도 세상을 향해 많이 개방되어 있으니까요. 우리는 감독을 받고 있지요."

그게 유일한 이유일까 하고 나는 의심했다. 그렇다면 진정으로 변한 것은 아무것도 없단 말인가? 나는 식당 안을 둘러보았다. 20년 전이었다면 이곳은 제복을 차려입고 연회를 즐기는 관리들로 채워져 있었을 것이다. 지금 이곳을 채우고 있는 사람들은 가족들, 회사동료들, 그리고 서로 사귀는 십대 청소년들이었다. 그러나 한

순간 전과 달라진 것이 아무것도 없다는 생각이 나를 엄습했다. 검은색 또는 회색의 웃옷, 어두운 색의 셔츠를 입고 있는 남자들, 그들은 단지 하나의 제복을 다른 제복으로 바꾸었을 뿐이라는 생각이 문득 들었던 것이다.

하지만 후지가 자기 딸을 바라보면서 부드럽게 말했다. "우리 문화가 바뀌기 시작했습니다. 그건 사실입니다."

그는 그런 변화를 자기 딸에게서 보고 있었다. 그의 딸이 내가 입 밖에 내지 않은 질문에 대답했다. "혁명이 일어난다면 우리 세대가 어떤 행동을 할지 난 모르겠어요. 하지만 나는 우리 세대가 더 이기적이라고 생각해요. 우리 세대는 양심을 가지고 있어요. 그들은 스스로 결정을 내려야 합니다."

그녀의 순진한 시선이 나에게 머물고 있었다. 그녀는 스물여덟이지만 외모는 어린애 같다. 한순간 나는 그녀의 말을 이해하지 못했다. 양심과 이기심을 결부시킨 그녀의 말이 이상하게 들렸던 것이다. 하지만 그녀는 도덕성이 거의 신비적인 존재인 지도자의 전유물이었던 문화혁명 이후로 권위와 덕성을 이어주는 생명선이 끊어져버렸다는 것을 암시하고 있었다. 이제는 책임을 윗사람에게 전가시킬 수 없고 스스로 지게 된 것이었다. 밍자오는 하늘 아래 모든 사람을 가두고 있던 엄연한 계층질서인 유교적 질서의 붕괴를 은연중에 선포하고 있었다. 그녀의 진지한 얼굴에 미소로 답하면서, 나는 중국의 지각 속에서 엄청난 변동이 일어나고 있는 광경을 상상했다. 자신을 집단에 복속시키던 오랜 전통이 느슨해지면서 개인생활이 중시되기 시작한 것이었다.

이런 상념들이 마지막 만두가 우리의 목구멍을 넘어갈 때까지 아직 자리를 잡지 못한 채 혼란된 상태로 흔들리고 있었다. 후지는 술 한잔을 마시면서 긴장을 풀며 한숨을 쉬었다. 젊은 시절에 그는 작가 선충원(沈從文)의 조수로 일했었다고 했다. 선충원은 공산주의 치하에서 침묵을 지킨 작가였다. 그 노작가의 달콤한 자유주의의 흔적이 후지에게 살아남아 있다는 생각이 들었다.

"하지만 홍위병들이 죄의식을 느끼지 않았다는 건 사실이 아니에요." 밍자오가 말했다. "우리 선생님 한 분도 무참하게 매를 맞았어요. 그분의 제자 가운데 한 사람은 지금도 그분을 마주 대하지 못하지요. 37년이 지난 지금도 그는 그것을 견딜 수 없는 거예요."

후지가 술잔을 내려놓았다. "우리는 아주 젊었었지. 그건 열병 같은 거였어."

그의 말에는 외국인인 나에 대한 가벼운 질책 같은 것이 담겨 있었다. 내가 어찌 이해할 수 있겠는가? 정서적으로는 물론이고 지적으로도 나는 이해할 수 없겠지. 나는 또 다른 비인간성의 사회에 태어난 사람이니까.

어둠이 퍼지기 전에 밍자오가 쾌활하게 말했다. "선생님은 어느 시대에 살았더라면 가장 좋았을 거라고 생각하세요?" 그녀는 이런 응접실 게임을 즐기고 있었다.

"내가 부자냐 가난한 사람이냐에 따라 다르겠지." 내가 웃으며 대답했다. "그럼 아가씨는?"

"내가 남자냐 여자냐에 따라 다르겠지요."

우리는 함께 그녀의 아버지를 돌아보았다. 그는 분명히 당나라 때 사는 걸 택할 거라는 생각이 들었다. 하지만 그는 미소 지으며 이런 모호한 말을 했다. "미래에."

비단이 내 손 사이로 미끄러져 내렸다. 그 색깔은 풍요로웠지만 약간 합성된 느낌을 주었다. 여자는 한 자(尺)당 45위안(5달러)을 요구했다. 그녀는 자기가 파는 비단은 예부터 비단 생산지로 유명한 동부지방의 항저우(杭州)와 쑤저우(蘇州)에서 온 것이라고 했다. 나는 그 무늬가 송나라 시대부터 변하지 않은 게 아닐까 생각했다. 비단에는 용과 불사조, 그리고 황금색 꽃들이 그려져 있다.

요즘 세상에 누가 이런 비단옷을 입을까, 상상이 되지 않았다. 과거의 여가와 인공미가 느껴지는 비단이었다. 하지만 이 비단은 탄력성이 아주 좋고, 입기에 편하며, 물감이 잘 먹고, 거의 좀이 슬지 않는다. 2천 년 된 한나라 때의 무덤에서 다른 것들은 모두 삭아 없어졌어도 비단으로 된 부장품과 수의는 남아 있다고 한다. 한나라 시대에는 거의 모든 가정의 여인들이 누에를 쳤고, 황궁에 드나드는 사람들은 모두 호화로운 비단 옷 차림을 자랑했다. 당의 황제들은 비단 옷을 차려입고 커다란 비단 캔버스에 초상화를 그리도록 했으며, 행차할 때는 비단 깃발을 앞세우고 비단 커튼이 쳐진 전차(戰車)를 타고 다녔다.

중국인들은 명주실의 장력이 놀라울 만큼 강하다는 것을 알았다. 그래서 활줄과 현악기의 현으로 명주실이 사용되었고, 낚싯줄로도 명주실을 사용했다. 방수 비단주머니가 액체를 운반하는 데 사용되었으며, 옻칠을 한 비단 컵을 만들어 사용하기도 했다. 뼈와 나무와 더불어 비단은 글씨를 쓰는 최초의 표면이 되었다. 황제의 칙령이 그 위에 적혔고, 제사 의식(儀式)을 행할 때는 사자(死者)에게 보내는 메시지가 비단 위에 실렸다. 종이가 발명되고 한참이 지난 후에도 점술과 마법에 관한 책은 비단으로만 만들었다. 조상의 위패 역시 비단에 적는 것이 원칙이었다.

그림을 그리는 표면으로도 비단은 가장 값비싼 재료였다. 한때 방대했던 황제의 비단 두루마리 컬렉션은 지금 전해지지 않고(반군 병사들이 그 두루마리를 텐트와 배낭을 만드는 데 사용한 적도 있었다), 사본과 파편만이 일부 전해질 뿐이다. 하지만 풍경화는 거의 신비적인 예술이 되었다. 화가들은 때로는 담비 털이나 생쥐의 수염으로 만든 붓으로 산과 사람들, 그리고 광대한 하늘과 아득한 태양을 비단 위에 그렸다.

그리고 무엇보다도 비단은 천 년 동안 만리장성 너머에서 분탕질을 일삼던 유목민들을 달래는 수단으로 사용되었다. 흔히 비단은 화폐 대용으로 쓰였다. 비단이 급료나 공물로 이용되기도 했다. 기원전 1세기경에는 훈족의 조상들이 그들의 말과 비단을 맞바꾸었다. 실크로드의 다른 쪽 끝 너머에 있는 로마에서는, 비단이 부자들을 매혹시키고 경제를 뒤엎기 시작했다. 뒤에 지친 도시 로마를 포위한 알라리크가 이끄는 비시코트족을 일시적으로 물러나게 하는 데 4천 필의 중국 비단이 사용되기도 했다.

\* \* \*

펑은 오뚝한 코와 살이 두툼한 뺨에 눈썹이 짙었다. 아랍인인 그의 조상들이 7백 년 전에 실크로드를 따라 이곳으로 왔다고 그는 말했다. 그의 조상 가운데 한 사람이 명(明)의 첫 황제 휘하의 장수였다고 했다. 아랍인과 페르시아인의 피가 섞여 그의 종족인 후이족(回族)을 중국인들보다 더 미남으로 만들었다고 그는 웃으며 말했다. 하지만 그의 이빨은 거멓게 변했고, 잇몸은 주저앉았으며, 몸은 비대해졌다.

이슬람교가 생긴 지 얼마 안 되었던 7세기에 이들 장사꾼들은 실크로드를 따라서 중국에 왔거나, 또는 남중국해의 항구들을 통해 중국으로 들어왔다. 그러나 민족 간의 결혼을 통해 그들은 주위의 사람들과 구분하기 어려울 정도로 동화되었다. 반란과 진압이라는 냉소적인 역사, 그리고 중국인들이 붙여준 '후이족'이라는 딱지가 그들에게 자기네들이 하나의 민족이라는 의식을 심어주는 것 같았다. 이들은 시안에 현재 6만 명이 살고 있으며, 여전히 탐욕스런 장사꾼들로, 그들의 대화 속에는 아직도 아랍 단어들이 섞여 있다.

어스름 무렵에 그들이 사는 구역을 산책해보면, 새로운 활력이 느껴진다. 그들은 요리사들처럼 하얀 모자를 쓰고 다니며, 가끔 턱수염을 기른 이들도 보인다. 녹색 이슬람 사원의 돔 밑의 골목길에는 케밥(고기와 채소를 꼬치에 꿴 산적의 일종)을 파는 노점, 밀가루 반죽으로 5미터쯤 되는 국수발을 뽑는 사람들, 이슬람 율법에 따라 도살된 양고기와 쇠고기를 파는 고깃간 등이 즐비하다.

그들의 이슬람 사원에 들어가보면 중국과 이슬람의 결합이 마치 예술작품 같다. 그 정원은 명나라 궁전의 뜰처럼 꾸며져 있고, 거기 서 있는 비석들에는 아랍 문자와 한자가 번갈아 조각되어 있다. 첨탑은 자기 타일로 덮여 있고, 살아 있는 이미지를 금하는 이슬람의 규칙을 무시하고 돌로 된 용과 거북들이 여기저기 늘어서 있다. 네온 불빛으로 장식된 기도소에서는 이맘(이슬람 성직자)의 설교가 확성기를 통해 흘러나온다. 지나치게 확성기의 볼륨을 높인 그 목소리로 귀청이 터질 것 같았지만, 나는 한 마디도 알아들을 수 없었다.

이 사원을 돌아보면서 나는 문화의 순수성이란 환상에 불과하다는 것을 알았다. 동서의 것이 뒤섞인 이 이슬람 사원은 약속이면서 동시에 경고인 듯했다. 이 사원은 오래 전에 실크로드가 만들어놓은 작품이었다. 장래의 그 어느 것도 균일하거나 항구적일 수는 없다는 것을 나는 깨달았다. 길을 따라 간다는 것은 다양성을 향하는 일이기도 하다.

* * *

황은 여전히 그의 원대한 꿈을 꾸고 있었다. 내 생각에 그는 내가 그의 꿈의 일부가 되었으면 하고 바라는 것 같았다. 어느 날 저녁 호텔로 돌아오는 나를 보더니 무슨 음모라도 꾸미듯이 내 한 팔을 꽉 잡았다. 물건들을 수집해놓은 사람을 알고 있다고 그는 말했다. '물건들' 하면 그것이 무엇을 뜻하는지 알 만한 사람은 알고 있었다.

"그는 마을 사람들, 농부들을 알아요. 그들은 무덤들을 찾지요. 그리고는 등을 들고 밧줄을 타고 내려가서 밤에 물건들을 꺼내옵니다. 낮에는 무덤을 다시 덮어놓지요."

"그 사람은 어떻게 그 물건들을 구하지요?"

"그는 마을에 이틀이나 사흘을 머뭅니다. 그러면서 누가 골동품을 가지고 있는지 알아내 그에게 다가갑니다. 마을 사람들이 아주 부자가 된 마을도 있지요."

나는 이 사람들이 아주 가난하다는 것을 알고 있으면서도 쓸데없는 말을 했다. "그들은 역사를 파괴하고 있는 겁니다." 황은 아무 말이 없었다. "그리고 그건 위험한 일이에요."

"무덤 속의 공기는 아주 나쁘지요. 그 안에서 죽은 사람들도 있답니다."

그날밤 막다른 골목에서 황이 커튼이 쳐진 창문에 대고 소리쳤다. 한 여자의 실루엣이 나타났다 사라졌다. 그리고는 아무 소리도 나지 않았다. 그 골동품 밀매자는 한곳에 오래 머무르지 않는다고 황이 말했다. 그의 가게는 몇 달간만 세를 내고 그의 집 또한 마찬가지라고 했다. "꼭 살 필요는 없어요. 그냥 구경하세요. 그냥 보기만 하세요."

문이 열리더니 올빼미 같은 창백한 얼굴이 나타났다. 그 사람이 우리에게 모퉁이를 돌아오라고 손짓을 했다. 함석으로 된 가게 문이 덜컹 하고 열리더니 우리가 들어가자 다시 닫혔다. 어두컴컴한 가게 안에서 보니 그 남자는 아주 젊었다. 테가 얇은 안경을 쓴 그의 두 눈이 희미한 헤드라이트를 연상시켰다. 콧수염이 듬성듬성 짧게 나 있었다. 텐안먼 광장에서 탱크에 깔린 학생을 연상시키는 풍모였다. 그의 가게 안에는 물건은 별로 없었다. 청나라 시대의 화병 몇 개와 현대의 두루마리 그림 몇 점―으레 그렇듯 말과 풍경을 그린 그림들이었다.

"이거 어떻습니까?" 그가 이 지역의 어떤 화가가 그린 유화를 가리키며 말했다.

"아뇨. 이런 것들엔 관심 없습니다." 나는 황이 그에게 나에 대해서 어떤 말을 했을까 궁금했다.

가게 주인이 카운터 뒤로 돌아가서 상자들 안을 더듬었다. 나는 자물쇠가 딸깍 하고 열리는 소리를 들었다. 올빼미 눈 같은 그의 눈이 내 눈과 마주치며 반짝 빛을 냈다. 이어 그는 무언가를 감싸고 있는 천을 풀더니 아무 말 없이 그것을 똑바로 세웠다. 그것은 한나라 시대에 만든 진흙 병졸이었다. 그 병사는 붉은 소매가 달린 웃옷에 푸른 조끼를 입고 있었는데 색이 심하게 바래 있었다. 병졸의 얼굴은 코를 제외하고는 손상되어 있었고 그의 오른손은 무기를 쥔 듯한 자세였다. 나는 그날 오전에 산시 성 박물관에서 같은 진흙 병졸들을 보았었다. 너무나 똑같았다.

밀매상이 말했다. "2천 달러."

나는 그 주위를 한 바퀴 돌았다. 흥미를 끌긴 했지만 그리 마음에 들진 않았다. 밀매상도 나와 함께 그 주위를 돌았다. 마치 내가 갑자기 그것을 잡아채 갈까봐 두려운 듯이. 이 사람이 내가 짐작했던 것보다는 더 나이가 들었을지도 모른다고 나는 생각했다. 그는 냉정하면서도 학자인 체하는, 어떤 권위 같은 것을 풍기는 사람이었다. 그가 한나라 시대의 다른 골동품들의 포장을 하나씩 하나씩 풀기 시작했다. 똬리를 틀고 있는 노란 색의 용—어떤 건물의 파편인 것 같았다—, 땅딸막한 짐승들이 떠받치고 있는 작은 향로, 그리고 녹색 도기 몇 점.

가게 주인이 말이 없는 것과는 대조적으로 황은 수다를 떨어댔다. 우리는 2천여 년 전의 유물인 이들 골동품들을 훑어보았다. 그것들을 가짜로 의심할 만한 근거를 나는 찾을 수 없었다. 이 지역에는 당국이 일일이 감시할 수 없을 정도로 많은 옛 무덤들이 널려 있었다. 가게 주인이 용에 얹힌 먼지를 조심스레 털어냈다. 그와 마찬가지로 이 물건들의 사자(死者)에 대한 효험을 믿지 않는 나는, 단지 도굴된 물품들로서 그것들을 살폈다. 그러나 나는 그것들이 일단 무덤에서 격리됨으로써 과학적 가치를 상실했다는 것을 알고 있었다.

잠시 후 가게 주인이 다시 선반을 뒤지더니 판지 상자에서 조상(彫像) 하나를 꺼냈다. 나는 이것이 그가 가지고 있는 진짜 보물이라는 것을 알아차렸다. 그가 그렇다고 말을 해서가 아니라, 그가 유난히 조심스레 그것의 포장을 푸는 태도와 그의 얼굴에 나타난 긴장된 표정이 이 물건의 가치를 드러내고 있었던 것이다. "당나라 때 물건이오." 그가 말했다.

그 조상은 사원을 지키는 신장(神將)의 상으로 높이가 30센티미터쯤 되었다. 고함을 지르는 듯 머리는 위로 뒤틀려 있었고, 모자의 귀덮개는 바람에 날리는 듯했으며, 분노한 듯 주먹 하나가 들려져 있었다. 이 조상에는 아직도 흙이 묻어 있었다. 가게 주인은 이 조상의 값으로 6천 달러를 불렀다.

그것은 물론 엄청난 값이었다. 하지만 그의 말은 진정인 듯싶었다. 나는 머리를 흔들었다.

가게 주인이 말했다. "이건 황제의 무덤에서 나온 거요."

내가 믿을 수 없다는 투로 물었다. "어떤 황제?"

그가 즉시 대답했다. "태종." 그래서 그는 이 조상의 제작연대를 7세기 초로 잡고 있었다. 나는 그의 말이 맞는지 틀리는지 가늠할 수 없었다. 그가 말했다. "뉴욕에 가져가면 30만 달러는 받을 수 있을 거요."

내가 말했다. "난 이걸 가지고 나갈 수 없소."

"이해합니다." 그가 입술을 오므리며 말했다. "이런 물건을 가지고 나간다는 건 아주 위험한 일이지요. 하지만 당신이 대사관에 친구가 있거나 또는 홍콩 업체와 연줄이 있다면……. 당신이 어디에 있든 그들이 당신에게 이걸 보내줄 수 있지요. 문제없습니다."

"문제없어요." 황이 맞장구를 쳤다.

나는 무관심한 태도로 그 조상을 다시 돌아보았다. 황의 눈이 커다래져 있었다. "당신은 고향에 가서 큰돈을 벌 수 있을 겁니다."

그 순간 이제 생각이 났다는 듯이 가게 주인이 종이꾸러미에서 무언가 무거운 물건을 꺼내더니 그것을 카운터 위에 올려놓았다. "당나라 때 거요. 단돈 4천 달러."

나는 놀란 눈으로 그것을 바라보았다. 어두컴컴한 이 지저분한 가게 안에서 노란 불빛을 받고 있는 그것은 아름다웠다. 자비의 여신 관음보살의 두상, 거의 실물대였다. 머릿단과 꽃으로 장식된 두건 아래서 관음보살의 평화로운 얼굴이 나를 응시하고 있었다. 감기다시피 한 눈 위 이마에 깊이 파인 두 개의 주름살이 멋진 조화를 이루고 있었다. 섬세한 코와 입 역시 전체 모습과 어울렸다. 이 지방의 흰색 화강암으로 조각된 이 두상은 관음보살의 잠자는 모습인 듯했다.

가게 주인은 내가 흥미를 느낀다는 것을 재빨리 간파했다. "내가 홍콩에 있는 어떤 사람과 당신을 연결시켜 드릴 수도 있습니다."

나는 망설이면서 관음보살의 얼굴을 응시했다. 영혼을 극락으로 인도한다는, 코밑수염이 있는 인도의 보살이 성전환을 해서 여신 관음이 된 것은 당나라 시대 중국에서였다. 이 온화한 중성(中性)의 얼굴이 어쩌면 그 전환의 순간을 기록한 것인지도 모른다는 생각이 들었다. 진짜라면, 이 두상의 가치는 그야말로 엄청난 것일 것이다. 하지만 나는 알 수 없었고, 그것을 구입할 능력도 없었다. 가게 주인을 힐끗 돌아보았다. 나는 그를 경멸하고 싶었다. 하지만 그는 여전히 수수께끼 같은 표정을 짓고 있었다. 앳된 그의 머리 아래서 학자 같은 이마, 달걀 껍데기같이 윤이 나는 그의 이마가 번쩍이고 있었다. 나는 이런 생각을 했다. 내가 저 사람을 고발한다면 그는 처형될까? 그렇다면 조상(彫像) 때문에 그는 생명을 잃게 될 것이다.

내가 그 두상이 가짜라고 생각하기 시작한 건 어쩌면 나 자신이 아닌 그를 구원하기 위해서였는지도 모른다. 그것은 너무 반질반질하고 너무나 완벽하지 않은가? 몸체는 어디 있을까? 그리고 가게 주인은 왜 이 두상을 무덤에서 나온 신상(神像)보다 싸게 값을 매겼을까? 그것이 가짜라면 그것은 무가치한 것이라고 나는 결론지었다. 착잡한 심정으로 나는 그 두상을 다시 바라보았다. 그 얼굴은 빛나는 백지 같았다. 사람들의 꿈을 담을 용기(容器)라고 할까. 나는 조심스레 그것을 종이뭉치 속에 내려놓고 종이로 덮었다.

잠시 동안 가게 주인은 다른 죄 될 것 없는 일들에 대해 이야기했다. 도시에 실업자들이 늘어나고 있다느니, 농촌 생활이 어렵다느니 하는. 그러더니 그의 흥미는 스러졌다. 그는 내가 물건을 살 사람이 아니라는 것을 알아차렸다. 몇 분 후, 쇠문이 덜컹거리며 닫혔고, 황과 나를 불빛도 없는 골목에 남겨둔 채 그는 사라졌다.

한두 시간 동안 나는 그 두상을 잊고 지냈다. 얼마 후 며칠에 걸쳐 나는 그것이 진짜가 아니었을까 하면서 아쉬워했다. 나는 백일몽에 빠지곤 했다. 나는 몇 년이 지난 후 내가 뉴욕의 메트로폴리

탄 박물관이나 대영박물관의 중국실을 거닐다가 새로 구입한 중국 유물을 진열한 진열창을 들여다보게 되는 광경을 머릿속에 그렸다. 거기서 내가 어디서 본 듯한 낯익은 얼굴에 접하게 되는 백일몽이었다. "관음 두상, 당나라 시대, 8세기. 출처 불명."

휘황한 식당의 조명 아래서 검은 머리채 밑의 황의 두 눈이 그 자신의 좌절감으로 빛나고 있었다. 오랫동안 그는 앞에 놓인 돼지고기에 손도 대지 않은 채 폭죽처럼 말을 쏟아내고 있었다. 그는 방금 어떤 통보를 받은 것이었다.

발단은 그가 말한 브라질의 변호사가 보낸 이메일이었다. 그 메일을 본 황은 조바심을 더 견딜 수 없게 되었던 것이다. "내 친구가 브라질에서 편지를 보냈어요. '미스터 황, 당신은 이곳 브라질 회사에서 일할 수 있어요.' 이 문장이 내겐 무엇보다 소중한 것이었지요. 그런데 이게 무슨 뜻이라고 생각하세요? '당신은 회사에서 일할 수 있다……'"그는 그 단어들이 무언가 다른 뜻을 내포하고 있다는 듯 그 문장을 주문처럼 되풀이했다. 그 말의 참뜻이 무엇이었을까? '당신은…… 일할 수 있다.'

나는 다시 그의 앞일이 걱정되었다. 그가 무슨 일을 할 수 있을까? 그는 포르투갈 말을 한 마디도 못했다. 그리고 황 씨가 그의 문 앞에 나타났을 때, 과연 그 변호사는 어떤 느낌일까?

"우리 아버지는 매우 화를 내셨죠." 그가 말했다. "내 직업이 좋기 때문이죠. 권력이 있는 자리니까요. 많은 사람들이 그런 자리를 원하지요. 하지만 아버지는 내가 어렸을 때부터 이 큰 꿈을 품어왔다는 걸 알고 계시지요. 난 아버지께 이렇게 말씀드립니다. '난 괜찮을 겁니다. 영어를 좀 하고 영리하니까요.' 그러면 아버님도 이해하시지요."

"당신은 중국 무역회사를 찾아보아야 할 거요." 내가 말했다. "그런 회사에서는 중국어를 쓸 수 있을 테니까."

"무역이라고요? 그 단어 스펠링이 어떻게 되죠?" 그가 메모지를 꺼냈다. "티······아르······에이······"

"하지만 당신의 아내와 딸은 어떻게 할 작정이오?"

그의 시선이 앞에 놓인 음식으로 향했다. "아, 그게 나의 가장 큰 문제입니다." 그가 돼지고기를 포크로 찌르며 말했다. "내가 아내에게 처음 이 말을 꺼냈을 때 아내는 몹시 화를 냈지요. 1주일 내내, '내게 손대지 말아요! 나와 얘기도 하지 말아요!' 하면서. 나도 그녀의 생각을 이해합니다. 하지만 뒤에 나는 장모님께 나의 생각을 설명했지요. 장모님은 내 마음과 내 꿈이 아주 크다는 것, 내가 아주 사업을 잘 하리라는 것을 알고 계시거든요. 그래서 마침내 아내가 좋아요, '좋아요, 당신의 마음을 알겠어요' 하고 말했지요." 하지만 그는 안쓰러운 표정이었다. "당신도 알다시피 우리 중국 여자들은 매우 강해요. 너무 강하죠. 열의 일곱은 아마 그들의 남편보다 더 강할 겁니다······"

"당신의 아내도 함께 갈 건가요?"

"첫해에는 나 혼자 갈 겁니다. 일단 내가 자리를 잡으면 아내도 건너와서 일자리를 찾아야죠. 딸은 우리 어머니 또는 장모님한테 보낼 겁니다. 이쪽저쪽 왔다갔다 하겠지요. 문제없습니다! 두 분 다 그애를 사랑하니까요. 두 분이 다 그애와 함께 있고 싶어하지요."

"그게 그애에게 좋다고 생각합니까?" 내 머릿속은 어린 시절에 관한 서구의 관념으로 꽉 차 있었다. "이 사람 저 사람이 아이를 돌보는 게?"

그가 갑자기 얼굴을 찡그렸다. "별로 좋다고는 생각지 않습니다. 하지만 난 이렇게 할 수밖에 없습니다. 뒤에 그애도 나를 따라오게 될 겁니다."

그는 취업 허가와 비행기표에 대해 말하며 울적한 기분이 다시 회복되었다. 그는 돼지고기와 함께 의심도 삼켜버렸다. 그는 다소 감상적이 되었다. 그 밤이 우리가 함께 보내는 마지막 밤이었기 때문이다. 그는 우리가 다시 만날 수 있을지 모르겠다고 말했다. 그가 보기에 나의 여행이 자기가 계획하는 여행보다 더 위험했다. 이곳 시안에서는 모든 일이 순조로웠지만, 그곳 북서지방에서는……. 그는 눈에 띄게 몸을 떨었다. 그의 두려움은 중국인들이 예부터 품어온 만리장성 너머 아시아 내지에 대한 두려움, 천자의 왕국 너머에 있는 그 미지의 땅에 대한 두려움이었다. 그런데 사실 나는 아프가니스탄에 대해서는 그에게 언급조차 하지 않았으니…….

"난 선생님과 얘기하는 걸 좋아합니다." 그가 말했다. "선생님 생각이 날 겁니다. 우리 중국인들은 가벼운 얘기를 서로 나누지요. 속 깊은 얘기는 안하고 농담이나 주고받는…… 하지만 선생님은 다릅니다."

우리는 숙소로 가기 위해 일어섰다. 그가 과연 다시 중국으로 돌아올까? 나는 그것이 의심스러웠다. 적어도 노인이 되어서는 이주 1세대는 흔히 고향으로 돌아왔다. 호화로운 집을 짓고 태어난 곳에서 죽기 위해서였다. 그러나 황은 돌아오지 않겠다고 했다. 자기는 어느 마을로도 돌아올 생각이 없다는 것이었다. 다른 사람들이 자기 부모의 묘를 돌보아줄 거라고 했다. "죽고 나면 아무것도 없어요. 나는 내가 아는 것만을 믿어요."

거리에 나오니 부슬비가 내리고 있었다. 그는 내리는 비에 별로 신경을 쓰지 않았다. 다른 무언가가 그를 괴롭히고 있었다. 사소한 일이지만 끈질기게 그의 신경을 건드리고 있는 것 같았다. 그가 말했다. "우린 묘를 청소하는 날 행사를 하지요. 그때 죽은 사람들을 위해 종이돈을 태워요. 어제까지 2년 동안, 돌아가신 부모님이 꿈에 나타나셨지요……."

하지만 이 우연한 일이 그가 신앙에 대해 알고 있는 모든 것이었다. 그리고 그 생각도 내리는 비와 함께 희미해졌다. 그가 내 한 손을 잡았다. 내가 걱정된다고 그는 말했다. 어울리지 않는 다정한 태도로 그는 작별을 아쉬워했다. 자기는 나를 아버지처럼 생각한다고, 그가 풀이 죽은 목소리로 말했다. 내가 너무 늙었고, 건강이 좋지 않다는 것이었다(나는 감기에 걸려 있었다). 그리고 철도역은 위험한 곳이니, 역에서는 누구와도 얘기하지 말라고 했다. 떠돌이와 범죄자들이 득시글거린다는 것이었다. "그리고 밤에 밖에 나가면 안 됩니다. 이게 내 휴대전화 번홉니다…… 곤란한 일이 생기면 내게 전화하세요……."

하지만 비와 어둠이 그의 모습을 가릴 때까지, 그가 연방 뒤돌아보고 계속 손을 흔들며 나에게서 멀어질 때까지, 내가 걱정한 것은 그 자신의 여행—수백만 그의 동포들이 스스로에게 과하는 추방—이었다. 그날밤 나는 외국에 나가 성공하는 그의 모습을 그려보려고 애썼다. 내가 애타게 그것을 원한다는 사실이 나 스스로도 놀라왔다. 하마터면 나는 그에게 전화를 걸 뻔했다. 조용한 호텔 방에서 나는 그 반대의 광경, 즉 황이 범죄자들이 득실거리는 빈민가에서 생활비도 제대로 벌지 못하면서 점점 그의 꿈을 잃어가고 있는 모습을 그리면서 불안해졌고, 나중에는 고통스러워졌다.

나는 두 눈을 감고 먼 미래의 변화된 시절을 머릿속에 그렸다. 이 다른 환상이 잠에 빠지는 나를 즐겁게 했다. 어느 먼 장래에 늙은 내가 재정적 도움, 아마도 융자를 얻기 위해 어느 큰 은행에 들어가서 은행원들과 은행 간부들 사이를 머뭇거리며 걸어간다. 그 맨 끝에 호저의 털 같은 머리가 희끗희끗해지기 시작한 은행 중역이 책상 뒤에서 금반지를 낀 손을 내미는데, 자세히 보니 그가 바로 내 옛 친구가 아닌가.

* * *

구식 건물의 서늘한 홀들이 사람 키보다 더 큰 2천 3백 개의 돌비석들로 가득 차 있다. 이른바 비림(碑林)이다. 경서의 구절, 칙령, 옛 시구들이 돌에 새겨져 있다. 로마 시대에 중국을 다스렸던 한 왕조 이후 천 년 동안 축적된, 파괴될 수 없는 도서관이다. 어떤 비석은 장수의 상징인 돌거북의 등 위에 서 있고, 꼭대기는 뒤틀린 용들로 장식되어 있다. 어떤 비석은 2.5미터 높이의 아무런 장식이 없는 검은 화강암이다. 옛 고전—《예기》, 《시경》, 《주역》—이 새겨진 돌 비석 사이를 나는 걷고 있다. 핵심이 되는 원문이 114개의 거대한 돌의 표면을 채우고 있다. 밭과 운하에 관한 법률, 농민 봉기의 기록, 조상 묘의 이장에 관한 기록, 심지어 선교사들을 처형한 기록까지 돌에 새겨져 있다. 서예 교본이나 지도를 새긴 비석도 있고, 화(和)라는 단 한 글자를 1.8미터 크기로 새긴 비석도 있다. 나는 지금 중국에 살았던 수많은 사람들의 기억의 흔적 한가운데를 걷고 있는 것이다. 나에게 페이지를 넘기거나 두루마리를 열 힘은 없다. 거기 새겨진 글자들은 돌의 목소리인지도 모른다. 아무도 여기 새겨진 글자를 고칠 수는 없다.

수많은 글자들이 나를 압도했다. 세로로 줄을 맞추어 깔끔하게 새겨진 글자들이 으스스한 마법처럼 나를 압도했다. 나는 로마자 표기로 중국어를 말하는 법을 배웠기 때문에 이 글자들을 읽을 수는 없었다. 하지만 각각의 글자가 독립된 별개의 의미를 가지고 있다는 것을 나는 알고 있었다. 중국어에는 과거형, 미래형도 없고, 성(性), 단수와 복수의 구별도 없다. 이 눅눅한 홀 안에서 그 글자들은 문득 살아 있는 유기체라기보다는 놀라운 기념물로 보였다. 역사를 기록하는 변함없는 시스템에 갇힌 채 가깝고 먼 과거가 공존하고 있는 것 같았다. 시간은 황제의 연호나 60년 주기로 기록되었다. 미래를 향한 궤적, 세기의 바뀜 같은 것도 없고 세계의 종말도 없었다. 그 대신 때때로 완전한 평형의 환상이 있을 뿐이었다.

이 우울한 힘이 화강암의 기억이 늘어선 방에서 방으로 나를 따라왔다. 나는 마치 묘석들 사이를 걷고 있는 것 같은 묘한 기분을 느꼈다. 글자들이 일개미들처럼 비석을 오르내리고 있었다. 글자는 죽어 있었고, 그래서 영원했다. 거북이들이 등에 진 짐이 무거워서 신음소리를 냈다.

시구(詩句)가 새겨진 석판들이 빽빽이 늘어서 있는 곳에서 나는 조용한 목소리를 들었다. 돌들이 웅웅 소리를 내고 있는 것 같았다. 모퉁이를 돌아가니 한 젊은 여인이 손가락으로 시구를 더듬어 가면서 노래를 읊조리려 하고 있었다.

> 탁 트인 대지를 걷네.
> 나무에는 꽃이 피는데.
> 결혼해 그대와 살았지만
> 사랑을 받지 못해
> 나는 돌아왔네.

"난 이 노래를 못해요. 그냥 흥얼거려보는 거예요." 그녀가 입을 가렸다. "12세기에도 이미 사람들은 당나라의 노래를 부를 줄 몰랐지요. 단어의 발음이 달랐거든요. 어떻게 달랐는지는 모르지만. 시는 모두 노래하도록 지어진 거예요. 하지만 우린 이제 그 단어들만 알 뿐이지요." 그녀는 돌에 새겨진 시를 노트에 베끼고 있었다. "난 이 시가 좋아요. 하지만 모두들 이 시를 잊어버린 것 같아요. 사람들은 우리 조상들이 우리에게 무엇을 남겨주었는지 알지 못해요. 안타까운 일이죠."

글쎄, 안타까운 쪽이 그녀의 조상들인지, 혹은 이 시대의 사람들인지 나는 모르겠다. 하지만 그 시구가 아름다운 것만은 틀림없었다. 그녀는 남편이 없었다(나이가 스물두 살밖에 안 된 아가씨였다). 남편을 버리고 돌아온 경험도 없었다. 하지만 그 시구가 그녀에게 강한 힘을 발휘하고 있었다. 사실 그 글자 하나하나의 뜻에 대해 이설이 분분하다는 것을 나는 알고 있었다. 한 번역자는 이렇게 말하기까지 했다. "이 옛 시들의 단어 중 그 정확한 의미를 우리가 이해하고 있는 단어는 하나도 없다." 그러니 갖가지 해석이 나올 수밖에. 나는 노트에 시구를 베끼고 있는 여자를 남겨두고 자리를 떴다. 곧 돌들이 다시 웅웅거리기 시작했다.

내가 찾고 있는 비석은 아주 다른 것이었다. 비석 꼭대기는 진주를 문 용들이 틀임을 하는 모양으로 장식되어 있고, 기부(基部)와 측면은 마치 늘어선 중국 글자들 주위의 경기병(輕騎兵)들처럼 꼬불꼬불한 글씨들이 있었는데, 그 글씨들은 고대 시리아어 문자로 판명되었다. 비석에 새겨진 글의 내용은 이러했다. "순수한 빛의 서방 종교의 중국 전파 기록." 그리고 이 비석의 맨 위에는 십자가가 자리잡고 있었다.

서기 781년에 세워진 이 비석은 그보다 1세기 반 전에 서방으로부터 알로반 신부가 도착한 사실을 기록하고 있었다. 그는 "진리의 복음을 실은 감청색 구름을 타고 왔고", 태종 황제가 그를 영접했으며, 황제는 황실 도서관에서 그가 가져온 책의 번역에 몰두했고, 심지어 수도원까지 세웠다. "우리가 이 가르침의 의미를 음미해보면, 그것은 신비롭고 놀랍고 안식으로 가득 차 있다"고 황제는 선포했다. "이 가르침이 하늘 아래 두루 퍼져야 한다는 것은 옳은 말이다." 불교와 도교의 표현이 스며든 비석의 문구는 이어 삼위일체, 인간의 모습으로 나타난 하느님, 성모의 처녀 수태, 그리스도의 승천 등을 설명하고 있다. 그러나 십자가 처형은 아주 모호하게 기술되어 있고, 예수의 부활은 전혀 언급되어 있지 않다.

나는 고대 시리아 문자를 판독이라도 할 듯이 자세히 살펴보았다. 이 비석을 세운 기독교도들은 도대체 어떤 사람들이었을까?

사실은 이러했다. 서기 431년, 콘스탄티노플의 총대주교 네스토리우스는 그리스도가 영구불변의 신성을 가지고 있지는 않고 이중적인 본성을 지니고 있다고 주장했다. 즉 그는 인간이면서 가끔 신성이 깃들인다는 것이었다. 따라서 마리아를 하느님의 어머니로 부르는 것은 온당치 않다는 것이었다. "나는 어린 소년인 하느님을 상상할 수 없다"고 그는 말했다. 이 이단적 주장이 기독교를 분열시켰다. 몇 년 지나지 않아, 네스토리우스파 기독교도들은 페르시아 제국에 피난처를 마련하게 되었고, 실크로드를 따라 동쪽으로 퍼져나갔다. 이 큰 비석에 예수가 탄생할 때 휘황한 빛에 이끌린 동방박사들이 선물을 가지고 페르시아에서 왔다는 이야기가 들어 있는 것은 아마 이런 이유 때문일 것이다.

그러나 중국의 심장부에서 네스토리우스파 기독교도들은 도착할 때와 마찬가지로 갑자기 그 세력이 쇠퇴되고 말았다. 당 왕조가 쇠퇴하면서 그들은 박해를 받았고, 그들의 사원은 폐허가 되었다. 그들의 교회가 있었던 믿을 만한 흔적이 이곳에서도 발견되지 않았다. 시안의 비석이 없었더라면, 그들이 왔었다는 이야기는 하나의 전설에 불과했을 것이다.

그러나 5년 전, 시안 남쪽 80킬로미터 지점에서 영국인 중국학자가 다친(大秦)―"로마 제국", 또는 "서방"―이라는 이름이 붙은 희미한 유적을 재발견했다. 다친은 네스토리우스파 공동체들의 알려진 이름이었다. 그 유적은 이상하게도 황제들이 신성시했던 도교 사원 경내에 위치하고 있었다. 이곳은 친링 산맥이 북쪽 서방으로 가는 길로 열린 곳에 위치한, 당나라의 잊힌 바티칸 같은 곳이었다.

그 영국인 중국 전문가의 조수는 조심스럽고 조용한 사람이었다. 그는 농촌에서 태어났지만 영리하고 부지런했던 덕분에 농사

아닌 다른 일을 하게 된 사람이었다. 그는 자신이 피터라고 불리기를 바랐다. 우리는 시안의 남쪽 변두리를 벗어나서 아직 우리 눈에 보이지 않는 산맥을 향해 차를 몰았다. 때는 4월초였고, 들판의 디기탈리스 나무들이 꽃을 피우고 있었다. 마을의 집들 담에는 지난해에 거둔 옥수수가 쌓여 있었고, 문에는 새해를 맞이하는 포스터가 아직 매달려 있었다. 우리 앞을 달리는 트럭에는 머리에 흰 띠를 맨 조문객들이 타고 있었다. 그들이 종이로 만든 가짜 돈을 뿌렸다. 그 가짜 돈이 꽃송이처럼 날렸다. 그 트럭을 추월하자, 텅 빈 들판과 모래 색깔의 마멋만이 간간이 눈에 띄는 관목지대가 이어졌다.

얼마 후 멀리 산맥의 윤곽이 나타났다. 도로가 녹색의 언덕을 구불구불 올라가기 시작했다. 비온 뒤처럼 공기가 맑았다. 중국이 아름답다는 생각이 들었다. 우리가 서방으로 넘어가는 고갯길로 접어들자, 나는 망명객들과 상인들이 우리와 반대방향으로 지나쳐가는 광경을 머릿속에 그렸다. 갑자기 피터가 말했다. "저기가 다친 이에요!"

탑이 산 안개에 기대듯 서 있었다. 그 주위는 밀밭이 녹색의 테라스처럼 곡선을 이루었고, 계곡에는 미루나무들이 희미한 윤곽을 그리고 있었다. 그야말로 정적이었다. 버드나무가 일렁이는 중국의 농촌 풍경 바로 그것이었다. 남아 있는 것이라곤 이 탑이 전부라고 피터가 말했다. 7층탑이었는데, 각층의 지붕에는 풀이 나 있었고 위로 갈수록 점점 가늘어지는 모양을 하고 있었다. 외로이 선 탑은 우아한 자태를 유지하고 있었다. 그러나 1,300년의 풍상에 시달린 탓인지 바람 부는 쪽으로 약간 기울어져 있었다.

그러나 우리가 점점 가까이 다가갈수록 탑은 그 웅장한 모습을 드러냈다. 언덕에 서 있는 연약한 탑으로 보였던 것이 가까이 가보니 실은 아주 단단해 보였고, 높이도 27미터나 되었다. 탑은 그 밑에 있는 모든 것—촌스러운 모습의 제단과 두 채의 농가—을 압도했다. 유일하게 살아남은 당나라 시대의 유물인 이 탑은 한때 풍요로웠던 공동체의 모습을 일부나마 전하고 있었다.

나는 한참 동안 탑 밑의 울퉁불퉁한 땅을 서성거렸다. 비구와 비구니들이 여러 해 동안 이 장소를 지켜왔다고 한다. 한 비구니는 땅 속에 묻혀 있고—묘석에는 그녀의 나이가 116세라고 기록되어 있다— 비구니의 묘를 지키던 비구는 미치고 말았다. 다친이 불교의 유적이었다면, 그 사원은 남북으로 배열되었을 것이라고 피터가 말했다. 하지만 이 유적은 동서로 배열되어 있다는 것이다. 노란 꽃들이 유적지를 덮고 있고, 그 위를 까만 나비들이 넘나들고 있었다. 근처에 키위 과수원이 있었는데, 거기 살던 비구가 마늘을 심었었다고 한다. 탑의 동쪽에서 네스토리우스파 신자들은 아마 죽어 무덤에 묻혀서도 태양이 떠오르는 곳에서 올 그리스도를 기다렸을 것이다. 그 반대편에는 교회가 자리잡았을지도 모른다. 하지만 발굴자들도 어떤 결론을 내리지 못했다. 845년 기독교가 억압을 받고 오랜 세월이 지난 후에 불교도들이 이곳에 그들의 사원을 지었다. 1556년 지진이 일어나 마지막 주민의 유적을 덮어버렸다. 지금은 관리인이 녹색으로 칠해진 토기와 깨진 석재 등 몇 개의 파편을 보관하고 있을 뿐이다.

탑의 문은 봉인되어 있었다. 지진으로 부서진 문을 수리하면서 아주 봉해버린 것이다. 탑을 이루고 있는 벽돌에서는 옥수수 빛깔의 벽토가 부스러져 떨어졌다. 하지만 누군가가 나를 위해 3층까지 커다란 사다리를 걸쳐놓았다. 나는 조심조심 사다리를 타고 올라가 창문을 통해 3층 방으로 기어들어갔다. 방안은 어둑어둑했고, 어딘가에서 비둘기들이 꾸꾸 소리를 내고 있었다. 내 앞에 벽돌에 벽토를 붙여 만든 3미터 높이의 상(像)의 윤곽이 보였다. 지금 비교적 뚜렷이 보이는 것은 묘하게 구부린 두 다리뿐이었다. 벽토가 떨어져나간 곳에는 진흙에 섞은 짚이 보였고, 나무못이 튀어나온 곳도 있었다. 상체는 윤곽을 거의 구분할 수 없었다. 다리—내뻗친 정강이와 구부린 무릎—만이 뚜렷이 윤곽을 드러내고 있었다. 무릎 밑까지 내려오는, 통이 넓은 페르시아풍 바지가 입혀져 있었고, 그 위에는 짧은 웃옷의 일부가 남아 있었다.

이 상의 주인공이 누구인지는 아직 밝혀지지 않았다. 이 유적을 발견한 영국인 중국학자는 이 상이 성모 마리아가 아기예수 옆에 비잔틴 포즈로 기대앉아 있는 모습이라고 믿고 있다. 듣고보니 무언가를 안고 있는 한 팔의 흔적이 있는 것 같기도 하다. 또는 불교의 구원자인 관음보살이 오른팔을 앞에 둔 채 편안히 앉아 있는 모습인지도 모른다. 또는 그 둘 다 아닐 수도 있다.

피터가 내 옆으로 기어들어왔다. 우리는 나무계단을 타고 위층으로 올라갔다. 위층에는 또다른 형상이 모셔져 있었는데, 아래층의 것보다 더 부서져 형체를 알아볼 수 없었다. 더 올라가 거의 맨위층에 이르니, 공기 중에 꽃가루가 짙게 떠돌고 있었다. 한쪽 창문으로 친링 산맥이 보였고, 새 울음소리가 들려왔다. 또다른 창문으로는 나무가 우거진 언덕에 자리잡은 도교 사원이 보였다. 이 사원은 이 지방에 도교를 전파한 러우관타이(樓觀臺)를 모신 사원이었다.

관용의 시대에는 도교신자들이 호기심에 차서 기독교도들이 예배드리는 모습을 지켜보았을 거라고 나는 상상했다. 네스토리우스파 기독교도들은 그들의 복잡한 신의 죽음과 부활 이야기를 중국인의 취향에 맞게 각색하지는 못했던 것으로 보인다. 하지만 그들은 영혼의 내적 순수함을 믿는다는 점에서 도교와 통하는 데가 있었다. 그들은 평등주의자였고, 다소 금욕적이었으며, 채식주의자였고, 노예를 거부했다. 매일 새벽 그들은 나무판자를 두드리는 소리를 듣고 모여서 주기적으로 그들의 신비스런 성찬의식을 가졌다 ("우리는 7일마다 하늘을 알현한다").

피터는 비록 자기가 기독교 중국학자를 위해 일하고 있지만, 기독교가 매우 이국적이라고 생각한다고 말했다. 그는 맨 위층의 창문 앞 내 옆에 웅크리고 앉아서, 기적으로 가득 찬 기독교의 역사와 그 알쏭달쏭한 신학 이론을 들으며 고개를 갸우뚱했다. 가끔 그의 이마의 주름살이 더욱 깊어지기도 했고, 깊이 생각에 잠기기도 했다. 이런 집중력이야말로 그를 오늘의 위치로 끌어올린 무기였다. "우리 어머니는 불교 신자였지요." 그가 말했다. "하지만 아버지는 우리 마을의 관리였어요. 아버지는 항상 좀 냉정했고 다소 회의적이었지요." 그가 자기 턱을 만지며 덧붙였다. "나처럼 말입니다."

그러나 그는 나에게 세 개의 서로 떨어진 벽돌을 가리켜 보여주었다. 아직도 해석되지 않은 꼬불꼬불한 글씨의 흔적이 있는 벽돌들이었다. 벽돌의 표면에 표시되어 있는 그 글씨는 석공이 써넣은 글씨인 것 같았다. 동방 교회가 예배에 사용하던 언어인 고대 시리아어를 대충 쓴 글씨인 것 같기도 했다. 나는 언젠가 이 꼬불꼬불

한 글씨가 탑의 비밀을 알려주게 될지도 모른다고 생각했다. 피터
는 누가 그 글씨를 새겼는지 짐작하려 하지 않았다. 그 글씨는 하
긴 작은 사인으로 그냥 남겨진 것인지도 몰랐다.

845년 네스토리우스파 신앙은 중국에서 추방되었다. 페르시아
와의 생명선이 약해지자, 이 교파는 실크로드를 따라서 서쪽으로
이동했고, 타클라마칸 사막의 오아시스에 자리잡고 몽골인들을 개
종시켰다. 쿠빌라이 칸의 치세인 13세기에 이 종교는 다시 부흥했
고, 원 왕조가 무너지면서 다시 쇠퇴했다. 몇백 년 후, 예수회 선교
사들은 중국에서 식사를 하기 전에 십자가를 그리는 소수의 이상
한 사람들을 발견했다.

매미들이 시끄럽게 울어대는 나무 밑의 자갈 깔린 길을 따라 올
라가보았다. 사방은 거의 어두워졌다. 내가 지금 한때 위대했던 종
교의 중심지로 들어가고 있다는 것을 말해주는 흔적은 아무것도
없었다. 내 뒤에서 다친의 탑은 다시 산맥을 배경으로 외로이 서
있는 가냘픈 구조물로 변했다. 앞에는 러우관타이를 모신 도교 사
원이 있었다. 이 사원은 중국인의 피보다는 만주족의 피가 더 많이
섞인 벼락출세한 당나라 황제들이 그들의 조상을 모셨던 사원으
로, 주위의 언덕이 온통 사원 건물들로 덮여 있다.

나는 곧 그 뜰과 제단 사이에서 길을 잃고 말았다. 닳아빠진 계단
을 오르고 내려가면 둥근 문을 지나 회색 담으로 둘러싸인 테라스
가 나온다. 공기는 향 내음으로 가득 차 있다. 건물들을 제대로 돌
보지 않은 흔적도 더러 보인다. 지붕의 기와가 벗겨진 곳도 있고,
길에 쓰레기가 나뒹굴기도 한다. 홀 안에는 괴물 같은 신들이 즐비

하게 자리잡고 있다. 기원전 6세기에 도교를 창설했다는 전설상의 인물인 노자(老子)가 제단 뒤에 높이 앉아 있다. 그의 하얀 수염이 폭포처럼 허리까지 늘어져 있다. 그는 인간이라기보다는 신비적인 범신론, 은둔의 신앙이었던 그 가르침에 붙은 이름이었을지도 모른다.

하지만 그의 도(道)는 잊혀졌다. 도사들은 뜰을 따라 배열된 나무로 칸막이가 된 방에서 격식을 차리지 않고 산다. 그들은 얼굴이 창백한 젊은이들이다. 머리칼을 머리 위에 멋지게 묶었고, 턱에는 수염이 까칠까칠 나 있다. 검은 옷에 하얀 각반을 한 그들은 별난 종족 같다. 눈이 반짝이는 깡마른 종족……

피터는 그들을 경멸한다. "이 종교는 아주 타락했어요. 불교나 기독교는 이렇지는 않아요. 중국 전체에 이런 도사들은 1만 명밖에 없답니다. 그들 중 일부는 범죄자들이라고 나는 생각합니다. 법망을 피하기 위해 도사가 된 거지요. 그들은 저렇게 도사 노릇을 하다가 어디론가 사라지지요."

노자의 비전이 이렇게 땅에 떨어지고 만 것이다. 속세를 멀리하는 이 철학─도(道)는 영적인 길이요, 초월적인 지식이었다─주위에는 늘 마법과 이상한 신들이 들끓었다. 또 도사들은 늘 영생을 꿈꾸었다. 이곳에서도 점쟁이들이 별자리 표를 펴놓고 중얼거리는가 하면, 도사들은 육각형의 돌을 지니고 있다. 이 돌을 두드리면 금속처럼 소리가 울리는데, 누와 여신이 하늘을 수리하는 동안 노자에게 주었던 돌이라고 한다.

내가 장차 가려고 하는 쿤룬(崑崙) 산맥에서, 영생의 복숭아를 기른다는 서왕모의 신전 밑에서, 나는 채색된 벽토로 만든 거대한 여신을 올려다보았다. 이 여신의 제단에는 종이꽃과 오래된 병, 그리고 찐 만두가 든 자루가 놓여 있다. 그녀는 한 손에는 복숭아, 다른 손에는 반달을 들고 있고, 작은 입은 이중의 턱에 감싸여 있다.

피터가 말했다. "이것도 나에겐 낯설어요. 나는 저 여자가 누구인지 몰라요."

그는 이 종교가 내세우는 것이 무엇인지 모르겠다고 말했다. 기독교는 사랑, 이슬람은 정의를 내세우는 것 같은데…… 그는 짐작이 가지 않는다는 듯 이마에 주름살을 만들었다. 그렇다면 공자를 따르는 세속적인 사람들이 내세우는 건 무엇일까? 서왕모의 시선이 우리를 향하고 있었다. 마침내 피터가 말했다. "고결."

노자—그가 과연 존재했는지 의심스럽지만—가 검은 물소를 타고 그 발굽으로 중국에 먼지를 일으키려고 했던 것은 세상에 고결성이 부족했기 때문이었던 것 같다. 궁정 생활의 부패상이 그를 역겹게 했다고 전해진다. 2천 5백 년 전, 이곳 서방으로 넘어가는 고개에서 한 파수꾼이 그가 오는 것을 보고—달 모양의 둥근 문에 그 광경이 그려져 있다— 그에게 발걸음을 멈추라고 설득했다. 하룻밤 사이에 그 현인은 후손에게 전할 자기의 가르침을 정리했다. 그것이 《도덕경》이다. 그런 다음 그는 다시 물소에 올라타고 서쪽으로 사라졌다는 것이다.

하지만 이것은 아마 죽음의 은유적 표현이었을 것이다. 그후 수백 년 동안 실크로드를 따라 새로운 신앙이 전해질 때마다, 사람들은 그 신앙이 외국의 신앙인지 아니면 중국의 옛 가르침이 다시 돌아오는 것인지 의심했다.

# 3
## 만트라

　내가 탄 기차는 시안을 벗어나 서쪽으로 달렸다. 옛날 웨이허 강을 따라가던 대상들이 사용한 길이었다. 벽돌집들이 늘어선 마을은 하얀 배꽃과 담자색 디기탈리스 꽃에 덮여 마치 안개 속에 잠겨 있는 것 같았다. 또 비닐 지붕으로 보호되고 있는 채소밭이 여러 개의 동심원처럼 마을을 둘러싸고 있어, 마치 들판의 반이 눈에 덮여 있는 것처럼 보였다. 우리 주위의 미로 같은 지형은 장구한 세월에 걸쳐 몽골에서 남쪽으로 불어온 모래바람이 빚어놓은 것이었다. 몇 시간이 지나도록 기차는 몸을 비틀면서, 또 터널을 지나면서, 이 지형을 통과하고 있었다. 협곡 양편에 밀과 유채를 심은 계단식 밭들이 있어, 기차가 마치 현란한 초록의 선반 위에 걸려 있는 게 아닌가 하는 착각이 들 정도였다.

720킬로미터를 달리는 데 열다섯 시간이 걸렸다. 중국의 빈민들이 타는 '딱딱한 좌석' 칸에는 농부들이 잔뜩 쌓여 있는 짐들 사이에 꼼짝달싹할 수 없도록 꼭 끼인 채, 옆 사람의 어깨에 머리를 얹고 졸고 있거나 간식을 먹거나 녹차를 따라 마시고 있었다. 몇 년 전에는 기차의 통로가 담뱃재와 뱉은 침으로 미끄러웠고, 또 통로에 엎드려 있는 사람들도 많았었는데, 이제는 그런 광경은 사라지고, 간간이 버려진 쓰레기와 농부들의 곡물 자루들, 그리고 지나가면서 물건을 파는 상인들이 보일 뿐이었다. 큰 소리로 외치는 행위, 침을 뱉는 행위, 담배를 피워대는 행위, 심지어 외국인을 뚫어져라 쏘아보는 행위는 눈에 띄게 줄었다. 대신 휴가를 떠나는 듯한 학생들과 가족들 사이에, 1자녀 정책의 산물인 통통한 아기들이 위엄을 갖추고 앉아서 손으로 들고 있는 변기에 입 가신 물을 뱉거나 소변을 보는 모습이 보였다.

그러나 우리가 북쪽으로 방향을 잡아 신장웨이우얼(新疆維吾爾) 자치구를 향해 곡선을 그리며 간쑤 성(甘肅省)의 회랑(回廊)으로 들어가면서, 아시아 내륙의 황량한 지형이 선을 보이기 시작했다. 마을들은 우리가 다가가면 분해되어버리는 것 같았다. 벽돌담이 진흙으로 변해버렸다. 거의 사람이 살고 있지 않는 것 같았다. 죽은 자들은 들판에 있는 봉분 밑에 누워 있었다. 모든 것이 반쯤 건설되었거나 아니면 무너져버린 것 같았다. 서서히 들판이 엷어지더니 언덕이 식물이 없는 맨흙으로 변했다. 갈래갈래 갈라진 언덕들이 압축된 계단처럼 협곡을 채우더니 급기야 우리가 탄 기차가 고대 바빌로니아의 피라미드형 신전 같은 지형 한가운데를 구불구불 달리고 있었다. 가끔 동굴집들이 나타났다. 동굴집들 사이의 테라스형 지형에 밀을 심은 것이 보였고 몇 그루의 잔다란 나무들도 있었다. 그러더니 모든 것—마을, 협곡, 들판—이 단조로운 갈색으로 변했다. 바람에 실려온 황토의 색깔이었다. 지형이 부드러운 케이크 같았다. 저 아래 흐르는 강물도 누런 흙탕물이었다. 밀크초콜릿 색깔의 강물이 비에 의해 파인 절벽 사이의 물길을 따라 흐르고 있었다. 이런 갈색의 세상에 갑자기 어둠이 찾아왔고, 우리 기차는 허공 속에서 반짝이는 뱀이 되었다.

란저우(蘭州)에서 나는 잠을 자지 못해 뻣뻣해진 몸으로 기차에서 내렸고, 내가 기억하는 중국 속으로 걸어들어갔다. 가무잡잡한 사람들—황이 내게 경고했던 바로 그 하층민들—이 내 주위에 몰려들었다. 보도 위를 걷는 사람들도 더 거칠고 더 가난해 보였다. 외국인은 나 혼자인 것 같았다. 나는 중국에서 가장 오염된 거리를 걷고 있었다. 란저우는 공산당이 승리한 후 북서 지방에 경제적 생기를 불어넣기 위해 건설된 공업지옥이었기 때문이다. 황허 강을 따라 24킬로미터나 뻗어 있는 이 도시의 인구는 3백만이나 된다. 정유소, 면직공장, 화학공장이 석탄 채굴로 시커매진 언덕 밑에 자리잡고 있다. 거리의 먼 끝은 마치 절벽 밑으로 떨어져버린 것처럼 스모그 속으로 사라져버린다. 자동차들은 1리터에 30센트짜리 가솔린을 삼켜댔고, 모두들 기침과 구역질을 했다.

20년 전, 한 젊은 교사와 나는 친구가 되었었다. 나는 그를 다시 만나고 싶었다. 그 시절 모울리는 늘 슬픔에 차 있었다. 그는 내몽골 변방에서 농부로 태어났고, 그가 어렸을 때 문화혁명이 일어나 수백만 명의 부르주아들이 농촌으로 추방당했었다. 그 시절에 그는 추방되어온 한 관리의 딸과 가까워졌다.

중국인들은 사랑을 하지 않는다고 했다. 중국 가정의 위계질서를 관찰한 사람들은, 단 하나 진정한 다정함은 어머니와 아들 사이에 존재한다고 썼다. 또다른 사람들은 중국어에는 '사랑'을 뜻하는 단어가 아예 없다고 주장했다. 중국어의 애(愛)나 연(戀)이 무조건적인 열정으로 번역되지 않는 것은 사실이다.

그러나 무식한 농촌 총각이었던 모울리는 깊고 열정적인 사랑에 빠졌다. 그가 살던 보잘것없는 마을에 심장이 약해 고생하던 관리의 창백한 딸이 선녀 같은 모습으로 나타났다. 그리고 그녀는 시골 소년이었던 그를 잘 대해주었다. 문화혁명이 수그러들자, 그녀의 부모는 슬피 우는 그녀를 데리고 동쪽으로 갔다. 그후로 그의 가슴에 뚫린 구멍은 치유되지 못했다. 그 시절 중국의 사회적 경직성이 두 사람을 갈라놓고 만 것이었다. 그녀는 탕산(唐山)의 중학교 교사가 되었고, 그는 고생 끝에 외국어대학에 입학해서 자신의 지위를 높이기 위한 노력을 시작했다.

내가 그를 처음 만난 후, 그는 나에게 애절한 편지를 보냈다. 서른셋이란 늦은 나이에 그는 가족의 압력에 굴복해서 결혼하기로 작정했다는 것이었다. 이듬해 그를 다시 만났을 때, 나는 그의 신부를 보았다. 신부는 얼굴이 발그레한 스물여섯 살의 간호사로, 바보스러울 정도로 그에게 헌신적이었다. 그러나 그는 그녀를 하인 취급했고, 촌스러운 그녀의 행동을 경멸했다. 가끔 자기는 다른 여자 생각도 한다고 그는 나에게 털어놓았다.

이것은 모두 오래 전 일이었다. 모울리가 근무하는 대학에 도착한 나는 그가 어떻게 변했을지 궁금했다. 그는 교문 앞에서 나를 기다리고 있었다. 처음에 나는 그를 알아보지 못했다. 더부룩한 머리와 짙은 눈썹, 그리고 북방계 중국인 특유의 입술…… 다음 순간, 이 모습이 내가 기억하고 있던 젊은이의 모습과 합쳐졌다. 모울리가 내게 미소짓고 있었다.

우리는 옛 우정을 되살렸다. 이야기를 하다가 입술을 오므리며 침묵에 빠져드는 옛 습관은 여전했지만, 이제 그의 태도에는 권위 같은 것이 서려 있었다. 그는 자기 과(科)의 부과장이었고, 그의 머리는 희끗희끗 변해가고 있었다. "우리 집으로 갑시다." 그가 말했다.

내가 그를 마지막으로 본 것은, 부부 화합의 상징물이 아직도 대롱대롱 매달려 있던 부부용 침대가 방을 거의 차지하고 있는 좁은 방에서였다. 이제 그는 방 네 개짜리 아파트에서 살고 있었다. 그의 아내가 수줍어하며 나를 맞아주었다. 거실에는 커다란 텔레비전이 꺼진 채 있었고, 벽은 한문 서예 족자와 영국 시골을 그린 판화로 장식되어 있었다.

그의 아내는 그가 한때 경멸했던 가무잡잡한 피부색을 아직도 유지하고 있었다. 넓적한 얼굴에 가면을 연상시키는 규칙적인 이목구비가 찍혀 있었다. 하지만 그녀는 큰 입과 다정한 눈, 뒤로 빗어넘긴 윤기 있는 머리 등 나름대로 괜찮은 용모였다. 예전의 노예 같은 행동은 이제 찾아보기 어려웠다. 그녀는 법률을 공부하고 있었다. 지금은 학교에 가고 없는 십대인 그들의 딸이 엄마를 닮고 싶어한다고 말하면서, 모울리는 역시 농부처럼 생긴 자기 얼굴을 한 손으로 쓸어내렸다. 그가 나갈 때 아내가 조끼를 가져다주었다. 두 사람의 시선이 마주칠 때 다정한 같은 것이 느껴졌다. 전에는 그는 아내를 바라보지도 않았다.

우리는 대학 구내를 걸었다. 내가 기억하고 있던 우중충한 건물들이 많이 달라져 있었다. 입학생 수가 세 배로 늘어났고, 커다란 새 건물들이 운동장과 공원 옆에 건설되었다. 두툼한 손과 험상궂은 용모의 모울리는 주위 사람들보다 더 거친 혈통과 역사의 저주를 받은 사람처럼 보였다. "요즘 학생들은 옛날과 아주 달라요. 수업 중에 질문도 한답니다! 우린 감히 하지 못했던 일이지요!" 학생들이 공손하게 미소를 지어 보이며 우리 옆을 스쳐갔다. 어색한 몸짓의 장발족 남학생들도 있었고, 부드러운 얼굴의 여학생들도 보였다. 그들은 트랙슈트〔운동선수가 연습 때 입는 옷〕 차림이었고 간간이 손을 잡고 가는 학생들도 있었다. "그리고 모두 표준 중국어를 알고 있지요." 모울리가 말했다. "옛날과는 아주 다른 변화지요. 그들은 표준어를 텔레비전을 보고 배웠거나 심지어 인터넷을 통해 배웠지요. 내가 살던 마을 같은 곳에서는 사투리가 아주 심했어요. 30년 전 관리들이 그곳에 도착했을 때, 서로 말이 통하지 않을 정도였지요."

이제 그의 사무실은 침대 하나가 겨우 들어가던 옛날 방의 두 배 크기였고, 사무실 안에는 안락의자와 큼직한 책상, 그리고 두 대의 컴퓨터가 있었다. 콘크리트 바닥만이 옛날의 중국을 생각나게 했다. 한쪽 구석에는 세면대가 있었고, 창밖으로는 교외 한가운데를 흐르는 황허 강이 보였다. 그는 자기가 이 사무실을 차지하고 있는 것을 자랑스럽게 여기고 있는 듯했지만, 한편으로는 언제 이곳에서 나가야 할지도 모른다는 생각을 하고 있는 것 같기도 했다. 학과장 자리는 근 3년 동안 비어 있었는데, 그 이유는 대학의 당서기가 학과장의 취임을 막고 있었기 때문이었다. 하지만 모울리의 동료들은 그를 이미 '학과장'이라고 불렀다. 그의 몸에 밴 불손한 태도를 젊은 교수들이 좋아하는 것 같다고 나는 생각했다.

하지만 그에게는 짙은 보수적 기질이 배어 있기도 했다. 영어 선생인 그가 가장 두려워하는 것은 영어가 널리 퍼지는 것이었다. 그는 모든 학과의 교수들, 심지어 수학과나 중국사학과 교수들에게도 영어가 필수적인 것이 되었다고 말했다. 그리고 이런 현상이 중국 전역에서 일어나고 있다는 것이었다. "우리가 도매금으로 아메리카를 채택하는 편이 나을지도 모릅니다. 대통령과 상원의원들 모두를 말입니다. 그 사람들 보고 이리 오라고 하란 말입니다. 그 사람들이 우릴 위해 무슨 일을 해줄 수 있겠습니까? 아무런 일도 못해줄 겁니다. 우리의 정신이 그들과 다르기 때문입니다. 그들과 다른 언어로 이루어진 정신구조를 가지고 있으니까요. 이 사실은 변하지 않을 겁니다." 그는 창밖을 내다보고 있었다. "이미 중국은 하나의 거대한 재건축 현장입니다." 강을 따라서 하얀 건물들이 올라가고 있었고, 그 맨위에는 크레인이 자리잡고 있었다. "문제는 이겁니다." 그가 다시 말했다. "중국인의 생활을 영어로 말할 수 없단 말입니다. 아무것도 정확하게 번역될 수 없어요. 문화, 정치는 물론이고 매일매일의 일까지도. 단어가 맞질 않아요. 개념이 거기들어 있질 않아요." 그는 《실크로드》라는 이름의 대학 잡지에 이 문제에 대한 거창한 논문을 쓸 예정이었다. 그러면 그의 적이 많이 생길 터였다. "언어는 생각의 토대입니다. 우리가 어떻게 영어로 생각할 수 있겠습니까?"

그의 말을 들으면서, 나는 20년 전에 내가 들어가보았던 대학을 떠올렸다. 당시 학교는 아직 문화혁명의 충격에서 헤어나지 못하고 있었다. 문화혁명이 한창일 때 교수들은 영어소설을 가지고 있다고, 또는 서양음악 테이프나 외국에서 온 편지를 가지고 있다고, 박해를 받았다. 성경책을 가지고 있었다는 이유로 10년 동안 대학 청소부로 일해야 한다는 판결을 받았던 노교수도 있었다. 그 교수는 어찌 되었을까?

그 누구보다도 더 생각나는 사람이 영문학 교수였던 점잖은 위 교수였다. 그는 자기가 모르는 죄 때문에 몸이 망가져버린 사람이었다. 나는 그때 그의 딸에게 줄 접이식 흰색 지팡이를 가지고 왔었다. 두 사람이 다 장님이 되어가고 있었다. 딸은 어릴 적에 걸린 암 때문에, 아버지는 문화혁명 때 맞아서 생긴 망막박리증 때문에. 헤어지면서 그는 나에게 중국인들에게 더 나은 미래가 열릴 거라고 예언했었다. 이제 그 미래가 열렸고, 예측할 수 없는 그 힘이 중국 전역에 퍼지고 있었다. 쇠약한 그 교수는 그가 좋아하는 이백(李白)의 시 족자 밑에서 작별인사를 중얼거렸었다. 그는 눈이 멀어 이제 그 시를 읽을 수 없었다. 나는 그 교수가 어떻게 되었는지 묻지 않았다.

하늘에서 떨어지는
황허 강의 물을 보네.
바다로 흘러가서
영영 돌아오지 않는.

그날밤 나는 제법 큰 식당에서 모올리의 동료들과 함께 저녁식사를 했다. 젓가락을 내두르며 유머가 담긴 담소를 하면서 반(半)공적인 역할을 수행하는 그를 보고 있으려니 마음이 푸근해졌다. 오래 전에 나는 그에 대해 글을 쓰면서 그가 사는 곳을 속였었다. 그를 보호하기 위해서였다. 이제 그는 위험해 보이지 않았다. 그는 맛있는 음식을 나눠주고 건배를 제의하는 등, 관대한 왕처럼 연회를 주도하고 있었다. 내 옆에는 어울리는 녹색 웃옷을 입은 그의 아내가 앉아 있었다. 그녀는 가끔 언어를 잃어버린 망명객처럼 그를 올려다보았다. 그러나 나는 이제 그에게 과거에 대해서, 탕산의 그 창백한 교사에 대해서, 그녀가 아직 거기 있는지, 그가 그녀의 행방을 알고 있는지, 묻고 싶은 유혹을 느끼지 않았다. 그는 현재에 만족하고 있으며, 과거를 기억하는 것이 언제나 좋은 일은 아니라고 생각했기 때문이다. 열정에서 안정으로의 그의 여정은 바로 중국의 여정이기도 했다.

모울리는 전통을 잃어버린 새로운 중국을 예시라도 하듯이, 내 다른 쪽 옆에 젊은 교수를 배치했다. 곱슬곱슬한 웨이브의 긴 머리와 성형수술을 한 듯한 둥그스름한 눈 등, 그 여교수는 언뜻 보아 서양인 같았다. 그녀의 가족은 멀리 떨어진 도시에 산다고 했다. 그녀는 곡주를 마셔 얼굴이 붉어져 있었다. 식사가 계속되는 동안 그녀는 나에게 엉뚱한 제의를 하면서 스스럼없이 대했다. 전통적인 규제가 사라지자 아무것도 남지 않은 것 같았다. 그녀의 손가락이 내 어깨, 갈빗뼈 위를 지나갔다. "융창(永昌)으로 가실 건가요? 나도 여행을 좋아해요…… 좋은 사람을 찾기가 어려워요.. 내가 함께 가면 안 될까요? 날 융창으로 데려가주세요." 감상적인 기분에서 하는 그녀의 이 말은 진심인 것 같았다. "난 어린애로 있는 게 더 좋아요. 어른이 되면 만사가 너무 복잡해지거든요. 난 선택이 싫어요. 어린 시절로 돌아가고 싶어요. 날 데려가주세요!"

"난 이미 파트너가 있어요."

"하지만 그 여자는 지금 여기 없잖아요? 이 여행 후에는 뭘 하실 작정이에요? 우리 함께 어디로 가서……"

마침내 파티가 끝났다. 우리가 악수를 하고 작별을 고할 때, 모울리와 그의 아내는 나에게 선물을 건넸다. 영신(永新) 패션사 제품의 셔츠였는데, 라벨을 보니 '유럽 최고의 천을 사용해서 오늘날의 패션 기준에 맞춰 디자인한 것'이라고 되어 있었다.

그것을 받으면서 생각이 났다. 여러 해 전, 내가 북쪽으로 떠나기 전에 모울리와 그녀는 솜을 넣은 뻣뻣한 외투를 사주었었다. 문화혁명 초기의 혼란기에 입었던 외투였다. 그 외투 덕분에 나는 만리장성 끝까지 가는 어려운 여행을 따뜻하게 마칠 수 있었다. 그 외투는 중국 역사, 더 잔혹했고 더 혼란스러웠던 시절, 모울리의 슬픔의 일부처럼 지금도 런던의 내 방에 걸린 채 나방이들을 끌어들이고 있다.


내가 투숙한 호텔은 1960년대의 찌꺼기가 그대로 남아 있는 곳이었다. 이곳에는 희미한 불빛 아래서 같은 성(性)의 커플이 감미로운 음악에 맞춰 왈츠를 추는 일요 무도장이 있었다. 21층에 있는 내 방 베란다에서 내다보면 노르스름한 스모그에 휩싸인 란저우가 보였다. 마천루와 굴뚝들이 마치 침몰하는 배들처럼 스모그 위로 고개를 내밀고 있었다. 자동차 경적 소리가 희미하게 들려오기도 했다. 머리 위에는 태양이 상한 오렌지처럼 걸려 있었고, 멀리 황허 강을 따라 상처가 난 산맥이 지평선을 가로막고 있었다.

호텔에는 새로 들어온 이동하는 노동자들과 작은 사업체를 가진 사업가들이 투숙하고 있었다. 창녀들이 끈질기게 전화를 걸어왔으므로 나는 전화 코드를 아예 뽑아놓았다. 로비에는 경찰관들이 서성거렸고, 내 방 테이블에 붙은 표는 더블베드에서 거울에 이르는 호텔의 시설을 파손했을 때 배상해야 할 금액을 알려주고 있었다. 그 목록이 너무 세세해서 그것을 보는 것이 재미있을 정도였다. 벽지를 더럽히면 1제곱미터당 5달러, 카펫의 얼룩은 10달러(세탁 가능한 경우) 혹은 50달러(심각할 경우)의 벌금을 물어야 했다. 나는 어떤 농부가 멋모르고 이 방에 들어와 세면대의 마개를 주머니에 넣고(5달러), 몇 장의 그림을 더럽힌 다음(내가 인심을 써서 3~8달러로 매겼다), 술에 만취해서 휴대품 보관함에 매달려보고(80달러), 문을 부수고는(120달러), 급기야 화장실까지 부수고(200달러) 결국 로비에서 경찰관에게 붙잡히는 광경을 머릿속에 상상해보았다.

호텔로 나를 찾아온 유일한 손님—영국에서 우연히 만났던 사람—이 나를 자기 집으로 데려갔다. 홍밍은 1950년대에 지은 지저분한 동네에 살고 있었다. 깨진 흰 타일과 부서진 창틀이 이곳저곳에 보였고, 내다보는 구멍이 있는 철문을 지나니 악취 나는 계단이 이어졌다. 홍밍은 결혼한 지 20년이나 되었지만, 커다란 눈은 아직도 소년의 눈 같았다. 그는 다큐멘터리 영화를 만들었고, 그래서 그의 방에는 온갖 장비들로 꽉 차 있었다. 그러나 DVD 플레이어와 노트북 컴퓨터, 팩스머신이 놓인 선반 옆에 어울리지 않는 라마교 공예품들이 자리잡고 있었다. 글씨가 새겨진 돌과 의식에 쓰이는 뿔피리가 보였다. 그것들은 한때의 그의 열정의 기념품들이었다. 홍밍은 한때 티베트에 흠뻑 빠졌었던 것이다. 그는 이것저것에 대해 정신없이 얘기를 늘어놓았다. "제가 만든 영화가 하나 있는데, 보시겠어요?"

그는 자기가 만든 다큐멘터리 영화의 비디오를 틀어주었다. 티베트에 관한 영화였다. 언젠가 이 지역 텔레비전에 방영되기를 그가 희망하고 있는 몇 개의 영화 가운데 그가 첫 번째로 꼽고 있는 영화라고 했다. 그의 카메라는 양쯔 강 상류 강안의 기도자들, 신성한 돌에 새겨진 글자들 등 주술적인 의식과 관습을 애정을 가지고 좇고 있었다.

"이 영화가 산타바바라 영화제에 초청받았었어요." 그가 말했다. "그래서 가까스로 그곳에 갔었지요. 나는 그곳에 달라이 라마가 와 있는 걸 보고 놀랐지요. 나는 바로 그 옆에 앉아 있었습니다. 나는 그가 뭐라고 할지 궁금했습니다. 영화가 상영되는 동안 나는 감히 그를 바라보지도 못했지요. 영화가 끝났을 때 비로소 그를 보았지요." 그가 입술을 깨물었다. "그런데 그가 울고 있더라구요."

그의 아내가 만두와 톈수이(天水) 술을 가지고 주방에서 나왔다. 그녀는 그보다도 더 젊어 보였다.

홍밍이 말했다. "내가 달라이 라마께 말했지요. 당신은 당신의 나라로 돌아가야 한다고요. 그랬더니 당신네 동포들이 그걸 허락하지 않을 거라고 대답하더군요." 그가 술을 따랐다. "나는 더 할 말이 없더라고요."

사실 우리는 티베트의 오지와 믿기 어려울 정도로 가까운 거리에 있었다. 서쪽으로 160킬로미터도 안 되는 거리의 치롄(祁連) 산맥 속에 라브랑(拉卜楞) 라마교 수도원이 자리잡고 있었다. 그곳은 내가 가고 싶어하는 곳이기도 했다. 그곳을 지나면 칭하이(青海)의 초원이 나타나며, 칭하이의 초원은 남서쪽 라싸(拉薩)까지 아무 장애물 없이 뻗쳐 있다. 홍밍이 북쪽의 전지방 위성사진을 보여주는 사이트로 들어갔고, 우리는 그 사이트에서 내가 가려는 루트를 추적해보려고 했다. 라브랑에서 둔황(敦煌)의 오아시스로, 그리고 다시 서쪽으로 아무것도 없는 누런 황무지를 수천 킬로미터 가로질러 카슈가르로. "위험한 곳이죠." 그가 말했다.

잠시 동안 우리는 이 루트의 어려움에 대해 논쟁을 했다. 그러다가 그가 느닷없이 이렇게 말했다. "발을 씻으셔야겠어요."

"네?" 나는 두꺼운 양말에 조깅용 운동화를 신은 채 두 발을 아무렇게나 벌리고 앉아 있었다. 그가 얼마나 오랫동안 참아왔을까? 일부 중국인들이 냄새에 매우 민감하다는 것을 나는 알고 있었다. 나는 당황해서 내 발을 내려다보았다. 1만 2천 킬로미터를 가야 할 발이었다. 아마 우즈베크인들은 좀더 수월하겠지만, 아프간인, 이란인들은······.

그때 그가 다시 말했다. "일종의 치료법이지요. 전통적인 중국식 발 씻기."

20분 후 우리는 마사지 방에 앉아 있었다. 녹색 비단 웃옷을 입고 하얀 두건을 쓴 예쁜 소녀 둘이 우리 구두를 벗겼다. 마사지 방 가운데 간판과는 다른 엉뚱한 짓을 하는 곳이 있다지만, 이곳은 진짜 마사지 방이었다. 우리의 발은 허브를 띄운 뜨거운 물에 담가졌고, 이어 소녀들이 우리의 발을 두드리고 주물러댔다. 중국의 전통 의학에 따르면 발은 폐와 심장, 신장 등 우리 신체의 모든 부위를 대표하는 부위가 있는, 우리 신체의 축소판이다. 나를 맡은 소녀가 강힘을 깊은 손가락으로 내 발바닥을 찌를 때 나는 그 말을 믿기 시작했다. 내 발에 편두통과 심작발작 증세가 있다고 했다. 소녀는 부드럽게 미소를 지었다. "서양인들의 발은 너무 커요!"

그동안 머리 위의 텔레비전에서는 경제뉴스가 방영되고 있었다. 중국자산관리의 에드워드 정이 무역부의 브라이언 추와 외국 채권 시세 전망에 대해 토론을 벌이고 있었다. 나는 관록 있는 사업가처럼 긴장을 풀고 편안히 앉아 있는 척했는데, 그때 소녀가 내 손가락을 잡아뽑기 시작했다. 손가락은 권총 탄환이 발사되듯 들어 있던 구멍에서 튀어나왔다. 홍밍을 건너다보니 그는 그의 고문자가 작업을 하는 동안 의자에 편안히 기대앉아서 눈을 감은 채 얼굴에 쾌락을 즐기는 듯한 미소를 띠고 있었다. "즐거우십니까?" 그가 물었다. "즐거우시죠?" 다음에 그가 말을 이었다. "생불(生佛)을 만나보시겠습니까?"

"만나죠." 나는 생불이 무엇인지도 모르면서 반사적으로 대답했다. 나는 내가 지금 당하고 있는 일이 생불이 아니라는 것만은 알고 있었다.

그때 소녀가 내 발가락에 대한 작업을 시작했다. 나는 내가 그렇게 많은 발가락을 가지고 있다는 사실을 그때까지 잊고 있었다. 소녀는 발가락을 두드리고 잡아뽑고 했다. 그리고 오랫동안 그녀는 약간 얼굴을 찡그리면서 내 장딴지와 정강이에 있는 문신을 두드리고 발등을 문질렀다. 브라이언 추가 외환보유고에 대한 그의 주장을 마무리지을 즈음, 마침내 고문이 끝났다. 소녀들은 실수로 또는 기념품으로 내 더러운 양말을 간직했고, 나는 홍밍과 함께 도시의 불빛 속으로 절뚝거리며 걸어나갔다.

생불은 라마교의 최고 성자다. 그는 혈통에 의해서가 아니라 계시에 의해 선택된다. 그는 전에 있었던 수많은 부처의 환생이자 정제된 거룩함의 상속자이기 때문이다. 달라이 라마는 이렇게 선택된 생불 가운데 가장 지위가 높은 생불이다. 중국과 티베트에는 그 외에 다른 생불들이 있다. 베이징 당국은 그들이 티베트 민족주의의 구심점이 될 것을 우려하고 있다. 그래서 이 생불들은 거처를 옮기도록 강요되고, 반쯤 세속화되어 숨겨져 있다.

텐수이의 생불은 국립소수민족대학 구내의 조그만 아파트에서 살고 있다. 그는 이 대학에서 불교를 가르친다. 내가 보기에, 여기서 그는 당국의 감시를 받으며 무해한 존재로 살아가고 있는 듯하다. 그가 침착하게 나를 맞더니 한 그릇의 의식용 과일 앞에 놓인, 중국의 꽃무늬가 장식된 소파에 앉혔다. 그의 슬리퍼에는 스포츠(Sports)라는 글자가 찍혀 있었다. 짧은 목 위에 머리털을 밀어버린 머리가 얹혀 있었고, 그의 눈썹은 자연스런 원을 그리며 반쯤에서 끝나 있었다. 나는 뒤쪽에서 반짝이는 머리를 언뜻 보았다. 그의 아내가 자리를 비키는 순간이었다. 십대로 보이는 딸 둘은 문께에서 머뭇거리며 우리를 지켜보고 있었다. 한 아이는 가무잡잡하고 활기에 넘쳤으며, 다른 아이는 키가 크고 아주 예뻤다. 생불이 그 아이들에게 미소를 짓자 아이들은 물러갔다. 마치 어떤 생각 또는 의문이 순간적으로 그를 혼란시키는 듯 가끔 그의 시선이 내 시선에서 벗어나곤 했다.

나는 어떻게 해서 그의 고난의 행로가 시작되었는지 궁금했다. 누가 왜 그를 선택했을까? 그의 대답은 평온했고 자로 잰 듯 정확했다. 마치 그가 이 상태로 태어났고, 그후 아무것도 변한 것이 없는 것 같았다. "관습에 따라 우리는 이전의 생불이 죽고 난 후, 다시 생불을 찾아냅니다. 그 일은 부적에 의해서, 또는 기도에 의해서, 그리고 라싸 부근의 신탁이 나타나는 호수에 보이는 무늬에 의해서 이루어집니다. 나는 지난번 판첸 라마의 스승에 의해 선택되었지요…….” 그리고 서슴없이 이렇게 덧붙였다. “그리고 중국 정부의 확인을 받았습니다.” 그에게서 시선을 돌린 것은 나였다. “나는 이전의 생불과 같은 해에 태어났습니다. 이 점이 중요하지요. 소년이었던 나는 부모님과 살고 있었는데, 수색단이 우리가 사는 곳에 도착했지요. 이웃사람이 그들에게 내 생년월일을 이야기해주었습니다. 그러자 그들은 나를 톈수이에 있는 사원으로 데리고 갔지요. 나는 천 명의 후보자들 가운데서 선택되었습니다.”

“그렇게 데려갈 때 기분이 어땠습니까?”

“나는 아이에 불과했어요. 별다른 느낌은 없었지요.”

나는 그의 얼굴을 살폈다. 잊어버린 걸까? 아니면 내가? 몇 년 전에 나는 머리가 심리학자들의 상투어로 가득찬 채, 베이징의 어느 고아원 아이들이 서양인들이 늘 말하는 불안의 흔적 없이 함께 놀고 있는 것을 어리둥절한 채 지켜본 적이 있었다. 내가 생불에게 물었다. “당신의 부모님은 어떤 기분이었죠?”

“그분들은 내가 가는 것을 원치 않으셨죠. 농부였으니까요. 그분들은 내가 들에서 일을 돕기를 바라셨지요.” 그가 자기 손을 내려다보았다. “어쨌든 나는 갔지요. 하지만 열일곱 살 때 나는 다시 떠나야 했습니다. 공산혁명이 일어났고, 승려들이 사방으로 흩어졌지요. 처음에 나는 공부를 계속했습니다. 그러다가 1964년에 정부가 내게 결혼하라고 지시했어요. 그들은 승려들이 다른 사람들과 같게 되기를 바랐지요.”

"당신은 훌륭한 가족을 가지고 있습니다."

그가 부드럽게 미소지었다. "고맙습니다."

불교가 늘 스스로를 정당화하기 위해 노력해왔다는 것을 나는 알고 있었다. 유교와 공산주의는 효(孝)라는 개념으로, 또는 사회발전이라는 개념으로, 사회와 조화될 수 있었다. 그러나 불교는 사적인 구원을 설파했다. 그 목표는 망상을 떨쳐버리는 것이었다. 불교의 입장에서는 사회도 신기루에 불과했다.

"하지만 개인적인 일들도 우리에게 중요하지요." 생불이 아까 딸들이 있었던 문 쪽을 힐끗 보면서 말했다. "어쨌든 이 삶이 현재의 관계가 존재할 유일한 삶이지요. 그러니 우리는 이 관계에 충실해야 합니다. 내생에서 나는 다른 부모에게서 태어날 거고, 내 아이들도 나에게서 태어나지 않을 겁니다. 아마 나를 알아보지도 못할 겁니다. 내 아내도 다른 누군가의 아내일 테고 말입니다. 죽은 후에는 당신의 가족이 당신을 따라갈 수 없으니까요."

물론 이 불교적 가치관이 그를 구원해주지는 못했다. "문화혁명 기간에 나는 무척 고생을 했지요. 홍위병들은 생불이라는 개념을 싫어했어요. 4천 명의 홍위병이 나를 잡으러 왔습니다. 나는 너무 심하게 맞았기 때문에 석 달 동안 꼼짝 못하고 누워 있어야 했지요. 몸이 만신창이였으니까요." 그가 자기 팔과 무릎을 만졌다. "홍위병들은 나를 때리면서 줄곧 이렇게 말했지요. '당신이 틀렸어! 틀렸다구! 틀렸어!' 그래서 나는 이렇게 말했지요. '그래, 그래, 내가 틀렸어. 틀렸다구!'" 그가 갑자기 웃음을 터뜨렸다. 세상의 어리석음을 받아들이는 듯한 웃음이었다. "그러면서도 나는 내가 다른 어떤 곳으로 가고 있다는 것, 내 길을 가고 있다는 것을 알고 있었지요. 하지만 나는 아무 말도 하지 않았습니다. 누워 있는 동안 나는 머릿속으로 티베트어 문법책을 지었지요. 몇 년 후에 나는 그 책을 썼습니다. 그런 식으로 나는 살아남았습니다."

그의 고난은 아마 끔찍했을 것이다. 뭇매를 맞고 조롱과 고문을 당했을 것이며, 때로는 이웃사람이나 왕년의 친구들로부터 그런 박해를 받기도 했을 것이다. 이런 핍박과 테러가 극에 달했을 때는 희생자가 무슨 말을 하든 돌아오는 것은 저주와 부인뿐이었을 것이다. 그러는 동안 자존심은 흔적조차 사라지고 말았을 것이다. 강요된 자백은 자아의 부정이었다. 이런 수치를 참지 못하고 수많은 사람들이 자살을 택했다. 희생자는 가족마저 버림으로써 자아의 또다른 버팀목마저 포기해야 했다. 이런 세뇌 과정에서 그는 서서히 자기가 무고하다는 생각마저 잊어버렸다. 마치 얼굴에 쓴 마스크가 살 속으로 파고드는 것처럼. 이런 시나리오 속에서 희생자는 비난받기를 바랐다. 그러지 않으면 세상이 결딴나기 때문이었다. 멋대로 꾸며진 이상한 죄목이 그에게 씌워졌다. 그는 자기 자신의 고발자, 자기 자신의 죄가 되었다. 그러면 일이 완결되는 것이었다.

하지만 숙청은 보통 너무나 신속하고 갑작스럽게 진행되었다. 비명으로 점철되는 자백은 연극의 대사 같았고, 가해자들 역시 미리 정해진 역할을 수행하고 있었다. 그들은 국가가 쓴 대본에 따라 움직였다. 그렇게 백만 명이 죽었다. 40년이 지난 지금, 그때의 이야기는 간단한 몇 마디로 마무리된다. 가끔 생불의 경우처럼, 희생자의 핵심에 자리잡은 그 무엇이 앙금처럼 남아 있긴 하지만.

그가 말을 이었다. "그후 나는 시골로 보내졌어요. 내가 전에 생불이었던 지방에서 농부들과 함께 일을 해야 했지요. 나는 그곳에서 12년을 살았습니다." 그는 무덤덤하게 말했다. "그런 다음 나는 마침내 이곳으로 배정되었지요. 지금 나는 티베트 학생들에게 종교를 가르칩니다. 나는 톈수이의 사원 옆에 집까지 가지고 있지요. 의식을 거행하기 위해 나는 자주 거기 갑니다. 아주 아름다운 곳이지요."

자연환경은 영원하다고 그는 말했다. 학교에서 학생들에게 말하는 투인지도 몰랐다. 그래서 자연에 대해 잘 대해야 한다는 것이었다. 우리는 왔다가 가지만, 자연은 남는다는 것이다. 그렇다면 지금 그는 행복한가?

"문화혁명 후에는 무엇이든 즐겁지요."

그의 둘째딸이 문을 조금 열고 들여다보다가 작은 강아지가 그 문틈으로 들어와서 방을 한 바퀴 돌고나가는 바람에 들통이 나고 말았다. 생불이 너그럽게 껄껄 웃었다. "그래요. 난 그 젊은이들을 용서할 수 있습니다. 당시는 온 중국이 미쳤었으니까요." 그가 다시 웃음을 터뜨렸다. "꼭대기에서 맨 아래까지, 아무도 피하지 못했지요. 고위 관리들도, 당원들도, 생불도, 보통 노동자들도 피할 수 없었어요. 온 중국이 미쳤었지요! 나는 그 시기를 내 머리에서 지워버렸습니다." 그가 자기 이마에서 상상의 벌레를 떼어냈다. "난 그것을 잊었습니다."

나는 이 용서가 불교의 자비심에서 비롯된 것인지, 또는 다른 그 무엇에 기인한 것인지 알지 못한다. 문화혁명은 몇 안 되는 음모자들—소위 사인방(四人幫)— 탓으로 돌려졌고, 중국은 그 일을 잊기 시작했다. 은밀하게는 무시무시한 단충선이 전사회—모든 노동단체, 모든 마을, 때로는 모든 가족─을 관통하고 있지만, 침묵이 그 위에 짙게 깔려 있는 것이다.

생불과 얘기를 나누는 동안, 그들을 용서한다는 그의 말이 나에게 묘한 반감을 불러일으켰다. 나는 내가 분노, 보복, 절대로 이해할 수 없다는 말을 듣고 싶어한다는 걸 깨달았다. 서양의 이론으로는 과거를 인정하고 그것을 해결해야 정신건강을 유지할 수 있다. 기억이 카타르시스다. 그러나 문화혁명의 경우, 결국 거의 모두가 희생자였고 모두가 고통을 당했다. 아마 자기가 한 일, 자기가 당한 일을 회상한다는 것은 다른 세상에서의 다른 사람을 기억하는 것일 터이다. 따라서 망각을 선택하는 것이 삶을 선택하는 것이 되는지도 모른다.

* * *

내가 탄 버스가 황토 속에 뚫린 길을 구불구불 올라갔다. 언덕이 우리를 감싸고 있는 듯하더니, 다음 순간 깊은 계곡이 눈 아래 펼쳐진다. 황허 강의 지류가 파놓은 계곡이다. 여기저기 흩어져 있는 마을에서 온 이슬람교도인 후이족이 버스에 올랐다. 후이족 여인들은 검은색 또는 짙은 녹색의 천을 덮어쓰고 있었다. 곧 동네가 높은 흰 모자를 쓴 사람들로 넘친다. 마치 수천 명의 요리사들이 자전거를 타거나 손수레를 밀면서 거리를 행진하고 있는 것 같다. 서쪽으로 가면서 이슬람 사원의 첨탑─이곳에서 큰소리로 기도 시간을 알리는 행위는 허용되지 않고 있었다─들이 지붕 위로 솟아 있는 모습이 자주 눈에 띄었고, 그런 광경은 라브랑 사원까지 이어졌다.

그러다 린샤(臨夏)를 넘어서자 갑자기 황토언덕이 사라지고, 계곡 밑바닥에 돌바닥이 나타났다. 젊은 승려가 버스에 올라탔고, 이어 미소짓는 티베트의 목동들이 펠트 모자를 쓰고 버스에 올랐다. 보이지 않는 산맥의 어깨가 구름 속에서 나타났다. 몇 명의 경찰관이 버스를 세우더니 승객들을 모두 하차시키고 버스 바닥에 소독약을 뿌렸다. 사스(SARS, 급성중증호흡기증후군) 바이러스가 시안까지 퍼진 것이었다. 아직 버스에 남은 중국인들은 하얀 마스크를 썼다. 티베트인들은 여전히 미소를 짓고 있었다.

곧 우리는 안개 낀 가파른 회랑을 오르기 시작했다. 강은 유속이 더 빨라졌고, 강물은 맑아져 옥빛이 되었다. 산맥이 점점 가까이 다가왔다. 우리는 어떤 지도에도 표시되어 있지 않은 경계선을 넘어 티베트의 고원으로 들어온 것이었다. 불탑들이 젖꼭지처럼 언덕에 솟아 있고, 기원을 담은 깃발들이 집의 뜰이나 초원의 돌무더기 위에서 바람에 나부끼고 있었다. 이곳저곳 산비탈에 층을 이룬 사원의 지붕들이 하얀 벽과 어울려 폭포 같은 광경을 연출하고 있었다. 그러더니 도로가 자갈길로 변했다. 어둑어둑해지면서 산비탈에 잠자는 야크의 형체가 보였고, 눈발이 조용히 흩날리기 시작했다.

나는 라브랑의 추운 밤 속으로 들어갔다. 아직도 티베트 경계에서 480킬로미터 이상 떨어져 있었다. 불빛이 희미한 거리에는 후이족과 한족의 가게들이 나란히 자리잡고 있었다. 눈을 밟으며 걸어가노라니 어두운 저 앞에서 뿔고동 소리가 들려왔다. 그 소리를 들으니 어쩐지 기분이 좋아졌다. 미지의 세계, 완전히 다른 세계로 들어간다는 어린애 같은 기대가 나를 휩싼 것이다.

거리는 텅 비어 있었고, 나는 쓰레기로 채워진 도랑을 건너 불이 밝혀지지 않은 불교 사원 경내로 들어갔는데, 가다보니 사원의 게스트하우스가 보였다. 방들이 늘어서 있었고, 관리자 외에 목동 순례자들이 왔다갔다 하고 있었다. 내 방에는 나무침대 하나와 공동 우물에서 물을 길어오는 데 쓰는 양동이 하나가 놓여 있었다. 석탄을 때는 난로의 굴뚝은 천장에 난 구멍을 통해 밖으로 나 있었다. 전구 하나가 전깃줄에 대롱대롱 매달려 있었다. 하룻밤 자는 데 50페니였다. 나는 축축한 이불 속으로 들어가서 밖의 나뭇가지에 눈이 내려앉는 소리에 귀를 기울였다.

이 사원은 3백 년 전에 이 지방 몽골 귀족의 보호 아래 세워졌다고 한다. 달라이 라마가 속한 황모파(黃帽派)의 근거지인 이 사원은 티베트 지방의 6대 라마교 사원 가운데 하나였다. 이 지역 유목민의 샤머니즘적 영향을 받아 예배 방식은 자유롭지만, 명상과 불교 교리, 그리고 불교식 치료법과 산술법이 뿌리를 이루고 있다. 티베트인들이 중국에 항거해 봉기하고 달라이 라마가 도망친 1959년까지, 이 사원에는 4천 명의 승려들이 있었다고 한다.

봉기 후 대량검거와 추방이 이어졌다. 1만 건의 서적이 있던 도서관은 불에 태워졌다. 문화혁명 기간 동안에 사원 건물의 절반이 파괴되었다. 1980년에야 사원이 조심스레 다시 문을 열었다. 승려들이 하나둘 돌아왔고 티베트, 칭하이, 내몽골에서 수련생들이 왔다. 이제 이 사원에는 2천 명이 넘는 수행자들이 있다. 새벽 눈 위에 벌써 숙소를 나와 그들의 옛 성소를 향해 간 발자국들이 많이 찍혀 있었다. 나는 눈으로 이를 닦았다. 공동수도는 얼어붙어 있었다. 화장실은 구덩이 위를 덮고 거기에 일렬로 구멍을 뚫어놓은 것이었다. 내가 유쾌한 목동들 사이에 끼어 앉자, 바람에 찌든 얼굴들에 웃음이 번졌다. 한 목동은 젊은 달라이 라마의 사진이 들어 있는 은메달을 목에 걸고 있었는데, 내 시선을 의식한 그는 그 메달을 옷깃 속에 감추었다.

밖에는 아직도 눈송이가 날리고 있었다. 하얗게 변한 하늘 속에서 산맥은 마치 허공에 걸린 형판(型板)처럼 그 바위 형체만을 드러내고 있었다. 나는 승려들의 숙소 벽 사이로 난 구불구불한 길을 따라갔다. 길은 이제 진흙으로 더럽혀져 있었다. 들리는 소리는 추녀 끝에서 눈 녹은 물이 떨어지는 소리와 뚜껑 없이 드러난 하수도에 물 흐르는 소리뿐이었다. 갑자기 내 앞에서 한 떼의 순례자들이 무릎을 꿇었다. 승려들의 거처 사이로 난 길 저 위에 내리는 눈 때문에 희미하게 보이는 것이 있었다. 산맥을 배경으로 번쩍이는 도금된 사원의 꼭대기 부분이었다. 사원은 전면이 진붉은 색이었는데, 점점 위로 올라가면서 녹색과 노란색의 타일로 변했고, 맨위는 황금색 지붕으로 되어 있었다. 이런 별세계 같은 건물 밑에서 진홍색과 자주색의 승복을 입은 승려들이 이리저리 오가고 있었다.

그러나 내가 다가가자 건물들은 거칠게 지은 홀과 요새처럼 보이는 문으로 분리되었다. 그 높이가 엄청났다. 붉은색을 띤 건물의 전면은 압착된 잔가지들로 지어졌고, 지붕 꼭대기에는 황금색 그리핀(독수리의 머리와 날개, 사자 몸뚱이를 가진 괴물)과 바나라시의 사슴, 법륜 등이 늘어서 있었다. 추녀에서는 용의 형상들이 내려다보고 있었다. 모든 것이 소박했고, 생생했으며, 낯설었다.

사원에서 가장 큰 설법실에는 진홍색 법의를 입고 노란색 깔때기 모자를 쓴 3백여 명의 승려들이 앉아 있었다. 젊은 승려들은 천진난만하게 서로 몸을 부딪치며 시끄럽게 떠들어댔다. 그들은 거친 중국어로 나를 환영하면서 달라이 라마에 관한 소식을 물었다. 밖에서 눈싸움을 하는 젊은 승려들도 있었다. 그러나 한 나이 든 승려가 그들에게 성소로 들어오라는 손짓을 했다. 성소에서는 웅얼거리는 기도 소리가 마치 벌들이 붕붕거리는 소리, 또는 잠결에 주문을 외는 소리처럼 들려왔다.

나는 기둥이 즐비하게 늘어선 통로로 둘러싸인 성소로 들어갔다. 20년 전 이 홀은 화재로 소실되었었다고 한다. 승려들의 말에 따르면, 전기 누전이 그 원인이었다고 한다. 그래서 지금은 기름을 태우는 램프와, 현관을 통해 들어오는 희미한 겨울 햇빛만으로 홀 안을 밝혔다. 승려들은 그들의 스승을 중심으로 깨어진 반원을 그리며 앉아 있다. 나는 홀 안을 혼자 거닐었다. 기둥들은 마치 살아 있는 생물이라도 되는 듯 천으로 감싸여 있었다. 천 개의 똑같은 모양의 작은 부처들이 측면의 벽을 채우고 있었고, 가장 구석진 곳에서는 구름과 연꽃 좌대에 앉은 환생한 성인들이 그들의 영험한 힘으로 어둠을 가득 채우고 있었다. 그들의 손가락은 꽃과 종, 또는 벼락을 떠받치고 있었으며, 야크 기름을 태우는 램프와 수백 개의 촛불이 앞에 밝혀져 있었다. 또 여러 다른 모양의 보살도 보였다. 보살은 다른 사람들을 구원하기 위해서 열반에 들어가는 것을 뒤로 미룬 축복받은 존재들이다. 사원의 창설자들도 뾰족한 마술사의 모자를 쓴 모습으로 모셔져 있다. 귀신 모습을 한 수호자들—아마 죽음에 대항하는 얼굴인 듯하다—은 해골로 엮은 목걸이를 하고 춤을 추고 있다. 사방에 신들이다. 여러 개의 얼굴을 가진 신도 있고, 팔이 여러 개인 신도 있는가 하면, 사랑을 베푸는 신, 죽음을 다루는 신, 무관심한 신도 있다. 나는 어리둥절해서 그들을 바라보았다. 라마승이 교회 안을 산책한다면 아마 똑같은 기분일 것이다. 기름 타는 냄새가 고약했다.

한 제단 위에 세 개의 사진이 놓여 있는 것이 눈에 띄었다. 판첸 라마의 사진이었다. 판첸 라마는 달라이 라마 다음으로 성스러운 존재다. 세 번째 사진은 뾰족한 모자를 쓴, 뺨이 불그레한 소년이었다.

"지금 저 분은 어디 있지요?" 내가 물었다.

"중국의 수도에 있을 겁니다." 젊은 승려가 나에게 눈을 맞추지 않은 채 말했다. 선택된 판첸 라마를 중국인들이 데려갔고, 그후로 다시는 보지 못했다는 것이다. 그래서 그들은 그들의 판첸 라마를 다시 세웠다고 한다.

그렇다면 라브랑의 생불은 어디 있을까? 나는 궁금했다.

그는 란저우에 있다고 승려가 불쾌한 표정으로 말했다. 중국 종교부에서 복무하고 있다는 것이었다. 그 역시 무력화된 것이었다. 그 승려가 나를 손짓해 불렀다. 그가 다른 상(像)들로 나를 인도하며 말했다. "여기 가장 중요한 불교 철학자들 두 분이 계십니다."

"그분들이 누구죠?"

"유감스럽게도 나는 잘 모릅니다." 그는 풀이 죽은 듯했다.

그는 여기 얼마나 오랫동안 있었을까?

"나는 12년 전에 왔지요. 이 근처 마을에서 왔습니다. 그때 열네 살이었지요."

"왜 왔습니까?"

"부모님이 원했기 때문이지요. 그때 난 아무것도 몰랐습니다. 여기 있다 보니 세상이 내게 낯설어졌지요. 모든 게 아주 이상해 보였어요. 난 아무것도 이해할 수 없습니다." 그는 마치 지금도 전혀 이해하지 못하는 것처럼 이야기했다. 그는 나이보다 훨씬 더 젊어 보였다. 코 밑에 거뭇거뭇 수염이 나기 시작하는 수줍음 많은 젊은이였다. "우린 긴 시간 기도를 드립니다. 하루 세 번. 하루 종일 공부를 할 때도 있고, 어떤 때는 한 시간 또는 두 시간 공부를 한답니다. 공부는 끝이 없지요."

나는 뿔피리 소리를 좇아 사원 건물들이 미로처럼 얽혀 있는 밖으로 나갔다. 나는 닫혀 있는 뜰, 금지된 홀로 들어가보려고 했다. 생불의 궁전이 몇 년 전부터 닫혀 있다고 승려들이 말했다. 그의 선임자들의 유물이 황금빛 탑 밑에 놓여 있었다. 다른 사원에서는 새해를 맞아 이 조상 부처들을 야크 버터로 조각해놓기도 했었다. 여름이 오면 녹아버릴 채색된 성인들인 셈이었다. 나는 단 한번 달라이 라마의 사진을 보았다. 그가 망명하기 전에 설치된 것이라서 그대로 두고 있다고 한 승려가 말했다. 평화로운 시기에 찍은, 수심 없는 얼굴이 나타나 있는 사진이었다.

법륜들이 늘어선 복도와, 성소들 사이로 난 꼬불꼬불한 길을 따라 순례자들의 행렬이 이어지고 있었다. 초원 지대에서 온 티베트인들과 몽골인들은 머리는 엉망으로 헝클어져 있었지만 얼굴은 아주 환해 보였다. 그들은 살쾡이 가죽이나 여우 가죽으로 가장자리를 댄, 발목까지 내려오는 긴 옷을 입고 있었다. 그들의 피부는 구릿빛이었고, 광대뼈가 튀어나와 있었다. 여자들의 피부는 가끔 마치 루즈를 칠한 것처럼 빨갰고, 두 갈래로 땋아내린 머리는 허리까지 내려왔다.

그들은 무엇을 보고 있었을까? 무엇을 기대했을까? 그들은 모두 행복해 보였다. 그들의 신들이 도처에 있었다. 손으로 그 신들을 만질 수도 있었다. 법륜을 돌리고 기름 램프에 불을 붙이면 무언가가 가동되었다. 쭈글쭈글한 노인과 체구 작은 할머니들이 사원의 문에서 이마를 두드리며 거기 걸려 있는 기원을 담은 천들을 어루만졌다. 그들은 "옴 마니 파드메 훔"이라는 기도를 뇌이고 있었는데, 그 소리가 마치 낮게 내뱉는 한숨 소리 같았다. 어떤 사람들은 팔목 장식을 덜걱거리면서 사지를 쭉 뻗고 엎드린 다음, 앞으로 쭉 뻗은 손이 있는 곳으로 몸을 끌어당기며 일어났다가 다시 엎드리는 동작을 반복하면서 사원 주위를 돌기도 했다. 그들의 손바닥은 터져 진물이 흘렀고, 머리털은 진흙 범벅이 되어 있었다.

4월의 눈은 산맥 쪽에서 날려왔다. 이른 아침, 승려들 숙소로 다가가던 나는 다른 쪽 뜰에서 들려오는 염불 소리를 듣곤 했다. 그러나 그 위치를 알아내지 못하고 허둥지둥 헤매기 일쑤였다. 그러다가 어떤 성소의 현관에 승려들의 검은 신발이 쌓여 있는 것을 보고 그들이 거기 있다는 것을 알아내곤 했다. 나는 그 성소에서 승려들이 기도에 전념하고 있는 것을 힐끗 볼 수 있었다. 가끔 그들의 염불소리가 잦아들고, 고승의 으흠 하는 소리가 그 공백을 잇기도 했다. 그러면 다시 염불이 이어졌는데, 주지가 종을 울리거나 심벌을 울리면, 사미승들이 주전자를 들고 달려들어가 승려들의 찻잔을 다시 채웠다.

한편, 순례자들은 성스러운 길을 따라 움직이고 있었다. 2킬로미터 가까이 되는 회랑을 걸으면서 그들은 거기 간간이 늘어서 있는 법륜—천 개도 넘는 것 같았다—을 돌렸다. 법륜이 돌아가는 소리와 기도 소리가 사원 안에 울려퍼졌다. 가끔 난폭한 순례자들이 치고 지나가는 바람에 주랑 전체의 구리 북들이 소리를 내기도 했다. 순례자들은 자기의 법륜을 손에 들고 다니는 경우가 많았다. 그 둥근 통을 한번 돌릴 때마다 종이에 적어 그 안에 넣은 소원이 깨어나서 하늘로 울려퍼진다는 것이었다. 나도 다른 사람들을 따라 법륜을 돌렸다. 회랑 전체의 법륜이 반짝이며 돌아갈 때, 노파들이 웃었다.

하나의 회랑이 끝날 때마다 사람보다 큰 법륜이 방 안에 자리잡고 있었다. 그 법륜은 돌아갈 때마다 작은 종을 쳤다. 키가 큰 승려하나가 나를 보고 어디서 왔느냐, 종교가 무엇이냐고 물었다. 나는 다소 부끄러워하면서 더듬거리는 중국어로 나는 불교도가 아니라고 대답했다. 하지만 그 승려는 내가 법륜을 돌리는 걸 기뻐하는 것 같았다. 회랑이 끝날 때마다 그는 나를 기다렸다가 질문을 던졌다. 내 직장이 영국에 있느냐, 중국에 있느냐? ……여행을 하는 중이라고 하니, 그는 혼자 여행중이냐고 물었다.

가끔 길은 층층이 놓인 놋쇠로 된 구형체가 소리 없이 돌아가고 있는 사원 안으로 구부러져 들어갔다가 다시 회랑으로 나오곤 했다. 그래도 그 승려는 늘 밖에 서성이면서 나를 기다렸다. "당신 하는 일이 뭔가요? …… 다른 불교 국가에도 가본 적이 있습니까?"

"네. 네팔, 스리랑카……" 잠시 말이 없던 그가 회랑의 반들반들 다듬은 돌을 그의 신발로 힘껏 밟으며 다시 물었다. "인도에도 가

봤습니까?"

그때 비로소 나는 그의 의도가 무엇인지 깨달았다. 그는 여전히 조심스러웠고, 항상 우리 둘만이 있을 때까지 기다렸다. "그렇소." 내가 대답했다. "부다가야와 사르나스에 가보았소." 그곳은 불교 성지였다.

다른 승려들 옆에 서면 그가 보잘것없어 보이는 것은 그의 빈약한 체격 때문인지도 몰랐다. 아니, 어쩌면 그는 이곳 생활에 만족하지 못하고 있는지도 모른다고 나는 생각했다. 그가 또 물었다. "어디로 떠날 생각인가요?"

"키르기스스탄, 우즈베키스탄 쪽으로 갈 생각입니다."

그는 얼굴을 찌푸렸다. 그는 그 나라들이 어디 있는지 모르고 있었다. 그러나 그때쯤 우리는 사원 뒤의 조용한 길을 걸어올라가고 있었다. 우리는 미로처럼 늘어선 하얀 벽의 사원 건물들과 셔터가 내려진 사원의 창문들을 내려다보고 있었다. 그 승려가 나를 신임하는 듯한 시선으로 바라보며 말했다. "다람살라에 가 보았습니까?"

"아뇨. 하지만 내 친구들 가운데 그곳에서 달라이 라마를 위해 일한 적이 있는 사람들이 있소. 그는 좋은 사람이라고 하더군요. 영리하고 영적이고."

서글픈 어조로 그가 속삭였다. "그렇소." 그가 머리를 숙였다. "하지만 그를 사랑하지 못하도록 금지되어 있지요."

검은 날개의 매들이 저 아래 사원 지붕에 자리잡고 있었고, 우리 위쪽에는 산허리에 흩어진 벌집처럼 작은 기도소들이 보였는데, 지금은 방치된 채 버려져 있었다. 내가 물었다. "당신은 언제 이리로 왔나요?"

"12년 전에. 나는 열 살 때부터 승려가 되고 싶어했지요."

"왜죠?"

"그냥 그렇게 느꼈지요. 나는 승복이 좋았어요." 그는 자기가 받드는 부처와 똑같은 눈과 활 모양의 입술을 하고 정색하며 나를 돌아보았다. 그런 다음 마치 확인하려는 듯 다시 물었다. "당신네 서양 사람들은 달라이 라마를 좋아하지요?"

"그렇습니다. 우리는 그가 당신들의 불교 종파의 우두머리라고 생각합니다."

그의 얼굴이 환하게 밝아졌다. "사실 난 이곳을 떠나고 싶습니다! 우리 형이 다람살라에 있어요. 형은 11년 전에 인도로 들어갔지요. 나도 형을 따라가고 싶습니다! 우리 부모님들도 마찬가지구요. 우리 아버지는 농부이신데, 지금 일을 못하십니다. 우린 모두 가고 싶어 합니다."

"그게 어디 쉬운 일인가요?"

"난 티베트를 지나 네팔로 들어갈 수 있어요. 그러자면 몸이 튼튼하고 돈도 좀 있어야 합니다. 하지만 다른 사람들은 그렇게 했어요. 난 이곳에 머물 수 없어요. 중국인들과 우리 동포들 사이가 아주 나쁩니다. 난 떠나고 싶어요. 인도로. 어떤 곳으로든."

"당신네 동포들 대다수가 그렇게 느끼고 있습니까?"

"그런 사람들이 꽤 있지요." 그의 미소가 사라졌다. "그들은 모두 달라이 라마를 사랑합니다." 한 무리의 순례자들이 진흙 범벅이 된 옷자락을 너풀거리며 지나갔다. "하지만 난 11년 동안에 단 두 번 형에게 전화를 걸 수 있었지요."

나는 내 위성전화를 게스트하우스의 난로 밑 벽돌 틈에 감추어두고 왔다. 그 전화는 내가 별로 사용하지는 않지만, 서구와 통할 수 있는 생명선이었다. 그 전화를 사용할 기회가 온 것 같았다. 위성전화는 추적이 불가능할 것이었다. 내가 그에게 그 전화를 쓰게 해주겠다고 제의했다. 그는 반신반의하면서, 또 한편으로는 약간 놀라워하면서 나의 제의를 받아들였다. 그래서 우리는 산허리 밑으로 난 길을 따라 걸었다. 내가 약간 앞서 걸었다. 우리 밑으로는 황금 지붕을 인 사원 건물들이 그 신비스런 모습을 드러내고 있었다.

몇 명의 순례자들만이 아직 남아 있는 안전한 게스트하우스에서 그는 내 방에 멍하니 앉아 있었고, 나는 그의 형과의 통화를 시도했다. 잠시 후 나는 그 번호가 사용되지 않는 번호라는 메시지를 받았다. 내가 다시 시도해보았지만 역시 같은 대답이 들려왔다. 승려는 마치 무아경에 빠진 듯 내 침대 위에 앉아 있었다. 그가 달라이 라마 경호원의 전화번호를 가지고 있다고 하면서, 자기 형과 함께 일하는 사람이라고 했다. 그래서 내가 그 번호로 다시 통화를 시도했지만, 역시 실패했다. 나는 서글픈 느낌이 들었다. 나는 무엇인가가 우리의 통화를 방해하고 있다고 생각했지만, 그것이 무엇인지는 짐작할 수 없었다.

승려는 런던의 버스 모양으로 장식된 열쇠고리를 만지작거렸다. 그것은 내가 어떤 아이에게 줄 생각으로 가져온 것이었다. 나는 그것을 그에게 주었다. 서양의 것은 무엇이나 그에게 위안이 되는 것 같았다. 그가 힘없이 고개를 끄덕였고, 그 열쇠고리는 그의 승복 속으로 사라졌다.

이제 더 할 일이 없었다. 그는 전화번호가 너무 오래되어 통화가 안 된다는 것을 알았고, 이 새로운 장벽의 존재를 인식한 후 더욱 울적한 기분이 되었다. 그래서 나는 영국에 가서 그의 형에게 전화를 걸어 소식을 전해주겠노라고 말했다. 우리는 다시 사원 경내의 거리로 나왔다. 달리 할 말은 없었다. 아직도 약한 눈발이 날리고 있어 사원 건물과 하늘이 뿌옇게 흐려 보였다. 우리가 말없이 골목길을 걸어올라갈 때 그의 발걸음이 느려지더니, 그가 승복으로 자기 얼굴을 감쌌다.

내가 물었다. "나와 함께 걷는 게 다른 사람들 눈에 띄어도 괜찮은가요?"

"네, 괜찮습니다."

문제는 다른 곳, 그의 마음속에 있다는 것을 나는 알아차렸다. 그의 걸음걸이가 느려지자 내가 약간 앞장서 걸었다. 그래도 그는 걸음을 빨리 하지 않았고, 그래서 우리는 조금씩 간격이 벌어졌다. 마침내 그는 자줏빛과 심홍색 승복들 속으로, 그리고 점점 굵어지는 눈발 속으로, 사라졌다.

엄청나게 큰 문이 열렸고, 한순간 나는 향 연기가 섞인 어둠 속에서 미래의 부처인 미륵불이 벽장 속에 쑤셔넣어진 듯한 모습으로 나타나는 것을 언뜻 보았다. 금을 입힌 그 모습이 저 위에 나타나자, 한 떼의 순례자들이 땅에 엎드렸다. 그들은 감히 위를 쳐다보지 못하고 기도의 주문을 중얼거렸다.

나는 타고 있는 초의 연기와 야크 기름의 악취 사이로 그 부처를 올려다보았다. 그 거대한 얼굴은 나를 바라보고 있지 않았다. 눈꺼풀이 두툼한 그 눈은 아득히 먼 곳을 응시하고 있었다. 부처의 입술은 아네모네 같았고, 또 지혜를 상징하는 긴 귀를 가지고 있었다. 이 평온한 거인이 아마 옛 사람들이 생각했던 미륵이었을 것이다. 장차—만 년, 또는 십만 년 후에— 그는 모든 살아 있는 것들을 구원하기 위해 이 땅에 다시 태어날 것이라고 한다.

그러나 다른 문화권의 메시아들과는 달리, 그는 반란을 잉태했다. 환생한 미륵을 자처하는 지도자들에 의해 그의 이름으로 여러 차례 농민반란이 일어났다. 그러나 그 지도자들이란 천박한 욕망을 가진, 죽을 운명을 지닌 인간들이었다. 당나라 시대에는 이 위험한 인도의 신은 억압되었고, 미륵은 몇 세기 후 완전히 중국화된 신으로 다시 태어났다. 그는 작은 아이들에게 둘러싸여 웃는 뚱뚱한 쾌락주의자였다. 이 '웃는 부처'는 가득 찬 위장과 많은 자손이라는 세속적인 이상을 상징한다. 그는 중국 사원들의 문에 웅크리고 앉아 있으며, 골동품 가게의 단골 캐릭터가 되었다. 이곳의 티베트인들만이 그의 엄격한 조상의 약속을 기억하고 있다.

마침내 순례자들이 일어나서 미륵불을 올려다본다. 아직도 서 있는 나는 불경스런 일을 저지른 듯한 느낌이다. 그래도 황금 어깨에서 흘러내리는 비단자락과 그의 머리에 올라앉은 황금색 용들의 틀임을 감상한다. 그의 뒤에는 밝은 광배가 장식되어 있고, 8위의 보살들이 주위에 늘어서 있다. 얼마 후 문이 철거덕 닫히면서 모든 영상은 사라졌다.

# 4
# 하늘 아래 마지막 문

만리장성의 끝을 향해 구부러진 긴 간쑤 성의 회랑, 하늘은 고비 사막에서 날아온 먼지 때문에 어둡다. 아득한 옛날, 바람에 날려온 비옥한 흙이 산맥 아래 황회색 스카프 모양의 층을 이루었고, 그 위에 수직의 이랑과 협곡이 생겨났다. 서쪽에는 치롄 산맥이 티베트 고원을 향해 솟아 안개 속에서 자태를 드러내고 있다.

이 황량한 풍경 속으로 새로 뚫린 고속도로가 달린다. 18년 전 나는 이 길을 후이족 농부들이 빽빽하게 들어찬 기차를 타고 극심한 추위에 떨며 갔었다. 이제 미끈한 버스가 황야 한가운데를 달린다. 나는 휴대전화에 대고 큰소리로 떠들어대는 세련되지 못한 상인들 틈에 앉아 있다. 여자 차장이 뜨거운 물이 담긴 머그잔을 돌렸고, 머리 위 텔레비전에서는 쿵푸 영화가 상영되고 있었다.

수천 년 동안, 중앙아시아로 통하는 이 통로는 유목민들을 남동쪽 중국의 심장부로 끌어들였고, 상인들과 군인들을 그 반대방향으로 내보냈다. 따라서 이곳은 평온할 때가 없었다. 19세기에 후이족이 무슬림의 깃발 아래 반란을 일으켰지만, 이내 중국의 무기와 배고픔으로 멸망하고 말았다. 그래서 그런지 마을들은 아직도 가난해 보였고, 인구도 얼마 안 되는 것 같았다. 타일 지붕까지도 사라져버렸다. 진흙으로 된 정사각형 또는 직사각형 흙벽돌로 바뀌었는데, 이마저 비스킷처럼 부서져 있다. 적갈색 노새들이 먼지 속에서 쟁기를 끌고 있었다.

우리는 버려진 들판과 자갈이 깔린 강바닥 사이를 300여 킬로미터 달렸다. 한쪽에는 언덕이 납작해져 사막으로 변해 있었고, 다른 쪽에는 눈에 덮인 산맥이 약해지는 햇빛을 받아 반짝이고 있었다. 나는 아무것도 없는 도로에서 내렸다. 끝이 보이지 않는 계곡 안이었다. 들판을 3킬로미터 넘게 가로질러 마을을 향해 둑길을 걷기 시작했다. 나는 융창이 어떤 곳인지 전혀 알지 못했다. 그곳은 이상한 이유로 나의 호기심을 끈 곳이었다. 내가 알기로 그곳은 외국인이 들어가서는 안 되는 곳이었다.

처음에는 보이는 사람이 없었다. 얼마 후 나는 중년의 농부가 둑에 등을 기대고 앉아서 수음을 하고 있는 걸 발견했다. 나는 밑에 있는 그를 못 본 체하며 20미터쯤 지나쳐갔다. 나는 그가 무슨 꿈을 꾸고 있을까 궁금했다. 아니 과연 그가 꿈을 꾸고나 있을까 의심되기도 했다. 마을의 미인을, 아니면 비밀리에 상영되는 포르노 영화에서 본 금발의 여인을, 그것도 아니면 죽은 아내를 떠올리고 있었을까. 나는 빠른 걸음으로 그곳을 지나쳤다. 둑방길을 소리를 내지 않고 걸으면서 지나쳤고, 뒤돌아보지 않았다.

한 시간 후 나는 산뜻한 시골 소도시로 들어섰다. 이 황량한 곳에 이런 번영하는 도시가 있다는 게 신기했다. 사람들이 나를 보려고 거리를 건너왔다. 어떤 사람들은 깜짝 놀라면서 "외국인이다!" 하고 소리쳤다. 내가 묵게 된 작은 호텔에는 아직도 소련의 방식이 남아 있었다. 각층에 열쇠를 가진 감시인이 있었다. 내 감시인은 주의가 산만한 젊은 여자였는데, 그녀는 계속 창문으로 중학교를 내려다보았다. 중학교에서는 '작은 황제들'이 공놀이를 하고 있었다. 밖의 네거리에는 명나라 시대의 종루가 온전하게 보존된 채서 있었다. 그러나 도시의 남쪽 끝에 나를 이곳으로 끌어들인 소문과 연관이 있는 중국 관리의 동상이 세워져 있었다. 그 관리 옆에는 로마 병사와 로마의 부인이 서 있었다. 그들은 땅딸막했고, 이상하게도 특징이 없어 보였다. 로마인들은 중국인의 눈을 가지고 있었고, 복장도 반은 중국 것이었다. 거기 새겨진 글씨만이 그들이 로마인임을 말해주고 있었다.

그들은 이상한 이야기의 주인공들이었다. 로마가 카이사르, 폼페이우스, 크라수스 세 사람에 의해 통치되고 중국의 한나라가 그 영토를 확장하고 있던 기원전 53년, 촌스럽고 탐욕스런 크라수스가 다른 두 동료의 전공(戰功)을 나눠가지려고 서양의 오래 된 적인 페르시아 제국을 향해 4만 5천 명의 군대를 전진시켰다. 하지만 페르시아는 이제 과거의 거추장스런 방진(方陣) 전법으로 싸우는 나라가 아니었다. 페르시아는 반유목민인 파르티아 왕조에 의해 유린되었고, 파르티아의 기수들은 전속력으로 말을 달리며 화살을 날릴 수 있었다. 로마 군은 유프라테스 강을 건너 사막으로 들어가

자마자 파르티아 기병들에게 포위되었다. 북소리, 종소리를 요란하게 울리면서 파르티아의 기병들은 황금색 수를 놓은 호화로운 비단 깃발을 펼쳤다. 비단은 로마인들이 본 적이 없는 천이었다. 로마 군단은 밀집해서 방패 껍데기와 창을 가진 거대한 거북무늬 모양이 되는 그들의 전통적인 '거북무늬' 대형을 취했지만, 파르티아 군의 화살은 그들의 갑옷을 뚫었고, 때로는 그들의 팔을 방패에 꿰기까지 했다. 3일간의 전투에서 2만 명의 로마 병사가 적군과 싸워 보지도 못하고 죽었다. 일부 병사들은 유프라테스 강을 건너 퇴각했다. 크라수스는 살해되었다. 파르티아의 왕은 그의 두개골에 금을 채우곤 했다. 기진맥진한 남은 1만 명의 로마 장병은 항복했다.

플루타르크에 의하면, 이 포로로 잡힌 로마 병사들이 용병이 되어 파르티아의 동쪽 국경을 지키게 되었다고 한다. 그곳에서 그들은 사라져버렸다. 기원전 20년 로마가 파르티아와 평화조약을 맺고 그들의 송환을 요청했지만, 그들의 흔적은 찾을 수 없었다.

2천 년이 지난 후, 그들은 옥스퍼드의 중국학자 호머 덥스의 상상 속에서 되살아났다. 그는 한(漢) 왕조의 연보에서, 로마 군이 대패한 지 17년 후에 중국군이 훈족의 추장과 전투를 벌였다는 기술을 발견했다. 중국인들은 놀랍다는 투로, 중국의 정예병들이 그들의 방패를 서로 붙여 이상한 물고기 비늘 모양을 만들고, 공격해오는 훈족의 부대를 물리치고 성문을 지켜냈다고 서술했다. 중국군이 승리한 후, 이 병사들—크라수스의 패잔병들—은 포로가 되었다고 덥스는 생각했다. 그리고 이 무렵의 기록에 간쑤 성의 회랑 지대에 리 이라는 이름을 가진 작은 마을이 등장했다. 그곳으로 이주해온 사람들의 이름을 따서 마을 이름을 붙이는 것이 흔한 관습이었으므로, 리 ―알렉산드리아를 중국식으로 발음한 것으로 믿어지는―은 로마 제국의 동의어였다. 그 직후에 이 지역은 한동안 '격전의 포로들'이라는 의미의 제루로 재명명되기도 했었다.

여러 해 동안 이 생각은 상아탑의 복도 속에 잊혀져 있었다. 그러다가 한 중국 학자의 열정으로 다시 잠시 표면으로 떠올랐지만, 그는 자기 저작을 출간하지 못하고 세상을 떠났다. 1993년 리 이 위치했던 장소로 생각되는 저라이자이 마을에서 융창 부근을 발굴하던 몇 명의 고고학자들이 로마 시대의 벽을 발견했다. 이 이야기가 중국의 지역 신문들에 등장하기 시작했다. 저라이자이의 주민들이 금발에 파란 눈을 가졌다는 소문이 나돌았다. 그들은 키가 매우 크고 황소를 숭배한다고도 했다. 란저우 대학의 두 교수가 이 문제를 놓고 논쟁을 벌였다. 그러다가 이 이야기는 다시 잦아들고 말았다.

나는 무한정 닫혀 있는 융창의 작은 박물관을 찾아냈다. 누군가가 그들이 '붉은 머리'라고 부르는 관리인을 데리러 갔고, 나는 보도에서 관리인이 오기를 초조하게 기다렸다. 몇 분 후, 쏜궈룽이 절룩거리며 나를 향해 다가왔다. 언뜻 보기에도 그는 이상했다. 무릎의 상처 때문에 그는 180센티미터가 넘는 그의 몸을 한쪽으로 기울인 채 절름거렸다. 어깨까지 내려온 곱슬머리는 붉은색, 눈은 연한 아몬드색이었다. 그와 악수를 하면서 나는 그의 손이 내 손처럼 희고 불그레하다는 것을 알 수 있었다. 사람들이 우리 주위에 모여들었을 때, 나는 그의 얼굴생김이 완전히 유럽인의 모습이라고 생각했다. 하지만 그는 수줍어하고 어색해하는 이곳 마을 사람이었고, 그의 사투리는 내가 해득할 수 없을 만큼 심했다.

구경꾼 하나가 그의 말을 단순화된 표준말로 바꾸어주었다. 그는 나를 위해서 박물관 문을 열어줄 수 없다고 했다. 자기는 심부름꾼에 불과하며, 자기에게는 그런 권한이 없다는 것이었다. 이 지역에서 발굴된 2천 년 된 투구가 이 박물관에 있다는 게 사실이냐고 내가 물었다. 그 투구에는 '항복한 자'라는 뜻인 '자오 안'이라는 글자가 새겨져 있다는 소문이었다.

"맞습니다. 그걸 본 적이 있어요." 그가 말했다.

그렇다면 로마 병사들의 전설이 사실이란 말인가?

"하지만 우린 그걸 보여줄 수 없어요. 지금 보존처리중입니다."

음료 장수가 의자 두 개를 우리에게 내주었고, 주위의 구경꾼은 더욱 많아졌다. 그가 내게 말하는 동안 그의 이상한 외모는 더욱 분명히 드러났다. 그의 얼굴은 길었고, 얼굴색은 노랗다기보다는 장밋빛에 가까웠다. 눈은 주위에 있는 사람들보다 더 깊이 박혀 있었다. 코도 크고 오뚝했다. 이 부근 마을에 자기와 비슷한 외모를 가진 사람들이 또 있다고 그가 말했다. 흰 피부를 가지고 태어나기도 하고 검은 피부를 가지고 태어나기도 한다는 것이었다. 그는 그 이유를 알지 못했다. 그들의 조상에 관해 전해오는 이야기도 없었다. 너무나 오래 전의 일이었다. "저 사람을 봐요!" 그가 친구인 뤄잉을 가리키며 말했다. "그는 저라이자이에서 태어났지요. 그곳이 리　이라고 불리는 곳입니다. 그는 바로 거기서 태어났어요."

뤄잉은 가무잡잡한 피부였고, 세련되어 보였다. 하지만 그의 얼굴생김 역시 좀 이상했다. 불그레한 안색, 날카로운 이목구비, 독수리 모양의 코로 보아 북이탈리아인의 후손인 것 같았다. 그는 곱슬머리였고, 아치형 이마 밑의 두 눈은 연한 적갈색이었다. 우리 주위에서 어색한 미소를 짓고 있는 평면적이고 노란 얼굴들과 비교할 때, 우리 세 사람은 분명히 유럽인들이라고 나는 생각했다. 우리 셋도 서로 얼굴생김이 다르지만, 주위에 둘러선 다른 사람들과는 생판 다른 모습이었다.

뤄잉은 털털거리는 삼륜 택시를 가지고 있었다. 그가 나를 저라이자이로 데려가겠다고 제의했다. 자기는 그 마을을 다섯 살 때 떠났다고 그는 말했다. 자기 아버지가 그곳 생활은 희망이 없다고 생각했기 때문이라고 했다. 쏜귀룽은 우리와 함께 가지 않기로 했다. 헤어지면서 그의 가족에 대해 물었더니, 그는 이렇게 짤막하게 대답했다. "우린 로마인이오." 그런 다음 이제 보도를 가득 메운 군중속으로 물러났다. 그 속에 섞여도 금방 눈에 띌 용모를 가진 그였지만.

뤄잉의 택시가 털털거리며 들판을 달렸다. 우리는 북서쪽으로 달리는 실크로드인 자동차 길을 한번 건넜다. 고색창연한 마을들 사이를 구불구불 달리는 새로 뚫린 도로였다. 우리는 홍수 자국이 있는 사막 위의 자갈길을 16킬로미터쯤 달렸다. 검은 옷을 걸친 목동들이 관목지대에서 양들을 방목하고 있었다. 앞에는 하늘을 배경으로 회색빛을 띤 치롄 산맥의 그림자가 보였다.

저라이자이는 내가 본 마을 중 가장 가난한 마을 가운데 하나였다. 여기저기 노란 성벽이 보였다. 거의 사람이 살지 않는 듯, 집들의 반은 창문이 없었고 문은 잠겨 있었다. 무너진 집들도 많았다. 사람들은 옥수수나 보리를 심은 작은 밭뙈기를 가지고 있다고 뤄잉이 말했다. 양을 치고 있는 사람도 몇 있다고 했다. 우리가 오래된 성벽을 살피고 있는데도 아무도 우리를 따라오지 않았다. 흙을 다져서 쌓아올린 3미터 높이의 성벽에는 삽으로 판 흔적이 여기저

기 나 있었다. 농부들이 그 흙을 파내서 자기네 집을 짓는 데 썼다
는 것이었다. 이제 성벽은 20미터도 채 남아 있지 않았는데, 형식
적인 쇠사슬로 둘려져 있었고 '리젠'이라는 팻말이 걸려 있었다. 하
지만 한때는 이 성벽이 볼 만했다고 했다. 그가 어렸을 때 성벽은
지금보다 세 배나 더 높았고, 길이도 100미터나 되었다고 잉이 말
했다.

"고고학자들이 왔던 기억이 나요. 그들은 로마인들이 나무판을
세우고 그 사이 공간을 흙으로 채웠다고 설명해주었어요. 성벽을
그렇게 쌓았다는 거였죠."

그의 기억 속의 마을 아이들은 머리가 노랗거나 또는 붉었다. "하
지만 우린 우리의 역사를 몰랐어요. 지금도 내가 알고 있는 건 그
고고학자들이 말해준 게 다예요."

우리는 마을의 골목길을 걸었다. 그가 기억하는 사람은 아무도
없었고, 우리를 맞아주는 사람도 아무도 없었다. 관개용 수로에서
물이 흐르는 소리, 몇 마리 수탉이 지붕 위에서 울어대는 소리가 들
릴 뿐이었다. 갈색 머리의 어린 소녀 하나가 먼지 속에서 흙장난을
하고 있었다. 그러나 그애의 오빠 머리는 검은색이었고, 그들의 집
문 근처를 오가는 마을 사람들의 머리 역시 검은색이었다. 이 중국
이라는 바다에서, 밖에서 들어온 다른 인자는 오랜 세월이 지난 후
에도 불쑥 표면으로 나타나는 것 같았다.

뤄잉은 활기차게 걸었다. 이 황량한 마을이 이제 자기 마을이 아
니라는 사실이 기쁜 것 같았다. 아직 마을에 남은 사람들은 더 좋
은 생활을 바라고 떠난 사람들의 집에 건초를 쌓아놓았다. 우리는
성벽이 다시 나타나고, 마치 폐허가 된 아크로폴리스로 올라가는

것처럼 경사가 가팔라지는 곳에 이르렀다. 어느 지방 관리가 그곳에 세운 볼품없는 정자는 이미 허물어져가고 있었다. 돌과 진흙을 쌓아 만든 성채 안에 이 지역의 회색 및 핑크색 돌을 깎아 쌓은 문 같은 것이 있었다. 뤄잉이 그 밑에 새겨진 글씨를 읽었다. "중국인들 지배하에 있는 로마인들이 짓다. 그들은 동방을 정복하러 왔지만 용기를 잃었다."

중국인들은 이 야만의 전사들을 매혹적인 외경심을 가지고 바라보았던 것 같다. 로마와 중국은 서로를 너무 몰랐기 때문에, 그로부터 1세기 후에도 그들이 손짓 발짓을 통해 교역을 하는 중앙아시아의 중개상인들로 서로를 오인했다. 로마 황제 안토니누스 피우스(138~161 재위)의 사절이 중국 경내에 도착한 것은 그로부터 2백 년이 지난 후였다.

나는 무너져내린 성채를 살피면서 희미한 슬픔 같은 걸 느꼈다. 크라수스의 휘하였던 늙은 로마의 전사들이 그들의 마지막 전우애를 다지면서 이 성채를 세웠다는 생각을 하니, 그들이 너무 가엾게 느껴졌다.


호텔로 돌아가니 마스크를 하고 하얀 코트를 입은 사람들이 나를 맞았다. 사스(SARS) 바이러스가 이곳 란저우까지 침범해서 관리들이 우왕좌왕하고 있었다. 지나가던 행인들이 구경하려고 몰려든 가운데, 나는 휴게실에서 행선지에 대한 심문을 받았다. 한 간호사가 내 겨드랑이에 체온계를 끼우고 귓불에 바늘을 찔러 피를 뽑았다. 열이 있으면 나는 격리 수용될 수도 있다는 것이었다. 잠시 후 그들은 내 혈액검사 결과(나는 그것을 판독할 수 없었다)와 그래프가 그려진 종이를 내주었다. 그래프는 황제의 무덤처럼 낮고 외로운 혹을 그리고 있었다. 그런 다음 그들은 모두 미소를 지으며 사과했고, 그들의 용지에 조사 결과를 채워넣은 후 떠났다. 하지만 나는 내 여행이 걱정되었다.

* * *

황량한 광경이었다. 한때는 물이 있고 더 부드러웠던 땅이 이제 황야 비슷하게 변해 있었다. 한때는 그런대로 융성했던 마을이 퇴색된 벽 안으로 움츠러들었고, 주민들은 나이가 들었으며, 현관문과 창문들이 반쯤은 벽돌로 덮여버렸다. 이틀 동안 뤄잉과 나는 흰피부, 붉은 머리에 키가 큰 농부들을 찾아다녔다. 뤄잉의 털털거리는 택시가 바퀴자국이 난 흙길이나 오래 전에 말라버린 관개용 수로 위를 힘겹게 달렸다. 작물은 보이지 않고, 묘지에서 날아와 관목에 달라붙은 종이꽃만이 눈에 띄었다. 가끔 몇 마리의 염소와 양들이 움직이는 것이 보였고, 몇 사람의 목동들을 만나기도 했다. 밤이 되면 그 목동들은 유령 마을로 돌아갔다. 이곳에 내리는 비의 양이 점점 줄어들고 있다고 그들은 말했다. 그 이유는 아무도 모른다고 했다. 많은 사람들이 이곳을 떠나 먼 도시로 갔다고 했다. 뤄잉이 기억하는 키 크고 피부가 흰 사람들 역시 사라지고 없었다. 그의 어릴 적 친구 류는 지금 어디 사는지 모르고, 또 다른 친구는 죽었으며, 붉은 머리를 가진 옌은 신장으로 이주했다는 것이었다.

그러나 다른 마을에서 우리는 왕중후의 정원에 있는 문을 두드렸다. 그때쯤 나는 어디론가 가버린 친구, 희미해진 소문들에 익숙해져 있었다. 그런 얘기를 자주 들어 이제 실망하는 데 익숙해졌던 것이다. 그래서 왕중후의 얼굴을 보는 순간 나는 온몸이 오싹해지는 충격을 느꼈다. 그는 적갈색과 초록색이 섞인 눈을 가지고 있었고, 넓은 이마 위에는 곱슬곱슬한 황갈색의 머리털이 있었다. 약간 들어간 듯한 입, 뾰족한 턱 등 얼굴 모양이 내가 알고 있는 서양인들을 생각나게 했다. 그리고 그의 표정은 간간이 나로 하여금 그의 입에서 영어가 튀어나올지도 모른다는 생각이 들게 했다.

하지만 그의 세련되어 보이는 외모는 유전적인 것이었다. 그와 함께 사는 사람들은 검은 눈을 가진, 해득하기 어려운 사투리를 쓰는 농민들이었다. 그들은 우리를 남겨둔 채 떠나갔다. 그는 스물이 채 안 된 나이였고, 하는 일이 없었다. 그의 집 뜰에는 빨랫감과 부러진 쟁기가 흩어져 있었다. 안방에는 침상 하나, 벽돌로 된 바닥에는 난로가 있었다.

"난 내가 왜 이렇게 생겼는지 몰라요." 그는 기민하고 열정적이었다. 그는 우리가 자신에 대해 설명해주기를 바랐다. "우리 마을에 이런 얼굴을 가진 사람은 나 하나뿐이에요. 묘한 일이죠. 내 눈은 푸르고"—그도 그렇게 생각하고 있었다—"나는 이런 모양이 먼 윗대 조상으로부터 물려받은 것이라고 생각해요." 그는 기쁜 얼굴로 나를 바라보았다. "그러고 보니 우리 둘 다 코가 크군요!"

뒤에 그는 국수와, 오이를 넣고 무친 음식 몇 그릇을 가져왔다. 그가 마련할 수 있는 별식인 모양이었다. 그는 짤막하게 말했다. "우린 농민이에요. 수확이 보잘것없어요. 보리가 좀 있고…… 양도 몇 마리 있지요. 대접이 소홀해 미안합니다."

그가 시장이 반찬이라는 듯 국수를 빨아들이는 것을 보고 나는 그의 조상들 역시 다르게 살지 않았을 것이라는 생각을 하지 않을 수 없었다. 그의 조상은 시리아 사막으로 진격해서 그 무서운 기마병들 위로 휘날리는 비단 군기를 보았을까? 나는 나를 마주보는 그의 눈을 들여다보았다. 내가 알기로는 그의 조상들은 팔라티노 언덕(로마 황제가 최초로 궁전을 세운 언덕)에서 카이사르와 연회를 즐겼거나 키케로의 연설을 들으며 경탄했다. 하지만 지금 그의 머리 뒤 창틀은 썩어가고 있고, 올이 드러난 커튼은 줄 한 오라기에 의지해 걸려 있었다. 그리고 그의 입으로는 마지막 남은 오이무침이 들어가고 있었다.

"우리 아버지는 돌아가셨지요." 그가 말했다. "하지만 나는 삼촌을 닮았습니다. 삼촌의 눈과 얼굴도 나처럼…… 그리고 당신들처럼 연한 색깔이었지요." 그가 벽에 걸려 있는 가족사진을 가리켰다. 그의 삼촌은 다른 사람들보다 키가 컸고, 갈색 머리였다. 그러나 초점이 안 맞았는지, 사진이 또렷하지 않았다.

뤄잉, 쑨궈룽과 마찬가지로, 왕중후도 로마인이기를 바랐다. 최근에 베이징의 한 유전학자가 이 지역 주민 2백 명으로부터 혈액과 소변 샘플을 채취해서 DNA 검사를 했더니, 검사에 응한 사람들 가운데 40명에게서 인도-유럽계 혈통의 흔적이 나타났다고 한다. 하지만 이런 유전적 혼혈은 실크로드 부근의 어느 곳에서나 발견된다. 수백 년 동안 서양인들—페르시아의 상인들, 아마 소그드인이나 토카라족이었으리라—이 동쪽으로 흘러들어왔다. 이들의 이주에 대한 기록은 남아 있지 않다. 뤄잉과 왕중후의 얼굴을 번갈아보면서 나의 믿음이 가능성의 진창 속에서 흔들렸다. 게다가 크라수스의 로마 군단 장병들의 모습이 어땠는지 생각해본 사람이 아무도 없었다. 공화정 시대의 로마인들은 중국인들이 상상하는 금발의 거인들이 아니라 잡다한 피―이탈리아 자작농 출신의 사비니인과 라틴족―가 섞인 혼혈이었다. 내 슬픈 상상 속에서 차츰차츰 왕중후의 로마 군 투구가 소그디아나의 뾰족한 모자 또는 페르시아의 챙 없는 모자로 바뀌고 있었다.

한 시간 후, 뤄잉과 나는 마지막 마을을 향해 내려갔다. 서양 사람처럼 피부가 흰 농부가 있다는 말을 들었기 때문이다. 거기 황량한 농장에서 나는 하얀 얼굴에 회색 머리를 가진 남자를 보고 놀라움을 금치 못했다. 그가 우리를 맞기 위해 힘없이 일어섰다. 그는 호리호리한 체격에 이상한 모습이었다. 그의 회색 눈과 얇은 입에서 모든 주름살이 부챗살처럼 퍼져나가고 있었다. 내가 놀라서 그의 한 손을 잡았다. 그는 햇빛 속에서 움찔했다. 마치 그의 머리털과 피부가 이 척박한 땅의 건조한 기운을 모두 빨아들인 것 같았다. 그의 눈썹까지도 백금처럼 하얬다. 그의 집은 내가 본 집들 중가장 가난했다. 집이라고 해봐야 찢은 갈대로 이은 지붕이 전부였고, 그 안에 아무것도 없었다. 겨울에 사용하는 전통적인 캉(벽돌 침상)이 흙으로 바른 바닥 위에 놓여 있었다. 부서진 작은 텔레비전이 유일한 사치품이었고, 벽에는 잡지에서 찢어낸 것 같은 컬러 사진 한 장이 붙어 있었다. 이곳보다 더 풍요로워 보이는 어느 시골의 풍경 사진이었다.

나이 든 그의 어머니가 녹차를 담은 잔 하나를 들고 우리에게로 다가왔다. 잔이 하나밖에 없는 것 같았다. 그의 어머니는 한동안 내 앞에서 머뭇거렸다. 나를 유심히 바라보는 것 같았다. 그녀의 작은 눈이 모든 것이 뿌옇게 변색된 풍경 속에서 반짝였다. 하지만 그녀의 시들어버린 아들은 이제 겨우 서른네 살이었고—그가 그렇게 말했다— 그녀는 나와 나이가 비슷했다. 모자(母子)가 지껄이는 사투리는 온통 대기(帶氣) 자음뿐이어서 알아듣기 힘들었다. 내가 알아들은 것은 이런 말뿐이었다. "여기 일이 힘들어요…… 여러 가지가 어려워요…… 농사를 위해선 운이 좋아야죠……." 그리고 그의 어머니가 가엾다는 듯이 아들을 바라보며 말했다. "전에는 저애의 눈이 푸른색이었는데 지금은 아파서……."

뤄잉이 힘차게 말했다. "그만이 이런 모양이지요. 그는 이유를 모릅니다. 사람들은 그의 조상이 외국인이었을 거라고 말하지요."

그 남자는 캉 위 내 옆에 앉아 있었고, 일로 거칠어진 그의 한 손이 내 손 옆에 놓여 있었다. 그의 손톱은 갈라져 있었다. 우리 사이에는 자주 침묵이 흘렀다. 그의 푸르스름한 손과 하얀 정맥이 신기해 보였다. 하긴 내 정맥을 흐르는 피도 내가 생각하는 것보다 더 복잡할 거라는 생각이 들었다. 그의 목소리는 가냘프고 쉰 듯한 소리였다. 가끔 그는 우리가 친척이라도 되는 것처럼 정다운 시선으로 나를 바라보곤 했다. 그의 어머니는 주전자를 들고 우리 앞에 얼쩡거리면서 연신 머그잔에 차를 채웠다. 나는 그녀가 나를 그들의 구원자, 그들이 밖으로 탈출할 수 있는 길쯤으로 여긴다고 짐작했다. 그래서 그들을 바라보기가 참기 어려워졌다. 우리가 여기 오지 말았어야 했다고 나는 생각했다. 나를 바라보면서 그가 말했다. "당신이 나를 영국으로 데려갈 수 없겠습니까?"

그러나 나는 무언가 잘못되었다는 것을 느꼈다. 그의 피부는 얼룩진 갈색이었고, 눈은 붉어진 주머니 안에 들어 있었으며, 그 가장자리는 너무 진한 분홍색이었다. 내 팔목 옆에 놓인 그의 팔목은 하얗게 벗겨져 있었다. 그는 물론 혼혈이었다. 하지만 그는 막연하게 자기가 유럽, 로마에 속한다고 상상하고 있었다. 로마가 어디에 있는지도 모르면서.

"그는 병중이에요." 뤼잉이 말했다. "눈이 좋지 않아요."

헤어지면서 나는 죄의식을 느꼈고, 약값으로 쓰라고 하면서 그에게 돈을 내밀었다. 가난에 찌들대로 찌든 그였지만 예의상 돈을 받기 전에 잠시 머뭇거렸다. 그 돈은 얼마 안 되는 액수였지만, 그의 몇 달치 소득에 해당되는 것이었다. 돈을 받은 그의 얼굴에 씁쓸한 미소가 번졌다.

\* \* \*

간밤에 눈이 내렸다. 눈이 들판을 하얗게 덮었지만, 융창 거리의 눈은 녹고 있었다. 내가 떠날 무렵, 서쪽의 산맥이 구름 때문에 희미하게 보였다. 나를 태운 미니버스는 사과꽃에 뒤덮인 작은 마을들과 그루터기만 남은 초원을 지나갔다. 이 초원은 한때 수만 마리나 되는 황제의 말들이 풀을 뜯던 곳이었을 것이다. 얼마 후, 동쪽에 만리장성의 부서진 성채가 나타났다. 처음에 그것은 외떨어진 흙덩어리, 입방체에 불과해 보였다. 그런 형체들이 마치 연결되지 않은 객차들처럼 눈 위에 흩어져 있었다. 폐허가 된 요새들이 유령 같은 무늬를 만들고 있었다. 잠시 후에는 군데군데 봉수대가 있는 흉벽이 평원 위에 제법 뚜렷한 선을 그리고 있었다. 성벽 위에 있는 요새의 통로도 뚜렷이 보였다.

융창에서 160킬로미터 떨어진 장예(張掖) 마을—쿠빌라이 칸의 전설적인 탄생지다—에 9백 년 된 절이 있는데, 이곳에는 중국 최대의 와불(臥佛)이 있다. 길이가 30미터가 넘는 부처가 눈을 크게 뜬 채 누워서 자고 있다. 그의 미소는 아주 편안하다. 이것은 보통 사람의 임종이 아니라 열반에 드는 부처의 모습이다. 사실 그는 죽어가고 있는 것이다. 밖에서는 얼음같이 찬 빗줄기가 탑 안의 종들을 때리고 있다. 그의 머리가 놓인 진흙 팔이 부스러져 떨어지려고 했다.

나는 점점 심해지는 진눈깨비 속으로 나갔다. 절의 추녀 밑에서 문, 기둥, 창에 바른 칠이 벗겨져 떨어지고 있었다. 유물이 보관되어 있는 방에서 나는 6천 개의 불경 두루마리들을 보았다. 이것들은 1411년 명의 황제가 불경이 새겨진 석판들과 함께 이 절에 하사한 것이라고 한다.

처음에 나는 시간에 대한 인식 없이 그 불경을 바라보았다. 진눈깨비가 문을 때려댔다. 유물은 낮은 유리상자 안에 보관되어 있었다. 다음 순간 나는, 중국의 기준으로 보면 그 불경은 최근의 것이라는 것을 문득 깨달았다. 인쇄술이 천 2백 년 전인 당나라 때 발명되었고, 그로부터 3백 년 후에 활자가 만들어졌다고 하지 않는가.

이 기술이 실크로드를 따라 서서히 서양으로 전해졌을 것이다. 중국의 종이돈과 놀이카드를 선두로 인쇄물이 페르시아와 몽골, 러시아를 거쳐 유럽으로 전해졌을 것이다. 14세기의 어느 시점에 최초의 거친 성화가 독일에서 판으로 새겨져 인쇄되었다. 그때 사용된 잉크는 중국에서 사용된 것과 거의 같은 것이었다. 나는 다시 유리상자 안을 들여다보았다. 이 두루마리가 이미 몇백 년 이어진 방식에 의해 만들어지던 무렵, 서양 인쇄술의 아버지 구텐베르크는 아직 마인츠에서 뛰놀던 소년이었다.

17세기의 철학자 프랜시스 베이컨은 그가 살던 세계를 바꾼 세 가지 발명을 꼽았다. 인쇄술과 화약, 자석을 이용한 나침반이었다. 그것들은 모두 중국에서 발명된 것으로, 처음에는 중국에서 평화적인 용도로 쓰였다. 화약은 전쟁을 위해서가 아니라 불꽃놀이를 하기 위해 만들어진 것이었다. 나침반은 아직 항해나 정복을 위해 사용되지 않고 아이들의 장난감으로, 또는 묘의 위치를 잡는 데 사용되었다. 그리고 인쇄술도 혁명적인 미래를 맞아들이는 역할을 한 것이 아니라 과거를 성화(聖化)하고 떠받치는 역할을 했다. 공자의 고전에 대한 역주와 왕조의 역사, 그리고 13만 개의 목판에 5,048권이나 되었던 불경 전체를 복사하는 데 사용되었던 것이다.

\* \* \*

몇 시간 동안 나는 장예 남쪽 64킬로미터 지점에 있는 산간도로를 걸었다. 마티쓰의 절벽 사원을 찾아가는 길이었다. 내리는 눈 사이로 밴 차의 헤드라이트가 보이더니 그 운전사가 앞길이 막혔다고 소리쳤다. 사스(SARS)에 대한 공포가 모든 것을 정지시킨 것이었다. 그래도 나를 태워다주겠다고 그 운전수는 말했다.

우리는 아무런 제지도 받지 않고 경찰 초소를 지나갔다. 이어 눈이 그치고 약한 햇빛이 나면서 우리는 치롄 산맥 아래 어두운 나무숲으로 들어갔다. 절벽 사원 밑의 마을에는 아무것도 움직이는 것이 없었다. 누군가가 순례자들 또는 등산 애호가들을 위해서 산장을 지었지만, 지금은 버려진 채로 있었다. 비탈진 밭에서 한 농부가 쟁기에 야크를 매어 밭을 갈고 있었다.

"이곳은 지금 가난해요. 사원들도 아마 비어 있을 겁니다." 운전
수는 자신이 없어 보였다. "난 여기 몇 해 만에 왔거든요." 운수업에
종사한다는 그는 젊은 청년이었다. 그가 자신 없는 목소리로 말했
다. "삼촌이 한번 나를 이곳에 데려왔었죠. 삼촌 때문에 난 불교 신
자가 되었어요."

우리는 절벽으로 난 길을 올라가면서 아무도 만나지 못했다. 내
가 이곳에 대해 읽은 문헌은, 강인한 두 여자 선교사들이 70년 전에
쓴 글이었다. 바위에 벌집처럼 파인 성소에서 그들은 온전하게 보
존된 비단 조각을 발견했는데, 자존심 강한 라마승들이 그것을 건
사하고 있다는 것이었다. 그들은 또 수놓은 예복과 옻칠한 머리장
식들도 보았다고 했다. 불교 성극(聖劇)의 장비들인 이 예복과 머리
장식은 황제가 선물한 것이라는 내용이었다.

붉은 사암으로 이루어진 절벽은 60미터 높이로 우리 위에 솟아
있었다. 절벽 표면에 여기저기 창문이 있는 것으로 보아, 급사면이
계단과 방으로 채워져 있음을 알 수 있었다. 군데군데 나무로 된
좁은 통로가 매달려 있었고, 그 뒤에 벽화들이 어둠 속에서 모습을
드러내고 있었다. 어떤 곳은 부처는 사라지고 그 광배만이 바위에
남아 있기도 했다.

성난 얼굴의 체구 작은 한 승려가 여기 살고 있었다. 이곳은 폐쇄
되었다고 그가 말했다. 오랫동안 빗장이 채워져 있다는 것이었다.
하지만 그의 승복에는 많은 열쇠가 매달려 짤랑거렸다. 그웰린과
나는 아래쪽에 있는 창살로 막힌 방들만을 들여다보는 수밖에 없
었다. 그곳에서는 복원된 부처들이 도금된 손으로 어둠을 밝히고

있었다. 우리는 바위를 깎아 만든 계단을 지나 허공에 매달린 다리를 지나갔다. 이곳을 지키는 승려는 우리를 바짝 따라오면서 몇 개의 문을 열어주었지만, 다른 문은 열어주지 않았다. 그는 1958년에 이곳으로 왔다고 했다. 당시에는 라마승들이 많았다. 하지만 이곳은 그 이전에도 이미 이 지역 도굴꾼들에 의해 조상(彫像)이나 그림들이 약탈당했다는 것이었다. 그러다가 문화혁명이 닥쳤다.

가장 높은 사원에서 7미터 높이의 황금 석가모니 상이 우리를 내려다보고 있었다. 이 복원된 부처는 어딘지 멍청해 보였다. 이 부처 주위에는 천 개의 불상이 있었는데 홍위병이 그 하나하나를 지워버렸다고 했다. 홍위병들은 그 작은 부처들이 마치 틀린 수학문제라도 되는 것처럼 모조리 가위표를 해서 지워버렸다는 것이다. 이곳 어딘가에 아주 오래된 유물들이 있을 법한데, 나는 어느 것이 그런 유물인지 확인할 수가 없었다. 찬바람이 불어왔고, 우리를 따라오던 승려는 우리를 몰아댔다. 나는 우리가 아직 보지 못한 방, 아직 올라가보지 못한 계단에 중요하고 아름다운 것이 숨겨져 있다는 상상을 했다. 나는 선교사들이 비밀스런 암굴에서 보았다는 비단 무더기를 기억해내고 그것에 대해 물어보았다.

"그건 없어졌소." 승려가 돌아서면서 말했다.

경사면 아래쪽에 목재로 지은 가건물이 보호하고 있는 다른 암굴들이 보였다. 벽에서 떨어져나온 석상들의 몸체는 다시 칠을 한 듯했다. 문화혁명 때 잘려나갔던 석상의 머리가 다시 몸체에 위태롭게 올려놓아져 있었다. 석상의 얼굴들은 묘한 고통의 표정을 짓고 있거나 무표정했다. 일군의 승려들이 호기심 어린 시선으로 우리를 지켜보는 가운데, 그웰린은 개종한 신자의 열정으로 석상마다 일일이 엎드려 절을 했다.

　근처의 말라버린 강둑에 작은 탑과 부조(浮彫)가 조각되어 있었다. 바람에 깎인 그 조각품 속에, 지나가던 농부들이 그들의 소원을 비는 상징물을 갖다놓은 것도 보였다. 금으로 도금한 장수(長壽) 신의 작은 입상이 부서진 채 놓여 있는가 하면, 무명으로 감싼 관음보살의 조상도 있었다. 그것들이 어쩐지 정답게 느껴졌다. 그것들은 라마승들이 바친 것이 아니라 장수를 기원하는 남자, 아이를 점지해 달라고 비는 여인 등 농부들의 소박한 소원이 담긴 것들이기 때문이었다.

　그웰린이 나를 자기 집으로 데리고 갔다. 주민 수가 점점 줄어들고 있는 마을이었다. 집은 낯익은 모습이었다. 수목이 말라버린 마당과 낮고 아무 장식이 없는 늘어선 방들, 캉과 몇 점의 가구…… . 방 안으로 인도된 나는 중국 정원의 포스터 밑에 앉았다. 그 가족이 한 번도 본 적이 없을 것 같은 정원의 포스터였다.

　가족들이 주뼛주뼛하며 우리 주위에 모여들었다. 서로 닮은 그의 어머니와 할머니는 음식을 준비하느라고 소리 없이 움직였고, 몸놀림이 빠른 그의 누이와 몸집이 큰 그의 남동생도 우리 옆에 자리를 잡았다. 그들은 미소를 짓고 가끔 소리내어 웃기도 했다. 낡은 푸른 웃옷에 마오 모자를 쓴 그의 아버지는 나와 눈을 맞추지 않으려고 하면서 어색하게 나의 한 손을 잡더니, 곧 몸을 돌려 난로의 불을 쑤셔댔다. 그는 일거리가 없어서 그것을 부끄럽게 생각한다고 그웰린이 말했다.

　"왜 일이 없으시지?" 내가 조용히 물었다.

"일자무식이라서요."

그의 아버지는 자기 땅을 부치는 농사꾼이었다고 했다. 아마 그의 가족이 땅을 잘못 팔았을지도 모른다는 생각이 들었다. 하지만 나는 그것을 물을 수가 없었다. 다른 사람들이 이야기를 하는 동안 그는 아무 말 없이 감자 껍질을 까고 밀가루 반죽을 했다. 마치 그것이 그가 존재하는 이유라도 되는 것처럼.

그웰린이 말했다. "여긴 모든 것이 뒤떨어져 있어요. 농사보다는 다른 일을 하는 것이 나아요. 땅만 가지고 있어서는 안돼요. 들에서 일하는 건 너무 힘이 들거든요. 우리 아버지를 보세요."

우리는 감자와 집에서 만든 빵을 먹었다. 국수는 너무 뜨거워서 입에 댈 수가 없었다. 하지만 다른 사람들은 잘도 입에 쓸어넣었다. 기근에 허덕이는 곳에서 식사를 한다는 것은 중대한 일이라서 그런지 모두들 말이 없었다. 그릇이 부딪치는 덜그덕 소리, 젓가락이 내는 달가닥 소리, 그리고 입술로 음식을 빨아들일 때 나는 쪼르륵 소리만이 들렸다.

마침내 식사가 끝나고 다시 이야기가 시작되었을 때, 나는 내가 깊은 세대차이를 목격하고 있다는 것을 깨달았다. 나이든 사람들 —부모와 할머니—은 중국 격동의 시대의 희생자들로 이제 점점 시들어가고 있었다. 그들은 갑자기 뒤에 남겨진, 그래서 시대에 아주 뒤떨어진 사람들이었다. 수십 년 간의 정치적 테러와 어리석음의 시대를 견디고 살아남은 그들은 다음 세대에 그 기억을 전수할 수조차 없었다. "그분들은 과거에 대해 절대 이야기하지 않아요." 그웰린이 말했다. 이 말 또한 귀에 익은 말이었다. 이제 이 외딴 마을들—이런 마을이 아마 수십만 개는 될 것이다—은 중국의 경제적 기적의 잊혀진 배후지에서 시들고 있었다. 그의 부모는 평생 농부들이었다고 그웰린이 말했다. 그리고 그들이 받는 연금은 이제 그들을 부양할 수 없다고 했다.

하지만 그들의 자녀들은 새 세상에서 미약한 발판을 겨우 마련하고 있는 중이었다. 그웰린은 중고 밴을 사서 개인 운송업을 하고 있었다. 그의 누이는 인근의 초등학교에서 노래를 가르치고 있었다. 이제 혁명가요를 가르치지는 않는다고 그녀가 웃으면서 말했다. 요즘은 전통가요를 가르치는데, 아이들이 열심히 부른다고 했다. 그녀의 얼굴은 완벽한 하트 모양으로, 평범하지만 예쁜 얼굴이었다. "영국의 아이들도 노래를 부르나요?" 그녀가 궁금해 했다.

그러나 그들의 남동생은 게으른 거인이었다. 키가 190센티미터를 넘는 것 같았다. 가냘픈 체격의 부모가 어떻게 그런 아이를 낳았는지 짐작이 되지 않았다. 곱슬곱슬한 머리가 아기 같은 그의 얼굴 주위에 흘러내려 있었다. 그는 장예 농구팀의 일원이라고 했다. 그것이 자기 직업이라고 그는 말했다. 그러나 수입은 형편없다는 것이었다. 그는 미소를 지으면서 내게서 눈을 떼지 않았다. 장예의 와불이 자리를 털고 일어나 운동복을 입고 나타난 것이 아닐까 하는 생각이 들 정도였다.

우리가 얘기를 나누는 동안 어머니와 할머니는 묽은 차를 연방 우리 컵에 다시 따랐다. 수줍은 미소를 짓고 힘없이 웃는 그들을 힘껏 안아주고 싶은 생각이 들었다. 그러나 아버지는 무릎 사이에 두 손을 끼운 채 아무 말 없이 무표정하게 앉아 있었다. 그의 시선은 벽돌로 덮인 바닥을 거의 떠나지 않았다. 나는 부인이 마음씨가 좋으십니다, 자녀를 훌륭하게 키우셨습니다, 가정이 있으니 힘을 내십시오 같은 진부한 말로 그와 대화를 시작해보려고 했다. 하지만 내가 아주 멀리 있기라도 한 듯, 잠깐 멀거니 나를 흘겨볼 뿐 아무 대답이 없었다. 이제 겨우 나이 예순인데, 이미 오래전에 잉여 인간으로 변해버린 것 같았다. 중국 자체가 그와는 아무 관련 없는 존재가 되어가는 듯했다.

* * *

기차가 간쑤 성의 회랑지대를 지나 서쪽 자위관(嘉峪關)을 향해 달려감에 따라, 멀리 보이다 말다 하던 치롄 산맥의 설경이 점점 가까워지기 시작했다. 가까운 산비탈에는 말라붙은 수로가 혈맥처럼 뻗어 있었고, 그 가장자리에는 희미하게 관목이 자리잡고 있었다. 이윽고 얼음에 덮인 딱딱한 봉우리들이 안개 속에서 모습을 드러냈다.

사막의 경치도 바뀔 기미를 보이기 시작했다. 가끔 학이 모래 속에서 날아올랐고, 트럭이 빈 공간을 가로지르기도 했다. 파이프가 가설되어 있었고, 하수로가 파여 있었다. 내가 안개라고 생각했던 뿌연 기운은 알고 보니 산맥 아래 있는 시멘트 공장에서 내뿜는 매연이었다. 인간이 침범한 희미한 흔적—뻗어 있는 비포장도로로—이 상처와 얼룩을 만들고 있었다. 바람에 날린 모래가 그 길을 희미하게 지우지도 않았고, 그 길을 먹어들어오는 식물들도 없었다.

연기와 오줌 냄새가 나는 삼등객차의 승객들 절반이 사스 바이러스를 막기 위해 마스크를 착용하고 있었다. 유일한 외국인인 나는 그들의 노골적인 시선을 피할 수가 없었다. 마스크를 한 그들의 입이 미소를 짓고 있는지 아니면 찡그리고 있는지 알 수 없었다. 군 작업복을 입고 헝클어진 머리 위에 농부 모자를 쓴 남자들이 가래 침이 즐비한 통로로 병마개를 던졌다. 그들 위로는 굵은 실로 짠 가방과 수건이 고리에 걸려 흔들렸으며, 머리 위 선반에는 상품인 듯한 그들의 짐이 잔뜩 얹혀 있었다. 그들은 가끔 마스크를 벗고 침을 뱉으며 농담을 하거나, 마른 과자를 먹고 병에 담긴 차를 마셨다.

마침내 서서히 내게 질문을 던지기 시작했다. 왜 여기 왔느냐? 돈을 얼마나 벌었느냐? 내가 일하는 직장은 어디 있느냐? 그러다가 느닷없이 한 열정적인 젊은이가 이런 질문을 던졌다. "영국은 왜 이라크와 싸운 거죠?" 나는 떳떳하게 대답을 할 수 없었다. 옆에 앉은 노파가 내 무릎에 사과가 담긴 가방을 떨어뜨리고는 잠이 들었다.

우리 기차는 자위관에서 멈추었다. 최초의 대황(大黃)이 재배되었다는 곳이다. 나는 한동안 이 도시의 이름이 왜 나를 괴롭혔는지 기억해낼 수 없었다. 이윽고 나는 예수회 일반 신도인 벤토 데고에스를 떠올렸다. 그는 인도에서 베이징을 향해 5년간 여행했는데, 속임수로 돈을 빼앗긴 뒤 여기서 1607년에 무일푼으로 죽었다. 그의 유해가 아마 밀밭이나 무너진 공장들 밑 어딘가에 희미한 흔적으로 남아 있을 것이다. 병 때문이 아니라 현지인들의 비정함 때문에 죽었을 그를 생각하면 오늘날의 여행자들까지도 등골이 오싹해진다.

기차가 다시 움직이기 시작했을 때, 한 젊은 여자가 자기 가방에서 쟁반을 하나 꺼내더니 차 안을 돌아다니며 껌을 팔기 시작했다. 1분도 안 되어서 철도 경찰이 그녀를 적발했다. 그녀는 한 옥타브 높아진 목소리로 봐달라고 애원했고, 경찰관들은 그녀를 어디론가 데려갔다. 우리는 다시는 그녀를 보지 못했다. 반 시간 후, 회색 자갈이 깔린 사막 너머로 자위관의 국경 초소가 나타났다. 동쪽에서부터 땅거미가 지기 시작했다.

내가 묵게 된 호텔은 텅 비어 있었다. 호텔에는 사스 바이러스가 침입하지 못하도록 완벽하게 소독되었다는 깃발이 펄럭이고 있었다. 새벽에 호텔을 빠져나온 나는 자전거를 타고 '하늘 아래 첫 고개'를 향했다. 1372년에 명[明]은 이곳에 요새를 건설했다. 요새가 건설된 곳은 천 년 전부터 만리장성이 끝나는 곳, 옛 중국이 끝나는 곳으로 표시되어 있던 곳이었다. 무인지경이던 그곳에 지금은 공장들이 늘어서 있고, 요새 옆에는 황량한 공원과 인공호수가 자리잡고 있다.

하지만 성벽은 아직도 사막 위에서 그 위용을 자랑하고 있다. 경사진 성벽과 거기 설치된 총안(銃眼)이 아침햇살을 받아 빛나고 있었다. 요새 안으로 들어가는 진입로는 아치형 지붕이 있는 터널이었는데, 걸어들어가니 내 발자국 소리가 반향을 일으켰다. 각 문 위에는 빨간 기둥과 기울어진 지붕으로 이루어진 전망탑이 솟아 있었다.

문으로 들어서니 웅장한 요새의 내부가 보였다. 요새의 철문들은 빼꼼히 열려 있었는데 아무도 지키는 사람이 없었고, 안에서 아무 소리도 들리지 않았다. 사스 바이러스가 여행을 동결시켜버린 것이었다. 통로 위의 누각 대들보에는 평화로운 풍경이 그려져 있었지만, 통로 밑의 성채는 매우 기능적이었다. 성의 안뜰로 들어선 적들은 사방에 수직 12미터 높이로 솟은 성벽에서 가해지는 공격으로 도살될 수밖에 없었다. 넓은 램프가 흙벽으로 이어져 있었고, 흙벽은 말 다섯 마리가 나란히 달릴 수 있는 기병들의 대로가 되어 있었다. 성 안으로 들어가는 입구의 터널은 깊이가 32미터나 되었다.

나는 사막의 정적 속에서 흙벽을 거닐었다. 북쪽에는 흑산(黑山)이, 남쪽에는 치롄 대산괴(大山塊)가 하늘의 빙원처럼 둥둥 떠 있었으며, 그 사이에 태평양으로부터 3,700킬로미터를 달려온 만리장성의 끝이 세월의 무게 아래 무너져가고 있었다. 만리장성은 다진 흙덩어리로 평원을 가로지른 다음, 내 발밑의 요새 주위에 붕긋이 솟아 있었다. 거기서 장성은 다시 남쪽으로 구불구불 이어져 눈 쌓인 산맥 밑의 고개를 봉인하고 있었다.

그러나 서쪽과 북쪽으로는 낙타 색깔의 사막이 광활하게 열려 있었다. 뿌연 안개가 사막과 하늘의 경계를 이루었다. 이곳이야말로 수백 년간 전쟁의 역사가 이어져온 야만족의 땅이었다. 고대의 사서들은 바다처럼 몰려오는 유목민들과의 전쟁의 기록으로 넘쳐나고, 그 시대의 시는 평화의 대가로 훈족의 추장들과 결혼해야 했던 공주들의 탄식으로 가득하다. 국경에는 늘 빛바랜 유골이 흩어져 있었고, 고향에서는 여인들이 전망대에 올라 돌아오는 낭군을 보려고 지평선을 살폈다.

자위관의 서문(西門)—슬픔의 문—은 황야를 향해 있다. 이 문은 중국의 '입'이었다. '입' 안으로 들어오는 것은 문명권 안으로 들어오는 것이요, 그 밖으로 쫓겨나는 것은 절망 속에 야만의 세계를 헤매는 일이었다. 그 문으로 올라가는 램프는 텅 빈 하늘, 텅 빈 사막으로 통한다. 이 램프를 통해 사람들은 공포 속으로 나아갔다. 거기서 그들은 잊혀진 무덤에 떠들썩한 악마들 속에서 묻혀야 했다. 밖으로 쫓겨난 불교도들은 영영 야만족으로 환생할 수밖에 없었다. 털이 많고 짐승의 젖을 마시는 야만족은 그나마 다행이고, 더 끔찍한 괴물로 태어날 수도 있었다. 예를 들면, 몸뚱이가 세 개이고 눈은 가슴에 붙은 괴물인간, 인간의 머리를 가진 표범, 그리고 개처럼 으르렁거리는 네 발 달린 짐승……

20세기에도 터널의 벽에는 좌천되는 관리들이 타고온 가마를 버리고 수레나 낙타로 옮겨타면서 새겨놓은 작별의 시들을 볼 수 있다. 그리고 지난 왕조 때만 해도 이마에 검은 글자로 문신을 한 죄인들이 그들의 가족을 데리고 돌아올 희망 없이 서쪽으로 떠나기도 했던 곳이 바로 이곳이다.

사실 만리장성은 진정한 방어요새로서는 의미가 없었다. 훈족, 몽골족, 만주족은 거의 마음대로 장성을 넘나들었다. 중국학자 오윈 래티모어는 만리장성이 건설된 건 유목민들을 막기 위해서가 아니라 중국인들을 그 안에 가두기 위해서였다는 이론을 제시하기도 했다. 만리장성은 아마 그 물리적인 방어능력보다는 엄청난 그 상징성에 의미를 두어야 할는지도 모른다. 그것은 야만성과 문명, 빛과 어둠을 갈라놓는 선이었다. 그것은 몸서리쳐지는 부정의 행동이었다. "저 너머에는 우리와 다른 인종이 살고 있다." 만리장성은 두려움의 상징이기도 했다. 죽은 사람들을 성벽을 따라 묻었다. 사막에서 횡행한다는 귀신들을 막기 위해서였다. 러시아인들이 죄지은 사람들을 시베리아로 내쳤듯이, 중국인들은 천자의 제국에서 나오는 모든 쓰레기를 만리장성 밖으로 내던졌다. 반대자, 죄인,

그리고 심지어는 어리석은 자들까지도. 그렇게 함으로써 그들은 자신들을 '정화'했다.

그래서 노자가 그의 검은 소를 타고 들어간 황야는 중국인들의 무의식 속에 유한성의 상징으로 자리잡았다. 중국인들은 그들의 모든 신이 자기네들처럼 성벽으로 둘러싸인 도시, 성벽으로 보호받는 궁전에 산다고 믿었다. 그 신들 중에서 성벽의 신, 해자(垓字)의 신은 죽음의 신이었다. 그 신은 사람들에게 언제 이승을 떠나야 하는지를 속삭여 알려주었다.

두려움이 남아 있긴 했지만, 국경이 행동을 억제하지 못하는 경우도 많았다. 제국의 세력이 확장되는 시대에는 중국인들이 국경을 넘어 영역을 넓혔다. 한나라 때의 요새들이 지금도 만리장성 서쪽 480킬로미터 지점에 흩어져 있다. 그런 시대에는 추방된 죄수들이 농노가 되거나 성벽 너머에 있는 광산에서 일했고, 잘못을 저지른 관리들이 처벌을 받는 대신 이 먼 임지로 좌천되었다. 중국의 세력이 약화되었던 다른 시대에는 사막의 유목민들이 장성을 넘어 중원으로 진출했다. 전설적인 존재인 황제(黃帝)가 그랬듯이 분열된 중국을 통일한 왕조들—수(水), 원(元), 청(靑)—은 중국인들이 세운 왕조가 아닌 경우가 많았다. 그들의 시조는 만주족들이 사는 서북지방에서 먼지구름을 일으키며 중국으로 들어온 사람들이었다.

만리장성이 끝나는 이곳 자위관에서 중국의 우화적인 격리는 무너졌다. 사막이 오히려 약속의 땅으로 둔갑하기도 했다. 귀신들이 들끓는 저 무인지경 너머 어딘가에 서왕모(西王母)가 불멸의 정원을 관장하는 산속의 낙원이 있었다. 최초의 대상(隊商)이 비단과 털실을 싣고 떠나면서 교역자들은 그 출처가 설명되지 않는 물건들을 가지고 돌아오기 시작했다. 수백 년 동안 중국과 서양은 서로를 모른 채 지냈다. 무명을 잘 알고 있던 로마인들은 비단이 나무에서 자란다고 생각했고, 중국인들은 누에를 보고 유추해서 무명이 역시 어떤 짐승에게서 나온다고 생각했다. 그래서 중국인들은 '채소 양'을 상상해냈다. 이 양은 밤에 땅속에서 무언가를 먹다가 흙 속에서 나와 무명이 든 새끼를 낳는다고 생각했다. 로마인들이 생각하기에, 멀리 떨어진 곳에 사는 중국인들은 점잖고 복 받은 사람들이었다. 같은 시기에 분명치 않은 소문이었지만, 중국에서는 페르시아 너머에 왕을 선출하는 강력한 왕국이 있으며 그 시민들은 정직하고 평화롭다는 소문이 나돌기 시작했다.

이제 만리장성은 국경이 아니었다. 중국은 장성 너머 1,600킬로미터 이상까지 그 세력권을 넓혔다. 내가 탄 버스가 서쪽으로 달리고 자위관이 사막 안으로 잦아들자, 나는 기대감에 젖었다. 우리는 이제 더욱 황량한 곳, 더욱 예측하기 어려운 곳으로 들어가고 있었다. 가끔 사막이 깨끗한 모래언덕으로 바뀌곤 했다. 모래언덕은 거친 바다처럼 보였고, 그 위에는 자갈이나 낙타가시풀이 간간이 흩어져 있을 뿐이었다. 낙타가시풀의 수많은 잔가지들이 각기 자기의 모래섬을 확보하고 있는 것 같았다.

나는 오아시스 마을의 가게주인들 사이에 끼어 앉아 물건값을 둘러싼 토론에 휘말려들었다. 무슨 물건이었는지는 기억나지 않는다. 아마 실크로드의 주산물이었을 것이다. 하여간 이야기에 주의를 빼앗긴 탓으로 나는 한동안 하늘이 점점 어두워오는 것을 알아채지 못했다. 창밖을 내다보니 모래로 뿌예진 공기를 통해 100미터 정도밖에 보이지 않았다. 때 이른 땅거미가 내려앉고 있는 것 같았다. 그러나 바람은 없었다. 다음 일곱 시간 동안 한나라 때 만든 봉수대의 폐허가 된 윤곽이 나타났다가는 사라지곤 했고, 그러는 사이에 우리는 옥문(玉門)의 옛 터를 통과했다. 모래에 묻힌 17세기의 도시가 여명 속에서 나타났다. 인적이 없는 것 같았다. 버스는 덜컹거리며 내려가서, 사스 바이러스 때문에 잔뜩 긴장한 지방 관리들이 사용되지 않는 차고에 책상을 차려놓은 곳에 이르렀다. 모두들 버스에서 내려 겨드랑이에 온도계를 끼웠고, 어디서 왔느냐, 어디로 가느냐 등을 묻는 설문지를 채웠다. 그러는 동안 흰옷을 입은 사람들이 나타나서 버스에 소독약을 뿌렸다. 승객들은 이제 모두 마스크를 쓰고 있었는데, 그것은 병을 예방하기 위해서뿐 아니라 바람에 날리는 모래를 막기 위한 목적도 있다고 나는 생각했다. 오랫동안 우리는 길가에서 기다렸다.

두 시간 후, 하늘이 밝아오는 가운데 둔황 오아시스가 모래 속에서 모습을 드러냈다. 도시는 작았고 활기가 없어 보였다. 도시의 활력소는 여행자들인데, 그 여행자들이 가버린 것이었다. 내가 투숙한 호텔의 텅 빈 휴게실에 사스의 증세를 경고하는 플래카드가 내걸려 있었다. 마른기침, 불쾌감, 두통, 근육통…… 하지만 이런 증세는 중국 여행을 하다 보면 으레 나타나는 증세들이었다. 그날 밤 식당에는 나 혼자뿐이었는데, 작은 소녀가 유난히 큰 기타를 들고 꽥꽥거리는 매력 없는 목소리로 나를 향해 환영의 노래를 불러주었다. 그녀는 울 것 같은 표정이었다.

산에서 발원하여 잠시 흐르다가 사라져버리는 작은 내(川)가 기적의 원인이었다. 둔황을 벗어나면 황량한 벌판이 나온다. 여기저기 무덤들만이 보일 뿐이다. 산들은 하얀 하늘을 배경으로 황량한 주름살을 만들고 있다. 그러나 16킬로미터쯤 가면 둔황의 내가 30미터 높이의 아크 모양의 절벽 밑에 다시 나타난다. 포플러와 버드나무들이 냇가에 자라고 3, 4층 높이의 불교 암굴들의 입구가 1.6킬로미터 남짓 바위표면을 덮고 있다. 이곳에 무려 5백 개의 암굴이 있다. 서기 4세기, 이 언덕을 지나던 한 승려가 절벽에 나타난 부처의 환상을 보았다고 한다. 그후 불교도들이 절벽의 부드러운 돌에 암굴을 파고, 그 어두운 암굴을 그들의 신앙으로 채색했다.

그 시절에도 오아시스가 상인들을 끌어들이는 자석 역할을 했다. 여기서 실크로드는 두 갈래로 갈라졌다. 끔찍한 타클라마칸 사막을 우회하기 위해 남북으로 갈라지는 것이다. 실크로드는 타클라마칸 사막을 남북으로 우회한 후 2,400킬로미터를 달려 파미르 고원에 이른다. 어느 길을 택하든 간에 상인들은 둔황에 모여 보급품을 확보하고, 가이드를 고용하고, 낙타를 샀다. 남쪽 길을 택한 순례자들은 타클라마칸 사막에서 갈라져 카라코람 산맥을 넘어 인도로 들어갔다. 또 하나의 길은 둔황을 남북으로 가로지르는 길로, 티베트와 시베리아를 연결해주었다. 실크로드의 전구간 가운데서도 타클라마칸 구간이 가장 무서운 구간이었다. 이 동굴 성소에서 여행자들은 승려들에게 그들의 영혼을 위해 기도해달라고 부탁하거나 또는 안전한 귀환을 감사하는 선물을 바쳤다.

이곳은 지금은 거의 비어 있었다. 절벽은 거칠게 바른 벽토로 보강되었고, 이리저리 보도가 나 있었다. 가이드 한 사람이 나를 인도해주었다. 많은 동굴사원의 전실(前室)이 부식되어 무너졌다. 그래서 우리는 바깥에서 곧바로 암굴 내부의 성소로 들어갔다. 단 한 발짝으로 열다섯 세기를 뛰어넘는 셈이었다. 벽에 붙은 채색된 형상들이 녹색, 황토색, 하늘빛으로 빛나고 있었고, 그 형상들 위로는 장식된 천장이 마치 거대한 텐트처럼 감싸고 있었다. 중국, 인도, 중앙아시아, 그리고 심지어 페르시아의 건축 미술양식이 서로 뒤섞여 있었다. 흔히 피부색으로 사용된 붉은 색소만이 산화되어 검게 변색되어 있었다. 그래서 살을 드러낸 인도의 보살들이 검은 허리와 검은 유방을 흔들고 있는 사신(死神)으로 추하게 변했다. 가끔은 부처의 모습을 배경으로 일상적인 장사와 집안일이 이루어지는 경우도 있었다. 자기 말을 마구간에 넣는 농부, 화장을 하는 여인, 지붕 위에서 수탉들이 싸우는 광경도 그려져 있었다. 어떤 벽은 수백 개의 작은 부처들로 덮여 있었다. 때로는 암굴 사원을 기증한 사람들이 아래층에 등장하기도 했다. 초기에 만들어진 암굴에서는 아주 겸손한 모습으로 등장했지만, 당나라 시대에 조성된 암굴에는 기증자가 더욱 교만해져 비단과 보석으로 장식하고, 진주가 주렁주렁 달린 머리장식까지 달고, 뒤에 여러 명의 수행원들을 대동하고 등장하는 경우도 있었다.

조상들이 온전하게 남아 있는 암굴들도 있었다. 한 암굴의 전실에서는 여섯 개의 문을 지키는 천왕들이 실물의 두 배나 되는 크기의 무서운 모습을 하고 있었고, 그들을 지나 안으로 들어가면 현재, 과거, 미래의 부처들이 더욱 우람한 모습을 드러냈다. 하지만 이들 부처는 진흙으로 만들어졌고, 옷자락은 페르시아의 마름모꼴 무늬로 장식되어 있었다.

어마어마한 크기가 보는 이를 압도하는 경우도 있었다. 앉은 자세의 거대한 두 부처는 높이가 24미터, 36미터나 되었고 절벽 깊숙이 자리잡고 있어 맞은편에 몇 층으로 조성된 다른 암굴들에서 그 일부분만을 볼 수 있었다. 한 층의 암굴에서 나는 1.8미터 되는 발과 무릎 위에 놓인 통나무 같은 손가락을, 다른 층에서는 콧구멍과 열린 윗입술을, 그리고 또 다른 층에서는 바위의 갈라진 틈 같은 눈을 볼 수 있었다.

다음에 나는 진흙은 조각품의 재료로는 너무 거칠다는 생각을 하며 묘한 아름다움을 풍기는 성소 안으로 들어갔다. 단 위에서 영원한 빛의 부처인 아미타불이 반원을 그리고 서 있는 보살들과 제자들을 거느리고 있었다. 이 부처와 보살들을 제작한 조각가는 자연주의와 공상적인 것 사이의 묘한 긴장관계를 조성해놓은 것 같았다. 부처는 이중의 후광을 업고 마치 온화한 장수처럼 내려다보고 있었는데, 부처의 얼굴에는 약간의 턱수염과 코밑수염이 나 있었다. 부처 주위에 늘어선 사람들은 이중 턱에 높은 머리장식을 하고 있어, 당시 궁중생활의 퇴폐성을 암시해주고 있었다. 하지만 이 세상사람 같지 않은 창백한 낯빛과 섬세한 얼굴 모양—그들은 눈을 반쯤 감은 채 서로를 향하고 있었다—이 그들에게 내향적인 위엄 같은 것을 부여해주었다. 그들은 두 손을 위로 뻗친 채 기도의 삼매경에 빠져 있었다. 그래서 나는 내가 어떤 사적인 의식(儀式)에 끼어든 것 같은 느낌을 받았다.

그러나 중국의 불교는 개방적이었다. 여기서 그 창시자의 완성을 향한 엄격한 여행은 신비의 구름 속으로 빠져들었고, 수많은 신들로 부서졌다. 불교는 민간신앙을 흡수하기도 했다. 몇몇 성소의 경우에는 천장에 힌두교의 신들과 연꽃이 가득 그려져 있었고, 심지어 머리가 아홉 개인 용과 도교의 온갖 신들—날개 달린 유령과 말, 인간의 머리를 한 새들, 그리고 하늘을 나는 신선—이 등장하기도 했다. 서왕모는 떨어지는 꽃보라 속으로 불사조들이 끄는 썰매를 타고 달렸다. 이처럼 이곳에서 꿈꾸는 저세상은 안정된 것이 아니었다. 동물과 인간, 이승과 저승이 우주의 회오리바람 속에 뒤섞이고 신앙 간의 경계가 휩쓸려 사라지는 혼돈의 세계였다. 동굴 249호에 그려진 궁전은 힌두교 인드라의 궁전일까, 아니면 황제(黃帝)의 장원일까? 누구도 분명히 말할 수 없을 것이다.

고슴도치 같은 머리가 약간 희끗희끗해지고 있는 자황의 얼굴은 멍했고 우울했다. 그가 우울한 심경을 말로 표현하는 경우는 드물었지만, 우리가 식당에서 마주 앉았을 때 그는 자기가 맡은 혼란된 임무와 자기가 느끼는 좌절감을 내비쳤다. 이상한 일이었다. 그는 방금 둔황에서 암굴 성소 열 곳을 복원하는 공사의 자금을 조달하는 일을 마쳤기 때문이다. 그는 그 복원 작업에 10년간 종사했다.
"난 아버지에 이어 이 일을 하고 있지요."
그의 아버지는 파리에서 살던 화가로, 부유했다. 그는 브라크와 피카소와도 아는 사이였다. 그런 그가 1935년 둔황의 사원들에 관해 쓴 책을 보게 되었다. 둔황 석굴에 매력을 느낀 그는 중국으로 돌아왔다. 독립 이전의 혼란기에 그는 둔황 석굴의 보호자 겸 역사 서술자가 되었고, 지금도 이곳에서 존경을 받고 있었다.
자황이 슬라이드 사진들을 보여주었다. 그가 그 사진들을 국수 그릇들 사이로 보냈고, 나는 그의 아버지의 모습을 보았다. 사원의 발굴작업에 열중하고 있는 안경 쓴 노인의 모습이었다. 나는 중국인들의 경우 부모가 사고(思考)를 지배하는 경우가 많다고 생각한다. 중년의 경우에도 부모의 영향력은 절대적이다. 노인들은 성스러운 땅에 서 있는 것 같다. 죽은 사람들은 가장 성스러운 곳에 있고. 자황은 지금은 그의 아버지를 기리는 박물관이 된 목조 가옥에서 자랐다.

"하지만 나는 어렸을 때 둔황을 증오했습니다. 부모님은 나와 함께 있지 않고 늘 암굴에서 일을 하셨지요. 둔황이 부모님을 빼앗아 간 셈이지요. 아버지는 늘 내가 당신이 하시던 일을 완수하기를 바라셨죠. 하지만 나는 일본으로 건너가서 거기서 회화와 불교에 대한 공부를 했지요……." 슬라이드 투시기가 다시 내게로 왔다. 유럽 스타일의 풍경화인 그의 그림이 찍힌 사진을 나는 보았다.

"결국에는 나는 아버지를 이해하게 되었지요." 그의 얼굴에 즐거움이 없는 미소가 번졌다. "20년 전 아버지가 돌아가시기 전에 내가 그분께 말했지요. '저는 둔황으로 돌아오겠습니다.' 그러자 갑자기 의사들 말로는 의식이 없던 아버지가 눈물을 흘리기 시작하셨지요."


암굴의 벽을 장식하고 있는 그림들 가운데 가장 풍요롭고 가장 복잡한 그림은 낙원을 그린 그림이었다. 그 낙원은 부처가 힘들여 얻은 열반이 아니라 잔혹한 시대에 단순한 사람들이 얻을 수 있는 위안이었다. 아미타불의 정토(淨土), 그곳에 들어가려면 아미타불의 명호를 부르기만 하면 되었다.

당나라 시대에 이 정토의 개념은 더욱 다듬어져, 영혼들이 사는 무한한 삶의 공간이 되었다. 아미타불 위로 시선을 드니 푸짐한 잔

칫상과 녹색의 지붕, 그리고 그 뒤로 수없이 솟은 정자들이 보였다. 주위를 둘러보니 지루함을 견디기 어려워하는 가이드가 사스가 두려워서인지 나에게서 몇 발짝 거리를 유지하고 있었다. 그리고 그 아래쪽 벽에는 이 사원을 기증한 사람들의 모습이 그려져 있었다. 필경 그들은 마음속으로 자기네들이 후원하여 조성한 그 화려한 그림이 어서 실현되기를 빌고 있으리라.

나는 호수 그림으로 시선을 보냈다. 아기들이 연꽃 위에 똑바로 앉아 있었다. 아기들은 천으로 몸을 두르고 경배하는 자세로 두 손을 맞잡고 있었다. 대부분의 아기들은 기도하기도 힘들 정도로 아주 작고 어린 아기들이었고, 그들 주위를 아직 꽃잎이 감싸고 있었다. 후대에 아미타불의 연못에 흩어져 있는 꽃들은 아직 지상에 살고 있는 사람들의 영혼이라고 일컬어졌다. 그 꽃들은 지상의 소유자들의 운세에 따라 피어나기도 하고 시들기도 한다는 것이었다.

아기가 영혼이라는 이 생각에는 어쩐지 내 마음을 찌르는 무엇이 있었다. 나는 그 아기들을 바라보면서 비잔틴 프레스코화의 포대기로 싼 영혼들을 기억했다. 프레스코화의 그 영혼들은 젖먹이처럼 아브라함의 무릎에서 쉬고 있거나 또는 하늘을 날고 있는 천사들에게 인도되었다. 내 희미한 희중전등 불빛 속에서 그 영혼들이 이상하게 수면에서 피어났다. 어느 낙원에나 어른들은 없었다. 그들은 아기로 남아 있거나 또는 신이 되었다.

내 손전등이 다른 벽화를 비추었고, 거기에는 노새를 끌고가는 심홍색 옷을 입은 상인이 그려져 있었다. 나는 다시 소그디아나의 상인을 머릿속에 그렸다. 나는 그의 모습을 뚜렷이 볼 수 있었다. 그는 부리부리한 눈과 뒤틀린 입을 가지고 있었다. 나는 암굴에서 나오는 그를 마음속에 그렸다.

"왜 그리 남의 나라 종교에 마음을 빼앗기고 있는 거요? 자신의 종교를 잃어버렸기 때문인가요?"

처음에 나는 대답을 찾지 못했다. "시간의 흐름에 관련된 것이지요. 젊을 때는 종교 따위에 관심이 없지요. 하지만 이제 죽은 사람들이 너무 많아요. 사랑하는 사람들이 나의 일부를 가지고 가지요. 그래서 정토가 그 나름대로 아름다워 보이는 겁니다. 마치 우리가 한때 가졌다가 잃어버린 장소처럼 말입니다. 어리석다는 걸 알고 있지만, 향수를 느끼며 그걸 상상하지요. 아련한 기억처럼⋯⋯."

그 : 향수라니 무슨 거짓말을! 정토란 건 거짓말이오. 우리는 서로를 피할 수 없다고, 결국에는 우리가 모두 하나가 될 것이라고, 그것이 우리의 운명이라고 나는 들었소.

나 : 나는 당신의 그 하나를 원치 않소. 나는 21세기에 살고 있는 서양인이오. 나는 내 애인의 마음씨, 그녀의 목소리를 보존하고 싶소. 아버지의 목소리도 다시 듣고 싶고.

그[비통하게] : 나도 내 연인의 멋진 가락을 다시 듣고 싶소. 그는 여기서 200파라상[페르시아의 거리 단위] 떨어진 곳에서 열병으로 죽었는데, 그때 나는 그곳에 있지 않았소. 펜지켄트 출신의 소년이었소. 나는 내 말도 다시 보고 싶소. 페르가나 산 말이었소. 그런 말은 다시없을 거요. 하지만 이런 생각은 헛된 꿈이오. 위대한 빛을 경험하고 나면 우린 그런 꿈을 꾸지 않을 거요. 우리는 변화될 거요. 그러니 잊으시오. 사야 할 상품이 있소⋯⋯.

나 : 우리는 잊는 것은 죽은 사람에 대한 의리를 지키지 않는 거

라고 말한다오.

그 : 바보 같은 소리, 죽은 사람은 갔소. 그들에게 평화가 있기를.

나 : 당신이 어떻게 그걸 알 수 있단 말이오? 우리는 모르오. 당신은 상상도 못할 거요. 우리 시대에는……

그 : 그래서 당신은 연꽃 안에서 다시 태어나서 부처들 가운데 앉아 있겠다는 거요? 나는 차라리 지옥에서 장사를 할 거요.

나 : [화를 내며] 당신은 흙으로 돌아갈 거요. [후회하면서] 하지만 당신이나 나나 모르기는 마찬가지요. 모른다는 데 희망이 있소. 의식 자체가 신비로운 거요. 내가 여기 존재한다고 상상하는 것, 당신도 어떤 면에서는 마찬가지일 거요.

그 : 어떤 면에서는. [조급해진다] 하지만 산다는 건 그런 게 아니오. 당신은 삶이 실재하는 것처럼 살아야 하오. 내가 젊었을 때 나의 형과 나는 티베트와 허톈을 오가며 소금 장사를 했소. 이문이 많이 남는 장사였소. 하지만 티베트 군인들이 우리를 괴롭혔소. 그들 가운데 온몸을 갑옷으로 감싸고 얼굴도 드러내지 않은 기병들이 있었소. 형은 그들이 인간이 아니라 속이 텅 빈 악마들이라고 했소. 그런데 어느 날 우리는 말에서 떨어진 기병 하나를 발견했소. 우리가 그의 투구를 벗겨보니 그에게는 얼굴이 있었소. 그리고 그는 말도 했소.

나 : 그가 뭐라고 말했소?

그 : 그는 이렇게 말했소. 난 부상당했다…… 나를 해치지 말아라 ……


나는 모든 여행자들과 마찬가지로 17번 암굴로 인도되었다. 거

기 당도하자 갑자기 생기를 되찾은 내 가이드가 서양인들의 이중
성과 약탈에 관한 이야기를 하기 시작했다. 서기 1000년경에 석실
의 한 방이 봉인되고, 그 입구에 보살들의 행렬을 그렸다. 900년 동
안 그 석실은 잊혀진 채로 있었다. 그러다가 둔황에 거의 인적이
끊기다시피 했던 1900년에 그 석실이 지진으로 열렸고, 당시 그곳
을 지키고 있던 왕이라는 승려가 그 안을 들여다본 후 다시 그 석실
을 폐쇄해버렸다.

  그로부터 7년 후, 영국계 헝가리인 고고학자 오렐 슈타인이 부근
의 만리장성 유물을 조사하다가 그 석실에 관한 소문을 들었다. 그
는 그 석실을 관리하던 승려를 달래서 자기를 그 안에 들여보내달
라고 했다. 석실에 들어간 그는 승려가 든 등불 불빛에 비친 벽에
가득 소장된 문헌들을 보았다. 책들과 두루마리는 3미터 높이로
쌓여 있었다. 그는 끈질기게 승려를 설득한 끝에 그 문헌을 팔도
록 했고, 마침내 2만 점의 원고와 비단에 그린 그림들을 낙타에 싣
고 그곳을 떠났다. 그중에는 세계에서 가장 먼저 인쇄된 책도 들어
있었다. 다른 모험가들이 떼 지어 몰려왔다. 나의 가이드는 그들을
역겹다는 표정으로 주워섬겼다. 프랑스인, 일본인, 러시아인……
슈타인이 돌아와서 다시 다섯 상자를 가져갔고, 미국인인 랭던 워
너는 당나라 시대의 우아한 조각품 두 점을 하버드로 가져갔으며,
몇 점의 벽화를 마구 떼어냈다.

  이제 거기 그려졌던 보살들은 갈라진 벽에서 길을 잃었고, 석실
은 텅 비어 있다. 이곳을 관리하던 승려 왕은 지금 매표소 부근의
부도 밑에 묻혀 있다.

  하지만 여기서 나온 문헌들은 전혀 예상치 못했던 다양한 문화

의 세계를 드러내 보여주었다. 경건한 불경 원고는 다른 용도로 쓰인 종이를 덧붙여 빳빳하게 했는데, 이 덧붙인 종이가 불경보다 더 많은 정보를 전해주는 것으로 판명되었다. 그것들은 물목, 유언장, 법률 문서, 사적인 편지 등이었다. 중국의 가요와 시도 나왔다. 자질구레한 일들을 기록한 문서도 나왔다. 생리통을 완화해달라는 기도와, 심지어 죽은 당나귀에 대한 제문도 있었다. 예법편람의 한 편지는 간밤에 술에 취해 무례한 행동을 한 것을 사과하는 내용이었다. 한 여승이 검은 소를 물물교환으로 얻었는가 하면, 다른 여승은 노예를 유산으로 남겼다. 어떤 사람은 차와 술이 벌이는 논쟁을 글로 쓰기도 했다. 중국어로 된 엄청난 양의 기도문 옆에는 산스크리트어, 티베트어, 위구르어, 소그드어, 코탄어, 투르크어로 된 문서들도 있었다. 유대-페르시아어로 쓴 편지, 파르티아어로 된 마니교 성경, 위구르 문자로 쓰인 터키 탄트라교 경, 심지어 네스토리우스파 사제 알로반이 장안으로 가져온 성경 사본까지 있었다. 그야말로 다양한 언어와 인종의 흔적이 나타나 있었다.

중국 중심부에 있던 당나라 시대의 그림들은 사라졌지만, 둔황의 비단에 그린 그림들은 살아남았다. 비단을 만들기 위해서는 누에가 죽어야 하기 때문에 불교도들은 비단을 달갑지 않게 생각했다. 승려들은 좀처럼 비단옷을 입지 않았다. 그러나 부도를 비단자락으로 덮었고 성화 위에 비단폭을 깃발처럼 내걸었다. 둔황의 비단폭 그림이 놀라울 정도로 잘 보존되어 있는 경우도 가끔 있다. 모자와 가슴에 십자가가 선명한 네스토리우스파 성자를 그린 그림도 있다. 또 다른 그림에서는 성전환이 아직 완전치 않은 여신 관음(콧수염과 턱수염의 흔적이 아직 남아 있다)이 비단과 진주로 몸을 감싼 채 인간의 영혼을 낙원으로 인도하고 있다. 관음을 따라가는 영혼은 역시 모호하다. 아기가 아니고 어린애처럼 처리한 어른이다. 머리는 장식하고 있지만, 입은 옷은 어린애 옷이고 얼굴은 멍한 표정이다.

# 5
## 남로(南路)

　고비 사막의 서쪽 끝에 자리잡은 로프 사막과 타클라마칸 사막은 요즘도 여행자들로 하여금 남쪽이나 북쪽으로 우회하도록 강요한다. 주변의 인구밀도가 더 높고 사람들이 자주 찾는 북로(北路)는 톈산(天山)과 철로를 따라 카슈가르에 이른다. 철로는 북서쪽으로 이주민들을 나르는 수단이다. 하지만 남로(南路)는 지금도 황량하다. 2,400킬로미터의 이 길은 카슈가르에 이를 때까지 사막과 티베트 고원 사이를 지난다. 이 길은 오랫동안 외국인들의 통행이 금지되어왔다. 요즘도 이 길은 간헐적으로 통행이 금지되곤 한다. 이 길 주변은 터키계 원주민인 위협받는 위구르인들의 심장부다. 그래서 나는 이 길을 택했다.

　나는 도중에 서쪽으로 갈라지는 길이 있을 거라고 희망하면서 골무드행 버스에 올랐다. 그래야 남로를 가장 가까이 따라갈 수 있을 거라고 생각했기 때문이다. 티베트로 들어가는 도로는 폐쇄되었고, 동쪽은 군사지대라는 것을 나는 알고 있었다. 어떤 관리가 내가 가는 길을 막는다면, 나로서는 그의 말을 따를 수밖에 없었다. 나는 의자에 움츠리고 앉아서 때묻은 목깃 속으로 내 머리를 한껏 밀어넣었다. 하지만 버스 정류장의 군중 속에서 평복을 입은 한 남자가 나타났다. 정복을 입은 경찰이 아니라 이 평복을 입은 사람들이 문제였다. 그들은 신분증명서를 내보이지도 않고, 아무도 그들에게 신분이 무엇이냐고 묻지도 않는다. 그 남자가 버스에 오르더니 나에게 내리라고 지시했다. 나는 내 손이 떨리는 걸 느꼈다.

나는 그가 나에 대해서 싫증을 느낄 때까지 그의 질문에 대답했다. 그런 다음 나는 정류장 밖에서 반항하듯이 일광욕을 하면서 군중이 적어지기를 기다렸다. 한 시간 후 나는 다른 버스에 올라탔다. 다른 길을 따라 같은 방향으로 가기 위해서였다. 나는 더러워진 창문 뒤의 농부들 사이에 웅크리고 앉았고, 한 시간 후 우리는 먼지 속으로 출발했다.

처음에 우리는 거친 모래의 바다를 건넜다. 외로이 선 간판이 황야를 향해 외치고 있었다. "서부를 개발하라!" 얼마쯤 가니 바위가 여기저기 흩뿌려진 사막이 이어졌다. 세 시간 후 우리가 칭하이 고원에 올라섰을 때 눈이 내리면서 바람이 휘몰아쳤다. 고물 버스의 히터가 작동하기 시작했다. 양옆으로 검은 산이 솟아 있었다. 그러나 여기에도 고갯마루에 천막 하나가 쳐져 있었고, 군용 외투를 입고 눈보라에 대비해 얼굴을 싸맨 사스 관리들이 버스에 오르더니 우리의 이름을 적고 체온을 쟀다. 나는 그들이 나를 돌려보낼 거라고 생각했다. 그러나 돌아가는 교통편이 없었고, 그 관리들은 추위 때문에 어리벙벙해진 것 같았다.

한 시간 후 우리는 구름 속을 달리고 있었다. 바람이 몰아치는 얼음 덮인 고원을 달리고 있는 것이었다. 가끔 불끈 솟은 바위들이 나타나곤 했지만, 관목이나 다른 식물은 눈에 띄지 않았다. 요새 비슷한 지형도 나타나곤 했는데, 그 벽은 모두 같은 방향에 면해 있었다. 지질과 바람이 빚어놓은 작품이었다.

열한 시간을 덜컹거리며 달렸다. 그동안 눈이 멀리서 우리를 빙 둘러싸고 있었다. 마치 거대한 분지 안에 들어와 있는 것 같았다. 인가가 나타날까 의심스럽기도 했다. 우리는 해발 3천 미터 이상의 고지에 있었고, 도로는 서리로 인해 깨지고 울퉁불퉁해져 있었다. 밤이 되어서야 우리는 유샤산(油沙山) 유전단지 위 산기슭에 당도했다. 하늘에는 별이 몇 개 돋아 있었고, 버스 승객들은 서로 몸을 기대고 잠들어 있었다. 나는 얼음이 엉겨붙은 차창 밖을 내다보았다. 희미한 별빛 아래서 경사면에 자리잡은 고물 유정 기중기들이 연못 위에서 움직이는 태고의 새들처럼 오르내리고 있었다. 우리는 그곳을 조용히 통과한 다음, 거의 버려지다시피 한 마을인 화투거우(花土溝)에 도착했고, 거기서 나는 버스정류장 옆의 방 하나를 얻어서 잠에 빠져들었다.

프랑스의 세 배 크기인 서북 지방의 커다란 성(省) 신장의 경계선이 내가 자고 있던 곳에서 80킬로미터 떨어진 광산촌 망나이(茫崖)를 지나고 있었다. 중앙아시아와 접해 있는 신장은 예부터 늘 분쟁의 중심이 된 국경지대였다. 그러나 망나이에서 도로는 바위 위에 난 오솔길로 바뀐다. 이 길은 내가 탄 버스는 고사하고, 트럭들도 가기를 포기하는 험한 길이다.

광산촌은 단색의 공포였다. 건물의 반이 부서져 있었고, 모든 창문의 유리는 온데간데없었다. 석면 광산이 마을 주위에 반원을 그리고 있었다. 나는 내가 이곳을 빠져나갈 수 있을까, 여행을 계속할 수 있을까 걱정하면서 마을로 걸어들어갔다. 광부들의 집에는 불도 켜져 있지 않았다. 컴컴한 그 집들에서 거멓게 그을린 사람들이 범죄자들처럼 나왔다. 마침내 경찰관이 나를 발견했다.

경비 초소에서는 방 하나에서 다섯 명이 자고 있었다. 방의 벽은 신문지로 발라져 있었고, 지붕은 초가지붕이었다. 휴대전화가 유리가 깨져버린 창문에 매달려 있었다. 그들의 소유물이라고는 고리에 매달려 있는 세면도구 주머니뿐이었다. 한 무더기의 채소가 방 안에서 썩고 있었다.

체구가 큰 경찰관이 의심스러워하는 표정으로 내 여권을 자꾸 뒤적거렸다. 그는 손가락으로 우즈베키스탄, 아프가니스탄, 이란의 비자를 짚었다. 그것이 무엇을 뜻하는지 잘 모르는 것 같았다. 나는 내가 여기 와도 좋다는 허가를 받았다고 우겼다. 그는 그렇지 않다고 말했다. 그의 부하들이 뭐라고 중얼거리면서 싱글싱글 웃었다. 나는 농담조로 내 나이와 직업(뻔뻔하게도 나는 역사학자가 되었다)을 말하면서 책 속에 파묻힌 안경 쓴 교수 흉내를 냈다. 웃음이 사태를 다소 부드럽게 완화해주었다. 문을 통해 눈이 날려 들어왔다. 경찰 우두머리가 밖으로 나가더니 한산한 거리를 오르락내리락 하면서 생각에 잠겼다. 나도 그를 따라했다. 쓰레기더미에서 고

약한 냄새가 풍겨왔다. 대기는 썩은 냄새가 나는 먼지로 가득 차 있었다. 그가 뇌물을 달라는 암시를 했다. 나는 그에게 말보로 담배 몇 갑을 주었다. 그는 계속 걸었다.

나는 우연히 구조되었다. 1주일에 두 번 랜드크루저〔토요타사의 자동차〕한 대가 열 시간 걸려 240킬로미터를 돌며 아얼진(阿爾金) 산맥과 타클라마칸 사막 일대에 우편물을 배달한다. 그 우편배달차가 우리 맞은편에 멈추자, 경찰관은 마지막으로 잠시 망설이더니 나를 보내주었다. 나는 그 차의 뒷좌석에 끼어 앉았다. 산둥(山東) 출신의 중국인 광부와 건장한 위구르족 여자 목동이, 티베트와 쿠얼러(庫爾勒)를 오가며 색깔 있는 돌을 파는 후이족 행상과 함께 이미 타고 있었다. 행상이 내 무릎에 작은 담요를 펼치더니 색깔 있는 돌을 펼쳐놓았다. 담요 위에서 돌들이 장밋빛과 녹색으로 반짝였다.

밖을 내다보니 차가 달려도 돌길이라 먼지가 일지 않았다. 마르코 폴로가 여기 왔었는지는 알 수 없지만, 하여간 그는 타타르족이 사는 지역의 산에서 석면이 난다고 기록했고, 또 쿠빌라이 칸이 교황에게 성 베로니카의 손수건에 있는 그리스도의 얼굴을 덮으라고 불에 타지 않는 냅킨을 보냈다고 썼다. 하지만 초기의 중국인들에게 석면은 신비스런 물질이었다. 석면은 서방에서 그들에게 왔고, 그들은 그것이 흰쥐의 털이라고 생각했다. 한편 교역로의 다른 쪽 끝에서 로마인들은 황제의 시신에 석면 수의를 입혀 화장했고, 석면으로 식탁보와 냅킨을 만들어 사용했다. 그들은 그 식탁보와 냅킨을 불에 넣어 깨끗이 했다. 그들은 또 그것이 건강에 해롭다는 사실도 알고 있었다. 석면을 캐거나 그것을 꿰매는 노예들이 폐병으로 죽었다. 그러나 이 사실은 2천 년 동안 잊혀졌었다.

내 맞은편에 앉은 광부는 석면이라면 진저리를 쳤다. 내가 그에게 망나이의 안전실태에 관해 묻자, 그는 자세한 말을 하지 못했다. 다만 모두가 병이 들었다고만 알고 있을 뿐이었다. 동쪽의 자기 고향으로 돌아가는 중이라는 그는 차창을 통해 멍하니 앞을 내다보고 있었다. 운전사 옆에 두 명의 중국 여인이 앉아 수다를 떨고 있었는데, 그들은 마치 쇼핑을 하러 가는 것 같은 차림이었다. 한동안 우리는 심하게 흔들리며 바퀴자국이 난 강바닥을 따라가다가 다음에는 호숫가를 따라갔다.

그러다가 산속으로 들어갔다. 내가 가진 지도에는 아얼진 산맥은 대수롭지 않게 표시되어 있었다. 티베트를 둘러싸고 있는 산맥의 작은 지맥에 불과했다. 그러나 지금 그 산맥은 5,400미터의 검은 바위산으로 우리 주위에 솟아 있었다. 음침하고도 무서운 모습이었다. 서로 엇갈리는 능선들이 눈으로 덮여 있었으므로, 우리가 검게 빛나는 그 절벽에 삼켜지는 것 같은 느낌이 들곤 했다. 절벽에는 관목도 자라지 않았다. 곧 우리는 150미터 깊이의 갈라진 틈을 따라 달리고 있었다. 우리가 올라가면 그 틈은 내려가 아무것도 보이지 않는 계곡이 되었다. 계곡 위로는 수백 미터 높이의 산맥이 부서진 형판(型板)처럼 펼쳐져 있었다. 곧 수북이 쌓인 눈이 나타났다. 간밤에 내린 눈이 길 위에 그대로 쌓여 있었다. 우리는 목을 길게 뽑고 앞쪽을 내다보았다. 우리는 눈구덩이에 빠진 차를 밀기 위해 세 번이나 밖으로 나가야 했다. 한번은 차가 완전히 통제력을 잃고 미끄러져 2미터 떨어진 절벽 가장자리를 향하기도 했다. 내가 절벽 가장자리로 다가가서 아래를 내려다보았지만 아무것도 보이지 않았다.

　몇 시간 동안 우리는 더 천천히 구불구불한 길을 달렸다. 똬리를 튼 길이 우리 아래 아득하게 보였다. 수다를 떨던 중국 여자들도 이제는 조용했고, 내 옆에 앉은 늙은 후이족 행상도 강철 창틀 쪽으로 얼굴을 돌리고 밖에 시선을 고정하고 있었다. 우리가 눈 쌓인 길을 지나기도 전에 오후가 저물고 있었다. 이제 우리 앞길은 눈사태와 매끄러운 진흙탕으로 막혀 있었다. 몇 시간 더 우리는 바위 사이를 조심스레 나아갔다. 가끔 차는 시냇물을 따라가기도 했다.

　그러다가 갑자기 우리는 풀려났다. 차가 모래 위를 달리고 있었다. 우리 앞에 평원이 펼쳐져 있었고, 지평선이 보랏빛으로 물들고 있었다. 땅거미가 지고 있는 것이었다. 나는 흥분감을 느꼈다. 나는 세계에서 가장 큰 사막 가운데 하나인 타클라마칸 사막의 가장자리에 있었다. 가장 혹독한 사막인 타클라마칸 사막은 신장의 심장부다. 톈산 산맥과 쿤룬 산맥이 마치 카슈가르와 파미르를 집으려는 집게처럼 북쪽과 남쪽에 펼쳐져 있다. 그러나 사막이 광대한 타원으로 그들을 갈라놓고, 거기서 나오는 강들을 삼켜버린다. 인도가 아시아와 합쳐지기 전에는 이곳은 테티스 해(海)였다.

　사방이 어두워졌을 무렵, 차클리크 오아시스가 나타나 우리를 맞았다. 관개수로가 가장자리를 지나고 있는 과수원도 보였고, 당나귀가 끄는 수레를 탄 농부들이 집으로 가고 있었다. 오아시스의 중앙에는 널따란 거리가 있었고, 거기서 몇 명의 중국인들이 가게를 벌이고 있었다. 보이지 않는 위구르인들이 사는 교외에 포위된 그 가게들은 광고판도 없었고, 차도 없었으며, 거의 아무 소리도 내지 않았다.

나는 반쯤 불이 밝혀진 식당 안에서 낯선 사람들 틈에 앉아 있었다. 커다란 부드러운 눈에 손톱을 칠한 육중한 체구의 여인이 나에게 깨를 뿌린 빵에 얹은 케밥을 가져다주었다. 건너편 방에서 노랫소리와 류트(악기의 일종)를 연주하는 소리가 들렸다. 나는 사람들이 노래를 부른다는 사실을 잊고 있었다. 밖에서는 말 또는 당나귀가 끄는 수레가 캄캄한 거리를 지나갔다. 테두리 없는 모자를 쓴 반백의 남자가 수레를 몰았고, 그의 아내는 두꺼운 양말을 신은 다리를 수레 가장자리로 내려뜨린 채 앉아 있었다. 아이의 인도를 받는 장님이 식당 안으로 들어와서 빵을 얻어갔다. 이곳은 무슬림의 세상이었다. 나는 내 지도에도 없는 다른 나라에 와 있는 것이었다.

문득 향수가 나를 엄습했다. 나는 40년 전 다마스쿠스에서 지금처럼 이렇게 혼자 앉아 음식을 먹으며 주위를 살피던 한 젊은이 생각이 났다. 하지만 지금 내 주위에 있는 사람들은 아랍어를 하지 않고, 터키계 민족의 급하고 악센트가 없는 언어를 쓰고 있었다. 빈틈이 없고 아이 같은 중국인들에 비해 위구르인들은 느긋하고 감성적인 어른 같아 보였다. 위구르인들은 더 크고 더 느슨하고 더 다양했다. 몽골인의 광대뼈가 가끔 적갈색 눈과 다갈색 머리, 더욱 또렷한 이목구비가 내는 효과를 깎아내리기도 했다. 젊은 여자들은 싱싱한 아름다움을 지니고 있었지만, 나이가 들면서 그 아름다움은 일찍 시드는 것 같았다. 무슨 예절이 그들을 억압했는지 모르지만, 싱싱하고 세속적인 그 무엇이 억압을 받으면서도 살아남아 있다가 지금 류트에 맞춰 노래를 부르고 있는 것이었다.

아마 이런 쾌락주의는 6세기에 동아시아의 초원지대를 장악한 터키족에게서 전해내려온 것이리라. 위구르족은 몽골 서북부에 왕국을 세웠고, 그들의 군사적 능력이 당나라 황제들의 제위를 유지시켜주었다(많은 비단을 대가로 주었다). 그러나 9세기에 키르기스스탄이 그들을 흩어버렸다. 그러자 그들은 펠트 가죽 천막을 수레나 낙타에 싣고 털북숭이 조랑말을 타고 내가 지금 앉아 있는 곳 북쪽인 타림 분지(塔里木盆地)의 오아시스로 들어가서 그곳에 정착했던 여러 민족들을 흡수했다. 세월이 흐르면서 그들은 자신들로 하여금 페르시아의 옷을 입고 페르시아의 예술을 감상하도록 했던 마니교를 잃어버리고 불교로 개종했다. 수백 년 후 그들은 칭기즈칸 치하 몽골의 서기나 교사가 되었고, 그후 이슬람으로 개종했다. 이제 그들은 실크로드의 살아 있는 양피지 사본 같은 존재가 되었다. 민족주의를 잃어버렸던 그들이 질식할 것 같은 중국인들의 통치에 대항해서 단결했다. 타클라마칸 사막의 오아시스에 흩어져 있는 그들은 전 시대의 편안하고 상업적인 전통을 유지하고 있다. 그들은 여러 언어를 말하는 왕을 그들의 전설상의 시조로 삼고 있다.

하나밖에 없는 호텔에서 퉁명스러운 직원이 갑절의 숙박료—5달러—를 받고 내게 방을 내주었고, 한 떼의 위구르족 여종업원들이 와서 나를 뚫어져라 바라보았다. 나는 그들이 하는 말을 한마디도 알아들을 수 없었다. 게다가 모두들 위생 마스크를 쓰고 있었다. 나는 다만 내가 그들에게 외국인으로 보인다는 것, 그들이 나에 대해서 얘기하고 있다는 것을 알 수 있을 뿐이었다. 갑자기 나는 완전히 외톨이가 되었다는 느낌이 들었다.
뒤에 한 여인이 뜨거운 물이 든 보온병을 가지고 들어오더니, 그것을 테이블 위에 있는 자기(瓷器) 찻잔 옆에 놓았다. 중국의 관습이었다. 시험 삼아 내가 이곳 생활에 대해 물어봤더니, 그녀가 수줍은 중국어로 이야기를 하기 시작했다.

여기서 일하기는 외롭다고 했다. 그녀는 한 달에 350위안, 그러니까 50달러가 채 못 되는 돈을 번다. 그녀가 희망과 걱정이 뒤섞인 눈으로 나를 보면서 말했다. "내 얼굴은 하얘요. 알아차리셨어요?" 그녀가 마스크를 벗었다.

"네." 나는 그때서야 그것을 알아차렸다. 그녀의 얼굴은 넓적하고 특이했다.

"서양사람 얼굴 같아요. 누군가—우리 할아버지의 아버지가 어딘가에서 온 것 같아요. 어디인지는 모르지만……"

그녀는 유리창문 뒤에 있는 쪽방에서 잔다. 침대 하나와 의자 하나, 그리고 열쇠 꾸러미가 살림살이의 전부다. "그게 도움이 되지 않았지요." 그녀는 내 지도 위에서 그녀의 부모가 사는 곳을 짚었다. 130킬로미터 떨어진 사막 마을이다. 그리고는 그녀는 자리를 떴다.

그러나 그녀는 나의 소외감을 가지고 가버렸다. 갑자기 방 바깥의 세상이 다른 사람들의 세상이 아니라는 생각이 들었다. 그것은 그 누구의 세상도 아니었다. 고독은 자연적인 조건이다. 소외된 자, 추방된 자들이 이곳에 살고 있다고 나는 상상했다.

몇 시간 후 나는 옆방에서 들려오는 쉰 목소리의 언쟁 때문에 잠에서 깨었다. 이어 누군가가 우는 소리가 들렸다.

* * *

몇 킬로미터 가지 않아 도로가 사막 속으로 사라졌다. 쿤룬 산맥의 빙하가 녹은 물이 임시로 만든 다리를 무시하거나 망가뜨렸고, 도로의 아스팔트를 돌 밑에 묻어버렸다. 가끔 남쪽 산맥이 안개 속에서 나타났다가 사라지곤 했고, 우리는 강을 건너고 강에 쓸려온 모래 위를 달렸다. 내가 탄 버스는 유골 같았다. 좌석은 담뱃불로 타서 구멍이 나 있거나 아예 속이 밖으로 비어져나와 있었고, 창문은 깨졌으며, 팔걸이는 낡아서 철제 틀만 남아 있었다. 승객은 모두 위구르족 농부들이었는데, 그들은 도로가 험해 심하게 흔들리다보니 조용해져 있었다.

도로변에 눈에 띄는 건 아무것도 없었다. 북쪽으로 100~120킬로미터 가니 계절에 따라 말라버리는 강과 사라져버린 호수를 따라 생겨났다가 죽어버린 사막의 옛 마을들의 흔적이 길가에 나타났다. 서기 4세기부터 산맥의 빙하가 물러나면서 이곳에 살던 교역자들과 농부들이 반유목민으로 전락했고, 산은 벌거숭이로 변했으며, 사막이 남쪽으로 팽창했다. 3백 개의 마을이 타클라마칸의 모래 밑에 묻혀 있다고 한다. 바람이 모래언덕을 밀어낼 때마다 과수원과 밀밭이 있던 곳에서 석화된 재목들이 불쑥 나타난다고 한다. 탐험가와 고고학자들이 1세기 전에 사원과 성채의 흔적을 찾아냈으며, 건조한 공기로 인해 바싹 마른 벽화와 비단을 발굴해냈다. 나무나 종이에 쓴 수백 개의 문서와 진흙 도장, 심지어 빗자루와 쥐덫까지 나왔다고 한다.

열네 시간 동안 우리는 그 모양이 수시로 변하는 사막을 서쪽으로 힘겹게 달렸다. 사막 표면에 낙타가시나무와 버드나무의 뿌리들이 흩뿌려진 뼈처럼 하얀 잔가지들과 함께 마치 모래 위의 섬처럼 나타나기 시작했다. 그러더니 땅이 평평해져 마치 표백된 풀의 초원처럼 되었다. 염화된 땅이 마치 눈 쌓인 들판처럼 보였다. 가슴이 하얀 매가 나무 그루터기에 앉아 무언가 움직이는 것을 찾고 있었다. 타마리스크 나무 한 그루가 지하의 물을 먹고 녹색으로 빛나고 있었다. 야생으로 보이는 당나귀들이 길을 건너가는 것도 보였다. 그러더니 다시 순수한 모래언덕이 나타나 빈 하늘을 배경으로 노란 칼날 같은 곡선을 그렸다.

　이 황량한 땅을 수백 년 동안 대상들이 왕래했다. 깨진 창문을 통해 밖을 내다보면서, 나는 이곳을 오갔던 그들의 모습을 머릿속에 그렸다. 그 오랜 세월에 걸쳐 온갖 것들—유향(乳香), 코뿔소 뿔, 오이, 사향, 난쟁이, 청금석, 공작새, 쪽빛 아이섀도(중국 황비의 전유물), 그리고 심지어 우리에 갇힌 사자 한두 마리까지도—이 이 길을 오갔으리라. 상품들은 주인이 너무 자주 바뀌고 또 너무 멀리 운반되었으므로, 그것들의 원산지는 잊혀지거나 동화 속의 나라로 각색되었다. 호박(琥珀)은 붉은 머리를 가진 거인들("세상에서 가장 역겨운 야만족"이라고 페르시아의 중간상인들은 생각했다)에 의해 발트 해에서 러시아의 강들을 따라 운송되었다. 일부 중국인들은 어디서건 호랑이가 죽으면 그 눈이 땅 속에서 호박으로 변한다고 상상했다. 7세기에는 아라비아의 타조들까지 중국으로 끌려왔다. 그들의 속도와 소화력(타조는 금속도 먹었다)은 중국인들이 보기에 정말 경탄할 만했다.

　북쪽의 마른 샘과 개울을 따라 나 있는 길은 수백 년의 세월이 흐르면서 더욱 거칠어졌다. 황량한 쿤룬이 그 길을 보호하는 역할을 했다. 유목민과 화적들이 그 길을 꺼렸던 것이다. 그런데 저녁이 가까워오는 지금, 도로는 평탄하게 뚫려 있고, 태양은 안개 속으로 지고 있었으며, 위구르족 농부들은 모두 잠들어 있었다. 모래언덕 위로 바람이 일기 시작했다. 금실이 섞인 두건을 쓴 여자 하나만이 아이를 데리고 운전사 옆 앞좌석에 꼿꼿이 앉아서 노래를 부르고 있었다.

어두워질 무렵 우리는 체르첸으로 들어섰다. 진흙담을 따라서 이중의 문이 집안 마당으로 나 있었다. 마당에서는 나이 든 사람들이 긴 나무의자에 누워 있었고, 여자들은 황금색 저녁 햇빛 속에서 이리저리 움직이고 있었다. 여기저기 첨탑이 있는 이슬람 사원들이 보였다. 체르첸의 중심가는 지금까지 지나온 어떤 오아시스 마을보다도 번화했다. 널찍한 중국인들의 거리가 만나는 네거리에는 마오쩌둥의 말이 적힌 기둥이 서 있거나, 황송해하는 무슬림 농부를 반기는 마오쩌둥의 동상이 있었다. 그리고 그 주위로 가난한 사람들이 사는 골목이 이어져 있었다.

중심가에서 우리 버스는 멎었고, 사스 관리들이 버스로 올라왔다. 얼굴을 가린 경찰관과 바싹 마른 시 공무원, 그리고 농부 모자를 쓰고 검은 안경을 쓴 관리, 이렇게 셋이었다. 그 여정을 입증할 수 없는 여행자는 2주일간 격리해야 한다는 훈령이 베이징에서 내려왔다고 농부 모자를 쓴 관리가 말했다. 2주일은 잠복한 바이러스가 겉으로 드러나는 시간이라고 했다.

나는 마스크를 입 위로 끌어올렸다. 그러나 내 운이 다한 것 같았다. 사스가 자위관에서 발병했다고 그 관리는 말했다(병이 나를 따라오고 있었던 것 같았다), 그는 매우 미안하게 생각했다. 나는 점점 절망을 느끼면서 자위관은 여기서 1,600킬로미터나 떨어져 있다고 말했지만, 5분 후 나는 트럭에 실려 격리 수용소로 향하고 있었다. 나는 내가 이미 그 병에 걸리기라도 한 것처럼 죄의식을 느꼈다. 트럭 운전사는 나를 똑바로 바라보려고도 하지 않았다.

내가 실려간 곳은 들판 한가운데 있는 텅 빈 건물이었다. 나를 데려온 관리는 입구에 쳐져 있던 쇠사슬을 내리고는 자기는 안으로 들어가지 않았다. "당신은 이곳을 떠날 수 없습니다." 희미한 달빛 아래서 그의 검은 안경이 눈구멍처럼 움푹 파여 보였다. 아마 수용소나 정신병원에 대한 어떤 기억이 이 무해한 장면을 공포로 윤색했을 것이다. 나는 본능적으로 이곳을 탈출할 길을 찾기 시작했다.

반백의 의사가 문까지 나와 우리를 맞았지만, 나와 악수를 하지는 않았다. 몇 명의 간호사들이 그의 뒤를 따르고 있었다. 마스크 위에서 그들의 눈이 경계심과 호기심으로 둥그레져 있었다. 한 간호사가 나를 건물 안의 커다란 방으로 인도했다. 위구르어로 된 산아제한 포스터 밑에 하얀 침대가 하얀 타일을 깐 바닥에 놓여 있었고, 흔들흔들 하는 탁자도 하나 있었다. 의사가 며칠 전에 만든 듯한 마당의 간이화장실을 가리켰다. 거기서는 벌써 악취가 풍겼다. "당신이 그 병에 걸렸다면 당신은 2주일 안에 죽게 될 겁니다." 의사가 말했다. 그러나 그는 마치 나에게 사과라도 하는 것처럼 부드럽게 말했다.

몇 분 후, 모두들 음산한 복도를 걸어 내려갔다. 벌써 자정이 넘은 시각이었다. 웬일인지 내 방의 네온 조명등이 좀처럼 꺼지지 않았다. 그래서 나는 감시를 받는 죄수처럼 그 불빛 아래서 눈까지 시트를 끌어올려 덮고 잠을 청했다. 몇 시간 후 잠이 깬 나는 달빛 속으로 나가서 담장을 따라 걸으며, 내가 얼마나 오래 여기 있게 될까 생각했다. 병은 두렵지 않았다. 몇 주일 동안 황야에 있었기 때문이었다. 하지만 조여오는 관리들, 도로를 차단하고 국경을 폐쇄하고 시간을 질질 끄는 관리들이 두려웠다. 나는 하루에 벽돌 하나씩, 나를 둘러싸고 있는 담의 꼭대기를 장식하고 있는 벽돌을 세는 나 자신을 상상했다. 약한 바람이 들판에서 불어오고 있었다.

"이곳이 난 무서워요." 마스크 위에서 돌콘의 눈이 깜빡거렸다. 그는 아주 젊었다. 우리는 묽은 죽으로 된 아침을 먹고 햇빛이 비치는 계단에 앉아 있었다. 모두가 마스크를 하고 있기 때문에 우리는 같은 종족처럼 보였다. 하지만 우리는 거의 말을 하지 않았고, 미소를 짓는 일은 더더욱 없었다. 웃을 만한 처지가 아니었던 것이다. 낮에는 이곳은 정돈되지 않은 채 거의 인적이 없다. 마치 오래전에 범죄가 일어났던 장소 같다. 우리 둘만이 수용되어 있다. 돌콘은 이곳에서 320킬로미터 떨어진 니야(尼雅) 오아시스에서 왔고, 이곳에 사흘 전부터 수용되어 있다. 그는 자기 어머니 걱정을 했다.

"하는 일이 뭐지?" 나는 그가 하는 일이 궁금했다. 그는 가느다란 팔과 또렷한 그리고 가냘픈 이목구비를 가진 위구르족 청년이다. 가르마를 탄 머리가 하얀 이마 위에서 펄럭였다.

"임시직이에요. 점원 같은 거죠. 대학을 마치고 싶어서요."

"대학?"

대학이란 말이 엉뚱하게 느껴진 건 아마 우리의 처지가 너무 처량해서였을 것이다. 한낮의 더운 열기가 우리의 정신을 더욱 멍하게 했다. 그리고 이 이상한 청년, 그는 이 땅에서 살아남기에는 너무 가냘픈 것 같았다. 그는 피아니스트의 손을 가지고 있었다.

그러나 그는 겨우 입에 풀칠을 하는 농촌 마을 출신이고, 그의 어머니는 젊어서 내 자녀를 둔 과부가 되었다. "우리는 겨우 1무의 토지를 소유하고 있지요." 그는 두 팔로 우리 앞의 뜰의 일부를 가리켜 보였다. "그것이 우리가 가진 전부지요. 나나 누이들이 어렸을 때 무언가 달라고 하면 어머니는 늘 이렇게 말씀하셨지요. '하느님이 그걸 너에게 주실 거다.'" 나는 그가 미소를 짓는 것을 감지한다. 그는 자기 집을 생각하고 있었다. 거기서 그의 어머니는 지금 그가 돌아오지 않는다고 불평하고 있을 것이다. 그가 말했다. "어머니는 의지가 아주 굳고 영리하신 분이시죠. 그런 분은 우리 마을에 단 한 분이지요. 그렇고말고요. 난 그 이유는 모릅니다. 다른 농부들은 모두 자기 자녀들을 중학교에서 중퇴시켰지요. 밭에 나가 일을 하라고 말입니다. 어머니만 그러지 않으셨어요. 그래서 저는 우루무치대학 컴퓨터학과에 입학했지요." 그 일이 아직도 그에게는 놀랍게 생각되는 듯하다. 그는 마치 그 일이 자기와는 아무 상관이 없는 일처럼 이야기한다. "나는 첫해 등록금을 내기 위해 면직공장에서 일했어요. 지금은 점원 노릇을 하고 있고요. 지루한 일이지만, 그래도 일을 해야 2학년 등록금을 낼 수 있지요. 어머니는 지금도 그 1무의 땅을 부치고 계시지요. 하지만 이제 곧 만사가 좋아질 겁니다."

나는 그 여인을 상상해보려고 애썼다. 그녀의 외로운 영리함은 그녀의 아들의 머리로도 설명되지 않는다. 그가 말했다. "하지만 나는 아버지를 닮았어요. 아버지는 늘 무언가를 만드셨어요. 나도 그래요."

이어 그는 나의 형편없는 중국어 실력을 잊은 듯 정신없이 자기의 머릿속에서 꿇던 발명품들을 쏟아내기 시작했다. 그의 말로는 발명품이 아홉에서 열 개쯤 되었는데 그중 하나만 실용화되어도 그는 행복해질 것이고, 아마 부자도 될 수 있을 거라는 얘기였다. 그가 설계한 곡물에서 불순물을 걸러내는 기계는, 현재 사용되는 그런 기계가 작동하는 데 일곱 명이 필요한 데 비해 단 두 명이면 충분하고, 밀에서 꼬투리를 완벽하게 골라내서 거의 순수한 밀만 남게 된다고 했다. "난 어렸을 때 부모님이 그 기계 때문에 곤란을 겪으시던 일을 기억하고 있지요. 먼지가 끔찍했어요. 아버지는 아마 그 먼지 때문에 돌아가셨을 겁니다. 내가 설계한 기계는 먼지가 나지 않을 겁니다." 그는 이미 야금전문가에게 첫 번째 부품을 만들어달라고 돈을 지불했고, 지금은 두 번째 부품을 만들 돈을 저축하고 있다고 한다. 이밖에도 그의 머릿속에서는 내가 파악할 수 없는 수많은 발명품들이 들끓고 있다. 그중에서 특히 내 주의를 끈 것은, 글씨를 쓰면 자동적으로 그것이 컴퓨터 화면에 옮겨지는 펜이었다(그는 이미 그것의 설계를 마쳤다고 한다).

내가 말을 시작했다. "당신이 마을로 돌아가면……"

"아무도 이해를 못해요. 관심을 갖는 사람이 아무도 없어요. 내 생각에 그들은 나를 미워하는 것 같아요. 하지만 나는 꿈을 꾸고 있지요……."

한순간 그의 마지막 말이 내 머릿속에서 울렸다. 또 다른 더 조잡한 꿈을 꾸던 사람, 미래의 재벌 황이 생각났던 것이다. "당신은 후원자를 찾아야 할 거요." 내가 말했다. "사업가들 말입니다."

그러나 돌콘은 거침없이 말을 쏟아냈다. "우리 마을은 지금 모든 것이 변했어요. 어머니 세대에는 어머니 혼자셨지요. 그래서 어머니는 무척 힘드셨지요. 하지만 지금은 모든 젊은 아버지들이 자기 자녀들을 교육시키고 싶어합니다. 너무 늦기 전에……"

나는 점점 놀라움을 느끼며 그의 말에 귀를 기울였다. 처음에 그는 이 농촌세계에 우연히 나타난 예외적인 존재─응석받이 외아들─로 보였다. 하지만 이제 그는 신비로운 존재로 변했다. 매일 접하는 컴퓨터가 그의 속에 잠재되어 있던 재능을 이끌어낸 것이었다. 나는 마스크로 가려진 내 미소를 그에게 보냈다. 그의 가냘픈 무릎과 팔목이 영양부족의 결과가 아니라, 어떤 특별한 유전자를 가진 사람의 희귀한 특징인 듯 보였다. 나는 나의 정신세계가 그의 정신세계와 완벽하게 서로 뒤엉키는 것 같은 느낌, 우리가 마치 인종이나 신앙의 자녀가 아니라 우리 시대만의 자녀들인 것 같은 느낌을 받았다. 우리 할아버지들과 우리 사이가 우리 둘 사이보다 훨씬 더 멀다는 생각이 들었다. 그때 그가 느닷없이 이렇게 말했다.

"영국의 농부들은 어떻습니까? 그들은 관개 문제를 어떻게 해결합니까?"

"영국에는 비가 많이 와요."

"여기는 비가 일 년에 두 번 옵니다." 그가 하늘을 올려다보며 말했다. "거기도 소들을 기릅니까?"

마당 저편에서 쇠사슬이 쩔렁거리는 소리가 들렸다. 아까 그 관리가 다른 경찰관과 함께 나타났다. 후난 성(湖南省)에서 온 다섯 명의 장사꾼들이 그들에게 이끌려 안으로 들어왔다. 그들은 신장에서 장사를 할 생각이었는데, 내일 신장 밖으로 추방될 예정이었다. 성도(省都)인 우루무치(烏魯木齊)에서 새로운 지시가 내려왔다고 의사가 말했다. 성(省) 안으로 들어오는 모든 사람들이 격리 수용될 거라는 내용이었다. 그는 한 양동이의 소독약과 낡은 분무기를 집어들었다. 그는 위구르족으로 점잖고 나이도 들었다. 그 역시 우리와 함께 이곳에 감금되어 쇠사슬을 넘지 못하도록 되어 있다. "지금까지 3백 명 이상이 죽었답니다." 그가 말했다. "그들 다수가 의사일 겁니다. 70퍼센트가 의사일 거라고 나는 생각합니다." 그가 마스크 위의 눈으로 나를 부드럽게 바라보았다. 그는 지금 자기도 두려움을 느끼고 있다고 내게 말하고 있는 것이다. "두고 보는 수밖에."

후난 성의 장사꾼들은 햇볕 아래서 카드 놀이를 했다. 그들은 역시 이곳에 갇혀서 두려워하고 있는 간호사들에게 수작을 걸려고 했다. 간호사들은 녹색 제복을 입은 채 이 방 저 방을 들락날락했다. 의사가 새로 들어온 남자들의 바지 위와, 땅에 놓은 그들의 카드에다 소독액을 분무했다. 매우 음울하고도 인상적인 광경이었다. 이 오지에서도 사회적 작용을 위한 거대한 기구가 작동하고 있고, 이 소독 캠페인은 비록 늦었다 해도 수많은 관료들의 신경계에 작용해서 이 나라의 더욱 외진 오지에까지 파고들 것이다. 의사는 고집스럽게 소독액을 경내 구석구석까지 뿌려댔다. 우리 발에도 뿌렸고, 서 있는 광차(鑛車)의 바퀴와 출입구에 가로로 쳐진 쇠사슬에도 뿌렸다. 그는 이 쓸데없어 보이는 의무를 어떤 위엄을 가지고 수행했다. 그 역시 여기서 죽고 싶지는 않은 모양이었다.

담장을 따라 걸으면서 돌콘과 나는 마치 외국 땅을 바라보듯이 들판을 내다보았다. 그가 말했다. "중국인들을 미워하는 것, 사스를 그들 탓으로 돌리는 것이 쓸데없는 짓이라는 걸 나도 알고 있지요. 하지만 그들의 정책은 혐오감을 일으킵니다. '이것이 사회주의다!'라고 그들은 말합니다. '이것이 사회주의다!'라고." 그는 조롱하는 투로 그의 가냘픈 두 팔을 벌렸다. "하지만 여긴 사회주의가 없어요. 관리들은 자기네들이 하고 싶은 짓을 합니다. 그래도 하여간 시스템은 계속……"

"신자들이 많은가요?"

"모르겠어요. 아마 소수일 겁니다. 하지만 위구르당 당원들은 대부분이 비밀 무슬림 신자들이지요. 집에서 몰래 기도를 올려요. 그들은 코란도 감춰두고 있어요. 그들이 죽으면 물라(이슬람 율법학자)의 주재로 무슬림 방식으로 매장됩니다."

걸으면서 그는 마스크를 벗었다. 그것은 일종의 신뢰의 표시 같았다. 나도 내 마스크를 벗었다. 그의 얼굴은 내가 상상했던 것보다 더 해쓱했다. 입술도 얇았다. 그 역시 나를 바라보고 있었다. 이제 우리는 오염되지 않은 것 같았다. 우리는 미소를 지었다.

"이건 무용지물이에요." 그가 이렇게 말하면서 마스크를 그의 주머니에 쑤셔넣었다.

그가 신경질적으로 담배를 피우기 시작했다. "아버지는 돌아가시기 전까지는 무슬림 예배를 드리지 않으셨죠. 그런데 몸이 쇠약해지시면서 마을 물라에게 가르침을 요청했고, 이슬람 신자로 매장되셨죠."

"왜 돌아가셨지요?"

"폐암에 걸리셨어요."

"그런데도 당신은 담배를 피우네요!"

"네, 우리 마을의 젊은이들은 담배를 피우지요. 술도 마시고요.

그래요, 나는 이것이 이슬람 율법에 맞지 않는다는 걸 알고 있어요. 하지만 우린 모두 술, 담배를 해요. 그걸 안하면 남자라고 할 수 없지요."

"서양에서도 그건 마찬가지지요."

"난 담배를 끊을 겁니다." 그는 담배꽁초를 집어던지고 다시 새로 담배에 불을 붙였다. "나이 든 사람들은 독실한 무슬림들이지요. 금요일에 모스크엘 가봐야 합니다. 하지만 젊은이들은 신앙에서 멀어지고 있어요. 그들은 마을에서 늘 텔레비전을 보지요. 그리고 인터넷이 그들을 변화시켰어요."

"인터넷? 마을에 인터넷이 있어요?"

"마을에 있는 건 아니고요. 도시에 있지요. 도시에 갔다 돌아오는 마을사람들이 인터넷을 통해 들은 얘기를 전해주지요." 그가 덧붙였다. "나 같은 사람들이 그러겠지요. 그래서 그것이 스며듭니다. 그러면 그들은 밖으로 나가고 싶어하지요. 그들은 현대 문화를 원합니다."

돌콘은 이런 사태를 개탄했다. 그러나 그는 서구의 자유를 받아들였고, 여행을 갈망하고 있었다.

내가 물었다. "당신도 모스크에 나갑니까?"

"네, 그건 중요합니다."

남성적 권위를 찾아헤매는 아버지 없는 소년의 이미지가 내 머릿속에 얼핏 나타났다 사라지는 걸 느꼈다. 그가 말했다. "하지만 중국인들은 아무것도 믿지 않아요. 그들의 문화에 그게 나타나 있지요. 일례로 이 위구르족 의사를 보세요. 난 어젯밤 그와 얘기를 나누었지요. 그분은 친절해요. 당신도 보아서 알겠지만, 인간적인 노인이지요. 하지만 중국인 의사들은 그렇지가 않아요. 그들은 개인이 아니에요."

나는 머릿속에서 그의 이 말과 씨름을 했다. 물론 그 말은 사실이 아니다. 하지만 나는 그가 왜 이 말을 했는지 알고 있었다. 그의 동포들은 중국인들이 냉담하고 억제되어 있다고 비난하고 있었다.

그가 말했다. "그들이 집을 짓는 것을 봐도 그걸 알 수 있어요. 직사각형 아니면 정사각형뿐이지요." 그는 두 손으로 입방체를 쌓아올리는 시늉을 했다. "하지만 우린 꽃처럼 집을 지어요." 모스크의 꽃 같은 돔을 말하는 것이다. "우리는 시인이고 음악가들이에요. 심정적으로 우리는 그들보다 더 자유롭다구요!"

이튿날 아침 나는 느닷없이 떠나라는 말을 들었다. 아무런 설명도 없었다. 한순간 나는 문둥이였다가, 다음 순간 만원버스를 타야 했다. 하지만 버스는 세 시간 동안 출발하지 않았고, 이 오아시스 안에는 내가 보고 싶은 곳이 있었다. 검은 안경을 쓴 관리가 그의 휴대전화로 누구인가와 연락을 취하더니 나에게 감시를 받으며 승용차를 타고 그곳에 가도 좋다고 말했다. 북쪽 가까운 곳에 대규모 교정 노동수용소가 있다는 걸 나는 알고 있었다. 나는 지방 당국이 나를 그곳에서 떼어놓으려 하는 게 아닐까 생각했다. 그게 아니라 그들은 내가 그들 때문에 죽는 것을 원치 않을 거라고 돌콘이 말했다. 그는 풀이 죽어 있었다. "당신이 떠난다니 무척 섭섭하군요." 내가 타고갈 승용차가 두 명의 경비원과 함께 도착하자, 그는 냉수가 든 병 하나와 둥그런 빵 한 개를 내 손에 쥐어주고 돌아섰다. 의사는 멀찌감치 서서 작별의 몸짓을 보냈다. 우리들 사이의 쇠사슬이 다시 팽팽해졌다. 이윽고 승용차가 도시 외곽을 달리기 시작했다. 내 옆의 얼굴들은 아무 말도 하지 않았다.

나는 물이 흐르는 소리를 다시 들었고, 물웅덩이 옆에 미루나무가 서 있는 것을 보았다. 몇 대의 오토바이들이 당나귀가 끄는 수레와 뒤섞였지만, 교통 표지판은 모두 위구르 글자로 되어 있었다. 몇 집의 대문 밖에 이동식 목제 제분기가 보였다. 돌콘이 다시 설계했다는 시멘트 믹서기를 연상케 하는 모양이었다.

인간의 가능성에 대한 두려움이 일 때마다 그를 기억해야겠다고 나는 생각했다.

이윽고 자동차는 사막 고원에 올라섰다. 고원에는 군데군데 소금 캐는 사람들이 판 구덩이가 있었고, 멀리 지평선에는 자갈돌이 반짝이고 있었다. 차 밖으로 나가니 바람이 따뜻했다. 우리 뒤로는 오아시스가 황록색으로 물들고 있었고, 두 개의 공장 굴뚝에서 연기를 내뿜고 있었다. 우리 앞에는 아무것도 없었다. 하늘을 배경으로 사막의 회오리바람이 한가롭게 흘러가고 있을 뿐이었다. 우리 주위의 땅에는 군데군데 모래가 빨려들어간 노란 원들이 있었고, 여기저기 나뭇조각과 탈색된 뼈들이 보였다.

외로운 오두막이 평지에 서 있었다. 구덩이를 덮고 있는 오두막의 나무기둥은 2천 년이 지났는데도 아직 튼튼해 보였다. 어두컴컴한 오두막 안을 들여다보았다. 저 아래 열댓 명의 사람들이 무릎을 세우고 앉아 있었다. 누더기로 변한 그들의 옷 색깔은 완전히 탈색되었고, 그들의 살은 마호가니처럼 굳어져 있었다. 그들은 하나같이 모두 뽀얀 먼지에 덮여 있었다. 소금기를 머금은 건조한 공기 덕분에 하프의 틀이 그대로 보존되어 있었고, 가죽으로 된 변기와 그리고 심지어 사자(死者)들을 위해 준비한 구운 양고기 조각까지도 그대로 남아 있었다. 그들의 머리 몇은 돌처럼 반들반들하고 표정이 없어, 추상조각품 또는 관음보살상을 생각나게 했다.

그 구덩이는 이 평지를 따라 1.6킬로미터에 걸쳐 있는 수백 개의 무덤 가운데 하나에 불과했다. 모래의 탈수작용과 소금이 유해를 온존하게 보존해주었다. 많은 무덤이 3천 년 이상 되었으며, 어떤 시신들은 너무나 잘 보존된 채 모래 밖으로 끌어올려졌기 때문에 마치 방금 잠이 든 모습 같았다. 이 유해는 체구가 크고 금발 또는 붉은 머리에 코가 높고 턱수염이 더부룩한 서구인의 것이다. 내 밑에 있는 형체들은 너무 검게 변색되어 알아보기가 어려웠지만, 이 근처의 다른 무덤에서는 기원전 1000년의 것으로 보이는 체구가 큰 금발의 추장이 그의 아내들과 함께 온전한 모습으로 발견되었다고 한다. 다른 방에는 아마도 무당으로 보이는 나이 든 여인이 누워 있었는데, 그녀는 희생제물로 죽은 것이 분명했다. 묘실 지붕을 통해서 남자아기 하나를 거꾸로 집어넣은 듯, 그의 코와 양볼에는 아직도 콧물과 눈물의 흔적이 남아 있었다. 나이 든 여인의 윗단에는 젊은 여인이 팔다리가 절단된 채 누워 있는데, 옷은 피범벅이었고 그녀의 두 눈은 파내어져 있었다.

옛 중국의 사서들은 서쪽 국경에 사는 이상한 야만족들을 기술했다. 피부가 희고, 머리털이 붉으며, 코가 유난히 크고, 눈이 녹색 또는 푸른색인 자들이 살고 있다는 것이었다. 그러나 10세기가 저물어가면서 이 낯선 자들은 잊혀졌다. 100년 전 서양의 고고학자들은 놀라운 발견을 했다. 이제 이들 수수께끼 같은 미라들이 타클라마칸 사막의 도처에서 발견되고 있다. 그들 중에는 켈트족의 것처럼 보이는 타탄(체크 무늬의 모직물)을 입은 사람들도 있고, 마녀의 모자를 쓰고 있는 사람들도 있다.

그들의 기원에 대해서는 설이 분분하다. 복잡한 언어 및 고고학적 자료를 종합해볼 때, 그들은 기원전 2000년 이전에 인도-유럽계 인종이 살던 지역의 동쪽 끝인 시베리아의 초원에서 이곳으로 이주해온 유목민인 것으로 보인다. 이들 토카라족의 뒤를 따라 그들과 인척 관계인 인도-이란계 인종들이 말을 타고 들어와서 오아시스에서 그들과 섞였다. 몽골인들이 동쪽에서 이곳으로 몰려온 것은 기원전 300년경에 이르러서였다. 기원후 10세기까지도 토카라족의 후예들이 타클라마칸 변두리의 석굴 사원의 벽화에 등장하곤 했다. 깔끔하게 가르마를 탄 그들의 머리는 금발 또는 황갈색이며, 그들의 눈은 검은색이 아니다. 그러나 그때쯤 그들은 독실한 불교 신자가 되었고, 페르시아 패션인 빳빳한 비단 옷을 입고 있었으며, 그들의 손은 마치 중세의 기사들처럼 손잡이가 긴 칼을 잡고 있었다.

9세기 이후에 이들 민족들을 흡수한 위구르족은 그들을 조상으로 포용했다. 중국이 이곳을 통치하기 훨씬 이전부터 이곳에 살았던 토카라족이 위구르족에게 이 땅의 유서 깊은 소유권을 빌려주고 있는 듯하다. 붉은 머리와 푸르거나 적갈색인 눈이 오늘날의 위구르족에게 마치 기묘한 기억처럼 나타나곤 한다. 위구르 민족주의자들은 한때 아름다웠던 미라의 재생된 얼굴을 '민족의 어머니'로 채택했다. 베이징 당국의 방해를 무릅쓰고 실시된 DNA 검사 결과 이 시신들의 유럽과의 연계가 확인되었다. 이렇게 되자 겁을 먹은 중국 관리들은 혈통의 증거물인 미라들을 박물관 지하실에서 썩도록 방치했다는 비난을 받았다. 한편 평범한 유물 파손자들—
청소부로 일하는 마을사람들, 소금 캐는 일꾼들, 그리고 신심 깊은
무슬림들까지—은 발견된 시신 수천 구를 모래 위에 방치했다.

지금 이곳에는 아무도 없다. 어둠 속에서 에어컨이 돌아가는 윙
윙 소리만 들릴 뿐이다. 박물관은 반쯤 부서졌고, 우루무치를 오가
는 차량들의 소리가 밖에서 들릴 뿐이다. 시신들은 마치 곤한 잠을
방해받은 것처럼 캐비닛 속에 누워 있다. 나는 발걸음 소리를 죽이
며 그들 사이를 걸었다. 그 시신들이 깨어날까 두려웠기 때문이다.
위구르 민족의 어머니로 뽑힌 '크로란의 미인'은 갈색 모직천에 싸
인 채 다리를 쭉 뻗고 누워 있다. 그녀는 거위 깃털로 장식된 뾰족
한 두건을 썼다. 꽉 끼는 옷을 입은 탓으로 그녀의 엉덩이뼈가 불
룩 윤곽을 드러냈고, 발에 신겨진 곰가죽 신발은 분해되어가고 있
다. 나는 관음증을 느끼면서 그녀 주위를 혼자서 한바퀴 돌았다.
박물관에서 붙인 설명서에도 그녀가 유럽계임이 밝혀져 있다. 밤
색 머리가 그녀의 섬세한 아름다움을 받쳐주기라도 하려는 듯 반
듯한 얼굴 주위를 감싸고 있다. 긴 속눈썹을 가진 두 눈은 감겨 있
고, 얇은 입술 사이로 작고 어린애 같은 치아가 보였다. 사실 그녀
의 나이는 4천 살이다.
　흥분한 중국의 한 고고학자가 자기가 발굴한 이 시신 중 하나와
사랑에 빠졌다고 한다. 지나치면서 언뜻 본 누군가의 모습을 상상
력으로 채우듯, 없는 부분은 상상력이 채워주었을 것이다. 하지만
죽음도 '크로란의 미인'의 출신 성분을 감추어주지는 못했다. 그녀
의 옷과, 그녀 옆에서 발견된 키와 밀 바구니가 그녀가 양과 새로운

곡물을 가지고 서쪽에서 온 민족의 일원이었음을 나타내주었다. 하지만 두건 속의 그녀 얼굴은 까맣게 말라붙었고, 두 눈은 사라져 버렸다. 고고학자들은 벌레가 그녀의 이마와 눈썹을 파먹었고, 그녀의 폐에는 숯가루가 채워져 있음을 밝혀냈다.

그녀가 죽은 후 천 년이 지난 후에도 인도-유럽계 사람들이 여전히 체르첸의 소금 고원에 매장되고 있었다. 그들은 체구가 크고 피부가 흰 탓에 사람들의 주목을 끌었다. 바로 옆 캐비닛에는 한 족장이 경직된 자세로 누워 있다. 그의 무릎과 머리는 위로 솟구쳐 있고, 긴 손은 배를 어루만지고 있는데, 손톱 하나하나, 손가락의 마디까지 또렷하다. 피부는 희고 코는 매부리코다. 붉은색이 도는 갈색의 긴 머리가 얼굴 주변에 놓여 있고, 턱수염은 짧다. 관자놀이와 코에는 노란색 물감이 칠해져 있다. 키는 180센티미터 정도 되는데, 열 개의 모자—베레모와 펠트로 만든 하얀 뿔이 달린 챙 없는 모자도 있다—가 함께 묻혀 있다. 그리고 양모로 짠 각반이 사슴가죽 부츠 위로 비죽 나와 있다. 그가 갑자기 일어나서 명령을 내릴지도 모른다는 생각이 들었다.

순장된 듯 보이는 세 명의 여인이 그의 저승길에 동행했다. 그중한 여인은 족장의 셔츠와 바지 색깔인 심홍색으로 물들인 드레스를 입고 있다. 또다른 캐비닛에는 가까이서 발견된 아기가 심홍색 수의에 싸인 채 누워 있다. 아기는 푸른색과 붉은색의 줄로 가지런히 묶여 있는데, 그 줄은 족장의 두 손을 묶은 줄과 같다. 아기의 머리에는 끈이 달린 푸른 모자가 씌워졌는데, 다갈색 머리가 모자를 비집고 나와 있다. 얼굴에는 살색의 페인트가 칠해졌고, 콧구멍에는 양털이 채워졌으며, 눈구멍은 납작한 푸른 자갈로 덮여 있다.

양의 젖꼭지 모양을 한 젖병이 근처에 놓여 있다.

　나는 다른 무덤에 묻힌 어느 여인의 아기일까 궁금해하면서 한참 동안 아기의 시신을 바라보았다. 물감이 칠해진 얼굴에는 아무런 표정이 나타나 있지 않았다. 그것은 아기라기보다는 조심스럽게 꾸린 꾸러미 같아 보였다. 이것을 보는 사람들은 아기 자체보다는 비탄에 빠진 채 죽은 아기를 푸른색과 심홍색—아기 아버지 셔츠의 색깔이다— 수의로 감싸고 그 머리를 하얀 베개 위에 얹은 다음 그 눈을 돌로 덮었을 사람의 심정이 얼마나 아팠을까를 더 생각할 것이다.

　박물관 입구에 붙은 게시문에는 이곳에 소장된 유물들이 이 지역이 분명한 중국 땅임을 입증해준다고 되어 있었다. 하지만 사실이 유물들은 그 반대라는 것을 암시해준다.

　시신들은 편안히 쉬지 못하고 있다. 썩지 않고 남은 탓에 그들은 아득한 선사시대에서 현대의 정치 속으로 내던져졌다. 유해보다도 DNA 파편보다도 더 강력한 것이 현대의 정치다. 그들은 엄숙한 가족처럼 기다리고 있다. 그들의 자세—위로 구부린 무릎, 약간 들어올린 듯한 손—가 무언가를 암시하고 있는 듯하다. 언젠가 때가 오면 그들은 일어나서 아기를 데리고 거리로 나서려는 것일까.

* * *

　내가 탄 버스는 바람에 찢긴 황야를 수백 킬로미터 가로질렀다. 버스의 표면은 쿤룬 산맥에서 날려온 돌가루로 덮였다. 간밤의 정적은 사라지고 없었다. 사막의 중심부 어딘가에서 폭풍우가 휘몰아치고 있었다. 곧 모래가 마치 파도처럼 땅을 휩쓸며 밀려왔고, 하늘이 어둑어둑해졌다. 물체들이 나타났다가 어슴푸레한 빛 속으로 사라져갔다. 타마리스크 나무, 버려진 트럭 등이었다. 태양은 하얀 자국으로 변해버렸다. 가끔 우리는 양들이 떼를 지어 풀을 뜯고 있는 마을에 정차했다. 관목 덤불로 된 울타리가 밀려오는 모래를 막아주고 있었다.

버스는 양가죽 모자를 쓴, 말 없는 농부들과 한 무리의 마을 청년들 외에는 텅 비어 있었다. 곰보 자국이 있는 그들의 거무스레한 얼굴에는 턱수염이 나 있었다. 한 청년이 대나무 피리를 불어보려다가 포기했다. 그들은 내가 가진 소유물들에 관심을 돌렸다. 내부츠는 얼마짜리냐? 시계는? 내가 얼마 주고 샀는지 잊어버렸다고 하자, 그들은 믿을 수 없다고 야유를 보냈다. 그러나 그때쯤 깨진 창문으로 먼지가 들어와 뿌옇게 쌓이기 시작했고, 그래서 우리는 헛구역질을 하고 기침을 했다.

밖에서는 높은 모래언덕의 모래가 떨어져나가고 있었다. 50미터 밖이 보이지 않을 정도였다. 얼음 녹은 물이 흐른 강의 흔적이 구불구불 보였지만, 역시 폭풍우 속으로 사라지고 있었다. 곧 땅과 공기가 하나로 합쳐졌다. 모래언덕이 우리 위에 수직으로 솟아나고, 우리는 모래 속을 뚫고 움직이고 있는 것 같았다. 사막 전체가 다시 정비되고 있다는 생각이 들었다. 사막에 생긴 상처가 메워지고 있는 것이었다. 가끔 폭풍 때문에 차가 멈추어 서기도 했다. 그럴 때면 헤드라이트가 약하게 깜박였다. 우리는 가만히 앉아서 바람이 으르렁거리는 소리에 귀를 기울였다.

이 검은 폭풍—카라부란—이 모래언덕 전체를 날려버릴 수 있고, 대상(隊商)을 흔적도 없이 묻어버렸다는 것을 나는 알고 있었다. 조용할 때도 타클라마칸은 지구상에서 가장 위험한 사막이었다. 그 이름은 '버려진 장소'라는 뜻인 것 같지만, 이 지방의 말로는 '들어가면 나오지 못한다'는 뜻이다. 사하라와는 달리 그 중심부에는 어떤 생물도 살지 않는다. 비는 거의 내리지 않는다. 실크로드의 상인들이 길을 찾는 데 도움이 될 어떤 표지물도 없었다. 쌓여 있는 동물과 사람들의 뼈만 있을 뿐이었다. 그래서 그들은 이곳에 악마들이 산다고 생각했다. 급변하는 온도, 이동하는 모래 입자는 묘한 음악과 애절한 비명을 만들어냈고, 여행자들은 그 소리를 들으며 최후를 맞았다. 마르코 폴로는 밤에 수많은 사람들이 행진하는 듯한 쿵쿵하는 소리, 쟁그랑 부딪치는 소리를 들었다고 썼다. 그 소리를 들은 상인들은 겁에 질려 군대가 행진하고 있다고 믿었다는 것이었다. 가끔 지평선에 번갯불이 번쩍 해서 마치 야영의 모닥불처럼 보인다. 가까이서 번개가 치면 신비스러운 불빛이 사방으로 퍼진다.

하지만 우리가 니야를 향해 다가갈 때, 어둠이 내려앉아 모든 것을 집어삼켰다. 바람에 날리는 모래 외에는 사방이 어둠뿐이었다. 어딘가에서 모퉁이를 도니 북쪽으로 뚫린 고속도로가 나타났다. 타중(塔中)의 유정으로 통하는 고속도로였다. 마침내 우리는 초라한 호텔로 들어섰다. 사람들이 거의 다니지 않는 이 노선에 있는 여관들은 옛날의 중국에 속한다. 물이 흥건한 화장실, 법랑 타구, 돌처럼 딱딱한 베개가 있는, 파리가 들끓는 호스텔이 고작이다. 수도꼭지에서는 찬물이 뚝뚝 떨어지고, 전등이 깨진 타일 틈으로부터 댕그렁 매달려 있다. 더러 카펫이 있지만 그것은 담뱃불로 군데

군데 탄 흔적이 있고, 익숙한 냄새—국수, 오줌, 요리용 기름 등—가 코를 찌른다. 그 냄새를 맡으면서 나는 잠에 빠져들었다.

가끔 내가 무게가 없는 야윈 존재인 것처럼 느낄 때가 있다. 커튼을 열고(커튼이 아예 없는 경우가 허다하지만) 새벽의 황량한 장방형 뜰을 내다보면서, 내가 나에게 정체성을 준 모든 것으로부터 단절되었음을 실감하는 것이다. 나를 아는 사람으로부터 수천 킬로미터 떨어져 있으면 나는 내 과거가 더 가벼워진 느낌, 그 과거라는 것이 나와는 아무 관련이 없는 것 같은 환상에 빠지게 된다. 사랑의 유대마저 약화된 것 같다(비상 위성전화가 내 배낭 속에 있지만 누구도 전화를 걸어주지 않는다). 내가 무방비상태라는 느낌마저 든다. 의사소통이 안 되고, 내가 가려고 하는 곳에 도달하지 못할 것 같은 두려움을 느낀다. 가끔 일종의 무정한 호기심이 성가시게 느껴지지만, 그것은 집으로 돌아가는 귀로에서나 느낄 수 있는 일종의 감정의 사치다. 때로는 만지거나 심지어 옷을 찢는 경우도 있다. 하지만 나는 계속 움직여야 한다.
이렇게 어수선한 마음으로—자유롭지만 연약한, 그래서 늘 경계를 늦추지 못하는 새가 된 느낌이다— 나는 배낭에 들어 있던 비스킷으로 아침을 때우고 인적이 없는 거리로 나갔다. 공기는 따뜻하고 무거웠다. 해가 이미 떴는지 알 수가 없었다. 마치 희미한 등불이 얇은 천 뒤에서 비추고 있는 것처럼 하늘은 무색의 빛으로 봉인되어 있었다. 도로에는 날아온 모래가 흩어져 있었고, 아직도 폭풍으로 인해서 미루나무들이 휘청거렸다. 버스에서 내 뒤에 앉은 여자가 두 손을 가슴에 얹은 채 속삭이는 소리로 기도를 시작했다.

몇 시간 후 우리가 유티안(于田)에 도착했을 때도 아직 폭풍이 몰아치고 있었다.

나는 다른 승객들과 함께 가장 가까운 식당으로 들어갔다. 시끄러운 농담과 그에 대한 설명이 테이블 사이로 오갔고, 유럽인의 외모와 녹색 눈을 가진 식당 주인과 그의 아내는 봉긋한 밥그릇을 내게 안겼다. 그들은 내가 위구르어를 못 하는 것을 알고는 어느 오아시스에서 왔는지 궁금해했다. 그들 주위의 건장한 사내들과 솔직한 여자들 사이에 요란한 웃음이 오갔다. 시무룩한 음식점 딸만이 자기 어머니에게 화를 내면서 미소 짓기를 거부하고 있었다.

배가 고팠던 나는 주위의 흥겨운 기분에 고무된 채 먹는 데 열중했다. 창밖에서는 양가죽 모자를 비스듬하게 쓴 남자들이 날리는 모래를 뚫고 염소를 몰았고, 마치 엎어놓은 찻잔 모양의 챙 없는 모자를 쓴 여자들은 하얀 베일을 쓰고 오가고 있었다. 이 지역은 특이한 데가 있다는 것을 나는 알고 있었다. 위구르족은 절반 이상이 코카서스 인종이다. 유전적 연구가 그렇게 밝히고 있다. 그리고 사막의 동남부인 이곳 유티안에는 위구르의 순수한 혈통이 많이 남아 있다. 몇 분마다 문이 휙 열리면서 바람에 불려온 유령이 우리를 덮치곤 했다. 가끔 그들이 모자를 벗으면 붉은 머리가 드러났다. 얼굴 모양 역시 잊혀진 조상의 흔적을 간직하고 있었다. 햇볕에 그을린 얼굴이 묘한 눈 때문에 돋보이기도 했다. 초기 이란인, 토카라족, 심지어 박트리아인의 혈통이 뒤섞여 그들로 하여금 사라져버린 인종들을 생각나게 하는 기억장치가 되게 해주었다. 장밋빛 얼굴의 한 남자는 영국에 있는 내 친구를 생각나게 했지만, 그는 테두리가 없는 색 바랜 모자를 쓰고 있었고, 다리를 절었다. 삼인조 여인들이 스카프를 벗자, 올리브 색깔의 얼굴이 드러났다.

내 주위에 있는 사람들의 목소리와 얼굴 모양을 이해하려고 애쓰면서 나는 국적이 그 의미를 상실하는 강 속으로 빠져들어가고 있었다. 이곳은 중국의 비단이 철기시대 게르만인의 무덤에서 나오는 길이었다. 다양성은 풍부하고, 순종이라는 것이 드문 곳이었다. 타클라마칸은 그 적수이자 보호자였다. 사막에서는 알렉산드로스 대왕의 유물인 제우스와 팔라스 아테나가 새겨진 도장들이 나왔다. 동쪽의 소금밭에서 나온 수의에는 지팡이까지 들고 있는 헤르메스의 초상이 들어 있으며, 2천 년 된 한 중국 관리의 시신은 그리스-로마의 천사들이 수놓인 외투에 싸인 채 묻혀 있었다. 모든 것이 변하는 것처럼 보인다. 중국의 경극에서 흔히 입는 의상인 긴 소매는 고대 크레타 섬에서 들어와서 많은 변화를 겪은 의상인 듯하다. 토카라족 미라의 체크 무늬 모직물 어깨걸이는 고대 켈트족의 어깨걸이와 비슷한 데가 있고, 비잔틴의 금화가 당나라 시대의 시신 입에 물려 있는가 하면, 당나라의 귀족들은 기독교도 왕의 상징이 그대로 새겨져 있는 이 금화를 보석 장신구로 이용했다.

이곳에서는 가장 단순한 사물의 기원을 추적하기도 무척 어려울 것이라는 생각이 들었다. 내 볶음밥에 뿌린 후추는 인도에서 온 것일 테고, 내가 먹는 빵에 붙은 참깨는 그 기원이 중앙아시아일 거라고 생각했다. 나는 내 옆사람의 접시에 놓인 양파가 서쪽으로 날아가고, 그가 먹으려는 피스타치오 씨가 페르시아로 사라져버리는 광경을 머릿속에 그렸다. 물론 중국은 종이 냅킨을 자기 것이라고 주장할 것이고, 카운터에서 시들고 있는 장미도 자기네 것이라고 주장할 것이다. 하지만 철의 야금이 어디서 비롯되었는가는 분명치 않아, 요리에 쓰이는 칼은 서방과 동양이 다 같이 자기네 것이라고 우길지도 모른다. 그렇다면 우리들의 혈통은? 실크로드의 흔적을 따라 사는 주민들의 헤모글로빈과 DNA 검사는 중국 서부와 멀리 지중해 연안이 분명히 서로 연결되어 있음을 말해주고 있지 않은가. 그렇다면 내가 먹은 접시를 닦고 있는 저 녹색 눈의 식당주인 아낙은 정확히 누구란 말인가? 아마…….

하지만 버스가 막 출발하려 하고 있었다.

* * *

허톈(和闐)은 사막의 가장자리에 있는 위구르족 마을 가운데 마지막 마을이다. 그 자매도시인 카슈가르까지 철로가 놓여 중국인들이 쏟아져들어오고 있는 지금, 허톈은 위구르의 순수성을 지키는 요새이자 요지다. 허톈에 다가갈 때 창백한 태양이 나왔고, 도로 가에는 미루나무가 줄지어 서 있었다. 벽돌집들이 늘어서 있는 교외 여기저기에 뜰과 나무로 만든, 또는 포도덩굴로 덮은 현관이 있는 더 큰 집 한 채와, 가느다란 탑이 있는 문을 갖춘 모스크들과, 총안이 있는 담이 둘려져 있는 과수원이 보였다.

도시 중심부에서 넓은 중국인 거리는 금방 끝나고, 농부들과 장사꾼들, 황금색 실로 짠 비단옷을 입은 여인들, 반실업자인 젊은 패거리들, 그리고 귀 뒤에 장미꽃을 꽂은 마차꾼들이 우글거리는 시장이 나왔다. 2층으로 된 긴 아케이드가 시장 위로 늘어서 있었는데, 아케이드도 그 밑의 사람들처럼 일찍 늙은 듯, 밝은 색 페인트가 변색되고 있었다.

하지만 한때 허톈은 왕국이었다. 2천여 년 전, 인도 서북부에서 분리된 허톈은 비단, 옥, 종이로 유명한 사치스럽고 세련된 도시국가로 발전했다. 시민들은 춤과 음악에 능했고, 매우 예의가 발랐으며, 약삭빨랐다. 중국인 여행자들은, 눈이 움푹 들어가고 코가 오똑한 이 나라 사람들이 한쪽 무릎을 땅에 대고 서로 인사를 나누었다고, 편지를 받을 때는 그 편지를 이마 높이로 들어올려 경의를 표했다고 기록했다. 이곳 여인들은 거들과 코르셋, 바지를 입고 남자들처럼 말을 타서 중국인들을 놀라게 했다. 베일을 쓰지 않는 개방성, 남녀관계가 문란하다는 소문이 아직도 이 지역의 여자들에게 따라다닌다.

이 관능적이고 관대한 도시는 불교의 천국이었다. 17세기의 승려 현장(玄奘)은 이 오아시스에 수십 개의 사원이 있고, 기적도 자주 일어난다고 서술했다. 숲속에서는 은둔자들이 그 법력을 자랑했고, 밤이면 불상들이 하늘을 날아다니는 요술이 벌어졌다. 쿤룬 산맥의 계곡에서는 성자들이 너무나 열심히 명상에 빠진 결과 시체가 되다시피 했다. 그런데도 그들의 머리털만은 계속 자랐다. 그래서 그곳을 찾은 무당들이 그 머리를 밀어주었다고 한다.

이런 종교적 열정과 의식은 이제 찾아보기 힘들었다. 유적도 없고 오직 다소 음울한 분위기만이 감돌고 있었다. 아침 안개가 논 위에 서렸고, 멀리 보이는 지평선 끝에는 미루나무들이 원형극장 모양을 이루고 있었다. 논두렁길을 걸어보았다. 작은 개구리들이 연못 가장자리에 떼를 지어 있었다. 멀리서 뻐꾸기 울음소리가 들렸다. 물에 쓸려온 것 같은 갈색 도기 조각들이 시내 가장자리 여기저기서 보였다. 수백 년 동안 도시는 축축한 흙 밑에서 사그라졌고—습기가 목재와 흙벽돌을 함께 무너뜨렸다— 보물을 찾기 위해 이 지방 주민들은 흙을 자꾸자꾸 걸러냈을 것이다.

딱딱한 파편—작은 도기 입상, 도장, 궁전과 사원을 덮었던 수천 개의 금박 조각 등—만이 살아남았다. 하지만 이 유물들은 놀라울 정도로 다양하다. 조각된 바람의 신과 태양 전차(戰車), 그리핀(독수리의 머리와 날개, 사자 몸뚱이를 가진 괴물), 그리고 한쪽 면에는 인도의 상징, 다른 쪽 면에는 중국의 상징이 있는 주화 등이 나오는가 하면, 헬레니즘의 영향을 받은 불상이 네스토리우스파 기독교와 조로아스터교의 표지와 뒤섞여 있다. 코밑수염이 있는 인도의 두상이 물에 씻긴 채 로마의 음각(陰刻) 옆에서 발견되기도 했다. 설명되지 않는 가장 이상한 유물은 아마 작은 테라코타 원숭이들일 것이다(진짜 원숭이는 이곳에 알려져 있지 않았다). 이 작은 원숭이들은 아기에게 젖을 먹이고, 축제를 벌이고, 피리를 불고, 짝짓기를 하고, 심벌을 서로 부딪치는 등 인간이 하는 갖가지 행동을 흉내내고 있다.

10세기에 접어들어서야 허톈 왕국은 이슬람교를 믿는 카슈가르와 치열한 전쟁을 치른 끝에 멸망했다. 그후 몽골인들이 왔고, 흙이 왕국의 흔적을 덮어버렸다.

오아시스의 물이 옛 도시의 흔적을 덮어버렸다는 데 생각이 미치자, 나는 사막의 보존능력에 주의를 돌렸다. 모래밭으로 하루만 걸어나가면 왕국의 단 하나밖에 없는 유물이 살아남아 있는 곳에 도달할 수 있음을 나는 알고 있었다. 그것은 백여 년 전에 오렐 슈타인이 발견한 거대한 불탑이었다. 나는 그곳에 한번 가본 적이 있다는 실직한 가이드를 찾아냈다. 그 위구르족 여인은 어디 가면 랜드로버와 낙타를 빌릴 수 있는지 알고 있었다. 굴은 한때는 괜찮은 용모를 자랑했던 여인이었다. 중년인 지금도 그녀의 두 눈은 강렬한 눈썹 밑에서 초롱초롱 빛났다. 그녀는 마치 파티에라도 가는 것처럼 사막에 나갈 옷차림을 갖추었다.

한 시간 동안 우리는 오아시스 너머 초원 위를 차로 달렸다. 그러자 우물 주위에서 무너져가고 있는, 잔가지로 엮은 은신처가 나왔다. 아무도 보이지 않았다. 안개에 싸인 태양이 그 너머 사막 위를 비추고 있었다. 그때 멀리 관목이 점점이 박힌 모래언덕에서 한 목동이 낙타를 몰고 나타났다. 한 시간 후 우리는 5월의 열기를 뚫고 더 순수한 황야 속으로 들어갔다. 나무 프레임에 걸쳐놓은 펠트 담요에 앉아서 나는 염화된 관목지대가 점점 엷어지는 것을 지켜보았다. 우리가 길을 나설 때는 희미한 등불 같던 태양이 이제 안개를 태워버리고 끝없이 뻗은 호박색 모래언덕 위로 사정없이 열기를 내리쏟았다. 낙타몰이꾼은 내 앞에서 아무 말 없이 낙타를 몰았고, 하얀 모자를 쓴 굴은 스커트 자락을 가죽 부츠 위로 내려뜨린 채 낙타 위에 앉아서 손수건으로 부채질을 하고 있었다.

우리를 둘러싸고 있는 것은 완전한 침묵이었다. 낙타의 접시 같은 발은 소리 없이 모래 위를 움직여갔다. 우리가 깔고 앉은 가죽 안장만이 불안한 리듬으로 삐거덕거리고 있었다. 주위의 모래언덕들은 마치 거대한 빗으로 빗질을 한 듯 동심원 같은 물결무늬를 만들고 있었다. 그러나 여기저기 지하 깊숙이 물이 있는 곳에는 붉은 버드나무가 바람에 흔들리거나, 타마리스크 나무들이 놀라운 녹색 덩어리를 만들고 있었다. 그 나무에는 가끔 매의 둥지도 보였다.

그리고 생명이 없는 것 같아 보이는 모래 위로 한 마리의 뱀이나 도마뱀이 지나간 흔적이 보이기도 했다.

그러자 이상한 망상이 내 머릿속에 자리잡았다. 저 멀리 서로 엇갈리는 모래언덕들의 비탈과 계곡, 그리고 간간이 찍힌 타마리스크 나무들의 무리가, 나무울타리로 둘려진 들판과 마을들이 오래 전에 석화된 것이라는 환상, 따라서 우리는 지금 한때 풍요로웠던 땅을 통과하고 있다는 환상을 만들어낸 것이다. 그 순간 나는 이곳이 한때 호수와 도시들이 있던 땅이라는 위구르의 전설을 온전히 믿을 수 있었다. 타클라마칸은 위구르 말로 '고향땅'을 의미하며 이곳의 문명은 49일간 휘몰아친 대폭풍 속에 묻히고 말았다고 전해진다고 한다. 이제 위구르족은 이곳을 '죽음의 바다'라고 불렀다.

우리가 가는 길이 더 텅 비고 황량해졌다. 타마리스크가 닭뼈 같은 탈색된 잔가지로 변해버렸다. 부서진 모래언덕의 자갈들이 석영 때문에 반짝거렸다. 이런 황야 속으로 낙타들은 사뿐사뿐 걸어들어갔다.

갑자기 낙타몰이꾼이 한곳을 가리켰다. "라와크!" 우리는 모두 그쪽으로 시선을 모았다. 1.5킬로미터쯤 떨어진 곳에 주위의 모래보다도 더 창백한 한 건물이 외로이 서 있었다. 그곳에 자양분을 주던 강의 지류는 오래 전에 지하로 잠적해버렸고, 그래서 그 오아시스는 사라져버렸다. 그래서 이 담황색 성소가 탈색된 벽돌 층으로 사막을 어지럽히게 된 것이다. 비록 무너져가고 있지만 이 구조물은 아주 소박하고 우아하다. 별 모양의 기부(基部)에 원형의 성소가 올려놓인 구조다. 그리고 기부에 오르는 계단이 사방에 하나씩 있다.

가까이 다가가자, 깨진 북 하나가 테라스의 파편 더미에서 비죽 나와 있는 것이 보였다. 우리는 잔가지로 엮은 오두막을 지나갔다. 이곳을 지키는 사람의 오두막인 듯했지만, 감시인은 자리를 뜨고 없었다. 우리가 타고 간 낙타들이 무릎을 굽히고 주저앉았다.

우리는 담장을 지나 사라진 문까지 걸었다. 성곽이 반쯤 모래언덕에 묻혀 있었다. 내 위쪽에 역시 모래에 반쯤 묻힌 불탑이 있었는데, 그 탑의 계단은 무너져 있었다.

1901년에 슈타인은 반쯤 묻힌 뜰을 따라가면서 90개 이상의 거대한 조상(彫像)을 발견했다. 이곳은 돌이 없는 곳이니만큼 그 상들은 나무로 만든 틀 주위에 회반죽을 입혀 제작한 것이었다. 벽에 조각된 부처와 보살들은 실물대였고, 그들의 무거운 머리—밑으로 떨어진 것이 많았다—는 졸린 듯한 아몬드색 눈으로 아래를 내려다보고 있었다. 몸통의 윤곽을 따라 입혀진 옷자락은 그리스의 영향을 드러내고 있었다. 이 그리스풍은 그보다 6백 년 전 알렉산드로스 대왕에게 정복당했던 인더스강 상류로부터 전해진 것이었다.

그러나 속에 심으로 박은 나무가 다 썩어버려 불상들은 조개껍데기처럼 변했으므로 운반이 불가능했다. 슈타인은 하는 수 없이 그 불상들을 다시 묻어버렸다. 그것을 묻는 것이 마치 사람을 매장하는 것 같았다고 그는 썼다. 그러나 몇 년 이내에 보물을 노리는 중국인 도굴꾼들이 이 불상들은 다시 발굴해서 부숴버렸다. 그후로 모래언덕은 이동하고 다시 형성되었다. 벽의 반쯤은 3미터 넘는 모래로 덮였고, 그래서 남아 있던 유물들은 그 속에 묻혀버렸다.

흙벽의 흔적이 분명히 드러나 있는 북동쪽 담 밑으로 가보았다. 하얀 회반죽의 파편이 보였다. 한때 이 성소 전체가 그 회반죽으로 덮여 있었을 것이다. 무너진 담 근처에서 나는 떨리는 손으로 약탈된 불상의 몸통을 파냈다. 굴과 목동은 낙타들 근처에서 쉬고 있었으므로, 이 은밀한 일탈행위를 함께 한 사람은 아무도 없었다. 불상은 자칫 잘못 건드리면 부서질 지경이었다. 내가 건드리자 거기서 모래가 떨어져나갔고, 나는 불상의 머리가 떨어져나가고 없다는 것을 알 수 있었다. 붉은 진흙으로 만든 불상에는 연한 분홍색이 칠해져 있었다. 나는 모래언덕에 묻힌 아래쪽 옷자락을 손가락으로 더듬을 수 있었다. 그런 다음 나는 그 불상을 다시 모래로 덮었다. 내 발자국까지도 모래로 덮어버렸다. 그 사이에 기온이 내려가 서늘해져 있었다. 불탑의 갈라진 틈에서 바람이 소리를 내고 있었고, 사막에는 이제 날아다니는 모래의 베일이 드리워지고 있었다.

내가 굴에게로 다시 돌아왔을 때, 그녀는 돌아가고 싶어 안달이 나 있었다. 낙타들은 감시인의 오두막 지붕을 덮은 이엉을 뜯어 열심히 씹고 있었다. 그들의 긴 목 위의 묘한 얼굴, 모래폭풍을 막아주는 이중의 긴 눈썹이 유혹적인 파충류의 모습을 연상시켰다. 우리가 올라타자 낙타들은 몸을 앞으로 숙이면서 묘한 울음소리를 냈다. 그리고는 화난 듯 벌떡 일어섰다. 엉성하게 묶은 짐이 옆으로 미끄러지면서 먼저 목동이, 그리고 다음에는 굴이 땅으로 내동댕이쳐졌다. 1분 동안 굴은 땅에 엎드러진 채 신음소리를 냈다. 나는 낙타에서 내려 불안한 마음으로 그녀를 내려다보았다. 그러자 그녀가 자기 왼쪽 젖가슴을 움켜쥐고 징징 울었다. 그녀를 부축해 일으키려고 몸을 굽혔을 때, 무언가 부드러운 것이 내 어깨에 내려앉았다. 그녀의 낙타가 뱉어낸 녹색 물체였다. "난 괜찮아요. 난 괜찮아요." 그녀가 헐떡이며 말했다. 그러나 나는 찢어진 그녀의 재킷 밑으로 두툼한 패드를 넣은 브래지어를 보았다. 그 브래지어가 유방을 절제한 그녀의 가슴을 덮고 있었던 것이다. 그녀는 다친 게 아니라 겁을 먹은 것이었다. 다음 순간 그녀는 모래를 털고 일어나서 겸연쩍은 듯 낙타를 나무랐다.

조심스레 끈을 다시 조인 다음, 우리는 엷어지는 햇빛을 받으며 왔던 길을 따라 되돌아가기 시작했다. 우리들 뒤로 불탑이 점점 사막 속으로 사라져갔다. 한 시간 후 해는 저물었고, 희미한 별이 몇 개 돋아났다. 바람은 더욱 거세게 모래를 날렸고, 그래서 우리가 숙소로 돌아왔을 무렵에는 우리가 그곳을 방문했던 흔적은 말끔하게 지워졌다.

"사람들은 지금 두려워하고 있어요. 그들은 이라크 전쟁과 무역센터를 텔레비전에서 보았거든요. 농부들도 모두 텔레비전이 있어요. 그들은 미국이나 중국이 무슨 일을 할 거라고 느끼고 있어요." 하지만 굴은 그런 두려움을 느끼고 있는 것 같지 않다. 어둑어둑한 가운데 그녀의 얼굴에 미소가 번지자, 그녀의 얼굴은 다시 환해진다. "대개 농부들은 두 채널만 보지요. 쿵푸와 스포츠 채널 말이에요. 그들은 자기네들을 그대로 내버려두었으면 하지요. 그들은 알카에다나 사담 후세인에 대해 아무런 느낌도 없어요. 그런 것은 우리하고는 너무나 멀리 떨어져 있는 것 같아요."

우리는 마을 변두리 골목에 놓인 나무의자에 앉아 있었다. 빵가게에서는 커다란 고기파이를 굽고 있었다. 당나귀가 끄는 수레들이 집으로 돌아가고 있었다. 우리는 파이를 뜯어먹으면서 희미하게 불이 밝혀진 밤거리를 내다보았다. 거리의 나무들에는 산아제한을 권장하는 깃발들이 나부끼고 있었다.

"하지만 농부들은 글을 읽을 줄 몰라요." 그녀가 말했다. "그들에겐 이런 깃발은 장식에 불과해요."

그녀가 얼굴을 가리고 있던 머릿수건을 벗었다. 나는 다소 놀랐다. "아무도 상관하지 않아요. 사실 우린 이슬람 교도라고 할 수 없어요. 깊이 믿질 않거든요. 밤에 시골에 나가보면 도로변에서 농부들이 술에 취해 있는 걸 볼 수 있을 거예요. 그들은 몰래 술을 마시지요. 대개 일리(Ili) 주를 마셔요. 여자들도 집에서 빚은 장미주나 석류주를 마시고 뺨이 발개지곤 합니다." 그녀가 유쾌하게 웃었다. "우린 겉으로는 신심이 깊은 듯 보이지만, 실상은 그렇지가 않아요."

"허톈에는 지금 창녀들이 우글거려요. 쓰촨 성과 후난 성에서 온 중국인 농부들이지요. 그들은 사람들과 자는 것밖에 모르는 여자들이에요. 그 여자들은 심지어 종교 축제에도 나타난답니다. 남자들이 아내를 동반하지 않고 가는 곳이면 어디나 나타나요." 그녀가 화가 난 듯 몸을 뒤척였다. "우리 허톈 여자들도 행실이 난잡하다는 얘기를 듣지요. 예부터 전해오는 생각이에요. 이곳 여자들에 관한 난잡한 얘기가 많아요." 그녀가 자기의 찢어졌던 재킷이 다시 벌어지지 않았나 얼른 돌아보았다. "하지만 우리는 요즘 우리 남편들을 두려워하지요. 모든 게 변했으니까요. 12년 전에 내 여동생은 이혼했어요. 그녀의 남편이 바람을 피웠거든요. 흔히 있는 일이지요. 모두 그걸 참고 살아요. 하지만 우리는 이슬람의 관습은 용인할 수 없어요. 남자들이 네 명의 아내를 갖는 관습 말예요. 집에서

도와줄 일손이 필요하지만 우린 그걸 받아들이지 않아요." 그녀가 자기가 먹던 파이를 던져버리고 한 손에 힘껏 힘줄을 세웠다. 무언가에 잔뜩 화가 난 것 같았다. "내가 병이 났을 때도 남편은 손 하나 까딱 안했어요."

"병이라고요?" 하지만 나는 무슨 말인지 다 짐작하고 있었다.

"2년 전에 멍울을 발견했지요." 그녀가 자기 가슴을 만지며 말했다. "그게 퍼졌다면 난 죽었을 거예요. 화학치료를 일곱 차례나 받았지요." 그녀가 자신의 긴 머리를 소중히 여기는 이유가 그 때문인지도 몰랐다. "하지만 내가 다니는 회사에서는 치료비 지불을 거부했어요. 이사가 규정을 재빨리 바꿔서 치료비 지불 의무에서 벗어났어요. 그래서 우리가 치료비를 부담할 수밖에 없었어요. 제 남편은 박봉의 경찰관이었지만 그래도 우린 치료비를 다 부담했어요. 그 직후에 그 이사가 중풍으로 몸이 마비되었지요. 하늘이 그에게 심판을 내린 것이지요." 그녀가 통쾌하다는 듯 웃었다. "그자는 케밥을 너무 많이 먹었어요. 그래서 지금 그 사람은 말도 못하고 걷지도 못하죠."

하지만 그녀의 머릿속을 차지하고 있는 생각은 잃어버린 직장도, 애정이 없는 결혼생활도, 그리고 그녀가 앓은 암도 아니었다. 재촉도 않았는데 그 이야기가 터져나왔다. 그것은 다른 여인의 권력에 대한 이야기였다. 대단한 미인인 남편의 누이동생—나는 그녀를 굴의 눈을 통해 볼 수 있을 뿐이었다—은 비단 옷에 순금 팔찌를 쩔렁거리면서 거리를 활보한다고 했다. 그녀의 의지와 영리함은 무서울 정도란다. 그녀는 허톈의 시장과 결혼했고, 시장의 주요한 참모가 되었다고 했다.

"그녀가 가질 수 없는 것은 단 하나, 딸이었지요." 굴이 말했다. 내가 만약 딸을 낳았다면 그녀가 그애를 데려갔을 거예요. 내가 아이를 낳으러 병원에 갈 때마다 그녀는 전화기 옆에서 기다리곤 했지요. 딸이에요? 딸이에요? 하고 물으면서. 하지만 난 아들만 낳았어요."

"딸을 낳으면 줄 생각이었나요?"

"아뇨. 하지만 그녀는 그냥 데려갈 생각이었어요." 굴이 시선을 아래로 떨구었다. "나는 그녀를 막을 수 없었을 거라고 생각해요. 그녀는 아주 권력이 세고 아주 부자니까요. 우리는 가난하고."

"그녀가 괴물처럼 느껴지는군요."

"아뇨. 꼭 그런 건 아니에요. 좀 묘해요. 암 수술을 받을 때, 그녀는 내가 잘못되어 내 어린 아들이 엄마 없이 자라게 될까봐 걱정했어요. 그녀는 내게 무슨 일이 일어나면 자기가 그애를 기르겠다고 했어요. 그애는 예쁘거든요. 옛날의 그녀처럼."

"옛날의 그녀라고요?"

"네. 지난 10월 그녀는 내게 시청에 일자리를 구해주겠다고 약속했어요. 그렇게 되었더라면 내 생활이 달라졌을 거예요. 이 불안정한 일 대신 일정한 월급을 받은 일을 하면…… 그런데 한 달 후에 그녀는 세상을 떠나고 말았어요."

"저런! 어떻게?" 나는 이 여인에 대해서도 마음을 쓰기 시작했다.

"사막 횡단 고속도로에서. 그녀가 운전수 대신 핸들을 잡았지요. 그녀는 운전하기를 좋아했어요. 아마 깜빡 졸았을 거예요. 시속 150킬로미터로 달리다가 사고로 그만……." 굴이 당나귀 수레가 지나가는 밤거리로 시선을 돌렸다. "그때 내 생활이 변했지요. 그녀는 예뻤고 화려한 옷을 입었었지요. 하지만 그들은 그날 아침 그녀를 사막에서 데려와서는 두 시간도 지나기 전에 값싼 무명천에 싸서 매장했어요. 그것이 무슬림의 관습이지요. 손으로 짠 10미터짜리 흰 천을 꿰매서 만든 수의. 거기 싸서 땅에 묻는 거예요."

굴은 마치 자기 자신의 생명이 빨려나가고 있는 것처럼 해쓱해 보였다. 그녀가 말했다. "죽어서도 그녀는 힘이 있었어요. 그녀의 남편이 그녀의 무덤을 쓰려고 한 필지의 땅을 샀거든요. 내 남편과 나를 포함해서 모든 그녀의 친척들이 그녀 주위에 묻힐 거예요."

그 충격이 굴에게는 아직도 생생했다. 이 세상에 죽음이 찾아올 수 없는 사람들이 있다고 생각했었을까. "그래서 나는 이제 내 직업이나 돈에 대해서 많이 생각하지 않아요. 아주 중요한 건 아무것도 없어요. 안 그래요?"

* * *

누에나방의 일생의 유일한 목적은 자손을 퍼뜨리는 것이다. 존재하는 2주일 동안 그 나방은 먹지도 않고 날 수도 없다. 이 아름다운 나방 봄빅스 모리(Bombyx mori)는 알을 낳는다. 이 알에서 머리카락처럼 가는 애벌레가 태어난다. 너무나 가벼워서 1온스(약 28그램)의 알에서 무려 4만 마리의 애벌레가 나온다.

태어나자마자 이 애벌레들은 게걸스럽게 먹기 시작한다. 그들의 유일한 음식은 흰 뽕나무잎이다. 허톈의 들판에는 줄기만 남겨놓고 가지를 잘라낸 앙상한 뽕나무들이 늘어서 있다. 농민들은 이 애벌레들에게 뽕나무 잎을 먹이기 위해 밤낮 가리지 않고 바쁘다. 기계를 쓰지 않고 옛날 식으로 손으로 작업하기 때문이다. 시력도 없고 거의 움직이지도 않는 누에는 수천 년 동안 인간에 의해 길러져 온 탓으로 사람의 손에 의지해 생명을 이어간다. 애벌레들은 마치 신경질적인 아기들 같다. 그들은 이슬이 증발된 후에 딴 신선한 잎만을 좋아한다. 이런 신선한 잎을 반시간마다 주는 게 가장 좋다. 뽕나무 어린 가지의 나이가 누에의 나이와 일치하는 것이 이상적이다.

누에는 5주일 동안 미친 듯이 먹어댄다. 이 기간 동안 누에는 자기가 태어날 때 무게의 3만 배나 되는 뽕나무 잎을 소비한다. 누에들이 뽕나무를 갉아먹는 소리가 빗소리처럼 들린다. 수백 년 전 중국인들은 누에 앞다리의 색깔이 누에가 나중에 뽑아낼 실의 색깔을 예시해준다는 사실을 알아차렸다. 온도가 급격히 변하거나, 위생상태를 소홀히 하거나, 갑작스레 소음을 내거나 냄새를 풍겨도 누에의 신경에 심각한 손상을 주어 누에는 죽고 만다. 한 달이 지나면 누에는 몸무게가 태어났을 때 무게의 4천 배로 불어난다. 작은 머리를 가진 제법 통통한 벌레로 자라나는 것이다.

그러다가 몸이 우윳빛으로 투명해지면서 벌레가 먹기를 멈춘다. 사흘 동안 두 가닥의 명주 섬유가 침샘에서 흘러나와 즉시 합쳐지고, 누에는 8자를 그리는 듯 머리를 묘하게 움직이면서 그 실로 자기 몸을 감싼다. 고치가 형성되어 누에가 보이지 않게 된 후에도 가끔 실을 뽑는 희미한 소리가 들린다.

다음에 중국인들이 말하는 '대각성'이 일어난다. 고치에 갇힌 가운데 12일 이내에 미래의 나방의 날개와 다리가 가슴에 겹쳐지는 것이다. 그런 다음 나방은 깨어나서 고치를 뚫고 밖으로 나온다.

하지만 누에를 치는 농부와, 오아시스 이곳저곳에 산재한 시골 공장들에게 부서진 고치는 쓸모가 없다. 실이 끊어지기 때문이다. 그래서 애벌레가 고치를 짓고 들어가면, 며칠 후 농부들은 고치를 찐다. 그러면 나방은 고치 속에서 죽는다.

내가 찾아간 작은 공장에서 가볍고 온전한 이 고치들을 만져보았다. 그것들은 순백색이었고 털이 까칠까칠했다. 한 여인이 석탄이 이글이글 타고 있는 난로 위에 맨발로 앉아서 고치들을 김이 무럭무럭 나는 솥에다 넣었다. 여인은 고치가 부드러워지도록 휘저은 후, 고동이 들러붙은 황금색 그물을 위로 걷어올렸다. 하나하나의 올은 거의 보이지 않았고, 들어올린 섬유는 마치 가늘고 끈적끈적한 빗줄기 같았다. 여인 옆의 솥에는 껍데기가 벗겨지고 검게 변한 호두처럼 보이는 잔해가 둥둥 떠 있었다. 봄빅스 모리의 죽은 번데기들이었다.

그녀가 발개진 손으로 그 번데기 하나를 집어서 내게 내밀었다. 나는 신기해서 그것을 만지작거렸다. 이 핵에서 그 튼튼한 필라멘트가 나오는 것이다. 실크 로프는 같은 직경의 강철 케이블보다 더 튼튼하고, 비단 천은 무덤 속에서 다른 것들이 모두 부패해도 그대로 온전하게 남는다. 한 개의 고치에서 나오는 실의 길이는 1.6킬로미터가 넘는다고 한다. 더 나이든 여인이 이 섬유를 작은 구멍으로 통과시켜 약 스무 가닥을 한 가닥으로 합친 다음 쇠로 된 바퀴에 감았다.

나는 직조기들 사이의 벽돌로 깐 바닥으로 된 통로를 걸어내려 갔다. 생사 타래가 직조기 끝에 매달려 있다. 바닥에 판 구멍으로 떨어뜨린 돌의 무게가 생사를 공중에 매달려 있게 한다. 직조공들은 모두 젊은 남자들이다. 직조기가 움직이는 철거덕, 털석 하는 소리뿐이다. 직조기는 아주 섬세해 보인다. 가느다란 막대기로 얽은 틀에 줄과 돌이 매달려 있는 간단한 구조다. 나는 먼지가 자욱한 속을 걸었다. 아득한 옛날부터 변한 것이 거의 없어 보였다. 한 노파만이 두 개의 자전거 바퀴를 돌려가며 씨실을 잣고 있었다.

무척이나 유출을 경계했던 양잠의 비밀이 외부로 새어나간 건 중국의 심장부가 아니라 이곳 허텐이었다. 그 비밀이 유출된 전말을 전하는 전설이 전해진다. 자신의 처지에 불만을 품었던 중국의 공주—그녀는 허텐의 왕과 결혼했다고 한다—가 자기 모자 속에 뽕나무 씨와 누에를 감추고 국경을 넘었다. 그녀가 누에를 길렀던 수도원이 현장(玄奘) 시대에도 아직 거기 남아 있었다고 한다. 그녀가 누에를 들여오고 100여 년 후인 기원후 552년경에 두 네스토리우스파 승려들의 지팡이 속에 감춰진 누에 알이 콘스탄티노플에 도착했다. 그들은 허텐에서 온 승려들이었던 듯하다. 이렇게 해서 오랫동안 중국이 독점해온 양잠 기술이 서방에 전파된 것이다.

반년 넘게 이 도시의 하늘은 보이지 않는 모래먼지를 머금은 듯 뿌옇게 흐려 있었고, 태양은 거기 버려진 하얀 동전처럼 희미하게 빛났다. 보이지 않는 쿤룬 산맥에서 발원한 쌍둥이 강인 흑옥강(黑玉江)과 백옥강(白玉江)은 안개 속에서 가는 모래와 자갈로 된 둑 사이를 구불구불 흘러 오아시스를 지나 사막으로 흘러갔다. 쿤룬은 좀처럼 모습을 드러내지 않았다. 바로 이런 이유로, 중국인들의 마음속에 서왕모가 천국 문 옆에 있는 옥산(玉山)에서 통치하는 죽음의 백토(白土)와 시들지 않는 과수원의 개념이 피어났을 것이다.

따라서 쌍둥이 강에 쓸려내려온 옥은 또다른 세상의 우연한 파편이었다. 공식적인 실크로드가 존재하기 전인 기원전 2천 년대에 옥로(玉路)가 같은 코스에 생겨 옥을 서쪽으로는 메소포타미아까지, 동쪽으로는 중국까지 운반했다. 중국의 황제들은 옥을 거의 숭배하다시피 했다. 산에서 흘러내리는 물의 양이 줄어드는 가을이면, 사람들은 요즘도 서로 손을 붙잡고 강물 속을 걸으면서 발가락으로 옥을 찾는다. 이렇게 옥을 찾는 데는 여자들이 능하다(여자들이 옥의 양기를 빨아들이기 때문이란다). 그래서 여자들은 보름달이 비출 때 강을 샅샅이 뒤지곤 한다. 어떤 사람들은 옥이 달빛의 결정(結晶)이라고 말했다.

나는 늙은 택시운전사인 오스만과 함께 백옥강 물속을 걸었다. 오스만은 전에 자기 주먹보다 더 큰 옥을 찾은 적이 있다고 말했다. 몇몇 가족이 자갈이 깔린 물가를 돌아다니면서 작은 삽으로 땅을 파보곤 했다. 나는 전에 허톈의 거리에서 옥이 거래되는 것을 본 적이 있었다. 축구공만한 크기의 옥이었다. 그러나 요즘은 점점 옥을 찾기가 어렵다고 오스만이 말했다. 그는 얕은 물가를 거닐면서 알라를 읊조렸고, 가끔 기도를 올리기도 했다. 알라를 부르면 그만큼 수명이 길어진다고 그는 말했다. 폭포수처럼 흘러내린 턱수염 위의 그의 부드러운 두 눈은 지쳐 보였다. 그는 오래 전에 은퇴했어야 할 나이지만, 집에 부양해야 할 나이 든 친척들이 넷이나 있다고 했다.

나는 몇 번 내가 옥을 발견했다고 생각했다. 오스만 역시 그랬다. 그 돌들은 물속에서 반투명한 올리브색으로 빛났지만, 우리들의 주머니 속에서 마르고 나면 평범한 돌로 변해버렸다. 그러면 우리는 그 돌을 다시 물속으로 던졌다. 나는 내가 무엇을 찾고 있는 지도 모른다는 것을 깨달았다. 중국인들이 좋아하는 연옥(軟玉)의 색깔은 검은색에서 시금치 같은 녹색, 불그스름한 색, 그리고 가장 귀한 우윳빛까지 여러 가지라고 한다. 물속에서 빛나는 돌들은 그 절반이 옥처럼 보였다.

얼마 후 얕은 물을 걷던 내 발가락이 다른 돌들보다 더 반지르르한 작은 돌을 만났다. 그 돌은 내 발을 배경으로 이끼 같은 녹색으로 빛났다. 손가락으로 만져보니 약간 매끄럽기까지 했다. 나는 그 돌을 얼른 주머니 속에 넣었다. 으쓱한 기분이 들기도 했지만, 한편으로는 알라의 도움을 연신 청하고 있는 오스만이 옥을 한 개도 발견하지 못한 것에 대해 미안한 생각이 들기도 했다. 그 돌은 모양이 열쇠 같기도 하고 부적 같기도 했다. 중국인들은 옛날부터 옥을 무척 좋아했다. 공자는 옥이 군자의 덕성을 보여준다고 했다. 단단한 것은 지성을 상징하고, 축축하고 반지르르한 것은 관대함을 상징하며, 충실하고 겸손하며 정의롭다는 것이었다. 옥은 경외심을 불러일으키기도 했다. 천자(天子)인 황제만이 순수한 백옥을 사용할 수 있었고, 황제 휘하의 귀족들과 관리들은 각기 그 지위에 따라 모양이 다른 옥 명판을 지니고 다녔다. 동지 때면 옥을 제물로 불에 넣어 태웠고, 짐승을 잡아 옥 접시에 담아 제물로 바쳤다. 황제의 권위는 조상으로부터 전해오는 여섯 개의 도장에 있었는데, 마지막 일곱 번째 비밀 도장은 백옥에 새겨 간직했다.

옥에 대한 집착이 유난했던 황제들이 있었다. 18세기에 중국을 통치했던 건륭(乾隆) 황제는 옥에 바치는 시를 8백 편이나 썼고 옥 침대에서만 잠을 잤다. 옥은 점성술에서 중요한 역할을 했고, 사람을 보이지 않게 하기도 하고 날 수 있게 하기도 한다고 알려지기까지 했다. 옥으로 많은 조상(彫像)이 만들어졌고(현장법사의 춤추는 말도 옥으로 만든 것이다), 국가의 의식에 쓰이는 모든 그릇들도 옥으로 만들었다. 옥으로 칼과 띠를 장식했고(그래서 멋을 내는 고관들이 지나갈 때면 쟁그랑거리는 소리가 났다), 머리핀과 종, 피리도 옥으로 만들었다.

무엇보다도 옥은 영생을 약속했다. 부자들은 옥가루를 삼키는가 하면, 쌀과 이슬과 함께 옥가루를 마시기도 했다. 그들은 죽어서도 옥이 살이 썩는 것을 막아주고 부활을 촉진해줄 거라고 상상했다. 그래서 옥으로 만든 부적으로 시체의 눈과 혀, 입술을 덮었고 입, 콧구멍, 귓구멍 등을 막았으며 생식기를 옥으로 감쌌다. 귀족들은 머리에서 발까지 옥을 입히고 금실로 꿰맨 화려한 파충류 같은 꼴로 매장되었다.

나는 내 주머니에 있는 그 돌이 부적이나 되는 것처럼 그것을 만지작거렸다. 옥은 많은 것을 상징했다. 중국 문학에서 옥의 매끄러운 반짝임은 여인의 아름다운 피부를 나타내는 은유였으며, 오래된 성(性) 안내서는 옥 막대기가 옥 정원으로 들어가니 옥 분수가 흘러넘친다고 서술했다. 아득한 옛날의 황제들은 옥에게 폭풍우와 홍수를 멎게 하라고 명령했고, 최음제로 옥을 마시기도 했다.

나는 혼자서 내 돌을 자세히 관찰하려고 하류 쪽으로 더 걸어내려갔다. 하지만 내 손에 든 그 돌을 펴보니 조잡한 편마암 조각에 불과했다. 실망한 나는 다른 주머니들을 더듬었다. 다른 돌은 없었다. 날 수도 없게 되었고, 영생도 사라져버린 것이었다. 다른 사람들이나 마찬가지로 나 역시 허탕을 친 것이었다. 곧 오스만이 나를

향해 다가왔다. 그 역시 빈손으로 껄껄 웃고 있었다. 어서 돌아가
자고 그가 말했다.

* * *

나는 식당 테이블 앞에 앉았고, 내 옆에는 빈 의자가 있었다. 식
당 안은 연기로 푸르스름했다. 이런 사람들이 모이는 장소에서는
더욱 외로움이 느껴지기 마련이다. 볶은 토마토에 버무린 쉬만 국
수와 납작한 빵, 그리고 양념을 한 라만. 그 냄새가 공중에 맴돌고
있다.

한 남자가 내 옆에 앉았다. 육중한 체구에 잠시도 가만히 있지 않
는 스타일의 남자였다. 그가 이런저런 이야기를 시작했다. 나는 내
가 시험을 당하고 있다는 생각이 들었다. 납작한 모자를 쓴 그의
얼굴은 커피 색깔이다. 한참 후에 그가 말했다. "당신 러시아인이
죠?"

"영국인이오. 당신은 위구르인?"

"그건 문제가 안 되오. 그렇소. 난 위구르인이오. 하지만 난 방금
카자흐스탄 국적을 얻었소." 그가 새로 발급받은 여권을 내게 보여
주었다. "내 아내가 카자흐인이오."

"그런데 왜 여기 있지요?"

"난 여기 있지 않소. 내 가족은 모두 지금 카자흐스탄에 있소. 나
도 내일 떠날 거요." 그는 무슨 이유인지 화가 나 있는 것 같았다.
너무 늦기 전에 누구에게라도 말을 해야 한다고 느끼는 것 같았다.
그는 나를 뚫어져라 살피더니 러시아어로 말했다. "이 더러운 곳에

서 어서 벗어나시오. 중국놈들은 쌍놈들이오. 내 고향땅에 매일 얼마나 많은 중국놈들이 정착하는지 압니까?"

7천 명이라고 들은 적이 있었다. 조용히 진행되는 인구 학살이라는 것이다. 1949년 공산당 정권이 창립되었을 무렵에는 이 성(省)에 사는 한족이 30만 명도 안 되었다고 한다. 그런데 지금은 점점 늘어나는 의도적인 이주정책에 의해 한족 인구가 8백만 위구르족을 추월했다고 한다.

그 사람이 말했다. "이건 군사적인 점령이에요. 티베트, 코소보나 같아요. 또……" 비슷한 상황의 다른 지역을 더 댈 수 없게 되자 그는 내 포크를 집어서 자기 가슴에 갖다댔다. "이걸 내가 집어들고 내 것이라고 말할 수 있겠습니까? 물론 안 되죠! 하지만 그들은 지금 그런 짓을 하고 있는 겁니다." 그가 포크를 다시 식탁 위에 놓았다. "빌어먹을 중국놈들…… 그들은 결국 우리나라에서 나갈 겁니다."

내가 무자비하게 말했다. "그런 일은 일어나지 않을 겁니다. 당신네 나라가 너무 부유하거든요." 이 지방의 넓은 유전지대와 최근에 발견된 석유가 이미 태평양 연안의 산업체들에 공급되고 있었다. 이 지역의 광물자원은 중국의 나머지 지역의 광물자원을 모두 합친 것보다 더 많다.

그 남자가 커다란 벗겨진 머리에 썼던 모자를 홱 벗었다. "그래요. 우리나라는 부자지요. 그런데 그들이 그걸 파괴하고 있어요. 그들은 그 더러운 고층빌딩에서 살면서 스모그가 잔뜩 낀 도시를 만들고 있어요. 그들은 스탈린을 좋아했어요. 중국놈들은 정말 그랬다고요." 그가 자기 두 손을 마주 쳐 소리를 냈다. "내 생각에, 그자들은 영혼이 없어요. 중학교에서 중국인 선생들은 우리에게 우리가 원숭이의 자손이라고 말했어요. 원숭이라니! 그러면서 중국놈들은 원숭이를 먹어요. 그자들은 자기네 조상을 먹는다고요……."

그의 동포들이 어려운 처지에 빠져 있지 않았다면, 나는 그가 지나치게 과장하고 있다고 생각했을 것이다. 선동가라고 생각했으리라. 하지만 그의 분노는 오래된 것이다. 그는 그것을 덕성처럼 지니고 다닌다. "그자들은 우리를 세뇌하려고 해요. 학교에서 우리는 강제로 중국어를 배워야 합니다. 흑인 노예들이 영어를 배웠던 것처럼 말이에요. 외국어를 배우는 거지요. 그놈들은 사기꾼들이에요!" 그는 주위를 둘러보았다. 식당은 즐겁게 자축하는 위구르인들로 가득 차 있었다. "그자들이 일자리를 만드는 건 사실입니다. 하지만 그들은 그 일자리를 자기네들이 다 차지합니다. 괜찮은 자리를 위구르인이 차지하고 있는 걸 찾기는 아주 어려울 겁니다. 군대에서도 그래요. 중위, 아니 대위까지는 올라가겠지요. 하지만 그이상은 올라갈 수 없어요. 우리는 총알받이예요. 우리 형이 몇 년 전에 제대했지요. 형은 러시아에서 군대에 들어갔지요. 형은 로켓부대의 비밀요원이었지요. 모스크바에서 체첸 출신 장군인 두다예프 밑에서 승진했지요. 두다예프가 러시아인들과 붙기 전까지 말입니다. 당신도 아시겠지만, 체첸인과 위구르인은 형제간이에요. 우즈베크인, 카자흐인, 키르기스인…… 모두 터키족 형제들이지요!" 그가 만세를 부르듯 두 팔을 들어올렸다.

내가 중얼거렸다. "그렇지요……" 하지만 그것은 희미한 정체성이다. 수백 년 동안 위구르인들은 어떤 민족국가보다는 각각의 오아시스에 더 충성을 바쳐왔다. 아이러니컬하게도 위구르란 이름이

30년대에 다시 살아난 후에 이 이름을 정착시킨 것은 베이징의 공산정권이었다. 이 지역을 차지하고 있는 사람들에게 아무렇게나 민족의 이름을 부여한 것이었다. 무엇보다도 흩어지고 희석되어 있던 이 사람들이 임시로 하나의 민족으로 뭉치게 된 것은 아마 압제자에 대한 미움 때문이었을 것이다.

"이곳은 죽은 곳이에요." 그 사람이 말했다. "카자흐스탄도 좋지는 않지만— 난 공장에서 일할 겁니다— 여기보다는 나아요. 이곳에서는 자유는 망상에 불과해요. 마음을 털어놓으면……" 그가 한 손으로 자기 목을 따는 시늉을 했다. "하지만 우리가 결심만 한다면, 우린 그들을 몰아낼 수 있을 겁니다." 그는 비장한 눈빛으로 상상의 총을 발사하는 시늉을 했다. "틀림없어요!"

"안 돼요." 내가 말했다. "그들이 너무 많아요."

"우린 할 수 있을 겁니다. 아마 미국이 우릴 도울 겁니다. 여기도 이라크나 마찬가집니다. 억압이지요. 그들이 우릴 도우러 올 겁니다. 그리고 영국도……"

내가 보기에 그는 내 국적을 잊은 것 같았다. 나는 부끄러움을 느꼈다. "아뇨……."

절망감이 나를 덮쳤다. 1949년에 공산당이 이곳을 장악한 이후로 반란과 소요가 자주 일어났다. 중국의 반응은 늘 가혹했다. 대량 검거, 세뇌 교육, 공개 처형, 그리고 쥐도 새도 모르게 수천 명을 노동 교정캠프로 압송하기도 했다. 특히 1990년대에 인접한 중앙아시아의 국가들이 독립을 찾은 후에는 긴장이 더욱 고조되었다. 미국 무역센터가 공격을 받자(중국에게는 정치적 횡재였다) 그 정체가 불분명한 동투르키스탄 이슬람운동(East Turkestan Islamic Movement)

이 의심을 받았다. 그러나 동투르키스탄 이슬람운동 측은 대체로 자기네들의 관련을 부인했다.

식당이 문을 닫으려 하고 있었다. 칙칙한 머리의 남자 하나가 우리 뒤에서 어슬렁거리며 우리 얘기에 귀를 기울이고 있었다. 그의 뺨에는 빳빳한 구레나룻이 나 있었고, 개기름이 흐르는 움푹 들어간 이마 밑에서 근시인 두 개의 눈이 반짝이고 있었다.

내 이야기 상대가 처음으로 걱정이 되는 듯한 표정이 되었다. "중국 KGB." 그가 중얼거렸다. 그가 그 남자를 쏘아보았고, 그 남자는 꼼짝도 하지 않았다.

"그 사람은 그냥 농부에 불과할 거요." 내가 말했다.

"그는 중국인이오. 외모를 보면 안다구요. 중국 KGB라니까요. 틀림없어요. 그들도 농부들이지요."

그 사람이 물러갔다. 그 작은 눈으로 여전히 우리를 살피면서. 하지만 내 얘기 상대는 이미 일어서서 자리를 뜨고 있었다. "내가 말했잖아요?" 그는 떨고 있었다. 분노 때문인지 두려움 때문인지 분간할 수 없었다. 나 역시 속으로 떨고 있었다. 갑자기 찬바람이 불어오고 있는 듯한 기분이었다. "그자들은 영혼이 없다고요."

\* \* \*

그의 낡은 택시로 거대한 오아시스를 누빈 끝에 오스만은 나를 묘지와 성소, 그리고 성자들의 무덤인 마자르가 있는 곳으로 데려다주었다. 그의 머릿속은 경이로움으로 가득 차 있었다. 그는 그곳에 숨어 있던 무슬림 순례자들을 보호하기 위해 거미들이 거미줄을 쳤던 동굴과, 불신자들을 굶겨죽이기 위해 옥수수 밭이 바위로 변한 곳을 알고 있었다. 하지만 그는 나이가 들면서 동정심도 많아진 것 같았다. 그는 병든 나무가 나타날 때마다 속도를 늦추고는 걱정을 하곤 했다. 금년에는 호두나무와 뽕나무에 병이 많다고 했다. 한번은 길에서 먹이를 쪼고 있던 새를 피하기 위해 도로 옆 도랑으로 차를 몰기도 했다. 내가 보기에 그는 내가 무슬림이 되어 "알라 외에는 신이 없다"는 주문을 외웠으면 하는 것 같았다.

하지만 우리가 들어간 성소들에는 이단이 들끓었다. 커다란 묘지에는 샤머니즘의 삼지창과 불교의 법륜이 그려지거나 새겨진 깃발과 묘비들이 즐비했다. 중국의 공식적인 게시문은 이곳이 역사유적이라 보호되고 있다고 쓰여 있었지만, 이곳에는 최근에 사망한 사람들이 빽빽이 묻혀 있었다.

지금이 가장 신성한 장소인 이맘(이슬람 성직자) 아스무의 묘에서 축제가 열리는 때이지만, 중국인들이 사스 전염병 때문에 숭배자들을 쫓아버렸다고 오스만이 말했다. 우리는 묘지를 둘러보았다. 도랑을 따라 자라지 못해 붉은 관목 같이 되어버린 뽕나무들이 늘어서 있었고, 모래가 바람에 날려왔다. 우리가 따라가던 길이 사막 가장자리에 있는 대추야자나무의 작은 숲에서 끝이 났다. 모래언덕 위로 폭풍우가 몰아쳐오고 있었다. 다른 해에는 이 길 옆에 거지와 압달—저주를 받아 방랑한다고 알려진 데르비시(이슬람교의 탁발수도승)들—이 줄지어 앉아 있었고, 순례자들이 그들에게 건포도를 던져주었다고 오스만이 말했다. 지금은 누더기를 걸친 노인 하나가 우리를 향해 쪼글쪼글한 얼굴을 들어올렸다. 그의 눈은 파랬고, 시력을 잃은 듯했다. 노인은 우리가 지나갈 때 자기 뺨 위에서

212

손을 씻는 시늉을 해보였다. 축복의 몸짓이라고 했다. 그러자 오스만의 걸음이 느려졌다. 무덤은 저기 있다고 그가 말했다(그는 모래언덕 너머를 손으로 가리켰다). 그는 더 가려 하지 않았다.

중국인들은 이 마자르가 소요의 온상이 되지 않을까 우려한다고 한다. 거기 묻혀 있다고 전해지는 사람들은 천 년 전에 허톈의 불교도들과 싸우다가 순교한 무슬림이라고 한다. 그들은 죽은 그 자리에 묻혔다고 한다. 하지만 그들이 살았던 정확한 시대는 알려져 있지 않다. 내가 그를 남겨두고 걸음을 옮길 때 오스만이 말했다. 이맘 아스무는 11세기에 독이 묻은 창에 찔려 살해되었다는 것이었다.

처음에는 아무것도 보이지 않았다. 잠시 후 모래언덕에 무릎을 꿇고 있는 순례자들이 보였다. 그들은 두 손을 컵 모양으로 오므려 앞으로 내밀고 있었다. 그들은 유난히 큰 가죽모자를 쓰고 터번을 넉넉하게 둘렀다. 여자들의 베일이 바람에 나부꼈다. 그들이 읊조리는 기도 소리가 들려왔다.

좀더 가니 성소가 나타났다. 물에 떠내려온 나무들을 대충 엮어 만든 것 같은 건물이었다. 길고 낮은 모스크가 바람을 받으며 퇴색되어가고 있었고, 모스크의 돔은 날리는 모래로 덮였으며, 성자를 죽인 자의 무덤 위에는 화장실이 가설되어 있었다. 그 너머에는 회반죽을 바른 높은 담—기둥과 바람에 날리는 깃발들의 울타리에 둘러싸여 있는—이 노란 바다에 떠 있는 갤리온(15~19세기의 스페인의 전투·무역용 대형 범선)처럼 사막 위에 떠 있었다. 단 위에 있는 성자의 무덤은 푸른색과 노란색으로 칠해져 있었고, 위쪽에는 많은 깃발들이 나부끼고 있었다.

쉰 명이 채 안 되는 순례자들이 무덤 근처까지 와 있었다. 그들 대다수는 무척 가난해 보였다. 그들은 무덤을 보호하는 울타리를 따라 늘어서서 조용히 경배하고 있었다. 그들이 읊조리는 기도와 여자들의 울먹이는 소리가 다가오는 폭풍 소리에 묻혀 희미하게 들렸다. 그들은 수용소에 갇힌 사람들 같았다. 하지만 그들은 모두 들어가기를 바라면서 안쪽을 응시하고 있었다. 그들은 또 건강, 행운, 아기 출산 등의 소원이 담긴, 다른 숭배자들이 보낸 경배의 천 조각들을 울타리에 붙잡아매고 있었다.

몇 사람의 관리자들이 근처에 서 있었다. 그리고 사복을 입은 경찰관도 두 명 있었다. 관리자들이 내게 농담을 했다. 그들은 누군가가 양을 바쳤으면 한다는 것이었다. "그러면 우리가 당신을 먹일 수 있을 거 아뇨?" 사복 경찰은 따로 떨어져 앉아 있었는데, 매우 무료한 모양이었다. 그러나 당당한 외모의 늙은 이슬람 율법학자가 마을사람들 몇을 데리고 도착하자, 사복경찰 하나가 일어서더니 그들에게 돌아가라고 말했다. 노인이 그들은 아주 멀리서 왔으며 성자께서 사스로부터 그들을 보호해줄 거라고 말했다. 그들에게 10분 동안 기도하는 것이 허락되었다.

나의 화난 표정을 알아차린 경찰관이 말했다. "우린 와하비들을 뿌리뽑고 있는 거요."

와하비는 무슬림 극렬분자를 지칭하는 말이 되었다. 여기에는 그런 사람들이 없는 게 분명했다. 뒤에 오스만이 말한 것처럼 마자르는 계절 따라 경배를 올리고 소박한 소원을 말하는 장소에 불과했다.

내가 울타리 주위에서 기도하는 순례자들에게로 걸어가는데도 아무도 막지 않았다. 그들은 조용히 기도를 올렸고, 몇몇 여인들은 미지의 어떤 사람—아마도 천 년 전에 죽은 상상 속의 인물—을 잃은 깊은 비통에 잠겨 있었다. 제물로 바친 양가죽이 감긴 깃대가 그들 위에서 펄럭거리는 소리, 삐걱거리는 소리를 냈다. 폭풍이 더욱 거세어져도 그들은 꼼짝도 하지 않았다. 바람이 모래언덕 사이를 지나 순교자의 무덤 주위로 불어닥치자 울타리만이 거기 얹힌 소원의 짐—가난과 불임, 불운을 덜어달라는—이 힘겨운지 파르르 떨렸다.

이튿날 아침 굴이 나를 북소리가 울린 장소로 데려갔다. 옛 허텐 유적지 근처에 있는 이곳은 현장법사가 644년 인도에서 돌아오자 왕이 북을 울리고 향을 피우며 그를 도시로 맞아들인 곳이다. 그곳 근처에 전설이 얽힌 장소가 있다고 했다. 그곳은 대나무가 빽빽이 우거진 작은 언덕이었다. 내가 꼬불꼬불한 길을 따라 정상으로 올라가는 동안, 굴은 아래서 어린 아들과 놀아주었다.

언덕 꼭대기에는 먼지를 잔뜩 인 버드나무들이 서 있었다. 바람도 불지 않는 가운데 나는 후끈후끈 하는 정오의 열기를 참으며 올라갔다. 갑자기 한 무더기의 해골이 나타났다. 해골 주위에 정강이뼈와 갈비뼈도 보였다. 대나무가 해골의 눈구멍을 뚫고 자라나 있었다. 사방에 검게 변한 다리뼈와 팔뼈, 해골이 즐비했다. 내 발에 밟혀 일어나는 먼지도 뼛가루인 것 같았다. 그리고 보니 이 언덕 전체를 사람이 만든 것 같았다. 나는 시체가 다져진 언덕을 올라간 것이었다. 정상 한가운데 벽돌로 쌓은 탑이 있었다. 탑 밑바닥에 질긴 잡초가 자라고 있었다.

내려오면서 나는 들판에 있는 한 남자를 보았다. "이곳이 뭐하는 곳이오?" 내가 소리쳤다. "언제 생긴 거요?" 그는 알지 못했다. 그가 내게로 왔다. 촌티 나는 중국어로 그가 금요 기도를 올리던 무슬림을 불교도들이 살육했다는 왜곡된 전설을 들려주었다. 이 장소는 내가 여행 중에 찾은, 설명을 기다리는 어두운 장소로 남았다. 이곳에 대한 믿을 만한 설명을 나는 영영 듣지 못했다.

나는 역겨운 기분을 느끼면서 먼지를 뒤집어쓴 채 허둥지둥 언덕을 내려왔다. 여인들이 괭이를 들고 밀밭 사이를 걸어가고 있었다. 굴은 근처에 있는 버드나무 밑에 앉아 있었고, 그녀의 아들이 그녀에게 민들레꽃의 비를 뿌리고 있었다.

순례 승려 현장은 서쪽에서 허톈에 접근하면서 이상한 이야기를 기록했다. 이 지역은 여기저기 언덕이 있는데, 이 언덕들에는 황금색과 은색의 털을 가진, 고슴도치만한 쥐들이 살고 있다고 그는 썼다. 수백 년 전 훈족의 군대가 불교를 신봉하는 왕국 허톈과 대치해서 이곳에 진을 쳤다. 허톈의 왕은 소수의 병력으로 훈족에 맞섰다. 그에게는 승산이 별로 없었다. 그러나 전투가 일어나기 전날 밤, 꿈에 쥐의 왕이 나타나 그를 도와주겠다고 약속했다. 이튿날 새벽 불교도들이 공격해왔을 때, 훈족은 밤사이에 그들의 마구와 활줄을 쥐떼가 갉아 못쓰게 만들어놓았다는 것을 알았다. 훈족은 대패하고 말았다. 그후로 쥐들은 숭배의 대상이 되었다. 왕은 쥐들을 위해 절을 지어주었고, 이곳을 지나가는 행인들은 수레에서 내려 옷과 꽃, 고기 등 쥐들을 달래는 선물을 바쳤다.

천오백 년 후, 오렐 슈타인은 같은 길을 여행하면서 이곳이 여전히 신성시되고 있는 것을 발견했지만, 전해지는 이야기는 달라져 있었다. 허톈의 왕이 불교도들과의 싸움에서 살해된 이슬람의 성자가 되어 있었고, 쥐들은 밤에 개로 위장하여 무슬림 진영에 잠입해서 무기를 못 쓰게 만들어버린 이웃마을에서 온 반역자들로 둔갑했다(뒤에 그 마을은 저주를 받아, 마을에서 태어나는 모든 사내아이들은 네 발과 꼬리를 달고 나왔다고 한다). 그러나 그 무슬림 순교자의 가슴에서 두 마리의 성스러운 비둘기가 나와 날아갔고, 슈타인이 이곳을 찾았을 무렵에는 그 비둘기의 자손들 수천 마리가 쿰라바트 파드샤힘, 즉 '모래 속에 있는 내 왕의 성(城)' 위를 구름처럼 날고 있었으며, 신심 깊은 행인들이 그 비둘기들에게 옥수수를 먹였다고 한다.

슈타인과 현장법사가 유적을 발견했던 장소인 허톈 서쪽 48킬로미터 지점에서, 굴과 나는 멍한 얼굴의 마을 사람들에게 이것저것을 물었다. 몇 시간 동안 우리는 이 집 저 집을 찾아다니며 누비이불과 카펫 위에 점잖게 앉아서 요구르트와 집에서 구운 빵을 대접받았다. 그러다가 마침내 다른 집들보다 더 가난한 오두막에서 우리는 성소 관리자의 아내를 만났다.

보일 듯 말 듯한 길을 따라 우리를 태운 랜드로버가 달렸다. 개울이 있었고 호수도 보였다. 호수에서는 야생 오리들이 헤엄을 치고 있었다. 그리고 다 부서진 탑이 하나 서 있었다. 그러더니 물은 지하로 사라져버렸다. 풀이 듬성듬성 난 오솔길을 따라 우리는 사막 속으로 들어갔다. 마침내 모래언덕들 사이에 우뚝 서 있는 진흙 오두막이 나타났다. 15년 동안 아훈은 이곳의 감시자였다고 한다. 사실 감시할 것이 아무것도 없는 것 같았다. 그는 땅바닥에 웅크리고 앉은 채 잠들어 있었다. 누더기가 된 자루 몇 개가 벽에 걸려 있었고, 한쪽 구석에는 부서져가는 궤짝 하나가 놓여 있었다.

나는 그가 하는 말을 하나도 알아들을 수 없었다. 그는 체구가 작았고, 당황해하는 듯했으며, 바람과 햇볕에 타서 피부가 구릿빛으로 변해 있었다. 굴이 통역을 했다. 조금씩 감시자의 기억이 재조립되어갔다. '비둘기 성소'는 사막으로 8킬로미터 더 들어간 곳에 버려져 있다고 그는 말했다. 그곳은 불교도와 무슬림이 싸운 전쟁터라고 했다. 성자는 칼을 맞고 죽었고, 그가 쓰러진 곳에 매장되었으며, 그의 자손들이 모두 그를 경배하러 왔고, 근처에 매장되었다고 한다. 그곳에는 또한 폐허가 된 불교도들의 마을도 있다고 그는 말했다. 그는 그 마을을 칠라마친이라고 불렀다. 사람들은 그 마을에서 나온 유물들을 팔아먹었다고 그를 비난했지만, 그들은 사악한 거짓말쟁이들이라고 그는 말했다.

하지만 그는 황금색 털을 가진 쥐들의 얘기는 들은 적이 없다고 했다.

"그곳은 곧 변할 겁니다." 그가 말했다. "사람들이 물을 발견했거든요. 그래서 그곳은 밭이 될 겁니다. 사람들이 그곳으로 이주해오면 그 땅은 그들의 것이 되겠지요. 아니면 사막이 모든 걸 먹어버리겠지요. 모래가 밀려오고 있어요. 늘. 그러니까 당신이 그 유적을 마지막으로 본 사람이 될 겁니다. 없어져버릴 테니까요."

그는 나귀가 끄는 수레에 나만을 싣고 그곳으로 갔다. 나는 나귀를 모는 그 뒤의 판자에 앉았다. 수레는 풀이 듬성듬성 난 모래언덕들 사이에 희미하게 난 길을 덜컹거리며 굴러갔다. 수레의 바퀴는 자전거 바퀴처럼 약해 보였다. 가끔 그가 반백의 머리를 돌리면서 무어라고 소리쳤다. 나는 한 단어 또는 한 구절만을 온전하게

218

알아들을 수 있을 뿐이었다. 그런 다음 그는 당나귀의 엉덩이 위로 회초리를 치켜든 채 나귀 모는 일에 전념했다.

한번은 그가 이렇게 소리쳤다. "영국이 어디 있소?" 나는 그가 알 만한 것을 이용해서 영국의 위치를 그에게 알려주려고 애썼다. "그럼 미국은 어디요?"

"영국 너머 더 서쪽에."

그가 회초리를 들어올렸다. "미국이 저기 있다면.." 그는 모래 언덕 하나를 가리켰다. "영국은 어디요? 그리고 우리는 어디 있고 …… 런던에도 이런 것들이 있소?" 그가 당나귀의 엉덩이를 회초리로 때렸다.

"아뇨. 이런 건 없죠." 나는 피카딜리(런던의 번화가)를 누비는 나귀 수레들을 머릿속에 그렸다.

한 시간 후 그가 나에게 점심을 내밀었다. 쭈글쭈글한 그의 손바닥에 호두 한 알과 건포도 다섯 알이 놓여 있었다. 황량한 비탈에서 태양이 모든 것을 사정없이 말려버리고 있었다. 보잘것없는 선물을 들고 있는 검은 피부의 감시자, 제대로 자라지 못한 당나귀, 그리고 곧 부서질 것 같은 수레…… 얼마를 더 가니 모래언덕에 낮은 건물들이 흩어져 있는 것이 보였다. 그리고 그 건물들 위에 걸린 소원 깃발들도 보였다. 모래언덕 밑에 우묵하게 파인 구덩이가 있었다. 누군가가 우물을 파보려고 했던 것 같았다. 이곳이 슈타인이 보았다는 샘인 듯했다. 하지만 모래가 밀려내려와 그곳을 반쯤 덮어버렸다. 그래서 수레에서 풀려난 당나귀는 아무것도 마실 것이 없었다.

부드럽고 긴 비탈을 올라가자 건물들이 우리 눈앞에 그 실체를 드러냈다. 연극 세트처럼 그 건물들은 무덤을 둘러싸고 있는 앙상한 울타리로 얇아져 있었다. 틀은 부서져 파편이 되었거나 완전히 무너져버렸다. 오랜 세월 폭풍에 시달렸으니 남아날 수 없었을 것이다. 언덕에 수많은 깃발이 꽂혀 있었다. 들리는 소리라곤 우리의 발걸음 소리, 그리고 모래가 흘러내리는 소리, 또 깃대가 바람을 맞아 삐걱거리는 소리뿐이었다. 아훈이 얇은 조각이 된 옛 울타리 기둥을 가리켰다. 그 기둥은 땅속에 깊이 박혀 있었다. 평범한 기둥들은 그 위에 세워진 것들이었다. 몇 년 지나 모래가 표면에 있는 모든 것을 삼켜버리면, 더욱 퇴색된 나무와 깃발이 다시 세워지는 것 같았다.

가장 큰 무덤은 긴 나무 지붕으로 변해 있었고, 그 위에 담요가 덮여 있었다. 담요 밑에 금방 벤 듯한 목재 더미와 색이 바랜 비둘기 깃털이 보였다. 담요 위에는 모래가 쌓이고 있었다. 이것이 성스러운 파드샤('모래 속의 왕')의 무덤이라고 아훈이 말했다. 그가 두 손을 들어올리고 노래를 불렀다. 사막의 정적 속에서 깃발 펄럭이는 소리와 외로운 그의 기도소리만이 무덤들 위로 퍼졌다. 아훈은 노인들로부터 비둘기 떼 이야기를 들은 적이 있다고 했다. 15년 전 무너진 성소가 발견되었다고 한다. 그는 그것을 덮고 있던 모래를 가리켰다. 거기서 비둘기의 깃털과 알, 많은 배설물이 발견되었다는 것이었다. 이곳에 살던 비둘기들을 잡으려고 이곳을 덮친 맹금은 모두 죽었다는 이야기가 전해진다고 한다.

# 6
# 카슈가르

　북서쪽으로 480킬로미터 떨어진 곳에 카슈가르가 있었다. 도로 위에 역시 모래가 쌓였지만 모래가 사납게 덮치지는 않았다. 오아 시스가 더 많아지더니 오아시스끼리 붙기 시작했다. 서서히 쇠퇴 되어가는 마을들이 보였다. 19세기 여행가들의 여행기에 흔히 등 장하는 졸린 듯한 이슬람 마을이다. 주일학교 스케치북에서 볼 수 있는 묘지들도 보였다. 야르칸드(莎車)의 왕들은 벽토를 바른 기념 비 밑의 단에 누워 있다. 그 주위에는 나무가 둘러서 있고, 나무에 서는 새들이 지저귄다. 6월의 태양이 햇볕을 쏟아붓는다. 서쪽 지 평선은 생기를 띠고 있다. 파미르의 기부(基部)에 숲이 우거졌고, 그 너머로는 봉우리들이 하늘을 향해 치솟아 있다. 여기서 사막이 마 침내 끝나고 중국땅도 끝난다. 오랫동안 도로는 더욱 북쪽으로 꺾였다. 중앙아시아의 산들이 그 웅장한 자태를 드러내기 시작했다.

내가 탄 버스는 반쯤 비어 있었다. 도시로 이주했던 수백만 명의 노동자들이 사스(SARS)를 피해 고향 마을로 돌아옴에 따라 중국 동부지방에서는 사스의 위협이 높아지고 있었다. 형식적인 의식을 치르듯이 버스를 정지시키고 소독약을 뿌리곤 했다. 한번은 버스가 카드놀이 사기꾼들의 침범을 받았지만, 아무도 카드놀이에 끼지 않았다. 그들 사기꾼들이 내리고 구마(Guma)의 젊은이들이 그 자리를 메웠다. 오랫동안 뚱뚱한 장사꾼이 내게 위구르어로 질문을 던져댔다. 한참 후에야 그는 내가 자기 말을 이해하지 못한다는 걸 알아차렸다. 그러자 그는 떠듬떠듬 하는 중국어로 말을 걸었다. 질문을 던질 때마다 그는 손으로 내 무릎이나 어깨를 툭툭 치곤 했다. 그러자 다른 사람들이 끼어들었다. 가끔 버스나 기차를 타면 이런 장면이 연출된다. 세 명의 젊은이가 내 좌석에 끼어앉더니 번갈아가며 나를 밀거나 잡아당기거나 했다. 뚱뚱한 친구는 구마와 카슈가르를 오가며 옷을 파는 장사꾼이었다. 팔 물건이 없느냐? 당신이 입은 셔츠는 얼마짜리냐? 바지는 얼마짜리냐? 그는 셔츠와 바지를 잡아당기면서 물었다. 지난번에 묵은 호텔 숙박료는 얼마였느냐? 영국은 어디 있느냐?……

내가 화를 내도 그들은 전혀 아랑곳하지 않았다. 내 무릎에 놓인 책을 집어들고 공연히 책장을 넘겨보기도 했다. 지도책을 펴고 누군가가 자기 마을을 찾다가 책장이 찢어지기도 했다. 어떤 친구는 내 안경을 써보기도 했다. 번잡스런 위구르인들에게 이렇게 시달리다보니, 말이 적고 행동을 조심하는 중국인들의 태도가 그리워졌다. 하지만 버스에서 내려 식당으로 들어가니 쓰촨 성(四川省)에서 온 약삭빠른 중국인들이 우글거렸다. 그러자 곧 위구르인들의 따뜻함과 관대함이 더 좋았다는 생각이 들었다. 마침내 숙소에 도착해서 방으로 들어갔는데, 열이 있어 보이는 외국인이 투숙했다는 호텔 주인의 제보를 받고 일단의 사스 의사들이 들이닥쳤다.

카슈가르는 사람들의 마음속에 있는 지도가 사라지는 지점에 자리잡고 있다. 남쪽 실크로드와 북쪽 실크로드가 만나는 곳, 사막이 사라지고 산이 나타나는 곳이 바로 이곳이다. 15세기 전 불교가 융성하던 시기에, 이곳 주민들은 사납고 충동적이라는 오명을 날렸다. 시간이 지나면서 그들은 이슬람의 옹호자가 되었다. 19세기까지 이곳은 유럽 사람들에게는 거의 알려지지 않았다. 그러다가 러시아 제국이 남쪽과 동쪽으로 세력을 확장하면서 카슈가르는 가난해진 중국 옆에서 러시아와 영국 두 제국이 벌이는 스파이놀음의 탐문 거점이 되었다.

그러나 이제 그 게임은 중국의 것이 되었다. 사방에 퍼져 있는 위구르 마을로 중국의 도로가 칼날처럼 뻗어 있다. 인민로와 자유로가 만나는 교차로—이곳에 하얀 타일로 덮인 은행과 빽빽한 오피스 빌딩 사이에 우뚝 선 백화점이 있다—가 구시가 위에 십자가처럼 놓여 있다. 인민광장에는 18미터 높이의 마오쩌둥 동상—너무 거대해서 안전하게 철거될 수 없을 것 같다—이 한 팔을 방망이처럼 들어올리고 있다. 아랍어로 된 상점 간판이 중국어 간판으로 대체되었다. 관청의 광고 게시판은 두 민족 사이의 우정을 강조하고 있지만, 사실 이것은 베이징 당국의 걱정을 드러내고 있는 것이다. 이 도시는 발화점이었다. 오래 전에 계획된 동쪽으로부터의 철로가 1999년 이곳까지 연결되었고, 이어 이주자들이 대거 몰려들어 왔다. 이미 한족은 공식 통계인 10퍼센트를 훨씬 넘었다.

인민로를 따라 걸어 보았다. 중국 건설은행, 차이나 유니콤, 중국 농업은행, 차이나 텔레콤…… 이런 기관들이 새 질서를 외치며 함께 행진하고 있었다. '신생 국제무역도시'라고 불리는 첨단기술 센터가 건설되고 있었다. 중국 팝그룹들의 비디오를 팔고 있는 가게로 들어가보았다. 파워 스테이션, 원더걸이라는 이름을 내걸고 있는 이 비디오들은 미라맥스에서 제작된 것으로 가장하고 있었다. 이 거리를 걷거나 은행 계단에서 담요를 파는 위구르인이 갑자기 구시대의 유물처럼 보였다. 거지들도 더러 눈에 띄었다. 그들과 대비할 때 중국인들은 부지런하고 피부가 하얘 보였다. 한족 여인들의 꽉 끼는 스커트와 얼굴―더러 실크를 입은 여인들도 있었다―이 원주민 여인들의 두건과 코르셋의 요란한 색깔에 대비되어 제법 세련되어 보였다.

나는 구시가지의 미로 속으로 들어갔다. 모든 것이 딴판이었다. 골목길은 하얀 벽토를 칠한 담장에서 끝났고, 좁은 길이 흙벽돌 담 사이로 터널처럼 뚫려 있었다. 길의 포석은 깨져 있었고, 길 양쪽의 집들의 구조물이 비죽 튀어나와 목재로 된 다리 위까지 덮고 있는 경우도 자주 있었다. 아주 드물게 조각이 된 문이 살짝 열려 있는 경우도 있었다. 뜰과 돌출한 계단, 그리고 닭을 쫓고 있는 아이, 그리고 협죽도 사이에서 자고 있는 노인이 보였다.

조금 더 가니 철물점, 옹기점, 목재 선반을 파는 가게 등이 늘어선 시끌벅적한 시장이 나왔다. 오가는 사람들 중에는 무지갯빛 모자를 쓴 어린 소녀들과 조잡한 갈색 베일을 쓴 과부들도 있었다.

공중에는 수지(樹脂)와 석탄가루 냄새가 배어 있었고, 떨리는 아라비아의 음악이 흐르고 있었다. 한족은 전혀 보이지 않았다. 갑자기 중앙아시아가 다가선 것 같은 느낌이었다. 가로변 모스크의 작은 탑들이 초승달 모양으로 하늘을 찌르고 있었고, 페인트 칠이 된 기둥과 화분에 심은 꽃들 사이로 기도실로 올라가는 계단이 나 있었다. 위구르인들의 양가죽 모자와 테두리 없는 모자들 사이로 하얀 펠트 중절모자를 쓴 키르기스 목동들이 보였고, 여기저기 파키스탄 국경에서 온 타지크인들도 보였다. 타지크 여인들은 은 펜던트가 주렁주렁 달린 둥글납작한 모자를 쓰고 있었다. 사람들로 북적이는 일요일 시장에서는 수송아지, 당나귀, 뚱뚱하게 살이 찐 양들이 바르콜(Barkol)과 일리의 말들과 뒤섞여 있었고, 몇 마리 낙타들도 울부짖었다.

위구르인들은 춤과 노래를 좋아한다. 교차로와 식당 등에 춤추고 노래하는 위구르인의 조상(彫像)과 그림이 있다. 조각된 형상들은 현란한 몸짓을 뽐내고 있다. 여자는 소용돌이치듯 몸을 돌리고, 한쪽 무릎을 꿇은 남자는 홀리는 눈으로 여자를 올려다보면서 탬버린을 두드린다. 루트, 탐부르, 만돌린 등의 악기 연주에 푹 빠진 시골악단을 그린 환상적인 그림들도 있다.

처음에는 이런 흔해 빠진 그림과 조각들이 부자연스러워 보이고 신경에 거슬린다. 그러나 곧 그런 조각이나 그림들이 중국인들의 작품이 아니라, 점령 세력에 대항해서 자신들의 특성을 드러내려는 위구르인들의 작품이라는 것을 알아차리게 된다. 중국인들은 농촌 사회를 시대에 뒤진 사회라고 보는 반면, 위구르인들은 거기서 흥취와 자유를 발견한다. 중국인들이 보기에 위구르 문화는 균형이나 현실감각이 부족하고, 위구르인들이 보기에 중국문화는 정이 없는 각박한 문화다.

아마드잔의 마을은 오아시스 깊숙이 자리잡고 있었다. 주말이면 그는 영웅처럼 카슈가르에서 그 마을로 돌아왔다. 그는 전신회사에서 근무하면서 부업으로 말린 과일을 팔았으며, 그의 가족 중에서 돈을 잘 버는 유일한 사람이다. 그는 나이가 겨우 스물셋이다. 그의 외모는 깔끔하고 능률적으로 보인다. 그는 자기 가족의 주거 —너무 자란 과수원 주위에 늘어선 방들—에 서서 가족의 장래를 상상하기를 좋아했다. 그는 이미 위구르 식으로 천장에 조각을 한 여분의 방을 하나 더 지었고, 장차 별채를 덧붙여 지어 거기서 자기 신부와 살게 될 거라고 말했다.

그의 아버지는 말없이 그의 말에 귀를 기울였다. 아마도 부끄러움을 느끼는 것 같았다. 그는 다 떨어진 신발을 신은 농부였고, 따라서 그런 공사를 벌일 여력이 없었다. 가끔 아마드잔의 휴대전화가 울렸고, 그러면 그는 누군가와 중요한 이야기를 나누었다. 그러는 동안 그의 어린 동기간들은 마치 그가 마술사라도 되는 것처럼 그를 바라보았고, 그의 어머니는 혀를 차면서 미소를 지었다.

뒤에 미루나무가 늘어선 거리와 보리밭을 가로지르며 마을 주위를 돌면서 그는 이렇게 말했다. "아마 나는 여기 살게 되지 않을 겁니다. 아마 도시에서 살게 될 거예요." 그는 희망이 없다는 몸짓을 했다. "난 마을에서 일할 수 없어요. 너무 지루하지요. 견딜 수 없게 지루하지요. 또 힘들고." 5백 명 인구의 마을에 아홉 개의 모스크가 있고, 각각의 모스크에 이맘〔예배를 관장하는 성직자〕이 있다고 그가 말했다. 우리가 묘지에 이르렀을 때 그는 본능적으로 두 손을 모으며 기도를 올렸다. "우리 할아버지가 여기 계시죠. 누님도 있고. 우리 조상들이 모두 여기 묻혀 있지요. 메카를 향해서."

벨트를 맨 진 바지에 열쇠와 휴대전화가 매달린 차림에 어울리지 않게 한순간 그는 먼지 속에 서서 기도를 올렸다.

이 마을 사람들 가운데 신자는 몇 명이나 될까?

"전부라고 봐야죠." 생각에 잠기더니 그는 다시 되풀이했다. "전부요." 다른 신앙은 없었다. 우리가 지나친 집 문 위에 이런 명판이 붙어 있었다. "이 집은 별 다섯(혹은 여덟, 또는 열)짜리 교화된 가정이다."

아마드잔이 웃었다. "그게 무슨 뜻인지 난 몰라요. 중국인들이 하는 짓거리죠."

그는 중국인들의 침입, 몇 년 전에 카슈가르에 건설된 황량한 거리에 대해 신랄하게 말했다. 그는 지금은 시멘트로 덮인 사막이 된 인민광장에서 축구를 하던 일, 지금은 사라진 골목길에 늘어선 과일나무들에서 꽃이 피던 일을 기억하고 있었다. "난 카슈가르가 우루무치처럼 중국의 도시가 될 거라고 생각합니다. 콘크리트 덩어리가 되겠지요."

나는 그가 자기를 무엇이라고 생각하는지 궁금했다. 위구르인이라고 생각할까, 아니면 카슈가르인, 혹은 단순히 이슬람 교도로 생각할까? 도시적 욕망과 시골의 충직성, 중국과 이슬람 사이에서 살고 있는 그는 깊은 딜레마에 빠져 있는 것 같았다.

그러나 그는 이렇게 말했다. "난 내 느낌이 무엇인지 모르겠어요. 카슈가르는 한 나라와 같아요. 허톈도 그렇고, 다른 지방도 마찬가지지요. 모두 격리되어 있어요. 아마 우리 위구르는 나라들의 무리일 거예요. 공산주의가 아무것도 바꿔놓지 못했어요." 멀리 밭 건너편에서 몇 사람이 그를 알아보고 아는 체를 하고는, 다시 허리를 굽혀 일을 하기 시작했다. "마을에서도 저녁에 술에 취한 농부들을 볼 수 있어요. 또 여러 차례 결혼한 사람들도 있고요. 아내를 한 명 이상 두고 있는 사람도 있지요. 비밀리에." 그는 이슬람이 일부다처를 용인하고 있다는 사실을 잊어버린 모양이다. "난 그게 싫어요. 난 딱 한번만 결혼할 겁니다."

그가 확신에 찬 눈을 반짝이며 말했다. 내가 물었다. "여자가 있나요?"

"네, 내가 따라다니고 있는 여자가 있어요. 아주 예뻐요. 그녀는 시멘트 공장에서 일하고 있어요."

나는 소련의 포스터가 생각났다. "그녀는 건축사인가요?"

"아뇨. 컴퓨터를 다뤄요. 시멘트의 성분을 계산하지요. 실험실에서 일해요."

그녀가 아직 자기 아내가 아닌데도 그는 그녀를 자랑스럽게 생각하고 있는 것 같았다. 그러나 그녀가 일하는 공장은 그 자신의 직장이나 마찬가지로 중국의 공장이었고, 언젠가는 그의 도시를 질식시킬 미리 조립된 콘크리트 블록을 생산하고 있었다.

\* \* \*

카슈가르 북쪽 130킬로미터 지점에 산악공화국 키르기스스탄이 있었다. 사스가 전파되는 것이 두려워 이 나라는 중국과의 국경을 폐쇄했고, 그래서 나의 여로가 막혀버렸다. 나는 옛 러시아 영사관 터에 지어진 세만 호텔에 투숙하고, 역시 오도가도 못하고 있는 배낭여행자들과 함께 국경이 뚫리기를 기다렸다.

좌절감에 빠진데다 여름 더위로 무기력해진 나는, 낮이면 도시를 배회했고 밤이면 중국 식당과 이곳 현지식 식당을 번갈아 드나들었다. 중국 식당에서는 붉은색깔에 금색 단추가 달린 제복을 차려 입은 여종업원들이 키득거리면서 중국 동부지방의 요리를 흉내낸 음식들을 날라다주었다. 위구르 식당에 가면 고기 수프로 조리한 쌀밥과 국수를 에나멜 사발에 담아 내 앞에 털썩 갖다놓곤 했다. 중국 식당을 흉내낸 좀 점잖은 식당에서는 사업가들과 장사꾼들이 비둘기 수프를 마셨다.

내가 묵고 있는 호텔 뒤에는 오랫동안 버려져 있는 러시아 영사관이 흉물처럼 서 있었다. 건물 안에 들어가보면 천장에는 곰팡이가 슬어 있고, 놋쇠 손잡이가 달린 문이 그대로 남아 있었다. 갈색 페인트가 칠해진 나무바닥도 그대로 있었고, 심지어 신화의 내용을 그린 듯한 벽화까지 남아 있었다. 빅토리아 시대 말기에 이곳에서 폭군적인 영사 니콜라이 페트로프스키—변덕스럽고 박식하고 야심만만했다—가 러시아 제국의 위세를 믿고 이 지역의 중국인들을 으르고 위협했었다. 그가 거느리고 있던 45명의 코사크 병사들이 회색 침상에서 잠을 자고 수도원을 연상시키는 식탁에서 식사를 했던 건물에 지금은 버려진 세탁소가 남아 있을 뿐이다.

1890년 인도의 북쪽 통로를 확보해야겠다고 생각한 영국인들이 800미터 떨어진 곳에 그들의 숙소를 마련했다. 부지런한 조지 매카트니는 28년 동안 그의 러시아 경쟁자들과 싸움을 벌였다. 한편,

그의 아내는 그들의 숙소를 정원과 젖소를 완비한 영국의 시골 저택으로 변화시켰다. 그녀는 러시아의 아낙네들을 초대해서 고급 차를 대접했고, 그들의 남편들은 테니스를 즐겼다. 영국 외무부는 이 집의 현관 위에 내걸 문장(紋章)을 보냈다.

이제 이 숙소는 호텔로 변해 있었다. 호텔에서는 텔레비전 수상기를 구입하거나 차를 팔러 카라코람 하이웨이를 넘어온 파키스탄의 장사꾼들이 눈부시게 하얀 옷을 입고 오갔다. 그들은 이슬람의 금욕주의에서 잠깐 해방된 듯 알코올을 마시고 현지 여인들을 좇아다니기도 한다. 이 유리와 콘크리트의 현대식 건물 뒤에서 나는 오렌지색과 흰색으로 칠해진 수수한 건물을 발견했다. 총안이 있는 탑까지 곁들여 있었다. 물론 영국 사과나무는 아카시아 가로와 장식적인 연못과 함께 사라지고 없었다. 중요한 방들은 '맛있는 식당'으로 변했다가 지금은 그 식당마저 버려져 있다.

나는 유령처럼 발소리를 죽이고 건물 뒤로 가보았다. 그곳의 창문은 한때 멜론 밭과 러시아 묘지를 내려다보았었다. 테라스는 회벽 아치로 받쳐져 있었다. 그러나 내 밑에는 파괴된 교외의 파편 더미가 있을 뿐이었다. 그리고 서쪽 하늘에 뿌옇게 솟아있는 파미르 고원과 텐샨 산맥이 고층의 호텔에 가려져 있었다.

매카트니 다음에도 몇 명의 유능한 영사들과 그들의 강인한 아내들 및 참을성 있는 인도인 비서들이 그 위대한 게임의 마지막을 장식했다. 그러다가 마침내 1947년 인도가 독립했다. 나는 부서진 영사관 터에서 매카트니의 정원 흔적을 찾아보았으나 허사였다. 사태가 그때 다른 방향으로 전개되어 러시아가 신장을 정복했다면, 이 지방은 소비에트사회주의공화국의 하나로 스탈린의 중앙아시아 제국 가운데 하나가 되었을 것이다. 소련이 무너지면서 그 나라는 다른 중앙아시아 나라들처럼 독립했을 것이다. 그래서 석유와 광물이 풍부한 육지로 둘러싸인 나라 위구리스탄 공화국이 되었을 것이다.

\* \* \*

"공산주의가 우리를 위해 무슨 일을 해줄 수 있겠어요? 우린 돌봄을 받고 있다는 느낌, 우리에게 미래가 있다는 보장을 받고 싶습니다. 하지만 당은 우왕좌왕하고 있어요. 당 사무실에 가보면 아무도 일을 하지 않아요. 그들은 신문과 차를 들여놓고 심지어 낮잠 잘 때 사용할 베개까지 마련해놓고 있어요. 그리고는 각자 자기 방에 들어앉아서 아무 일도 안 해요. 하루에 몇 건의 정부 서류를 읽겠지요. 회의도 하고. 그게 전부예요. 이런 사무실, 아무 일도 안하는 사무실이 수천 개 있어요."

여인의 이마에 노여움의 주름살이 잡혔다가 웃음을 터뜨리면서 이마는 다시 펴졌다. 우리는 마무드 카슈가리의 무덤 밑에 있는 언덕을 올라가고 있었다. 마무드 카슈가리는 천 년 전에 최초의 터키어 사전을 편찬했다는 사람이다. 같이 언덕을 오르면서 우리는 제법 가까운 사이가 되었다.

"현재 당은 도덕성을 잃어버렸어요." 그녀가 말을 이었다. "나도 당원이에요. 그래서 아는 거예요. 가끔 우리 지도자들은 연회를 열 핑계를 만들어요. 그리고 연회가 끝나면 발 마사지 방으로 가지요. 그곳은 사실은 매음굴이에요. 또 그들은 술에 취해 춤추는 여자들과 어울리지요. 가끔 그들은 이 여자들을 선물로 주기도 해요. 한 지도자가 다른 지도자에게 창녀와 하룻밤 지내도록 해주는 거예요. 그런 다음 그 선물을 준 지도자가 받은 사람의 '꼬리를 잡는' 거예요. 그 비밀 때문에 그걸 받은 사람은 곤란해지는 거지요." 그녀의 이마에 주름살이 잡혔고, 얼굴에서는 웃음이 사라졌다. "지난주에 내 남편이 그런 연회에 가더니 집에 오지 않았어요. 내가 전화를 걸었더니 발 마사지 방으로 가는 중이라는 거예요. 내가 당장 집으로 오라고 했지요. 남편은 벌써 술에 취해 있었어요. 하지만 남편은 집으로 왔어요. 그날밤 남편은 화가 머리끝까지 나서 계속 이렇게 말했지요. '당신은 지도자의 딸이 아냐. 그런데 내가 왜 당신을 두려워하지?'"

우리 앞의 비탈길이 수많은 황갈색 무덤들을 향해 열려 있고, 그 맨 꼭대기에 카슈가리의 묘가 있었다. 눈에 보이는 사람은 움푹 파인 연못가의 버드나무를 향해 뭐라고 중얼거리고 있는 노파 한 사람뿐이었다. 노파는 두 손을 약간 들어올린 채 성인께서 땅 밑으로부터 봄을 불러올렸다고 우리에게 말했다.

나를 안내하던 여인이 타는 듯한 언덕에서 발걸음을 멈추고는 이렇게 말했다. "당원들 대다수가 비밀 무슬림 신자지요. 나도 신자예요. 우리 아버지는 이슬람에 대해 관심이 없었지만, 어머니가 나에게 아랍어로 기도하는 법을 가르쳐주었지요. 어머니는 그 기도가 무슨 뜻인지조차 몰랐으면서 말이에요. 여기 사는 사람들은 대개 아랍어를 이해하지 못해요. 그래서 아랍어로 기도문을 암송하지만, 그 뜻은 몰라요."

이것이 그녀를 괴롭히지는 않는다. 기도는 마술적인 힘을 가지고 있다. 따라서 읊조리면 되지, 그 뜻을 알 필요는 없는 것이다.

여인이 말을 이었다. "우린 어려서부터 그걸 배웠어요. 그래서 당이 우리들을 장악했을 무렵에는 이미 때가 늦은 거지요. 나는 사람들이 보지 않는 집에서 기도를 올려요. 여자들은 다 그래요."

"당신은 베일을 쓰지 않죠?" 볕이 뜨거운 지금도 그녀는 맨머리였다.

"난 여전히 당원이에요. 내가 머리를 가린다면, 사람들은 이상하게 생각할 거예요……." 그녀의 분노가 되살아났다. "하지만 난 무엇보다도 엄마예요. 난 내 아이들을 신자로 키우고 싶어요. 신은 우리 동포들에게 아주 중요해요. 그들은 매우 가난하거든요. 우리가 신에게 의지하는 게 당연하다고 생각해요. 도시 사람들에게도 그런 일이 일어나고 있다고 나는 생각합니다. 우리 삶은 너무 힘들거든요. 그리고 당은 우리에게 뭐 해주는 게 없고."

우리가 언덕을 내려올 무렵, 노파는 성스러운 샘 옆에서 잠들어 있었다. 그녀는 나무뿌리들이 물 밖으로 나온 지점에서 마디 투성이인 나무둥치를 베고 누워 있었다.


아파크 호자 영묘(靈廟)는 카슈가르의 왕실 고분군 바로 옆에 위치해 있었다. 미루나무와 장미가 심어진 정원에 넓은 돔이 서 있고, 그 안에 기념비가 있었다. 나는 아마드잔과 함께 그 정원을 거닐었다. 그 이름이 대부분 잊혀진 18세기 성자들의 기념비라고 하는데, 영묘 전체가 차츰 황폐되어가고 있었다. 전면의 녹색 타일이 여기저기 떨어져나간 곳이 있었다.

아마드잔이 나무껍질이 모두 벗겨진 곳을 가리켰다. "당나귀들

짓이죠!" 그가 말했다. "축제 때면 많은 사람들이 모여들기 때문에 나무마다 당나귀가 매여 있지요." 그가 머뭇거리면서 말을 이었다. "그러다가 죽은 사람들에게 기도를 올리는 것은 잘못이라고 결정 되었지요. 하느님에게만 기도를 올려야 하니까요. 그래서 축제가 중지되었지요."

"누가 그걸 중지했지요?"

"인민들 스스로 그렇게 결정했어요."

그는 나를 바라보지 않았다. 그가 이 픽션을 믿고 있을까? 하지 만 그는 선택적 진실의 세계에 살고 있다.

그런 빈칸이 여기 또 하나 있다. 야쿠브 베그의 묘다. 야쿠브는 1877년까지 독립국이었던 중국령 투르케스탄을 통치했던 사람이 다. 세력이 강해진 중국인들이 그의 묘가 있던 자리를 파헤쳐 이 정원을 만들었고, 그래서 그의 유골은 산산이 흩어졌다. 묘가 있던 자리는 어디일까? 아마드잔이 어리둥절해서 나를 바라보았다. 그 는 알지 못했다. 들어본 적도 없다고 했다.

그 잊혀진 역사는 아이들에게 가르치지 않는다. 중국은 2천 년 동안 신장을 통치해왔다고 주장하지만, 사실 20세기 초만 해도 중 국의 통치력은 취약했었다. 세력다툼이 한창이던 1930년대에 카 슈가르는 '동투르키스탄 터키이슬람공화국'의 수도가 되었다. 이 나라는 3개월 동안 그 국기를 내걸고 붉고 푸르게 염색한 무명에 다 멋진 화폐를 찍어내기도 했다. 1944년에도 이 지역은 다시 봉기 해서 독립하다시피 했지만, 5년 후 공산당 정권에 복속되었다. 그 러나 자치는 접을 수 없는 꿈으로 남아 있었다. 1997년 위구르 학 생들이 굴자에서 동투르키스탄 깃발을 들고 항의 데모를 벌이다가 총격을 받고 진압되었다. 수천 명이 감옥이나 강제 노동수용소로 끌려갔다. 이전에도 매년 적지 않은 사람들이 어디론가 사라지곤 했었다.

강제 노동수용소들 역시 표면상으로는 존재하지 않는다. 그 수용소들을 잔혹하게 관리하는 주체는 생산건설단이라는 부드러운 이름 뒤에 숨어 있다. 언뜻 보기에 무해한 농장이고 공장이다. 1954년 해산된 국민당 병사들과 관리들로 조직되고 그후 몇 해에 걸쳐 범죄자들과 동부 도시의 과잉 노동인력으로 보강된 생산건설단은 반(半)자치적인 준군대조직으로 변신했다. 이 단체는 관개시설과 철도, 광산과 심지어 호텔까지 관리한다. 서서히 이 생산건설단의 감옥들은 소위 위구르 범죄자들로 채워졌다. 대다수가 사막 변두리에 있는 이 감옥들에 위구르인이 몇 명이나 수감되어 있는지는 알려져 있지 않다.

내가 아마드잔에게 말했다. "난 자네가 강제수용소를 어떻게 생각하는지 묻진 않겠네." 이것은 물론 질문의 한 방식이다. 그는 미소만 지을 뿐 아무 말도 하지 않았다.

그러나 그날 저녁 나는 카슈가르 서부의 어느 외딴 건물부지 건너에서 푸른 제복을 입은 사람들이 무장경비원의 감시를 받으면서 도랑을 파고 있는 것을 보았다. 내가 다가가자 한 병사가 총을 들어올리면서 물러가라는 손짓을 했다. 유리창을 닦는 것 같은 손짓이었다. 그 손짓이 내가 목격한 것을 깨끗이 지워버리는 것 같았다.

\* \* \*

막상 이곳을 떠나려니, 내가 이곳에 너무 익숙해진 게 아닌가 하는 생각이 든다. 안장에 조화가 꽂힌 당나귀가 끄는 바퀴가 연약해 보이는 수레, 시장으로 들어가는 이 수레 뒷전에 비단 옷을 입고 앉아 있는 여인들—그중 몇몇은 미인이다—, 그리고 황금색 눈과 장밋빛 피부의 특이함……

그래서 나는 금요일에 중국에서 가장 큰 모스크라는 이드 카 모스크를 찾아갔다. 그곳에 가서 녹색의 테두리 없는 모자, 눈같이 흰 터번, 가죽으로 장식한 굽이 높은 챙 있는 모자 등을 쓰고 모스크의 문을 통과하는 2천 명의 신자들을 보면서 위구르인들의 활력을 다시 느껴보고 싶었기 때문이었다. 구시가지 곳곳에 골목마다 모스크가 있었다. 모스크 안에서는 어른 아이 할 것 없이 수많은 신자들이 무릎을 꿇고 기도를 올렸다. 한 시간 후 이드 카 모스크에서 신자들이 나올 때, 그 현관에는 베일을 쓴 여자들이 빵과 찻주전자들을 들고 줄지어 서 있었다. 노인들이 그 위에 숨을 내뿜어 그것들을 성스럽게 했다. 그러면 여자들은 그 음식을 집으로 가져가서 병자들에게 먹였다. 모스크의 문에는 사스에 대한 정부의 경고문이 걸려 있었다. 그리고 밖에는 거지들이 모여 있었다. 두 다리가 없는 여자거지, 두 팔이 없는 남자거지도 보였다. 그러나 중국인 거지는 보이지 않았다.

그런데 오늘은 컴퓨터로 그린 그림이 걸려 있는 새 광고 게시판 주위에 사람들이 조용히 모여 있다. 그 그림은 곧 조성될 이드 카 광장을 보여주고 있었다. 모스크 담을 따라 조성된 바자르 옆에 자리잡은 오늘날의 소란스러운 광장 대신에, 깨끗이 정리된 모스크에서 텅 빈 공원까지 방사형으로 뻗은 넓은 광장이 새로 조성될 예정이라고 한다. 그렇게 되면 더러움도, 무질서도 사라지겠지만, 정겨운 분위기 또한 사라질 것이다. 내 주위의 얼굴들은 표정이 어두워 보인다. 나는 그들이 뭐라고 중얼거리는지 알아들을 수 없었다. 그런데 잠시 후 누군가가 내 옆으로 다가왔다. 그는 쉰 목소리로 영어로 말했다.

"2년 지나면 구시가지는 모두 사라지고 전형적인 관광 타운이 될 겁니다. 1만 명의 사람들이 이미 퇴거당했어요. 쥐꼬리만한 보상금을 받고."

나는 그가 당국의 끄나풀이 아닐까 의심했다. 나는 다람쥐처럼 경계심이 많은 익살스럽고 무모해 보이는 그의 얼굴을 뜯어보았다. "저길 보세요⋯⋯." 그가 중국인들의 청사진에 들어 있는 작은 돔과 동양식 아케이드를 가리켰다. "그들은 저걸 위구르 스타일이라고 생각하지요! 건물을 지으면서도 그들은 우리를 희석시키려고 해요⋯⋯."

우리는 자리를 떴다. 이제 나는 그를 보호하기 위해 다른 사람들이 우리의 대화를 듣지 못할 곳으로 이끌었다. 우리는 어느 한적한 식당의 지저분한 테이블 앞에 자리를 잡았다. "그들은 심지어 묘지까지도 옮기려고 해요." 그가 믿을 수 없다는 투로 말했다. "아파크 호자 부근에 오래된 묘지가 있어요. 수백 년 된 묘, 수만 기가 있는 묘지지요. 그런데 그들은 그 묘지를 저쪽 계곡으로 옮길 계획이랍니다. 묘지에 소속된 성직자들을 불러서 그 문제를 논의했다는군요. 성직자들은 너무 놀라서 입도 열 수 없었다는 거예요." 그는 입을 벌리고 놀라는 시늉을 했다. 냉소적인 비웃음의 감탄사가 그의 입에서 나왔다. "처음에 중국인들은 도로를 내겠다고 하지요. 그런 다음에는 틀림없이 도로 가에 빌딩을 지어야 한다고 말할 겁니다. 그렇게 되면 묘지는 다른 곳으로 옮길 수밖에 없을 거고…….”

현실을 외면하고 싶은 듯 그는 두 눈을 감았다. 내가 말했다. “이 곳을 떠나고 싶습니까?” 이제 내가 그를 자극하고 있는 꼴이었다.

환상을 보고 있는지 그의 눈은 계속 감겨 있었다. 하지만 그것은 피의 환상이었다. “우리는 그들과 싸워야 합니다. 10년 전에도 싸 웠지요. 자유를 위해 싸우다가 우리 문화를 온전하게 보존한 채로 죽는 게 더 낫습니다.” 그가 말을 멈추었다. 나는 그가 잠이 든 것이 아닐까 의심했다. 잠시 후 다시 그가 입을 열었다. “하지만 우리들 에게서 영혼이 빠져나가고 있다는 생각이 들어요. 우리 동포들이 변했다고 생각해요. 우리는 노할 줄을 모르게 되었어요. 우리는 오 염되고 있어요. 우리 여자들까지도. 과거에는 그들은 매우 순수했 어요. 하지만 요즘 그들은 다른 남자들과 자요. 많지는 않지만 그 런 일이 시작되고 있어요. 시골 결혼식에서는 신랑이 아직도 첫날 밤을 지낸 후 피가 묻은 이불보를 보여줘야 해요. 하지만 이제 중 국인 의사들은 여자의 처녀막을 되살릴 수 있다고 광고하고 있어 요! 성형수술이라나, 난 잘 몰라요. 그걸 하면 느낌이 더 좋아지는 모양이에요. 하지만 그녀의 마음을 복원할 수는 없지요.”

카슈가르의 명성이 늘 그렇게 순수하지는 않았다는 사실을 나 는 알고 있다. 19세기에 이곳 여자들은 여행자들에게 헤픈 것으로 이름이 나 있었다. 하지만 이 사람은 여자들이 타락한 것을 중국의 매음굴 탓으로 돌렸다. “10콰이만 내면 돼요. 하긴 그 값어치도 없 지만.” 그리고 여자들의 야한 옷차림 탓도 했다. 나는 다소 어리둥 절한 채 그의 말에 귀를 기울였다. 뒤에 나는 그의 이런 불평이 그 자신의 과거에 대한 역겨움 때문이 아닐까 하는 생각이 들었다. 3년 전에 그는 안디잔에서 한 우즈베크 여인과 사랑에 빠졌고, 거기서 그녀와 함께 살았다고 했다. 작년에 그는 결혼하려고 그녀를 카슈가르로 데려왔다.

"준비가 거의 끝났을 때, 그녀의 어머니가 편지를 보내왔어요. 그녀의 아버지가 위독하다는 거였어요. 그래서 그녀는 고향으로 갔고, 그후 아무 소식도 없었지요. 내가 천신만고 끝에 그녀에게 전화를 걸었더니, 그녀 말이 자기 어머니가 자기 여권을 빼앗아갔다는 거였어요. 그녀의 아버지가 아프다는 건 거짓말이었어요. 그건 속임수였지요." 그의 입술이 실룩거렸다. "그녀는 나에게 돌아올 수 없었어요."

내가 그에게 말했다. "어떻게 어머니가 그런 일을 할 수 있지요?"

"할 수 있지요. 내 여자는 남자들만 있는 그 집안의 외딸이었어요. 난 아무 일도 할 수 없었어요." 그의 두 눈이 다시 감겼다. "난 지금 결혼하고 싶어요. 하지만 매우 힘들어요. 자꾸 그 여자 생각이 나거든요. 아직도 난 그녀를 사랑해요. 어떻게 잊을 수 있겠어요? 난 지금 서른두 살인데 혼자 살고 있어요."

내가 물었다. "왜 그들이 결혼을 막은 겁니까?" 가끔 그는 정신이 나간 사람처럼 보이기도 했다.

그의 두 눈이 갑자기 열렸다. "내가 위구르인이기 때문이지요." 그는 나의 무지를 냉소적으로 비웃고 있었다. "우즈베크인들은 나라가 있지만 위구르인들은 나라가 없거든요. 우리는 핍박받는 소수민족에 불과하지요. 아무도 위구르인과 결혼하려 하지 않아요. 그래서 그들이 우리 결혼을 막은 거지요."

# 7
# 산 속 통로

    내가 묵는 호텔 창문으로 바라보면, 폐쇄된 국경 너머로 산맥이 밝게 빛난다. 그 산맥은 사막과 고원 초지를 가르는 오래된 경계선이다. 이곳에서 텐샨 산맥과 쿤룬 산맥이 마침내 합쳐져서 황량한 파미르 고원이 된다. 카슈가르에서 하나로 합쳤던 실크로드는 다시 북쪽과 서쪽으로 갈라져 완전히 다른 나라로 들어간다. 이 통로들은 언제나 민감했다. 소련 시대에는 이 길은 거의 막혀 있었다. 나는 여름에도 변덕스런 눈이 내리고 예측할 수 없는 관리들의 변덕으로 길이 완전히 폐쇄될 수도 있다는 것을 알고 있었으므로, 때가 오기를 기다릴 수밖에 없었다.

    하지만 8월이 되자 사스가 한풀 꺾였고, 그래서 나는 랜드로버를 한 대 빌렸다. 그 차의 말 없는 운전사가 북쪽으로 차를 몰아 토루

가르트 고개로 가는 노란 언덕까지 나를 데려다주었다. 널찍한 중국 세관 건물에서 졸린 듯한 한 중국 병사가 내 여권을 자세히 뜯어보고, 배낭의 짐을 일일이 꺼내서 점검했다. 그들은 구겨진 언어교본을 일일이 넘겨보기도 하고, 자질구레한 옷가지와 알아보기 힘든 글씨로 쓴 메모까지도 일일이 살폈다. 카메라가 없다는 사실을 그들은 재미있어 했고, 또 그 사실이 나에 대한 의심을 덜어주는 역할을 했다. 내 돈은 내용물을 뽑아낸 모기약 병 속에 감춰져 있었다. 두 시간 뒤 한 관리가 여권에 도장을 찍어주었다. 신장에서 내가 마지막으로 본 것은 도로변에 세워진 입간판이었다. 이곳에 장차 면세지역이 조성된다는 광고였다.

우리들 위로는 깎아지른 언덕이 솟아 있었다. 115킬로미터 정도 먼지가 이는 무인지경을 달렸다. 언덕이 산맥과 만나는 지점이 나왔다. 우리들 옆으로 우슈무르반 강의 몇 가닥 물줄기가 타클라마칸을 향해 꾸불꾸불 흐르고 있었다. 이윽고 우리는 협곡 속으로 들어갔다. 가끔 여름의 녹색을 띠고 있는 경사면이 보이기도 했다. 그러나 도로는 다른 차량이나 사람을 찾아볼 수 없을 정도로 한적했다. 그해 봄, 타버린 버스 안에서 스물한 명의 중국 상인들이 몰살당한 채 발견되었다고 한다. 누가 그들을 죽였는지 아직 밝혀지지 않았다. 우리가 만난 차량은 고철을 잔뜩 싣고 카슈가르로 가는 키르기스의 트럭들뿐이었다.

협곡이 끝나면서 바람이 거세게 부는 고원이 나왔다. 반쯤 버려진 마을들이 나타났고, 산맥과 하늘은 엷은 구름에 싸여 있었다. 우리는 아직 명목상으로는 중국 땅에 있었지만, 마을사람들은 다리가 짧고 통 모양의 가슴을 가진 산족들, 즉 하얀 펠트 모자에 누

더기를 걸친 키르기스 유목민들이었다. 7백 년 전, 그들의 조상들
―시베리아 예니세이 강 상류에 살던 터키계 부족들―은 몽골인들
에 밀려 고향을 떠날 수밖에 없었다. 그들은 남쪽으로 이주해서 텐
샨 산맥의 종족들과 섞였다. 20세기초에 비로소 러시아인들이 흩
어져 사는 그들 종족들에게 하나의 이름을 부여하고, 그들의 경계
선을 정해주었다. 소련이 붕괴하면서 그들은 엉겁결에 독립국이
되었다.

우리 앞에 멀리 3천 7백 미터 높이의 토루가르트 고개가 모습을
드러냈다. 우리는 말 떼가 간간이 눈에 띄는 초원으로 들어섰다.
멀리 지평선에 눈을 인 산봉우리들이 보였다. 그러다가 키르기스
국경에서 도로가 딱 끊어지고 말았다. 철조망을 인 커다란 문을 중
무장을 한 병사들이 지키고 있는 그곳에서 랜드로버 여행은 끝이
났다. 나는 결코 오지 않는 수많은 여행객들을 위해 만들어놓은 포
석이 박힌 널찍한 방들을 걸어서 지나갔다. 나 이외의 다른 여행자
들은 카슈가르 오아시스에서 채소가 든 자루들을 운반해가는 위구
르인 장사꾼들 두 명뿐이었다. 관리는 내 여권을 보는 둥 마는 둥
했다. 열린 문 밖에 트럭 한 대가 대기하고 있었다. 내 입국 조건이
었다. 마침내 나는 키르기스스탄으로 걸어나갔다.

바람은 건조하면서도 차가웠다. 정비되지 않은 도로가 점점 희
미해지는 빛 속에서 아래를 향해 뻗어 있었다. 트럭 운전사는 군사
경비지역을 벗어나서 타슈 라바트의 단 하나뿐인 호텔을 향해 차
를 몰았다. 그곳이 내가 운전사에게 가자고 한 곳이었다. 도로변에
는 음산한 소련 시대의 잔재들이 남아 있었다. 콘크리트로 지은 초
소에 둘러쳐진 이중 전기철조망이 분리된 곳에는 지뢰를 묻은 흔

적이 보였다. 가끔 우뚝 선 감시탑도 보였다. 그러다가 그 국경 감시선은 도로와 떨어지면서 산맥을 넘어 사라져버렸다.

국경선은 이제 키르기스 군인들과 러시아 군인들이 공동으로 순시하고 있었다. 수만 명의 중국인들이 국경을 넘어 불법으로 이주해서 부동산을 매입하고 심지어 키르기스인과 결혼까지 한다고 했다. 하지만 이제 적은 중국이 아니라 늘어나는 테러였다. 키르기스스탄에는 5만 명의 위구르인들이 있는데, 그들은 자기네 고향에서 일어나고 있는 일에 대해 분노하고 있다. 베이징 당국은 그들을 통제해주면 대신 원조를 제공하겠다고 제의하고 있다고 한다. 중국은 키르기스스탄과 합동 군사훈련을 하기도 했다. 한편, 북쪽에 있는 수도 비슈케크 부근에는 3천 명의 미군과 제트 전투기 부대가 마나스의 공군기지에 주둔하고 있다.

그러니까 러시아, 중국, 미국이 연합전선을 펴고 있는 셈이다. 그러나 내가 지나온 동쪽의 도로 위에 더욱 중요한 경계선이 있었다. 그것은 중국인들의 세계와 터키계 종족의 세계—위구르인들의 꿈이 들끓고, 돔이 나타나고, 사람들이 알라 신에 대해 얘기하기 시작하는 세계—를 갈라놓고 있는 선이었다.

우리는 어둑어둑해질 무렵 도로에서 벗어나 조용한 계곡으로 들어가는 샛길로 접어들었다. 길옆에 차가운 시냇물이 흐르고 있었다. 고원에는 노란빛을 띠기 시작하는 풀들이 자라고 있었다. 바위가 없는 그 초원은 가늘고 길게 계곡 바닥까지 이어져 있었다. 야크와 소들이 뒤섞여 풀을 뜯고 있었고, 윤기가 흐르는 망아지들도 계곡에서 뛰놀고 있었다. 포장도로, 전신주, 심지어 바람까지도 사라졌다. 강 위로는 이름 모를 새들이 날고 있었다. 키르기스인들의 집은 언덕의 사면에 쳐놓은 유목민의 천막에 불과했다. 그 집들에서 푸른 연기가 피어오르고 있었다. 멀리서 말 떼가 조용히 산을 가로지르고 있었다.

이윽고 호텔이 계곡에서 모습을 드러냈다. 호텔은 둥근 탑을 곁들인 검은 석조 건물이었다. 아무도 그 건물이 언제 지어졌는지 몰랐다. 그 건물은 천 년 된 그 집터에 자리잡고 있었다. 호텔 옆 풀밭에 몇 채의 천막과 오두막 한 채가 있었는데, 내가 다가갈 무렵 한 떼의 흥겨운 키르기스인들이 두 대의 다 찌그러진 차 안으로 기어오르고 있었다. 그들은 그 전날 저녁 양 한 마리를 잡고 잔치를 벌였으며, 밤새도록 호텔에서 촛불을 켜놓고 그들이 모시는 율법학자와 함께 기도를 올렸다고 한다. 그들은 떠들썩하게 작별인사를 나누고 먼지를 일으키며 사라졌다. 내가 타고 온 트럭도 그들과 함께 사라졌다. 그들은 어디든 자기네들이 신성하다고 생각하는 곳으로 여행하는 시골의 신비주의 이슬람 신도들이었다.

호텔의 높은 문을 들어서니 아치형 지붕을 인 울퉁불퉁한 돌이 깔린 복도가 나왔다. 나는 중앙 홀을 향해 혼자 걸어들어갔다. 중앙 홀을 지나 다시 어둑어둑한 다른 통로를 따라 내려갔다. 마치 벌집처럼 차곡차곡 배열된 침실이 보였다. 건물 안은 고요한 정적에 싸여 있었다. 나는 높은 고도 때문에 빨라진 심장박동을 느낄 수 있었다. 내가 지금 서 있는 이곳에서 말들과 박트리아(현재의 아프가니스탄 북부 발크 지방)의 낙타들이 늘어서서 졸고 있었을 것이다. 상인들은 쌓아놓은 상품들 사이에 누워 짐승들의 악취를 맡으며 잠을 청했을 것이다. 동쪽에서 온 사람들은 갑자기 산이 나타나면서 고통을 받았다. 고산병 중세에 당황한 그들은 높은 고갯길에 '큰 두통' 고개, '작은 두통' 고개 같은 이름을 붙였다(중국인들은 그 중세가 야생 양파 때문에 생긴다고 생각했다). 그들은 흔히 말을 노새와, 낙타를 야크와 바꾸곤 했다. 때로는 눈보라가 대상 행렬 전체를 묻어버리 기도 했다.

나는 오늘의 여정을 마쳤고, 이제 밤이었다. 바깥문에서 자물쇠 가 딸랑거리는 소리를 냈다. 여종업원은 나를 자물쇠로 가둘 거라 고 웃으면서 말했다. 내가 나가보니 자루 같은 재킷과 바지를 입은 건장한 젊은 여인이 보였다. 그녀는 양모로 짠 모자를 푹 눌러썼 고, 두 갈래로 땋은 머리에는 푸른 리본이 매어져 있었다. 그녀는 밤을 보낼 여분의 천막이 있다면서 나에게 저녁을 대접하겠다고 했다.

나지라의 오두막은 일단의 사나운 개들과 당나귀들로 둘러싸여 있었다. 그녀는 그녀의 하얀 고양이와 함께 홀로 살고 있었다. 그 녀 방의 벽지는 습기로 인해 봉긋 부풀어 있었다. 그녀는 그런 일 에는 신경을 쓰지 않았다. 그녀가 모자를 벗자, 따뜻하면서도 침울 한 눈을 가진 넓적한 얼굴이 드러났다. 맑은 공기와 고독 때문에 자기는 이곳에서 행복하다고 그녀는 말했다. 그녀는 반년 동안 이 계곡에서 혼자 지내고 있으며, 가끔 부모가 80킬로미터 떨어진 작 은 마을 앳배시에서 먹을 것을 들고 찾아온다고 했다. 그때 법률 공부를 하는 두 남동생 소식도 전해 듣는다고 했다. 나는 그녀가 이 텅 빈 호텔에서 길 잃은 여행자들의 수발을 들고 있는 것이 동생 들의 야망을 위해 자신을 희생하고 있는 건 아닐까 하는 생각이 들 었다.

그러나 그녀는 아니라고 대답했다. 나린이라는 작은 마을에만 가도 자기는 폐소공포증을 느낀다는 것이었다. 수도인 비슈케크에는 한번도 가보지 않았다고 했다. 여름이면 그녀는 잘 건사해놓은 그녀의 말을 타고 산맥을 넘어 차티르 호수를 찾아간다. 겨울이면 1미터 높이까지 쌓여 그녀를 가두어버리는 하얀 눈이 좋다고 했다. 가끔 그녀는 이웃사람들―양과 소를 치는 농부들―을 찾아가고, 그러면 그들은 말이 끄는 마차를 타고 눈밭을 달리면서 노래를 부른다. 그것이 행복하다고 그녀는 말했다.

나는 러시아어를 다시 하게 된 것이 기뻤다. 러시아어의 부드러운 자음이 내게는 반쯤 잊어버린 중국어보다 더 친숙하게 느껴졌다. 그녀는 내 맞은편에 웅크리고 앉아서 한 손으로 구부린 무릎을 더듬었다. 내가 이 여행을 시작한 곳인 이곳에서 4,800킬로미터 떨어진 다친의 신비스런 조상(彫像)과 같은 모습이었다. 가끔 미소를 지을 때면 그녀에게서는 소녀 같은 매력이 풍겼다.

"물론 이곳 생활은 어렵지요. 아주 추우니까요. 하지만 아름다워요. 고양이와 나와 당나귀들뿐, 아주 조용하지요. 사람은 나 하나뿐―아니 지금은 당신이 있군요!" 나는 그녀의 나이를 짐작할 수 없었다. 그녀는 많이 웃었다. 그녀가 재킷을 벗었을 때, 나는 결혼 적령기 여인의 육체를 감지할 수 있었다. 벽에는 아주 장식적인 하얀 시계가 걸려 있었지만, 시각은 맞지 않았다. 그리고 타지마할의 사진도 하나 보였다. 그녀가 누비이불 위에 저녁을 차렸고, 우리는 등불을 켜고 먹기 위해 자리를 잡았다. 메뉴는 빵과 야크 버터, 양고기 스튜였다. 가끔 그녀는 무엇을 생각하는지 눈을 감곤 했다. 산 공기가 내 머리를 가볍게 했다.

"이 타슈 라바트(Tash Rabat)는 사실 호텔이 아니에요." 그녀가 엄숙한 표정으로 나를 바라보며 말했다. "이건 라바트 왕의 요새지요. 라바트 왕은 마나스보다 더 이전에 살았던 영웅이에요. 할아버지가 내게 말씀해주셨어요. 이곳은 할아버지의 집이었어요. 그래서 그분은 이곳의 내력을 알고 계셨지요." 그녀가 한쪽 벽을 향해 머리를 끄덕였다. 거기 그의 사진이 걸려 있었다. 소련의 메달을 잔뜩 달고 머리에는 키르기스 모자를 쓰고 있는 변덕스러워 보이는 노인이었다. 그 할아버지의 말이 그녀에게 왜곡된 성서로 전해진 것이다. 그녀는 이 호텔 밑에 비밀통로와 동굴이 있다는 말을 믿고 있었다. 그곳에 키르기스의 국가적 영웅인 마나스의 전사 40명이 묻혀 있다는 것이었다. 그녀는 자기 애견에게 쿠마이크라는 이름을 지어주었는데, 그것은 마나스의 사냥개 이름이란다. "라바트 왕 이전에 늙은 자기 아버지에게 이 건물을 지어준 왕자가 있었대요. 그런데 그 왕자는 아름다운 마녀에게 홀리고 말았대요……" 그녀가 얼굴을 찌푸렸다. "하지만 그 얘기는 사실이 아닐 거예요."

나는 그녀가 누구를 만나는지 궁금했다. 결혼할 생각은 없는지도 궁금했다. 그녀의 부모가 배필을 구해줄까?

"아뇨. 그런다 해도 난 동의하지 않을 거예요. 난 내가 선택한 사람과 결혼할 거예요."

그 남자는 계곡 아래쪽으로 3킬로미터 떨어진 곳에 살고, 그의 집은 6백 마리의 양을 소유하고 있다고 했다. 곧 그가 차티르 호숫가에 있는 그의 가축 떼를 찾아가기 위해 이리로 올 예정이란다. 그러면 그는 이곳에 잠깐 머물며 얘기를 나눌 것이다. 그녀는 스물한 살인데, 키르기스 여인으로서는 결혼이 늦은 나이라고 말했다.

남자는 스무 살밖에 안 되었다고 했다. "그는 학교에서 내 남동생과 같은 반에서 공부했어요. 그게 좀 곤란해요. 당신은 그게 문제가 된다고 생각하세요?"

"전혀 문제가 안 됩니다." 아까 겨울에 눈 속을 마차를 타고 달리면서 노래를 불렀다고 얘기한 사람이 그로구나 하고 나는 생각했다.

"우린 무엇이나 함께 타지요. 말, 당나귀, 야크…… 하지만 그에게 한 가지 나쁜 점이 있어요."

"그게 뭐죠?" 나는 술고래, 추한 외모 같은 것을 상상했다.

"그는 가축들의 젖을 짜기 위해 동이 트기 전에 일어나요. 젖을 짤 가축이 수십 마리나 돼요. 수십 마리!" 그녀가 젖 짜는 시늉을 하며 정말 지루해서 못 견디겠다는 표정을 지었다. "야크!"

그날밤 나는 부근에 있는 천막 안에서 누비이불을 덮고 누워 있었다. 나는 자기 전에 손전등으로 천막 천장을 비추어보았다. 그것은 오색 둥지였다. 버드나무 가지로 만든 진홍색 뼈대가 돔의 꼭대기에서 만나고 있었다. 표면 치고 장식이 되어 있지 않은 곳이 없었다.

희박한 공기 때문인지 깊은 잠을 이룰 수 없었다. 나지라 생각을 하다 보니 집 생각이 났고, 그러다 보니 다른 눈, 다른 목소리가 생각났다. 이름 모를 곤충들이 내 머리 속으로 떨어졌고, 펠트에서 곰팡내도 났다. 몇 시간 후 나는 송아지 한 마리가 텐트 주위에서 풀을 뜯어먹는 소리에 잠에서 깼다. 나는 바깥의 찬 공기 속으로 나갔다. 하늘에서 달빛이 쏟아지고 있었다. 호텔로 들어가는 입구가 언덕에 뚫린 동굴처럼 입을 벌리고 있었고, 호텔의 탑들은 서리가 맺힌 기둥들이었다. 나지라의 당나귀들이 땅을 구르며 기침을 해댔다.

나는 강물 흐르는 소리에 귀를 기울이면서 여행자의 흥분을 느꼈다. 옛날에 실크로드를 여행하던 사람들은 불확실한 야성의 세계로 들어가는 것처럼 중앙아시아로 들어갔던 것 같다. 동쪽과 서쪽의 대제국들—중국, 페르시아, 로마—들은 중앙아시아의 정적 속에서 희미해져갔다. 마치 어둠 속에서 장면이 바뀌는 것처럼. 그러나 실상 아시아의 심장부에 자리잡은 이 블랙홀은 유목민과 정착민 사이의 미묘한 상관관계를 키워냈다. 길의 한쪽 끝에서 일어난 소요의 진동은 마치 전류가 흐르듯이 실크로드를 따라 전해졌다. 만리장성을 따라 가해지는 유목민들의 압력이 연쇄반응을 일으켜 훈족의 유럽 진출을 추동했을 것이다. 아시아에서 일어난 재난이 로마의 경제를 토대까지 뒤흔든다고 키케로는 썼다.

새벽빛이 언덕을 타고 내려가고 난 후, 재킷을 입고 털실로 짠 모자를 쓴 나지라의 실루엣이 강가에서 작별의 손짓을 보내는 가운데, 나는 인적이 없는 길을 걸어내려가서 나린으로 가는 회랑을 달리는 어느 건축가의 차를 얻어탔다. 산맥의 동쪽은 거친 바다처럼 계곡으로 부서져내렸고, 그 아래서는 시르다리야 강(옛날의 야크샤르테스 강)의 푸른 물줄기가 아랄 해까지의 1,600킬로미터 여행을 시작하고 있었다.

마을들은 여기저기 흩어져 있었는데, 몇 집 되지 않았다. 진흙으로 지은 오두막에 함석지붕을 얹었고, 러시아 식 철책은 부서져 있었다. 집집마다 뜰에는 건초가 쌓여 있었고, 곳곳에 우리가 탄 차만큼이나 낡고 다 부서진 차들이 먼지를 뒤집어쓴 채 서 있었다. 흔히 묘지가 사람 사는 집들보다 더 좋아 보였다. 묘들은 산등성이나 강을 따라 가지런히 늘어서 있었고, 묘지의 작은 탑과 연철로 만든 돔들은 이슬람의 달과 공산주의의 별들로 장식되어 있었다.

"우린 거지처럼 살다가 왕처럼 죽는다고 하지요!" 건축가 칭기즈가 말했다. 그는 걱정을 하기에는 너무 젊은 나이인 것 같았다. 그는 자기 민족 특유의 체구와 얼굴 모양을 지니고 있었다. 즉 위구르인보다 더 육중했고 몽골인적인 특징이 더 많았다. 얼굴은 온화해 보였다. "소련 시절이 더 좋았지요.." 그가 텅 빈 초원을 가리키며 말했다. 습지와 초원은 풀이 제멋대로 자란 채 방치되어 있었다. "그때는 이 들판이 양들로 덮여 있었어요. 수천 마리가 들끓었어요! 한 해의 이맘때에는 건초로 가득 차 있었지요. 집단농장에서는 사람들은 일을 해야 했어요. 하지만 지금은 어떤 사람은 일하고 어떤 사람은 일을 안하지요. 그래서 농장이 망하고 만 겁니다. 저걸 보세요!"

언덕 밑의 긴 창고와 가축우리가 폐허로 버려져 있었다. 말들만이 들판을 누비고 있었다. 윤기가 흐르고 다리가 긴 말들은 밤색에 흰색 얼룩을 가지고 있었다. 강인하고 잘 달리는 이 말들은 신장의 위구르 말의 씨를 받은 것이다. 이 지역의 경제가 오로지 말들에 의지하고 있는 것 같았다.

우리는 도로에서 벗어나서 사각형의 유령도시 같은 곳으로 들어갔다. 천 년 전에 터키의 한 왕조가 건설한 도시라고 했다. 도시의 융벽과 탑들이 관목들과 뒤섞여 있었다. 부서진 성벽을 따라 나를 뒤쫓아온 칭기즈는 이 도시가 중국인들의 도시라고 생각하고 있었다. 그러나 그는 멀리 산맥 밑에 봉긋 솟아 있는 봉분을 가리키며 소리쳤다. "저건 마나스의 친구 코초이의 무덤이에요!"

그는 어릴 적부터 마나스에 대해 배웠다. 구전되는 설화 속에서 신격화된 이 초인적인 창건자는 그의 민족에게 정체성을 주는 원천이었다. 그 외에 내세울 키르기즈인이 누가 있었겠는가? 제정 러시아는 그들을 가파르고 격리된 계곡들에 정착시키고 여러 부족으로 나눔으로써, 그들이 민족의 개념을 갖지 못하게 했다. 그들은 아득한 옛날부터 이어져내려온 그들의 족보를 외울 수 있었다. 그것이 그들의 나라였다(칭기즈도 그의 족보를 외울 수 있었다). 1924년 스탈린이 그들의 경계선을 정해주었다. 스탈린은 강압적으로 그들을 집단화했고, 그들의 언어를 적는 문자를 만들었으며, 그러는 과정에서 인근에 그들의 인척 카자흐인들과 그들을 격리하기 위해 많은 외래어를 차용해 사용하게끔 했다. 이제 소련의 비전은 사라졌고, 그들은 반신화적인 민족의 개념에 집착하고 있다.

칭기즈는 오직 안정되었던 시절만을 동경했다. 그는 더 좋은 직업을 원했다. 그는 반년을 실업자로 지냈다. 그가 자기 어머니의 집 앞에 차를 세웠다. 그 집은 중국의 여느 집과 마찬가지로 벽은 진흙으로 만들고 바닥은 콘크리트로 바른 가난한 오두막집이었다. 그의 어머니는 마당에서 요구르트를 걸러내고 있었다. 그녀의 납작한 코와 눈은 아들과 흡사했고, 그녀의 광대뼈는 주름살의 바다에 뜬 잘 닦은 섬이었다. 우리가 떠날 때 그녀는 노인처럼 억지로 몸을 일으키며 신음소리를 냈다. 그러자 칭기즈가 얼굴을 찌푸렸다. "우리 생활이 얼마나 어려운지 아시겠죠?"

차를 타고 가면서 보니 서쪽은 언덕이 마치 얼어붙은 모래처럼 물결 모양을 이루고 있었다. 그러나 동쪽은 산의 경사가 더욱 가팔랐고, 산에는 대낮인데도 안개가 서려 있었다. 산이 점점 높아지더니 이윽고 꼭대기에 하얀 눈이 보이기 시작했다. 언덕 하나를 넘을 때마다 칭기즈의 40년 된 트럭은 헐떡거리며 멈추었다. 기어 박스가 고장을 일으키거나 엔진에서 하얀 김을 내뿜기 일쑤였다. 차체는 이미 해체되어가고 있었다. 계기판의 반은 날아가고 없었고, 라디오는 아예 죽어버렸으며, 좌석들은 스티로폼이 비죽 나와 있었다. 비탈길을 오르고 나면 그는 시커매진 보닛을 열고 차가운 개울물을 퍼다가 라디에이터 위에 들이부었다. 이러면서도 우리를 태운 차는 기적적으로 나린까지 굴러갔다.

"하지만 그곳의 공장들은 모두 문을 닫았어요." 그가 말했다. "그래서 사람들의 반이 실직중이지요. 노인들은 정말 살기 힘들어요. 평균 연금이 한 달에 800솜이거든요."—그건 20달러가 채 안 되는 액수다.—"빵값도 될까말까한 액수죠. 마을 사람들은 채소를 기르며 근근이 살아갑니다. 자녀들이 도와주지요. 하지만 도시에서는 정말 힘들어요. 굶어죽는 사람들도 있어요."

도시는 언덕의 소용돌이 안에 짓눌려 있었다. 느리고 지쳐 보였다. 시청은 먼지 자욱한 공원에 자리잡고 있었는데, 레닌의 동상이 아직 제자리에 있었다. 도로에는 러시아 산 나무들이 줄지어 서 있었다. "하지만 러시아인들은 떠났어요." 칭기즈가 말했다. 거리의 남자들은 후줄근한 서양 옷을 입었고, 여자들은 발목까지 내려오는 드레스를 입고 머리에 수건을 쓰고 있었다. 하얀 키르기스 모자들만이 거리의 풍경을 밝게 해주었다. 뱃머리 모양의 경쾌한 부리가 달린 모자도 있고, 가장자리를 검은 양의 털로 장식하고 멋진 술을 대롱대롱 매단 모자도 있었다. 머리에 종을 씌운 것 같은 모자, 수도승의 모자처럼 유난히 높은 모자, 가끔 테두리가 아예 없어 원추형으로 보이는 모자도 보였다. 이곳에 살고 있는 칭기즈도 지저분한 차 안에서 자기 모자를 찾아 머리에 썼다. 그는 나와 악수를 나누고는 바자르(시장) 안으로 사라져버렸다.

"우리는 가난한 나라예요. 우린 독립을 구하지 않았어요. 그것이 그냥 우리 수중에 떨어진 거지요. 우리는 모스크바를 상대로 전쟁을 하고 반란을 일으켜야 했어요. 하지만 다른 사람들—폴란드인과 발트해 연안 사람들—이 우리 대신 그 일을 해주었지요."

자리에 앉아도 다니아르는 키가 커 보였고, 가슴이 떡 벌어졌다. 심란하다는 듯 그는 두 눈 사이에 주름살을 지었다. 그는 자기 친척들을 찾아보기 위해 비슈케크에서 자기가 태어난 이곳으로 온 것이다. 우리가 앉아 있는 찻집은 그의 현재와 그의 과거 사이에 놓인 완충지대 같은 곳이다. 어렸을 적에 그는 그의 할아버지가 기르는 소들과 섞여 초원을 돌아다녔다고 한다. 그 소들은 독립 후 어려웠던 시절에 도살되었다. 우리는 유리창을 통해 지나가는 사람들을 바라보았다. 그는 사촌여동생이 오기를 기다리고 있었다. "그애는 이제 겨우 스물한 살이에요. 그애는 공산주의를 거의 기억 못하지요. 그애는 달라요."

"그 여동생은 두려움이 없다는 뜻입니까? 아쉬움도 없고?"

그의 대답은 모호했다. "내 나이쯤이면 너무 늦었다고 할 수 있지요." 하지만 그는 이제 서른 살이다. 창백한 얼굴에서 그의 입은 보일락 말락 움직였다. "우리 세대는 불행하지요. 우리는 소비에트의 꿈을 믿도록 교육받으며 자랐지요. 학교에서 우리는 공산주의의 밝은 미래를 선전하는 공산주의 찬가를 불렀고, 나는 그것을 모두 믿었어요. 그런데 내가 열여덟 살 때 그것이 산산조각이 났지요. 이제 우리는 무얼 믿어야 하지요? 이슬람인가요? 아니죠……" 무언가 다른 것을 찾는 것처럼 그의 시선이 이리저리 움직였다. "아랍어는 나의 언어가 아니에요. 아랍사는 우리 역사가 아니고요. 아라비아는 우리의 사막이 아니지요. 우리는 산지에 사는 민족이에요. 실상은 이교도들이지요. 그리고 우리는 70년 동안 소련의 지배를 받았어요. 우리는 보드카에 익숙해졌지요." 그러면서 그는 차를 홀짝거렸다.

이 지역에서 이슬람 신앙은 늘 얄팍했다는 것을 나는 알고 있었다. 이슬람이 이곳에 전해진 것은 19세기, 신비주의자들인 수피교도에 의해서였다.

"당신의 부모도 이슬람을 믿었습니까?"

"우리 아버지는 내가 어렸을 때 물에 빠져 돌아가셨어요. 어쩌다가 그랬는지 나는 모릅니다. 난 아버지를 기억하지 못해요. 나는 아버지의 사진을 가지고 있고 또 어머니가 해주는 얘기를 들었을 뿐이지요. 할아버지가 이슬람을 이해하려고 노력하시던 일은 기억해요. 할아버지는 이미 그때 나이가 많으셨죠. 할아버지는 독일 강제수용소와 수용소 군도에서 살아남으신 분이죠. 아버지가 돌아가신 후, 할아버지는 코란을 읽으려고 하셨어요. 아랍어로 된 코란을 읽고 또 읽었지만 소용없는 일이었죠. 할아버지는 그걸 전혀 이해하시지 못했어요. 나도 할아버지가 읽는 것을 들으면서 그것을 외우려고 했지요. 이해하지는 못하면서." 두 눈 사이의 주름살이 떨리더니 사라져버렸다. "우리가 죽은 사람들의 영혼을 위해 기도하고 그들이 잘되기를 비는 것은 이교 신앙이지요. 할아버지도 아마 그런 믿음을 가지고 계셨을 거예요. 시골에는 아직도 이교 풍습이 많이 남아 있습니다. 시골 사람들은 어머니 여신인 우나이 에니에 얘기를 하고 하늘을 숭배하던 기억을 간직하고 있지요. 가끔 그들은 하늘을 향해 자기네들을 도와달라고 외치기도 하고 "텡리 우르순! 하늘의 복이 내리길!" 하고 소리치기도 합니다. 노인들의 입으로 그렇게 외칠 때 그 소리는 상당한 권위를 갖게 됩니다. 과거를 간직하고 있는 사람들은 노인들이지요. 나는 우리 증조할머니—그분은 백아홉 살까지 사셨죠—가 내가 아플 때 주먹으로 내 가슴과 이마를 치고 손가락으로 내 흉골을 찌르면서 이렇게 말하시던 생각이 납니다. '이것은 나의 손가락이 아니다. 이것은 바트마 주라 신의 손가락이다. 이 손가락이 너를 고친다.'"

그 노인은 소년의 병이 걱정 때문에 생겼다고 믿고 있었던 것이다. 그녀가 보기에 병은 두려움이었다. 다니아르는 그 할머니를 사랑했었다.

"마나스에 관해 말한다면, 진정한 음유시인들은 오래 전에 다 죽었지요. 그 사람들은 눈을 감으면 전투 장면이 보였다고 합니다. 그들은 준비 없이 즉석에서 마음에서 우러나오는 노래를 불렀지요." 그는 음유시인들이 신통력을 가졌던 것처럼 이야기했다. "하지만 우리에게는 신전이 없어요. 아무것도 없지요. 산 외에는 우리가 만져볼 수 있는 것이 아무것도 없어요. 그건 모두 우리 안에 있는 것이지요." 그가 자기 가슴을 두드렸다. 그의 증조할머니도 아마 그곳을 두드렸을 것이다. "난 그것만으로는 충분치 않다고 생각합니다. 사람들은 이제 전처럼 마나스를 경험하지 못합니다. 몇 년 동안에 모든 것이 변했지요. 젊은 사람들은 다른 일에 눈이 떴지요. 내 사촌은 나보다 아홉 살이 적을 뿐이지만 그녀에 비하면 나는 잠자고 있는 것이나 마찬가집니다." 그는 두 손으로 얼굴을 가리는 시늉을 했다. 묘한 자아상이라는 생각이 들었다. "우리 세대는 모두 자고 있는 거예요!"

엘누라가 도착했을 때 나는 그의 말을 이해할 수 있었다. 잘 손질한 짧은 머리에 멋진 진 바지를 입은 그녀는 아주 밝아 보였다. 그녀는 비슈케크의 어느 NGO를 위해 일하고 있고, 그녀의 남편은 정부의 공무원이라고 했다. 그녀의 눈꺼풀에는 엷은 푸른색 화장이 되어 있었다.

그녀는 다니아르 옆에 앉았지만 속한 시대는 다른 것 같았다. 그녀는 몸에 조바심이 배어 있었다. 그녀가 말했다. "이 도시를 둘러봤어요? 여기는 러시아인이 없어요." 그녀는 창문 밖을 내다보고 다시 시선을 내게로 향했다. "비슈케크는 러시아인들로 넘쳐나요." 그녀가 웃으며 말했다. "너무 많아요!" 그리고는 자기 동포들을 전에 본 적이 없는 것처럼 다시 창밖을 내다봤다. 나도 창밖을 내다봤다. 그러나 어쩐 일인지 엘누라가 그들 중 한 사람이라는 사실을 나는 깜빡 잊었다. 행인들의 큼직한 머리통은 마치 마스크라도 쓴 듯 똑같았다. 작은 입, 꽉 다문 입, 납작한 코. 그녀가 갑자기 말했다. "키르기스인은 아무 부담이 없어요." 그녀는 자기 어깨를 만져보았다. "다른 나라 사람들은 역사의 짐을 지고 있지요. 하지만 우리는 아무것도 없거든요. 아무것도!"

다니아르는 역사가 없어서 아쉽다고 했는데, 엘누라는 오히려 부담이 없다는 것이었다. 그녀는 자기가 태어난 상쾌하고 온갖 인종이 뒤섞여 사는 비슈케크를 사랑할 뿐이다.

"우리에게 있는 것이라고는 부족뿐이죠." 그녀가 말했다. "나의 부족은 '다섯 개의 위'라고 부르는 부족이지요. 왜 그런 이름이 붙었는지는 몰라요. 위장은 한 개면 족할 것 같은데." 그녀가 자기의 날씬한 배를 흘끗 보면서 이렇게 말했다.

하지만 부족 간에도 복잡한 정치가 성행하고 있다는 말을 나는 들은 바 있었다. 외부인이 이해할 수 없는 정치가 이루어지고 있다는 것이다. 러시아인들은 그 부족 정치를 결코 가늠할 수 없었다.

"그래요. 러시아인들은 결코 이해할 수 없었지요." 엘누라가 말했다. "그리고 모두 그들을 미워해요."

그녀의 넘치는 에너지에 눌려 다니아르는 거의 침묵을 지키고 있었다. 이제 그가 입을 열었다. "난 그들을 미워하지 않아요." 사실 그는 그 누구도 미워하지 않는 것처럼 보인다. "우린 그들과 밀접하게 뒤엉켜 있어요." 시간상으로 그는 사촌여동생보다 그들과 더 가깝다. 그래서 그들이 무엇을 주었는지도 더 잘 인식하고 있다. 러시아인을 미워하는 것은 자기 자신을 미워하는 것이나 비슷하다고 생각하는지도 모른다.

하지만 엘누라는 나를 바라보며 사정없이 말했다. "우리는 러시아인들이 우리를 비하한 데 대해 분노를 느끼지요. 우리를 이류 시민 취급하고, 우리 언어를 배척했거든요. 전에 우리는 강제로 그들의 언어를 배웠기 때문에 이제 우리는 우리말을 배워야 합니다. 나는 그들을 미워한다고 말할 수밖에 없어요. 우리들 대다수가 그들을 미워합니다. 표면에는 나타나지 않지만 도처에 그런 미움이 자리잡고 있지요. 우리 언니는 거리에서 그들이 옆을 지나갈 때마다 몸서리를 쳐요. 우리 어머니도 마찬가지구요. 어머니는 당신이 민족주의자가 아니라고 말씀하시죠. '아냐, 난 아니라구! 난 그저 우즈베크인을 미워하고 또 유대인을 미워하지. 그리고 러시아인들도 미워해. 하지만 난 민족주의자는 아니야!'" 그녀의 웃음이 풀 베는 낫처럼 느껴졌다. "하지만 우리에겐 러시아인들을 미워할 이유가 있어요."

다니아르가 말했다. "우리 어머니 말씀이 이곳 사람들이 스탈린이 죽었을 때 울었대요. 모스크바 사람들과 똑같이." 그의 곤혹스런 표정이 되돌아왔다. "하지만 그들은 결국 우리에게 남겨놓은 것이 아주 적어요. 별볼일없는 이슬람과 명예가 실추된 공산주의……"

엘누라가 노래하듯 대꾸했다. "우리에게 있는 건 미래뿐이지요!"

그날 저녁 나는 중심가를 따라 걷다가 부서진 포석에 발이 걸려 비틀거렸다. 그러자 즉시 경찰차가 나타났다. 헝클어진 머리에 크고 얼룩진 얼굴, 이가 빠진 모습의 경찰관이 모습을 드러냈다. 그가 차문을 열고 몸을 내밀며 말했다. "술 드셨소? 아니면 마약? 위스키?" 그는 엄지손가락을 들어 보였다. "뒤에 타시오!"

나는 그의 말을 이해하지 못하는 척했다. 그의 손가락이 내 엉덩이를 더듬으며 주머니를 뒤졌다. "아편?" 그는 내 여권을 찾아냈고, 거기 아프가니스탄과 이란의 비자가 찍혀 있는 것을 보았다. "이건 아랍언가?" 사복을 입은 운전사는 무표정한 얼굴로 조용히 앉아 있었다. 경찰관의 손이 내 돈뭉치를 발견했다. 내 여권 밑에서 그는 지폐를 반으로 접었다. 주먹으로 돈을 가린 채 그는 여권을 내게 돌려주었다. "가도 좋소!"

내가 그의 팔목을 잡았다. 밀가루 반죽을 미는 밀대를 잡은 느낌이었다. 내가 소리쳤다. "그건 내 거요!" 나는 갑자기 화가 치밀었다. "도대체 당신이 뭐요?"

그는 깜짝 놀라서 그 큰 주먹에 쥐고 있던 돈을 내 손으로 놓아주었다. 하지만 나는 더욱 화가 나서 악을 썼다. "증명서 좀 봅시다. 당신 누구요?" 나는 그가 비행을 일삼는 경찰관이거나 아니면 경찰관이 아니라고 생각했다. 그러자 운전사가 속도를 내서 차를 몰고 멀어져갔다.

아마 이 일이 키르기스스탄을 이상향처럼 생각했던 나에게는 좋은 약이 되었을 것이다. 그들이 사라지자 나의 분노도 사그라들었다. 나는 가로등 아래 혼자 남아서 떨었다.

\* \* \*

나린에서 북쪽으로 110킬로미터쯤 떨어진 코크코르라는 작은 도시 부근에 사는 한 가족이 나에게 과수원 한가운데 있는 빈 방을 빌려주었다. 그 방의 이중으로 된 문을 열면 하얀 회칠을 한 뜰이 나오는데, 그곳에서는 칠면조들이 채소를 쪼고, 근처의 덤불에서는 양 한 마리가 상자에서 밀짚을 뽑아먹고 있었다. 그리고 나무에서는 빨갛고 노란 사과들이 떨어졌다. 나는 평온을 만끽했다. 복도와 방의 갈색 칠을 한 바닥에는 펠트 융단이 깔려 있었고, 벽에는 우즈베크 카펫이 걸려 있었다.

나는 이미 이런 집들에 익숙해져 있었다. 별빛에 의지해 어둠을 헤치고 덤불을 지나 찾아가는 옥외 변소, 추위를 막기 위한 이중창문, 벽에 높이 걸려 있는 돌아가신 어른들의 사진—머릿수건을 쓴 인내심 많은 여인들과 전쟁 메달을 잔뜩 단 남자들.

내게는 이곳에 와야 할 다른 이유가 있었다. 남쪽 언덕에 이상한 마자르(성자의 묘)가 있다는 얘기를 들었던 것이다. 이 집 식구들은 그 마자르에 대해 아무것도 아는 것이 없었다. 그러나 이 집 아들 가운데 한 사람이 낡은 택시를 소유하고 있었다. 그는 경건한 호기심으로 자기의 십대 딸을 함께 태운 채 나를 거기까지 실어다주었다. 우리는 옛 전사들의 묘가 흩어져 있는 시골을 지났다. "저것이 우리의 자랑입니다. 전투!" 길게 뻗은 길을 따라 내려가자 저녁때쯤 큼직한 산이 나왔다. 그림자가 점점 길어지는 그 계곡에 울퉁불퉁한 오렌지색 언덕이 두 개 솟아 있었다.

우리가 그 밑의 기도소에 이르기 훨씬 전부터 딱딱 끊어지는 요란한 노랫소리가 들려왔다. 네 명의 여인들이 그 담 밑에서 몸을 흔들며 노래를 부르고 있었다. 그들은 머릿수건을 마치 터번처럼 머리에 올려놓고 있었다. 그중 한 여인은 미친 것 같았다. 성직자가 나타나고, 다른 여인들이 조용해진 다음에도 몇 분 동안, 그 여인만은 억지로 내뱉는 것 같은 날카로운 외침을 내뱉으며 자기 어깨를 손톱으로 할퀴고 있었다. "저들은 기적이 일어나기를 바라는 거예요." 택시운전사가 말했다. 그는 키가 컸고 세련된 매너를 지니고 있었다. "이곳은 그들에게는 성스러운 곳이니까요."

성직자가 우리를 언덕 밑으로 안내했다. 드럼통처럼 뚱뚱한 그는 테두리 없는 벨벳 모자를 썼고, 얼굴은 발그레하고 열정적이었으며, 보기 싫지 않을 정도로 거만했다. 운동복을 입은 택시 운전사가 우리 뒤를 따라왔다. 그의 딸이 아버지의 손을 잡았다. 그녀는 '패션 메이커'라는 글씨가 찍힌 야구모자를 쓰고, 장식단추가 달린 양말에 샌들을 신고 있었다.

이제 거의 밤이었다. 울퉁불퉁한 바위를 이고 있는 언덕이 우리 위에 솟아 있었다. 언덕 주위에는 간간이 덤불숲이 있는 평지가 펼쳐졌다. 그러나 지평선은 사방이 눈을 인 봉우리들로 닫혀 있었다. 먼 산의 눈이 마지막 빛을 받아 아직 하얗게 보였다. 우리는 언덕 밑에 웅크리고 앉았다. 그곳에는 거멓게 탄 돌이 반원을 그리고 있었다. 양을 제물로 바치고 기도를 올리는 장소였다. "당신은 기독교 신잡니까?" 성직자가 주먹을 펴면서 말했다. "그들도 이곳에 오지요. 누구나 옵니다."

반달이 떠올랐고, 멀리 보이는 마을—아직도 레닌이란 이름을 가지고 있었다—이 어둠 속에서 반짝이며 모습을 드러냈다. 소비에트 집단농장의 건물들이 인근에 버려진 채 방치되어 있었다. 우리는 가장자리에 자갈을 박은 길을 따라 무슬림 식으로 시계 반대 방향으로 언덕 주위를 돌았다. 다른 사람들은 우리 앞에 있었다. 그들이 든 등불이 바위 사이에서 흔들렸다. 그들은 여기저기서 모여 기도를 올렸다. 모든 장소가 성스러웠다. 우리 위에 있는 동굴에서 한 은둔자가 하늘로 올라갔는데, 그 바닥에 눕는 사람은 문둥병이나 광증을 치료받는다고 성직자가 말했다.

한 가족이 그 밑에 조심스럽게 늘어서 있었다. 떨리는 그들의 기도소리가 잦아들었다. 그들 가운데 한 사람—어린 소녀—이 바위 사이에서 헤매고 있었다. 다음 순간 노한 외침이 들렸고, 우리는 그녀의 오빠가 채찍을 들고 그녀에게 따라오라고 소리치는 것을 보았다. 소녀는 당황해서 자기 자리로 돌아가자, 그들은 다시 소리를 합쳐 기도를 올렸다. "저 아이는 신경장애를 앓고 있어요." 성직자가 말했다.

그 소녀는 열여섯 살쯤 되어 보였는데, 창백한 얼굴에 겁먹은 듯한 커다란 눈을 가지고 있었다. 성직자가 그녀 위에서 단조롭고 빠른 어조로 기도했고, 소녀는 이해하지 못하겠다는 표정으로 그를 바라보고 있었다. 성직자가 그녀의 한 팔을 잡자 소녀는 팔을 뿌리쳤다. 소녀의 어머니가 성직자에게 서둘러 사과했고, 소녀의 오빠는 자기가 들고 있는 채찍으로 자기 다리를 톡톡 쳤다. 소녀는 그들에게서 돌아서서 신기하다는 표정으로 나를 바라보았다. 내가 그녀에게 미소를 지어 보이자 그녀는 무언가 말을 하려 했다.

"저분은 영국에서 오셨어." 소녀의 어머니가 말했다.

그러자 소녀가 나에게로 와서 내 어깨에 몸을 기댔다. 아마도 내가 자기에게 으르렁거리지 않은 단 한 사람이었기 때문이었을 것이다. 그녀가 갑자기 영어로 말했다. "처음 뵙겠습니다."

"그애는 영어를 배우고 있어요." 소녀의 어머니가 말했다. "6학년이에요."

소녀가 물었다. "당신은 어디서 왔어요? 당신의 이름은 뭐예요?" 그녀는 속삭이듯이 작은 목소리로 말했다.

"그럼 네 이름은 뭐니?"

"난 누라나예요." 그녀는 자기에게 내세울 것은 그것밖에 없다는 투로 말했다.

가족들이 그녀를 끌고 동굴을 향해 언덕을 올라갔다. 그 소녀는 끌려가면서도 겁먹는 눈으로 계속 나를 바라보았다.

우리가 서 있는 길에서 수많은 희미한 길이 갈라져나갔다. 그 길들은 선반 모양으로 비죽 나온 바위 또는 이상한 모양의 바위 등으로 가는 길이었다. 그런 곳은 모두 기적이 일어날 수 있는 곳이었다. 우리 아래쪽에는 환상을 본 순례자들이 그 장소를 돌로 표시해놓은 것이 있었다. 병을 고치는 신비한 효험을 가진 식물들이 경사면을 덮고 있었다. 녹색 꽃이 피는 아드라슈문을 태우면 그 향내가 모든 병을 쫓아버린다고 성직자가 말했다. 라벤더 향이 있는 관목들이 양의 꼬리 같은 줄기를 바람에 날리고 있었다. 성직자가 우리 앞에서 동방박사처럼 휘청휘청 걸었고, 그의 손가락에 매달린 묵주가 짤랑짤랑 소리를 냈다. 그의 얼굴은 열정과 신심으로 반짝이고 있었다. 우리는 기도 소리와 천사들의 날개로 가득 찬 경이의 언덕을 가로질렀다. 여기서 사람들이 부활했다고 한다. 그들은 몇 분 이내에 하늘로, 또는 비슈케크로 날아갔다. "누구나 이곳에 왔지요. 티무르도 왔고 알렉산드로스 마케돈스키도 왔지요. 비슈케크 시청 사람들까지 왔고!" 그의 목소리가 저절로 작아졌다. "소련 시절에도 사람들이 몰래 왔어요. 밤에 많이."

경사면 곳곳에 순례자들이 자기가 왔다 간 흔적을 남겼다. 그들은 바위에 자갈을 쌓기도 했고, 바위틈에 자갈을 채워넣기도 했다. 편두통을 고친 곳, 귓병을 고친 곳, 장암을 고친 곳, 실명을 치유한 곳이 있었다. 모든 길이 희망을 향해 오르고 있었다. 말더듬이들은 외로이 떨어져 있는 덤불 주위를 돌면서 평화를 찾았다. 코 모양의 바위는 콧속을 깨끗이 해주는 효험이 있었다. 읽을 줄 모르고 기도 할 줄 모르는 사람들은 절벽 밑에 무릎을 꿇음으로써 병이 나았다. 아이 못 낳는 여인들은 이끼가 파랗게 덮인 절벽으로 가서 돌에 몸을 비볐다. 그러면 알라 신이 그들의 소원에 귀를 기울여주었다.

도처에 천사들이 있었다. 그러나 천사들이 특히 자주 와서 노래를 부르는 특별한 장소가 있었다. 그런 장소를 알려주면서 성직자의 목소리가 높아졌다. 우리 발밑에 마나스의 전사 40명이 누워 있다고 성직자가 말했다. 그들을 보호하기 위해 몰래 매장했으므로, 아무도 그 정확한 장소를 모른다는 것이었다. 그들의 공식적인 영묘는 실상 비어 있다는 것이다. 이제 밤이 찾아들고 있었다. 다른 어느 별보다 더 밝게 빛나는 금성 아래서 레닌의 불빛이 반짝이고 있었다. 우리는 뒤에 있는 순례자들의 희미한 노랫소리를 들을 수 있었다. 길이 등성이 밑에서 구부러지면서 우뚝 솟은 험한 바위 밑에 화성암의 작은 바위들이 흩어져 있는 곳이 나왔다. 이곳을 찾는 율법학자들은 여기서 무아경에 빠진다고 성직자가 말했다. 그의 눈이 외경심으로 반짝였다. 율법학자들이 무아경에 빠지면 주위의 돌들이 온통 불타면서 기도를 올린다는 것이었다. "그래요. 돌들이 벌겋게 달아오르면서 말을 하지요. 내 눈으로 보았어요."

하늘에 별들이 보이고 사방이 어둑어둑해지면서 비탈을 오르기가 더욱 힘들어졌다. 나는 희망과 슬픔을 담은 여러 사람들의 기도가 언덕 꼭대기에서 하늘로 올라가는 광경을 상상했다. 내 뒤에서 택시 운전사가 조용히 걷고 있었다. 나는 그가 아이러니나 불신감을 드러내기를 기다렸다. 그러나 그는 한두 차례 질문을 던졌을 뿐이었다. 그는 한번은 돌더미에 놓을 돌을 고르기까지 했다. 그의 딸은 교회에 와서 지루해하는 아이처럼 무관심한 미소를 띤 채 옆에서 걷고 있었다.

성직자가 검은 선반 모양의 바위 앞에 우리를 도열시켰다. 그는 그 바위에서 뿜어나오는 열기가 우리의 핏줄을 태울 수도 있다고 경고했다. 그 바위에 손바닥을 얹어놓으면 불이 팔을 타고 올라와서 전신을 돈 다음 다시 바위로 되돌아간다고 성직자는 말했다. 그래서 우리는 우리의 손을 그 신비스러운 바위에 얹었다. 모두 조금 몸을 떨었다. "뭐가 느껴집니까?"

"약간." 사실 나는 그렇기를 바랐다. "막 시작되고 있어요." 하지만 실상 나는 아무것도 느끼지 못했다. 그리고 그 소녀가 중얼거렸다. "아무 느낌도 없어요." 이 장소가 자기를 겁먹게 한다고 그녀는 속삭였다. 그녀는 자기 아버지의 말을 잘못 알아들었다고 했다. '마자르'가 아니라 '바자르'에 가는 줄 알았다는 것이었다. 그녀는 쇼핑을 하러 가기를 원했던 것이다.

이제 우리는 언덕을 한 바퀴 돌아서 출발점으로 거의 돌아와 있었다. 기도소는 10년 전부터 버려진 흰색의 집단농장 건물과 함께 어둠에 잠겨 있었다. 성직자가 무엇엔가 귀를 기울이더니 한 손을 들어올렸다. 그러더니 그는 손가락을 꼬물꼬물 움직였다. "뱀이에요!"

하지만 그 뱀들은 신성한 존재들이었다. 그들은 땅속 깊은 곳에 있는 그들의 낙원에서 방금 나온 것이었다. 그들에게 물리는 것은 축복이며, 그렇지 않은 경우에는 그들은 물지 않는다고 성직자가 말했다. 밖의 뱀들이 침입하면 그들은 그 뱀들을 물리쳐버린다는 것이었다. 내 눈에는 바위와 덤불이 널려 있는 평지로 꾸불꾸불 나 있는 길 외에 아무것도 보이지 않았다. 나는 뱀들의 천국이며 전사들의 뼈이며 핏줄인 땅 위에 내 발이 무겁고 거칠게 놓여지는 것을 느끼면서 그 길을 조심스레 따라갔다. 어두운 언덕 어딘가에서 매미가 울었다. "저것도 뱀 가운데 하나예요!" 성직자가 외쳤다. "뱀들이 저렇게 노래를 부른다구요!" 그는 의기양양하게 그의 짧은 팔을 별이 총총한 하늘을 향해 들어올렸다. "신이 이 모든 것들을 만드셨죠! 키르기스스탄과 영국도 신이 만드신 것이죠! 뉴욕과 앨비언〔영국의 옛 이름〕, 모스크바도!"

그러나 택시 운전사의 딸은 떨고 있었다. 그녀는 집으로 가고 싶어했다. 작별하면서 나는 성직자에게 약간의 돈을 주었다. 2달러가 채 안 되는 적은 액수였지만, 그는 그 돈을 주머니에 넣으면서 기뻐서 입이 딱 벌어졌다. "당신이 건강하기를! 당신의 자녀들이 자녀들을 갖기를! 그들이 당신이 늙었을 때 당신에게 돈을 주기를!" 그가 내 한 팔을 잡았다.

우리는 둘이서 마지막 장소에 이르렀다. 그것은 떠오른 달빛을 받아 하얗게 보이는 반질반질한 바위였다. "이건 뱀의 황제 샤 마란의 옥좌지요. 그는 여기 대통령처럼 나타납니다. 나는 그를 본 적이 있어요." 그의 손이 머리를 들고 일어선 뱀의 머리에 얹힌 왕관을 만들어 보였다. 아무도 없는 바위가 달빛 속에서 불길해 보였다. "가끔 그는 말을 하기도 하지요." 성직자는 머리를 들어 별을 바라보며 나를 위해 기도하기 시작했다. 빠른 속도로 흘러나오는 아랍어와 키르기스어 속에서 콜린이라는 이름이 낯설게 들렸다.

\* \* \*

매년 봄에 줌갈 계곡에 사는 사람들은 텐트를 가지고 가축 떼를 몰며 송쿨 호수 주변 고지의 초원으로 올라갔다가 여름이 끝날 무렵 마을로 돌아온다. 아득한 옛날부터 이어지고 있는 이 이동 방목에 흥미를 느낀 나는 그들을 따라가보기로 했다. 그러나 계절은 이미 9월로 접어들어, 여름의 온기가 싸늘한 냉기로 바뀌어 있었다.

코크코르에서 만난 남자는 자기가 나를 위해 말을 찾아줄 수 있을 거라고 말했다. 루슬란은 호수 아래 계곡에 있는 마을 출신이므로, 그곳에 사는 모든 사람을 안다고 했다. 나는 그의 말을 믿고 싶었다. 우리는 서로를 뜯어보았다. 그의 얼굴은 잘 닦아 윤을 낸 금속판 같았다. 감각적인 입은 다소 늘어져 보였고, 눈은 적갈색이었다. 그의 말은 귀에 거슬릴 정도로 자신에 차 있었다.

우리는 밤늦게 마을에 도착했다. 그가 빌린 차가 고장을 일으켰기 때문이다. 그는 이제 그 마을에 집을 가지고 있지 않으며, 아무도 우리가 오는 걸 모르고 있다고 말했다. 그는 이 지방 학교의 교사인 동창생을 찾아갔다. 그 사람은 새벽 두 시에 찾아온 우리를 정중하게 맞아주었고, 눈이 피곤해 보이는 그의 아내가 우리 잠자리를 보아주었다.

나는 소련 자기 상자 옆에서 잠을 잤다. 내 위에는 키르기스 카펫이 걸려 있었다. 소파 위에는 이 지방 전래의 현악기가 놓여 있었다. 아침에 나는 내가 작은 고양이 한 마리와 방을 함께 썼다는 것을 알았다. 고양이는 도마뱀붙이처럼 잽싸게 벽에 걸린 카펫 위를 달려갔다. 하늘색 러시아 식 울타리로 둘러싸인 바깥마당에서는 여름 텐트가 쳐지고 있었다. 요즘은 양과 소의 수도 얼마 안 되고, 생활이 어렵다고 그 교사는 말했다. 눈이 내려 1년 중 석 달은 꼼짝 못한다고 했다. 그는 한 달에 겨우 1,000솜—20달러—을 벌며 그의 아내가 쿠미스—발효된 몽골 말젖—를 근처 시장에서 판다는 것이었다. 초여름에 그의 형제들이 내가 지금 가려고 하는 초원으로 올라와서, 얼마 안 되는 그들의 가축을 방목한다고 했다.

오후가 되어서야 루슬란이 말 한 마리를 구해왔다. 자기는 지프를 타고 산허리나 산속의 호수로 가겠다고 말했다. 나는 별로 신경 쓰지 않고 그가 빌려온 검은 말 위에 올라타고 남쪽으로 방향을 잡았다. 턱수염을 두 갈래로 가른 건장한 목동인 말주인이 걱정스러운 눈으로 나를 지켜보면서 나의 안내인으로 조용히 함께 말을 타고 갔다. 처음에 우리는 엉겅퀴와 덤불이 무성한, 버려진 밀밭을 통과했다. 작은 새들이 구름처럼 날아올랐고, 여름 곤충들이 여기저기서 날고 울어댔다. 그곳을 지나고 나서 우리는 산기슭을 향해 가파른 비탈을 올라갔다.

목동 아바스는 내가 탄 말을 자랑스럽게 생각하고 있었다. "이 말은 쿨룩 말이에요. 아주 힘이 세요. 지치지 않고 60킬로미터를 간답니다. 또다른 종류 조르고가 있어요. 그 말은 빨리 걷는 것처럼 아주 부드럽게 달리지요. 하지만 이 말은……" 그가 땅딸막한 자기가 탄 말을 가리켰다. "이 말은 가난한 사람들의 말이지요. 우리나라 토종이에요."

우리들 위에 둘러쳐진 송쿨 호수 주위의 산들이 폭풍우 구름으로 둘로 갈라졌다. 우리는 내려오는 일단의 목동을 만났다. 그들은 해체한 텐트를 마차에 싣고 내려오고 있었다. 몇 마리 소들이 앞에서 어슬렁어슬렁 걸었고, 개들이 그 뒤를 따르고 있었다. 더 올라가자 저 아래 산들이 펼쳐졌다. 북동쪽에서 산은 구불구불한 등성이로 갈라졌고, 등성이의 눈은 계곡으로 내려가면서 점점 사라졌다. 서쪽에는 또다른 산봉우리들이 울타리 모양을 이루었는데, 그 꼭대기를 뇌운이 덮고 있었다. 그러나 우리 발밑에서는 아직 햇빛이 줌갈 강가의 노란 언덕들을 비추고 있었다.

우리가 마지막 오르기를 시작했을 때, 루슬란의 지프가 우리 뒤에서 부룽부룽 소리를 냈다. 지프 차는 마을 사람 둘이 운전하고 있었는데, 나를 태우려고 지프 차의 문은 활짝 열려 있었다. 어려서부터 라이벌이었던 마을사람 토크토르와 안나르는 서로 욕지거리를 해대면서 차를 몰았다. 지프 차는 경적을 울리면서 위로 올라갔다. 뒤를 돌아보니 산허리에 남은 검은 종마와 말수가 적은 아바스가 보였다.

갑자기 저 아래 푸른 삼각형 모양을 한 송쿨 호수가 보였다. 호숫가의 녹색 초원에서 말과 양, 소가 뒤섞여서 풀을 뜯고 있었다. 천막들에서는 연기가 피어오르고 있었다. 위에서 보니 호숫가의 천막들이 목가적인 풍경을 이루고 있었다. 잠시 후 우리는 풀어놓은 개와 닭들이 왔다갔다 하고 우정 어린 외침과 냄새가 피어오르는 그 야영지로 내려갔다.

루슬란은 나를 대동하고 친척 어른들을 찾아갔다. 그들은 얼룩이 진 카펫 위에 남녀가 반원을 그리며 앉아 있었다. 텐트 안에는 마구와 닳아 해진 옷가지들이 걸려 있었다. 가끔 재봉틀과 반쯤 부서진 장롱이나 의자 같은 저지(低地)의 가구들도 보였고, 재조립된 난로는 그 굴뚝을 지붕 밖으로 내밀고 있었다. 추위가 다가왔으므로 난로들에는 모두 불이 피워져 있었다. 안주인이 우묵하고 색이 바랜 가마솥에서 쿠미스를 국자로 떠서 양철 사발에 담아 빵과 금방 만들어낸 버터와 함께 내놓았다. 쿠미스는 거품이 일었고, 목구멍을 넘어갈 때 씁쓸한 맛이 났다.

그러나 가끔 대접이 다른 경우도 있었다. 한번은 사나운 얼굴의 폭군이 두 손을 엉덩이에 대고 입술에서는 침을 튀기면서 나를 내려다보고 서 있었다. "당신은 손님이오? 친구요?" 나는 그의 한 손이 불구라는 것을 알아차렸다. "이 집은 나를 환영하지 않는군요" 하고 내가 말했다. 그는 내가 자기에게 경의를 표하기를 바랐는데 내가 그러지 않았기 때문에 화가 난 것이었다. 루슬란은 나에게 그에 대한 설명을 해주지 않았다. 한번은 우리가 수척한 어머니와 그녀의 딸과 함께 불안하게 앉아 있었다. 매우 가난한 천막이었다. 갑자기 그녀가 자기 손가락으로 루슬란에게 삿대질을 하더니 그녀의 목소리가 훈계조로 변했다. 한참 후에 루슬란은 조용히 일어나더니 그 천막을 떠났다. 나는 무슨 심각한 문제가 있다고 생각했다. 그러나 루슬란은 별것 아니라고 했다. 옛날에 물고기를 놓고 다툰 적이 있을 뿐이라는 것이었다.

주위가 어두워지고 있었다. 나는 가족들의 텐트에서 그 밤을 보냈으면 했다. 로프로 엮은 텐트의 펠트 옆면은 언뜻 보기에는 엉성해 보였지만, 안에 들어가보면 외부와 완전히 차단되었고 따뜻했다. 그러나 루슬란은 이 산속 호수 둘레 110킬로미터에 있는 유일한 더러운 물체를 향해 갔다. 부서진 침대와 난로들이 쌓여 있는 강철 컨테이너였다. 우리는 그 덥고 답답한 컨테이너 속으로 기어들어갔다. 그 안에는 이미 목동들과 호수에서 낚시질을 하는 밀렵꾼들이 자리를 잡고 있었다. 죄인들처럼 벽 주위에 웅크리고 앉은 우리들의 모습은 가스등 불빛 아래서 전과 달라 보였다. 양가죽 모자를 쓴 루슬란의 넓적한 뺨과 굵은 목이 더욱 드러나 보였다. 그는 무표정했다. 검은 눈을 가진 토크토르는 소년 같고 섬세했다. 그는 움직임이 재빨랐지만, 안나르만큼 교활하지는 못했다. 안나르는 길고 우울한 얼굴이었고(아마 타지크인의 혈통 때문일 것이다), 항상 쓰고 있는 양모로 짠 모자 밑으로 닭 볏 같은 머리카락이 나와 있었다. 여인은 검은 냄비들 사이에 무릎을 꿇고 난로를 들여다보고 있었다. 난로의 불빛이 눈이 크고 입술이 두툼한 그녀의 예쁜 얼굴을 비춰주고 있었다.

"저 여자 남편은 어디 있는지 모르겠어요." 루슬란이 중얼거렸다. "아마 그는 다른 아내를 얻었을 겁니다. 그런 사람들이 많으니까요. 아내를 둘, 심지어 셋을 두고 있지요. 법에 저촉되기 때문에 몰래 그런 짓을 해요. 하긴 저 여자는 독신인지도 모르지요."

토크토르가 나가더니 지프를 벽 가까이 끌어왔다. 그가 차의 배터리에 연결한 전구를 방 안으로 들여왔다. 나는 마치 무대 위에 선 것처럼 불빛을 받게 되었다. 그래서 다른 사람들이 보이지 않았다. 나는 그림자들을 향해 말하고 귀를 기울였다.

음식이 든 사발들이 나타났고, 탐욕스런 얼굴들이 음식을 향해 달려들었다. 메뉴는 마르코 폴로 수양—세상에서 가장 큰 양—으로 만든 기름지고 풍성한 스튜에다, 쌀밥과 오래된 딱딱한 빵이었다. 미지근한 쿠미스도 한 잔씩 마셨다. 그리고는 보드카가 시작되었다.

곧 실내가 거친 논쟁과 재치있는 응답으로 떠들썩해졌다. 몇 시간 동안 나는 알아들을 수 없는 언어를 들을 수밖에 없었다. 가끔 한 남자가 아주 서투른 러시아어로 나에게 말을 걸려고 하기도 했다. 그러더니 건배가 시작되었다. 이미 보드카로 뺨이 뻘겋게 변한 그들은 술잔을 어깨 위로 높이 들어올렸다. 토크토르와 안나르는 서로 툭툭 치면서 장난을 했다. 모두가 러시아 식, 그러니까 건배를 할 때마다 잔을 비우는 방식으로 술을 마셨다. 루슬란은 부지런히 내 잔을 다시 채웠다. 불빛을 정면으로 받으며 양철 벽에 기대앉은 나는 다른 사람들을 거의 볼 수 없었다. 하지만 나는 보드카의 후유증을 두려워하고 있었다. 몇 차례 건배를 했는지 세다가 잊어버린 나는 술을 펠트 바닥에 몰래 쏟기 시작했다. 내 맞은편에는 들썩이는 머리만 보여 마치 그림자놀이를 하고 있는 것 같았다. 나는 그들이 무엇을 보는지도 알 수 없었다. 그러나 펠트는 보드카를 거의 빨아들이지 않았고, 그래서 내가 쏟은 보드카가 바닥에 흥건히 고여 있었다. 나는 발을 움직여서 고인 술을 내 양말에 흡수시켰다.

어둠 속에서 목소리가 들려왔다. "우리 송쿨 호수 어떻습니까? 우리의 아름다운 자연이 어떻습니까?" 술이 취한 채 나는 그들의 자연을 찬미했다. 나는 창문을 통해 달빛에 비친 호수가 자갈이 깔린 바닥 위로 잔물결을 실어보내는 것을 볼 수 있었다. 얼마 후 나는 밖으로 나가서 추운 둑 위에 섰다. 호수 쪽에서 차가운 바람이 불어왔다. 5분 후 나는 내 코트가 내 어깨 위에 걸쳐지는 것을 느꼈다. 내 손에는 내 술잔이 쥐어졌다. "감기 들겠어요." 루슬란이 말했다. 그는 안으로 들어갔다.

자정쯤에 잔치는 끝났다. 모두 일제히 두 손을 들어올리더니 벌개진 얼굴을 쓸어내리면서 "비스밀라!" 하고 중얼거렸다. 우리는 마침내 어깨를 비비면서 누비이불 속에서 잠이 들었다.

밤사이에 눈이 내렸다. 그 가을의 첫눈이었다. 나는 새벽에 어린 애가 된 기분으로 밖으로 나갔다. 눈이 1센티미터 남짓 쌓여 있었다. 전날 밋밋한 색깔이었던 호수 일대가 명암 대비가 뚜렷한 겨울색으로 변해 있었다. 언덕 위로 움직이는 소들의 윤곽이 보였고, 호수 맞은편의 산들은 하얀 백설탕처럼 반짝였다. 나는 아무 소리도 들을 수 없었다. 갓 떠오른 태양빛을 받고 있는 호수 위로 약한 바람이 불고 있었고, 호수에서는 검은꼬리갈매기들이 물가를 향해 헤엄쳤으며, 녹빛의 새들이 짧은 풀 속에서 조바심을 치고 있었다.

나는 호수 일대를 돌아다니기 위해 말 한 마리를 빌렸다. 밤색에 흰색 털이 섞인 순한 놈이었다. 안장 앞머리의 못대가리가 닳아서 하얗게 변해 있었고, 뱃대끈은 낡아서 끊어지기 직전이었다. 말은 눈 위에 발자국을 내며 천천히 걸었다. 사방은 조용했다. 수면에는 하얀 구름의 그림자가 여기저기 떠 있었다. 그러나 정오가 되자 눈이 녹기 시작했고, 말발굽이 진 수렁에 푹푹 빠졌다. 나는 야영지 위 언덕에서 말에서 내려, 바람에 날려 쌓인 눈더미가 하나씩 사라져가는 것을 지켜보았다.

내 뒤에서 지프 소리가 들렸다. 차가 멎으면서 안나르와 토크타르가 차에서 내렸고, 이어 어린 양 한 마리를 안고 있는 목동과 흥에 겨운 루슬란도 내렸다. 그들이 작은 산으로 올라오라고 나에게 손짓을 했다. 나를 위한 의식이라고 그들이 말했다. 우리는 서쪽을 향하고 일렬로 섰다. 운전사들, 루슬란, 목동, 그리고 양과 내가 메카가 아니라 서쪽을 향하고 섰다. 그런 다음 우리는 양손을 펴고 기도를 올렸다. 그런 다음 목동이 칼로 양의 목을 땄다. 칼이 피부를 벨 때 양은 놀라면서 매에 하고 울더니 다음에는 계속 애처로운

비명 소리를 냈고, 베어진 목에서는 피가 솟구쳤다. 그런 다음 그
들은 "우리 먹읍시다! 먹어!" 하고 외치면서 나를 아래 야영지로 초
대했다. 나는 나의 구토증과 위선을 억누르며 그들의 초대를 받아
들였다. 이것은 오래 전부터 전해내려오는 관습이었다. 가난한 세
계에서 온 손님에게 귀한 고기를 억지로 권하면서, 다시 그의 잔에
술을 채우는 의식이었다.

　한 시간 후 나는 언덕을 내려가서 텐트로 향했다. 양의 내장이 사
발에 담겨 있고, 피 묻은 가죽은 바닥에 놓여 있었다. 스무 명이 잔
치를 벌이기 위해 모여 있었다. 그들은 장화를 신은 채 웅크리고
앉거나 책상다리를 하고 둥그렇게 둘러앉아 있었고, 나를 상좌에
앉혔다. 곧 그들은 양고기와 국수를 게걸스레 먹기 시작했다. 차가
나오고, 이어 보드카도 나왔다. 그들은 뼈에 붙은 마지막 살점까지
갉아먹었고, 국물도 남김없이 마셨다. 그런 다음 그들은 말 없이
흩어져 가거나 그 자리에 쓰러져 잠이 들었다.

　우리는 오후 서너 시가 되어서야 돌아가는 여행길에 나설 수 있
었다. 나는 알지 못하는 여러 사람들과 작별의 악수를 했고, 낯선
사람들을 포옹하기도 했다. 토크토르가 그의 부서진 시계를 보면
서 한두 시간이면 산에서 내려갈 수 있을 거라고 말했다. 그러나 태
양이 송쿨 호수 너머로 지는 일곱 시경에도 우리는 아직 호수의 동
쪽 물가를 돌고 있었다. 곧 어둠이 내려앉았다. 나는 배가 너무 부
른 것 같았고 속도 언짢았다. 두 시간 후 우리는 여전히 헤드라이트
를 켠 채 산길을 돌아 내려가고 있었다. 외딴 검문소에서 차를 세웠
다. 루슬란이 어디론가 사라졌다. 아마도 뇌물을 바치고 통과 허가
를 받으러 간 것이리라. 안나르와 토크타르는 주머니에서 보드카

병을 꺼내더니 객차 모양의 매점으로 들어가보드카를 마셨다.

나는 유령의 세계에 들어와 있었다. 아무도 설명을 해주지 않았다. 우리는 이 더러운 정부관리들 때문에 가지 못하고 있다고 토크토르가 말했다. 그들은 강도에 불과하다는 것이었다. 소련 시대에는 그런 일이 절대로 없었다고 그는 투덜댔다.

마침내 루슬란이 돌아왔다. 안나르가 지프를 타고 검문소를 통과하는 동안, 그는 나를 안내하며 좁은 길을 올라갔다. 머리 위에는 별들이 총총했다. 그는 도난당한 허가증에 대해 뭐라고 중얼거렸지만, 나는 무슨 소리인지 알아들을 수 없었다. 그에게 서류가 없기 때문에 그가 쉬운 먹이가 되고 있다는 얘기 같았다. 뒤에 지프가 돌투성이 길을 달려와 우리를 따라잡았지만, 우리는 곧 다시 또다른 검문소를 만났다. 거기서도 루슬란은 촛불을 밝힌 오두막에서 힘겹게 흥정을 했다. 내가 보기에 제복을 입은 사람은 하나도 없었다. 밤 한 시가 되어서야 우리는 포장도로에 이르렀고, 곧장 숙소로 향했다.

우리는 각자 침묵에 잠겨 있었다. 안나르는 묵묵히 운전을 했고, 루슬란은 우울한 기분으로 그 옆에 축 늘어졌으며 나는 반쯤 잠들어 있었다. 토크토르만이 계속 얘기를 해댔다. 그러다가 갑자기 단어가 뒤죽박죽이 되고 목에서 가래 끓는 소리를 내더니 곧이어 앞으로 고꾸라졌다. 그는 머리를 루슬란의 목에 올리고 뭐라고 중얼대면서 그에게 키스를 퍼붓기 시작했다. 안나르가 그를 밀어냈다. 그러다가 지프가 길에서 벗어났다. 나는 등산복을 뒤집어쓰고 뒷좌석에 웅크리고 앉아서 될 대로 되라는 체념에 빠져 있었다. 이제 안나르도 술기운을 이기지 못했다. 그는 두 번이나 길에서 벗어났다. 그럴 때마다 루슬란이 그에게 고함을 질렀다.

그때 맞은편에서 커다란 트럭이 나타났다. 트럭의 두 헤드라이트에 빨려드는 나방이처럼 안나르가 차를 트럭을 향해 몰아갔다. 그것을 알아차린 나는 그가 제때에 진로를 바로잡기를 기대했다. 그러나 그는 계속 그대로 달려갔다. 내가 그에게 고함을 질렀다. 루슬란도 고함을 질렀다. 몇 미터를 더 가자 불빛이 우리를 삼켜버렸다. 트럭이 산처럼 우리 앞에 나타났다. 두 자동차가 부딪치기 직전의 마지막 순간에, 기적적으로 충돌을 피했다.

꿈속에서처럼 우리는 차를 세웠다. 두 차는 손가락 한 개 차이 또는 손 하나 차이로 서로 빗겨간 것이었다. 트럭은 사라져버렸다. 토크토르는 여전히 인사불성이었다. 나는 루슬란에게 핸들을 잡으라고 소리쳤다. 죽었다가 겨우 살아났다는 생각을 하면서 나는 갑자기 화가 치밀었던 것이다. 내가 안나르를 조수석으로 끌어당겼다. 그는 토크토르 뒤에 널브러졌다.

화가 난 루슬란이 차를 몰고 가던 중, 이번에는 기름이 떨어지고 말았다. 마을까지는 아직 15킬로미터쯤 더 가야 하는 곳이었다. 우리는 어둠 속에서 다른 차가 오기를 기다렸다. 새벽 네 시였다. 달이 구름 속에서 나와 우리의 처량한 모습을 비추었다. 뒷좌석에 있던 토크토르가 앞으로 고꾸라졌고, 앞좌석에 있던 안나르는 뒤로 넘어졌다. 그들은 기진맥진한 연인들처럼 서로 뒤엉켜 있었다. 안나르가 뭐라고 중얼거리더니 그 역시 인사불성이 되어버렸다. 나는 달빛에 비친 그의 하얀 목을 볼 수 있었다. 루슬란은 운전대 뒤에 앉아서 아무 말 없이 계속해서 자기 머리를 부드럽게 톡톡 쳤다. 지나가는 트럭이 물을 탄 기름 1리터를 팔았고, 우리는 그 덕분에 해가 뜰 무렵쯤 집에 도착할 수 있었다. 나는 작별인사도 하지 않고 침대에 쓰러졌다.

이튿날 아침, 안나르는 내 앞에서 얼굴을 들지 못했다. 그는 토크토르를 통해 사과의 말을 전하고는 사라져버렸다. 술이 깨어 다시 원기왕성해진 토크토르는 나를 식사에 초대함으로써 어젯밤의 잘못을 벌충하려 했다. 그의 마당에서 나는 개 한 마리가 그릇에 담긴 피를 핥아먹고 있는 것을 보고, 나를 위해 또 한 마리의 양을 잡았다는 것을 알았다. 그는 50달러를 내고 자기 아내를 취하라고 제의했다. "특별히 당신을 위해, 단 한번"이라고 그가 말했다. 그러나 그 말은 농담이었다. 하지만 루슬란의 손이 그녀의 어깨 위에서 떨고 있었다. "토크토르는 임포텐츠예요. 그래서 그런 제의를 하는 거예요. 그리고 돈도 필요하고." 여자가 그 두 사람을 후려치면서 활기차게 대답을 대신했다. 그녀는 아름답고 유능했지만, 토크토르는 실업자였다.

다른 누군가가 우리를 코크코르로 실어다주었다. 뒷좌석에 단정치 못한 자세로 털썩 앉은 루슬란은 우울해 보였다. 그가 마침내 입을 열었다. "난 어젯밤 한숨도 못 잤어요."

"왜요?"

"창피해서요. 난 제때에 당신을 위해 말을 구해오겠다고 말했지만 그러지 못했어요. 당신은 내 손님이에요. 그리고 어제, 간밤에 …… 만약 사고라도 나서……"

헤어지면서 나는 두 팔로 그를 안았다. 커다란, 우울해 하는 아기를 안은 것 같았다. 그도 힘없이 나를 안았지만, 크게 위안을 받지는 못한 것 같았다. "미안합니다. 미안합니다……"

그가 부끄러움을 느끼게 된 이유는 무엇보다 내가 화를 냈기 때문이었다고 나는 생각한다. 어느 빅토리아 시대 탐험가의 탐험기에서 읽은 것처럼 이 분노가 때로는 효과를 내기 마련이다(아침에 거의 정확한 시각에 차가 왔고, 차에는 기름이 가득 들어 있었다). 하지만 나는 어젯밤 일을 생각하면 소름이 끼쳤다.

우리는 아직 서먹서먹한 기분으로 코크코르 거리에서 헤어졌다.

* * *

줌갈 계곡이 수수마이르 산괴(山塊)와 만나는 곳에 벽화를 그려 놓은 것 같은 절벽의 산이 우뚝 솟아 있다. 절벽이 마치 어떤 거대한 짐승이 쪼개놓은 것처럼 대칭을 이루며 쪼개져 있다. 갈라진 틈 사이에 검은 빛과 살구빛의 슬라브 모양의 바위 위로 길이 나 있다. 무너져내린 돌 부스러기가 순전히 석탄인 경우도 가끔 있다. 청록색으로 빛나는 케케메렌 강이 이 협곡을 통과하고 있다. 강가에는 버드나무들이 자라고, 몇몇 가난한 농가도 보였다.

"이 사람들은 원시적인 사람들이에요. 그들의 검은 얼굴을 보세요. 이곳은 살 만한 곳이 못돼요. 우리가 매우 위험한 곳을 여행하고 있다고 생각합니다." 나는 코크코르 바자르에서 경찰관 출신인 알리크를 만났고, 그가 나를 서쪽으로 400킬로미터 떨어진 탈라스까지 태워다주기로 의논이 되었다. 그런데 이제 와서 그가 겁을 내고 있는 것이었다. "여긴 차가 없어요. 왜 차가 없는 거죠? 다른 차들이 보이지 않아요. 난 그게 기분나빠요."

그는 그의 고향 도시에서 겨우 160킬로미터밖에 오지 않았는데 마치 자기가 외국에 와 있는 것같이 느꼈다. 우리가 길가에서 파는 보드카를 사지 않으면 우리에게 돌을 던지려 하는 마을이 있다고 그가 말했다. 하지만 우리는 그 동네를 지나치면서 한 사람도 보지 못했다. 이제 우리는 협곡을 통과하고 있었다. 울퉁불퉁한 바위가 깔린 길을 내려갔다. 풀 한 포기 없었고, 여기저기 검은 돌, 붉은 돌이 흘러내린 곳이 보였다. 이곳은 아득한 옛날에 화산이 폭발한 지대였다. 어떤 산들은 강으로 액체같이 보이는 오물을 쏟아냈고(빛깔이 하수도 같았다), 다른 산들은 그 너머에서 불타는 것 같은 붉은색으로 빛나고 있었다. 그러나 그 산들은 이미 눈으로 살짝 덮여 있었다.

알리크의 걱정은 더욱 심해졌다. 펠트 모자를 쓴 그의 얼굴은 처음에는 다부지고 기백에 차 있는 듯 보였다. 그의 단단한 지굴리 승용차는 14년밖에 안 되었다면서 그 여행을 쉽사리 해낼 수 있을 거라고 말했다. 그러나 그의 차 역시 이곳의 낡은 소련제 차—모스코비치, 라다, 기름만 먹어대는 볼가 등, 어떤 것은 40년 이상 된 고물차였다—와 다름없는 것으로 판명되었다. 비탈을 오를 때마다 차는 헐떡거리며 멈춰 서려고 했다. 이곳의 낡은 차들은 사실 여러 해 전에 폐차장으로 갔어야 할 차들이었다. 그러나 알리크는 자기 차가 말썽을 부리면 그것을 가짜 기름 탓으로 돌렸다. "주유소 놈들이 디젤과 물을 섞는다고요."

"이곳의 범죄가 더욱 악화되고 있어요." 그가 말했다. "당신은 코크코르 같은 도시들이 조용하다고 생각할 겁니다. 하지만 거리에서 칼부림과 강간 사건이 종종 일어나요. 대개 주정뱅이들이 말썽을 부리지요. 절도가 끊임없이 일어나지요. 대개 양을 훔쳐갑니다. 마약도 들어왔어요. 하지만 도시보다는 마약이 덜합니다. 헤로인, 아편, 마리화나. 아프가니스탄에서 타지키스탄을 통해 들어오는 루트가 있어요."

"알고 있습니다." 이 오솔길은 북쪽 아프가니스탄 국경을 가로질러 파미르 고원에 이르고, 우리 남쪽인 오시에서 모였다가 다시 모스크바와 서방으로 가는 여러 갈래의 길로 갈라진다. 이란과 파키스탄이 이미 심하게 영향을 받고 그들의 국경 감시를 강화했으며, 러시아에는 이미 5백 만 명의 중독자들이 있었다.

알리크가 말했다. "실업자가 득시글대니 운반자를 구하기는 아주 쉽지요. 그리고 경찰도 부패했고요. 우린 늘 쥐꼬리만한 월급을 받았지요. 수입을 올리는 최선의 방법은 검문소에서 차를 세우는 것이었지요. 법 위반을 찾아내기는 어렵지 않았어요. 그럼 돈을 받는 겁니다. 그것도 일의 일부였지요."

협곡이 끝나고 꽤 넓은 계곡으로 나왔다. 알리크와 그의 차가 휴식을 취했다. 우리는 산으로 둘러싸인 초원을 가로지르기 시작했다. 그가 만족스런 어조로 말했다. "당신네 유럽은 모든 게 개명되었죠? 그렇지 않습니까? 이곳은 그렇지 못해요. 모든 게 옛날 그대로죠. 네, 아름답긴 하지만요."

우리는 트럭 운전사 다방에서 식사를 했다. 그는 뒷짐을 지고 두 다리를 벌리고 서서 소리를 질러 음식을 주문했다. 그는 다시 경찰관이 되어 있었다. 뒤에 우리는 터키의 오래된 묘에 도착했고, 그는 그 묘가 누구의 묘인지도 모르면서 거기서 기도를 올렸다. 그는 코란에서 베낀 한 구절이 적힌 종이를 주머니에서 꺼냈다.

우리가 마지막 고개에 올라서자, 탈라스 강 위쪽의 산맥이 나타났다. 카자흐스탄으로부터 뻗어내린 산맥이었다. 우리는 옥수수와 해바라기, 그리고 갓 벤 건초가 널려 있는 들판을 지나 그 계곡으로 내려갔다. 우리는 알리크가 아는 사람의 집에서 밤을 보냈는데, 우리가 얼마나 환영을 받았는지는 잘 알 수 없었다. 그는 노인이었는데 손자손녀가 57명이나 되었다. 그중 몇은 마당에서 그들의 자녀들을 안고 왔다갔다 했다. 우리는 방석과 텔레비전만이 있는 방에 앉았다. 텔레비전에서는 미국의 허리케인 소식이 전해지고 있었다. 알리크는 사람들이 돌풍에 집을 잃은 처참한 광경을 보고 즐거워했다. 나는 그러는 그가 점점 미워졌다. 우리는 스탈린에 관해 논쟁을 벌였다. 그는 스탈린이 좋은 사람이라고 생각하고 있었다. 그러다가 우리는 잠잠해졌다. 뒤에 집주인이 우리를 위해 바닥에 누비이불을 깔아주었고, 알리크는 그 위에서 투덜거리며 빨간 속옷 바람으로 트림을 하다가 마침내 잠이 들었다.

\* \* \*

켄콜 협곡 위 산 정상에서 탈라스 계곡으로 뻗어내린 산줄기가 여러 개의 격리된 언덕을 만들었다. 이곳 어딘가에서 기원후 751년에 침입해온 아랍군이 중국군을 격퇴했다. 이 전투의 결과로 이슬람이 카슈가르까지 전파되었고, 포로로 잡힌 제지 기술자와 비단 만드는 일꾼들이 서쪽으로 끌려갔으며, 그들의 기술이 유럽을 매료시켰다. 이곳에는 또한 여기저기 마나스의 전설이 서려 있다. 둥그렇게 돌이 놓여 있거나 봉분이 있는 곳이면 그와 관련된 전설이 있다. 여기서 그가 큰 바위를 던졌다느니, 저 아래서 그가 허리를 굽히고 물을 마셨다느니, 저 너머에서 그가 화살을 날렸다느니 하는 전설들이다. 그리고 언덕 밑 나무에 가려 보이지 않는 곳에 그가 묻혀 있다고 한다.

나는 그 유적이 국가적 성소가 되어 있다는 것을 알았다. 보라색, 붉은색 장미가 흐드러지게 피어 있는 화단 사이에 창으로 난간을 만든 다리가 놓여 있다. 울긋불긋한 갑옷을 입은 전사들이 터키의 여자노예들처럼 끝이 뾰족한 모자를 쓰고, 가운을 입은 종자들을 거느리고, 권태를 못 이기는 엑스트라들처럼 왔다갔다 하고 있었다. '치료의 집'에 자리잡은 무당은 사자(死者)의 신통력을 이용해서 귀신을 불러내고 병을 치료했다. 그리고 여기저기 보이는 입간판은 마나스의 서사시에서 인용한, 조국의 통일과 자연 사랑에 관한 가르침을 선전하고 있었다.

나는 이 이교적(異敎的) 무대장치가 하나의 상처—공산주의가 남겨놓은 공백—를 치유하기 위해 제작된 것이라는 것을 알아차렸다. 1991년 소련이 붕괴되면서 키르기스스탄은 유독 공산주의 통치자들을 축출하고 자유주의적인 민주국가가 되었다. 중앙아시아 심장부의 작은 스위스가 된 것이다. 이 나라의 대통령 아카예프는 관료 출신이 아니라 물리학자였다. 그는 지역과 종족에 대한 충성심으로 분열된 나라의 절망적인 경제와 부패한 행정조직을 물려받았다. 결국 그는 약간의 독재정치를 펴면서 반대파들의 입을 틀어막고, 의회를 매수했다.

국가 통일의 초점으로서 그는 마나스의 위대한 전설에 눈을 돌렸다. 마나스의 이야기는 구전되는 가장 긴 서사시로서, 그 길이는

《일리아스》와 《오뒷세이아》, 《마하바라타》를 합친 것보다 더 길다. 노래로 구전되는 이 서사시는 천여 년 전 키르기스가 위구르를 정복하던 시절까지 거슬러올라가며, 그로부터 몇백 년 후 키르기스인들이 명목상으로 이슬람으로 개종하기 전에 몽골에 항쟁하던 이야기까지 다루고 있다. 역사와 전설이 구분하기 어려울 정도로 뒤섞여 있다. 이 서사시는 키르기스의 출생증명서이며 또한 애국가다. 그러나 그의 나라에 러시아인, 우즈베크인, 그리고 기타 소수민족이 많이 있다는 것을 의식한 아카예프는 그의 기조연설에서 이 서사시의 보편적 가치와 마나스의 전사들이 여러 인종으로 이루어져 있었다는 점을 강조했다. 민족영웅인 40명의 용사들이 마나스 주위에 실물 크기로 조각되어 있는 거대한 원 안에 나는 들어와 있었다.

나는 그 너머에 있는 성소 같은 박물관으로 들어갔다. 중앙에 걸려 있는 그림에는 마나스가 강철 갑옷을 입은 신동으로 그려져 있었다. 그는 반은 마법사, 반은 전설적인 영웅 같은 존재였다. 그의 뒤에 수많은 깃발을 든 무리들이 모여 있었고, 그들은 결국 하늘의 구름과 이어져 있었다. 하지만 그는 정말 누구였을까? 나는 궁금했다. 그가 과연 존재했을까, 아니면 반신화적인 전쟁 지도자들의 합성체 같은 것일까?

원래 마나스 이야기는 여러 개의 서사시로 이루어져 있었다고 한다. 이 나라의 언어와 경계선을 정한 사람들이 러시아인들이었던 것처럼, 전해오던 이 전설을 음유시인들에게서 수집하고 그것을 수정해서 더욱 발전시킨 사람들 역시 러시아인들이었다. 그들이 그렇게 한 것은 키르기스인들을 터키계의 다른 이웃 민족들과 분열시키기 위해서였다. 키르기스 민족국가는 어떤 의미에서는 스탈린의 작품이었다.

이제 그의 무덤으로 찾아가본다. 전설에 따르면, 마나스의 아내인 현명한 카니카이가 6백 마리의 낙타에 실려온 진흙을 모아서 천 마리의 염소에서 나온 기름을 때어 벽돌을 구웠다고 한다. 지금 그 앞에는 커다란 검은 바위가 서 있는데, 마나스가 부싯돌로 쓴 것이라고 한다. 또 거대한 기둥도 서 있는데, 마나스가 그의 애마를 매어놓던 곳이라고 한다. 그의 놀라운 애마 아쿨라는 빛으로 앞길을 비췄다고 한다. 그 너머에는 동심원 모양의 소벽(小壁) 여덟 개가 텐트 모양의 첨탑 밑에 있는 묘지 입구를 둘러싸고 있다. 소벽의 색칠이 너덜너덜 떨어져 섬세하게 쌓은 안의 진흙이 드러나 있다. 순례자들이 벽토를 떼어가는 것을 금한다는 공고문이 붙어 있다. 묘실 안에는 아무것도 없다.

그래도 순례자들의 행렬이 이어진다. 담요를 두른 아내를 데리고 오는 노인들, 검은 안경을 쓴 젊은이들, 말 잘 듣는 어린이들, 하이힐을 신은 여자들이 이곳을 찾고 있다. 이곳의 성직자가 기도문을 읊조리면 그들은 머리를 숙이고 귀를 기울인다. 그런 다음 그들은 따뜻해진 테라코타에 손바닥과 이마를 대고 무덤 주위를 돈다.

전설은 어디에나 서릴 수 있다. 마나스도 황제(黃帝)와 마찬가지로 그 자신의 시간 속에 머물고 있다. 민족은 철학자 레난이 말한 것처럼 진정한 과거가 아니라 그 민족이 스스로에게 들려주는 이야기, 민족이 무엇을 기억하고 있고 무엇을 잊어버리느냐에 의해 속박된다.

# 8
## 사마르칸트로

이틀 동안 남쪽으로 갔다. 치츠칸 강이 흐르는 협곡을 따라가던 도로가 마침내 톡토굴 호숫가에 이르렀다. 거기 있는 한 호스텔 방에서 건축현장 노무자들과 함께 밤을 보낸 나는, 버려지다시피 한 공업도시 우스트쿠르간으로 가는 버스를 탔다. 버스는 거대한 수력발전 댐 밑에서 조용해진 나린 강을 따라 난 구불구불한 도로를 달려가고 있었다. 나는 키르기스스탄을 남북으로 나누고 있는 경계선을 지나 더 가난한 페르가나 계곡의 이슬람 지역을 향해 가고 있었다. 그곳은 우즈베키스탄과 인접한 지역이었다.

성격이 온화한 운전사는 공산주의에 대한 향수를 늘어놓으며 국경을 따라 차를 몰았다. 자신의 고향인 우스트쿠르간에서 석영 광산이 막 개발되려고 할 때 소련이 붕괴되었다고 그는 말했다. 광업

시설들이 지금은 폐허로 남아 있다는 것이었다. 그는 소련 시절이 참 좋았다고 기억하고 있었다(하긴 과거는 늘 더 장밋빛으로 보이기 마련이니까). 그때는 사람들이 실컷 배를 채우고 영화나 연극을 보러 갔다고 했다. 그러나 이제 장래가 막막해졌고, 국가간의 장벽은 더욱 높아졌다는 것이었다. "우즈베키스탄은 이제 외국이지요."

나는 두 개의 국경 초소에서 제지당했다. 한번은 키르기스 병사들이 나에게 손짓으로 완충지대를 1.5킬로미터 걸어가라고 했다. 국경 사이의 완충지대에서는 여자들이 멜론을 수확하고 있었다. 그러나 우즈베크의 경비병들은 나에게 돌아가라고 명령했다. 한때는 상인들이 쇠퇴해가는 무슬림 제국 사이를 마음대로 오가던 곳인데, 이제 중앙아시아의 국경은 관료들의 천국이 되어버렸다. 고대의 통로가 여러 개의 방으로 나누어진 꼴이다. 그의 제국 안에 통일된 무슬림 블록이 생기는 것을 우려한 스탈린이 1920년대 중반에 이 나라들의 경계선을, 그리고 각 나라들에게 그럴듯하게 꾸민 역사를 주었다. 스탈린의 경계선은 인종 분포를 반영하려고 노력했지만, 그것은 거의 불가능한 일이었다. 소련 통치 70년을 거친 지금도 터키어 방언이 국경을 무시하고 침투하고 있다. 중국을 향해 짖는 개 모양을 한 우즈베키스탄은 주위에 있는 나라들로 그 국민을 흘려보낸다. 그러나 타지크인과 이란계 종족들이 오래된 도시들인 사마르칸트와 부하라 주민들의 근간을 이룬다. 그들은 또한 아프가니스탄과 중국으로도 퍼져나간다. 투르크멘족이 이란과 아프가니스탄에 분포하고 있으며, 중앙아시아 전지역에는 러시아인, 우크라이나인, 타타르족, 게르마니아인, 위구르인, 중국인, 한국인 등이 흘러들어와 있다. 소련이 붕괴되면서 생긴 지 얼마 안

된 무슬림 공화국들이 그들의 연약한 정체성을 가진 채 세계무대
로 뛰어들었다.

내가 들어가고 있는 지역만큼 그 국경선이 꼬불꼬불한 곳은 세
계 어디에도 없다. 키르기스인과 우즈베크인들은 아주 인접해 살
았다. 1990년에 일어난 소요사태로 3백 명이 죽었다. 나는 오시 근
처에서 제대로 운영되는 국경 초소를 만났다. 저녁때였다. 12년 전
나는 잠이 덜 깬 채 손을 흔드는 경찰관의 신호에 따라 이곳 국경을
넘은 적이 있었다. 그러나 이번에는 키르기스의 경비병들 너머 우
즈베크의 경계선이 노상 장애물과 세관으로 가로막혀 있었다. 세
관에서는 사막 전투복을 입고 약식 모자를 쓴 버릇없는 군인들이
노파들에게 그들의 자루를 스캐너에 넣으라고 윽박지르고 있었다.
나도 그들의 지시에 따라 이 방 저 방을 옮겨다녀야 했다. 밤이 되
어서야 나는 국경을 통과하고 어둠 속에서 나망간을 향해 길을 재
촉했다.

대기는 따뜻하고 조용했다. 저지(低地)로 내려온 탓인지 공기가
부드럽게 느껴졌다. 새벽에 나무에서 지저귀는 새들이 열대 정글
을 연상케 했다. 그러나 그 새들은 갈색이었고, 좀처럼 눈에 띄지
않았다. 우즈베크 상인들이 수를 놓은 테두리 없는 모자를 쓰고 왔
다갔다 하는 바자르에서는 평상에 앉아 염소 스튜로 아침을 때울
수 있었다. 평상에서는 책상다리를 하고 앉은 남자들과 여자들이
따로 떨어져서 잡담을 늘어놓았다. 노점에는 멜론과 호두가 있었
고 중국, 터키, 두바이에서 들어온 옷가지들이 쌓여 있었다. 그 옷
들에는 도용한 서양의 로고들이 찍혀 있었다. 키르기스와는 달리

산들은 낮았고, 주위에 보이는 얼굴들은 더욱 다양하고 조심성 있
는 표정이었다. 나망간은 크지만 가난한 도시였다. 공원과 역 주위
에는 실업자들이 서성이고 있었다.

조심스럽게 거리를 걸어보았다. 이곳은 좋지 않은 일로 이름난
곳이다. 러시아인들이 심은 플라타너스 나무가 자랄 대로 자라서
거리를 따라 늘어서 있지만, 이제 러시아인들은 이곳을 떠났다. 러
시아인들이 지은 벽돌집들과 신고전주의적인 공공건물들이 더욱
오래된 구시가의 미로 같은 골목 변두리에 자리잡고 있다. 레닌광
장은 자유광장이 되었다. 하긴 이 새 이름이 가끔 냉소적인 웃음을
불러일으키기도 한다. 레닌의 동상이 서 있던 자리에 지금은 무굴
제국의 창시자인 바부르의 동상이 자리잡고 있다.

2차대전 기념공원에서는 영광이니 소비에트 조국이니 하는 단
어를 찾아볼 수 없었고, 꺼지지 않는 불꽃도 없었다. 그 공원은 실
체가 없는 비탄의 기념비가 되었다. 정원에 가족의 죽음을 슬퍼하
는 여인의 동상이 서 있고, 동상 둘레에는 죽은 사람들의 이름들이
새겨져 있었다. 그들은 아마 역병으로 죽은 사람들일 것이다. 입구
에 새겨진 투르크어 문구가 다음과 같이 영어로 번역되어 있었다.
"사랑하는 그대들은 우리 가슴 속에 있다."

하지만 페르가나 계곡은 그 자체가 하나의 나라다. 비옥하고 인
구가 많은 이 계곡은 1940년대에도 비밀 수피교도들이 세운 비공
식적인 모스크들이 여기저기 있었고, 순회하는 이슬람 율법학자들
이 이 일대를 누비면서 신도들과 접촉했다. 1990년대초에는 나망
간의 거리를 무슬림 야경단이 순찰하면서 범죄와 난잡한 옷차림을
단속했으며, 1990년대말 페르가나 계곡의 마을들은 이슬람 국가

건설에 매진하는 게릴라 '잠복자들'을 숨겨주고 있었다. 매년 그들의 동지들—흔히 탈레반에 병력을 지원해준 파키스탄의 데오반디 학교들에서 양성된 요원들—이 타지키스탄이나 아프가니스탄의 기지들로부터 이 계곡으로 침투해 들어왔다. 그들이 가장 증오하는 사람은 누구보다도 우즈베키스탄의 대통령 카리모프다. 공산주의자 출신의 독재자 카리모프는 고문을 자주 자행하고 그에게 반대하는 사람들을 감쪽같이 사라지게 만드는 사태를 빚고 있는 인물이다. 이 게릴라들의 지도자들은 젊었다. 아프가니스탄에서 그들은 오사마 빈 라덴과 율법학자 오마르와 가까워졌고, 2001년 미국의 아프가니스탄 침공이 그들을 덮치기 전까지 사우디아라비아로부터 자금 지원을 받았다.

기도 시각을 알리는 외침은 들을 수 없었다. 6년 전 무슬림 극단주의자들이 한 경찰간부와 몇몇 지방 관리들의 목을 자른 이후로 이슬람 사원의 첨탑이 조용해졌다고 한다. 한 종파의 근거지가 공예품 박물관으로 변했고, 그 담벽을 파고 상점들이 들어섰다. 다른 모스크—한때 소련의 무신론 박물관이었다—에서는 코란을 가르치는 학교의 기도소가 건축되었다. "돈이 부족해서 공사 진척이 아주 느리지요." 그 모스크의 늙은 성직자가 말했다. "사람들에게서 거두는 돈으로 짓고 있으니까요."

이슬람 부흥의 중심지는 굼바즈 모스크였다. 여러 해 전, 러시아인들이 그 모스크를 보드카와 포도주 저장고로 만들어버렸다. 그러나 독립 직후 미래의 이슬람 저항운동 활동가들이 그 건물을 인수해서 기도소로 만들었다. 1995년쯤에는 그 모스크는 사우디아라비아의 엄격한 이슬람 종파인 와하비즘의 전초기지가 되었다.

소문에 의하면, 사우디아라비아가 학생 2천 명의 학비를 대주고 있다고 한다.

하지만 내가 들어가보니 종교적 열기는 사라지고 없었다. 체구가 작은 한 관리자가 싱글싱글 웃으면서 나를 접대했고, 테두리 없는 검은 모자를 쓴 학생들 몇이 뜰에 포석을 깔고 있었다. 깨끗하게 면도한 젊은 관리자가 나에게 다가왔다. 공식적으로 임명된 이슬람 성직자와 토속적인 신앙을 가진 율법학자들 사이에 단층선이 존재한다는 사실을 나는 알고 있었다. 이 사람은 양복을 입고 있었고, 미소를 짓고 있었다. 와하비 신자들은 1996년에 제거되었다고 그가 말했다. 이곳에는 현재 120명의 학생들이 있는데 그들은 정부의 돈으로 적절한 교육을 받고 있다고 했다. 체구가 작은 관리자가 나를 모스크의 거대한 반구형 천장 밑으로 안내했다. 어둠 속에서 날아오르는 비둘기들이 일으킨 바람이 우리들의 얼굴을 스쳤다. 벽에 붙어 있는 포스터들에는 코란의 문구들이 적혀 있지 않고 카리모프 대통령의 말이 적혀 있다고 그가 웃으며 말했다.

나는 이 나라의 미래를 찾으려고 했다. 그것이 거리의 표지판처럼 키릴 문자나 라틴어 또는 아랍어로 쓰여 있을 것 같은 생각이 들었다. 그런데 내가 도시의 심장부에 있는 작은 대학 옆을 걸어가고 있을 때, 그것이 우연히 나와 맞닥뜨렸다(그것이 미래인지는 확실치 않지만). 학생들이 나를 안으로 들어오라고 초대했고, 내가 여기저기 파손된 복도를 걸어갈 때 학생들은 벌떼처럼 나를 쫓아왔다. 우리가 교실에 들어갈 때마다 40명의 학생들이 환한 얼굴로 자리에서 일어났다. 그들 중 반은 여학생이었다. 그들은 장학금을 받지 못할 경우 1주일에 500숨(약 50센트)의 수업료를 낸다고 한다. 그들은 나름대로 나망간의 엘리트들로서, 장차 변호사, 의사, 공무원, 그리고 또 반체제 인사들이 될 사람들이다.

나는 카페에 들어가서 녹차와 할바(참깨와 꿀로 만드는 터키 기원의 캔디)를 주문했다. 한 학생이 혼자 앉아서 리놀륨 테이블보에 그려진 튤립을 뚫어져라 바라보고 있었다. 만수르가 미소를 지을 때면 소년의 얼굴이 된다. 기민하지만 약간 미숙해 보이는 얼굴이다. 사실 나망간은 이제 위험하지 않다고 그는 말했다. 극단주의자들은 몇 백 명에 불과하다는 것이었다. "우리는 그런 극단주의에 찬성하지 않아요. 동조한 적이 한번도 없어요. 그건 저 너머 다른 곳에서 들어온 거지요!" 그는 머리로 파키스탄 방향을 가리켰다. 그는 신경질적으로 손가락 관절을 잡아당겨 딱딱 소리를 내고 또 자기 입 언저리를 문질러댔다. "내가 보기에 대학 안에서는 진정한 무슬림은 백 명에 한 명 정도밖에 안 돼요. 그보다 적을지도 몰라요. 물론 사람들은 자기네들이 무슬림이라고 말하지만, 나망간에서조차 그건 사실이 아니에요. 일례로 우리 아버지도 아는 기도가 몇 가지 안 돼요. 기도도 하지 않고요. 그리고 보드카를 마시지요."

"그럼 와하비 신도들은 어떻게 되었지요?"

"그들은 아직 여기 있어요. 하지만 그들의 턱수염은 사라졌고, 그래서 그들도 외모가 다른 사람들과 똑같아요. 그들은 여러 직업에 종사하고 있을 겁니다. 교사도 있고, 교수도 있지요. 실업자도 있고, 감옥에 들어가 있는 사람도 있고요. 그들은 감수성이 예민한 젊은 사람들이었어요. 지금 그들의 신앙이 정부에 의해 금지되고 있어요. 그건 유감스러운 일이지요. 그들이 자기네들 방식대로 살도록 허락했어야 옳다고 생각합니다. 그들을 추종할 사람들은 많지 않을 겁니다."

그는 미소를 지었다. 그러자 다시 소년의 얼굴이 되었다. 그의 목소리는 귀에 익은 투르크어다. 그의 주장은, 극단주의는 사내답지 못하다는 것이다. 그것은 이란인, 파키스탄인, 아랍인들에게나 어울린다는 것이다. 그들은 상인 종족이고, 그들 가운데 일부는 이교도이며, 또 그들은 자제 능력이 없는 사람들이라는 말이다. 그러나 우즈베크의 방식은 다르다는 것이었다. 몇 년 전 독립 직후에 이곳을 여행하면서 나는 그런 얘기를 자주 들었었다.

만수르가 말했다. "하지만 우리는 늘 복종하고 감추라는 가르침을 받아왔습니다. 러시아인들이 오기 전부터 그랬지요. 모르긴 몰라도 수백 년 전부터 그랬을 겁니다. 그러니 그것이 어떻게 바뀔 수 있겠습니까?"

내가 말했다. "독립이 시작이지요."

"독립하고 나서 우리는 더 가난해졌어요. 유서 깊은 가문에서 가문 전래의 코란을 팔아야 하는 경우도 종종 있어요. 가죽에 쓴 아름다운 것이지요. 어떤 것은 깃털로 장식되어 있기도 하고요. 사람들은 소련 시절이 더 좋았다고 말합니다. 우리 젊은이들은 그때를 기억할 수 없지만요." 그는 한 손가락으로 자기의 맥박을 눌렀다. "우리 핏속에 노예근성이 있는 것 같아요."

\* \* \*

내가 탄 버스가 녹음이 우거진 조용한 시골길을 달렸다. 안개에 덮여 하늘은 보이지 않았다. 버스의 천장에는 환기를 위한 구멍이 뚫려 있었고, 고장난 조명등이 승객들의 머리 위에서 흔들렸다. 들판에서는 옥수수와 해바라기가 익어가고, 여인들은 줄지어 서서 허리를 굽히고 목화를 따고 있었다. 2천 년 전, 이 거대한 계곡은 '천마(天馬)'들이 풀을 뜯는 초원이었다. 중국인들은 이 빠르고 힘센 명마들이 용의 혈통을 타고났으며 피땀을 흘린다고 믿었다. 훈족의 기마대를 두려워하던 중국인들은 명마를 얻기 위해 이 지역을 침공했고, 몇 백년 동안 비단을 주고 말을 사갔다. 그러나 이제 이 들판은 포플러와 뽕나무, 그리고 반짝이는 운하로 덮여 있다. 가끔 마을이 나타나서 도로가 하얀 회칠을 한 담벼락 사이의 통로가 되어버린다. 집들에는 조각된 문이 달려 있다. 이 땅은 언뜻 보아 너무나 평화스럽다. 그러나 마약과 무기의 운반을 막기 위해 설치된 노상 장애물이 군데군데 있고, 거기서는 경찰이 모든 차를 정지시킨다. 우리는 정오가 지나서야 마르길란에 도착했다.

실크로드 변의 오래된 도시로, 세련되고 경건한 마르길란은 소련 시대에는 지하경제의 본거지였다. 나른하게 느껴지는 매혹적인 도시였다. 나는 조용한 모스크로 들어가서 찻집에서 빈둥거렸다. 돈을 인출할 수 있는 은행을 찾았으나 보이지 않았다. 한 친절한 관리가 나를 암달러상에게 데리고 갔다. 암달러상은 거의 가치가 없는 지폐 한 뭉치를 내게 건네주었다. 거리의 여자들은 다른 어느 곳보다 더 생기가 넘쳐 보였다. 그들은 금실을 넣어 짠 보라색의 비단 옷을 입고 있었고, 발목까지 내려오는 드레스 밑에도 비단 바지를 입고 있었다. 그들이 부서진 무지개처럼 보도를 메우고 있었다. 그들의 가무잡잡하면서도 다양한 얼굴—몽골인의 높은 광대뼈, 페르시아인 같은 기품—이 매듭이 있는 머릿수건으로 가려져 있었다. 이런 억제가 길고 아름다운 손과 어울려 나체보다도 더 에로틱하게 보였다. 드물게 묶어 늘어뜨린 머리를 그대로 드러내고 다니는 아주 젊은 여인들도 보였다. 그들은 "에스티 로더"나 "좋은 하루 되세요" 같은 글자가 찍힌, 중국이나 파키스탄에서 만든 가방을 들고 다녔다.

비단이 도처에 있었다. 마르길란은 소련의 비단 수도였다. 지금도 이 도시의 공장들에서는 값싼 아닐린으로 염색한 비단이 매년 수백만 미터씩 생산된다. 재래식 방법으로 비단을 짜는 곳도 아직 남아 있다. 나는 녹슨 환기 파이프가 보이고 장미가 심어진 뜰의 아틀리에로 들어갔다. 이 아틀리에에는 붉은 물감은 석류나무 껍질에서, 노랑 물감은 양파에서, 갈색 물감은 밤에서 뽑아낸다고 했다. 옛 방식을 고수하던 허텐의 공장들이 생각났다. 아궁이 앞에 책상다리를 하고 앉은 맨발의 여자들이 부글부글 끓는 가마솥에서 찐 누에고치를 꺼내고 있었다.

여기서는 비단실 타래를 무명실과 복잡하게 섞어 감아서 여러 차례 염색을 하여 이 지역 사람들이 좋아하는 애틀라스 천을 만들어낸다. 베틀에 천이 복잡한 그림맞추기 퍼즐처럼 걸려 있었다. 들리는 것은 북이 털컥거리는 소리, 슬리퍼를 신은 발이 발판에서 내는 소리뿐이었다. 그러나 이곳의 천 짜는 여자들은 모두 젊었다. 그들이 짜는 천에는 우즈베크의 팝 우상, 발리우드의 영화배우 등 그들의 꿈의 대상들이 나타나 있었다.

이 염색법은 이 계곡의 전통적인 방식으로 가족 대대로 전래되어 온 것이다. 이 염색에는 지금은 잃어버린 상징이 스며 있다. 추상적인 문양만을 허용하는 이슬람이 모든 염색 방법을 바꿔버렸다. 코란에 따르면, 천국에서만 신심이 깊은 자들이 비단 옷을 입고 이승에서는 비단 옷을 입을 수 없다고 되어 있다. 예언자 자신도 기도하다가 비단 가운이 역겨워져서 찢어버렸다고 하며, 칼리프 오마르는 638년 예루살렘을 점령했을 때 그의 부하들이 약탈한 비단 옷을 입고 있는 것을 보고 기겁하며 부하들에게 비단 옷을 먼지 속에 질질 끌도록 명령했다고 전해진다.

그러나 포로가 된 중국인 비단 일꾼들이 그들의 마무리 기술을 전해준 탈라스 전투 이후로, 페르시아와 시리아의 무슬림 비단 공장들이 번창했고, 여기서 나온 비단이 서방세계 전체에 공급되었다. 무어인들이 양잠을 스페인에 소개했고, 이슬람 세계에서도 금욕적 풍조가 사라지고 비단 옷을 즐기게 되었다. 터번에서 수 놓은 슬리퍼까지, 귀족들은 비단으로 만든 제품을 좋아하게 되었다. 칼리프와 술탄의 궁전에 화려한 비단 장식이 내걸렸고, 가끔 코란의 가르침을 넣어 짠 비단도 보였다. 칼리프와 술탄의 수행원들도 번쩍이는 비단을 즐겨 입었다. 19세기에 중앙아시아 이슬람 왕국들의 쇠퇴해가는 궁정에서 유일한 사치는 정신(廷臣)들의 몸을 휘감은 비단이었다. 그들은 귀한 비단 피륙을 선물로 뿌리기도 했다.

마르길란의 호텔은 키르기스스탄의 가정집보다는 나았지만, 역시 시설이 보잘것없었다. 내 방의 가구는 부서져 있었고, 물도 안 나왔으며, 전기도 들어오지 않았다. 바닥에는 먼지가 쌓여 있어, 내가 지나가면 발자국이 선명하게 찍힐 정도였다. 호텔의 투숙객은 나 혼자뿐이었다. 직원들조차 호텔을 버리고 떠난 듯, 한 사람의 계원이 오후에 들를 뿐이었다.

그래서 나는 나를 받아줄 가정집을 찾아보았다. 하얀 회칠을 한 담 위에 사과나무들이 있는, 막다른 골목에 3대가 평화로운 뜰 주위에 살고 있는 집이 있었다. 실업자가 많은 곳이었으므로, 이 집의 젊은이들은 일자리를 찾으러 다른 도시로 떠나고 없었다. 뚱뚱한 가장—은퇴한 트럭 운전사—은 운전을 포기하고 중국 자전거를 한 대 샀다고 했다. 그는 자전거가 더 평화롭다고 말했다. 그의 아내는 이 지방에서 만든 가죽 부츠를 타슈켄트에서 팔고 있었다. 그의 막내딸이 우리에게 차와 염소 스튜를 내다주었고, 저녁에는 평상에 나와 함께 앉아서 악센트가 없는 영어로 이야기를 나누었다.

이 은밀한 가정집 뜰에서의 삶도 많이 변했다고 했다. 젊은 여자들이 진 바지를 입게 되었고, 아이들은 미친 듯이 날뛴다는 것이었다. 소련 시절에는 단단히 짜인 마할랄라르—마음이 맞는 몇 가정으로 이루어진 조직—가 조용한 이슬람의 요새였다. 요즘은 국가에서 노인들을 포섭하여 통제의 수단으로 이용하려 한다고 했다. 하지만 자기네들은 자기보호적이며 내성적이라고 소녀는 말했다. 미로 같은 골목을 가진 그들의 동네가 바로 요새라는 것이었다. 하지만 일단 안으로 들어가보면, 모든 방이 창문과 유리문이 있어 밝고, 또 뜰을 내다볼 수 있게 배치되어 있다는 것이었다. 표면상으로는 가족들 간에는 모든 것이 투명하고 공유되어 있다고 했다.

우리는 어둠이 깔릴 때까지 밖에 앉아 있었다. 노인이 나무에서 석류 몇 개를 따더니, 그것들을 쪼개서 내 앞에 놓았다. 한편, 지금 집에 없는 아들의 자녀들이 평상 밑에서 남는 음식을 받아먹었다. "무자헤딘(아프가니스탄의 전사)이 따로 없지." 노인이 껄껄 웃으며 말했다. 마침내 노인은 텔레비전을 보러 들어갔다. 그의 딸이 아이들을 진정시키고, 우리들 위에 있는 나무에 걸린 등에 불을 밝혔다.

마무다가 나를 어리둥절하게 했다. 스무네 살인 그녀는 미혼이었다. 시간이 지날수록 그녀는 이야기에 열을 올렸다. 외국인에게 자기의 비밀을 털어놓는 것이 먼 행성에 대고 고백하는 것과 같아서 아무 문제가 되지 않는다고 생각하는 모양이었다. 그녀의 얼굴 윗부분과 눈은 생기발랄하고 아름다웠지만 입 주위의 뺨이 밑으로 처진 것이 좀 볼품이 없었다. "열네 살이었을 때 난 텔레비전에 붙어살았어요." 그녀가 말했다. "하지만 부모님이 보지 못하게 했지요. 그래서 부모님이 나가자마자 나는 〈산타 바바라〉와 멕시코 연속극을 틀곤 했어요."

"서양이 그렇다고 생각했나요?"

"아무 생각도 안했어요." 그녀가 웃으며 말했다. "나는 갑자기 그 모든 것에 대한 흥미를 잃어버렸지요. 종교대학인 마드라사에 가고 싶다는 생각을 했어요. 신에 대해서 알고 싶었거든요. 그 시절에는 거의 모든 마드라사가 폐쇄되어 있었지요. 하지만 고등학교를 졸업한 후에 나는 타슈켄트에 있는 마드라사 하나를 찾아냈지요. 사우디아라비아가 은밀하게 돈을 지원해주는 학교였어요. 나는 몰래 교사들의 가정으로 찾아갔어요. 그 학교는 그런 식으로 운영되고 있었거든요. 거기 가서 혼자 기도했지요. 나는 하루에 다섯 차례 기도했고, 아랍어로 된 코란을 매일 한 페이지씩 읽었으며, 터키어로 된 하디스(무함마드와 그 교우의 언행록)를 읽고 기도도 하고 단식도 했지요. 그때 내 나이는 불과 열여섯이었어요. 그런데 이상한 느낌이 들기 시작했어요. 나는 베일을 쓰고 걸어다녔지요. 얼굴

전체를 가렸어요. 그러다가 갑자기 기분이 나빠지기 시작했어요."
그녀는 두 손으로 얼굴을 가렸다. "아랍어를 공부할 때마다 내 머리 속에서 무슨 일인가가 일어났어요. 난 그것이 무엇인지 몰라요. 앞으로도 영영 모를 거예요. 하지만 내가 아랍어를 읽거나 기도를 할 때마다 머리가 빠개지는 것처럼 아프기 시작했어요."

나는 무언가 위안이 될 만한 말을 하고 싶었지만, 내 마음속은 청소년에 대한 상투적인 말로 가득 차 있었다. 나는 이해할 수 없었다. 그런데 그녀가 한 여행이 아이러니컬하다는 느낌은 들었다. 금요일이면 무릎을 꿇은 신자들 때문에 거리가 막혀버리는 신심 깊은 마르길란에서 그녀는 현대적인 도시 타슈켄트로 갔던 것이다. 여자들이 자유를 얻어가고 있는 그 도시에서 그녀는 비밀의 기도를 하면서 역겨움을 느꼈던 것이다.

그녀가 말했다. "결국 나는 너무 쇠약해져서 기도도 할 수 없었어요. 부모님이 오셔서 나를 마르길란으로 다시 데려왔지요."

"부모님이 옳았습니다."

"그래서 나는 대학에 진학해서 언어를 공부했어요. 그런데 2년 후에 아버지는 내가 결혼을 해야 한다고 생각하셨지요. 그것이 이곳 마르길란의 전통이거든요. 부모님이 결정을 하지요."

나는 그녀에게 지금 남편이 있는지 궁금했다. 하지만 남편이 있다는 징후는 없었다. 그녀에게서는 외로움이 풍겼다. 그녀가 테이블을 내려다보았다. "여기서는 젊은이들이 서로 만날 수가 없어요. 러시아인들처럼 아파트에 산다면 그것이 더 쉽겠지요. 계단에서 만나서 이야기를 할 수도 있을 테니까요. 하지만 이곳 마할랄라르에서는 집을 나갈 때마다 노인들이 벤치에 앉아서 지켜보고 있거든요."

"나도 그들을 보았습니다." 그래서인지 거리에는 남자와 함께 다니는 남자, 여자와 함께 다니는 여자들뿐이었다.

"그래서 우리 부모님이 이 거창한 결혼을 준비하셨지요." 그녀가 반지도 끼지 않은 두 손을 펼쳐보였다. "나는 등록사무소에서 남편을 처음 보았어요. 그는 바짝 마르고 가무잡잡했으며, 나보다 열 살이 더 많았고, 별로 볼품이 없었어요. 나는 그를 보고 생각했지요. '난 당신을 사랑할 수 없어. 난 영영 당신을 사랑할 수 없을 거야'라고요." 그녀는 나이가 겨우 열여덟 살이었고 〈산타 바바라〉를 본 경험이 있는 터였다. "나는 그의 집에서 그의 가족과 석 달을 함께 살았지만 그를 만질 수 없었어요. 그는 선량한 사람이었어요. 강제로 나를 어떻게 하려고 하지 않았지요. 나는 밖에 나가서 그의 집 근처에 있는 운하를 들여다보면서 생각했지요. '죽고 싶다. 어디론가 사라지고 싶다.' 그리고 나는 운하 속으로 깊숙이 걸어들어갔어요. 나는 헤엄을 칠 줄 몰라요. 물이 부드럽게 느껴졌어요. 나는 안으로 들어가서 가라앉았지요. 그후에 어떤 일이 일어났는지 난 몰라요." 마치 공기를 빨아들이려는 것처럼 그녀의 입이 열렸다. 석류즙이 묻은 그녀의 입술은 진홍색이었다. "난 몇 주일 동안 병원에 있었어요. 남편이 나를 보러 병원으로 왔지요." 그녀는 다시 웃었다. "하지만 그의 가족에게로 돌아간 후, 나는 내가 결혼생활을 계속할 수 없다는 걸 알았어요. 나는 이혼을 요청하고 집으로 돌아왔어요. 1년 후 이혼이 되었어요. 우리 부모님도 이혼을 받아들이고 나를 다시 찾아왔지요. 좋은 분들이시니까요."

이제 그녀는 부모를 돕기 위해 일했다. 그녀는 영어와 한국어를 배웠고, 배운 것을 다른 아이들에게 가르쳤다. 영어와 한국어를 배우고 싶어하는 젊은이들이 많다고 그녀가 말했다. 한국에 가서 일을 하는 길이 열려 있었으므로, 그녀의 두 오빠들은 모두 한국으로 갈 계획이라고 했다. "부모님들은 내가 좋아하는 일을 하도록 내버려두고 계세요. 무슨 일을 해도 좋대요. 그분들은 내가 또 무슨 짓을 저지를까봐 두려워하시는 것 같아요."

옛일을 회상하기가 괴로운 듯, 그녀는 창백해져 있었다. 그녀의 부모가 두려워하는 것은 당연하다는 생각이 들었다. 그녀에게서는 슬픈 야생성 같은 것이 풍겼다. 잠자기 전에 그녀는 스스로에게 진정제 주사를 놓았다.

그녀가 갑자기 진지하게 말했다. "열세 살 때 난 사랑에 빠졌어요. 물론 우린 사랑에 대해 얘기할 수 없었어요. 학교에 다니는 어린 학생들이었으니까요. 하지만 우린 서로 사랑했어요. 지금 그 사람은 이곳에서 몇 킬로미터 떨어진 페르가나에서 살고 있어요. 옛날 같은 반 친구한테서 그에 대한 얘기를 가끔 들어요. 곧 우리가 학교를 졸업한 지 7년이 돼요. 내 친구는 동창회 파티를 열고 싶어하지요. 그러면 아마 그 사람도 올 겁니다."

곧 그녀의 밝은 표정이 흐려졌다. 대부분의 남자들은 이제 결혼했고 자녀를 둔 사람도 많다고 그녀는 말했다. 그리고 그들은 너무 먼 곳에 살고 있다는 것이었다. 그러니 파티가 열리지 못할지도 모른다고 했다.


아침식사 시간에 나는 큰방에서 벽화에 둘러싸여 앉아 있었다. 전통 우즈베크 스타일로 그린, 낙원의 새들이 꽃 속에 앉아 있는 그림이었다. 그런데 그 새들의 머리가 모두 없어졌다는 것을 나는 알아차렸다. "6년 전에 그렇게 되었어요." 마무다가 말했다. "오빠가 무척 화를 냈지요. 오빠는 장식업자이고, 그림은 오빠의 작품이었어요. 그런데 나는 이 방에서 기도를 올리곤 했어요. 하디스에는 살아 있는 생물의 그림이 있는 집에는 천사들이 들어오지 않는다고 되어 있거든요. 그래서 내가 칼을 들고…… 그때 난 이상했어요." 그녀는 마치 다른 사람의 일을 회상하고 있는 것처럼 보였다.

"이제 난 기도하지 않아요. 코란도 읽지 않고요. 아랍어만 보면 머리가 아프거든요. 하지만 두려워요. 내가 한 모든 일 때문에 내 영혼에 대해 생각하는 것이 두려워요. 죽은 뒤에 나에게 어떤 일이 일어날 것인지 생각하고 싶지 않아요."

* * *

사마르칸트로 가는 기차는 이동하는 난민 수용소 같았다. 복도에는 담배꽁초와 해바라기 씨가 널려 있고, 아무것도 깔리지 않은 침상에서 승객들이 마구 음식을 먹어대는 바람에, 양고기 기름 냄새와 양파 냄새가 차 안에 진동했다. 기차는 계곡을 가로지르며 서쪽으로 열여섯 시간을 달렸다. 창밖의 풍경은 변함이 없었다. 목화밭과 말이 보이지 않는 초원에는 건초가 둥그렇게 뭉쳐져 있었다. 중국에서 그랬던 것처럼, 농작물이 자라는 들판 가장자리에는 뽕나무들이 보였다. 한쪽에는 파미르 고원의 산들이 비구름에 싸여 있었고, 다른 쪽에는 서쪽 멀리 텐샨 산맥의 윤곽이 보였다.

밤이 되면서 꾸불꾸불한 타지키스탄의 경계선이 철로와 교차되기 시작했다. 기차는 네 차례나 멈추었고, 그럴 때마다 경비병들이 통로를 오르내리며 밀수품과 뇌물을 찾았다. 맨 먼저 우즈베크의 군인들이 기차에 올랐다. 사복을 입은 세관원들이 함께 올라왔다. 다음에는 짙은 초록색 제복을 입은 타지크 경찰이 나타났다. 한 시간 후 타지크인들이 다시 기차로 올라왔다. 다음에는 우즈베크인들이 올라왔다.

내가 자리잡은 칸에서는 임시로 생긴 공동체가 자기방어에 힘을 합쳤다. 두 여인은 페르가나와 사마르칸트를 오가며 피륙을 팔았고, 아기를 데리고 있는 젊은 여교사는 베개덮개와 이불보를 팔고 있었다. 그들 위 침상에는 안색이 좋지 않은 과자장수가 무릎을 꿇고 있었는데, 그는 가능한 한 메카 쪽을 향하려고 애쓰고 있었다. 매주 그들은 물품을 찔러보며 트집을 잡으려는 관리들의 모욕적 언동에 시달린다고 했다. "우즈베크인들이 가장 나빠요." 그들이 말했다.

마지막 경계선에서 나는 문이 닫힌 칸으로 가라는 명령을 받았다. 그 안에서 한 검사관이 어째서 내 여권에 타지크의 스탬프가 없느냐고 물었다. "없어요! 없어! 왜 없는 거죠? 첫 번째 경계선에서 등록이 되었어야 하는데."

"그들이 하지 않았소."

"왜 등록이 되지 않은 거죠?" 그는 자신의 컴퓨터를 훑어보았다. "당신은 여기서 내려야 할 것 같소." 우리는 불도 밝혀지지 않은 이름 모를 정거장에 정차해 있었다. "어떻소?" 그는 돈을 바라고 있었다. 내가 순종해주기를 기다리고 있는 것이었다. 나는 그를 뚫어져라 바라보았다. "왜 나를 그렇게 보는 거죠?"

나는 점점 화가 치밀었다. 괴롭힘을 당하는 다른 사람들을 위해 서라도 이들의 요구를 거부해야 한다고 생각했다. 그것은 나로서 는 더 쉬운 일이었다. 나는 외국인으로서 보호를 받고 있었기 때문 이다. 나는 계속 그를 쏘아보았다. 그러자 그가 미소를 지으면서, 자기 모자를 머리 위에 다시 올려놓았다. 미소를 지을 때 그는 더 흉측해 보였다. 내 뒤에 서 있던 체구가 큰 군인이 말했다. "그에게 돈을 주시오."

"싫소!"

침묵이 흘렀다. 그러자 검사관이 말했다. "그건 농담이었소." 그 가 그의 컴퓨터로 돌아갔다. "아마 당신은 등록이 되었을 거요." 군 인이 옆에 서서 싱글싱글 웃고 있는 가운데 그는 내 여권을 돌려주 었고, 나는 자리를 떴다.

밖의 통로로 나오자, 기차가 정지한 탓으로 조용한 가운데 숨소 리와 아이들이 칭얼대는 소리가 들려왔다. 팔로 아기를 안고 수건 으로 얼굴을 가린 채 누워 있는 여인들이 보였고, 기차가 다시 움직 이기 시작하자 닳아빠진 노인들의 구두가 덜컥 움직였다.

두 시간 후, 사마르칸트의 하늘에 별들이 점점 그 빛을 잃어가고 있었다.

12년 전, 소련이 붕괴되고 중앙아시아가 독립을 막 되찾았을 때, 나는 이 도시의 언덕에 서서 비스킷 색깔의 지붕과 돔의 바다를 내 려다본 적이 있었다. 그때 본, 눈 덮인 산들로 둘러싸인 도시의 이 미지가 내 머릿속에 박혀 있었다. 잠시 그때의 기억이 되살아났다. 거리를 누비던 러시아 트럭들, 고장난 시계탑, 금방 무너질 것 같던 시장 건물들, 그리고 그 위 하늘을 날던 전투기들도 머릿속에 떠올랐다. 계곡은 아직도 기억에 남아 있는 진흙집들로 넘쳐났고, 티무르 대제의 성전인 비비 카눔의 부서진 몸체 밑에 있는 시장에서 돌아오는 사람들의 물결이 거리를 메우고 있었다.

그러나 한 순간 내 기억 속에 생생했던 이 도시가 차츰차츰 사라지고 현재의 모습으로 되살아났다. 그 옛날의 도시가 과연 존재했을까 의심이 갈 정도였다. 도시는 자의식이 더 강한 도시, 더 깨끗한 도시로 변모된 것 같았다. 새로 정비된 환상 교차로에는 둥그런 가로등이 설치되어 있었다. 오래된 시계탑 밑에는 유니텔 광고가 들어섰고, 거리를 누비는 차들은 한국산이었다. 시장은 우즈베크 스타일로 다시 건축되었다. 조각이 된 거울이 달린 곡선의 벽과 접시를 받쳐든 세 소녀의 동상이 보였다. 소련 시절이었다면, 이런 조합이 제국주의의 냄새를 풍겼을 것이다. 그러나 우즈베크인들 스스로 그것을 지은 것이었다. 거리의 이름들도 새로 붙여졌고, 투르크의 위대한 인물들의 동상들도 들어섰다. 그리고 비비 카눔 모스크도 이제 폐허가 아니었다. 거창한 복원 공사가 진행 중이었다.

모든 것이 내 기억 속에 있는 것보다 더 컸다. 새로 조성된 교외에도 거대한 빌딩들이 들어섰다. 대학과 연구소들이었다. 나는 어느 것이 전부터 있던 것이고 어느 것이 새로 건설된 것인지 궁금해서, 사람들에게 "이 건물을 언제 지었죠?" "저 건물을 새로 지은 건가요?" 하고 물어보았지만, 제대로 아는 사람이 거의 없었다. 대학생들이 거리로 쏟아져나오고 있었다. 진 바지나 미니스커트를 입은 여학생들이었다. 그들은 너무 어려서 공산주의를 기억하지 못할 것 같았다. 베일을 쓴 사람들은 모스크 문에 있는 거지들뿐이었는데, 그중 러시아 여인이 한 사람 끼어 있었다. 그러나 사람들은 그들이 전보다 더 가난하다는 것 외에는 변한 것이 별로 없다고 말했다. 시장 밖에서는 여전히 미니버스를 기다리는 장사진이 있었고, 직업을 얻지 못한 젊은이들이 정부에서 운영하는 술가게와, 유행가 카세트와 갱 영화 비디오를 파는 가판대 주위를 서성거리고 있었다. 몇 시간 동안 나는 눈을 크게 뜨고 거리를 쏘다녔다. 그러다보니 옛 기억이 되살아났고, 그래서 어느 것이 전부터 있었던 것인지, 또 어느 것이 새로 지은 건물인지 구분이 되는 것 같았다.

신화에 나오는 거인의 이름을 딴 사마르칸트, 가장 오래된 구도시는 도시의 북동쪽에 있는 아프라시아브 고원 밑에 자리잡고 있다. 한때 13킬로미터에 이르는 램프와 철문으로 요새화되었던 이 구도시는 이제는 사금파리가 발밑에 구르는 황야가 되었다. 칭기즈칸이 부숴버린 요새의 맨 꼭대기—비에 씻긴 황량한 절벽—에서는 러시아 고고학자들이 파놓은 구덩이가 먼지로 메워지고 있었다. 그곳의 갈라진 틈은 한때 문이었고, 협곡은 거리였을 것이다. 보도와 회칠을 한 벽, 계단, 저장용 구덩이들이 다 무너져 뒤범벅이 되었다. 여기저기 적갈색 도기 파편, 무지갯빛 유리 조각, 뼈 등이 눈에 띈다.

이곳은 소그디아나의 수도였다고 한다. 소그드인은 실크로드의 가장 뛰어난 상인들이었다. 세련된 이란계 종족이었던 그들은 한 국가라기보다는 여러 국가의 연합체였다. 기원전 329년 알렉산드로스대왕이 이곳에 들어왔을 때, 그들의 도시는 이미 부유했다. 8세기 아랍인들의 정복으로 그 주민들이 흩어진 후에도 이 도시는 오래도록 아름다운 도시로 남아 있었다.

고원의 가장자리에 작은 박물관이 있고, 그곳에 화장품, 조각된 체스의 말, 철제 칼 등 소그디아나와 헬레니즘의 유물들이 전시되어 있다. 예배용으로 쓰인 휴대용 화로가 아직도 재가 묻은 채 발견된다. 죽은 이들의 뼈가 보관되었던 납골당, 테라코타로 만든 땅의 여신과 물의 여신도 있다. 소그디아나의 신앙은 조로아스터교와 메소포타미아의 신앙을 결합한데다 힌두교가 가미된 것이었다. 중국인들은 소그드인들을 타고난 상인들이라고 생각했다. 어머니들은 아기들의 목소리를 부드럽게 하기 위해 설탕을 먹였고, 이익이 될 만한 물건들이 잘 달라붙도록 하기 위해 아기의 손바닥에 풀을 칠했다. 소그드인들의 털이 텁수룩하고 느린 낙타들이 중국의 비단을 비잔티움까지 운반했다. 기원후 630년에 사마르칸트를 지나간 현장법사는 이곳 사람들을 모든 기술에 숙달되었지만 죽음을 구원으로 받아들이는 야만적인 군인들이라고 묘사했다. 그들의 갑옷은 당시로서는 가장 우수했다(그들은 사슬 갑옷을 완성했다). 그들은 중국에 좋은 유리를 만드는 비결과 말, 그리고 인도의 보석, 술 만드는 기술, 지하 관개 기술을 전수해주었다. 그들의 전성기였던 기원후 6세기에는 그들의 언어인 소그디아나어는 실크로드의 공용어였다.

궁전 벽에 그려진 프레스코화는 사마르칸트의 신들에게 예물을 바치는 사절들을 보여준다. 머리가 허리까지 내려오는 터키 용병들의 호위를 받는 중국인들이 비단과 누에고치를 지워진 왕좌 밑에 내려놓는 장면도 있다. 또다른 벽화에서는 사마르칸트의 왕 바쿠만이 그의 조상들의 묘를 찾고 있다. 그의 커다란 말 위로는 자색과 흰색으로 짐승들의 모양을 수놓아 장식한 화려한 옷자락과 왕의 활과 칼만이 남아 있을 뿐, 다른 것은 모두 사라져버렸다. 그러나 왕의 주위에는 풍요롭고 사치스러운 차림의 신하들이 모여 있다. 잘려나간 말들의 다리 위로 말 등에 걸터앉은 왕비의 부츠만이 남아 있다. 보석으로 장식한 두 명의 사절이 단봉낙타와 코끼리를 타고 함께 행진한다. 맞은편에서는 페르시아 비단 옷을 차려입은 정신(廷臣)들이 왕을 맞으러 나온다. 그리고 그들 위로는 제물로 쓰일 거위들이 행진하고 있다.

14세기 중반의 어느 시점에 세계의 정복자 티무르가 사마르칸트에서 남쪽으로 80킬로미터 떨어진 무명의 투르크-몽골 부족에서 태어났다. 1362년 그는 전쟁에서 입은 상처로 다리를 저는 도망 다니는 양 도둑에 불과했다. 그로부터 40년도 지나기 전에 그는 근 20회의 무자비한 승리를 쟁취한 정복자가 되어, 지중해에서 중국 국경에 이르는 제국을 통치했다. 그에게 저항한 아시아 전역의 도시들에는 그가 살육한 노인과 부녀자, 군인, 아이들의 두개골로 쌓은 탑과 피라미드가 세워졌다. 북인도에서만 그는 5백만 명을 살육했다.
그러나 그는 단순한 야만인은 아니었다. 호기심이 유난히 강했던 그는 전투중에도 학자들과 과학자들을 대동하고 그들과 열띤 토론을 벌였다. 그는 적뿐 아니라 진실도 사냥하고 싶어했던 것이다. 자신의 개인 도서관에서 그는 해득할 수 없는 원고들을 판독하려고 애썼다. 그는 특히 수학과 천문학, 의학의 실용적인 이용을 좋아했고, 또 낙타, 전차, 기린 등의 말이 등장하는 체스 놀이를 무척 좋아했다.

하지만 세상을 지배하려는 욕망이 다른 모든 욕망을 압도했다. 그는 권력의 원천으로서 이슬람을 신봉했다. 그는 자기 멋대로 신앙을 조종했다. 그는 헤라트(아프가니스탄 북서부의 도시)의 티무리드와 인도의 무굴 제국 등 고상한 왕조들을 창건했다. 비자드와 미르 사이드 알리의 궁정 미니어처를 보면, 그 속의 그의 자손들은 장미를 관상하거나 시집을 읽고 있다. 그들은 섬세하고 우아하기까지 하다. 하지만 그들은 모호한 불안감을 불러일으키기도 한다. 문화가 항상 부드럽고 인간적이지만은 않다는 암시라고 할까. 왜냐하면 이 꿈꾸는 듯한 공자들이 형제를 죽이거나 하나의 도시를 쓸어버리고 온 사람들일지도 모르기 때문이다. 그러고 와서 그들은 튤립을 감상하고 책을 펴고 있는 것이다.

티무르는 사마르칸트에 그의 영광에 걸맞은 수도를 건설했다. 전투를 한 번 치를 때마다, 도시는 잡아온 학자들과 기술자들로 넘쳤다. 도시는 아프라시아브 남서쪽으로 확장되어 성벽과 문을 갖춘 대도시로 발전했고, 그 안에는 모스크와 대학, 병기고, 그리고 제국의 기술과 상품이 집적된 시장이 들어섰다. 도시의 교외에는 티무르가 정복한 대도시들의 이름이 붙여졌고, 도시 주위에 열여섯 개의 공원이 조성되었다. 채색 도기가 입혀진 공원의 정자들은 그의 전쟁과 사랑을 기리는 벽화들로 장식되었다. 하지만 그는 이 공원에서 별로 시간을 보내지 않았다. 유목민의 피를 타고난 그는 도시에 머무는 게 불편했기 때문이다. 그는 도시 외곽의 정원에서 호화로운 천막을 치고 야영생활을 했다. 사마르칸트는 주거지라기보다는 그의 정복 전쟁에서 취득한 거대한 트로피였다.

도시의 중심부 부근에 큰 것을 좋아하는 그의 광증이 절정에 달한 건축물인 비비 카눔 모스크를 세웠다. 이 건축물은 신과 그 자신에게 바친 기념비였다. 64미터 높이의 첨탑이 세워졌고, 가장 높은 청록색 돔이 건설되었다. 전쟁터에서 갑자기 돌아온 그는 현관을 너무 낮게 세웠다고 건축가들을 처형해버리고, 직접 건축공사를 진두지휘했다. 자기를 기쁘게 하는 석공들에게는 고기와 돈 꾸러미를 던져주었다. 페르시아와 카프카스에서 대리석을 끌고 오는 데 코끼리를 백 마리 가까이 동원하기도 했다.

그러나 겁에 질린 건축가들이 건물을 너무 빨리 올렸던 모양이다. 황제가 죽기도 전에 건물에 금이 가기 시작했다. 19세기에 이 건물은 목화창고와 제정 러시아 기병대의 마구간으로 전락했다. 마지막 몇 년 동안은 버팀목으로 건물을 받쳐놓았다. 현재는 복원 공사가 진행되면서 조금씩 이상한 활기를 지니고 있던 폐허를 헐어내고, 그 자리에 번쩍이지만 매력이 없는 건물을 대신 세우고 있다. 나는 아직 복원 공사가 시작되지 않은 중앙 기도실로 들어가 보았다. 40미터 높이의 돔이 여기저기 금이 가고 벽이 갈라지고 있는 이곳에서 나는 내 머릿속에 비비 카눔의 장대한 모습을 그릴 수 있었다. 반구천장에 둥지를 튼 참새들의 짹짹거리는 소리가 하늘에 도전했던 티무르의 야망을 비웃는 듯했다.

여섯 개 요새 문에서 시작된 여섯 개의 큰길이 만나는 도시 중심부에 레지스탄 바자르가 있었다. 지금은 세 개의 거대한 종교학교가 이 텅 빈 공간을 내려다보고 있다. 하나는 티무르의 손자이자 천문학자였던 울루그 베그가 지은 것이고, 다른 둘은 그보다 2세기 후에 완공된 것이다. 세 학교 모두 근년에 복원된 것이다.

뜰로 들어가보니 학생들의 방이 나무로 된 문까지 온전하게 남아 있었다. 그러나 그 방들은 작은 가게로 변해서 그 주인들이 잡담을 하거나 잠을 자고 있었다. 2001년 이후로 관광이 시들해졌다고 한다. 나는 그들이 불쌍하기도 하고 그냥 나오기가 민망하기도 해서 물건들을 몇 개 샀다.

레지스탄 거리와 티무르의 묘를 향해 경사를 이루고 있는 분수가 만나는 곳에 거대한 동상이 하나 서 있다. 이 거대한 동상은 비단 옷을 입고 옥좌에 걸터앉아 있는데, 두 손은 언월도의 칼집에 얹혀 있다. 하지만 그의 얼굴은 철학자-왕의 얼굴로 변해 있고, 그래서 많은 신혼부부들이 그 동상 아래서 사진을 찍는다. 어깨를 드러낸 신부들이 친척들과 함께 계단을 오르는 모습이 보인다. 그들은 결코 미소를 짓지는 않는다. 신랑들은 잘 맞지 않는 양복을 입고 넥타이를 비뚤어지게 맨 채 어색하게 신부 옆에서 걷고 있다. 그리고 그들은 티무르의 발밑에 가져온 꽃다발을 조심스레 바친다.

티무르는 우즈베키스탄의 국부이자 상징이 되었다. 해가 저물 때쯤이면 동상의 발은 꽃 속에 파묻힌다. 소련 시대 말기에는 그는 무시되거나 비방의 대상이 되었지만, 이제 그의 동상이 도처에 세워지고 있다. 정치인들이 그를 들먹이고, 학자들도 그에 대한 찬사를 늘어놓고 있으며, 그를 기리는 모임도 자주 열린다. 화폐에도 그의 얼굴이 들어가고, 도로변의 입간판에도 그의 얼굴이 그려져 있다. 거리와 학교, 그리고 국가에서 주는 상에 그의 이름이 붙여지고 있다. 군인들에게도 그는 본보기로 찬양되고 있다. 타슈켄트 한복판(레닌의 흉상이 있던 곳)에서 말을 탄 그의 동상을 제막하면서 카리모프 대통령은 그를 '우리의 위대한 동포'라고 찬양했고, 테러에 대한 전쟁을 선포하면서도 그의 이름을 들먹였다.

그러나 사실 티무르는 우즈베크인이 아니었다. 그는 투르크-몽골인이었다. 복위된 다른 민족영웅들—나망간에서 그 동상이 나를 놀라게 했던 무굴 왕조의 창시자 바부르, 그의 부서진 육분의가 사마르칸트에 거대한 에스컬레이터처럼 곡선을 그리고 있는 천문학자이자 토후인 울루그 베그 등—도 역시 마찬가지다. 또 '우즈베크 문학의 아버지'라고 칭송되며 많은 동상이 세워지고 있는 시인 알리세르 나보이는 우즈베크인을 비난하기 위해 우즈베크인을 언급했던 사람일 뿐이다.

우즈베크인들이 북방에서 이곳으로 이주해온 것은 15세기 후반이었다. 북방에서 그들의 이름이 황금군단(킵차크: 칭기즈칸의 손자 바투가 건국한 몽골 민족의 나라. 13세기 중엽에서 15세기말까지 러시아를 지배했다)의 칸과 연관이 되었던 적이 있었다. 우즈베크라는 그들의 이름은 아무런 민족적, 인종적 의미를 지니고 있지 않았다. 그리고 그들이 정착한 세계는 민족 및 인종 구성이 복잡한 지역이었다. 이슬람이 가족과 신자들의 공동체인 움마를 길러냈다. 이슬람은 국가라는 개념을 가르치지 않았다. 유목민들은 7대 조상까지의 그들의 족보를 노래했고, 씨족과 함께 그 족보가 그들의 가정이었다.

러시아 제국, 그리고 그 뒤를 이어 볼셰비키들이 민족이 없던 이 땅으로 들어왔고, 그래서 이 땅은 통치자의 외곽지대가 되었다. 이 외곽 국가의 심장은 추상적 제도가 아니라 살아 있는 왕조였다. 그 경계는 모호했다. 모스크바는 이 다언어 다민족의 땅을 적당히 나누어 거기 걸맞은 영웅을 배정하고, 최선을 다해 여러 나라로 갈라놓았다. 1991년 우즈베키스탄이 독립을 얻었을 무렵, 이 나라는 완전히 러시아인들이 만들어낸 작품이었다. 이 나라의 통치자들은 소련이 그린 우즈베키스탄이라는 환상에서 그 정통성을 발견했고, 티무르의 영광을 그들의 것으로 받아들였다.

언젠가 나는 레지스탄 뒤의 공터에서, 최초의 진정한 우즈베크 왕조였던 1500년에 창건된 샤이바니 왕조의 16세기 묘석이 들어 있는 대리석 단을 발견했다. 어떤 의미에서 그것이야말로 우즈베크 국가의 판테온이었다. 그러나 그것은 버려진 채로 있었다. 아무도 그 마멸된 명문을 읽으려 하지 않았고, 그곳에 꽃을 놓는 사람도 없었다. 행인들에게 물어보았지만, 그들은 그 묘석과 명문에 대해 아는 것이 없었다.

샤이바니 왕조는 너무 늦게 이곳에 도착했기 때문이었다. 그들의 침공은 우즈베키스탄 외의 무엇이 그 전에 이곳에 존재했었다는 것을 암시했다. 그래서 러시아인들, 그리고 우즈베크인들 자신까지도 그들을 무시해버린 것이다.

나는 꽃밭 사이를 걸어 티무르의 무덤으로 갔다. 임시로 설치한 판자 울타리에 티무르의 초상화와 카리모프의 사진이 나란히 자리 잡고 있었다. 둘 다 엄숙한 얼굴을 하고 있다. 그들은 둘 다 기회주의자들이다.

티무르의 묘가 나를 둘러싸고 있다. 근처에 있는 그 무엇보다도 더 높은 돔이 우뚝 솟아 있다. 안으로 들어가보니, 묘실은 내가 기억하고 있던 것보다 더 크고 더 현란하다. 마치 아틸라나 칭기즈칸의 묘가 발견된 것 같다. 그러나 묘하게 우아했다. 야만성이 아름다움으로 변할 때, 우리는 숨을 죽인다. 벽은 줄마노로 덮여 있고, 눈높이 위에는 벽옥에 황제의 업적이 새겨져 있다. 그리고 바닥 중앙에는 대리석과 설화석고에 새겨진 죽은 자들의 기념비들이 놓여 있다. 이곳에 티무르의 아들이며 헤라트의 왕이었던 샤 루흐와 살해된 티무르의 손자 울루그 베그가 누워 있다. 그리고 중앙에 거무스레한 황제의 돌이 놓여 있다. 이 돌은 1.8미터의 거무스레한 옥이다. 지구상에 존재하는 가장 큰 옥이라고 한다.

티무르는 1415년 중국을 공격하러 가는 길에 겨울 초원에서 죽었다. 그의 시신은 이곳으로 옮겨져 그가 총애했던 손자 옆에 눕혀졌다. 그의 손자는 그보다 2년 전 부상으로 죽었다. 장뇌와 사향으로 방부 처리된 그의 시신은 납관에 넣어진 후 관은 봉인되었다. 관은 그의 돌 밑 지하실에 안치되었다. 몇 달 동안 지하에서 고함 소리가 들렸다고 한다.

나는 지하실 문 옆에 섰다. 아래로 내려가는 램프가 있었다. 나이 든 관리인은 신경질적이었다. 백열전구의 불빛에 의지해서 우리는 밑으로 내려갔다. 다른 것들보다 더 정교하게 만든 황제의 무덤 뚜껑이 보였다. 1941년 러시아의 인류학자들이 그 관을 열었다고 한다. 그들은 오른쪽 다리가 절름발이인 체구 큰 남자의 유골을 발견했다. 그의 두개골에는 아직도 적갈색 턱수염이 붙어 있었다고 한다. 나는 깨진 무덤 뚜껑의 표면을 손가락 끝으로 더듬어보았다. 그 뚜껑에는 티무르가 생전에 결코 주장하지 않았던 가계(家系)가 새겨져 있다. 빽빽하게 새겨진 그 아랍어 족보는 그의 가계가 칭기즈칸을 거쳐 아담까지 더듬어 올라간다고 되어 있다. 그 족보에 따라 그는 이슬람에 깊이 뿌리박고 있다. 그의 가계는 수니파와 시아파의 분열의 촉매가 된 무함마드의 사촌 알리를 거쳐 달빛에 의해 임신했다는 성처녀 알란쿠바까지 거슬러올라간다.

* * *

그들은 이제 매우 드물다. 열한 명의 여자들과 두 명의 노인들이 향내가 짙게 밴 속에서 허리를 굽혔다. 러시아 정교 신자들인 그들은 선 채로 예배를 올리고 있는 모양이다. 아니면 촛불을 밝히려고 벽을 따라가고 있는 것인지도 모른다. 그들의 수많은 동포들이 잘 알지도 못하는 러시아로 돌아갔다. 15년 사이에 한때 2백만 명이었던 우즈베키스탄의 슬라브족 인구는 반 이하로 줄었다. 정교 신자들은 노래를 거의 부르지 않는다. 작은 성가대원의 수가 그들보다 더 많다. 예배자 한사람 한사람마다 그 옆에는 이승을 떠난 다른 가족들의 영혼이 자리잡고 있는 듯하다.

살아남은 자들은 무릎을 꿇고 이마를 찬 바닥에 댄다. 떨리는 그들의 늙은 목소리가 높아진다. 다시 일어선 그들은 아무것도 그들을 깨끗이 씻어줄 수 없다는 듯 되풀이해서 성호를 긋는다. "주여, 우리를 용서하소서." 사제—호리호리한 미남이며 여기 모인 그 누구보다도 더 젊다—가 길을 잃은 천사처럼 제단 앞에 서 있다. 교리를 외우는 소리가 길게 울리고, 그 소리가 한숨처럼 내려앉는다. 한 여인이 성화를 향해 걸어나가 아기예수의 뺨과 못 박힌 발, 그리고 그려진 손에 비친 촛불 빛에 입을 맞춘다.

늙은 여인들—어린 시절을 기근과 집단농장의 고난을 겪으며 부모를 여의는 슬픔 속에서 보낸 희생자들—에게 용서받을 일이 무엇이 있을까? 그중 한 노파가 움켜쥐고 있던 지팡이를 내려놓으며 땅바닥에 엎드려 운다. 나는 그녀를 일으켜세우고 싶었다. 그러나 이 슬픔이 자기만을 위한 것이 아니라는 것을 나는 알고 있다. 그것은 확산된, 거의 비개인적인 슬픔이다. 그것은 내가 동정할 수 있는 대상이 아니다. 고난은 보속(補贖)의 혹독한 시련이다. 그리스도의 상처가 그것을 인정하고 있다.

기도문을 외는 소리가 우리 위로 휩쓸고 지나간다. 신도들이 성찬식 빵을 향해 머리를 숙일 때, 나는 충동적으로 러시아의 과거를 머릿속에 떠올렸다. 마치 내리는 비를 맞듯이 견뎌야만 했던 고난을 생각했다. 러시아인들의 눈에는 개인적인 죄는 보이지 않고, 다만 광대하고 집단적인 죄만 보이는 것 같다는 생각이 들 때가 더러 있다.

사제가 우리들 사이로 걸어가면서 벽과 기둥에 줄지어 걸린 성화에 성수를 뿌렸다. 그가 박물관을 신성하게 하고 있는지도 모른다는 생각이 들었다. 창백한 순교자들이 풀린 마법처럼 그들의 칼과 책을 치켜들고 있었다.

나는 사제에게 그의 동포들의 과거와 양심에 대해 묻고 싶었다. 우리는 이제 뜰에 앉았다. 그러나 나의 러시아어가 제대로 나오지 않았다. 그는 얼굴을 찌푸리며 미소만 지었다. 기도문을 외우는 아름다운 합창이 마음을 교육시킨다고 그는 말했다. 그는 수용소 군도 시절의 숙명론과 절망을 타락한 민족의 무감각 탓으로 돌렸다. "그들은 이미 그전에 너무 오래 암흑 속에서 살았습니다. 그래서 아무것도 느낄 수가 없었어요. 그 시절은 사탄의 시절이었지요."

나는 그 말에 짜증이 났다. 그래서 어떤 사람들은 그리스 정교 자체, 즉 권위에 대한 인민들의 끝없는 굴종에서 스탈린 시대의 전조를 발견했다고 내가 말했다.

그러나 사제는 끄떡도 하지 않았다. "우리가 죄를 지을 때마다 우리는 신에게 작별인사를 하는 겁니다. 신이 우리에게서 점점 멀어지는 거지요. 그 시절, 사탄의 시절에 사람들은 서방의 당신네들처럼 물질적인 것들만 생각했어요. 물질적인 것을 갖고 있지 않으면서 말입니다." 그는 너무나 온화한 시선으로 나를 바라보았으므로, 그가 나를 비난한다고 보기는 어려웠다. 그의 젊은 얼굴 위의 보기 좋은 머리가 고무줄로 뒤로 묶여 있는데, 그 머리가 회색으로 변하고 있는 것을 보고 나는 놀랐다.

사탄이 세상을 뒤집어엎고 인간을 쏟아버렸다는 얘기였다. 그 책임은 환영(幻影)에게 돌려지고 있었다. 더 알 것도, 더 물을 것도 없었다. 수용소 군도를 운영하던 공산당 간부들은 이미 오래 전에 훈장과 연금을 받고 은퇴했다. 그중 한 사람에게도 죄를 묻지 않았다. 러시아는 과거에 대해 등을 돌려버렸던 것이다. 그것을 내가 어떻게 이해할 수 있겠는가? 나치의 홀로코스트 이후로 나의 세계는 기억을 의무로 삼았다. 그런데 러시아는 중국과 마찬가지로 망각을 택했던 것이다. 망각을 택함으로써 민족이 생존할 수 있었다고 작가 샬라모프는 말했다. 국가가 진실 위에 건설되지 않았다는 것이다.

사제는 천천히 교회로 돌아갔다. 관리인의 아이들이 집 없는 아이들처럼 계단에 앉아 있었다. 한동안 나는 자기 일을 하는 관리인을 따라다녔다. 그는 무척 순진해 보인다. 다른 사람들 역시 그렇게 보인다. 예를 들면 그와 사랑에 빠진 젊은 여인이 그렇다. 그녀가 가까이 올 때마다 관리인은 그녀를 지워버리기라도 하려는 것처럼 그들 사이에 성호를 긋는다. 작은 소녀 하나가 그를 따라다닌다. 그들은 똑같은 부드러운 피부와 금발의 땋은 머리, 그리고 뒤로 물러난 턱을 가지고 있다.

"당신 딸입니까?" 내가 물었다.

"하느님 안에서의 나의 자녀지요." 그는 결혼하지 않았고, 식당 옆에 있는 작은 방에서 살고 있다. "이 교회는 백 년 전에 아이가 없는 부부가 지었어요. 그들은 이렇게 말했답니다. '누구든지 여기서 기도하는 사람은 우리 자녀가 된다.' 천사들의 날개가 이 교회를 보호해준답니다." 그의 초록색 눈은 나를 신뢰하고 있다. "이 교회가 당신도 보호해줄 겁니다. 당신도 여기서 기도를 했으니까요. 당신은 어디로 가시나요? 혼자서?"

대개 이런 질문은 받으면 나는 내 여정을 축소해서 대답하곤 한다. 사실을 말하면 상대가 믿지 않고 경계심까지 보이기 때문이다. 하지만 이번에는 퉁명스럽게 다 대답했다. "난 아프가니스탄을 가로질러…… 이란으로 들어갈 겁니다."

그가 재빨리 내 위에다 성호를 그었다. "주님의 가호가 있기를!" 그런 다음 우리는 햇빛이 비치는 뜰을 가로질러 문으로 갔다. 잠시 그의 손이 자물쇠 위에 머물렀다. 내가 이곳을 떠나는 것을 그가 바라지 않는 것 같았다. "조심하세요. 이곳, 이 교회 안에만 빛이 있습니다. 나는 이 문을 지날 때마다 내가 이제 암흑 속으로 들어가는구나 하고 생각한답니다."

* * *

구시가지의 동쪽 요새 위쪽에 움푹 파인 길을 따라 티무르의 여인들과 전사들이 묻힌 무덤들이 줄지어 있다. 이른 아침에 몇 마리 제비들이 플라타너스 사이를 날아다녔고, 순례자들이 벌써 도착하고 있었다. 남자 노인들과 비단 옷을 입은 마을 여인들이었다. 그들은 지팡이로 길을 탁탁 치면서 기도문을 읊조리며 올라오고 있었다. 그들의 목적지는 무함마드의 사촌으로 7세기에 조로아스터교 신자들에 의해 목이 잘린 쿠삼 이븐 압바스의 묘였다. 그로 인해 이 공동묘지에 샤-이-진다, 즉 '살아 있는 왕의 성소'라는 이름이 붙게 되었다. 사람들은 그를 이교의 어떤 반신(半神)과 결합시켜 불멸의 존재로 추앙하고 있다.

그의 묘로 가자면 화려하게 꾸민 계단을 올라야 한다. 계단은 아름다운 육각형의 돌로 만들어졌다. 이쪽저쪽에 버드나무가 가지를 늘어뜨리고 있다. 반구 천장에서 제비가 지저귄다. 묘의 전면은 채색 도기로 만든 폭포로 꾸며져 있다. 눈을 반쯤 감으면 이곳이 풍요로운 저택들이 늘어선 사람들이 사는 거리가 아닐까 하는 생각이 들 정도다.

그러나 이런 호화로운 계단 끝에 나타나는 대기실은 으스스하다. 오늘날의 궁전이나 마드라사의 거대한 입구 통로나 마찬가지로 현관은 그 안의 분위기를 담고 있다. 이런 명문이 보인다. "모든 피조물은 사라진다…… 잠들지 않는 우정은 없다……묘는 우리 모두가 들어가야 하는 문이다……." 문 안으로 들어서니 작은 방들이 나왔다. 묘는 돌로 된 입방체이거나 회칠이 된 봉분이었다. 조각이 떨어져나간 벽화 속에는 가끔 이교도적인 용과 학이 날아오르는 모습이 보인다. 이곳에 묻힌 귀족들 사이에는 몽골의 이교도적 신앙이 이슬람의 소벽으로 위장해서 남아 있었던 듯하다. 수많은 여인들—황비나 황제의 여동생들—의 묘에는 개인적인 슬픔을 토로한 명문이 보이기도 한다("여기 잃어버린 귀한 진주가 누워 있다." 이것은 어려서 죽은 티무르의 조카딸의 묘에 새겨진 말이다). 순례자들은 손바닥을 하늘로 향한 자세로 웅크리고 앉아서 중얼거린다. 선반 모양으로 튀어나온 곳에는 비둘기들이 둥지를 틀었다. 성자의 묘역, 자기로 된 묘에서 비로소 알라의 길에서 살해된 자들은 결코 죽지 않는다는 것을 읽을 수 있다.

\* \* \*

사마르칸트 북쪽에서 텐샨 산맥의 마지막 언덕이 키질쿰 사막으로 사라진다. 이곳저곳에 소금밭이 널려 있는 이 사막은 서쪽의 더 깊은 황야로 번져나가 아랄 해에 이른다. 한편, 남쪽에서는 아무리야강(예전의 옥수스 강)이 발원해서 투르크메니스탄의 국경을 따라 구비치며 흐르기 시작한다. 이 지역의 심장부—아랍어로 '강 너머의 땅'—에는 물살이 빠른 제라프샨 강이 흐르는데, 파미르 고원에서 흘러내리는 이 물은 부하라 너머에 있는 사막에서 말라버린다. 거기서부터 중앙 실크로드는 투르크멘의 평원을 가로질러 메르프에 이른다. 그러나 나는 옛날의 남쪽 갈림길을 따라 아프가니스탄으로 들어가서 1,100킬로미터를 달려 이란 국경으로 가기로 했다.

한편, 부하라로 가는 도로는 나를 서쪽으로 이동시켰다. 내 옆의 제라프샨 강은 이미 체리와 무화과, 아몬드 과수원에 물을 대주지 못하고 있었다. 이곳 과수원은 아시아에서 가장 좋은 살구와 복숭아를 산출하는 곳으로 19세기 여행자들의 칭송을 받던 곳이다. 대신 학생들이 국영 면화밭에서 목화를 따고 있었다. 소련 치하에서는 목화가 이 지역의 유일한 산물이었다. 그러나 이제 소련 시대의 유산—말라버린 강, 병충해를 빈발시키는 살충제, 염화된 땅—을 청산하려는 노력이 뒤늦게나마 전개되고 있었다. 사과와 배, 자두 농원들이 황야에서 살아남으려고 안간힘을 쓰고 있었고, 밀밭이 노란 무늬를 그리고 있는 곳도 보였다.

해질녘에 나는 나보이라는 현대식 도시로 들어갔다. 그곳은 궁지에 빠진 사회주의의 미래를 상징하는 도시였다. 러시아인 노동자들은 사막 한가운데 조성된 공업도시인 이곳을 버리고 떼를 지어 떠났다. 고층 아파트의 절반 가량이 텅 비어 있고, 아직 살아남은 공장들—전자화학 및 섬유 공장들—의 굴뚝에서는 수십 년 동안 이 지역의 들판과 강물을 오염시켜온 오염물질을 내뿜고 있었다. 모스크바 당국이 떠받들었던 투르크 시인 알리샤 나보이의 거대한 동상이, 꽃이 시들어가는 공원에 을씨년스럽게 서 있었다.

이제 우즈베크인들로 가득 찬 거리를 걸어보았다. 케밥 장수들이 몇 보였고, 거지들도 더러 눈에 띄었다. 보도 한 옆에서 무언가를 절박하게 간청하는 듯한 남자의 목소리가 들려왔다. 그의 바지는 소변으로 더럽혀져 있었고, 검게 변한 발가락이 샌들 밖으로 비죽 나와 있었다. "한푼만 적선합쇼." 나는 아시아 거리에서 구걸하는 이 유럽인 거지를 뚫어져라 쏘아보았다. 그를 보면서 나는 어리둥절했고 또 수치심도 느꼈다. 당장이라도 그의 존재를 지워버리고 싶은 심정이었다. 나는 그 러시아인의 나이를 짐작할 수 없었지만, 그는 지팡이를 가지고 있었고 치아가 거의 다 빠진 상태였다. 그는 혼자서 연금에 의지해 살아간다고 했다.

우리는 가까이 있는 가게로 들어갔다. 나는 그에게 소시지와 빵, 그리고 포도주 작은 병 하나를 사주고, 바깥의 테이블에 자리를 잡고 앉았다. 밤이 되어 서늘했고, 그 테이블에서는 우즈베크인 처녀들이 아이스크림을 팔고 있었다. 그는 주정뱅이의 비굴한 태도로 나를 바라보았지만, 가끔은 자존심이 되살아나는지 거만한 태도를 보이기도 했다. 그가 우즈베크인 처녀들에게 소리쳤다. "이봐, 아가씨들! 여기 외국 손님이 오셨어. 우리한테 컵과 물을 좀 갖다 달라구……." 처녀들이 킬킬 웃으면서 시키는 대로 했다. 그러자 그는 가방에서 음식을 꺼내서 테이블에 벌여놓았다. 마치 내가 자기의 손님이고 그래서 나에게 음식을 대접하는 것처럼. 이런 얼버무림으로 우리는 소련의 수치를 잊을 수 있었다. 그러나 내가 보기에도 그의 게슴츠레한 눈에서 제국과 신앙을 찾아볼 수는 없었다. 지나가는 우즈베크인들이 억지로 나오는 웃음을 참고 있었다. 그들은 그를 알고 있는 것 같았다. 나는 우리들 사이의 간극이 더욱 깊어지는 것을 느꼈다.

"이 사람들, 어떻습니까?" 내가 물었다.

"우리 동포들하고는 달라."

그의 구멍 난 양말과 떨어진 재킷 옆에 있으니, 나의 스웨터와 구겨진 바지가 갑자기 호화롭게 보였다. 하지만 우리는 작은 주머니칼로 빵을 쪼갠 다음 소시지를 나누어 먹었다. 그는 이곳에서 건설공사장 인부로 일하면서 여러 해를 살았다고 했다. "나는 소련 시절에 이곳으로 왔소. 당신 우리 레닌에 대해 들어본 적 있소?"

우리는 종이컵에 포도주를 따랐지만, 레닌을 위해 건배하지는 않았다. "가족은 어디 있습니까?"

"내 아들들은 모스크바에 있소."

"거기 가서 살 수도 있잖습니까?"

그는 지팡이로 땅바닥을 탁 쳤다. "그 녀석들이 날 초청하지 않아."

"부인은요?"

"죽었어."

그때 갑자기, 마치 스위치를 돌린 것처럼, 아니면 얼마 안 마신 포도주가 그를 취하게 한 탓일까, 그의 눈이 초점이 잡히면서 의심의 빛을 드러냈다. 내가 너무 많은 질문을 던진 것 같았다. 그가 말했다. "당신 여권 좀 봅시다!" 자기 포도주 컵을 쓰러뜨리고서도 그것을 알아채지 못한 채, 그는 내 여권의 페이지를 넘겼다.

그 순간 나는 그가 범죄자로 이곳에 왔다는 사실을 알아차렸다. 도시의 노동수용소에서 비밀 화학공장 등 나보이의 여러 프로젝트에 건설 노동력을 제공했다. 그가 손가락을 떨면서 여권의 페이지를 넘겼다. 그는 내가 뭐라고 생각했을까? 어떤 비밀경찰이 현재의 그에게 관심을 가질까? 하지만 그의 생각은 다른 것이 분명했다. 공포로 보낸 세월이 그를 대신해서 생각하고 있는 것이다. 그가 작은 외국 책자에 실린 내 사진을 발견했다. 그리고 그는 우즈베크 비자를 그의 엄지손가락으로 짚었다. 그런 다음 그는 안심이 되어서인지 또는 후회가 되어서인지 테이블을 가로질러 몸을 뻗쳐서 내 뺨에 입을 맞추었다.

가장 좋았던 시절은 스탈린 시절이었다고 그가 말했다. "그때는 살 만했지!" 그는 일어서더니 남은 음식을 자기 가방에 다시 넣었다. "그 시절에 사람들은 일을 하거나, 아니면 감옥에 갔지. 5분이면 일자리를 구할 수 있었어!"

아마 그는 자기 자신에 대해 이야기하고 있었을 것이다. 몸을 곧추세우며 그가 말했다. "고맙수다."그의 지팡이가 보도를 톡톡 쳤다. "자, 그럼 안녕히 가시오."자리를 뜨는 중에, 그는 약간 몸을 떨면서 그는 마지막 위엄을 되찾으려고 하는 것 같았다. 그러더니 머뭇머뭇 몸을 돌렸다. "담배 살 돈 좀 주지 않겠소?" 그러더니 "아니, 아니, 당신은 이미 많이 주었어……"

\* \* \*

이튿날 아침 나는 부하라로 갔다. 부하라는 옛 전제군주가 웅거했던 도시이자 성스러운 도시로, 마지막으로 볼셰비키에 함락된 도시다. 1920년 방종한 토후가 아프가니스탄으로 도망치면서 이 도시는 소련의 통치 아래로 들어갔었다. 그물망처럼 촘촘히 있는 뜰들 사이로 진흙빛 골목길들이 혈맥처럼 사방으로 뻗어 있다. 자동차는 물론 당나귀들까지도 사라져버렸다. 라디오 소리, 아이가 노래하는 소리 등 들리는 소리는 모두 아주 약했다. 나는 정처 없이 혼자 걸었다. 장식 못과 조각으로 이루어진 문들이 담에 뚫려 있었다.

내가 기억했던 것보다 더 조용한 중심가로 들어갔다. 초록색 연못 주위에 찻집들이 늘어서 있었고, 그 안에서는 노인들이 나무의자에 앉아 잡담을 하고 있었다. 노인들은 담청색 터번을 두르거나 테 없는 검은 모자를 썼고, 아직까지 알록달록한 코트를 입고 있는 사람도 더러 보였다. 하지만 노인들의 숫자가 그전만 못했다. 어디나 내가 기억하고 있는 것보다 더 한산하고 더 정리된 것 같았다. 바로 서쪽, 한때 모스크와 목욕탕이 즐비했던 곳은 이제 사막으로 변해 있었다. 모든 것이 번쩍이는 벽돌로 빠른 속도로 교체되고 있었다. 대기중에는 먼지가 많아 숨이 막힐 지경이었다. 큰 종교학교들의 문들은 빠끔 열려 있었다. 그러나 그 뜰에 있는 작은 방들은 가게로 변해 싸구려 보석과 카펫을 팔고 있었다.

이 강력한 학교들은 대개 16세기에 샤이바니 왕조가 세웠다. 당시 이 도시는 사마르칸트를 대신해서 성스럽고 영광스런 도시로 융성했지만, 이 도시 양편의 실크로드는 시들어가고 있었다. 하지만 '성스럽고 고상한 도시' 부하라는 공예품과 상업으로 여전히 번영을 누렸다. 이 도시의 굴뚝처럼 우뚝 솟은 2백 개 모스크의 첨탑들은 공장 굴뚝이 연기를 뿜어내듯 신앙을 뿜어냈다. 19세기에도 이 문명의 껍데기는 남아 있었다. 부하라는 쇠퇴하는 세계의 패션 모델이었다. 이곳의 귀족들은 터키 옥과 금으로 장식한 말을 타고 다니거나, 굽이 높은 구두를 신고 다녔다. 바자르에는 아직도 투르크의 융단과 이 지방에서 생산된 비단이 쌓여 있었고, 힌두인, 타타르족, 유대인, 페르시아인, 아르메니아인, 그리고 심지어 중국인들이 우글거렸다.

그러나 그 무렵, 13킬로미터에 이르는 성벽과 문들은 허물어져 가고 있었다. 연약한 토후들 밑에서 도시는 점점 고립되어갔다. 백 개의 연못과 운하는 소와 개들에 의해 오염되어 몹쓸 병을 퍼뜨리고 있었다. 남색(男色)이 만연했고, 페르시아인과 심지어 러시아인을 거래하는 노예시장이 명맥을 유지하고 있었다. 1870년대 이전에 이곳을 다녀간 서양인은 거의 없었으며, 방문한 사람들은 이곳을 더럽고 오만하며 타락한 예의범절과 경건함에 탐닉하고 있는 혼란된 곳이라고 보고했다.

나는 도시의 옛날을 머릿속에 그리며 걸었다. 가끔 먼지 낀 대기를 통해 누런 시멘트벽 위로 옛 도시가 그 모습을 드러냈다. 모스크의 창문도 보이고, 대학 통로에 깔린 타일도 보였다. 그리고 언뜻 하늘을 수놓은 청록색의 돔들도 보였다. 그 중심에 48미터 높이의 칼란 첨탑이 있었다. 이 첨탑은 1220년 칭기즈칸이 그 위용에 놀라 도시를 파괴할 때 부수지 않고 남겨둔 것이다. 그 반대쪽에는 남아 있는 가장 오래된 마드라사인 미리아랍의 청록색 반구 지붕이 그 호화로운 자태를 자랑하고 있었다.

하지만 부하라는 신이 없는 도시라고 그 마드라사의 학생들은 말했다. 어쩌면 이 도시는 제정 러시아로부터의 압력이 가중되고 고립 상태가 깨어지던 백여 년 전에 이미 그 심장을 잃어버렸는지 모른다. 반세기도 지나기 전에 한때 괴팍스러웠던 이곳 주민들은 이상하게 평화로워졌다고 보고되었다. 앉아서 차를 마시는 관대한 비무장 종족이 되었다는 것이었다.

* * *

젤림 칸은 아내, 어머니와 함께 미로 같은 구시가지에서 살고 있었다. 그들의 집은 뒷골목들과 통해 있다. 담벼락에 난 문을 열면 더러운 뒷골목 동네가 나올 수도 있고, 퇴락한 궁궐이 나올 수도 있었다. 젤림의 집 너머는 세 단으로 된 뜰이 있었는데, 그곳에는 가끔 사람이 드나드는 통로와 책이 잔뜩 꽂힌 방들이 늘어서 있었다.

우리는 몇 년 전에 이곳에서 만났다. 나는 그들의 얼굴을 아직 기억하고 있었다. 젤림은 변했다기보다는 더 강렬해졌다고 할 수 있었다. 허리가 구부정하고 체격이 빈약한 은둔한 화가인 그의 얼굴을 둘러싼 턱수염과 털이 서리빛으로 변해가고 있었다. 그의 쉰 목소리는 멀리서 들려오는 것처럼 가벼웠다. 그의 아내 젤리아는 힘찬 영어를 구사했다. 염색한 그녀의 머리는 금발로 변해 있었고, 몸매는 더 뚱뚱해져 있었다. 그러나 타타르족의 특징이 나타나 있는 그녀의 얼굴은 아직 싱싱하고 아름다웠으며, 푸른 눈(나는 녹색으로 기억하고 있었다)은 대담한 웃음을 잔뜩 머금고 있었다.

한때 건장하고 당당했던 젤림의 어머니만이 기억 속의 모습보다 연약하게 변해 있었다. 그녀는 베란다에서 보행 보조기를 밀고 있었는데, 아마 나를 못 본 것 같았다. 그녀는 유난히 큰 안경을 쓴 그녀는 남자 같은 얼굴과 짧은 회색 머리타래를 가지고 있었다. 여러 인종이 뒤범벅된 부하라에서도 그녀의 눈과 회백색 피부는 특이했다. 그녀의 할머니는 도시의 노예시장에서 팔린 중국인이었는데, 할머니의 주인이 자기가 산 노예와 사랑에 빠져 그녀와 결혼했다. 노파의 아버지는 초기 볼셰비키를 위해 싸웠지만, 부자라는 이유로 시베리아의 수용소에서 죽었다. 그녀는 체첸의 작가였던 젤림의 아버지와 결혼했는데, 그는 1년 후에 강제수용소로 추방되었다. 그러나 그녀는 열렬한 스탈린주의자로 남아 있었다. 그녀는 전쟁 중에 무전 교환수로 활약했고—문에는 아직도 그녀를 '대애국 전쟁 참전자'라고 기리는 명판이 붙어 있다—그 후에도 그녀는 아무런 모순을 느끼지 않았다.

나는 그녀를 만나는 것이 걱정되었다. 몇 년 전에 나는 그녀에 대해 거칠게 쓴 적이 있었기 때문이다. 그녀가 나에게 화가 나 있다고 젤리아가 말했다. 나는 내가 쓴 부분—젤림에 대한 소유욕, 그녀의 아버지와 남편을 죽인 스탈린을 기리는 그녀의 기이함 등—가운데 어느 것이 그녀의 감정을 가장 상하게 했는지 물어보았다. "오, 그런 것들이 아니에요." 젤리아가 웃으며 말했다. "당신은 어머니가 무릎에 붕대를 감고 있다고 썼지요. 어머니는 그걸 가장 싫어했어요. '내가 무릎에 붕대를 감았다는 사실을 그가 왜 써야 했을까?' 어머니는 이렇게 물었지요."

"난 그런 기억은 안 나는데요."

젤림이 말했다. "하지만 이제 어머니는 넘어져서 엉덩이뼈가 부러졌어요. 이곳에는 그 수술을 할 수 있는 사람이 없답니다. 어머니의 언니는 같은 골절로 6년 동안 침대에 누워 있지요."

러시아인들이 지금도 떠나고 있다고 젤리아가 말했다. 의사, 기술자, 교사들이 떠나고 있다는 것이었다. 그리고 비단 염색을 하는 비결을 지닌 덕분에 한때 부유했던 유대인 공동체도 이제 백 가족이 채 안 남았다는 것이었다. 젤리아도 주요한 러시아 학교에서 가르쳤었다고 한다. 그 학교는 우즈베크인들이 한때 들어가지 못해 안달을 하던 학교였다. "이제 그 학교들이 시들어가고 있어요. 결국은 없어질 겁니다. 교사들 급료가 너무 적어서 그들은 부업을 찾아야 해요. 나도 사직하고 영어 개인교습을 하고 있지요. 요즘 젊은이들은 모두 영어를 배우고 싶어하거든요."

우리는 양고기와 보드카가 놓인 식탁 앞에 앉았고, 노파는 얼굴을 찌푸린 채 베란다에 그대로 있었다. 그녀는 가끔 도와달라고 소리를 질렀다. 텔레비전을 켜달라고 하기도 하고, 쿠션을 가져다달라고 하기도 했다. 젤리아의 가볍고 따뜻한 영어와 멀리서 들려오는 것 같은 젤림의 러시아어를 들으면서 나는 가끔 이곳이 아무것도 변한 게 없다는 환상에 빠지곤 했다.

젤리아가 말했다. "하지만 독립 이후 나는 두려움을 느끼기 시작했어요. 시장에 갈 때 사람들의 적의를 감지하지요. 전에는 그런 적의를 느낄 수 없었어요. 가끔 버스에 탄 사람들 가운데 금발이 나 하나뿐이라는 것을 깨닫고, 무슨 일이 일어나지 않을까 걱정을 하기도 해요."

"모스크들이 갑자기 예배자들로 넘쳐나기 시작했어요." 젤림이 말했다. "모두 기도를 드리고 있었어요. 아마 두려움 때문이었을 겁니다. 미래가 어떻게 될 것인지 아무도 몰랐지요. 그러다가 모든 게 쓰러졌지요. 이렇게 말입니다. 아마 그들은 하느님이 그들에게 대답을 주지 않으리라는 걸 깨달았을 겁니다."

젤리아가 말했다. "그리고 그 분노도 사라졌어요. 지금 그들은 가난하고, 우리를 존경합니다. 그들은 소련의 전문성을 기억하고 있어요. 그들 가운데 일부는 우리가 다시 돌아오기를 바라기까지 합니다. 보시다시피 그들을 과거에 묶어놓았던 쇠사슬이 끊어졌습니다. 소련 통치가 그 사슬을 끊었지요. 우리는 지금 그것을 볼 수 있어요. 그들이 그들 자신의 문화에 대한 긍지를 가지고 있다면, 그들은 이슬람으로 돌아갈 겁니다. 그러나 그들은 자신들의 옛 예의범절까지 잃어버렸어요. 그들은 아무것도 창조하지 않아요. 그들은 시장에 하루 종일 앉아서 아무것도 팔지 않아요."

그녀가 노파에게 차를 가져다주려고 자리를 떴다가 돌아왔다.
"모두 살아 있으려고 안간힘을 쓰고 있어요." 개인교습을 해서 이
박살난 가정을 지탱하고 있는 것은 그녀였다. 젤림은 그림이라는
꿈의 세계에 살고 있었고, 노파는 소련의 역사와 전쟁 회고록을 읽
으며 과거에 머물러 있었다. 젤리아가 노파를 먹이고 목욕시켰다.
그러나 이 가정의 힘의 균형은 예쁜 타타르족 며느리가 등장하면
서 변화되었다. 이 며느리를 젤리아는 사랑했고 노파는 미워했다.
노파가 미워하는 건 그녀가 노파에 대한 생각을 아무 거리낌없이
말하기 때문이었다. 곧 검은 눈의 손자가 발밑에서 영어 동요를 부
르며 뛰어다니기 시작했다. 이 아이는 젤림이 품에 안아야 진정되
었다.

"아이들은 그를 신임해요."젤리아가 말했다. "그의 어머니는 결
국 당신에게 말을 걸 거예요. 어머니는 화는 내지만 결국은 용서하
시거든요. 그래서 우리에게 돌아오신답니다."

* * *

신이 존재한다면—신이 존재하지 않는다는 건 생각할 수도 없는
일이다—신자들의 의무는 그에게 다가가는 것, 자신을 죽이고 신
이 되는 것이다. 아랍 제국의 동쪽 지역에서 무함마드가 죽고 2백
년 후 이 이단에 가까운 신앙이 이미 뿌리를 내리고 있었다. 시간
이 지나면서 중앙아시아에는 잡다한 신비주의적 종파들이 탄생했
다. 정통 이슬람과는 다소 다른 종파들이었다.

이 종파들 가운데 12세기에 생겨난 나크슈반디가 가장 널리 퍼진 강력한 종파였다. 나크슈반디라는 이름은, 소리를 내지 않는 특이한 그들의 기도를 가장 잘 올리는 사람들을 가리킨다. 이곳에 있는 그런 사람들의 무덤은 많은 순례자들이 찾는 대상이 되었다. 이들 기도자들의 영향력이 중앙아시아의 권력자들에게 스며들었고, 그 시대의 위대한 시인들, 심지어 알리샤 나보이까지도 그들에게 매료되었다. 그들은 인도와 아나톨리아까지 퍼져나갔고, 19세기에는 키르기스인들을 개종시켰으며, 카프카스에서는 제정 러시아의 진출을 거의 정지시켰다. 더 조용한 동쪽의 그들 형제들까지도 볼셰비키들에 대항해서 폭동을 일으켰고, 수십 년 동안 소련 통치자들을 괴롭혔다. 느슨한 계층조직만을 유지하고, 말없이 의식을 행하며, 일상생활에 빈틈없이 종사하는 그들을 색출해낸다는 것은 거의 불가능했다. KGB는 결코 그들 조직 속에 침투하지 못했다. 그러나 독립이 되자, 그들은 이상할 정도로 조용했다. 그들의 족장들은 흩어져 있고, 그 수도 얼마 안 되는 것으로 판명되었다. 대대로 이어지던 학습의 계보가 끊어지고 말았다. 부하라 기도꾼들조차 사라져버렸다.

하지만 더 비천한 신자들은 잊지 않았다. 소련이 통치하던 수십 년 동안, 나크슈반디의 성소는 무신론의 박물관 노릇을 했지만, 그들은 밤에 몰래 경내의 울타리를 넘어와서 무덤을 둘러싸고 묘석에 입을 맞추었다. 그리고 현재 카리모프 정부는 이 신비주의 종파가 극단적인 이슬람을 중화시키는 힘이 있다고 보고, 이 종파의 성소를 민족적 성지라고 선포했다.

부하라에서 동쪽으로 몇 킬로미터 떨어진 곳에 있는 조용했던 성소가 지금은 먼지와 복원 공사로 시끌벅적하다. 일꾼들이 지붕에 올라가기도 하고, 시멘트 포대와 손수레를 가지고 이 방 저 방을 누빈다. 망치 소리가 요란하다. 신심 깊은 사람들의 입술과 손으로 반들반들 닦인 회색 돌로 된 단(壇)인 성자의 무덤에도 흙과 뜯어낸 보도 조각이 잔뜩 쌓여 있다. 이미 큼직한 게스트하우스가 세워졌고, 바자르와 사무실들도 딸려 있다. 제물로 바칠 양을 잡을 스무 개의 아궁이가 설치된 주방도 마련되었다. 공원까지 곁들인 완전한 나크슈반디 도시가 태동하고 있고, 한때 버려졌던 묘지는 대리석과 화강암으로 장식된 능묘로 변신했다.

순례자들이 먼지를 뚫고 몰려들고 있다. 그들은 사육제에 가는 듯한 복장이다. 여자들은 요란한 색깔의 비단 바지를 입었고, 머리는 똬리를 틀어올리거나 멋지게 늘어뜨리고 있다. 그들은 웬만한 곳이면 어디서나 기도를 드리고, 나무 밑에 가져온 음식을 펴놓는다. 이 성소는 기적을 많이 일으키는 것으로 소문이 나 있다. 아이를 낳고 싶은 여자들은 쓰러진 뽕나무 둥치 밑을 긴다. 성자가 심은 것으로 전해지는 뽕나무다. 그런 다음 그들은 뽕나무에 몸을 비비고 그들의 소원을 적은 쪽지를 틈바구니에 꽂아놓는다. 다른 사람들은 성자의 어머니와 숙모들의 묘를 찾는다. 그중 한 사람인 '화요 부인'은 일주일에 하루, 신통력을 발휘한다. 나는 이 종파의 신도들을 찾아보았지만 찾진 못했다. 이곳에서 예배를 주재하는 율법학자들과 성직자들은 전통에 따라 그렇게 하는 것일 뿐, 이 종파에 속한 사람들은 아니었다. 저녁 무렵이 되어서야 어떤 사람이 나에게 저 사람이 '지식을 가진 사람'이라고 알려주었다.

그는 나와 함께 지붕이 있는 현관 밑에 앉았다. 우즈베키스탄에 나크슈반디 신자는 몇 명 남지 않다고 그가 말했다. 신자가 많은 곳은 터키와 파키스탄이라고 했다. 그는 가무잡잡하고 생기에 넘쳤다. 자기는 배우는 사람인 머시드에 불과하다고 그는 말했다. 머시드는 스승이 지정되어 있다고 했다. 이 스승과 제자 간의 유대는 아주 돈독한데, 소련이 그 관계를 끊어버렸었다는 것이었다. "현재 우리의 진정한 지도자는 코칸드의 족장이에요. 그분이 이곳에 온 걸 나는 두 번 보았습니다. 그분이 올 때면 우즈베키스탄 곳곳에서 그의 추종자들이 모여들어요. 한 4백 명쯤 됩니다. 우리를 먹이기 위해 낙타 세 마리를 잡지요."

"기도는 어떻게 올리지요?"

"우리는 소리를 내지 않고 기도합니다. 성자께서 조용한 의식을 지시하셨거든요. 그분이 말씀하셨어요. '알라께서는 우리 마음속에 무엇이 있는지 알고 계신다, 그러니 그걸 소리내어 말할 필요는 없다'고 말입니다."

나는 기도의 경지에 오른 사람에게는 삶이 영원한 기도가 된다는 구절을 읽은 적이 있었다. 성자는 일을 존중했고—직접 도로 보수자로 수고를 했다—내면의 고독을 키워나가라고 가르쳤다. 손이 바쁘게 일할 때도 마음은 늘 하느님과 함께 해야 한다고 그는 가르쳤다.

나는 이 기도의 성격을 차분하게 음미했다. 마침내 그가 다시 말했다. "우리는 우리 신체에 다섯 개의 점이 있다고 생각합니다. 특별한 점이요. 우리는 그 점들을 라토이프(latoif)라고 부릅니다." 그는 손가락을 자기 가슴에 대더니 천천히 오른쪽에서 왼쪽으로 이동시켰다. "이곳을 만질 때 기도가 이루어지는 것입니다. 첫 번째 점은"—그는 흉곽을 손가락으로 찔렀다—"모세라는 이름이 붙어 있죠. 다음은 아브라함, 그리고 그 다음은 예수, 그리고 요셉, 그리고 마지막—바로 심장이 있는 곳이죠!—이 무함마드입니다. 각각의 점에서 우리는 알라의 이름을 5천 번 생각합니다. 그분의 위대함을 말하는 것이지요. 그래서 모두 합해서 2만 5천 번 알라를 생각하는 겁니다. 성자께서 말씀하시길, 그렇게 되면 말을 생각하는 것은 예배자가 아니고 그의 심장이 뛸 때마다 알라의 이름을 말하게 될 거라고 하셨어요. 그의 육체는 이곳에 남아 있어도 영혼은 높은 곳으로 올라가게 된다는 것이지요." 그는 한 손으로 자기의 축 처진 어깨를 쓰다듬은 다음 가슴을 쓸어내렸다. 내가 느끼기에 그는 이제 나를 보고 있지 않았다. "어떤 사람이 진정으로 선량하다면, 그의 심장에 알라의 이름이 씌어 있지요." 나는 '알라, 알라' 하고 끝없이 반복하면 일종의 최면상태가 되어 그 이름이 의식 속에 침잠되고, 마침내는 심장에 새겨질지도 모른다고 생각했다.

그 사람이 다시 나에게 시선을 보내며 미소짓고 있었다. "성자께서 말씀하시길, 하느님과 진심으로 함께 하는 사람은 그의 한 손을 잘라도 그 사람은 그 사실을 모를 것이라고 했습니다."

* * *

젤림이 그리는 사람들은 병적이다. 그들은 그의 캔버스에서 으스스한 파편으로 자기 자신에게서도 유리된 채 나를 쏘아본다. 젤림 부부와 그의 가족들이 수채화의 두 가지 색깔로 무덤덤하게 표현되기도 한다. 다른 사람들은 거의 살이 붙어 있지 않다. 피부 밑의 뼈가 소의 유골처럼 드러나 보인다. 부하라의 판타지가 화폭에 나타나는 경우도 있다. 그럴 때면 젤림은 순간적으로 내적인 고뇌에서 벗어나 외부 세계로 나온 듯하다. 기상천외의 악마들이 땅 속에서 나와 도시의 돔 위에 자리를 잡았다. 사람들이 괴물같이 변하고, 괴물들이 사람 모양으로 변해 있다.

한번은 젤리아가 그에게 이상한 질문을 던졌다. "당신 행복해요?"

그의 대답은 간단했다. "아니."

그녀는 스스럼없이 웃었다. 젤림은 얼마 전에 타슈켄트에서 전시회를 열자는 제의를 받았다. 그는 젊었을 때의 그림 친구들과 함께 그 전시회를 열고 싶어했다. "그들은 운동꾼들 같았어요." 젤리아가 말했다. "그들은 가난했고, 오직 그들의 예술만을 위해 살았지요. 고상한 예술 말예요! 같이 살 수 없는 사람들이었죠. 그들은 늘 아내와 싸웠어요. 아내들은 아이들을 양육하려고 했으니까요."

젤림은 그 전시회에 '부하라 지하'라는 이름을 붙였다. 그러자 전시회가 정치적인 것이 아니었음에도 불구하고 당국이 긴장했다. 하지만 그의 친구들은 오래 전에 이곳저곳으로 흩어지고 말았다. 한 사람은 이스라엘로, 또 한 사람은 미국으로 갔고, 또다른 한 사람은 술에 빠져 있었다. 나머지는 상업주의에 자신을 팔고 말았다. 그는 그들과 함께 전시회를 갖기로 한 것을 후회하기 시작했다. 그 전시회는 배반당한 과거의 전시회가 되어가고 있었다.

젤림은 아래층에 남고 우리는 밝은 위층으로 올라갔다. 젤리아가 말했다. "저이가 자기 길을 아직 가고 있는 단 한 사람이에요. 한번도 한눈을 판 적이 없어요. 사람들은 가끔 이렇게 묻지요. 어떻게 저런 남자와 살 수 있느냐고요. 그건 저이가 너무 조용하기 때문이에요. 하지만 저이는 양보란 걸 몰라요. 한평생 저이는 아기처럼 보살핌을 받았어요. 처음에는 그의 어머니, 그리고 다음에는 내가 보살펴주었지요. 하지만 저이는 나와 얘기를 합니다. 저이는 친절하고 아주 정직해요. 저이의 친구들도 저이에게 진실되게 대해줍니다. 우리가 겨우 세 번 만나 결혼했다는 걸 알고 계신가요?" 그녀는 주방 테이블 앞에 앉아서 토마토를 만지작거렸다. "첫 번째는 어두운 거리에서 만났는데, 우리는 거의 얘기를 하지 않았어요. 나는 그가 외국인이라고 상상했어요. 저이는 어깨까지 머리를 길렀고, 턱수염도 더부룩했지요. 두 번째는 내가 발표를 하고 있었어요. 나는 학생이었거든요. 저이가 걸어들어오더니 둘둘 만 종이를 내게 주었어요. 그건 말을 그린 그림이었는데, 아주 아름다웠어요. 세 번째는…… 내가 학생 기숙사에 살고 있었는데, 자정에 누가 내 방문을 두드렸어요. 파자마 바람으로 방문을 열었는데, 저이가 서 있더라고요. 그는 나에게 오려고 4층 건물의 지붕을 넘어온 거였어요. 웃옷이 여기저기 찢겨 있었죠. 나는 그를 안으로 들어오게 할 수밖에 없었어요. 그는 기숙사의 내 침대에 앉아서, 우리 언제 결혼할 거냐고 물었지요." 그녀는 어처구니가 없다는 듯 웃으면서 머리를 뒤로 쓸어넘겼다. "이튿날 등록소에 갔는데, 나는 그의 이름조차 모르고 있었지요. 나는 그가 체첸인이라는 것도 몰랐어요. 그가 서류에 서명을 할 때 그의 이름이 무엇인지 보려고 어깨 너머로 내려다보던 생각이 나요."

그녀는 이런 행동을 학생의 비행이 아니라 곧 실수임이 드러난 낭만적인 행동으로 묘사했다. "그런 다음 나는 그에게 턱수염을 깎으라고 요구했지요. 그리고 그가 이발소 의자에서 얼굴을 돌려 나를 보았을 때, 나는 내 인생이 두렵게 느껴졌어요. 그는 어리석은 소년처럼 보였지요. 나는 보호를 받을 것을 기대했었는데, 그때 내가 그를 보호해야 할 거라는 사실을 깨달았지요. 내가 결혼한 사람과 내가 일생을 함께 살아갈 남자는 영 다른 사람이었던 거예요. 난 한 달 동안 울었어요. 그리고 나서 이렇게 생각했지요. 더 좋은 남자가 나타나면 그를 따라가겠다고요." 나는 그녀가 전에 그 쾌활한 목소리로 지독한 얘기를 했던 것을 기억하고 있었다. "그후 많은 남자들이 나와 결혼하기를 원했지요. 하지만 저이보다 나은 사람이 하나도 없었어요. 그래서 그냥……."

베란다에서 노파가 고함치는 소리가 정적을 깨뜨렸고, 젤리아는 일어나 노파에게로 갔다. 나도 현관을 건너가서 노파에게 작별인사를 했다. 나는 한두 번 문을 통해 노파를 언뜻 본 적이 있었다. 그럴 때마다 노파는 적의에 찬 눈으로 나를 쏘아보았다. 아직도 붕대를 감았던 자기 무릎을 기억하고 있는 것 같았다. 하지만 젤리아의 생각이 옳았다. 노파는 이제 나를 용서한 것 같았다. 노파는 정중하게 내가 무엇을 쓰고 있으며 어디로 갈 예정이냐고 물었다.

"아프가니스탄?" 나는 노파의 표정을 읽을 수 없었다. 아프가니스탄이란 말에 소련의 죽음이 묻어 있었다. "그거 위험하지 않을까?"

내가 말했다. "저도 아직 잘 모르겠습니다."

"거긴 갈 만한 데가 아니우." 그녀는 읽고 있던 책을 손으로 더듬었다. 그 책은 소련의 백전노장 오스트로프스키가 쓴 《강철은 어떻게 단련되었는가》라는 책이었다. 그녀가 말했다. "이게 내가 읽

고 있는 책이우. 그리고 주코프의 전쟁회고록도 읽고 있다우. 당신
도 알다시피 난 독일과 체코슬로바키아에서 참전한 군인이었거든.
그러니까 이런 책을 읽지." 나는 한순간 그 넓고 창백한 얼굴을 바
라보았다. 그 얼굴이 아주 평온해 보였다. 하지만 그녀가 소중하게
여기는 모든 것이 그녀를 저버렸다. 이 마당에 레닌 훈장을 간직하
고 있는 게 무슨 의미가 있을까?

젤리아가 말했다. "친구들이 와서 어머님께 이렇게 묻지요. '당신
은 왜 당신 영혼에 대해 생각하지 않습니까? 왜 아직도 공산당 생
각을 하고 있는 겁니까?' 그리고 그들은 어머님께 기도서를 읽으라
고 줍니다. 그러면 어머님은 난 아랍어를 못 읽는다고 말씀하세요.
그러면 친구들이 우즈베크어로 된 기도서를 구해다줍니다. 하지만
어머님은 그 기도서를 잠시 훑어보고는 다시 전쟁 회고록과 콤소
몰(소련 공산주의 청년동맹)을 찬양하는 작품들로 되돌아가시죠."

"그 기도서들, 도대체 그 요점이 뭐야?" 노파가 말했다.

그녀는 아마 지금까지 살아온 그 방식대로 죽을 것이다. 거짓된
위로도 없을 것이고, 뒤늦게 영혼을 구하겠다는 어떤 움직임도 없
을 것이다. 이곳이 그녀의 스탈린그라드였다. 나는 헤어지면서 노
파의 손을 잡았다. 그 손은 아직도 묵직했고 차분했다. 나는 그녀
에 대한 따뜻한 정을 느꼈다.

젤림이 작은 잔을 들고 있었다. 우리는 서로를 위해 건배했다.
"우리에 대해 다시 쓰세요." 그가 말했다. "다른 사람들이 우리를
어떻게 보는지 안다는 건 좋은 일이니까요. 우린 함께 웃을 겁니
다!"

나는 몇 년 전에도 그랬던 것처럼, 밤에 걸어서 내가 숙박한 호

텔로 돌아갔다. 아랫단만 남은 레닌의 동상이 있는 광장을 지나고, 또 한때 노파의 가족이 집을 가지고 있던 장소에 세워진 전쟁 기념 관을 지나서. 대리석 위에 죽은 사람들의 이름 수천 개가 또렷하게 새겨져 있었다. 그러나 러시아 병사의 이름과 소련의 표장은 모두 지워져버렸다. 나는 달빛을 받으며 서서 몸을 떨었다. 죽은 자들의 의미가 변하고 있었다. 내 발밑에는 노동절 행진을 위해 페인트로 그려놓은 선이 희미하게 남아 있었고, 레닌의 몸통은 인근 연구소 잔디밭에서 아무렇게나 뒹굴고 있었다.

# 9
## 옥수스 강을 건너다

   10월 중순에 아프간 국경에 이르렀다. 국경의 우즈베키스탄 쪽에는 불어난 아무다리야 강 위로 삼중의 철조망과 지뢰밭이 설치되어 있었다. 그 남쪽에서 창궐하고 있는 이슬람 반란 세력과 25년 동안 계속되고 있는 내전으로부터 나라를 지키기 위한 조치였다. 두 시간 동안 나는 으스스할 정도의 정적 속에서 국경수비 초소들을 통과했다. 금요일이었고, 국경을 통과하는 사람이나 차량은 전혀 보이지 않았다. 군인들과 러시아인 관리들은 놀랍다는 표정으로 내 서류를 점검했다. 외국인이 이곳 국경을 넘는 경우는 없다는 것이었다. 두 번이나 내 신원이 타슈켄트의 외무부에 무전으로 통보되었고, 그러는 동안 나는 저 사람들이 나를 보내줄 것인지 궁금해하면서 점점 강해지는 바람을 맞으며 기다렸다. 국경 양편에 전기 철조망이 길게 이어져 있었고, 감시탑에는 어디나 경비병들이 배치되어 있었다.

어두워지기 한 시간 전, 마침내 면도칼 모양의 철조망이 붙은 중앙의 거대한 문이 조금 열렸고, 나는 아무도 없는 우정의 다리로 나갔다. 800미터가 넘는 하얀 다리가 강 위에 걸려 있었다. 해가 서산으로 지고 있었다. 나는 공중에 걸린 완충지역을 걸어가고 있었다. 내 앞에 무엇이 있는지는 분명치 않았다. 내가 볼 수 있는 건 일직선으로 뻗은 다리와 그 밑을 흐르는 강물뿐이었다. 내 발자국 소리가 정적을 깨뜨리고 있었다. 내 뒤로는 테르메스 포구의 모습이 갈대숲에 가려 보이지 않게 되었다. 나는 두려움을 잊으려고 노래를 부르기 시작했다. 내 발밑의 아스팔트에는 기름 자국이 있었고, 가운데에 오래 사용되지 않은 러시아의 철로가 있었다. 1979년 12월, 바로 이 다리를 통해 소련군 탱크들이 아프가니스탄으로 진격했었다. 그리고 10년 후 아프가니스탄 땅에 남아 있던 마지막 소련군인 작은 체구의 그로모프 장군이 무너져가던 소련으로 되돌아간 것도 바로 이 다리를 건너서였다.

강 양안은 낮고 경사가 완만했으며, 강의 북쪽과 남쪽의 평야 사이에 다른 점은 별로 없었다. 강의 흙탕물이 구불구불 흘렀고, 간간이 있는 모래언덕이 햇빛을 받아 반짝였다. 나는 꿈같은 흥분을 느끼며 그 강을 바라보았다. 아득한 옛날부터 터키와 페르시아의 경계였던 옥수스 강은 파미르 고원에서 발원하여 이미 그 길이의 반을 흘러내려 이곳에 이르렀고, 여기서 다시 투르크멘 사막 위 1,100킬로미터를 북서쪽으로 흘러 죽어가는 아랄 해로 흘러들어갈 것이었다. 옛날의 승려들과 상인들은 이 구간의 실크로드를 지나

아프가니스탄에 자리잡았던 박트리아 왕국에 이르렀고, 다시 불교의 발원지인 인도로 여행을 계속했을 것이었다. 한편, 불교는 그 반대 방향인 북쪽으로 번져나갔을 터였다.

아프가니스탄 쪽 경계선에 다가가면서 나는 묘한 즐거움을 느꼈다. 장차 어떤 일이 일어날까 호기심이 일었다. 나는 그 일이 다른 누구에게 일어날 일인 것처럼 느끼고 있었다. 바로 앞 강변에 있는 하이라탄 마을은 폐허가 된 것처럼 보였다. 이어 장벽이 내 앞길을 막아섰다. 병사들이 빈둥거리고 있었다. 병사들은 기병의 두건을 두르고 양가죽 모자를 쓰고 있었으며, 싱글싱글 웃고 있었다. 한 병사가 러시아어로 소리쳤다. "아프가니스탄에 오신 걸 환영합니다!" 정중한 한 노인이 나를 다 쓰러져가는 사무실로 안내했다. 그곳에서 그는 내 여권을 들여다보지도 않고 스탬프를 찍은 다음, 알아볼 수 없는 이름 아래 내 이름을 적어넣었다. 지난번 대통령 선거 후보자들의 벽보가 무너져가는 벽에 매달려 있었다. 밖에는 이 지역 사람들이 좋아하는 군벌인 우즈베크의 장군 도스툼의 사진이 세관 문에 붙어 있었다. 하이라탄은 난민들의 마을처럼 보였다. 소련 점령 시절 이 마을은 바삐 돌아가는 국경 마을이었다. 지금은 자투리 함석과 목재로 얽은 판잣집들 사이의 파편 더미를 헐렁한 바지에 터번을 아무렇게나 두른 노인들이 서성이고 있다.

여권에 스탬프를 찍어준 노인이 나를 80킬로미터 남쪽의 마자르-에-샤리프까지 태워다줄 운전사를 찾아주었다. 거의 밤이 되어가고 있었다. 우리는 낙타가시풀이 드문드문 보이는, 노란색과 회색의 모래언덕이 이어지는 사막으로 들어갔다. 운전수와 나는 서로 언어가 통하지 않았다. 운전수는 가무잡잡한 젊은이였는데, 외투를 입고 터번을 두르고 있었다. 얼마 후 그가 어깨에 두르고 있던 숄을 벗어던지자 여자 살결 같은 피부와 타지크인의 이목구비를 가진 섬세한 얼굴이 나타났다. 우리는 말없이 도로 위를 달렸다. 길은 좁았고, 왕래하는 사람은 거의 없었다. 언덕에서 흘러내린 흙무더기가 도로를 덮고 있는 경우가 자주 있었다. 외로이 서 있는 위성 접시 안테나 옆을 지나쳤다. 접시안테나 옆에서 양치기가 화톳불을 피우고 있었다. 모래가 회색 돌들 밑에서 단단해졌다. 한곳에는 지뢰 경고 표시로 바위가 붉게 칠해져 있고, 지뢰 폭발로 타버린 차량 하나가 엎어져 있었다. 구름 사이로 보이는 태양이 바야흐로 지평선 아래로 내려가려 하고 있었다. 외딴 검문소들에서 컨테이너 안의 침대에 누워 있던 병사들이 밖으로 나와 우리를 살펴보았다. 그들은 제복을 입고 있지 않았고, 바람을 막기 위해 얼굴을 수건으로 가리고 있었다. 우리가 마자르의 외곽에 이르렀을 무렵에는 어둠 속에서 찬바람이 제법 강하게 불고 있었다.

나는 중앙광장 부근에 있는 호텔을 발견했다. 5층 건물의 그 호텔에 투숙객은 나 혼자뿐이었다. 모든 객실의 자물쇠는 부서져 있었지만, 그래도 공동욕실에는 물이 있었다. 호텔 관리인이 바자르에 가서 카보브[채소와 고기를 꼬치에 꿴 산적의 일종]를 사오라고 자기 아들을 내보냈다. 밤에 나돌아다니면 위험하다고 그가 말했다. 오랫동안 나는 내 방 창가에 서서, 마치 물속에서 반짝이고 있는 것같이 보이는 조용한 도시를 내려다보았다. 가벼운 기대감 같은 것이 느껴졌다. 사람이 죽으면 이렇게 되는 게 아닐까 하고 나는 생각해보았다. 자기가 몸이 없는 것 같은 느낌이 들 거라는 생각이었다. 나는 의자로 문을 차단하고 나서 잠자리에 들 때도 이 불편한 생각을 떨쳐버릴 수 없었고, 그래서 퍽 오랫동안 잠에 들지 못했다. 침대의 스프링이 삐걱거렸다. 밖에서는 몇 안 되는 가로등마저 꺼져 버리고, 칼리프 알리의 전설적인 무덤인 하즈라트 알리 성소의 두 돔만이 계속 빛나고 있었다.

잠에서 깨어보니 햇빛이 비치고 있었다. 내 방 발코니 너머 광장에 갖가지 색깔의 아케이드가 펼쳐져 있었고, 보도 위에는 천막이 즐비했다. 벌써 장이 서고, 손수레와 마차, 오래된 러시아 택시가 오갔으며, 터번을 두른 남자들이 자전거를 타고 지나가는 것도 보였다. 그들은 마치 말을 탄 것처럼 몸을 곧추세우고 있었다. 시장 너머로는 교외가 진흙과 백색 도료의 호수처럼 뻗어 있고, 남쪽으로는 힌두쿠시 산맥이 뿌연 커튼처럼 걸려 있었다.
성소 정원 주위에 조성된 시장으로 들어가보았다. 길이 온통 헌 옷과 싸구려 주머니칼, 담배 등으로 뒤덮여 있었다. 구두수선공, 점쟁이, 거리의 마사지사들이 영업 중이었고, 터키 옥 장신구와 지나치게 익은 바나나를 파는 행상들도 있었다. 중국제 라디오에서 한때 탈레반이 금지했던 음악이 흘러나왔고, 젊은 장사꾼들이 인도 팝 가수들의 카세트와 실베스터 스탤론 영화의 해적판 DVD를 팔고 있었다.
헐렁한 바지를 입고 머리에 터번을 두른 남자들—터번의 한 쪽 끝은 풀어져 바람에 날렸다—이 좌판을 누비며 홍정을 했다. 무자헤딘의 뉴스를 전하는 텔레비전 프로를 통해 익숙하게 보아온 이 위엄 있는 차림새가 그들을 무섭고도 멋지게 보이도록 했다. 그들은 굶주린 매 같았다. 그러나 여자들은 발목까지 내려오는 푸른색 또는 흰색의 부르카(이슬람교도 여자들이 입는 겉옷)를 입고 있었다.

아무도 나를 쏘아보지 않았다. 내가 다른 사람들과 구분되지 않거나, 아니면 대수롭지 않게 보이는 것 같았다. 이곳에 다른 외국인은 없었다. 그러나 남자들은 나에게 관심을 보이지 않았다. 나는 그들이 나를 러시아인으로 생각하는 게 아닐까 걱정되었다. 나와 눈이 마주칠 때만 그들은 얼른 미소를 지어 보이거나(아주 온화한 미소였다), 뭐라고 말을 했다. 내가 아는 척하지 않으면, 그들은 다시 나에게 관심을 보이지 않았다. 나는 옛날 여행자들이 기록했던 것 같은 기분을 맛보았다. 완전히 격리된 사람들 사이를 걷고 있는 것 같은 느낌이었다. 백만 명이 죽고, 인구의 절반이 집을 잃었으며, 성소의 문에는 거지들이 줄을 서 있지만—지뢰에 다리를 잃은 사람들이 의족을 앞에 늘어놓고 있었다— 이 사람들에게는 침해되지 않은 유산이 있다는 걸 나는 느꼈다. 그것은 동정을 거부하는 정신이었다. 그들은 북쪽의 친척들보다 더 날카로워 보였다. 이 사람들은 더 명랑하고 더욱 화난, 더 정중하고 더 엄격한 얼굴을 가지고 있었다. 이 사람들은 사마르칸트와 부하라의 확대판 주민들이었다. 즉 타지크인과 우즈베크인을 뒤섞어놓은 인종이었다. 남쪽의 힌두쿠시 산맥이 이들을 아프간 중심부의 사람들과 완전히 갈라놓았다. 그러나 북쪽으로는 그들이 사는 평원이 아무다리야 강을 넘어 중앙아시아 내지와 연결되어 있었다.

그들은 경계선이 유동적이었던 시대를 살아남은 사람들이었다. 우즈베크인들이 16세기에 큰 강을 넘어 밀려들어와서 오래전부터 이곳에 정착해 살던 타지크인들과 뒤섞였다. 몇백 년 후 그들은 북쪽에 있는 소련의 공화국들과 아주 닮아 있었다. 1979년 침공 초기에 소련은 아프간인들과 유사한 인종의 군인들을 뽑아 아프가니스탄으로 들여보냈다. 그러나 그들의 인척관계가 치명적으로 강한 것이 입증되었다. 1920년대에 50만 명의 타지크인과 우즈베크인들이 아무다리야 강을 건넜었다. 따라서 침공군 병사들은 곧 무자헤딘 가운데서 친척들을 찾아내기 시작했다. 소련군 사단들은 붕괴되기 시작했다.

이제 그 전쟁의 상처들이 성소의 입구에 모여 적선을 요구하고 있다. 나는 몇 달러를 아프간 돈으로 바꿔가지고 텅 빈 평화의 뜰 안으로 들어갔다. 회색 대리석 위에 여자들 몇이 구름같이 날아오르는 하얀 비둘기들 속에서 움직이는 것이 보였다. 그 너머로 성소 건물들이 궁전처럼 펼쳐져 있었다. 성소 안에 무덤까지 노인들이 죽 앉아 있는 것을 보면서 나는 이슬람이 다시 자연스럽고 살아 있는 것처럼 느껴졌다. 이 무덤이야말로 이 도시의 존재 이유였다. 마자르-에-샤리프(고귀한 자의 무덤)는 예언자의 사촌이며 사위인 4대 칼리프 알리가 658년에 살해된 후 이곳에 묻혔다는 전설에 기초해 건설된 도시. 전설에 따르면, 그의 추종자들은 적들이 그의 시체를 훼손할까 두려워 시신을 흰 암낙타에 붙들어맨 후 낙타를 동쪽으로 보냈다고 한다. 그의 시신은 그 낙타가 쓰러진 곳에 매장되었다는 것이다. 위대한 셀주크의 술탄 산자르가 1136년에 첫 번째 성소 건설을 명했지만, 칭기즈칸이 그 성소를 파괴해버렸다. 수백 년 동안 이 무덤은 부근에 있던 대도시 발크로 인해 빛을 잃은 채 외로운 순례지로 명맥을 유지했다. 19세기 들어 발크가 말라리아로 폐허가 되어버리자, 마자르가 도시로 발전하게 되었다고 한다.

소나무 밑에 조성된 먼지 이는 장미 정원을 산책했다. 벽 주위

의 돔이 있는 방들에 마련된 더 적은 무덤들은 아프가니스탄 초창
기에 속하는 무덤들이다. 장수한 19세기의 왕 도스 모하마드와 그
의 아들 아크바르 칸이 이곳에 잠들어 있다. 아크바르 칸의 군대는
1842년 카불에서 철수하던 1만 6천 명 이상의 영국-인도군을 전멸
시켰다. 그들의 무덤에는 전기장치와 낡은 빗자루들이 쌓여 있다.
그러나 돔에는 비둘기들이 하얗다. 비둘기들은 성소 전체를 눈송
이처럼 누비고 있다. 15세기에 이 비둘기의 조상들을 바그다드 근
처에 있는 알리의 진짜 무덤에서 가져왔다고 한다. 어려운 시기에
는 비둘기들은 이곳을 떠나 그들만의 피난처를 찾아간다고 한다.
그러니까 그들이 돌아왔다는 것은 평화가 왔음을 뜻한다. 회색 비
둘기가 끼어들어도 40일이 지나면 흰색으로 변한다고 한다. 그리
고 일곱 마리 중 한 마리는 사람의 영혼이라고 한다.

* * *

소련 점령 시절에 마자르-에-샤리프는 다른 도시들과는 달리 파
괴를 면했고, 1990년대 들어서도 이 지역을 차지하고 있던 난폭한
우즈베크인 군벌 압둘 라시드 도스툼―그의 포스터가 아직도 벽에
도배되어 있다―은 다른 지역의 군벌들을 이용하거나 배반하면서
그가 다스리는 북방 여섯 개 지역의 독립을 유지했다. 남쪽으로부
터 피난민들이 쏟아져들어오자 마자르는 아프가니스탄에 있는 마
지막 자유주의 초소가 되었다. 이 도시는 또한 활발한 밀무역의 중
심지이기도 했다. 이 도시의 시장에는 보드키와 프랑스 향수들이
넘쳐났다. 여학생들은 하이힐을 신고 캠퍼스를 걸어다녔다.

그러나 탈레반이 죄어들어오고 있던 1997년 5월, 도스툼의 휘하 장군 한 사람이 그를 배반했으며, 도스툼은 아무다리야 강을 건너 북쪽 우즈베키스탄으로 도망친 다음, 터키까지 달아났다. 탈레반은 도스툼의 배반한 장병들 및 그들의 연합군인 하자라 민병대와 함께 이 도시를 2, 3일간 점령했다. 곧 다시 전투가 벌어졌다. 독실한 수니파인 탈레반을 불신하는 시아파인 하자라 민병대가 특히 침략군을 무자비하게 학살하기 시작했다. 탈레반 부대원들은 그들이 이름도 모르는 거리에서 쓰러져 죽었다. 약 2천 명은 서쪽에 있는 다시트-에-라일리의 사막으로 끌려가서 우물에 던져지거나 운송용 컨테이너 속에 갇혀 질식해 죽었다. 내가 거닐고 있던 하즈라트 알리 성소에 피신한 자들조차 끌려나가 총살당했다.

그러나 이듬해 8월 탈레반이 되돌아왔다. 그들은 지프 차를 몰고 시내로 들어오면서 상점주인들과 여인들, 노인, 아이들, 심지어는 당나귀와 개들에게까지 기관총을 난사했다. 탈레반은 가가호호를 뒤져서 하자라 민병대원을 찾아내 살해했다. 그들은 사람을 총살할 때 세 발의 탄환을 발사했다. 한 발은 머리, 한 발은 가슴, 그리고 나머지 한 발은 고환에 발사했다. 탈레반 지도자들은 모스크에서 하자라 민병대원들이 이교도들이며 따라서 그들을 죽이는 건 당연한 일이라고 방송했다. 피난민들이 도시를 빠져나가자 탈레반 전투기가 그들을 향해 마구 기총소사를 했다. 곧 그 끔찍한 트럭 컨테이너들이 다시 운송되기 시작했다. 몇몇 컨테이너는 그 전 해에 있었던 일을 복수하기 위해 다시트-에-라일리로 운송되었다. 닷새 동안 시체들이 마자르의 거리에 방치되었고, 개들이 그 시체를 뜯어먹었다.

북쪽으로 몇 킬로미터 떨어진 곳에 있는 하자라족 마을 쾌젤라바드는 탈레반이 마자르를 약탈하기 전에 공격을 받았다. 나는 그곳으로 실어다줄 차를 찾아낼 수 없었다. 그러다가 마침내 도시에서 나를 안내해줄 한 사람을 찾아냈다. BBC를 위해 일한 적이 있는 젊은 타지크인이었다. 사람들은 쾌젤라바드에 가기를 꺼린다고 타히르는 말했다. 그곳에 화적 떼가 득시글거린다는 소문에 파다하다는 것이었다. 자기도 거기 가본 적이 없다고 했다. 곧 우리를 태운 택시가 먼지를 일으키며 들판 사이로 달리기 시작했다. 부서진 성채가 있는 언덕을 넘어서니, 하얀 하늘 아래 웅크리고 있는 진흙집 마을이 보였다. 우리가 탄 차는 황폐해져 조용한 거리로 들어섰다. 거리에는 담이 허물어져 방이 드러나 보이는 집들도 있었다. 어떤 방의 벽에는 아직도 초록과 파란색의 페인트가 선명하게 남아 있었다. 하지만 마당은 정리되지 않은 채 방치되어 있었다. 우리는 남의 땅을 몰래 침입하기라도 하는 것처럼 조심스런 발걸음으로 마당에 들어섰다. 부서진 지하실에는 녹이 슨 원추형의 박격포탄이 놓여 있었다.

하지만 사람들은 이미 돌아와 있었다. 담과 담 사이로 시냇물이 졸졸 소리를 내며 흐르고 있었고, 여인들이 베일을 쓰지 않고 고운 모래에 앉아 빨래를 하고 있었다. 오두막집에 '국민 단결'이라는 아랍어 글씨가 쓰여 있었다. 이 집은 어떤 자선기관이 들어 있다가 나간 곳이라고 했다. 오직 모스크만이 재건된 것 같았다. 모스크에서 일단의 남자들이 우리를 정중하게 안으로 맞아들였다.

그들은 나에게 방석이 쌓여 있는 곳으로 가라고 손짓하더니 내 주위에 웅크리거나 책상다리를 하고 앉았다. 그들은 손으로 턱수염을 만지작거렸다. 그들의 해쓱한 얼굴에는 정중하지만 다소 불신하는 듯한 표정이 나타나 있었다. 몇몇 사람들은 초승달 모양의 눈과 광대뼈가 튀어나온 얼굴이었다. 하자라 부족이 칭기즈칸의 몽골인들 후예라고 하는 말이 생각났다.

탈레반이 돌아왔을 때 그들은 산속으로 피했고, 결국에는 종파가 같은 이란으로 갔다고 그들은 말했다. 그러나 그들은 노인이나 거동이 불가능한 사람들을 남겨두고 떠났다. 남아 있던 사람들은 모두 총살당하거나 칼에 찔려 죽었다. 살아남은 사람은 한 명도 없었다.

"그 죽은 사람들을 묻어주기 위해서 외부에서 사람들이 들어왔지요." 한 사람이 말했다. "그 사람들 말이, 죽은 시체들이 거리와 집에 방치되어 있었답니다. 아무 힘도 없는 노인들, 우리들의 어르신네들의 시체가 말입니다. 4년 후 탈레반이 떠나고 나서야 우리는 돌아올 수 있었지요. 우리 어르신들의 무덤이 어디 있는지 아는 사람은 아무도 없었습니다."

"한때 이곳에 3백 가족이 살았었지요." 다른 사람이 말했다. "이제는 백 가족이 될까말까 합니다. 그들은 우리 가족도 열셋이나 죽였지요."

또 다른 사람, 둥글고 바싹 마른 얼굴을 가진 젊은이가 말했다. "우리 아버지는 집을 지키기 위해 남으셨지요. 우리 어머니가 아이들을 데리고 산속으로 들어갔습니다. 그후로 우리는 아버지를 다시는 보지 못했습니다."

갓난아기를 학살했다는 이야기, 시신을 훼손했다는 이야기들이 나돌았다. 하지만 그런 일이 실제로 있었는지 그들은 전혀 알지 못했다. "그들이 저지른 만행을 더 이야기하고 싶지 않습니다." 그들의 머릿속을 채우고 있는 것은 현재에 대한 생각이었다. 과거는 규명되지 않은 채 먼지 밑에 숨겨져 있었다. 그래서 그들은 총탄으로 엉망이 된 가구에 대한 이야기를, 살해된 그들의 가족원들에 대한 이야기를 할 때처럼 열을 올리며 해댔다. 그들은 서로의 말을 자르기도 하고 다른 사람의 이야기에 덧붙이기도 했다. 그런 그들의 이야기를 타히르가 통역해주었다.

"지금 이곳에는 학교도, 도로도, 병원도 없어요. 주위에 있는 다른 마을들에는 전기가 들어왔지만, 우리 마을에는 전기가 들어오지 않았습니다. 아무도 우리를 좋아하지 않아요. 우리가 하자라 부족이기 때문이에요. 정부도 아무런 조치도 취하지 않고 있어요. 우리도 러시아군을 상대로 성전을 수행했는데 말이에요."

"이곳에는 물이 흐르는 곳이 한 군데뿐이에요. 사람과 짐승이 함께 그 수로의 물을 마시지요."

"탈레반이 내 소들을 죽였어요!"

"보세요!" 뚱뚱하고 털이 많은 사람이 자기 셔츠를 들쳐 보였다. 겨드랑이에서 배까지 30센티미터 가량 되는 상처가 있었다. 그의 한쪽 손의 손가락들도 끝이 잘려나가고 없었다. "난 싸우기 위해서 남았었지요."

또 다른 사람이 시무룩한 어조로 말했다. "정부는 우리를 도울 생각이 없어요. 혁명만이 우리에게 도움이 될 겁니다."

그들은 하소연을 하고 있는 게 아니었다. 화를 내고 있었다. 그들이 제외되고 있다는 사실, 그들을 따로 격리된 저열한 사람들로 낙인찍었던 탈레반의 행태가, 사태가 안정된 지금에도 다시 나타나고 있다는 사실에 대해서 화를 내고 있었다. "우리들에 대해 써 주세요." 그들이 말했다.

타히르와 나는 마을 안으로 들어갔다. 낯선 사람에게 경계의 빛을 보이는 개나 울고 있는 아이가 어떤 집에 사람이 살고 있다는 것을 나타낼 뿐이었다. 그러나 어디선가 사람들의 목소리가 들리는 것 같더니 임시 학교가 나타났다. 내부가 파괴된 집의 흙바닥에 올이 드러난 카펫이 깔려 있었고, 그 위에 마흔 명 가량의 아이들이 앉아 있었다. 아무런 설비도 조명시설도 없었다. 부서진 한쪽 벽 옆에 칠판이 세워져 있었고, 그 옆에서 젊은 여인이 지리를 가르치고 있었다. 틈이 벌어진 벽을 통해 햇빛이 들어왔고, 아이들이 고개를 돌려 우리를 힐끗 보았다. 해맑은 아이들의 얼굴에 미소가 번져 있었다. 옆방에서는 하늘이 보이는 지붕 밑에서 젊은 청년이 더 나이 든 학생들에게 시험을 풀게 하고 있었다. 남녀 학생들이 뒤섞여 있었는데, 그중 일부는 성인이었다. 몇몇 여인은 눈부시게 아름다웠다. 선생은 볕이 들지 않은 곳에 서 있었다. 나는 한동안 거기 머물며 그들의 말에 귀를 기울였다. 그들이 말하는 페르시아어를 할 줄 알면 좋을 텐데 하는 생각이 들었다. 선생인 청년의 목소리는 박자가 빠른 음악 같았다. 하지만 여자들은 눈물을 글썽이며 이야기했다. 탈레반이 그들을 미워했다는 것이었다. 여자들은 어떤 학교도 갈 수 없었다고 한다. 음악, 체스, 연날리기도 금지되었고, 여자의 목소리가 집 밖으로 나가서도 안 되었다. 그랬다가는 채찍질을 당해야 했다. 여자는 소리 내어 웃어도 안 되었고, 심지어 발걸음 소리도 내서는 안 되었다.

어둑어둑해질 무렵, 우리는 우리의 차로 돌아갔다. 우리 두 사람다 말이 없었다. 목동이 털에 진흙이 달라붙은 염소 한 쌍을 몰며 어디론가 가고 있었다. 사람이 살고 있지 않은 집 뜰에 누군가가 겨울 밀을 심어놓았다. 부서진 담 위에서는 연이 하늘에 나부끼고 있었다.

* * *

해가 지고 두어 시간이 지났을 때, 마자르의 거리에는 움직이는 것이라고는 아무것도 없었다. 막 시작된 라마단의 초승달이 하즈라트 알리의 돔 위로 떠오르면 마을의 중심가는 개들이 요란하게 짖어대는 으스스한 장소로 변한다. 하지만 햇빛이 사라지고 아직 어둠이 퍼지기 전에 기도시간을 알리는 외침이 들리면, 신자들은 하루의 단식을 끝내고 웅성거리며 도시를 서성인다.

도시에 다소 익숙해진 나는 뒷골목으로 들어섰다. 어두워지는 바자르에 가서 먹을 만한 것을 구하기 위해서였다. 너덜너덜해진 아스팔트 길이 어느 순간 자갈길로 변했다. 소련군과 싸운 성전의 영웅 마수드의 초상화 옆을 지나고, 자전거 수리점과 함석가게를 지나니, 중국과 파키스탄에서 들어온 상품들이 널려 있는 시장이 나타났다. 결혼용품 가게 밖에서는 사람들이 신부가 그려진 입간판을 제거하고 있었다.

불과 1년 전만 해도 이 거리를 서로 경쟁하는 군벌—우즈베크인인 도스툼과 타지크인인 모하메드 아타—의 민병대들이 나누어 가졌다. 그러나 지금은 국가의 경찰이 들어와 있다. 카불 밖으로 국가의 경찰이 진출한 첫 사례로, 아직은 그 귀추가 불안한 상태

다. 밤이 되면 거리는 마치 통행금지가 실시된 것처럼 인적이 끊긴
다. 건물들의 위층에서는 어떤 불빛도 나오지 않는다. 창문들이 깨
지거나 아예 없어져버린 탓에 그곳에는 성스러운 비둘기들이 둥지
를 틀었고, 따라서 사람들은 아래층에서만 살고 있는 것이다.

'차이카나'가 눈에 띄어 그 안으로 들어섰다. 문과 문 사이에 있는
간이 건조물에 주인이 앉아서 음식을 팔고 있었다. 그 맞은편에 있
는 단에 마을사람들이 앉아서 더 낮은 테이블에 놓인 밥을 퍼먹거
나 빵을 집어서 찢어먹고 있었다. 그들은 잠옷으로도 사용하는 예
복을 입고 있었다(그들은 이곳에서 잔다고 했다). 그들은 노골적으로
호기심을 드러내며 일제히 나에게 시선을 보냈다.

잠시 후 그들의 시선은 천장에 매달려 있는 흑백 텔레비전으로
되돌아갔다. 그들은 그 나라 역사상 최초로 실시된 총선거의 개표
실황 중계방송을 지켜보고 있었다. 그들의 시선은 날카로우면서
도 조용했고, 작은 목소리로 이야기를 나누었다. 바깥 벽은 아직도
열일곱 명의 대통령 후보들의 벽보로 도배가 되어 있었다. 후보 중
한 사람은 여자였다. 투표는 현재까지 별 사고 없이 진행되었다.
사흘 전, 이른 아침부터 남자들과 베일 쓴 여자들이 투표소 입구에
장사진을 이루었었다.

내 옆에 책상다리를 하고 앉은 젊은 청년이 러시아어와 영어를
섞어가며 이야기를 시작했다. 그는 여행용 옷으로 보이는, 주머니
가 많이 달린 조끼를 입고 있었다. 그는 열에 들떠 눈동자가 노랗
게 변해 있었다. "도스툼이 이기고 있다. 도스툼이 대통령이 될 것
이다." 그는 내가 낯을 찌푸리는 것을 보고 웃었다. "그래, 그는 나
쁜 사람일지 모르지만, 그러나 그는 우리의 나쁜 사람이다."

나는 이제 기도를 하려고 일어선 마을사람들을 힐끗 보았다. 그들의 시선은 남쪽의 벽을 향하고 있었다. 내가 물었다. "이 사람들은 무슨 생각을 하고 있는 거지요?"

"저 사람들은 이곳 출신이 아니에요."

뒤에 그들 가운데 한 사람이 나에게로 와서 나를 내려다보고 섰다. 그는 덥수룩한 수염을 쓰다듬고 있었다. 그가 뭐라고 소리치더니 손가락으로 방아쇠를 당기는 시늉을 했다.

"그는 당신에게 묻고 있어요. 탈레반 알케에다를 무서워하지 않느냐고요."

나는 어떻게 대답해야 할지 몰라 망설였다. 두려움을 인정하자니 사내답지 못한 것 같았고, 두렵지 않다고 하자니 흰소리를 하는 것 같았다. 나는 신의 뜻에 의지했고, 그러자 그 덥수룩한 수염은 싱글싱글 웃으며 물러갔다. 그의 동료들이 밤을 보낼 준비를 하고 있었다. 그들은 숄을 잘 펴고 터번을 다시 감았으며, 예복으로 몸을 잘 감쌌다. 움직이고 있을 때는 이 사람들은 꽤 멋져 보인다. 그러나 잠이 들면 아주 볼품이 없다. 얼굴은 말라 보이고 턱수염도 그다지 볼품이 없다. 많은 사람들이 영양실조에 걸려 있고, 부상당한 흔적이 있다. 복사뼈가 마호가니 막대기처럼 불거져 있다. 자고 있는 그들의 얼굴을 내려다보면서 나는 그들이 겪은 아픔, 그들이 입은 상처를 생각했다.

내가 자리를 뜨려고 할 때, 정전이 되었다. 전 시가지가 암흑으로 변했다. 그러자 차이카나가 카리모프에 대한 농담으로 시끌벅적했다. 그들이 쓰는 전기가 우즈베키스탄에서 오는데, 우즈베키스탄의 대통령이 암흑 속에서 부정한 사랑을 할 때만 전기가 아프가니스탄으로 온다는 것이었다.

\* \* \*

마자르에서 북쪽으로 수 킬로미터 떨어진 곳, 그러니까 목화밭과 석류 농장 너머에 칼라-이-장이 요새가 서 있다. 이 요새는 백여 년 전에 아프간 왕 압두라만이 축조한 것인데, 담벽 위에 거칠게 톱날같이 깎은 총안이 있다. 나는 타히르와 함께 이곳에 왔는데, 우리를 환영해줄지 여부는 알 수 없었다. 요새는 도스툼의 지역사령부였고, 요새를 둘러싼 각종 소문이 나돌고 있었다. 타히르의 말에 따르면, 도스툼 자신이 이미 서쪽 시버건으로 퇴각해서 선거 결과를 기다리고 있다는 것이었다. 그는 자신의 사설 군대가 이미 거의 해산되었다고 주장하면서, 카불 내각의 한 자리를 노리고 있다고 한다.

우리는 덤불이 군데군데 나 있는 해자 외벽을 따라 돌았다. 아이들이 마른 해자에서 공놀이를 하고 있었고, 성벽에서는 아프간 깃발이 나부끼고 있었다. 양쪽에 낡은 곡사포가 한 문씩 놓여 있는 성문 감시탑 밑에서 타히르가 들어가게 해달라고 소리쳤다. 그는 내가 대단히 중요한 인물이라고 떠벌였다. 흉벽에 있는 장교는 망설였다.

한참 후에 엄숙한 표정으로 서류를 심사한 후에야 우리는, 30분 동안 소나무와 조용한 막사들이 늘어선 요새 안을 둘러봐도 좋다는 허락을 받았다. 막사들은 텅 비어 있었다. 진흙 탑과 총안으로 둘러싸인 요새 안을 걷고 있자니, 먼 과거로 돌아온 느낌이었다.

그러나 요새의 안쪽 경내로 들어가는 문에 영어로 된 게시문이 붙어 있었다. "칼-이-장히는 사악한 탈레반-알 카에다에 의해 파괴되었고, 테러 세력이 물러간 후 북부연맹(NIMA)의 지도자이며 국방 차관인 압둘 라시드 도스툼 장군의 주도 아래 대폭 수리되었다."

하지만 이 게시문은 2001년 격동기에 일어났던 사건들을 감추고 있다. 도스툼은 미영 연합군이 침공한 후 유혈사태를 일으키며 마자르로 돌아왔다. 도시가 함락되고 며칠 지나지 않아 궁지에 빠진 탈레반은 동쪽으로 160킬로미터 떨어진 쿤두즈에서 집단 항복했다. 그후 그들의 외국인 전사들—약 3천 명의 파키스탄인, 아랍인, 우즈베크인, 체첸인, 위구르인 등—이 아프간인들과 격리되었다. 화물 컨테이너 하나에 2백 명 이상씩 실린 그들은 일부는 시버건으로, 다른 일부는 마자르로 이송되었다. 약 470명이 이곳 요새의 격리된 구역에 감금되었다. 그날 저녁 몇 명이 수류탄으로 자폭했다. 이튿날 아침, 북부연맹 병사들이 그들의 손을 묶기 시작하자, 그들은 그들의 감금자들에 대항해 일어나서 CIA 심문관 한 사람을 살해하고 얼마간의 무기를 탈취했다. 6일 동안 그들은 흉벽에서 사격을 하는 병사들에 포위된 채 감금 구역에서 버텼다. 미군 폭격기와 헬리콥터가 출격해서 그들을 공습했다. 이 와중에 86명이 살아남았다.

우리는 문을 지나서 엉겅퀴와 목화가 여기저기 나 있는 마당으로 들어갔다. 그 중앙에 있는 고립된 감금 구역은 사방의 흉벽 통로에서 내려다볼 수 있게 되어 있었다. 그 안은 그야말로 총탄 자국 투성이였다. 시멘트로 된 전면은 너무나 심하게 부서져 그 모양을 분간하기 어려울 정도였다. 창문이나 남아 있는 문짝 등 어디든 총알 자국으로 덮여 있었다. 우리는 조심조심 통로 안으로 들어가 파편과 먼지 속을 걸어보았다. 벽에 바른 회가 다 떨어진 상태였고, 천장의 대들보도 내려앉아 있었다.

"우린 그들을 학대하지 않았어요." 우리와 함께 있던 병사가 말했다. "그들이 그냥 우릴 공격한 겁니다."

내가 타히르를 통해서 그에게 물었다. "그 사람들 모양이 어땠습니까?"

그는 이렇게 말했다. "파키스탄인들이었는데, 모습이 말이 아니었지요. 체첸인들도 몇명 있었고⋯⋯." 그는 재미없다는 표정이었다. 어서 우리가 가주기를 바라고 있었다.

욕실에는 아직 타일이 붙어 있었다. 여기저기 아프간인과 미국인의 이름들이 낙서되어 있었다. 우리는 지하실로 내려가는 철제 계단에 이르렀다. 지하실은 마지막 남은 탈레반 전사들이 피신했던 곳이었다. 도스툼의 병사들은 지하실에 디젤 연료를 들이붓고 불을 질렀다. 잠든 영혼들을 깨울까 두려워하는 것처럼 우리는 조심조심 발걸음을 내딛었다. 정적 속에서 병사의 구둣발 소리가 불쾌한 소리를 냈다. 그는 작은 목소리로 행진곡조의 노래를 부르기 시작했다.

우리는 말을 잃은 채 밖으로 나왔다. 흙벽이 우리를 둘러싸고 있었다. 도스툼의 민병들과 미군 특수부대가 저 흙벽에서 이곳으로 집중사격을 퍼부었을 것이다. 포로들을 싣고 온 컨테이너들이 근처에 비틀어진 채 놓여 있었다. 나는 두려움을 느끼면서 내 옷의 먼지를 털었다. 요새 너머의 울퉁불퉁한 들판이 탈레반 전사들의 집단묘지가 되었다. 어떤 사람들은 두 손이 뒤로 묶인 채 묻혔다.

그 너머 몇 킬로미터 떨어진 사막에는 이 탈레반 전사들이 학살한 사람들의 뼈가 흩어져 있었다.

하피줄라는 타히르의 친구다. 그는 내가 가고 싶어했던 마이마나 출신이었다. 그는 우즈베크인과 타지크인의 피가 섞였으면서 자기는 그 어느 쪽도 아니라고 말한다. 그는 소년 같은 머리와 눈을 가졌지만, 그의 작은 뾰족한 입은 충격적인 이야기를 뱉어낸다. 1997년에 그는 마자르에서 고등학교에 다니고 있었는데, 탈레반이 트럭을 타고 들이닥쳤다고 한다.

"우리는 학교에서 납작 엎드려 있었어요." 그의 말이다. "저녁 내내 요란한 총소리가 들렸지요. 하자라 부족이 탈레반을 공격하고 있었어요. 그들은 살해될까 두려워 먼저 공격을 한 것 같아요. 아침에 나는 지붕 위에 올라가 탈레반의 시체들이 거리에 누워 있는 걸 보았어요. 사람들이 시체들을 손수레로 실어 나르고 있었죠. 나는 부상당한 탈레반이 민병대원에게 총을 쏘는 것을 보았어요. 그러자 그들은 그 탈레반을 죽였죠."

당시 열여섯 살이었던 그는 흥분된 어조로 당시의 상황을 또렷하게 이야기했다.

"그러나 얼마 후 탈레반이 돌아왔어요. 끔찍했죠. 그들은 학교에 로켓포를 쏴서 2층을 날려 버렸어요. 우리는 아래층으로 피했지요. 그들이 들어와서 총을 들이대면서 우리들에게 나오라고 했어요. '이교도들 같으니!' 그들이 소리를 질렀어요. '너희들 여기서 뭐하고 있는 거야?' 우린 대답했죠. '우린 학생들이에요. 우린 코란을 배우고 있어요. 성스러운 코란을요!' 우리는 종교에 대해 좀 배워서 그들만큼 알고 있었기 때문에 자신 있게 말할 수 있었어요. 그들은 아주 단순했습니다. 하지만 그들은 우리 학교에 자기들 사령부를 만들었고, 우리는 겁이 나서 밖에 나가지 못하고 학교 안에 이주일 동안 있었어요. 우리는 우리가 가지고 있던 물과 약간의 빵을 먹고 그들의 지시에 따라 턱수염을 길렀어요. 우리 선생님들도 마찬가지였고요." 그가 자기 턱을 만졌다. "그때는 하자라 부족의 시체가 거리에 널려 있었어요. 그들은 시체를 내다버렸고, 시체는 며칠 동안 그대로 있었어요. 그래서 개들이 그 시체를 뜯어먹었죠. 뒤에 우리는 다시 손수레를 보았어요. 사람들이 시체를 실어내려 했어요." 그는 이 얘기를 자주 하지 못한다고 말했다.

"미군은 3년 후에 도착했어요. 그들은 학교에 와서 통역을 찾았어요. 나를 선택했지요." 그는 그 사실을 자랑스러워하는 것 같았다. "그들은 나를 칼라-이-장이로 데려갔어요. 나는 아프간 사령관과 폭격기를 유도하는 미국인 교환원 사이에서 연락자 노릇을 했어요. 아프간 군은 요새의 중앙으로 폭격기를 유도했어요. 우리가 있는 곳에서 천 미터쯤 떨어진 곳이었어요. 우리는 우리가 있는 위치를 알리려고 땅 위에 국기를 펼쳐놓았지요. 그러나 나는 비행기가 하늘을 선회하다가 5백킬로그램짜리 폭탄을 엉뚱한 곳에 떨어뜨리는 것을 보았어요. 나는 담 밑에 쭈그리고 앉아서 그 폭탄이 우리를 향해 떨어지는 걸 보았어요. 폭음이 무시무시했어요. 그 폭탄은 내 주위의 아프간 병사들을 때렸고, 탱크 한 대를 쓰러뜨렸어요. 그때 몇 사람이 죽었는지 나는 모릅니다. 담이 내 위로 쓰러졌거든요." 그는 자기 옆에 있는 찬장 밑으로 피하는 시늉을 했다. "정신을 차려보니 나는 묻혀 있었어요. 내 위에 피 흘리는 시체가 있었지요. 나는 꼼짝할 수 없었어요. 사방이 온통 아수라장이었어요. 나는 떨어져나간 팔과 손들이 나뒹구는 걸 보았어요. 나중에 영국 병참부대가 나를 파내주었어요. 귀가 잘 들리지 않았지만, 다른 데 다친 곳은 없었어요. 나는 달아났어요. 무작정 달아났어요. 하지만 그날밤 도스툼이 그의 병사들을 성벽에서 철수시켰지요. 그리고 미국 폭격기들이 들어왔어요."

이런 끔찍한 일을 겪은 그는 의과대학 학생이 되었다. 그는 7년 과정 가운데 3년을 끝냈다고 했다. 그동안 그의 영어도 유창해졌다.

"지금까지 살아오면서 내 주위에는 온통 탄환과 폭탄 천지였어요. 우리는 어떻게 해서든 살아남기를 바랐어요. 먹을 빵을 구할 수 있기를 바랐지요. 난 늘 그런 생활이 계속될 걸로 생각했어요. 그런데 지금 1년 넘게 평화가 이어지고 있지요. 이제 희망을 가질 수 있게 되었어요." 그의 얼굴에 기쁨이 넘쳤다. "젊은이들은 이제 달라요. 세대 간에 차이가 벌어지고 있지요. 예를 들면, 우리 아버지는 어떤 일도 구할 수 없어요. 아버지는 교육을 잘 받은 분이지만, 소련 타입의 교육을 받은, 시대에 뒤진 분이에요. 컴퓨터 교육이나 언어 교육을 받지 못하셨어요." 그는 아쉬워하는 기색 없이 얼굴을 찌푸렸다. "미래는 우리의 것입니다."

\* \* \*

타히르와 나는 짧은 풀이 군데군데 나 있는 사막과 진흙의 세상 —진흙 색깔의 단봉낙타가 서 있는 마을 마당과 담장이 둘러쳐진 들판—을 가로질러 발크로 차를 몰았다. 발크는 아프간 사람들이 세상에서 가장 오래된 도시라고 부르는 곳이다. 러시아 탱크들의 형해가 죽은 파충류들처럼 길가에 흩어져 있다. 1998년 탈레반이 진주하면서 부서진 탱크들이었다. 왼쪽으로 진흙 같은 갈색의 힌 두쿠시 산맥이 안개 속에서 어른거렸다. 앞쪽에 노란색과 녹색이 섞인 오아시스의 모습이 아련히 보였다.

우리가 도시의 요새들을 통과했는데도 도시의 모습은 보이지 않았다. 플라타너스 나무와 살구 과수원의 푸른 녹음이 도시를 덮고 있기 때문이었다. 발크는 이제 그 10킬로미터의 담 속에 갇힌, 지나치게 웃자란 마을에 불과했다. 중심가에는 수레와 말이 끄는 택시들이 즐비했다. 공원 위쪽에 무너진 호자 파사 성소의 모습이 보였다.

발크의 오랜 역사—아랍인들은 이 도시를 '도시들의 어머니'라고 불렀다—는 시인들의 추정 대상이다. 기원전 1500년쯤에 아리안 전사들이 전차를 몰고 이 주위의 평원으로 진주한 것으로 짐작된다. 그들이 힌두교 신앙과 청동을 들여왔다. 고대 신앙의 창시자인 조로아스터—연옥과 면죄의 개념을 다듬은 사람—가 이곳에서 태어났고, 이 도시의 불의 제단에서 살해된 것으로 전해지고 있다.

페르시아를 멸망시키고 동쪽으로 진출한 알렉산드로스 대왕은 2년 동안 발크를 동방의 수도로 삼았다. 그는 옥수스 강둑에서 거행되는 제례—별 모양의 왕관을 쓴 여신이 서른 마리의 수달 가죽으로 만든 옷을 입고 나타났다—를 보았고, 박트리아 추장의 딸 록사나와 결혼했다. 그의 추종자들은 록사나가 페르시아 왕의 미망인 다음으로 아름다운 여인이라고 생각했다. 그리고 여기서 그는 부복의 관습을 시행함으로써 그의 추종자들을 노하게 만들었다.

기원전 126년 이후, 근 4백 년 동안 발크는 쿠샨 왕들의 상업적 보석이었다. 쿠샨의 왕들은 내가 멀리 타클라마칸 사막에서 미라로 본 토카리아인들의 후예들이다. 그들의 거대한 왕국은 동쪽은 중국, 서쪽은 파르티아와 로마에 이르는 실크로드에 걸쳐 있었다. 그들의 여름궁전에서는 중국의 칠기, 이집트의 청동, 인도의 에로틱한 상아조각품, 그리고 파르티아의 스핑크스, 여러 개의 유리 돌고래, 헤라클레스의 동상과 군신 마르스의 흉상 등 다양한 유물이 발굴되었다. 쿠샨 왕국의 풍요롭고 융통성 있는 불교가 실크로드를 따라 중국으로 전해졌고, 마침내는 일본에까지 전파되었다. 알렉산드로스가 전파한 헬레니즘적 요소를 간직한 그들의 공예품은 아프간 땅에서 발굴된 그리스풍의 부처, 아무도 살지 않는 중국의 사막에 조각된 아칸서스 잎(코린트 식 기둥머리 장식) 등의 유물로 후대의 고고학자들을 놀라게 했다.

그러나 이 고대의 유물은 발크에는 거의 남아 있지 않다. 그 뒤를 이은 이슬람 문화도 몽골인들에 의해 말살되어버렸다. 우리가 지금 걷고 있는 정원에 호자 파사의 성소만이 상처 입은 후손처럼 겨우 명맥을 유지하고 있을 뿐이다. 이 성소는 1461년에 어느 신학자의 무덤 위에 건설된 것이지만, 홀로 남은 유적이기 때문에 이 도시의 모든 과거의 짐을 떠맡고 있는 듯한 느낌이다. 높은 출입문 옆에 15미터 높이의 기둥 두 개가 솟아 있다.

타히르와 나는 한동안 공원을 조용히 거닐었다. 플라타너스 잎이 노랗게 변하고 있었고, 노인 몇이 걸음을 멈추고 나를 유심히 바라보았다. 17세기에 세워진 마드라사의 괴기스러운 아치가 하늘

높이 솟아 있다. 우리는 10세기의 여류시인 라비아 발키의 가짜 무덤에 이르렀다. 전설에 따르면 그녀는 노예를 사랑한다는 이유로 그녀의 가족에 의해 살해되었으며, 마지막 시를 자기의 피로 썼다고 한다. 젊은 여인들이 가끔 이 무덤에 와서 자기 가슴 속에 맺힌 사연을 풀어놓는다고 한다.

우리는 숨이 막힐 듯한 좁은 거리로 차를 몰았다. 고원을 이루고 있는 구시가지가 우리 앞길을 막았다. 우리는 문이 있었던 자리인 틈을 통과해 위로 올라가서 황량한 전경을 내려다보았다. 도시를 감싸고 있는 오아시스를 배경으로 백금 색깔의 흙으로 이루어진 광대한 요새가 펼쳐져 있었다. 여기저기 염소가 지나다니는 길이 나 있었고, 거의 다 무너져버린 가장 먼저 축조된 성의 흔적이 보였다. 요새는 침식된 산맥처럼 옥수스 강을 향해 뻗어 있었다. 이 구시가지는 가로가 1.5킬로미터는 되었던 듯싶다. 하지만 성벽은 이제 표백된 흙을 둘러싸고 있을 뿐이었다. 여기저기 무너진 문의 흔적이 보였다. 말이 끄는 수레 한 대가 이 황량한 땅을 가로지르고 있었다.

우리는 아직 남아 있는 광산이 있는지 알지 못했고, 물어볼 만한 사람도 없었다. 대다수의 마을 사람들은 늘 다니던 길만을 다녔고, 도시 가장자리까지 나가보려 하지 않았다. 우리 위로 가장 안쪽의 요새가 있었는데, 그것은 햇볕에 바랜 황량한 언덕이었다. 우리는 서로의 발자국을 따라 부서지기 쉬운 진흙 껍데기로 이루어진 오솔길을 올라갔다. 50년 전에 프랑스의 고고학자들이 이곳에서 알렉산드로스의 도시를 발굴하려다가 그만두었다고 한다. 그들은 빽빽한 이슬람 퇴적층 밑에서 쿠샨 왕국 시대의 집터 흔적을 발견했을 뿐이었다. 2002년에 와서야 이 지역의 금광업자가 코린트 식 기둥을 발견했지만, 그후 그 기둥들도 대부분 사라졌다고 한다. 우리 발밑에는 청록색과 담자색이 도색된 도자기 파편들이 널려 있다. 그 파편들이 다져진 흙 속에서 짙은 녹색의 도자기 조각들과 무엇의 뼈인지 모를 뼛조각들과 함께 반짝이고 있었다. 우리들 아래 있는 작은 동네의 소음이 들려왔고, 좁은 협곡에서는 새들이 우는 소리가 들렸다.

칭기즈칸이 10만의 기병을 이끌고 침입해서 이 도시를 무너뜨렸다. 그가 파괴한 도시는 이슬람의 도시였지만, 불교와 조로아스터교 사원들, 심지어 네스토리우스파 사원까지 아직 남아 있는 세계주의적인 도시였다. 춤추는 탁발승으로 유명한 메블레비 종파의 창시자 젤랄레딘 루미도 이곳에서 태어났다. 그는 칭기즈칸이 침입하기 전해에 소년으로 이 도시를 떠났다. 이 도시의 주민들은 들판으로 내몰려진 후 살육되었다.

요새에는 후대의 얇은 진흙 벽돌이 쿠샨 시대, 그리고 아마도 알렉산드로스 시대의 것으로 짐작되는 벽돌들과 구분하기 어렵게 뒤섞여 있었다. 발크의 명성을 알고 있던 티무르는 1370년 이 도시의 폐허에서 대관식을 올리고 도시를 재건했다. 멀리 동쪽과 남쪽으로 이 후대에 축조된 성벽의 흙벽이 아직도 오아시스를 둘러싸고 있다. 군데군데 전망탑도 솟아 있다. 그 성벽을 따라가다가 두 개의 납작해진 고분을 만났다. 630년 현장법사가 찾았던 불교 유적 가운데 남아 있는 것이다. 현장의 시대에도 불교 사원들은 이미 쇠퇴하고 있었고, 주민들이 불교에 대해 다소 적대적이었으므로 불교의 중요한 동상들과 유물들—부처의 세숫대야, 부처가 쓰던 청

소용 솔과 치아 등—을 조직이 엉성한 승려 단체가 지키고 있었다.

성벽에서 2, 3킬로미터 떨어진 들판 사이의 길에서 나는 몽골 군의 분노의 흔적을 발견했다. 그것은 플라타너스 나무숲에 격리되어 있었는데, 무장한 보초가 잠들어 있었다. 담 바깥에 메카 순례를 일곱 차례나 했다는 하지 피야다의 무덤이 있어, 이 유적에 그 이름을 빌려주고 있었다. 담 안에 들어가보니 거대한 북 모양의 기둥들이 그 주두(柱頭)께까지 수북이 쌓인 흙에 파묻혀 있었다. 천장의 아홉 개 돔이 무너져내렸고, 뾰족한 아치들이 땅에 내려앉아 있었다.

하지만 이 쓰러진 기둥의 투박한 네모진 주두와 아치의 밑면에 잎사귀와 장미꽃 무늬가 치장 회반죽 세공(stucco)으로 새겨져 있었다. 여기저기 잎사귀가 서로 겹치는 부분에는 흰 회반죽과 푸른색의 흔적이 보였다. 이 9세기의 이슬람 기도소—이 나라에서 가장 오래된 것—는 초기 페르시아—사산 왕조의 페르시아—에 속하는 것으로, 추방된 발크에서 여러 차례 다시 모방 건축되었을 것이다.

도시는 다시 살아나지 못했던 것 같다. 몽골 군의 약탈이 있고나서 2년 후 밤에 이곳을 지나간 도교 승려는 거리에서 개 짖는 소리밖에 듣지 못했다. 백 년 후에 베르베르인〔북아프리카 산지에 사는 백인종〕 여행자 이븐 바투아도 감청색이 칠해진 폐허의 미로 속을 헤매었을 뿐이다.

\* \* \*

나를 서쪽으로 태워다줄 준비가 된 운전사를 찾아냈다. 모빈은 외모는 불한당 같았지만, 랜드크루저를 몰았고, 떠듬떠듬이지만 영어도 할 줄 알았으며, 제법 재치도 있었다. 우리는 우리가 갈 길에 도사린 위험에 대해 알아보기 위해 마자르의 경찰서를 찾아갔다. 경찰서 구내는 얼마 전에 도착한 정부측 민병대원들로 북적대고 있었다. 더러운 제복을 입은 그들은 일종의 소모품처럼 보였다. 그들 중 일부는 해산된 군벌의 부대원들이었을 것이고, 기회만 되면 다시 그 부대로 돌아갈 가능성이 높은 사람들일 터였다. 옷차림이 단정치 못한 뚱뚱한 경찰관이 우리를 면담했다. 그는 우리가 두 명의 민병대원을 경호원으로 대동해야 한다고 말했다.

하지만 민병대원들은 오히려 짐이 될 것 같았다. 그들이 가는 길에 있는 시버건 지역을 장악하고 있는 도스툼의 병사들과 말썽을 일으킬 가능성이 있었기 때문이다. 그래서 나는 그들을 데리고 가지 않기로 했다. 유엔 요원들이 주재하고 있는 요새화된 사무실을 찾아갔더니, 매끈하게 생긴 파슈툰족 요원이 시버건을 지나 320킬로미터 떨어진 마이마나까지 가는 길은 통과가 불가능하다고 나에게 말했다. 사막을 가로지르는 길을 택하는 편이 나을 것이며, 위성 전화를 가지고 가는 게 좋을 거라고 말했다.

그러나 내가 그 너머의 길에 대해서 묻자, 그는 잠시 생각하더니 한 손으로 자기 목을 긋는 시늉을 했다.

우리는 동이 트기 전에 출발했다. 하늘에 아직 별이 반짝이고 있었다. 마자르의 거리는 텅 비어 있었고, 바자르에는 천이 덮인 수레들이 여기저기 자리를 잡고 있었다. 그 사이로 개들이 어슬렁거렸다. 우리를 태운 차는 어두운 평원을 어려움 없이 달렸다. 1년 전만 해도 이 도로는 통행이 불가능했었다. 도스툼의 부대원들이 경쟁하는 민병대인 모하메드 아타의 부대원들과 전투를 벌이고 있었기 때문이다. 우리는 담이 둘러진 탁트-이-풀(텅 비어 있었다)을 아무 말썽 없이 통과했다. 이곳은 탈레반이 1998년에 수백 명을 학살한 곳이다. 불빛은 보이지 않았고, 타버린 탱크가 들판에 버려져 있었다. 동이 틀 무렵, 모빈이 차를 세우더니 지뢰가 없나 주의하면서 기도용 매트를 도로 위에 폈다. 그런 다음 자동차 엔진이 가동되는 가운데 헤드라이트 불빛을 받으며 서쪽을 향해 기도를 올렸다. 엎드려 기도하는 그의 태도가 너무나 열렬해 보였다. 아마 그가 위험한 앞길을 생각하고 있을 거라고 나는 생각했다.

아침나절 도스툼의 민병대원이 차단장치를 올려주었고, 우리는 전나무가 늘어선 시버건의 거리로 들어섰다. 하얀 건물을 지나갔는데, 그것이 도스툼의 궁전이라고 했다. 시버건은 도스툼의 본거지였다. 따라서 푸근한 아저씨 얼굴인 그의 초상화가 도처에 붙어 있었다. 중심가에서 우리는 서쪽으로 가는 길을 안다는 노인을 태웠고, 그 직후에 포장도로가 끝났다. 우리는 모래언덕 사이를 달리는 좁은 비포장도로로 접어들었다. 모빈이 자못 엄숙하게 말했다. "이곳이 다시트-에-라일리예요."

아무것도 보이지 않았다. 이곳은 두 차례에 걸쳐 수많은 포로들 ―1997년에는 탈레반, 1998년에는 하자라 부족―이 살해된 현장이었다. 그후에는 도스툼의 처형장이 되었다. 2001년 12월, 탈레반이 쿤두즈에서 항복한 후, 사람을 가득 채워넣은 컨테이너들 대다수는 칼라-이-장이로 가지 않고 시버건까지 온 후 다시 이곳으로 왔다. 컨테이너들의 문은 거대한 집단 무덤을 향해 열렸다. 인간 화물의 반쯤이 이미 질식해서 죽어 있었다고 한다. 아직 살아 있던 사람들은 처형되었다. 약 2천 5백 명이 죽은 것으로 추정된다. 유엔은 증거가 사라질 것을 염려해 이 장소를 관리할 것을 촉구했다. 그러나 군대의 보호 없이는 진상조사를 하려 하지 않았다. 유엔의 요청은 어느 것도 수락되지 않았다.

나는 울퉁불퉁한 황야에서 그 누구도 보지 못했다. 그 위에 모래가 쌓이고 있었다. 근본주의 국가 우즈베키스탄을 꿈꾸며 탈레반과 나란히 싸웠던 게릴라 두목 나만가니도 아마 이곳에 누워 있을 것이다. 모빈이 말했다. "이곳에 전에 한번 와본 적이 있어요. 그때는 손과 발이 땅 밖으로 비죽비죽 나와 있었지요." 그는 신경질적으로 더 빨리 차를 몰아댔다. 뒷자리에 앉은 노인은 아무 말도 하지 않았다.

랜드크루저—단단한 토요타 차—는 덜컹거리고 미끄러지면서 울퉁불퉁한 모랫길을 몇 킬로미터 달렸다. 이윽고 융기된 길이 나타났고, 이 길은 다져진 사막 위에서 여러 갈래로 갈라졌다. 노인이 우리가 가야 할 길을 인도했다. 하늘에는 은빛 구름이 여기저기 떠 있었고, 공중에는 바람 한 점 없었다. 한두 차례 우리는 경작된 밭뙈기를 지나갔는데, 거기에는 외로운 아편 경작자가 천막을 치고 살고 있었다. 한번은 높은 경사면에 천막이 있는 걸 보고 나는 놀랐다. 아프가니스탄군의 회색빛 군복이 보였다. 몇 달 동안 이곳에 산적이 출몰했었는데, 저 군인들이 그 산적을 최근에 사살했다고 노인이 말했다.

길은 더 황량해졌다. 비탈길의 정상에 올라서니, 영락없는 달 표면 같은 조용한 둥근 언덕이 보였다. 그 위에 희미한 달빛이 비치고 있었다. 계곡은 침식되어 알루미늄이 드러나 있거나, 죽어가는 풀의 회색과 녹색이 섞인 풀밭으로 덮여 있었다. 아무것도 살 수 없을 것 같은 이 황야에 유목민인 쿠치족이 신기루처럼 나타났다. 가냘파 보이는 낙타에 올라탄 그들은 염소 떼와 꼬리가 짧은 누런 개들을 거느리고 있었다. 그들은 긴 턱수염을 기르고 얼굴은 해쑥하고 검었는데, 우리를 거들떠보지도 않고 지나갔다. 마치 그들이나 우리나 꿈을 꾸고 있는 것 같았다. 몇 사람은 하얀 당나귀를 탔는데, 그들의 아이들을 은빛 물통과 함께 낙타 위에 높이 태우고 있었다. 요즘 땅이 너무 메말라서 그들은 그 물을 오아시스 마을에서 사야만 했을 거라고 노인이 말했다. 검은 터번을 두르고 망토를 걸친 다른 사람들은 큼직한 막대기를 들고 가축들과 함께 걸었다. 사방에 깔아놓은 지뢰 때문에 쿠치족의 가축들이 많이 죽었다고 한다.

하지만 모래 사면과 모래언덕에도 갖가지 생명체들이 깃들어 있다. 가끔 나지막한 둑에서 마멋들이 앞다리를 하얀 가슴께에 들어 올린 채 그들의 굴 앞에 서 있는 것을 볼 수 있었다. 한번은 모래 색깔의 여우가 그 넓적한 얼굴을 돌려 우리를 살피는 것도 볼 수 있었다. 말똥가리는 나무가 없는 이곳 지형에서 사방이 가장 잘 보이는 능선에서 기다렸다. 우리는 굴속에 숨어 있는 올빼미의 뜨거운 시선과 마주치기도 했다. 올빼미는 곧 우리에게 등을 돌렸다.

모빈은 이제 신나게 차를 몰았다. 그의 머릿속은 이슬람의 교훈으로 가득 차 있었고, 이 지방의 전설을 내게 들려주기도 했다. "사막의 쥐는 도둑의 집에서 산다는 말이 있어요. 집안에 쥐들이 있으면 그 집 사람들은 도둑질을 하고 있다는 거예요. 또 올빼미가 내려앉는 곳은 어디든 파괴된다는 얘기도 있지요." 이렇게 말하고 그는 껄껄 웃었다. "하지만 여기 파괴될 게 뭐가 있겠어요?"

타지크인인 그는 탈레반을 미워했다. "무슬림은 깨끗하고 관대하고 믿음이 깊어야 해요. 탈레반은 믿음만 깊을 뿐이었지요." 탈레반이 진주해오자 그는 아내와 어린 아들을 장인에게 맡겨놓고 국경을 넘어 이란으로 도피했었다. "아내는 남자 친척이 함께 가지 않으면 집을 떠날 수가 없었지요. 아들을 병원에 데려갈 수조차 없었답니다!" 이란 국경 부근에서 검문소를 만나면 밤이 되기를 기다렸다가 그곳을 우회해서 가곤 했다고 한다. 그렇게 검문소를 피해 간 것이 대략 스무 번쯤은 되었단다. 그는 테헤란에서 기계공으로 일자리를 얻을 수 있었다. "그런 탈레반 시대가 다시는 오지 않을 겁니다. 나는 우리의 미래가 밝아질 걸로 생각합니다." 그는 더욱 눈이 부신 햇빛을 실눈을 뜨고 바라보고 있었다. "모두 전투라면 질색을 해요. 우리는 몹시 지쳤어요."

다시 좁은 흙길로 내려갔다. 길옆에 길게 자란 죽은 풀들이 지프차의 옆면에 스쳤다. 그러다 갑자기 마른 시내 옆에 있는 마을을 만났다. 집들의 지붕은 낮은 돔으로 되어 있었고, 담에는 햇빛에 바랜 문이 나 있었다. 사람들이 삽으로 땅을 파고 있었다. 물이 졸졸 흐르는 운하였다. 두 마리의 소가 쟁기를 끌고 있었다. 뜰에서는 포도넝쿨이 누렇게 변하고 있었고, 사과와 수박도 있어서 풍요로운 느낌을 주었다. 밝은 색깔의 옷에 굽이 높은 모자를 쓴 여인들이 언덕 아래 나타나서 우리가 지나가는 걸 지켜보았다.

이 사람들은 투르크멘족이라고 모빈이 말했다. 투르크메니스탄 국경이 여기서 30킬로미터밖에 안 된다는 것이었다. 가뭄으로 들판의 땅이 쩍쩍 갈라져 있었다. 이 사람들은 아편을 경작하고 있을 거라고 했다. 살아갈 다른 방도가 없다는 것이었다. 그 전해에 아프가니스탄은 전세계 아편 생산량의 4분의 3, 전세계 헤로인 생산량의 87퍼센트를 생산했다고 한다. 아편은 건조한 곳에서도 잘 자란다. 그러나 이제 추수가 끝난 들판은 아주 황량해 보일 뿐, 아편을 경작한 흔적은 찾아볼 수 없었다.

1분 후 우리가 가는 길이 안드흐보이에서 오는 반쯤 사라진 길과 합쳐졌다. 마이마나까지 남쪽으로 뻗은 계곡을 따라 길이 나 있었다. 다울라타바드 마을에 들어서니, 잔가지로 만든 차양 밑에 반원형으로 점포가 늘어서 있었다. 거기서 모빈은 차에 넣을 기름을 찾았다. 기름을 파는 가게는 공중에 매달려 있는 것처럼 보였다. 투표소가 아직 그대로 세워져 있었고, 검은 말을 탄 도스툼의 포스터도 아직 그대로 걸려 있었다. 젊은 청년들이 말없이 웅크리고 앉아 있었고, 요란한 색깔의 납작한 테 없는 모자를 쓴 아이들도 보였다. 금요일에 시장이 서는 관목지대를 오토바이로 달리는 사람들도 있었다. 오토바이의 핸들은 플라스틱으로 만든 장미로 장식되어 있었고, 뒤에는 베일을 쓴 여자들이 타고 있었다.

우리는 해가 지는데도 계속 차를 몰았다. 우리 옆 시린 강의 녹색 둑 너머에 솟아 있는 은빛 언덕 밑의 땅은 고운 흙으로 되어 있었다. 지프 차는 날리는 먼지로 덮였다. 절벽을 따라서, 말라붙은 계곡 안에 요새화된 마을들이 보였다. 백 년 전에 또는 하루 전에 폐허가 된 마을들이었다. 기름과 돌을 실은 대형 트럭 두 대가 우리 옆을 스치고 지나갔다.

이 계곡에서 1998년 7월 북부동맹군을 상대로 한 탈레반의 공세가 전개되었다. 부서진 탱크들이 길가에 널려 있다. 속이 빈 탱크들은 뒤집혀 있고, 그 포탑은 절벽 속에 박혀 있거나 절단되어 땅위에 뒹굴고 있다. 운하로 굴러떨어진 장갑차가 사람들이 건너는 다리가 되어 있었다.

마이마나가 가까워지고 있었지만, 무엇이 우리를 기다리고 있을지 우리는 알지 못했다. 마이마나는 지난 3년 동안 폭력을 겪은 도시다. 반 년 전에 도스툼의 민병대가 이 도시를 점령하고 지사를 쫓아냈지만, 그후 갓 결성된 아프간 군대가 들어와서 언제 깨어질지 모르는 평화를 유지하고 있다. 우리가 들어가자 차에서 내리라고 소리친 다음 우리를 통과시켜준 사람들이 바로 이 아프간 군인들이었다. 모빈이 담이 둘러쳐진 정부 게스트하우스를 찾아냈고, 지친 우리는 그곳에서 쓰러져 잠이 들었다. 노인은 교외로 사라졌고, 나는 혼자 남아 거리를 거닐었다.

18세기에 마이마나는 이슬람 왕국 우즈베크의 수도였다. 그 시대의 흔적이 아직도 남아 있다. 이곳 사람들에게서는 위엄 같은 것이 느껴진다. 오래된 시장에서 양가죽과 다른 가죽, 보리 등을 파는 상인들은 물건을 사라고 조르는 법이 없다. 내가 미소를 보내면 미소로 답하면서 두 손을 가슴에 갖다댈 뿐이다. 갓 수확한 포도와 멜론도 보였다. 골목길에서는 말이 끄는 마차들이 짤랑거리는 소리를 내며 오가고 있었다. 요새가 있었던 봉긋한 동산은 여자들이 산책을 하는 공원이 되었다. 그러나 도로가에 늘어선 동굴 모양의 가게들 위층은 유리창이 깨진 채로 버려져 있었다.

모빈과 나는 남자들로 북적이는 차이카나에서 저녁을 먹었다. 해가 지면서 라마단 금식에서 해방된 사람들로 북적였다. 금식은 좋은 거라고 모빈이 말했다. 식사 도중 우리가 밥과 양갈비를 한

움큼 집어들었을 때, 우리 옆에 앉은 율법학자가 일어서더니 모두 함께 기도를 올리자고 제의했다. 그러자 식탁들을 한 옆으로 치우고 열을 지어 메카와 주방을 향해 늘어섰다. 이어 무릎을 꿇었다 다시 일어섰다가 다시 무릎을 꿇으면서 열렬한 기도가 시작되었다. 터번을 두른 그들의 머리가 카펫에 닿았다. 모빈도 그 속에 끼어 기도를 했다. 유일한 이교도로 한옆에 앉아 있는 나에게 그가 낯선 사람처럼 느껴졌다. 하지만 모두들 하느님을 향하고 있을 뿐, 나에게 시선을 보내는 사람은 한 사람도 없었다.

게스트하우스의 뜰로 돌아온 모빈과 나는 서로 작별을 나누었다. 모빈은 동이 트기 전에 다시 마자르를 향해 출발할 생각이었고, 나는 헤라트를 향해 서쪽으로 여행을 계속할 작정이었다. 하지만 바드기스를 통과하는 나의 앞길은 요즘 여행하는 사람이 거의 없는 길이라는 것을 나는 알고 있었다. 이 지역에서 활동한 마지막 원조요원인 '국경없는 의사회'의 일꾼 다섯 명이 5개월 전에 그곳에서 살해되었다. 나는 2주일 전부터 나 이외에 다른 외국인을 본 적이 없었다. 나를 서쪽으로 데려다주겠다고 나서는 사람이 아무도 없었다.

우리는 따뜻하게 서로를 포옹했다. 모빈은 나에게 도시 외곽에 군인들과 본국으로 송환되는 외국인들이 사용하는 활주로가 있다는 사실을 환기시켰다. 내가 비행기 편으로 헤라트에 갈 수도 있을 거라는 얘기였다.

헤라트! 평화 시절이었던 30년 전, 나는 그 도시의 소나무와 첨탑 아래를 여유롭게 산책했었다. 거기서 도로는 호라산을 지나 성스러운 도시인 메셰드로 이어졌다. 나는 배낭에 든 물건을 감방 같은 방에다 모두 꺼내놓았다. 방의 전구는 하늘의 별빛보다 더 희미했다. 철제 침대 하나와 아프간 융단이 있었다. 지금 이 순간 그것이면 족했다.

매년 하리 루드 강 한가운데 있는 섬의 지하 궁전에서 아프가니스탄의 군사 지도자들은 그들의 이견을 좁히기 위한 회합을 갖는다. 고대 올림피아의 축제처럼 이 회합은 평화의 모임이다. 지도자들이 모두 모인다. 입맛 없는 친척들 때문에 빛을 잃긴 하지만, 늙은 왕 자히르 샤도 카르자이 대통령과의 회담에 참석하기 위해 로마에서 비행기를 타고 온다. 이스마일 칸도 오고 파키스탄 국경에서 매복중인 미군 병사들과 함께 있던 매력적인 굴부딘 헤크마티야르도 모습을 보인다. 율법학자 오마르는 그의 오토바이를 타고나타나며, 레슬링 선수 출신인 도스툼이 10명의 경호원을 대동하고 들어오면, 뒤이어 그의 경쟁자인 모하메드 아타가 털실로 짠 스키 모자를 쓰고 등장한다. 모두가 불안정한 평화의 주인공들이다. 오마르가 카르자이를 포용하고, 도스툼이 아타에게 입을 맞춘다.

나는 이 특별한 정상회담에 초대를 받고 갈 채비를 하고 있는데, 단 한번 울린 총성 때문에 깜짝 놀라 잠에서 깨고 말았다. 근 30초동안 나는 비몽사몽간에 어떻게 하면 그 회의에 참석할 수 있을까 궁리하다가, 마침내 그런 회의는 내 꿈속에서만 존재할 수 있다는 사실을 비로소 깨달았다.

밤에 또 한 발의 총성이 울렸다. 무슨 신호처럼 또렷하게 단 한번 울리는 총성이었다. 나는 누운 채 또 총성이 울리기를 기다렸지만, 총성은 다시 울리지 않았다. 나는 (아직도 그 회의에 참석할 수 있기를 바라면서) 잠을 이루려고 했지만, 그럴 수 없었다. 창밖을 바라보니 소나무 위로 별들이 반짝이고 있었고, 아직 하늘에는 반달이 걸려 있었다. 나는 복도를 걸어 약간 열려 있는 숙소 건물의 문으로 갔다. 병사 한 사람이 벽에 그의 칼라슈니코프 경기관총을 기대 세워 놓은 채 달빛을 받으며 짚을 깔아 만든 잠자리에 누워 있었다. 한쪽 팔꿈치를 베고 있던 그가 경고하는 뜻으로 기침을 했다.

나는 내 방으로 가서 어둠 속에 누워 있었다. 밖에서는 소나무들이 바람에 밀려 서로 비벼대는 소리뿐 다른 소리는 들리지 않았다.

\* \* \*

마이마나 활주로 옆에는 빽빽이 들어선 천막들로 이루어진 마을이 있었다. 최근에 닥친 가뭄과 전쟁의 희생자들인 파슈툰족과, 이란으로 도망쳤다가 돌아오는 피난민 등을 수용하기 위한 천막들이었다. 활주로의 관제탑은 마이크로폰을 든 노인이 지키고 있었다. 그는 콘크리트 방 안에 앉아서 마이크에 대고 지껄이고 있었고, 모자란 듯 보이는 염소 목동이 창문을 통해 그를 보면서 흉내를 내고 있었다. 활주로 구내 밖에서 중무장한 병사가 내 배낭의 내용물을 모두 모래 위에 쏟았다가 다시 넣었다.

몇 분 후 지프 차 한 대가 활주로 부근에 멈추었다. 밝은 색깔의 머리를 가진 병사들이 보였다. 노르웨이와 핀란드 군인들인 그들은 얼마 안 되는 나토(NATO) 지원군의 일원으로, 모처럼 카불 밖으로 나온 것이라고 했다. 그들은 깔끔하고 순진해 보였다. 하지만 그들은 도스툼의 200사단 해체 현장에서 왔다고 했다. 그곳에서 기갑장비의 파괴를 감독했다고 했다. 그 장비들은 어차피 아무 쓸모도 없는 것이라고 그들은 말했다. 다 부서진 소련제 탱크들로 예비부품도 없다는 것이었다. 평온한 마이마나를 조금만 벗어나면 군벌들의 세력이 건재하고 있다는 것을 느낄 수 있었다.

쌍발 안토노프 기가 하늘에 나타나더니 활주로 위에 내려앉았다. 이 비행기의 조종사는 러시아인이었지만, 승객들은 나를 제외하고는 모두 아프간인들이었다. 비행기의 객실이 터번과 베일, 테 없는 납작한 모자들로 가득 차 있었다. 그들은 카불과 파키스탄의 난민 캠프에서 돌아오는 중이라고 했다. 비행기가 하늘로 날아오르자 그들은 두 손을 얼굴로 올려 축복을 구하고는, 움푹한 볼과 텁수룩한 턱수염을 두 손으로 쓰다듬었다. 비행기 안의 이 사람들이 모두 테러리스트들일 수도 있다는 생각이 들었다.

나는 내가 방금 떠나온 황야를 내려다보았다. 때 묻은 놋쇠 색깔이었다. 계곡에는 7년에 걸친 가뭄의 흔적이 보였다. 괴물 같은 모래언덕들이 우리 밑에서 서로 엇갈리고 있었다. 몇 킬로미터를 움직여도 똑같은 색깔뿐이었고, 아무런 움직임도 보이지 않았다. 한두 번 말라버린 강 옆에 진흙으로 지은 마을이 나타났을 뿐이었다. 마치 사람들이 버리고 떠난 것처럼 보이는 마을들이었다. 북쪽으로는 황야가 납작해지면서 안개 속으로 잦아들었다. 옥수스 강이 회색 지평선을 가로지르고 있는 곳이었다. 북쪽에는 눈이 희끗희끗 보이는 가파른 힌두쿠시 산맥이 솟아 있었다. 우리가 탄 비행기의 그림자가 모래언덕 위를 기어가는 잠자리 같아 보였다.

우리는 옥수스 강이나 카라코람 산맥보다도 더 깊은 경계선을 가로질렀다. 저 아래 어딘가에서 우즈베크인들이 타지크인과 페르시아어를 말하는 사람들로 대치되었다. 가끔 파슈툰족이나 아이마크 유목민들이 사는 마을들이 있어 경계선을 혼동시켰지만, 차츰차츰 우즈베키스탄, 키르기스스탄, 그리고 멀리 중국의 위구르족 거주지까지 3천 여 킬로미터나 뻗어 있는 투르크인들의 세상이 끝나고, 이제 이란인들의 세상이 시작되고 있었다.

안토노프 기는 심하게 흔들렸고 요란한 굉음을 냈다. 반 시간도 채 못 되어 히말라야 산맥의 끝자락이, 격리된 사면과 바위 언덕으로 변했다. 그러더니 모래언덕들도 마치 대해의 조수가 빠지듯이 부서지기 시작했다. 계곡들이 더 길어졌고 테라스 모양으로 변하더니, 어느새 나무들이 나타났다. 낯선 색깔들이 땅을 덮었다. 녹색, 적갈색, 자주색이 등장했다. 그러더니 들판이 나타났고, 마지막 산맥에서 하리 강이 흘러나와 소나무 숲과 헤라트의 정원을 향해 꾸불꾸불 흐르기 시작했다.


30년 전의 기억이 아련하게 되살아났다. 내가 투숙한 조그만 호텔 밖에서 땅을 박박 긁어대던 조랑말, 가우아르 샤드의 첨탑 옆 소나무들 사이로 비치던 햇빛 등이 머릿속에 떠올랐다. 하지만 그 사이에 25년 간의 전쟁이 끼어들었다. 하페줄라 아민의 친공산주의 정권 시절이었던 1979년 3월, 백 명의 러시아 고문관들과 그 가족들이 무슬림 민병대원들과 이스마일 칸이 이끄는 반란부대에 의해 무참히 살해되었다. 1주일 후 소련 탱크와 헬리콥터가 도시를 잿더미로 만들면서 수천 명을 죽였다. 10년에 걸친 게릴라전, 그리고 지친 소련군이 철수한 후에야, 이스마일 칸은 서부의 토후라 자칭하며 돌아왔지만, 1995년 탈레반에 의해 쫓겨났다. 그러나 탈레반은 아프간의 도시들 가운데 가장 개화된 이 도시에 점령군처럼 군림했다. 시민들은 탈레반을 무식하다고 경멸했지만, 그들의 광신주의를 두려워했다. 2001년 미국이 주도한 전쟁을 계기로 이스마일 칸은 군벌로 이 도시에 복귀했다.

내가 전에 알았던 장소를 지금은 알아볼 수 없었다. 내가 묵었던 호텔은 사라지고 없었다. 1920년대에 현대화를 지향했던 왕 아마눌라에 의해 설계된 거리―전에는 조랑말 수레들이 짤랑거리고 지나가던 이 거리에 지금은 트럭과 오토바이, 말과 택시가 뒤범벅이 되어 있었다. 깨끗했던 것으로 기억하고 있는 대기는 디젤 매연으로 잔뜩 오염되어 있었다. 국가 민병대원이 보도를 순찰하거나―이스마일 칸은 몇 주일 전에 실각했다고 한다― 네거리에서 교통정리를 하고 있었다.

하지만 이런 혼돈의 와중에도 옛날의 멋과 우아함이 살아남아 있었다. 800킬로미터나 뻗어 있는 산맥에 의해 카불과 격리되어 있는 헤라트는 서쪽으로 이어진 이란 고원에 속한다. 이곳 사람들은 외모가 매끈하고 골격도 섬세해 보인다. 이곳 주민들이 쓰는 다리어(아프가니스탄의 타지크인 등이 사용하는 페르시아어의 한 갈래)는 페르시아어보다 더 순수하다. 불한당 같은 마자르-에-샤리프 사람들에 비하면, 이곳 사람들은 제법 도시의 세련미를 풍긴다. 이곳에서 무지막지하게 터번을 두른 사람들은 시골이나 교외에 사는 사람들이고, 대부분의 헤라트 시민들은 맨 머리로 다닌다. 그들은 손목시계를 팔찌처럼 느슨하게 찬다. 가끔 검은 이란식 차도르를 걸치고 얼굴을 드러낸 여자도 보인다.

구시가지 근처에 있는 호텔에 투숙했다. 고색창연한 호텔이다.

포터들은 나를 보고도 움직이질 않는다. 플라스틱 해바라기에는 먼지가 뽀얗게 앉아 있다. 내 방에서는 붐비는 네거리가 내려다보인다. 그곳은 탈레반이 한때 임시 처형대를 만들어놓고 사람들을 목매달았던 곳이라고 한다.

밤 열 시, 마자르 같으면 개 짖는 소리밖에 들리지 않을 시간인데, 이곳 헤라트에서는 차가 지나가는 소리, 사람들이 떠드는 소리가 들렸다. 자정 통금시간이 지난 후에도 나는 민병대원들이 네거리에서 지나가는 트럭들을 세우며 외쳐대는 소리에 몇 번 잠을 깼다.

헤로도토스는 이 지역을 아시아의 곡창지대라고 불렀다. 그래서 이 지역은 끊임없이 정복당했고, 다시 복구되었다. 칭기즈칸의 약탈을 당하고도 이 도시는 다시 살아났다. 12세기에 헤라트의 인구는 파리나 로마의 인구보다 더 많았다. 티무르의 자손들 치하에서 이 도시는 황금시대를 구가했다. 그 당시에도 아직 이곳 시장은 실크로드를 통해 들어오는 물품들로 풍성했다. 멀리 중국과 콘스탄티노플에서 사절들이 호랑이와 명마(名馬) 등의 선물을 가지고 이곳으로 왔다. 뒤에 무굴 제국을 창건한 바부르는 이 도시가 우즈베크인들에게 함락되기 전 해에 이 도시의 세련되고 타락한 궁정을 방문하고 이 도시를 사랑하게 되었다.

10월 하순인데도 먼지 이는 더위의 기억이 아직 남아 있었지만, 하늘은 색깔 없는 유리 같았다. 가끔 파로마미수스 산맥이 얼핏 보였다. 이 산맥 때문에 하리 강이 서쪽으로 흐르게 되고, 헤라트는 계곡 어귀에 아늑하게 자리잡을 수 있었다. 그리고 헤라트의 주민들은 5천 년 동안 이 계곡에 물을 대어 농사를 지었다. 이 도시의 옛 경계를 지키던 성(城)은 알렉산드로스 시대부터 부서진 채 서 있다. 이 성을 티무르의 아들인 루흐 왕이 재건했지만, 이 성은 그 후로도 여러 차례 부서졌다가 다시 재건되곤 했다. 크기가 서로 다른 거대한 탑들의 원통형 몸체가 30미터 높이의 성벽 여기저기에 솟아 있다. 갈라진 성벽의 토대는 응고된 벽돌과 파편의 무더기를 방불케 한다. 남아 있는 장식이라고는 글자 모양을 흉내낸 것뿐인데, 그 글자들이 어떤 뜻을 전하고 있는 것 같지는 않다. 대공포들이 흙벽 위로 비죽비죽 모습을 드러냈다. 병사들이 내가 성 안으로 들어가는 것을 제지했다. 그 서쪽에는 소련군의 융단폭격이 남겨놓은 넓은 파편 더미가 펼쳐져 있었다.

구시가로 다시 돌아온 나는 거리를 편안하게 산책했다. 상인들은 벌여놓은 상품들의 한복판에서 졸고 있었다. 아이들이 혀 짧은 목소리로 인사말을 외쳐댔다. 한번은 어떤 노인이 달려오더니 나를 포옹하면서 "영국인! 영국인!" 하고 외치면서 나의 볼에 입을 맞추었다. 라마단의 해가 저물면서 양념 케밥 굽는 냄새가 진동하고 있는 바자르에서는 이란과 카불의 노래가 함께 울렸고, 메카를 그린 그림이 여배우 아누히타 헤마티와 이스마일 칸의 도전적인 초상화와 나란히 걸려 있었다. 보석상인들—손이 빠른 젊은 남자들—은 은이나 철로 터키 옥이나 청금석을 끼울 테두리를 만들었으며, 유리병 만드는 사람들도 작업을 하고 있었다. 무너져가는 담 속에 자리잡은 작은 아틀리에도 보였다. 희미한 불빛 아래서 남자들이 중국에서 수입한 달걀을 사용해 비단 위에다 적갈색과 크림색의 그림을 그리고 있었다.

하지만 아프간의 도시들 가운데 가장 페르시아적인 이 도시에서도 남자들(여자들의 모습은 아예 보이지 않았다)은 그들의 특성을 온전하게 보존하고 있는 듯했다. 아랍 세계에서는 분노가 동반되는 논쟁이 스스로 조정되어 잦아들고, 중국에서는 격렬한 분쟁을 장로들이 나서서 조정하지만 이곳에서는 그런 것을 보지 못했다. 여기서는 그런 싸움은 피를 보게 된다. 총이 없으면서도—총을 소유하는 것이 공식적으로 금지되어 있다— 남자들은 무장한 것처럼 걸었다. 가끔 그들은 서로 손을 잡기도 했다.

뒷골목으로 들어가보았다. 흔히 문이 열려 있고, 그 안을 들여다보면 거의 폐허가 되어 있었다. 하수도는 쓰레기로 막혀 있고, 머리 위에는 못쓰게 된 전선이 뒤엉킨데다 아이들의 연까지 걸려 있었다. 자동차는 거의 보이지 않았다. 가끔 조랑말이 끄는 마차가 덜컹거리며 지나갔다. 뒷자리에 여자들이 유령처럼 앉아 있었다. 한번은 노인이 새장에 든 자고새를 나에게 팔려고 했다. 서로 싸우는 모양을 보고 그 노랫소리를 들으려고 키우는 새라고 했다.

붐비는 도심인 금요 모스크 옆에 이르렀다. 모스크의 정원에 이상하게도 두 문의 대포가 놓여 있었고, 그 위쪽에는 하늘을 찌를 듯한 첨탑이 두 개 솟아 있었다. 이 모스크는 1175년 단명했던 왕조인 고리드 왕조의 어떤 왕이 세웠다고 한다. 그후 이 모스크는 뒤를 이어 이 땅을 지배한 술탄들의 판테온이 되었다. 술탄 후사인 바이카라의 장관으로 투르크어 문학의 기린아였던 알리세르 나보이가 무너져가던 성소를 복원했다. 하지만 70년 전에는 지저분한 벽돌과 희미한 모자이크의 형해만이 남아 있는 것으로 보고되었다. 그래서 나는 별 기대를 하지 않고 그 안으로 들어가보았다. 1943년 이후로 어느 세라믹 스튜디오가 복원 작업을 해오고 있었다. 600미터 가까이 되는 대리석 뜰이 복원되었고, 그밖에 모든 담과 첨탑들이 녹색과 호박색의 타일들로 깨끗이 복원되어 성소의 위엄을 되살려내고 있었다.

* * *

"이스마일 칸이 사라진 지금 무슨 일이 일어날는지는 아무도 모릅니다." 젊은 청년 자파르가 우리가 앉아 있는 공원을 향해 두 팔을 벌렸다. 그는 영어를 연습하려는 의욕이 대단했다. "이스마일 칸이 이 모든 것을 만들어냈어요. 전기도 끌어들였고, 도로도 포장했고, 거리에 무료전화까지 설치했지요."

6주일 전에 이 전설적인 무자혜딘 군벌이 중앙정부에 의해 실각되었다. 1만 명이 넘는 병력과 120대의 탱크를 보유한 그는 평화롭게 항복했다.

자파르는 침통한 표정이다. 그는 의사 수업중인 훈련생이다. 그의 코는 긴 매부리코이며, 입술은 두툼하고 턱수염을 기르고 있다. "우리에게 이스마일 칸은 영웅이었지요. 누구나 그를 사랑했습니다. 그가 물러난다는 뉴스가 전해졌을 때, 나는 병원에서 일하고 있었지요. 우리는 곧 군중이 모여들어 그를 위해 구호를 외치는 소리를 들었습니다. 창문을 통해 내다보니, 군중이 왈라얏 거리를 메우며 내려가고 있었습니다. 나도 뛰어나가 그들과 합류했지요. 사람들이 유엔 사무실에 불을 지르고 있었습니다. 우리가 네거리에서 경찰과 마주쳤을 때, 나는 군중의 앞쪽에 있었습니다. 방어선을 친 경찰은 처음에는 우리들 머리 위 공중으로 총을 쏘았지요. 그러나 시위대의 외침은 계속되었어요. 그때 경찰관 하나—단 한 명이었어요—가 우리들에게 총을 쏘았어요. 총을 이리저리 내두르면서." 그는 총 내두르는 몸짓을 했다. "그래서 우리는 달아났지요. 사람들이 쓰러지는 게 보였어요. 나는 병원으로 돌아갔지요. 곧 부상자들이 들어오기 시작했습니다. 서른 명쯤 되었던 것 같은데, 그 중 일곱 명이 죽었지요. 우리는 상처에 붕대를 감고 수혈을 했어요. 그러나 한 사람은 머리와 배에 여러 발의 총탄을 맞았더군요. 우리는 그를 구할 수 없었습니다." 한 순간 그의 얼굴에 분노가 나타났다. 그가 다시 말을 이었다. "이곳 사람들은 모두 이스마일 칸을 좋아합니다. 그는 일이 되도록 했지요. 하지만 그는 물러난 후에 텔레비전에 나와서 우리들에게 정부와 싸우지 말고 집에 머물러 있으라고 했습니다. 내 생각에는 미국 대사가 그에게 그렇게 말하라고 시킨 것 같습니다. 이 모든 일의 배후에 미국인들이 있어요."

이스마일 칸은 때를 기다리고 있다는 생각이 들었다. 그와 헤라트 간의 밀월관계는 그가 소련군에 대항하는 반란부대를 지휘한 이후 25년간 지속되어왔으며, 앞으로도 더 오래 지속될 것으로 보인다. 그가 장악한 도시와 지역은 이 나라에서 가장 질서가 잘 잡힌 곳이었다. 재정은 이란 국경에서 들어오는 관세 수입으로 충당했다. 그러나 그는 허영심이 많고, 그의 정권은 무자혜딘 출신들에 의해 운영되었는데, 그들은 전투 외에는 아는 것이 없다는 말이 나돌았다. 그의 엄격한 이슬람 신앙은 여자들을 속박하는 탈레반의 관행을 부활시켰고, 그의 보안군은 고문을 한다는 악명에 시달렸다.

자파르는 그런 이야기를 인정하려 하지 않을 것이다. "탈레반 치하하고는 달랐어요. 여자들은 학교에도 다닐 수 있었고, 정부 관서에서도 일할 수 있었지요. 아마 그의 경찰이 거리에서 여자들에게 거칠게 대하긴 했을 겁니다. 그랬다고 해요. 복장이 단정치 못한 사람은…… 하지만 내 약혼녀는 지금 고등학교 1학년인데, 그녀는 대학에 갈 수 있어요. 저널리즘을 공부할 겁니다. 의사와 저널리스트! 좋은 커플이지요. 나는 그녀에게 할 수 있다고 말해주었습니다."

불안한 마음으로 내가 물었다. "그녀는 탈레반 시절에는 어떻게 지냈지요?"

"그녀의 가족은 이란에서 피난민 생활을 했어요. 그 집은 돈이 있었기 때문에 그녀는 별 문제 없이 지냈어요. 헤라트에서도 여자들이 그들의 집에서 비밀리에 학과공부를 하기도 했지요. 하지만 내 약혼녀는 정식학교에 다녔지요."

자파르는 이제 이스마일 칸을 잊고 있었다. 그는 사랑에 빠져 있고, 그들은 내년에 결혼할 예정이다. "우리는 휴대전화로 이야기를 나눠요. 부르카를 입고도 얘기는 할 수 있으니까요. 어제 우리는 10분 동안 얘기를 나누었답니다." 그들이 이렇게 서로 얘기를 나눈다는 사실이 그는 경이로우면서도 한편으로는 걱정이 되는 모양이다. "선생님 나라에서는 남녀가 얘기를 나누는 게 사람들 눈에 띄면 어떻게 되나요? 그들 부모 가운데 한 사람이 그것을 발견한다면 어떻게 됩니까? 아무 일도 없나요? 그것이 불명예가 되지 않나요?"

"그냥 얘기만 하는 것 말입니까?"

"네. 여기서는 부모들이 그걸 보면 야단이 납니다. 남편과 아내만이 같이 앉아서 얘기를 나눌 수 있어요." 그가 일어섰고, 우리는 이스마일 칸의 공원으로 걸어들어가기 시작했다. 그 공원은 도로로 둘러싸인 공지에 나무를 심고 주위를 화려한 난간으로 두른 공간이었다. 자파르가 말했다. "내가 영국에 있다면 어떤 여자에게도 말을 걸 수 있다는 얘기군요. 그렇다면 그 여자와 섹스를 할 수도 있겠네요?"

나는 그의 윤기 나는 검은 턱수염과 좁은 이마 위의 검은 머리를 힐끗 보았다. 우리가 서로를 이해하고 있다는 환상이 깨어지고 있었다. "글쎄, 두 사람이 친구가 된다면, 또 그녀가 원한다면 그럴 수도 있겠지요."

"선생님도 결혼하지 않은 여자친구가 있나요?"

"있지요." 나는 그의 눈 속에 비친 나 자신을 보았다. 그러나 그와 눈을 마주치지는 않았다.

그가 말했다. "만약 여기서 남녀가 그런 상태로 발견된다면 각각 여든 번의 채찍질을 당할 겁니다."

"그중 한 사람이 결혼한 몸이라면?"

"그러면 두 사람은 돌에 맞아 죽겠지요." 그가 당연하다는 어조로 말했다. 그는 탈레반을 생각하고 있었다. "그러나 여자가 바람을 피운다면, 그녀의 남편이 맨 먼저 그녀를 죽일 겁니다. 남편이 그러지 않는다면, 그녀의 오빠들이 죽일 거구요."

"당신은 그게 괜찮은 일이라고 생각해요?"

"그게 우리의 법이에요." 그는 지나가면서 꽃을 한 송이 땄다. "아시겠지만, 탈레반도 좋은 일을 했어요. 그들은 만사를 깨끗하게 처리했지요. 여기서 탈레반을 좋아하는 사람은 아무도 없어요. 그들은 어리석고 무식하니까요. 그들은 우리에게 아무런 즐거움도 주지 않았어요. 하지만 그들은 간음하는 자들과 동성연애자, 도둑들은 가차없이 처벌했어요. 내 눈으로 직접 봤지요."

"뭘 봤다는 건가요?"

"총살하는 걸요. 운동장에서 봤지요. 우리는 거기 열 번쯤 갔어요. 거기서 살인자들을 총살했습니다. 한번은 도둑의 한쪽 손을 자르는 것을 보았어요. 의사가 한 사람 대기하고 있었지요. 아니, 난 아닙니다. 잘린 부분을 꿰매기 위해서였죠. 공정한 처벌이 이루어졌다고 사람들은 기뻐했지요. 동성연애자들을 죽이는 것도 보았어요. 으레 그랬듯이 그날 운동장은 사람들로 꽉 차 있었지요. 스물여덟 살 청년과 열여섯 살 소년이었어요. 탈레반은 운동장 한가운데 담을 세웠고, 그 사람들은 손이 묶인 채 트럭에 실려 그곳으로 왔어요. 그들을 담 옆에 내려놓았고, 그런 다음 트랙터가 그 담을 그들 위로 쓰러뜨렸어요. 그들은 그렇게 깔려 죽었습니다."

"그걸 보고 당신은 무슨 생각을 했지요?"

"난 기뻤습니다. 그들은 해서는 안 될 짓을 한 자들이었으니까요. 모두들 기뻐했습니다. 사람들은 박수를 치면서 '그래, 그들을 죽여라! 죽여라! 알라신은 위대하다!' 하고 소리쳤지요. 물론 조용히 있는 사람들도 있었지만."

여기 얽힌 복잡한 일을 생각하면서 나 역시 입을 다물었다. 파키스탄의 데오반디 마드라사에서 자란 탈레반은 소년 시절에 모든 여자들과 격리되어 여자들을 경멸하고 두려워하며 자랐다. 이 좌절의 온상에서 같은 남자에게 강간을 당한 소년들은 깊은 상처를 받았을 것이라는 추측이 가능하다. 자파르가 다시 말했다. "물론 이곳에도 동성애자들이 있어요. 대개 어른과 소년들이 짝을 이루지요. 하지만 그 수가 많지는 않다고 생각합니다. 결혼하기 전에 창녀들을 찾는 남자들도 있지요. 하지만 창녀들도 많지 않아요." 그가 손가락을 들어올렸다. "우리의 신부들은 처녀막이 온전해야 합니다. 처녀막은 아주 중요합니다. 남자는 창녀를 취할 수도 있어요. 하지만 그런 여자는……아무도 그 여자를 모르지요."

자기는 여자와 관계를 한 적이 없다고 그는 말했다. 그는 결혼을 앞두고 있지만 어떻게 해야 할지 모른다고 했다. "우리는 접시 안테나를 통해 서양의 영화들을 봐요. 파키스탄에서 몰래 들여온 섹스 비디오도 있어요. 그것들이 우리가 그 방법을 배울 수 있는 유일한 길이에요." 그는 신경질적으로 땅을 발로 찼다. "말해주세요. 사람들이 한 시간 동안 사랑을 할 수 있다는 게 사실입니까? 의사로서 나는 알고 있습니다. 우리의 문제는 우리가 멈출 수 없다는 겁니다. 너무 빨라요. 아마 1분이면 끝날 겁니다. 서양 사람들은 그걸 지연시키는 방법을 알고 있나요? 그걸 뭐라고 하지요? 그래요, 조루예요. 그러면 여자들은 아무 느낌도 없어요. 그들은 섹스에서 아무런 즐거움도 느끼지 못해요. 열에 아홉이 그럴 겁니다." 그는 가끔 여자 환자들을 진찰한다고 했다. 이제 그것이 허용된다고 했다. 육체적으로는 아무 이상이 없다는 것이었다. "그리고 예순이 되면 우리 남자들도 끝나지요. 늙어서 말이에요."

그는 비참한 그림을 펼쳐 보인 것이었다. 그의 발이 길에서 질질 끌리는 것 같았다. 무엇보다도 그는 자기의 신부에 대해서, 자기의 위신에 대해서 걱정하고 있었다. 어떻게 그들이 몰래 주고받는 통화만 하다가 아무것도 모르는 채 벌거벗고 잠자리에 들어서 사정을 지연시킬 수 있을 것인가?

뒤에 나는 그가 한 말에 대해 생각해보았다. 바자르를 거닐면서 나는 자존심 강한 아프간의 전사들이 불쌍한 소년, 조로한 늙은이로 전락하는 모습을 상상해보았다. 한편, 두건을 쓴 그들의 여인들은 수녀 같은 생활을 해나갈 것이었다. 그런 고민을 가지고 의사를 찾는 사람들도 있다고 하지 않는가. 저녁이 되자 도시는 다시 신비스럽게 변했다. 호텔 식당에서는 사람들이 큰소리로 인사를 나누면서 양고기 케밥과 메카 콜라를 삼키고 있었다.

이튿날 나는 소나무가 늘어선 골목길을 내려가 텐트로 이루어진 보초막을 지나 모든 것을 뒤에 감추고 있는 철문 앞으로 갔다. 자파르가 동행했다. 무장한 사람들이 들끓었다. 흑백의 카피에(아랍의 유목민들이 머리에서 어깨에까지 걸치는 네모난 천)를 걸치고 다 떨어진 구두를 신은 민병대원들이었다. 나는 영국에 있는 한 친구가 이스마일 칸에게 보내는 편지를 지니고 있었다.

메시지를 안으로 들여보낸 후, 우리는 오랫동안 기다렸다. 문에는 지난 3월 정부군 사령간과의 혼란된 전투에서 총에 맞은 이스마일 칸의 아들 사진이 붙어 있었다. 그는 플레이보이처럼 보였다. 또다른 포스터는 지난달 탈레반 잔당과 싸우다 전사한 이스마일 칸의 부관들 가운데 한 사람을 보여주고 있었다.

대문 안으로 들어서니, 번잡한 도시의 분위기가 사라지고 넓은 장미화원이 펼쳐지더니 나무 뒤에 보일락말락한 집 한 채가 나타났다. 무장한 경비병들이 우리를 앞으로 인도했다. 장미넝쿨 뒤에도 경비병들이 숨어 있었다. 핑크색으로 칠한 긴 덩굴시렁 밑에 낮은 테이블을 가운데 두고 여든 명 가량의 남자들이 서로 마주보고 앉아 있었다. 이 역전의 용사들 사이를 지나 중앙으로 인도된 나는 이스마일 칸 맞은편에 앉으라는 손짓을 받았다.

그는 일어나서 떠듬거리는 부드러운 영어로 나에게 인사를 건넸다. 이스마일 칸은 꽃으로 장식된 의자에 앉아 있었고, 십대로 보이는 경호원이 경기관총을 들고 그 뒤에 서 있었다. 하얀 모자 밑에서 검은 머리가 잿빛으로 변하고 있었고 턱수염도 하얗게 변해 있었다. 그의 얼굴은 전형적인 헤라트 사람의 얼굴은 아닌 넓적한 얼굴이었다. 코는 납작했으며, 눈은 황금색이 가미된 회색이었고, 생각에 잠긴 듯한 표정을 짓고 있었다. 1997년 배반한 도스툼의 장군 하나가 그를 탈레반에게 넘겼다. 그는 이란으로 탈출하기 전까지 3년 동안 조명도 제대로 안 된 어두운 작은 감방에서 쇠사슬에 묶인 채 지냈다. 사람들은 그때의 경험이 그의 마음을 어둡게 만들었다고 속삭이곤 했다.

그는 매우 차분하게 말했다. 그의 손가락에는 불그스름한 구슬이 매달려 있었다. 양쪽에 늘어선 머리들이 마치 해바라기처럼 그를 향해 움직였다. 마을의 율법학자인 맞은편의 장로가 전기에 대해 불평을 하고 있다고 자파르가 내게 속삭였다. 이스마일 칸은 투르크메니스탄에서 전기를 헤라트로 끌어오기로 협상을 성공시켰지만, 그 전기가 아직 그 율법학자의 마을까지는 오지 않았고 그래서 그는 그 이유를 묻고 있는 것이었다. 이스마일 칸은 오랫동안 부드럽게 합리적으로 대답했다. 어느 시점에 그 율법학자가 겁도 없이 언성을 높였고, 좌중은 무엇 때문인지 웃음을 터뜨렸다. 이스마일 칸은 이제 자기에게는 노인이 요구하는 것을 해주거나 자기가 시작한 일을 완수할 권한이 없다는 것을 설명하려고 애쓰고 있었다. 율법학자는 새 지사에게 청원을 해야 할 것이라는 요지였다. 결국 노인도 그 뜻을 이해한 것 같았다. 그는 기도하기 위해 두 손을 컵 모양으로 오므렸고, 좌중이 그와 함께 오므렸던 손을 폈다. 그런 다음 그들은 떠났다.

나는 이스마일 칸이 무슨 생각을 하고 있는지 궁금했다. 그는 만족스럽고 평화로운 표정이었다. 마치 책임을 떠넘긴 것을 기뻐하는 것 같았다. 시간이 지나면 그가 아무 일도 할 수 없다는 것을 깨달은 대표단은 점점 그 숫자가 줄어들 것이다. 그는 그의 경호원들에게 급료를 주어 내보낼 것이고, 그의 장미화원에서 노년을 보내게 될 것이었다. 아마 그것이 그가 원하는 생활일지도 몰랐다. 이제 그는 진저리가 났을 것이다. 더구나 그의 아들마저 죽은 터였다.

아니면 그는 기다리고 있는지도 모른다. 그는 추방에 익숙한 사람이다(사람들은 그가 돈을 외국에 숨겨두었다고 말한다). 새로 선출된 카르자이 정부에서 자기가 한 자리를 차지하게 되리라는 것을 그는 이미 알고 있을지도 모른다.

나는 내 친구의 편지를 그에게 건넸다. 이름을 보고 기억이 난다는 듯 그의 얼굴이 밝아졌다. 두 사람은 더 단순했던 시절, 거의 행복하다고 할 만했던 시절에 함께 소련군에 대항해서 싸운 전우들이었다.

* * *

1405년 티무르 사후 일어난 왕실의 권력투쟁에서 티무르의 막내아들 루흐 왕이 다른 형제들을 살해하고 영토가 줄어든 제국의 제

위에 올랐다. 루흐 왕은 천문학자 왕자였던 자기 아들 울루그 베그를 남겨 사마르칸트를 통치하도록 하고, 자기는 수도 헤라트에서 38년 동안 티무르 제국의 황금기를 주재했다. 그의 아버지를 잘 보필했던 그는 전쟁에 싫증이 나 있었다.

건축가와 화가, 서예가와 시인들이 드나들던 그의 궁정에서 몽골의 활력과 페르시아의 섬세함이 결합하여 찬란한 문화를 꽃피웠다. 또다른 아들인 재능 있는 왕자 바이산구르는 공방을 차리고 마흔 명이 넘는 채식사와 제책가들을 모아들여 특이한 도서관을 만들었다. 그러나 그는 과음으로 서른일곱 나이에 요절했다. 한편, 사마르칸트에서는 망원경이 발명되기 2백 년 전에 울루그 베그가 1,018개 별의 운행표를 만들고 달력—오늘날의 전자계산기로 계산해도 1년에 몇 초 오차밖에 없는—을 제작했다.

이 르네상스의 중심에 루흐 왕의 비상한 왕비 가우아르 샤드가 있었다. 도서관을 만들고 달력을 제작한 왕자들은 모두 그녀의 자식들이었다. 그녀가 세운 모스크, 궁전, 대학, 목욕탕, 도서관들이 동페르시아와 아프가니스탄 곳곳에 흩어져 있었고, 이들 기관들은 아낌없는 후원을 받았다. 1405년 수니파였던 그녀가 시아파의 성인을 기리는 모스크를 메셰드에 세웠다. 이 유명한 모스크가 내가 보기를 열망하는 바로 그 모스크다. 남편이 죽고 10년 뒤, 그녀는 자기 손자와 증손자가 제위를 계승하도록 음모를 꾸몄고, 결국에는 나이 80에 음모를 꾸민 죄로 죽임을 당했다.

그녀는 헤라트에 있던 그녀의 무살라 한가운데 묻혔다. 모스크 겸 대학이었던 무살라는 그녀가 살았던 시대의 경이(驚異) 그 자체였다. 매일 아침 나는 호텔의 발코니에서 무살라 주위에 솟은 30

미터 높이의 첨탑들을 바라보았다. 그 탑들은 공업지대의 굴뚝들처럼 솟아 있었다. 그곳으로 가는 길은 소나무 향내가 풍기는 운치 있는 길이었는데, 지금은 피난민 오두막들 사이에 파인, 썩은 냄새 나는 운하를 따라가는 길이 되고 말았다. 노인들이 지는 해의 빛을 받으며 앉아 있었고, 아이들은 나를 보고 달아났다.

다섯 개의 첨탑이 유난히 지붕 위로 높이 솟아 있었다. 전에 모자이크 타일로 푸르게 번쩍이던 그 탑들 생각이 난 나는 가슴이 철렁 내려앉았다. 이제 그 탑들은 흙색이었다. 나는 쓰레기가 쌓인 황무지 가장자리에 서 있었다. 퇴락한 첨탑들만이 외롭게 거기 서 있었다. 탑들 사이로 도로가 뚫려 있었다. 매 한 마리가 홀로 하늘로 날아올랐다. 무너진 담에 누군가가 붉은 십자가들을 그린 뒤 흰색으로 지웠다. 이 지역의 지뢰가 제거되었다는 표시였다.

나는 순간적으로 희열을 느끼면서 그 더럽혀진 땅으로 걸어들어갔다. 여기 왔다는 사실만으로도 기뻤기 때문이다. 그러나 그 안의 기둥들은 이미 옛 모습을 잃은 지 오래였다. 가우아르 샤드의 시대에는 모스크와 마드라사의 둥근 지붕 위로 스무 개가 넘는 첨탑들이 솟아 있었고, 그 담은 위에서 아래까지 파이앙스(유약을 바른 채색 도기)로 입혀져 있었다. 그러나 지금은 그 시대에 있던 첨탑은 오직 하나만 남아 있을 뿐이다. 그 탑은 엉성하게 복원된 그녀의 무덤 부근에 서 있다.

그 아름다운 건조물들이 파괴된 사연이 전해진다. 4백 년 동안 이 아름다운 건조물들은 비록 쇠락했지만 온전하게 보존되어왔었다. 그러나 1885년 영국-인도군이 압두라만 왕에게 그 건조물을 파괴할 것을 건의했다. 러시아의 인도 진출을 두려워하고 있던 그들은 포격에 필요한 시야를 확보하기 위해 건물들의 제거를 바랐던 것이다. 러시아인들은 오지 않았다. 아홉 개의 첨탑이 20세기까지 남아 있었지만, 그중 둘은 1931년의 지진으로 무너졌다. 2년 후 로버트 바이런이 이렇게 묘사했다. "남아 있는 한 쌍의 탑이 특히 훌륭하다"고. 그중 하나는 1951년에 쓰러졌고, 1979년에 소련군의 포화로 다른 하나도 파괴되고 말았다. 내가 발견한 것은 3미터 가량 되는 탑의 밑둥뿐이었다.

마지막 남은 가우아르 샤드의 첨탑은 위험할 정도로 기울어져 있었다. 소련군의 박격포탄이 탑에 구멍을 뚫어놓았다. 이 탑의 아래쪽 9미터는 아무런 장식도 남아 있지 않았다. 그러나 그 위의 12미터에는 푸른색이 칠해진 마름모꼴 무늬가 간간이 남아 있었고, 다시 그 위쪽에는 두 개의 발코니가 떨어져나가고 남은 물결 모양의 받침이 코발트, 터키 옥과 뒤엉켜 있었다. 가우아르 샤드 대학의 남은 흔적은 이것이 전부였다. 그녀가 2백 명의 시녀들을 이끌고 이 대학을 시찰했다는 이야기가 전해지고 있을 뿐이다. 학생들은 그녀가 오기 전에 학교를 떠나라는 명령을 받았지만, 그중 한 학생이 늦잠을 잤다. 일어나보니 빨간 입술의 미인이 눈앞에 있었다. 그녀가 건물에서 나왔을 때 흐트러진 옷매무새가 어떤 일이 있었는지를 알려주었다. 그러자 관대한 여인이었던 가우아르 샤드는 2백 명의 시녀들 모두에게 학생들과 결혼하라는 지시를 내리고, 각 부부에게 급료와 침대 하나씩을 지급했다.

동쪽에 있는 네 개의 첨탑들은 헤라트에 웅거했던 티무르 제국의 마지막 술탄 후사인 바이카라가 15세기말에 건조한 것이다. 그러므로 그 탑들에서 제국의 쇠퇴를 쉽사리 읽을 수 있다. 1507년까지

40년 동안, 헤라트는 다시 화가들과 역사학자들, 그리고 알리세르와 세밀화가들의 왕자였던 비자드의 자유로운 활동무대가 되었다. 바부르는 무굴 제국의 첫 번째 황제로서 자신의 황금기를 회상하면서 헤라트를 지혜롭고 방종한 왕자들, 그리고 이상한 스포츠와 다른 도시가 필적할 수 없는 학문의 도시로 우러러보았다. 나보이는 다리를 뻗기만 하면 시인이 차일 정도였다고 말했다. 그러나 바부르가 떠나고 몇 달 안 되어서 사마르칸트를 차지한 샤이바니 우즈베크인들이 헤라트를 덮쳐 이곳의 문화의 빛을 영영 꺼버렸다.

나는 이 마지막 남은 첨탑들 밑을 오랫동안 거닐었다. 역설적이게도 더욱 튼튼한 그들의 사촌들보다 더 오래 살아남은 탑들이었다. 꼭대기가 깨져 떨어져나가고 다소 기울어진 이 탑들은 30미터 높이로 솟아 있었다. 이스마일 칸의 무자헤딘과 대치한 소련군의 전선이 바로 이들 탑들 사이를 지나갔다. 그래서 탑들은 총탄으로 일부가 부서져 떨어져나가고 포화로 흔들렸다. 부서져 떨어진 모자이크 조각들이 땅 위에 널려 있었다.

건물이 하나 남아 있었다. 축소되고 엉성하게 복원되었다가 다시 부서진 가우아르 샤드의 영묘였다. 그 건물 옆에서 한 관리인이 나보이의 무덤을 가리켜 보이고는 영묘의 문을 열어주었다. 바닥에 아무렇게나 늘어선 여섯 개의 검은 묘석이 있었는데, 그중 한 개는 어린이의 것이었다. 바이산구르가 가우아르 샤드의 손자 및 증손자와 함께 이곳에 묻혔다. 가우아르 샤드가 무척 애지중지했지만, 그것이 그 손자와 증손자들을 죽음으로 몰아갔던 것이다. 그녀의 미움을 받고 분함을 참지 못해 죽었다는(한 역사가가 그렇게 기술했다) 그녀의 의붓아들 모하마드 자히도 이곳에 묻혀 있다. 그러나 나는 비문을 읽을 수 없었고, 관리인 역시 마찬가지였다. 그는 묻힌 사람들 이야기를 자기 멋대로 늘어놓고는 찢어진 방문자 기록부를 꺼내 나에게 서명하라고 했다. 내가, 그 관리인이 안내했던 사람 중 유일한 외국인이었던 것이다. 루흐 왕의 시신은 그의 아버지 곁에서 쉴 수 있도록 사마르칸트로 가져갔다는 것을 나는 알고 있었다. 그러나 가우아르 샤드는 이 밑에 묻혔고, 그녀의 비문에는 그녀를 시바의 여왕에 비견하는 내용이 새겨졌다.

* * *

이틀 후, 써늘한 새벽에 나는 이란 국경으로 가는 버스를 찾아냈다. 위험과 아름다움이 뒤섞인 이 나라를 떠나면서 나는 어쩐지 허전한 느낌이 들었다. 이곳에 더 머물고 싶었다. 그러나 북서쪽으로 구불구불 이어지는 나의 진로가 성스러운 도시 메셰드에서 실크로드의 주로와 만나게 되어 있었고, 그 무렵 메셰드에서는 축제가 열리고 있었다.

우리는 반(半)사막으로 달려나갔다. 아직 태양은 보이지 않았지만, 하늘은 이미 훤히 밝아져 있었다. 내 앞에 자리를 잡은 여인이 부르카를 벗고 길이가 더 긴 이란식 차도르로 갈아입었다. 그녀는 창백한 얼굴을 드러내놓았다. 그 옆에 앉은 남자도 이스마일 칸과 관련이 있는 흑백의 카피예를 벗어 가방에 쑤셔넣었다. 국경은 이제 카불의 중앙정부가 관리하고 있었다. 우리는 이스마일 칸이 포장한 도로를 급히 내려갔다. 이제는 그가 관여하지 않는 출국수속을 밟기 위해서였다. 밖에는 모래바람이 불고 있었고, 지평선에는 뿌연 안개가 끼어 있었다. 깨진 돔이 여기저기 보이는 마을은 사람들이 살고 있지 않는 것 같았다.

그때 양철판에 자갈이 구르는 것 같은 소리가 나더니, 우리가 탄 버스가 고장이 나고 말았다. 승객들은 버스에서 내려 지뢰가 있을지도 모르는 길가에 앉았다. 몇몇은 마치 친구라도 만나려는 듯 길을 건너서 마을로 걸어들어갔다. 나머지 사람들은 잠을 잤다. 그러는 동안 운전수와 그의 조수는 차 밑으로 기어들어가 오랫동안 수리를 했다.

마지막으로 나는 마을로 들어가 사람들이 어떻게 살아가는지 살펴보았다. 7년의 가뭄으로 들판과 작물, 그리고 그들의 삶마저 말라버렸다는 얘기를 들었다. 그들의 자녀들 가운데 4분의 1은 다섯 살이 채 되기 전에 죽는다고 했다. 그들의 평균수명은 43세라고 한다. 이런 살벌하고 각박한 환경 속에서도 사람들이 아직 동정심을 잃지 않는 것이 신비스러웠다. 낯선 사람에게 담배를 권하고, 원수의 아들을 차마 죽이지 못하고 고개를 돌리는 일이 일어나고 있다는 것이 참 신기했다.

국경은 아수라장이었다. 정부의 경찰이 연간 1억 달러의 수입을 감독하기 위해 들어왔고, 트럭에 장치한 기관총이 세관 관리들을 내려다보고 있었다. 한 시간 후 우리 버스는 마지막 장벽을 통과했다. 길가에 환전상들이 우글거렸다. 적, 녹, 흑의 아프간 국기 대신 적, 녹, 백의 이란 국기가 나타났다. 사진 잘 받는 카르자이 대통령의 미소 대신 잔뜩 찌푸린 아야톨라 호메이니와 올빼미 같은 모양의 최고지도자 하메네이의 얼굴이 등장했다. 시멘트, 미츠비시 트럭, 철근, 네슬레 상표가 붙은 식수 등을 잔뜩 실은 대형트럭들이 다섯 줄로 400미터에 걸쳐 늘어서 있었다.

암녹색 제복을 깔끔하게 차려입은 이란 경찰관이 두세 명씩 버스에 올라와 의심의 눈초리를 반짝이며 몰래 국경을 넘어오는 아편을 찾으려고 짐을 수색했다. 이란에는 백만 명이 넘는 아편중독자가 있고, 그 국경에는 무장한 경비병들이 우글거린다(마찻길로 밤에 국경을 넘은 다수의 아프간 아편운반자들은 영영 돌아오지 않았다). 경찰관들은 드라이버로 계기반과 차단벽, 엔진을 두드려보고 찔러보았다. 우리의 가방과 자루, 그리고 나의 낡은 배낭은 밖으로 들려나가 스캐너를 통과한 다음 내용물을 모두 꺼내야 했다. 그러나 돌돌말아서 모기약 통에 감춘 나의 비상금은 들키지 않았다.

버스가 이제 자유를 얻었는가 했더니 다시 정차당하고 진짜 수색이 시작되었다. 우리는 짐을 발 앞에 놓은 채 마치 총살당할 사람들처럼 벽 앞에 세워졌다. 아프간인들은 비참한 표정을 짓고 있었다. 문맹인 그들의 여권에는 대부분 서명 대신 엄지손가락 지문이 찍혀 있었다. 내가 서양인인 것을 알아챈 한 장교가 나에게 한 옆으로 따로 서라고 손짓했다. 나는 다소 죄의식을 느끼면서 여자들과 칭얼대는 어린애들이 있는 쪽으로 가서 철저한 몸수색을 면했다. 다른 남자들은 구두를 벗으라는 지시를 받았고, 이어 철저한 몸수색이 시작되었다. 다시 한번 가방에 있는 내용물이 모두 밖으로 나왔다. 번쩍거리는 장식을 박은 구두, 브래지어, 가족사진 등 모든 것이 공개되었다. 피스타치오 열매, 털실로 짠 코트 등 팔려고 가져온 얼마 안 되는 상품들—하잘것없는 실크로드의 교역품들

—도 찔러보고, 그에 대해 꼬치꼬치 캐물었고, 값을 따져보고, 그런 다음에는 결국 대부분 반환되었다. 두 시간 후 우리의 낡은 버스는 서 있는 트럭들 사이를 비집고 호라산 평원으로 들어섰다.

# 10

## 애도(哀悼)

    우리 버스는 움푹 들어간 평원을 달리고 있었다. 우리 뒤에서는 하리 강이 북쪽에 있는 투르크메니스탄의 사막을 향해 흐르고 있었다. 그곳에서 강물은 말라버리고 말 것이다. 여기저기 트랙터가 황량한 들판을 파헤쳐놓았고, 여인들이 양파를 수확하고 있었다. 나는 새로운 기대감을 가지고 밖을 내다보았다. 그러나 똑같은 아프간의 뿌연 지평선이 보였고, 귀에 거슬리는 메마른 바람소리가 들릴 뿐이었다. 진흙집 마을이 벽돌집 마을로 바뀌었고, 그 집 안으로 들어가는 하얀 터번을 쓴 농부들이 보였다. 그러나 터번 밑의 길고 거무스레한 얼굴은 변함이 없었다.

    호라산의 초원은 1905년 영국인들이 그은 아프간 국경을 넘어, 지도에 그려지지 않은 진정한 경계선인 힌두쿠시 산맥과 만나는 헤라트 동쪽 끝까지 뻗어 있었다. 중세의 지리학자들이 보기에 호라산 초원은 발크까지 뻗어나갔고, 그 초원에는 서쪽에서 알렉산드로스가 진격해오기 훨씬 전부터 이란의 종족들이 살고 있었다.

얼마 후 앞쪽에서 하얀 도시가 반짝였다. 아프가니스탄을 지나온 나에게 황금색과 푸른색의 돔을 가진 그 도시는 초현대적이고 유난히 위생적으로 보였다. 한 시간 후, 메셰드 주민들 사이에 내린 승객들은 옷차림이 초라하고 촌스러워 보였다. 우리는 서로를 부끄러워하는 것처럼 서둘러 흩어졌다. 보도는 평탄했고, 깨진 포석도 보이지 않았다. 거리에는 마차들이 보이지 않았고, 붉은 신호등이 들어오면 차량들이 일제히 멎었다. 나는 유리진열창이 있는 상점 앞을 지나갔다. 어두워진 후에도 보석과 시계 등 상품에 조명이 들어왔고, 네온사인도 보였다. 모든 게 부드럽고 조용했으며, 사람들은 뚱뚱하고 말끔해 보였다. 가끔 깨끗하게 면도를 한 젊은 이들도 보였다. 그들은 방한용 웃옷과 체크무늬 셔츠를 입고 있었다. 가방을 든 사람도 있었다. 위층이 온전한 건물들이 있었고, 침대와 양수펌프를 선전하는 광고도 보였다.

차도르를 입은 여자들은 얼굴을 드러냈다. 너무나 노출된 것 같은 느낌이었다. 나는 지나가는 여자들을 염치없이 눈여겨보았다. 그들은 검은 눈과 눈썹을 가지고 있었다. 많은 여자들이 부드러워 보이는 미인들이었다. 어떤 여자들은 립스틱을 바르거나 아이섀도를 한 것같이 보이기도 했다.

그날은 시아파 무슬림들이 미래의 구세주로 떠받들고 있는 열두 번째 이맘의 탄생일 전야였고, 그래서 도시는 순례자들로 넘쳐나고 있었다. 한참 헤맨 끝에 나는 호텔을 찾아냈다. 시끄러운 네

거리 위에 자리잡은 호텔이었다. 휴게실에 사진 석 장이 걸려 있었다. 왼쪽에는 어색한 표정의 최고지도자 하메네이, 오른쪽에는 온건한 개혁주의자 대통령 하타미, 그리고 중앙에는 노한 얼굴의 아야톨라 호메이니였다. 마치 호메이니가 중앙에서 두 사람을 지켜보고 있는 듯했다. 나는 깨끗해 보이는 방으로 안내되었다. 침대 옆 서랍에 코란 한 권과 접어놓은 기도용 매트, 그리고 진흙으로 만든 큼직한 메달이 들어 있었다. 신자들은 기도를 하면서 바닥에 놓인 메달에 이마를 대야 한다.

메셰드는 살인과 상실의 기억을 소중히 간직해온 도시다. 818년 시아파의 여덟 번째 이맘이 (시아파의 주장에 따르면) 당시 나라를 다스리던 수니파 칼리프에 의해 독살되었다. 그는 포도와 석류즙을 먹고 죽었다. 처음에 그는 《천일야화》에 나오는 위대한 하룬 알-라시드 옆에 엄숙하게 매장되었다. 그를 살해한 왕의 아버지 하룬 알-라시드는 그보다 9년 전에 이곳에서 죽었다(지난 세기까지도 시아파 순례자들은 하룬의 무덤이 있던 자리에 침을 뱉었다). 하지만 이 성소는 여러 차례 파괴되고 복원되기를 반복했다. 1405년 가우아르 샤드가 이곳에 유명한 모스크를 세웠고, 16세기에 페르시아의 마지막 왕조인 사파비의 왕들이 이 나라를 시아파로 개종함으로써 이 성지는 국가적 성지로 확장되었다.

시아파 이맘들은 예언자 무함마드의 사촌이자 사위였던 알리로부터 12대째 이어져내려온다. 그들의 추종자들은 다른 어떤 칼리프도 인정하지 않는다. 680년의 케르발라 전투(나의 진흙 메달은 바로 케르발라에서 가져온 것이다)에서 알리의 아들 후세인의 왕위 계승권을 수니파 칼리프가 찬탈했다고 그들은 주장하고 있다. 후세인의 죽음은 수백 년 이어져오는 시아파의 애도 의식의 촉매가 되었다. 모하람의 달에 이란 전역에서 그 전투가 열정적인 수난극으로 재현되며, 그 극중에서 후세인은 성스러운 중재자처럼 등장한다. 그는 예수처럼 그의 백성들의 죄를 대신 짊어지고 죽으며, 예언자 무함마드의 딸인 그의 어머니 파티마는 슬픔의 어머니가 된다.

그를 계승한 이맘들은 메카와 메디나에서 정통파 칼리프들의 엄한 감시를 받으며 격리된 채 살았다. 시아파 무슬림들에게는 각각의 이맘은 이 부패한 세상에서 알라신의 말씀을 지키는 유일한 수호자였다. 그리고 각 이맘은 수니파들에 의해 비밀리에 독살되었다고 시아파 무슬림들은 주장한다. 마지막 이맘—내가 이곳에서 그의 탄생일을 보게 될—인 열두 번째 이맘만이 보이지 않게 숨겨져 살아남아 마지막 날에 돌아올 때를 기다리고 있다는 것이다.

이 슬픈 전설에 따르면, 이슬람은 이상한 대변화를 겪었다. 시아파는 정치적 실패를 경건한 슬픔과 미래의 약속으로 승화시켰다. 한편, 승리한 수니파는 이슬람 식 통치와 율법에 안주한 채 자신들을 비하하는 시아파의 주장 때문에 괴로워했다. 시아파는 지상의 권위를 무시하고 역사적 잘못을 잊지 않고 머릿속에 깊이깊이 새겼다.

이튿날 아침 메셰드는 경건한 축제에 참석하러 온 사람들로 붐볐다. 기다리는 메시아를 찬양하기 위해, 또 물건을 사고팔기 위해 온 사람들이었다. 간밤에는 그렇게 멋있어 보이던 상점들이, 실은 가난한 사람들을 위한 물건을 팔고 있는 수수한 상점들이라는 것을 나는 알 수 있었다. 로프, 연장, 터번으로 쓸 천, 양가죽으로 만든 웃옷 등을 팔았다. 거리는 넓었지만 매력은 없어 보였다. 라마단 기간

이므로 식당도 보이지 않았고, 아주 어린 아이의 사진 말고는 인간의 초상화나 사진도 눈에 띄지 않았다. 도로를 채운 택시와 버스들은 모두 한 군데를 향하고 있었다. 바로 이맘 레자의 성소였다. 뜰, 모스크, 마드라사, 도서관, 호스텔 등이 어지럽게 늘어선 곳이었다. 이슬람의 성소들이 가장 많이 밀집되어 있는 곳이라고 했다.

나는 순례자들과 함께 걸었다. 그들은 가난해 보였다. 대다수가 시골 마을이나 소도시에서 온 사람들이었다. 그러나 조상들로부터 물려받은 우아함 같은 게 엿보였다. 제법 모양을 낸 청년들도 있었고, 골격이 예쁜 여자들도 보였다. 우즈베크인들이 이란 사람들은 도시적이라고, 너무 여리다고 말하던 생각이 났다. 나는 그들의 말에서 무언가 알아들을 수 있는 단어가 있지 않을까 하고 신경을 곤두세웠다. 부드럽게 쉰 듯한 말이었으나 유창하고 빨랐다. 가끔 나는 내가 그들의 말을 이해한다고 상상했다.

엄청난 인파가 성소로 들어가고 또 거기서 나오고 있었다. 검은 터번을 두른 사람들도 있었고, 갈색의 예복을 입은 율법학자들도 있었다. 파키스탄인, 이라크인, 아프간인, 사우디아라비아인, 노란 터번을 두른 발루치인, 하얀 터번을 두른 투르크멘인 등 온 세계의 이슬람 교도들이 다 모인 것 같았다. 그러나 나는 그들을 따라 안으로 들어갈 수 없었다. 안뜰로 들어가는 모든 출입구에 끝부분이 은색인 곤봉을 든 관리인들이 엄숙하게 서서 이슬람 신자들만을 안으로 들여보냈다. 가끔 비신자들의 입장이 허용되었던 가우아르 샤드의 모스크마저도 지금은 비신자의 입장이 금지되어 있었다.

오랫동안 나는 그곳을 뜨지 못하고 밖에서 서성거렸다. 가끔 열린 문을 통해 순례자들 너머로 모자이크 타일과 황금빛이 얼핏 보였다. 들은 바에 의하면, 이 거대한 안뜰이 아주 아름답다고 한다. 몇 년 전, 내 여자친구 하나가 차도르에 몸을 감추고 이 안으로 들어갔었다. 또 1933년 로버트 바이런이 변장을 하고 공포감과 행복감을 동시에 느끼면서 가우아르 샤드에 들어간 적이 있었다.

도저히 참을 수가 없었다. 나는 움직이는 군중 속에 끼어들었다. 키 큰 사람들 한가운데 들어가 걸었다. 내 옆에 있는 남자가 곤봉의 끄트머리에 입을 맞추려고 몸을 굽혔다. 그 순간 나는 외국인이라는 내 신분이 발각되고 말았구나 하고 체념했다. 그러나 나는 널찍한 엔케라브 뜰에 들어와 있었다. 나는 외치는 소리, 그리고 나를 잡아채는 거친 손길을 기다렸다. 그러나 아무 일 없었다. 나는 내 등을 문 쪽으로 향하고 서 있었다. 심장이 멎는 것 같았다. 움직이는 경배자들의 바다 너머로 거대한 조용한 사각형이 보였다. 지성소 앞에는 50미터 정도에 걸쳐 카펫이 깔려 있었다. 순례자들은 무릎을 꿇고 앉아 있거나 두 손을 컵 모양으로 오므리고 서 있었다. 맨 발인 사람들도 있었다. 그들은 모두 무덤 위에 솟아 있는 황금의 돔을 향하고 있었다. 호박 구슬을 매단 몇몇 사람들은 기도서나 코란을 들고 있었지만, 뜰이 워낙 넓은 탓에 그들의 기도 소리는 벌이 웅웅거리는 소리처럼 들릴 뿐이었다.

뜰이 마치 응접실처럼 그 많은 순례자들을 수용하고 있었다. 양쪽에는 2단으로 된 벽이 150미터 길이의 아름다운 타일 커튼을 이루었고, 두 개의 18미터짜리 '이완(iwan)'—하나는 순금, 또 하나는 순전한 채색도기로 된—이 그 사이에 자리잡고 있었다. 황금으로 된 첫 번째 동굴에는 벌집 모양의 종유석들이 매달려 있고, 거의 참을 수 없는 그 황금의 풍요로움 한가운데로 한 줄기의 푸른색이 지나가고 있었다. 노란색과 초록색이 주종을 이루고 있는 채색도기로 된 이완 뒤에는 황금색 첨탑이 자리잡고 있었다.

조심조심 나는 군중 주위를 돌기 시작했다. 하지만 나를 향한 얼굴들도 변하지 않았다. 그들은 마치 나의 존재를 알아차렸다가 다시 잊어버린 듯 온화하고 무덤덤한 표정을 짓고 있었다. 아마도 내 주위의 인종적 다양함이 나를 보호해주는 것 같았다. 내가 그들에게 보이지 않을지도 모른다는 생각도 들었다. 내 발밑의 포석은 회색과 핑크색이었다. 나는 다른 사람들과 하나가 된 나 자신을 상상하기 시작했다. 내 얼굴은 몇 달 동안 바람과 햇볕에 그을려 검게 변해 있었다.

이어 어느 이맘의 기도가 울려퍼졌고, 순례자들은 깊은 으르렁거림으로 화답했다. 그 소리를 들으면서 나는 몸을 떨었다. 그러나 그들의 황홀경에 빠진 얼굴을 보고는 안심했다. 머뭇거리면서 나는 묘실로 가는 통로 위에 있는 쇠창살로 다가갔다. 쇠창살에는 누더기 천과, 소원과 맹세가 담긴 자물쇠들이 걸려 있었다. 여자들이 쇠창살에 기대어 흐느꼈다. 헤나로 붉게 칠한 그들의 손이 쇠창살 위에서 떨리고 있었다. 쇠창살 뒤를 볼 수는 없었다. 그 주위에는 불구자와 병자들이 목발이 서로 뒤엉키고 휠체어가 서로 엉겨 붙은 채 모여 있었다. 어떤 사람은 담요에 누워 있었다. 밤새 그렇게 지낸 것 같았다. 그들의 발목이 채색된 줄로 무덤의 쇠창살에 매여 있었다. 그들이 흐린 눈으로 나를 바라보았다.

나는 이제 내 의지에 따라 움직였다. 사람들의 몸뚱이에 휩싸인 채 이 뜰에서 저 뜰로 밀려다녔다. 나는 경비원들을 만났을 때만 시선을 피했다. 나는 무덤 위쪽에 있는 불룩한 황금 사발 모양의 돔을 향하고 있었다. 거기서 몇 명이 경배하고 있는지 말한다는 건 불가능했다. 나는 황홀경에 빠져 있는 그들을 지켜보았다. 차도르와 우중충한 웃옷을 입고 그 아름다운 뜰을 걸으면서, 그들은 천국으로 휩쓸려 들어가는지도 모른다는 생각이 들었다. 그들은 오목하게 들어간 벽감에서 잠을 자거나 음식을 펴놓고 먹었다. 다른 이들은 그들 위쪽에서 코란을 읽었다. 여기서 무슬림은 평화 속에서 하나가 되었다. 국적과 종파를 초월한(수니파인 투르크멘인과 사우디인들도 있었다) 신자들의 공동체가 아랍어 기도에 의해 순간적으로 하나의 가족으로 통합되는 것 같았다. 라틴어가 중세 유럽을 통합했던 것처럼.

가우아르 샤드의 모스크로 들어갔다. 정오에 이 모스크는 경배자들로 가득 찼다. 몇 차례 남자들이 일어서서 거친 소원을 외쳤고, 낭송의 폭풍이 그에 답했다. 정오가 되자 모스크와 그 통로들은 경배자들로 숨이 막힐 지경이었다. 그들은 지성소를 향해 두 손을 들어올린 채 이 뜰 저 뜰에 무릎을 꿇고 앉거나 엎드려 있었다. 결국은 사람들로 꽉 차 걷는 게 불가능하게 되었다. 여기 깃발들로 둘려진 이 옥좌 위에 열두 번째 이맘인 마흐디가 예수의 시종을 받으며 마지막 날의 공포와 혼돈 속에 재림하리라는 것이었다. 그가 재림하는 때는 라브랑에서 그 상(像)이 나를 내려다보면서 미소짓고 있던 미륵불의 재림 시기와 마찬가지로 불분명하다. 그것은 내 생을 가리키는 것인지도 모른다. 그러나 내 옆에서, 라브랑에서 그랬던 것처럼, 한 노파가 자기 배를 닭으면서 머리에 자꾸 먼지를 끼얹고 있었다. 그녀는 아마 악한 자들이 멸망하고 시간과 공간이 말려올라갈 때를 기다리고 있을지도 모른다는 생각이 들었다.

바깥뜰에서는 새로운 건설공사가 진행되고 있었다. 내가 만족감에 젖어 걷고 있는데, 한 남자가 다가와 영어로 말을 걸었다. 그는 내가 뭘 하고 있는지 궁금해했다. 서양 사람들은 모두 떠났다고 그는 말했다. 혹시 내가 무슬림 아니냐고 물었다. 털실로 짠 모자를 쓴 후세인의 눈은 호박색이었고 따뜻했다. 그의 영어는 아주 구식이었고, 그는 부드럽게 웃었다. 자기는 학교에서 영어를 선택과목으로 택했다고 했다.

아자디 문 밖에서 둥그렇게 둘러선 백 명 가량의 남자들이 박자에 맞춰 자기 가슴을 치면서 "아, 알리! 야, 알리!" 하고 소리치고 있었다. 그들은 간간이 호전적인 만가도 불렀다. 후세인이 내 얼굴을 보며 말했다. "그들은 알리를 사랑하지요. 마흐디가 오기를 기다리고 있지요." 우리는 그들을 지나쳐 걸었고, 담 밑에 우묵하게 파인 곳을 찾아냈다. "마흐디는 언제고 올지 모르지요. 사람들은 지금 그를 기다리고 있어요. 특히 그의 탄신일에는 더 기다리지요."

나는 그를 마주 보며 미소를 지으려고 애썼다. 어릴 때 내가 영국에서 들은 얘기에서 메시아는 재림 시기가 무한정 늦춰지고 있었다. 아마 이렇게 말하는 내 목소리에 지친 기색이 드러나 있었을 것이다. "그렇게 되면 심판이 있을 테지."

후세인이 고개를 끄덕였다. 곧 그런 일이 있을 수도 있다는 투였다. "우리 경전은 당신네 경전과 같아요. 우리는 같은 예언자들을 믿고 있어요." 그가 내 한 팔을 건드렸다. "선량한 기독교도들은 천국에 갈 거라고 나는 믿습니다. 우리는 같은 사람들입니다."

내 안에 있던 긴장감이 다소 누그러졌다. 그러자 나는 지난 몇 년간이 그의 종교에 대한 나의 인식에 어떤 영향을 끼쳤을까 궁금해졌다. 기독교에 종파가 있듯이, 이슬람에도 많은 종파가 있었다. 후세인의 종파는 내가 천국에서 그와 합류할 것을 요구했다. 그의 턱수염 가장자리에 미소가 번졌다. "하지만 당신네 경전은 불완전해요. 가끔 창조주에 대해 불경이 되는 경우도 있지요." 참을 수 없는 부분이 있다는 얘기였다. 그가 황급히 어깨를 폈다. "들어보세요. 당신네 성경은 아담과 이브가 동산에서 발가벗고 있었다고 말하고 있어요. 그런데 하느님이 처음에 그들을 보지 못했다고 되어 있지요. 그들이 숨었기 때문에 그랬다는 겁니다. 어떻게 그럴 수가 있어요? 하느님은 모든 걸 보십니다. 당신네 경전에서 하느님이 아담과 이브에게 만약 그들이 그 나무의 과일을 따먹으면 그들은 죽을 거라고 말씀하십니다. 뱀은 그렇지 않을 거라고 말하지요. 그런데 뱀이 말한 것이 맞아요. 성경에는 야곱이 하느님과 씨름을 해서 이겼다고 되어 있어요. 그게 말이 된다고 생각하세요?"

그의 머릿속에는 이외에도 백 개가 넘는 그런 예들이 들어 있을 거라고 나는 짐작할 수 있었다. 성경은 코란처럼 하느님의 말을 곧이곧대로 적어놓은 게 아니라, 성스러운 역사를 기록한 것일 뿐이라고 나는 힘없이 대답했다. 하지만 나는 무방비상태인 것 같은 느낌이었다. 마치 수백 년 세대 차가 있는 사람과 이야기하고 있는 것 같았다. 엄숙한 그의 눈초리가 시종 내 얼굴을 주시하고 있었다. 나는 가끔 흠칫 그 눈길을 피하기도 했다. 그의 경건함은 행동적인 경건함이었다. 그는 성소를 보존하는 일을 도우려고 교사직을 포기한 사람이었다. 그에게 아브라함, 노아, 모세 같은 조상이나 예언자들은 복잡한 인간의 연대기에 등장하는 주인공들이 아니라, 하느님의 흠 없는 메신저들이었다. 유대교나 기독교의 경전을 더욱 순화시킨 코란은 마지막 계시였다. 코란은 예언자들을 인간 역사의 수렁에서 해방시켰다. 누구보다도 예수가 그렇게 해방되었다고 후세인은 말했다. 이슬람은 예수를 부인하지 않으며, 다만 성경에 기술된 예수를 부인할 뿐이라는 것이었다. 하느님이 어떻게 십자가에 못 박힐 수 있느냐는 것이었다.

신앙심이 희박한 내가 말했다. "그분은 인간 중의 인간이었지요." 하지만 우리들 사이에는 커다란 간극이 생겨 있었고, 그 간극은 점점 더 넓어지고 있었다.

후세인이 말했다. "그런 일은 결코 일어나지 않았어요. 다른 누구에게 일어났다면 모르지만……." 그가 서둘러 덧붙였다. "그리고 당신네 성경에서는 하느님이 의도적으로 예언자들로 하여금 거짓말을 하도록 합니다. 예를 들면……"

내가 말했다. "당신네 코란도 자주 하느님이 우리를 잘못 인도하신다고 말하고 있어요." 주먹으로 가슴을 두드리며 "아, 알리! 야, 알리!" 하고 외치는 소리가 멀리서 들려왔다. "그런데 하느님을 어떻게 믿지요?"

후세인이 말했다. "수니파는 오직 코란에만 의지하지요. 하지만 우리들 시아파는 성스러운 이맘들의 생애를 우리 지침으로 삼고 있어요. 만약 의문이 생기면 나는 여덟 번째 이맘의 무덤에 가서 기도를 올리지요." 그의 시선이 황금 돔을 향했다. "그러면 대답이 나옵니다."

이런 소통은 양심과 비슷할 것이라고 나는 생각했다. 하지만 자기 내부에서 생기는 그런 계시의 권위를 인정하기는 어렵다. 정통 이슬람은 그에 대해 매우 신중하며, 그래서 율법과 코란에 의존한다는 걸 나는 알고 있었다. 도덕적 선택을 각자의 본능에 맡겨둘 수는 없다는 논리였다. 이에 대해 내가 후세인에게 묻자, 그는 심란해졌다. "그래요. 코란이 먼저였죠. 언제나. 하느님의 혀니까요." 그가 말했다.

그가 말을 이었다. "나는 늘 성스러운 코란을 암기하기를 원했지요. 지금도 나는 그 작은 일부를 외우고 있습니다." 하지만 그의 목소리에서 자신감은 사라졌다. 그는 눈을 감았다. "난 이 구절들을 가슴 속에 간직하고 싶습니다. 그래야 내가 무덤 속에 있을 때 외롭지 않을 테니까요." 갑자기 그가 부끄러워하는 것처럼 보였다. 그러나 그는 다시 말했다. "내가 무덤에 누워 있을 때 이 성스러운 말씀이 나와 함께할 겁니다." 그는 한 손으로 자기 몸을 쓸어내렸다. 그가 다시 부끄러워하는 것 같았다. "최근에 나는 그 일을 잊어버리는 것이 낫겠다고 생각했지요."

내가 불안해하며 물었다. "하마터면 죽을 뻔한 적이 있나요?"

"네, 전쟁중에 그랬지요. 이라크와의 전쟁 때. 나는 네 번 지원했어요. 샤가 다스리던 시절에 나는 군복무를 해서 총 쏘는 법을 알고 있었지요."

그는 혁명 수비대의 일원이었다. 무장도 시원찮은 채 겁 없이 돌격하던 혁명 수비대는 몰살을 당했다. 내가 물었다. "부상을 당했습니까?"

"운 나쁘게도 부상을 당하지는 않았어요." 나는 내가 잘못 알아들었다고 생각했다. 그러나 그는 말을 계속했다. "나는 순교를 원했지요. 내가 죽었다면 그건 하느님을 위해 죽은 것이 되는 거예요. 난 두렵지 않았습니다. 다만 포로가 되는 건 원치 않았어요. 나의 형은 사담 후세인의 감옥에서 11년을 보냈어요. 그곳에서 형은 세월을 잊었지요. 형은 아직도 자기가 스물다섯 살이라고, 나보다 자기가 훨씬 더 젊다고 생각하고 있어요. 하지만 나의 많은 친구들이 죽었지요. 그들은 영광스러운 순교자들이에요. 또 불구자가 되기도 했고." 그는 한 손으로 자기 넓적다리를 절단하는 시늉을 했다. "그런데 그 배후에 미국인들이 있다는 걸 당신은 알고 있나요? 그들이 사담 후세인을 전쟁으로 몰아붙였지요. 내가 전방에 있을 때, 우리는 미군 헬리콥터들이 이라크군을 돕고 있는 걸 봤습니다. 내 친구 하나가 로켓 발사기를 가지고 언덕으로 올라가서 헬리콥터 한 대를 명중시켰지요. 그 헬리콥터는 우리 쪽으로 떨어지지 않았습니다. 하지만 그 헬리콥터는 미군 헬리콥터였어요. 미군이 그 안에 타고 있었어요."

"그걸 어떻게 알지요?"

갑자기 그의 얼굴에서 미소가 사라지고 있었다. "우린 압니다. 우리는 세계무역센터 공격에 대해서도 알고 있습니다. 그 짓을 스스로에게 한 사람들은 미국인들이었어요. 그리고 이스라엘인들도 함께했지요. 그 사건은 유대인들의 성스러운 날인 화요일에 일어났지요. 그래서 유대인들은 거기 한 명도 없었습니다. 그런 다음 미국인들은 그 사건을 아프가니스탄과 이라크를 공격하는 빌미로 삼았지요."

내가 무덤덤하게 말했다. "유대인의 성스러운 날은 토요일이지요. 그때 많은 유대인들이 죽었습니다. 그 이름이 발표되었어요." 하지만 그의 환상은 중동지역 전역에서 흔히 볼 수 있는 현상이라는 것을 나는 알게 되었다. 후세인은 내 말을 듣고 잠시 재미있어했지만, 그것이 그의 확신을 흔들 수는 없으리라는 것을 나는 알고 있었다. 이제 그를 다시 보니 그가 아주 멀리 있는 다른 사람으로 보였다.

"미국인들은 선전을 쏟아붓고 있어요. 그들은 우리의 문화를 안으로부터 뒤집어엎으려고 하지요. 십 년 전에 이 성소에서도 폭탄이 터졌어요. 스무 명이 죽었습니다. 미국의 지원을 받는 위선자들인 공산주의자들의 소행이었어요. 그들은 당신네 나라에도 사무실을 냈어요. 무자헤딘-에 칼크라고." 그는 매우 격앙되어 있었다. 그러나 그는 나를 외면했다. 그 분노는 나 자신이 아니라 나의 정부에 대한 것이었다. 그의 시선이 다시 나에게로 돌아왔을 때, 그는 다시 미소 짓고 있었다. "이제 어디로 갈 계획이시죠?"

"테헤란과 타브리즈로 해서 터키로 들어갑니다."

그가 내 얼굴을 뜯어보았다. "하지만 당신은 혼자가 아니예요? 오직 하느님만이 혼자 가실 뿐이지요."

내가 말했다. "혼자가 더 좋아요."

한동안 우리는 알라를 부르는 리드미컬한 외침—그 소리가 점점 약해지고 있었다—과 내가 조금 전에 몰래 들어갔던 문을 통해 들려오는 경배자들의 기도 소리에 조용히 귀를 기울였다.

나는 그날 저녁 다시 가우아르 샤드 모스크 안으로 들어갔다. 저녁이 되면 그 안이 더 조용해질까 해서 다시 찾아간 것이었다. 하지만 어둑어둑한 모스크의 뜰은 여전히 순례자들로 붐볐다. 묘실에서 기도를 올리는 소리가 들려왔다. 아치가 이어진 회랑에서는 가족 단위로 온 순례자들이 담요나 겹겹이 쌓은 옷 밑에서 자고 있었다. 이런 와중에 체구가 작고 깡마른 남자가 나더러 떠듬거리는 영어로 자기와 함께 무덤 안으로 들어가자고 소리쳤다.

그럴 수 없다고 내가 말했다. 나는 무슬림이 아니라고 중얼거렸다. 나는 벌써 두려워하고 있었다. 그러나 그 사람은 내 말을 알아듣지 못했다. 그가 재촉했다. "아니오. 손님…… 따라와요." 순진한 그의 얼굴이 환해져 있었다. 그가 그의 가족들이 앉아 있는 카펫을 들어올렸고, 나는 내 구두를 그 밑에 감추었다. 나는 현기증 비슷한 걸 느꼈다. 나는 그를 따라가기 시작했다. 나는 이것이 잘못이라는 걸 알고 있었다—지금도 그렇게 생각하고 있다. 하지만 나는 그림자처럼 그를 뒤따라갔다.

그는 똑바로 가지 않고 옆길로 질러갔다. 나는 시선을 땅으로 향한 채 그의 뒤에 바짝 붙어 따라갔다. 진홍색 카펫에 빛이 쏟아졌고, 거기에 두 줄로 무릎을 꿇고 엎드린 남자들이 코란을 앞에 놓고 몸을 흔들고 있는 걸 나는 어렴풋이 의식했다. 내 발이 엎드린 경배자들 사이를 요리조리 피해갔다. 마침내 우리가 방 안으로 들어서자 빽빽하게 들어찬 몸뚱이들이 우리를 둘러쌌다. 여러 개의 샹들리에가 거울로 장식된 둥근 천장 아래 낮게 걸려 있었다. 사방에서 웅성웅성하는 기도 소리가 올라왔다. 갑자기 우리는 움직이는 경배자들의 무리에 휩쓸렸다. 단속음의 신음과 외침이 터져나왔다. 눈을 들어보니 수많은 머리들 너머로 금으로 도금한 거대한 관이 보였다. 관 위를 덮은 천개(天蓋)가 황금 침대 틀처럼 경배자들 위로 솟아 있었다. 나를 안내하는 남자가 속삭였다. "따라와요, 따라와." 나는 두 손으로 그의 어깨를 꽉 잡고 내 머리는 보이지 않게 내 어깨 사이에 처박았다. 샴페인 색깔의 대리석을 내려다보았다.

내 발밑 어딘가에 하룬 알-라시드의 잃어버린 무덤이 있을 터였다. 가슴이 쿵쾅거렸다. 내가 감히 고개를 들 때마다 나는 격노한 외침이 들려올 걸로 예상했다. 급히 바뀌는 슬라이드처럼 여러 모습이 지나갔다. 기념비에 붙은 은판을 보았고, 그 위에 녹색 천이 덮여 있는 것도 보았다. 그 천에는 황금색 꽃이 수놓아져 있었다. 수많은 손들이 그 쇠창살에 얹혀 있었다. 팔꿈치까지 걷어올린 팔에는 털이 무성했다. 이제 들리는 소리는 분노의 울부짖음이었다. 다른 뜰에서 들어오게 되어 있는 저쪽 편에서는 여자들이 울부짖고 있었다.

지금도 그 광경을 머릿속에 그릴 때면 천이백 년 전에 죽은 사람을 향한 무슬림들의 그 히스테리에 대해 경이감이 느껴지곤 한다. 깊은 눈물의 샘이 항상 마르지 않고 넘쳐흐를 때를 기다리고 있는 것 같았다. 그것은 상상의 무력감과 상실감으로부터 태어난 비탄이었다. 이 연출된 고난에 의해서 사물의 핵심에 있는 어떤 무질서가 치유되고 있는 것 같았다.

문득 문신을 한 가무잡잡한 손이 내 어깨에 떨어졌다. 나는 떨면서 몸을 비틀어 돌아보았다. 하지만 그것은 사람들에게 떠밀린 어떤 사람이 무심결에 내 어깨에 손을 얹은 것이었다. 그가 내 얼굴을 힐끔힐끔 보았다. 우리가 무덤을 향해 밀려가자, 우리를 미는 힘은 더 거세졌다. 거울로 인해 더욱 밝아진 샹들리에 불빛 속에서 모든 사람의 머리가 기념비를 향하고 있었다. 나는 아름다운 모자이크가 얼마나 남아 있나 보려고 몇 차례 올려다보았지만, 거울이 붙은 천장에는 조각조각 갈라진 우리의 모습만 비칠 뿐이었다. 관을 둘러싼 쇠창살에 수많은 손이 뻗쳐 있었고, 사람들은 다른 사람들의 어깨에 올라서서 관의 금선세공을 어루만지고 있었다.

잠시 동안 우리는 무덤 위로 떠밀려 올라갈 것 같았다. 그러나 얼마 후 우리는 무덤에서 점점 멀어져갔다.

내가 묘실 안에 있었던 것은 15분이 채 안 되었지만, 뜰에 나오니 해는 이미 졌고 공기는 싸늘해지고 있었다. 성소를 비추는 조명이 들어왔다. 나는 여전히 비신자들에게 금지된 뜰을 가로질러 마침내 도로로 나왔다. 내 뒤로 첨탑의 끝에서부터 늘어진 케이블에 매달린 오색 전구가 빛을 내고 있었다.

\* \* \*

메셰드 북쪽에 투스라는 작은 도시 도시 주위에는 1390년 티무르가 파괴한 성벽의 흔적이 아직도 남아 있다. 이곳에 있는 무덤—엉뚱하게도 하룬 알-라시드의 무덤이라고 이름 붙여져 있다—은 아마 12세기에 죽은 위대한 신비주의자 알-가잘리의 무덤일 것이다. 가잘리는 그의 자서전에서 깨달음을 얻기 위해 이단이라는 옆길까지도 감수했던 자기의 행적을 기록했다. 그는 결국 신경쇠약에 걸려 수피로 방랑길에 올랐고, 몇 년 후 돌아와서 신비주의적 신앙의 고전적 작품들을 써냈다.

문을 들어서면 벌집 모양의 돔 아래 텅 빈 공간이 나타난다. 천장에는 무언가를 새겼던 흔적이 희미하게 남아 있다. 여기 묻힌 사람은 무함마드 이후의 가장 위대한 무슬림 현자로 일컬어진다.

하지만 1.5킬로미터쯤 앞으로 더 나아가면 더욱 유서깊은 유적지에 이르게 된다. 칸나 꽃이 가장자리를 장식한 긴 연못을 따라가면 돌 기념비가 나온다. 이란의 계관시인 피르다우시의 무덤이다. 남녀 커플들이 손을 잡고 물가를 산책하고 있다. 한 떼의 쾌활한 여인들이 차도르를 머리 뒤로 젖힌 채 사진을 찍으려고 포즈를 취했다. 희미한 음악 소리도 들린다. 남녀가 벤치에 앉아 쉬고 있는데 여자의 얼굴이 남자 쪽으로 기울어져 있다.

피르다우시는 1020년경에 이곳에서 가난하게 죽었고, 자신의 집 정원에 묻혔다. 그러나 1933년에 건설된 그의 영묘는 높이가 15미터나 되어 초기 페르시아의 가장 위대한 제왕 키루스 대왕의 무덤(파사르가대에 있다)을 방불케 한다. 무덤은 미트라(빛과 진리의 신)의 황소들을 떠받치고 있는 기둥들로 둘러싸였고, 고대 페르시아의 신인 아후라마즈다의 상징으로 장식되어 있다. 주위에 이란 국기들이 나부낀다. 이슬람의 상징은 보이지 않는다.

이제는 잊혀진 역사와 이야기들을 노래하는 구전되는 전설에 따르면, 피르다우시는 35년간의 노력 끝에 이란 민족의 서사시인 제왕기 <샤나마>를 완성했다. 그 서사시는 아랍에 정복되기 직전인 사산 왕조의 마지막 왕에서 끝났고, 그 속에 들어간 6만 수의 시에서 시인은 가능한 한 아랍어에서 차용된 단어는 사용하지 않고 순수한 페르시아어만을 사용했다. 이 시는 이란인들에게 빛나는 정체감을 주었다. 곧 그 시의 구절과 영상이 책들을 장식하고, 도기와 궁전의 벽에 새겨졌다. 키르기스의 마나스처럼, 이 시들은 비천한 자들의 자산이 되었다. 이 시들은 대상들의 모닥불 주위에서 낭송되었고 어머니에 의해 아이들에게 전해졌다. 무식한 농부들은 아직도 이 시에 담긴 이야기들을 알고 있다.

이 시에 담긴 것은 다른 이란이다. 비탄의 문화가 아니라 영웅들의 이야기다. 역사에 대한 전설의 승리이기도 하다. 20세기 들어서 팔레비 왕조의 왕들은 민족정신을 고취하기 위해 이 시를 이용했다. 그들은 이슬람 이전의 세계, 그들이 자기들의 것이라고 상상하는 세계로까지 거슬러올라갔다. 정체성의 혼돈을 겪고 있는 이 나라에서 〈샤나마〉는 단일 혈통에서 태어난 오래되고 자랑스러운 종족이라는 개념을 널리 보급했다. 가끔 이 개념은 이란과 투란(우랄 알타이 어족), 이란인과 터키족 간의 갈등을 부각시키기도 하고, 아랍 문화에 대한 페르시아인의 미묘한 멸시를 은연중에 나타내기도 한다. 아랍인들은 이란인들이 신앙보다 시를 더 사랑한다고 말한다. 이란인들의 신앙심이 깊지 않다는 이야기까지 제시되었다. 1979년 혁명 이후 몇 해 동안, 〈샤마나〉는 이슬람에 위배된다는 이유로 학교 커리큘럼에서 제외되었고, 광신자들이 피르다우시의 무덤을 공격하기도 했다.

영묘의 문은 잘 다듬은 대리석으로 된 지하의 묘실로 열려 있다. 주위의 벽에는 〈샤나마〉의 장면들이 돌에 돋을새김으로 조각되어 있다. 영웅 루스탐이 용을 창으로 찌르거나 마녀를 잡는 장면 등을 볼 수 있다. 사람들은 고개를 끄덕이며 그 주위를 돈다. 중앙에 있는 정육면체의 대리석 밑에 시인의 유해가 놓여 있다. 대리석에는 마치 피가 흐르는 것처럼 붉은 줄무늬가 있다.

피르다우시는 자기가 무슨 일을 했는지 알고 있었다. 그의 후원자였던 술탄 가즈니의 마무드가 약속했던 금 대신 은을 그에게 주자, 그는 부근에 있는 욕탕으로 가서 그곳에 온 사람들과 셔벗을 파는 사람에게 그 은을 나누어준 다음, 목숨을 보존하기 위해 달아났다. 그때 그는 이미 노인이었다. 그가 마무드의 인색함을 풍자하는 시를 쓰고 난 후, 술탄은 자기가 한 일을 후회하고 귀중한 인디고〔남색을 내는 염료〕를 낙타에 잔뜩 실어 그에게 보냈다. 그러나 술탄이 보낸 일행이 투스에 들어섰을 때, 그들은 도시를 벗어나고 있는 피르다우시의 장례 행렬을 만났다고 한다. 그의 무남독녀 외딸이 그 돈을 아름다운 다리를 건설하는 데 썼는데, 그 다리는 아직도 사용되고 있다.

\* \* \*

니샤푸르로 가는 버스에는 상점 주인들과 농부들이 타고 있었고, 채소를 담은 자루와 옷 보따리, 그리고 다리가 묶인 한 쌍의 양이 실려 있었다. 그 앞 주에 이 버스는 순례자들을 실어 날랐었다. "이슬람은 승리다"라는 글씨가 버스를 장식하고 있었다. 북쪽으로는 눈에 익은 메마른 평원이 회색과 오렌지색을 띤 언덕을 감싸고 있고, 남쪽에는 이미 추수가 끝난 밀밭이 군데군데 보였으며, 황량한 초원이 지평선까지 뻗쳐 있었다.

내 주위의 승객들은 조용히 이야기를 하거나 잠을 잤다. 나는 그들의 말을 알아들으려 애썼다. 그들의 언어는 터키어의 격렬한 성문음(聲門音)이 사라지고 내가 알 것 같은 소리들로 나를 놀린다. 나는 무언가 단서를 잡으려고 말하는 사람들을 몰래 훔쳐본다. 그들은 누구인가? 긴 눈썹에 매부리코를 가진 저 젊은 여인은 어떤 종족일까? 왜 저 여자는 혼자일까? 그녀의 손—이곳에서는 여자들의 손을 볼 수 있다—은 하프 줄처럼 섬세하고, 손톱에는 칠을 한 흔적이 보인다. 앞에는 낡은 양복을 입은 노인이 앉아 있다. 그는 흰 머리를 악단의 지휘자처럼 민감해 보이는 얼굴 뒤로 빗어넘겼다. 그러나 그의 손은 영영 지휘봉을 잡아보지는 못할 것 같다. 두툼하고, 들에서 일을 한 탓으로 굳은살이 박여 있다. 그 노인 뒤에는 흰 터번을 두른 율법학자가 있다. 그의 눈은 걱정에 싸였고, 볼은 움푹 파였다. 그는 양손으로 접은 갈색 망토를 들고 있다. 내 옆에는 잘 다린 코트와 진 바지를 입은 통통한 젊은이가 앉아 있다. 그는 아무 약속도 적혀 있지 않은 업무일지를 뒤적거린다. 나는 페르시아어 안내서를 꺼내들고 그와 이야기를 해보려고 했다. 그러나 잘 되지 않는다. 나는 그의 나이(스물일곱 살)와 직업(토목기사)을 겨우 알아냈을 뿐이다. 그는 무슨 생각을 하고 무슨 꿈을 지니고 있을까? 알 길이 없다.

한 시간 후 니샤푸르 오아시스가 모습을 드러내기 시작했다. 중앙아시아 전역에서 익히 보아온 광경이 펼쳐진다. 단층짜리 상점과 사무실, 복개되지 않은 하수도, 늘어선 포플러 나무, 그리고 똑같은 팔각형 또는 잎사귀 모양의 포석, 머리 위에는 뒤엉켜 있는 전깃줄(어떤 줄은 불법으로 설치된 접시 안테나로 이어져 있다), 그리고 여닫이 창문…… 바람에 대비해서 몸을 감싼 여인들이 허깨비처럼 걷고 있다. 그러나 세상이 변했다. 어딘가 모르게 더 도시적이고 관능적이며, 아마 더 속이는 듯한 분위기로 바뀐 듯하다. 가짜 나이키와 아디다스 운동복을 입은 젊은이들은 이발을 한 듯하고 내성적이다. 내가 투숙한 호텔에서 상냥한 주인은 영어를 조금 하는 친구를 불러왔다.

하지만 알리라는 그 친구는 지나치게 자기주장이 강한 사람이었다. 약간 미친 것이 아닌가 생각될 정도였다. 그는 정부 소속의 통

계 전문가라는데, 할 일이 없는 것 같았다. 걸음걸이가 단정치 못
했고 목을 길게 뽑은 탓에 몸이 앞으로 기울어진 듯 보였다. 알리
는 말이 무척 빨랐다. 그는 자신의 어휘를 연습했고('유토피아'와 '가
설'이 그가 애용하는 단어였다), 그의 어휘에는 고어와 현대어가 어지럽
게 뒤섞여 있었다.

"당신은 매우 친절합니다. 내가 어디서나 당신을 돕겠습니다. 어
디로 가든 내가 당신을 데리고 가겠습니다. 당신은 자유롭습니다.
이 노파들을 보십시오. 그것은 옛 문화지요. 그것은 잘못된 것입니
다. 걱정 마십시오. 샤의 시대(팔레비 왕 시대)에는 당신은 당신이 하
고 싶은 말을 할 수 있었죠. 하지만 지금은 진실을 말하면 당신은
테러리스트가 돼요. 옛날에는 이런 편협함이 없었지요. 그것이 나
의 가설입니다. 보세요. 이 젊은 여자들은 멋집니다. 머리를 드러
내기 위해 차도르를 뒤로 젖히고 있어요. 그것이 문화입니다. 정신
의 유토피아이고요. 생각하는 것이 미래입니다. 나는 수니파를 싫
어해요. 시아파가 더 자유롭죠. 당신은 매우 친절해요. 유토피아!
그 단어를 나는 좋아합니다. 걱정 마십시오. 내 생각에 대해 어떻
게 생각하세요?"

그는 나를 이리저리로 바삐 몰아댔다. 나를 친구들에게, 관리들
에게, 그리고 만나는 거의 모든 사람들에게 소개했다. 사람들은 친
절하면서도 다소 당황해하며 그를 맞이했다. 한 시간이라는 짧은
시간에 그는 말하고 싶어하는 나의 소망을 완전히 충족시켜주었
다.

"저 여자들을 보세요. 베일을 쓰고 있어요. 위험해요. 저건 옛 문
화예요. 정신에 고통을 주지요……" 우리는 한 바퀴 돌아서 결국

내가 투숙한 호텔로 돌아왔다. "내일 난 당신을 어디로든 데려갈 겁니다. 아타르의 무덤도 보고, 오마르 하이얌의 무덤도 봅시다. 유토피아적인 가설이지요. 언제나 날 부르세요. 걱정 마세요. 내일 ......."

이튿날 다행히도 그는 없었다. 나는 혼자서 조용히 오마르 하이얌의 무덤으로 향했다. 오마르는 내가 청소년기에 탐닉했던 내 옛 친구다. 나는 그 시절에 에드워드 피츠제럴드가 번역한 그의 시집 《루바이야트》가 의미심장하면서도 슬프다고 생각했다. 지저분한 거리를 걸으면서 나는 그 시절에 대한 향수를 약간 느꼈다. 남쪽 교외 너머 옛 요새의 흔적이 남아 있는 곳에는 첫 번째 셀주크투르크의 수도였던 니샤푸르 시가 거의 사라지고 없다. 오마르 하이얌의 시대였던 12세기에 이곳은 커다란 도서관들이 늘어선 학문의 중심지였고, 멀리 아나톨리아까지 뻗어나간 제국의 수도였다. 오마르의 후원자는 그의 시대의 첫째가는 정치가였던 셀주크의 대신 니잠 알-물크였다. 마침내 교외가 끝나고, 나는 그림자가 길어지는 정원으로 걸어들어갔다. 대기에 옛날의 향기가 서려 있는 것 같았다. 소나무들 사이에 높이 솟은 푸른 돔을 가진 영묘 밑에서 참배객들이 이리저리 오가고 있었다. 오마르가 죽고 13년 후인 1135년, 제자 한 사람이 배꽃과 복숭아꽃이 쌓인 묘지 담 옆에서 그의 무덤을 발견했다. 후에 그 무덤은 이 지역 출신의 성자의 영묘와 합쳐졌고, 그것이 지금 내가 보고 있는 성소다.

그런데 무언가가 앞에 있다. 밑면이 마름모꼴인 거대한 시멘트 뿔이 15미터 높이로 솟아 있다. 타일로 장식된 이 탑에 오마르의 시가 적혀 있다. 70년 전에 이 시멘트 구조물이 이장된 시인의 무덤 위에 세워졌다. 앞에 아무도 없다. 모두들 성자에게 복을 구하느라고 바빴다. 나 혼자서 콘크리트 구조물에 반감을 느끼며 그곳을 서성거렸다. 나는 다시 소년이 되었지만, 나의 오리엔트는 무산되어버렸다. 오마르 시의 향기—비어버린 술잔, 풀이 웃자란 정원, 지빠귀 새—가 이 콘크리트 텐트 안에서 죽어버린다. 서양 사람들이 없는 지금—국제 테러가 그들을 이곳에 오지 못하게 했다— 이곳은 오마르의 제자가 정원의 담 옆에서 그의 무덤을 발견했을 때처럼 인적이 끊겨 있다.

이란 사람들은 오마르 하이얌을 그다지 존경하지 않는다. 그들은 시인 아타르를 더 좋아한다. 그의 무덤도 이 근처에 있는데, 더 예쁘게 가꾸어져 있다. 오마르는 생전에도 천문학자, 수학자(그리고 진흙 허수아비의 발명자)로 존경을 받았다고 한다. 그가 쓴 유클리드에 대한 평은 지금도 전해진다. 1074년 그는 술탄 말렉샤를 위해 천문대를 짓는 일을 도왔고, 후대에 나온 그레고리우스력보다 더 정확한 달력을 만들기 위한 별자리표를 작성했다. 성미가 급하고 말이 없던 그는 알-가잘리와 토론을 벌이곤 했다. 알-가잘리는 그를 좋아하지 않았다. 오마르는 자유로운 사상가, 무신론자로 일컬어졌다. 아마도 그는 사람들에게 공포감을 불러일으켰을 것이다.

9백 년 후, 에드워드 피츠제럴드라는 빅토리아 시대의 한 우울한 은둔자가 그 자신의 시대정신에 맞추어 오마르를 살려놓았다. 페르시아어에 능통했던 그는 이 페르시아 시인의 시를 탐독한 후, 그 요지만을 살려 분명히 자기 자신의 것인 작품을 지어냈다. 여기 한 예로 오마르의 4행시를 직역해본다.

처음에 있어야 할 것이 쓰였다. 펜은 어김없이 쓰고
선과 악에 신경을 쓰지 않는다. 첫째 날에 그분은 있
어야 할 모든 것을 지정했다— 우리의 비통과 우리의
노력은 허망하다.

여기서 피츠제럴드는 더욱 아름다운 시구를 이끌어냈다.

움직이는 손가락은 쓴다. 쓰고는 옮겨간다. 당신의
경건함도 지혜도 그 반 줄을 지울 수 없으리라. 당신
의 그 많은 눈물도 거기서 한 단어를 지울 수 없다.

오마르의 무덤에서 보이는 곳에 마치 그의 시 〈루바이야트〉의
운명을 예고라도 하듯이, 옛 니샤푸르의 유적이 땅 속에 묻혀 있
다. 나는 해바라기 밭으로 변한 그곳을 거닐었다. 발굴자들이 돌로
포장된 거리와 회칠을 한 벽을 막 발굴해놓았다. 7백 년 전 지진으
로 땅 속에 묻혔던 것이 이제 햇빛을 본 것이다. 집터에서 남녀 두
사람의 유골이 발굴되었는데, 그들의 머리가 서로를 향하고 있었
다고 한다. 길 건너에 있는 이웃집에서는 또 다른 남자가 태아처럼
몸을 구부리고 자는 모습으로 발견되었다. 그 너머에는 진흙으로
된 성채가 고래등 같은 모습을 드러내고 있다. 70년 전에 미국의
고고학자들이 셀주크의 석회로 장식된 방을 발견했다. 지금은 진
흙벽돌이 서로 끼워져 있다. 이 지역의 박물관은 유물을 거의 수집
하지 못했고, 수집한 유물이라 해도 그 연대를 정확히 기록하지 못
했다. 알렉산드로스 시대의 주화, 우아한 청동 전사 몇 점, 피를 받

는 데 쓰던 외과용 사발, 그리고 한 손을 들어 축복을 보내는 작은 부처 등이 보인다.

내가 가려고 하는 곳들인 발크, 투스, 니샤푸르, 메르브, 레이 등지는 끔찍한 일이 일어났던 곳이다. 이 도시들은 거의 말살되어버렸다. 몽골 군은 그 주민들—남자, 여자, 어린이—을 성문 밖으로 모이게 한 후 학살했다. 개와 고양이까지 죽였다. 그런 다음 모든 집들을 땅 속에 묻어버렸다. 니샤푸르의 주민들 가운데 겨우 열여섯 명이 살아남았다고 한다. 이들 도시의 폐허에는 영구 보존되는 돌이 없다. 구운 벽돌은 대기에 노출되면 부서져 흙이 되어버린다. 그래서 그 당시의 유물은 거의 아무것도 남아 있지 않다. 몽골의 침공이 정신적 분수령을 이루었다고 사람들은 말한다. 수백 년 동안 페르시아 시에 나타나는 서정적 쾌락주의—매력적인 반려자에게서 느끼는 기쁨, 술의 즐거움 등—는 거의 사라지다시피 했다. 사랑은 얻을 수 없는 것으로 변했고, 술은 도피처가 되었다. 오마르 하이얌의 경우, 그의 우울한 진실은 견딜 수 없게 되었고, 그의 이교도적 4행시는 하느님을 향한 신비적인 동경으로 재해석되었다.

\* \* \*

고대 도시 레이와 테헤란의 교외를 향해 도로가 서쪽으로 뻗어 있다. 반쯤 폐허가 된 황량한 들판과 마을들이 800킬로미터 넘게 이어진다. 이 길은 침략자들이 달리던 길이다. 페르시아, 마케도니아, 아랍의 군대는 동쪽으로 진격했고, 투르크의 군대와 몽골의 기병은 서쪽으로 진군했다. 이곳의 실크로드는 너무 풍요롭고 공격

당하기 쉬워서 오래 평화를 누릴 수 없었다. 북쪽에는 엘부르즈 산맥이 시작되고, 그 너머에는 카스피 해가 있다. 남쪽에는 호라산 고원이 이란 중심부의 염도 높은 사막들과 이어지고 있다.

늦가을의 도로변은 거의 사막에 가깝다. 수채화가가 산맥을 그리기 시작했다가 잊어버리고 그냥 둔 것처럼, 가끔 희미한 갈색이 지평선에 나타나곤 한다. 가끔 그 산맥은 가까이 다가오기도 하고 안개 낀 섬처럼 멀어지기도 한다. 지난 세기에도 투르크멘족의 노예상인들이 이 지역을 덮쳤다고 한다. 그래서 요새화된 성벽을 가진 마을들이 군데군데 보인다. 그 성벽들은 이제 무너져내리고 있다. 껍데기만 남은 감시탑이 아직 서 있는 경우도 있다. 대상 숙소들도 오래된 요새처럼 무너지고 있다. 작은 도시 주위에도 성벽이 둘러져 있다.

내가 가진 지도에 이 지역은 마을들이 빽빽하게 표시되어 있다. 그러나 실제로는 작은 마을들이 황야에 서 있을 뿐이다. 도로가 그 사이를 구불구불 이어준다. 도로에는 승용차는 별로 없고, 무시무시하게 마구 달리는 트럭들에는 시멘트, 케이블, 닭 등이 실려 있다. 도로에서 손을 들고 있으면 밴이나 고물 승용차가 털털거리고 와서 멎는다. 이 차는 얼마간의 돈을 받고 택시 역할을 한다. 나흘 동안 나는 이런 고물 택시와 버스들을 번갈아 탔다. 단 한 차례 경찰관이 내가 탄 차를 세우고 마약이 없는지 조사했다. 경찰관은 가방의 내용물을 모두 꺼내고, 심지어 승용차의 좌석 가죽까지 떼어내 살폈다.

작은 호텔들과 텅 빈 게스트하우스에서 잠을 잤고, 똑같은 음식에 익숙해졌다. 길거리에서 파는 케밥과 금방 구워낸 타원형의 난

〔빵의 일종〕이었다. 어떤 난은 너무 커서 사람들이 그것을 타월처럼 팔에 걸고 집으로 가져가기도 했다. 밤에 문을 여는 식당에서는 닭고기와 밥을 먹고, 홍차나 잠잠 콜라—메카에 있다는 성스러운 샘의 이름을 딴—를 마셨다.

이런 단조로운 풍경 속에서 가끔 눈에 띄는 건조물이 나타나기도 했다. 사라져버린 셀주크 모스크에 딸렸던 36미터 높이의 첨탑이 황야에 서 있는 경우도 보았고, 서른 개가 넘는 관을 드러내고 있는 몽골의 묘탑이 보이기도 했다. 지하 방에 있는 성스러운 샘에서 물이 흘러나오는 카담가에는 검은 화석에 거대한 두 개의 발자국이 찍혀 있었다. 여덟 번째 이맘의 발자국이라고 했다. 그것을 보니 중국의 언덕에서 본 황제(黃帝)의 발자국이 생각났다.

이 도로의 가장 무서운 구간인 '공포의 길'에서는 미안다슈트의 거대한 대상 숙소가 둥근 탑들을 거느린 흙벽 뒤에서 모습을 드러냈다. 19세기까지만 해도 축구장보다 더 넓은, 요새화된 뜰 두 개가 이 우아한 16세기 여관에 딸려 있었다고 한다. 나는 놀라운 마음으로 그곳을 거닐었다. 구멍 뚫린 돔을 통해 들어오는 희미한 빛으로 밝혀진 숙사의 긴 복도에는 상인들이 자기 위해 올라가던 계단이 아직 남아 있었고, 지붕에는 난로의 연통이 구불구불 지나고 있었다. 연기와 함께 얘깃거리도 많았던 이 플랫폼은 그 시대의 방송이요 신문이었다. 사람들은 이곳에서 사물의 가치를 논의했고, 시를 읊조리거나 기도를 웅얼거렸다. 한편, 그들이 타고 온 낙타와 말들은 저 아래쪽에서 울음소리를 냈다.

언제부터 이 대상 숙소가 버려졌는지 나는 알 수 없었다. 수백 년에 걸쳐 실크로드는 서서히 쇠퇴했다. 15세기 중반에 중앙아시아가 호전적인 투르크와 몽골의 제국으로 분할되자, 중국은 교류의 문을 닫아버렸다. 명나라는 3천 5백 척으로 이루어진 거대한 상선 단을 해체함으로써 육로 및 해로를 통한 서방과의 무역을 끊어버 렸다. 한때 태평양과 지중해를 이어주었던 도로는 차츰차츰 파괴 되고, 사람들의 왕래는 단절되었다.

1498년 포르투갈인들이 아프리카를 돌아 인도로 가는 해로를 개 척했다. 장차 다가올 세상의 신호탄이었다. 문명세계의 중심이 바 뀌기 시작한 것이다. 세 개의 돛대를 가진 범선과 나침반을 가진 유럽의 뱃사람들이 대양을 누비기 시작했다. 19세기쯤에는 전차 (홍차 또는 녹차 찌꺼기를 쪄서 벽돌 모양으로 압착한 것)를 운반하는 낙타 대상들이 세력이 약해진 중국에서 시베리아로 이동하는 것이 고작 이었고, 가끔 유목민들이 그들의 말떼를 팔기 위해 만리장성 쪽으 로 몰고 가기는 했다. 그러나 그밖에는 별 움직임이 없었다. 3백 년 동안 대서양 연안이 번성한 데 비해, 동지중해는 조용했었다.

실크로드의 쇠퇴를 가져온 결정적인 순간이 있다면, 그것은 콘 스탄티노플의 함락도, 명나라의 쇄국정책도, 콜럼버스의 아메리카 발견도 아니었을 것이다. 그것은 10세기의 어느 날 이름을 알 수 없는 중국인이 항해용 나침반을 발명한 순간일 것이다.

근 2백 년 전에 제임스 프레이저라는 영국인 여행자가 내가 지금 가로지르고 있는 이 황량한 길을 여행하다가 길을 잘못 들어 마지 난이라는 마을로 들어갔다. 낙타들이 쉬는 동안 그는 미로처럼 펼 쳐져 있는 폐허를 둘러보았다. 그는 그 폐허 가운데 무서운 암살단 을 배출한 종파의 창시자인 이스마일의 뼈가 묻힌 무덤이 있다는 이야기를 들었다. 이들 이스마일파는 시아파의 한 분파—이단 중의 이단이었다—로 전해지는 얘기가 맞는다면, 여기에 묻힌 사람은 그 종파를 창시한 이맘이다. 테헤란 너머 어딘가에 있는 암살단 중심지에는 폐허가 된 성들이 많으며, 이 종파는 시리아, 인도, 몸바사, 바닥산 등지에 아직도 산재해 살아남았다.

운전사가 도로를 벗어나더니 도처에 움푹움푹 파인 소로를 내려가 반쯤 버려진 마을에 이르렀다. 그 너머 들판과 버려진 관개수로의 홈통을 가로질러 프레이저의 폐허가 약한 햇빛 아래 선명하게 모습을 드러냈다. 우리는 문제의 그 무덤을 발견했다. 그 무덤은 다른 성소와 함께 덤불에 싸여 있었다. 무덤과 성소는 계피 색깔의 벽돌로 되어 있고, 높은 담으로 둘러싸였는데, 담에는 여기저기 금이 가 있었다. 더 큰 쪽은 모스크처럼 보였는데, 피라미드형 돔을 가지고 있었다. 비바람에 갈라진 더 작은 쪽의 담은 팔각형의 드럼〔돔을 받치는 건조물〕과 벽돌로 된 반구 천장까지 높여져 있었다.

나는 오랫동안 두 건조물을 바라보았다. 그들의 정체를 밝혀주는 아무런 게시물도 없었다. 프레이저가 그랬던 것처럼 나 역시 그 중요한 종파의 창시자가 사람들이 믿고 있는 대로 메디나에 누워 있지 않고 이름 없는 이란의 마을에 버려져 있다는 얘기가 과연 사실일까 의심이 들었다. 건물들은 여러 해 전에 폐쇄되었고, 그 후에 버려진 듯했다. 찬바람이 덤불 위로 휘몰아쳤다. 운전사가 차를 놓아두고 나에게로 왔다. 하지만 우리는 서로 말이 통하지 않았다. 나는 불안한 마음으로 한동안 담을 따라 돌았다. 그러다가 흙벽을 뛰어넘었다. 규칙을 위반했다는 양심의 가책을 느끼면서 나는 조심스레 더 작은 성소를 향해 다가갔다. 내 발이 죽어가는 구주콩나무와 부딪치다가 내려앉은 보도를 밟았다. 그밖에는 아무 소리도 들리지 않았다. 나는 내가 묘석 위를 걷고 있음을 깨달았다. 거칠게 새겨진 사자들의 얼굴이 먼지 속에서 나를 올려다보았다.

무덤의 문을 부드럽게 밀어보았다. 나는 그것이 무덤이라고 확신했다. 쇠로 된 문은 꿈쩍도 하지 않았다. 하지만 사람 키 높이에 있는 그 창살에는 매듭이 지어진 헝겊들이 걸려 있었다. 신비주의 신자들이 걸어놓은 것들이었다.

뒤에 덤불이 우거진 들판을 가로지르다가 한 농부를 만났다. 손짓 발짓과 몇 개 단어로 의사소통을 시도한 끝에 나는 내가 이미 상상하고 있던 것을 알아냈다. 더 오래된 건물이 무덤이라는 것이었다(농부는 그렇게 말하면서 머리를 자기 팔에 얹었다). 그곳은 들어가지 못하도록 되어 있다고 했다. 그리고 마을에는 이스마일의 기억이 아직 살아 있다는 것이었다(농부는 이 말을 하면서 자기 가슴을 만졌다).

누군가가 담간의 골목 안에 있는 문을 열어주었고, 나는 이란에서 가장 오래된 모스크 안으로 들어갔다. 760년경에 지어졌다고 한다. 발크 부근에 있는 피야다 모스크와 마찬가지로, 이 모스크도 하늘로 향하는 아랍 문화가 아니라 땅을 지향하는 사산 왕조의 문화에 속한다. 이 모스크의 아치는 이슬람 모스크의 아치치고는 보기 드물게 끝이 약간 뾰족했다. 회칠한 벽에는 금이 가 있고, 천장은 거칠게 복원되었다. 하지만 갑자기 강하게 내리쬐는 햇볕 아래 장엄한 정적이 깃들어 있다. 그 옆에 우아하게 솟아 있는 셀주크의 첨탑이 경망스러워 보인다. 평온 속에 신앙이 샘솟는 것이 아닐까.

테헤란으로 가는 마지막 160킬로미터는 보이지 않은 다마반드 지괴를 감싸고 도는 굽잇길이다. 목 타는 여정에 간간이 나타나는 샘들처럼, 새로 지은 모스크들이 길가에 간간이 서 있다. 니샤푸르를 떠난 지 벌써 나흘이다. 정오에 북동쪽에서 먼지 폭풍이 일었다. 우리는 염분을 띤 개울들이 흐르는 어두운 언덕으로 들어갔다. 시멘트 공장이 나타났고, 철공장도 보였다. 바람이 길가의 포플러 나무를 흔들고 있었다. 이윽고 테헤란의 남쪽 외곽이 나타났다. 연기를 내뿜는 굴뚝들이 스모그와 바람에 날리는 모래를 뚫고 모습을 드러냈다.

사실 나는 테헤란에 올 의도는 없었다. 실크로드의 시대에는 테헤란은 거의 존재하지도 않았었다. 내가 목표로 삼은 곳은 대상들의 도시인 레이였다. 그런데 레이가 그만 테헤란의 교외로 편입되고 말았다. 내가 그날 오후 그 사실을 알게 되었을 때, 1세기 전에 여행자들이 목격했던 탑들과 요새들은 이미 공장과 아파트 단지 밑에 가라앉아 있었다. 단 한 군데, 한때 성스러웠던 샘 위에 있는 단단한 바위로 된 능선에 셀주크 성이 아직 교외에 남아 있었다. 나는 그 성을 따라 흙벽이 있던 곳으로 갔으나, 흙벽은 무너져 그 흔적을 찾을 수 없었다.

그러나 레이는 한때 바그다드에 비견되던 도시였다. 예수 탄생 이전에 이미 파르티아인들이 이곳에 궁궐을 세웠고, 이 도시는 점점 번성하는 실크로드에 자리잡은 강력한 사산 왕조의 거점이 되었다. 중국인들이 누에의 비밀을 함구했던 것처럼, 파르티아인, 그리고 그뒤의 사산 왕조도 서양에 대한 올바른 지식을 중국인들에게 전해주지 않았다. 기원후 67년 로마령 시리아로 찾아가던 중국의 사절은 파르티아인의 잘못된 인도로 인해 페르시아 만으로 빠져버렸고, 바다 여행이 2년은 걸리는데다가 사람들은 배 위에서 향수병으로 죽게 될 것이라는 얘기를 들었다. 사절은 돌아설 수밖에 없었다.

수백 년 동안 페르시아인들은 육로 무역을 장악하고 내놓지 않았다. 중국의 비단은 중간상인들을 통해 그들에게 도달했고, 무언의 몸짓으로 서양의 금이나 은과 교환되었다. 염분이 많은 타클라마칸의 쓰레기 더미에서 발굴된 중국의 피륙은 기원전 1세기에 수출용으로 직조된 것으로 보인다. 비단의 색깔 가운데 진홍색과 구리색은 바랬고, 푸른색은 어두운 녹색으로 퇴색되었다. 한나라의 불사조와 용이 파르티아의 날개 달린 사자와 염소 옆에서 날고 있다. 가끔 그들이 짝을 이루어 페르시아 스타일의 탄생을 예시하기도 한다. 새들에게서 말의 다리가 자라고, 염소의 날개가 돋아나며, 이런 새와 염소가 보석이나 꽃을 운반하기 위해 구름 속에서 나온다.

파르티아인들은 카르해의 로마 군단 앞에서 그들의 비단 깃발을 휘날림으로써 로마 병정들을 어리둥절하게 만들었지만, 파르티아인들은 그보다 반세기 전부터 공식적으로 중국과 무역을 해오던 터였다. 그들은 아시리아와 바빌론의 사냥 장면과, 짐승들이 많이 그려진 고대 메소포타미아의 장식기법을 이어받았고, 그후 중국의 명주실로 짠 페르시아의 비단이 서양을 매료시켰다. 4세기에 이미 한 기독교 주교가 제자들 대신 사자와 곰, 표범이 그려진 수입된 비단을 입었다고 신자들을 나무랐다. 성 멕슴(Mexme)의 시신을 감싼 비단 망토가 르와르 강가의 시농에 아직 남아 있는데, 이 비단에는 조로아스터의 불의 제단에 사슬로 매인 치타가 그려져 있다.

5세기쯤에는 잠업 기술이 사방으로 퍼져나갔다. 뽕나무가 카스피 해 연안에 퍼졌고, 사산 왕조의 궁정은 온통 비단 옷으로 넘쳐났다. 뱃사람이나 낙타몰이꾼까지 비단 옷을 입었다. 이윽고 호화로운 페르시아의 디자인이 당나라 황제들까지 매료시키기에 이르렀다. 나는 프레스코화로 그려진 둔황 부처의 가운과 사마르칸트의 소그디아나 정신(廷臣)들의 가운에서 그것을 짐작할 수 있었다. 하지만 레이에는 부서진 요새 외에는 이 시대의 남아 있는 유물이 없다. 아랍의 정복 이후에도 이 도시는 융성했다. 따라서 지금 이곳에 남아 있는 유물은 이슬람 유물뿐이다. 하룬 알라시드는 763년 이곳에서 태어났다. 그의 아버지가 이 도시를 재건했다. 루흐 왕은 700년 후에 이곳에서 전투를 벌이다 죽었다. 그러나 셀주크의 융성했던 수도는 그 유명한 바자르와 문들과 함께 몽골 군에 의해 완전히 파괴되었고, 그 흩어진 주민들은 영영 돌아오지 않았다.

테헤란의 박물관들에는 셀주크의 도기들이 많지 않다. 살아 있는 것의 상(像)을 금하는 이슬람의 규칙을 어기고 만들어진 에나멜 정신(廷臣)들이 채찍을 든 채 사냥용 매를 데리고 몽골의 말을 타고 달린다. 후광이 있는 성자(그렇게 보이는 것인지도 모른다)가 후광이 있는 여자 옆에 앉아서 작은 술잔을 들어올리고 있다. 무덤에서 나온 약간의 비단에는 용과 생명의 나무가 그려져 있다. 뻣뻣한 날개와 앵무새의 부리를 가진, 머리가 두 개인 새도 보인다.

* * *

나는 테헤란에 파묻히고 말았다. 친구들을 찾으러(두 개의 주소를 받아가지고 왔다) 북쪽 교외로 가는 사나운 자동차의 행렬—자동차가 너무 많아 오토바이가 보도 위로 올라오고, 보행자들은 자동차들 사이를 요리조리 피해 다녔다—에 휩쓸린 나는 택시 창문을 통해, 공식적으로는 금욕을 표방하는 이 도시를 내다보았다. 이 도시는 20년 사이에 인구가 갑절로 늘어나 1,400만 명이 된, 세계에서 가장 오염된 도시 중 하나였다. 도처의 거대한 광고판에서 검은 턱수염의 이란-이라크 전쟁 영웅들이 내려다보고 있었다. 모두 선택된 순교자들이었지만, 그림이 너무 서툴러서 실감이 나지 않았다. "친애하는 호메이니! 우리는 당신이 올린 깃발을 결코 내리지 않을 것입니다!"라고 적힌 광고판도 있었다.

이어 조용한 거리가 이어졌는데, 그 철문과 담이 둘러진 정원 뒤에 무엇이 있는지 알 수 없었다. 막다른 골목의 문을 통해 들어가니 아미랄리가 그의 아버지 집을 개조해서 만든 차고에서 일하고 있었다. 나는 그가 웹사이트를 디자인하는 화가 겸 시인이라는 것만을 알고 있었다. 하지만 나를 맞은 그 남자는 어디서 본 듯한 얼굴이었다. 부드러운 턱수염과 크림색 피부를 가진 그는 페르시아의 세밀화에서 금방 튀어나온 왕자 같았다. 그는 섬세했고 우울해 보였다. 안경 뒤의 그의 눈은 생각에 잠겨 있는 듯했다. 그는 천식과 우울증에 시달리고 있었다.

아미랄리의 방들은 사진, 스케치, 포스터, 그리고 그의 마음을 끄는 그밖의 영상들로 도배가 되어 있었다. 가끔 그곳은 지하 미술관 역할도 한다고 했다. 귀가 접힌 책들—그중에는 1979년 혁명 이전에 페르시아어로 번역된 책들도 있었다— 즉 칼비노, 니체, 칼릴 지브란, 쿤데라의 책들이 그가 찬양하는 록그룹의 비디오와 뒤섞여 나뒹굴고 있었다. 자기는 스팅과 헤비메탈의 영향을 받았다고 그는 말했다. 그는 꿈같은 열정을 가지고 그들에 대해 이야기했다. 무엇보다도 그는 밴드가 연주할 때 그들 뒤에 투사되는 영상에 대해 연구했으며, 반합법적인 팝그룹을 위해 그런 영상을 얼마 전에 만들어냈다고 했다. 그는 모든 분야에 손을 대고 있었다. 모든 것을 구할 수 있다고 그는 말했다. 영화는 시사회가 열리고 열흘이 지나기 전에 DVD 암시장에 나온다는 것이었다. "말레이시아를 통해 들여오지요. 무엇이든 고를 수 있어요." 그는 그렇게 밀수입된 영화를, 금지된 걸 즐기는 짜릿한 스릴 속에서 감상했다. "그리고 물론 누구나 불법으로 가설한 접시 안테나를 가지고 있지요."

내가 만난, 인터넷을 고독에서 벗어나는 생명선으로 삼고 있는 사람들 중에서 아미랄리처럼 인터넷에 깊이 빠져 있는 사람은 본 적이 없었다. 그가 오후 내내 넉 대의 컴퓨터와 개인 웹사이트의 미로를 헤집고다닐 때면, 이 페르시아의 왕자는 인터넷에 푹 빠진 보헤미안이 되었다. 그의 긴 머리는 축 늘어졌고, 체크무늬 셔츠는 그의 진 바지 위에서 펄럭거렸다. 그에게는 컴퓨터 스크린이 주위의 억압적인 세상보다 더 실감 나는 우주였다.

그가 나에게 자기가 만든 영화를 보여주면서, 그 영화를 외국에 팔았으면 한다고 힘없이 말했다. 영화는 그 자신과 몇 명의 친구들이 겨울에 아름다운 애깃거리와 시골생활의 장면들을 수집하기 위해 다마반드 너머의 한 마을을 여행하는 스토리였다. 그들은 중류계급의 낭만주의로 눈 멀어 있었다고 그는 말했다. "하지만 우리는 그 마을들이 아무런 기억도 가지고 있지 않다는 걸 알았어요. 아무 얘깃거리도 없었습니다. 아기들에게 불러주는 자장가도 없었어요. 그들이 부르는 노래는 우리가 부르는 노래와 똑같았습니다." 그는 희미한 미소를 지었다. "불행한 마을이었지요. 젊은이들은 그곳을 버리고 도시로 갔습니다. 마을에 남아 있는 젊은이는 단 한 사람, 미친 청년뿐이었지요. 마을 사람들은 마을의 진입로가 너무 형편없다고 불평했지요. 그들은 포장도로를 원했어요. 그래서 우리는 그걸 소재로 영화를 만들었지요. 아무 얘기가 남아 있지 않다는 것, 역사가 사라져버렸다는 것을요."

황량한 이미지가 스크린 위에 펼쳐졌다. 마을 사람들은 하느님에 대한 의식마저 잃어가고 있었다. 한 노파는 밀가루 반죽을 하면서 하느님과 좋은 건강을 같은 것으로 취급했다. 그 영화는 '신은 죽었다'는 니체의 말을 인용하면서 끝났다. 하느님은 인간에 대한 연민 때문에 죽었다는 것이었다. 아미랄리는 이 영화를 좋아했다. 이 영화는 시골에 대한 도시인의 환상을 반박하고 있었다. 그는 고정관념에 대한 전쟁을 벌이고 싶어했다. 자기 자신의 고정관념, 서구인들의 고정관념을 모두 깨뜨리기를 그는 원했다. "서양 영화는 우리의 고통을 원하죠. 그들은 차도르를 입은 고통 받는 여자들만을 원해요. 하지만 나는 이 영화를 나의 웹사이트에서만 보여줄 수 있습니다. 검열이 워낙 심하니까요. 인터넷은 건드리지 않습니다. 하지만 우리가, 예를 들어 내 그림을 일반인들에게 공개한다면, 얘기가 달라집니다. 경계선이 있지요. 하지만 어디가 경계선인지 잘 알 수가 없어요."

내적인 외로움 탓인지, 아니면 무의식적인 자아검열 때문인지 모르지만, 아미랄리는 생명이 없는 물체들과 사랑에 빠져 있었다.

1년 전, 차고에서 그의 옷이 걸린 옷걸이들에 둘러싸여 작업하면서 그는 옷걸이들에서 생명을 감지했다. "난 옷걸이들이 역사를 가지고 있다고 생각하기 시작했어요." 그는 옷걸이들을 상자에서 하나씩 꺼냈다. 어떤 것은 뒤틀리고, 어떤 것은 넥타이나 소매를 매달고 있었다. 두툼한 것도 있고 가냘픈 것도 있었으며, 어떤 옷걸이에는 브래지어 반쪽이 달랑 매달려 있기도 했다. 그가 전시용으로 변형시킨 옷걸이들이었다. 옷걸이들을 부서진 나침반, 티백, 또는 휘갈겨 쓴 단어 등 다른 물체들과 그룹지어 캔버스에 붙여 콜라주를 만들었다. 어떤 때는 옷걸이들에 빛을 비추어 그 암갈색 그림자들이 색깔을 칠한 캔버스에 생기게 했다. 그런 다음 그 그림자를 사진으로 찍었다. 그는 이런 작품에 대해 충분히 설명할 수 없었다. 그는 어린 시절부터 생명이 없는 물체들에서 감정을 느꼈다고 한다. "얼마 전 나는 컵들에 끌리게 되었어요. 식은 커피가 든 버려진 컵이 그 시작이었지요." 그가 미소를 지으며 덧붙였다. "그 컵이 내게는 아주 외로워 보였거든요."

나는 검열관이 그를 어떻게 보았는지 궁금했다. 옛 소련에서 어떤 단어가 위험했듯이, 여기서는 영상이 위험했다. 어떤 율법학자가 그 찻잔들에서 이교도적인 애니미즘의 기미를 감지하지 않았을까. 어떻게 죽은 물건들에 생명을 부여할 수 있단 말인가?

그러나 그 전시는 인터넷상의 방들을 옮겨다니며 이루어졌다. 그것이 희망의 방법이었다. 아미랄리는 이 방식에 집착했다. 가끔 이 오염된 도시에서 그의 천식이 재발하곤 했다. 때때로 그는 침대에서 일어날 수 없었다. 그에게는 일이 필요했다. 2년 전, 여자친구와 헤어졌을 때, 나를 구해준 건 일이었어요. 그리고 일하지 않을 때는 나는 시를 쓰기 시작했지요."

"그녀에게 보내는?"

"아뇨. 난 또다른 여자를 만들어냈어요. 이 여자가 나에게는 진짜 여자가 되었어요." 그는 꿈속에 잠긴 듯한 말투로 말했다. "나는 그녀에게 말을 걸었고, 함께 외출했고, 함께 잤지요. 모든 시는 그 여자가 소재가 되었어요. 시가 그녀를 만들어냈습니다. 시가 곧 그 녀였지요."

그래서 그는 찻잔과 옷걸이로 예술품을 만들어내듯이 그녀를 만들어낸 것이었다. 그것들은 그 자신의 삶을 가지고 있지 못할지는 몰라도 그가 그들에게 주는 삶은 가지고 있었다. 그리고 찻잔은 그를 비웃거나 그를 버리지는 않았다.

그후 그는 다른 무언가를 찾다가 자기가 그려놓은 자기 여자친구—진짜 여자친구—의 스케치를 보고 충격을 받았다. 그는 검은 종이에 기념으로 그녀를 그렸었다. 그녀가 이미 그의 곁을 떠난 다음이었다. 수척한 예쁜 얼굴이 꽉 다문 입술과 검은 안경 같은 눈에 의해 찢어져 있었다.

그는 그녀의 등을 접어서 생명이 없는 물체들을 그린 스케치들 사이에 찔러넣었다. 그리고는 주제를 바꾸었다. 곧 그의 친구들이 그가 그들의 록 음악회의 배경으로 투사할 그림을 보기 위해 올 예정이라고 그가 말했다. 그 그림은 지금 작업중이었다. 그는 내가 그 음악회에 오기를 바랐다. 검열관들이 음악의 테이프를 듣고 약간 수정을 한 다음 검열에 통과시켜주었다고 했다. 물론 거기에는 서정시는 없었다. 서정시가 문제를 일으키기 때문이었다. 검열관들도 아마 음악회에 올 거라고 했다. "그들은 사람이 모이는 건 뭐든지 탐탁치 않아 해요. 감정을 자극하는 건 무엇이든 싫어하거든요."

물론 그들은 두려워하고 있다고 나는 생각했다. 소련이 두려워했던 것처럼, 탈레반이 두려워했던 것처럼, 그들은 무정부 상태를 야기할 수 있는 음악의 힘을 두려워하고 있는 것이었다. 아미랄리가 말했다. "하지만 당신은 올 거죠? 와서 우리 음악을 들어보세요."

알다는 아주 예쁘다. 그녀는 일단 사무실 문지방을 넘어서면, 히잡을 벗어버린다. 그러면 어깨까지 내려오는 그녀의 머리칼이 빛이 난다. 그녀에게서 어떤 특권의 냄새를 맡기는 어렵지 않다. 그러나 그녀가 자기 나라에 대해 말할 때, 반짝이는 그녀의 눈과 화장을 한 도톰한 그녀의 입술은 이글이글 타오른다.

"이란은 끝났어요. 율법학자들을 내일 당장 쫓아낸다 해도, 그들이 만들어놓은 아수라장을 복구하는 데 20년, 아니 그 이상이 걸릴 거예요. 무능, 교조주의, 부패! 부패가 곳곳에 만연해 있어요. 꼭대기에서 저 밑바닥까지 스며들고 있지요. 이런 풍조를 어떻게 역전시킬 수 있을지 난감해요. 거리의 자경단원들이 요즘은 전보다 덜 극성스럽지만, 아직도 사람을 검문하고 돈을 뜯어내지요. 그들의 목적은 바로 돈이에요. 그리고 그 많은 비밀경찰들, 잔혹해요. 얼굴에 황산도 뿌리고, 칼로 난도질도 하거든요."

그녀는 손가락 끝으로 자기 뺨을 훑었다. "그리고 모든 게 악화되고 있어요. 계속. 누구나 예기하듯, 이곳 교통은 생지옥이에요. 지난 여섯 개월 동안에 예탁금을 맡기지 않고 차를 사기가 더 쉬워졌지요. 테헤란에서만 하루에 4천 대가 팔린다니까요."

나는 그녀의 열정이 어디서 나올까 궁금해하면서 그녀의 말에 귀를 기울였다. 그녀는 격노하면서 동시에 쾌활하다. 그녀가 물었다. "어디를 거처 왔지요? 메세드!" 그 도시가 그녀의 분노에 기름을 끼얹은 듯했다. "그게 율법학자들이 지배하는 방식이죠! 사고의 틀을 고정시키는 겁니다. 그들이 이런저런 이맘이 이렇게 저렇게 말했다고 하면 사람들은 복종하지요. 사람들이 마흐디가 천 3백년 동안 살아 있다는 걸 정말로 믿는다면, 그들은 무슨 말이라도 믿을 수 있지요. 그리고 여기서는 남성의 우위가 완벽해요. 계엄령은 무시무시하고요." 그녀는 벗어버린 자기의 스카프를 노려보았다. "여름에 저 히잡을 쓰면 정말 참을 수 없어요. 여자들이 어떻게 옷을 입고 있는지 보셨지요?"

"봤어요." 베일을 쓴 여자들의 용모는 고전적으로 보였다. 그러나 그들은 차도르 밑에 진 바지와 운동복을 입었고, 숱 많은 머리와 요란한 색깔의 신발이 얼핏 보이기도 했다. 많은 여자들이 바지 위에 무릎까지 단추를 채운 코트를 입고 있었다.

"우리의 세계는 남자들이 만든 거예요. 우리나라 중환자실 환자 중 절반이 자살미수자들이라는 보고서를 본 적이 있어요." 그 말을 듣고 나는 놀랐다. 하지만 그녀는 그런 보고서를 읽을 만한 위치에 있는 사람이었다. "나머지 절반은 마약중독자들이고요. 코카인과 헤로인이요. 어디 가나 마약이 있어요. 길거리에서도 구할 수 있어요. 그리고 아무도 일을 하지 않아요. 오전 열한 시가 지나면 무슨 일을 할 수가 없어요. 달력은 종교적인 휴일로 가득 차 있지요. 대개 어떤 성자를 애도하는 날들이에요." 그녀는 드러낸 머리채를 흔들었다. 자기는 두 개의 여권을 가지고 있다고 그녀가 마지막으로 말했다. 원하면 언제든지 외국으로 나갈 수 있다는 것이었다. 그러나 이 나라는 그녀의 조국이었다. 그래도 그녀는 이렇게 말했다.
"내가 언제까지 견딜 수 있을지 모르겠어요."

　록 음악회는 북쪽 교외의 고지대에 있는 오래된 군병원에서 열
렸다. 저 아래서는 테헤란의 반쪽이 희미한 불빛으로 윙크를 보내
고 있었다. 임시로 연단이 설치된 병원 안마당에 백 명 가량의 젊
은이들이 모여 있었다. 입에서 입으로 전해지는 얘기를 듣고 온 사
람들이었다. 야구모자에 안경을 쓴 아미랄리가 그의 투사기와 무
대 뒤 분장실 사이를 왔다갔다 했다. 알다도 와 있었다. 얼마 후 특
권층으로 보이는 일단의 십대 소년들이 나타났다. 그들의 헐렁한
진 바지는 발 주위까지 헐렁하게 내려와 있었고, 주머니에는 체인
이 달려 있었다. 어깨까지 내려오는 머리칼 위로 털실로 짠 모자
를 썼고, 손목에는 팔찌를 찼다. 티셔츠에는 '잭커스'니 '야생 본능'
등의 말이 찍혀 있었다. 입술에 링을 끼운 친구도 있었다. 내 옷차
림—구겨진 바지에 우중충한 셔츠—이 그들 옆에서는 너무 초라해
보였다. 바에서는 약한 차와 과자를 제공하고 있었다.
　"이 젊은이들은 돈이 많아요." 알다가 말했다. "거리에서는 저런
애들을 못 보셨을 거예요."
　무대 중앙에는 아무도 없었다. 마치 아직 나타나지 않은 스타를
기다리는 것처럼, 기타 연주자들이 양 옆에서 연주했고, 위쪽과 그
들 사이에 있는 커다란 스크린에는 아미랄리의 배경 그림이 투사
되고 있었다. 현미경으로 보이는 화학물질들처럼 색깔이 요란한
초현실적인 그림이었다. 기타 연주자들과 드럼 연주자는 거의 어
두운 가운데 연주했다. 백업 그룹이나 무용수들은 없었다. 여자들

이 무대에 오르는 건 금지였다. 단 세 명의 젊은이들이 음악을 연주하고 있을 뿐이었다. 다시는 얻을 수 없을지도 모르는 허용된 이 순간을 그들은 최대한 이용하고 있는 것 같았다. 드럼이 신나게 연주되는 가운데 기타 연주자가 떨리는 멜로디를 엮어냈다. 청중 가운데 몇몇 여자들의 머리 스카프가 약간 뒤로 젖혀졌고, 그들의 머뭇거리는 약한 외침이 희미하게 메아리쳤다. 한편, 아미랄리의 배경 영상은 거대한 실루엣의 밴드를 비추었고, 이어 다시 추상적인 영상들이 이어졌다. 한번 스포트라이트가 무대의 아치 위로 올라가더니 노려보는 듯한 성직자들의 초상화를 드러냈다.

티셔츠를 글자로 장식한 요란한 차림의 젊은이들이 머리를 흔들며 앞뒤로 움직이기 시작했다. 좌석에 갇힌 그들은 무력하고 취약해 보였다. 음악은 수동적이었고 박자도 불분명했지만, 그들은 그들만의 박자에 맞추어 몸을 오르내리며 움직였다. 관리자가 그들 옆으로 다가와서 그런 동작을 멈추라고 말했다. 그러나 반시간 후 그들은 다시 시작했다. 이번에는 동작이 더 요란했고, 고함까지 질러댔다. 두 명의 경비원이 양쪽에서 나타나더니 그들에게 나가라고 명령했다. 음악 연주는 계속되었다. 젊은이들은 비웃는 듯한 태도로 복도를 내려가 문으로 향했다. 그들은 밴드의 리듬에 맞춰 주먹을 약하게 치켜올리기도 했다.

한 시간 후, 마지막 곡이 끝나자 형식적인 환호성이 터졌고, 청중들은 서서히 빠져나가기 시작했다. 그런데 로비 옆방에 있는 아미랄리를 찾아간 나는 병원 관리자와 맞닥뜨렸다. 하얀 머릿수건을 쓴 그 관리자는 화가 나서 얼굴이 벌게져 있었다. 밴드의 리더는 의자에 참을성 있게 앉아서 그녀의 질문을 받아넘기고 있었다. 옆에서 아미랄리가 속삭이는 목소리로 나에게 대화를 통역해주었다.

그 무서운 사람들이 누구였느냐, 그들은 병원을 때려부술 생각이었느냐고 그녀가 물었다.

청중들 가운데 소수는 그럴 수도 있다고 밴드 리더가 마치 아이를 달래듯이 말했다. 그러나 마약을 하는 사람들도 없었고 담배도 피우지 않았다……. 그들은 아이들에 불과하다.

관리자가 분통을 터뜨렸다. 하지만 자기가 본 병원 벽을 지나가던 그 혐오스런 것은 무엇이었느냐? 밴드 리더가 어리벙벙한 표정을 지었다.

관리자가 소리쳤다. "그건 정자였어요!"

"아니에요, 그건 올챙이였어요." 기타 연주자가 억지로 미소를 참으면서 말했다. 그녀는 어째서 그것을 정자라고 생각했을까. 그에게는 그런 생각이 전혀 떠오르지 않았는데.

"끔찍했어요! 그건 정자였다고요. 내 병원 벽에 그것들이 헤엄쳐 지나갔어요!"

"아니, 아니에요. 그건 올챙이였다고요. 어린 개구리 말예요. 그리고 또 그건 검열관의 검열을 통과한 거라고요. 검열관들도 올챙이를 알아보았다니까요……"

\* \* \*

그것은 수 킬로미터 뻗은 평원을 굽어보고 서 있었다. 남테헤란의 스모그 속에서도 그 우뚝 솟은 첨탑들은 자동차로 삼십 분을 달린 거리에서도 보였다. 탑들은 아직 터지지 않은 꽃봉오리 같은 돔

위에서 황금빛으로 반짝였다. 그 옆의 푸른 타일로 덮인 반구 천장 밑에는 대리석 회랑이 조성되어 있었다. 그리고 1만 제곱미터가 넘는 넓은 정원에는 엄청난 크기의 꽃병들이 군데군데 서 있었다. 호스텔들이 건설되고 있었고, 줄줄이 늘어선 가게들도 보였다. 화장실은 대리석 궁전처럼 화려했지만, 벌써 악취를 풍기고 있었다. 차가 거의 보이지 않는 광대한 주차장은 이미 완성되어 있었다.

그곳은 아야톨라 호메이니의 무덤이었다. 그는 1989년 집단 히스테리 속에서 그곳에 매장되었다. 이곳은 모스크가 아니라 여가를 즐기는 장소라고 할 수 있는 후세이니야였다. 호메이니가 그것을 원했다고 한다. 중앙의 방은 100제곱미터쯤 되며, 마치 전시실처럼 아연도금 합판으로 장식되어 있다. 바닥 통로는 대리석으로 되어 있고, 천장에는 샹들리에가 여럿 매달려 있다. 바닥에는 기계로 짠 듯한 융단이 깔려 있다. 그러나 방은 텅 비어 있다. 대여섯 명의 순례자들이 카펫 위를 어슬렁거렸고, 또 입구에는 일단의 군인들이 앉아 있다. 몇몇 아이들이 놀고 있다. 임시로 열리는 전시회가 막 끝났거나 아직 시작되지 않은 듯한 모습이다.

묘는 메셰드의 이맘의 묘처럼 하얀 우리 안에 들어 있다. 위로는 돔이 채색유리에 그려진 튤립을 덮었고, 돔의 내부는 여러 개의 거울을 끼워넣은 구조로 되어 있다. 나는 착잡한 심정으로 그 묘에 다가갔다. 여기 누워 있는 사람은 누구인가? 그의 추종자들은 그를 이맘으로 받들고 있다. 그는 추종자들을 실망시키지 않았다. 전략을 가진 혁명가였던 그는 이슬람의 율법보다 상위에 있는 이슬람 국가를 창조했다. 그는 신비주의에 빠져 있던 젊은 시절부터 자신과 하느님을 혼동하고 있었는지도 모른다. 그는 수천 명을 처형했고, 또다른 수만 명을 불필요한 죽음으로 몰아넣었다. 그러나 그가 쓴 신비주의적 시 안에서는 그는 파리 한 마리도 해치지 못한다. 그는 7세기 아라비아라는 상상의 유토피아를 부활시키기를 꿈꾸었다. 하지만 그가 남겨놓은 것은 피폐한 경제와 정치에 너무 오염된 나머지 몇 년 이내에 이전의 신비스러움과 고결함을 상실해버린 이슬람이었다.

순례자들이 그의 무덤 주위를 돌고 있다. 노는 아이들의 웃음소리가 여자들의 속삭이는 기도 소리를 삼켜버린다. 나는 아무런 느낌도 없이 기념비의 쇠창살을 만져보았다. 차가운 느낌을 주는 샹들리에 밑에 놓인 무덤은 녹색 비단과 코란으로 덮여 있었고, 그 위에 기부자들의 돈이 수북이 쌓여 있었다. 나는 거인을 수용하도록 기획된 묘실을 들여다보았다. 몇몇 일꾼들이 벽에 기대어 자고 있었다. 아야톨라 서거 기념일에만 무덤이 순례자들로 미어터질 지경이 된다고 했다. 그날이면 유서 깊은 시아의 비탄이 다시 되살아난다는 것이었다.

* * *

늙은 아야톨라가 모셔져 있는 곳에서 몇 백 미터 떨어진 곳에 그가 이라크 전쟁 때 죽음으로 몰아넣은 수많은 젊은 군인들이 누워 있다. 성소 너머에 있는 도로를 건너자 바로 군인들의 무덤이었다. 노간주나무와 장미덩굴로 만든 울타리 안에 수백 미터 길이로 무덤들이 줄줄이 늘어서 있었다. 수만 개는 되어 보이는 젊은이들의 묘비가 늘어서 있다. 돌에 새긴 그들의 사진을 보니 보일 듯 말 듯한 콧수염과 턱수염, 짧게 깎은 머리가 눈에 띈다. 각각의 묘비 앞에는 앞면이 유리로 된 작은 캐비닛이 있고, 그 안에 기념품들이 잔뜩 들어 있다. 이 군인 묘지에 약 2만 명의 젊은이들이 누워 있다. 무덤 사이 통로에는 이란 국기가 꽂혀 있다. 정부에서 준 더 빈약한 묘비에는 이름만 새겨져 있다. 무명용사의 묘에는 이름마저 새겨져 있지 않다. 나무에 설치된 확성기에서는 행진곡이 흘러나오고, 녹음된 설교가 히스테리컬하게 외쳐진다. "알리!…… 알리! …… 후세인……" 몇 년 전까지 매주 금요일마다 분수가 진홍색 물감을 탄 물을 내뿜었다고 한다.

이란에 들어온 이후 줄곧, 나는 무덤 가운데를 걸었다. 그런데 이날은 목요일, 묘지를 찾는 날이었다. 가족들이 벤치에 앉거나 묘석에 드러누워 그들의 가족인 사자(死者)와 피크닉을 즐기고 있었다. 그들은 묘석에 쌓인 나뭇잎을 줍고, 세제로 묘석을 닦고, 그 위에 장미꽃잎을 뿌렸다. 사자의 명명일이면 그들은 근처에 있는 누구에게나 비스킷, 작은 롤빵, 대추야자 등 음식을 나누어주었다. 주면 그걸 받아야 한다. 한 노파가 눈물자국이 있는 얼굴에 미소를 지으면서 셀로판지에 싼 식사를 플라스틱 스푼과 함께 내게 내밀었다. 몇몇 노파들이 무명 순교자들의 묘에 절을 하고 있었다. 무명 순교자란 실종된 사람들이었다.

가족들이 나이가 들면서 묘를 찾지 않아 버려진 채 있는 묘들이 여기저기 나타나고 있었다. 전쟁은 1980년부터 1988년까지 계속되었다. 이란 사람들은 이 전쟁을 '강요된 전쟁'이라 부른다. 이라크가 아무 이유 없이 먼저 공격했고, 그후 서서히 격퇴되었기 때문이다. 이란이 화의를 맺을 만한 처지가 되었을 때는 그것을 거부했다. 호메이니는 바그다드, 시아파의 성지들, 그리고 석유에 눈독을 들이고 있었다. 그러나 이라크인들도 이란인들이 그랬던 것처럼 자기네 땅에서는 굳건히 버텼으므로, 결국 호메이니는 "나는 전능한 분을 위해서 이 독배를 마신다"고 외치면서 억지로 화의를 맺을 수밖에 없었다. 그후 그는 회복되지 못했다. 단 한번 그는 하느님의 뜻을 잘못 판단했던 것이다.

이 전쟁은 서양인들의 시야 밖에서 서양인들의 관심을 끌지 못한 채 진행되었다. 백만 명이 넘는 사상자를 냈다. 흔히 이란군은 인해전술을 썼다. 엉성하게 무장한 소년들과 노인들이 앞장서서 지뢰밭으로 나아갔다. 혁명수비대와 자원민병대도 낙원을 향해 전진했다. 그들은 탱크나 비행기가 별로 없었고, 국제 사회의 우방국도 없었다. 이라크군은 탱크와 비행기를 갖추고 있었고, 미국이 암암리에 그들을 지원했다. 양쪽 군대가 참호와 기관총, 철조망으로 대치한 채 전쟁은 정체상태에 빠졌다. 보병부대를 대거 투입해도 수백 미터를 전진하고는 더 나아갈 수 없었다. 이란은 때로는 하루에 천 명의 병사들을 잃었다. 그들은 바그다드 고속도로를 차단하려고 전진하다가 헬리콥터의 기총소사로 쓰러졌고, 바스라 북방의 물을 채운 방어선에서 물에 빠져 죽었다. 겨자 가스 때문에 그들의 폐에 물집이 생기기도 했다. 한편 벙커 뒤에 설치된 이라크 포대는 포탄과 시안화물을 비처럼 그들에게 쏟아부었다.

앞면이 유리로 된 캐비닛의 덮개를 들어올리면, 그들의 사진이 밖을 내다보고 있다. 어떤 사진은 총을 잡고 있고 또 어떤 사진은 깃발을 들고 있다. 장미수 병이나 그들을 추모하는 등(燈)이 그들 뒤에 서 있다. 그들의 앳된 얼굴은 진지하다. 몇몇 캐비닛에는 코란이나 빈 탄창들이 들어 있다. 그러나 대부분의 유물들은 소년 시절의 스냅사진, 여자의 목걸이, 어린애 장난감 등 전쟁과는 거리가 먼 것들이었다.

# 11
## 몽골의 평화

　11월 중순이 되자 차가운 바람이 언덕 비탈에 불어와 마지막 남은 녹색을 말려버렸다. 엘부르즈 지괴가 북서쪽의 카스피 해에 그 그림자를 드리우기 시작하는 테헤란 서쪽 140킬로미터 지점에서, 나는 대로와 카즈빈 오아시스를 버리고 '암살자 계곡'으로 가기 위해 산속의 미로로 접어들었다. 이 황야로 들어가는 길은 새로 아스팔트 포장이 되었는데, 이 길을 달리는 몇 안 되는 트럭 운전사들은 동행이 그리운 나머지 태워달라고 내민 손을 뿌리치지 못하고 길손을 태워주고는 얼마 안 되는 기름값을 물린다.

　그런 운전사 가운데 한 사람인 무뚝뚝한 노인은 한때 상선의 선원이었다고 했다. 그는 글래스고와 포츠머스를 기억했고, 영어도 몇 마디 지껄였다. 마치 아직도 넓은 바다에 있는 것처럼 무뚝뚝하면서도 솔직한 이 노인은 이란이 택한 노선을 경멸했다. "단언하건대, 우리 국민의 열에 아홉은 이 율법학자들을 미워합니다. 우리는 그들이 물러가기를 바라지요. 그들은 우리에게 울라고만 가르칩니다. 이 나라는 순교자들의 나라지요. 도시마다 후세인의 친척이 되는 사람의 묘가 있어요. 나도 시아파 신자지만, 내 생각에는 수니파가 더 좋아요. 그들은 이렇게 질질 울진 않거든요. 우리에게는 노래나 춤이 없어요. 슬픔만 있지요."

우리 주위는 온통 황량한 경사면이었다. 엉겅퀴가 듬성듬성 나 있는 밑에는 이끼가 덮인 판판한 바위가 드러나 있었다. 돌멩이들도 여기저기 흩어져 있었다. 내가 물었다. "호메이니에 대해서는 어떻게 생각하세요?"

"그는 대체로 좋았어요. 그러나 그는 오직 한 가지 생각밖에 하지 않았지요. 이제는 율법학자들이 '알라! 알라!'만을 외치고 있지요. 알라는 좋습니다. 하지만 계속 건설되는 이 모스크와 흔하디흔한 성자들은 좋지 않아요. 우리에게 필요한 건 병원과 사업체들이에요. 그 율법학자들 뒤에 누가 있는지 아세요?" 그가 악의 없는 시선으로 나를 힐끗 보았다. "당신네 나라, 영국 정부가 있어요." 나는 이 엉뚱한 말을 듣고도 그리 놀라지 않았다. 영국에 대한 의심은 미국에 대한 의심보다 훨씬 먼저부터 있어왔다. 그것은 그들의 머릿속에 이끼처럼 달라붙어 있었다. "그들은 이 나라가 계속 가난한 채로 있기를 바라거든요."

마지막 능선을 넘은 우리는 비탈길을 내려가고 있었다. 아무것도 없는 경사면 사이에 황금색 미루나무가 솟아 있었다. 단풍나무도 보였고, 붉은 색을 띠어 가는 체리 과수원도 있었다. 아침 햇살이 협곡 속을 흐르는 강물에 비쳤다. 담벼락같이 우뚝 솟은 샤 루드 계곡이 우리를 맞았다. 거대한 담벼락이 침식되어 여기저기 담자색 산기슭을 만들었고, 마을들이 수직에 가까운 절벽에 달라붙어 있었다.

우리는 샤 루드 강이 구불구불 흐르는 곳을 향해 나선을 그리며 내려갔다. 논이 나타났고, 염전도 보였다. 농부들은 더 검고 더 거칠어 보였다. 으스스한 암살자 종파가 여기저기 그들의 성채를 건설했던 위쪽 계곡에서 나는 길을 잃었다. 그러나 알라무트 강 위에 철교가 놓인 마을——운전사는 그 마을 이름이 슈투르 칸이라고 했다——에서 나는 이곳이 내 젊었을 적 친구인 작가 프레야 스타크가 지금보다 통행이 더 어려웠던 1931년에 성채들을 탐험한 후 말라리아에 걸려 쓰러졌던 곳이라는 걸 기억해냈다. 그녀가 쓰던 지도가 지금 내 배낭에 들어 있었다. 거의 반세기 후에 그녀와 함께 이탈리아 베네토의 언덕을 산책했었는데, 그때 그녀가 신이 나서 이 지방에 대해 얘기하던 생각이 났다. 지금 내가 탄 트럭이 그 강 건너에 멈춘 것이었다. 나는 조용한 대기 속으로 나아갔다. 나는 병이 들어 촌장의 집에 누워 있던 눈매가 매서운 영국 여자에 대한 기억이 아직 남아 있을까 궁금했다. 그녀는 자기가 죽을지 살지도 모르면서도 그 집 정원을 흘러가는 시냇물 소리를 들으며 즐거워했었다고 했다.

하지만 그녀가 묵었던 마을은 알아볼 수 없게 변해 있었다. 트랙터 정비장과 그 막사가 있을 뿐이었다. 내가 타고 온 트럭이 떠나버리자, 나는 같이 이야기할 사람을 찾을 수 없었다. 강가에서 휴식을 취했다. 그러다가 또 다른 운전사가 아무 말 없이 나를 태워주었고, 그는 나를 싣고 암살자 계곡의 중심인 알라무트 바위가 하늘을 찌를 듯이 솟아 있는 산속으로 달려갔다.

이 으스스한 종파는 이스마일리파의 한 분파였다. 이 종파의 창시자의 외로운 무덤이라고 하는 것을 나는 800킬로미터 동쪽 마지 난에서 보았다. 역사는 암살자 종파의 창시자 하산-이-사바가 니샤푸르에서 오마르 하이얌, 니잠 알-물크와 같은 학교에 다녔다고 기록하고 있다. 세 사람은 혈맹의 친구가 되었고, 가장 먼저 출세하는 사람이 다른 두 친구를 돕기로 맹세했다. 니잠이 1063년에 셀주크 제국의 재상으로 임명되자, 그의 친구들이 약속을 지키라고 찾아왔다. 그는 그들에게 지방 지사 자리를 제의했다. 오마르 하이얌은 자리 말고 약간의 연금을 달라고 요구했다. 자기는 돌아가서 하던 연구를 하는 것이 좋겠다는 것이었다. 하지만 하산-이-사바는 더 높은 자리를 요구했고, 그 자리를 차지한 그는 그의 친구를 깎아내리기 시작했다. 니잠은 결국 그를 추방할 수밖에 없었다.

이 믿기지 않는 이야기—연대도 잘 맞지 않는다—가 암살자 전설의 일부가 되었다. 사실 하산-이-사바는 일찍이 이스마일리파로 개종했고 선동죄로 그의 고향 레이에서 추방되었다. 그는 추종자들을 모은 후 속임수를 써서 알라무트 성채를 점령했다. 그의 세력은 계곡 전체로 번져나가 다른 요새들을 차지했다. 급기야 그의 세력권은 시리아까지 미쳤다. 이때쯤 그는 제자들을 다듬어 메시아를 기다리는 잔혹한 종파로 만들었다. 셀주크와 수니의 체제를 전복하는 것을 목적으로 삼은 이들은 추종자들을 세뇌해서 살인자로 만들었다. 암살자들은 천국을 건설한다는 희망에서 거사를 했고, 거사를 일으킨 후 도망치려 하지 않았다. 그의 후계자들이 그의 테러 정책을 150년 동안이나 이어갔다.

서양인들의 상상 속에서 이 암살자의 우두머리인 '산속의 노인'은 악마의 마법을 구사하는 사람이었다. 마르코 폴로는 알라무트 옆에 담으로 둘려진 정원이 있다고 이야기했다. 이 정원에서 마약에 취한 사람들이 젊은 여자들과 술이 시냇물로 흐르는 속에서 잠에서 깨어 자기가 천국에 있다고 상상했다는 것이었다. 이 기억을 그들은 평생 떨쳐버릴 수 없었다. 그들은 하시시(대마초)에 취했다고 해서 하샤신(hashashin)이라고 불렸는데, 여기서 암살자(Assassin)라는 말이 생겨나게 되었다고 한다.

그들에게 찍히면 그 누구도 안전할 수 없었다. 그들을 비난한 신학자, 그들과 싸운 장군들은 언제 단도에 찔려 죽을지 모르는 판이었다. 그들에게 맨 먼저 희생된 사람은 니잠 알-물크였다. 그는 접견실을 나오다가 자신의 가마 안에서 칼에 찔려 죽었다. 그후 몇년 동안에 바그다드의 두 칼리프, 셀주크의 술탄 한 사람, 이집트 파티마조의 칼리프와 그의 재상, 예루살렘의 기독교도 족장, 그리고 트리폴리의 십자군 백작 레이먼드가 이들 암살자에 의해 희생되었다. 때로 암살자들은 신분을 속이고 그들의 암살 대상 밑에 들어가 봉사하면서 몇 년을 기다리기도 했다. 독일의 한 사제는 이렇게 썼다. "악마처럼 그들은 여러 나라와 국민의 몸짓과 옷차림, 관습과 행동을 모방함으로써 빛의 천사로 변신했다." 무장 경비원들에 둘러싸여 있던 다마스쿠스의 통치자는 그의 보호자처럼 보였던 사람들에 의해 살해되었다. 예루살렘의 십자군 왕이었던 몽페라의 콘라드는 기독교 수사의 예복을 입은 암살요원들에 의해 목숨을 잃었고, 홈스의 통치자는 수피로 분장한 사람들에 의해 살해되었다. 그들은 금요 기도가 진행되는 동안 에스파한의 카디를 죽였고, 교회에서 무릎을 꿇고 있는 몽포르의 필립도 살해했다. 그들에게 반대한 통치자들은 예복 밑에 갑옷을 받쳐 입고 여러 명의 경호원들에 둘러싸인 채 움직여야 했다. 영국 왕 에드워드 1세도 하마터면 칼에 찔려 죽을 뻔했다(전해지는 얘기에 따르면 그의 왕비 카스틸의 엘리너가 그의 상처에서 독을 빨아냈다고 한다). 살라딘도 터번 밑에 쇠사슬 모자를 쓰고 있었던 덕분에 목숨을 건졌다. 멀리 몽골의 칸도 이들을 두려워했고, 셀주크의 술탄 산자르는 한밤중에 떨면서 일어나보니 그의 침대 옆에 경고하는 단도가 놓여 있었다고 한다.

이제 알라무트 바위가 계곡을 가로지르는 전함처럼 헤엄치고 있었다. 가주르 칸 마을 위쪽에 270m 높이로 솟아 있는 이 바위는 도저히 올라갈 수 없을 것처럼 보였다. 나는 깎아지른 절벽을 향해 걸어가고 있었다. 그러나 북쪽 기부를 돌아가니 툭 튀어나온 지붕 모양의 거대한 바위 밑에 바위 사이로 난 벼랑길이 보였다. 벼랑길을 오르자 멀리 동쪽 지평선에 눈 쌓인 봉우리들이 보였다. 내 옆에 솟아 있는 절벽 사면에서 나는 얼핏 부서지고 남은 담과 협곡과 협곡을 연결해주는 아치를 보았다. 저 위 고원에서 바람이 휘몰아치는 소리가 들렸다. 하지만 바위가 바람을 막아주는 이곳에서는 엉겅퀴의 관모(冠毛)들만이 굴러다녔다. 절벽을 휘돌아 난 길을 따라 마침내 커튼처럼 서 있는 담의 폐허에 이르렀다. 부서지고 남은 담이 아직도 15미터 높이로 솟아 있었고, 그 너머로 긴 성(城)의 뼈대도 보였다.

몇 시간 동안 나는 돌더미에서 무언가를 주워보려고 했다. 남아 있는 건 거의 없었다. 계곡을 장악한 몽골 군은 1256년 세력이 약화된 이 종파를 말살해버리고, 그 성채를 절벽 밑으로 부수어 떨어뜨렸다. 몇 년 후 이곳은 감옥이 되었다. 그래서 그 토대마저 구분하기 어려운 곳이 많았다. 여기저기 300미터 아래 계곡으로 기울어져 내려간 담에 이스마일리 벽돌 조각이 아직 붙어 있는 것이 보였다. 고원에서도 그런 벽돌이 몇 개의 방이나 물탱크의 흔적을 보여주었다. 나는 이단이라고 해서 파괴된 거대한 도서관과 서류창고가 있던 자리가 어디인지 궁금했다. 또 하산-이-사바가 다른 사람들과 격리된 채 가르치고 공부했던 방이 어디 있었는지도 궁금했다. 그는 30년 동안 성문을 나간 적이 없었다고 했다.

바람이 매섭게 휘몰아쳤다. 미로같이 뒤얽힌 산들이 빠르게 움직이는 구름들로 덮여 있었고, 짙은 갈색의 언덕들 여기저기에는 우뚝 솟은 바위들이 보였다. 멀리 동쪽으로는 눈도 보였다. 내 발밑 계곡에는 알라무트 강의 지류가 흐르고 있었고, 과수원들도 보였다. 계곡에 난 좁은 도로는 옛날 '산속 노인'의 메신저들이 그의 마음을 기쁘게 해줄 소식을 가지고 달리던 길과 크게 다르지 않을 거라는 생각이 들었다.

두 사람의 건설인부—나를 환대했지만 매사에 흥미가 없는 듯 보였다—가 자신들의 캠프에서 밤을 보내라고 나를 초대했다. 48킬로미터나 떨어진 외진 계곡에서 그들은 병원을 짓고 있었다. 강철 프레임이 이미 세워져 있었다. 그러나 그곳의 길이 지난해에 비로 끊어져버렸다고 한다. 그러나 우리를 태운 지프 차는 급류가 뿌려놓은 집채만한 바위들 사이를 누비면서 계곡 끝에 이르렀다. 호두와 사과 과수원에 파묻힌 마을이 모습을 드러냈다.

두 사람은 벽을 진흙으로 바른 방 두 개짜리 오두막에서 다른 세 명과 함께 살고 있었다. 벽에는 멜빵 달린 작업복들이 걸려 있었다. 간이 주방에서 그들은 헤이즐넛으로 장식한 닭튀김 요리를 만들었고, 우리는 그 음식을 흙바닥에 앉아서 먹었다. 내 마음은 이상하게 평온했다. 다른 것은 아무것도 문제되지 않았다. 점점 심해지는 냉기, 밖의 화장실에서 풍겨오는 악취, 그리고 목재로 된 천장을 기어다니는 벌레들도 문제가 되지 않았다. 주위에 나를 친절하게 대해주는 사람들이 있다는 것만이 중요했다. 이 사람들—그중 두 사람은 영어를 조금 했다—은 다른 방면의 교육을 받았지만, 어려운 시절을 맞아 엉뚱한 일에 종사할 수밖에 없는 사람들의 특징 같은 것을 지니고 있었다.

회색 머리의 온화한 십장 마무드는 대관처럼 책상다리를 하고 반질반질한 흙바닥에 앉아 있었다. 연약한 체격에다 툭 튀어나온 이마 때문에 학식 있는 사람처럼 보이는 그의 조수 대니얼이 자기의 깨진 꿈에 대해 털어놓았다. 그는 시장 출하용 야채 재배에 종사하고 싶었다고 했다. "난 온실을 좋아했어요. 몇 년 전에 사업을 시작하고 마마반드 산 아래에 온실을 지었지요. 그런데 돌풍에 그것이 모두 날아가버렸어요. 오이, 토마토, 그리고 높이가 2미터밖에 안 되는 바나나 나무가 있었는데……" 그가 웃었다. "그리 좋은 바나나는 아니었지만." 그는 농업 기술자로 훈련을 받았는데, 지금 건축공사장 십장의 조수 노릇을 하고 있었다. "하지만 언젠가 우리나라 형편이 더 좋아지면 난 다시 온실로 돌아갈 겁니다." 그가 손가락을 튕겼다. "토마토…… 오이……"

뒤에 마무드가 이불 밑에서 낡은 텔레비전을 끌어냈고, 닭튀김 요리로 배를 채운 우리는 그 번쩍거리는 상자 앞에 자리를 잡았다. 놀랍게도 줄무늬를 만든 머리에다 어깨를 드러내놓은 여가수가 스크린을 가로질러 갔다. "저건 금지되어 있을 텐데!" 내가 소리쳤다. "저거 이란 방송인가요?"

좌중이 웃음을 터뜨렸다. "그럴 리가!"

그들은 텔레비전 뒤에 비디오 기계를 장치했고 그래서 우리는 불법복제한 프로그램을 보고 있는 것이었다. "여기 컴퓨터를 가지고 있는 친구가 있어서, 그 친구가 인터넷에서 저런 프로그램을 복사하지요." 마무드가 말했다. "그래서 우리는 우리들만의 비디오를 가지고 있는 거랍니다."

나는 놀라움 속에 아무 말 없이 화면을 응시했다. 인구가 120명밖에 안 되는 이 마을에서도 누군가가 바깥세상과 소통하고 있었던 것이다. 그들이 가진 비디오는 대부분 로스앤젤레스와 독일에 망명해 있는 이란인들의 팝 축제에서 찍은 흑백 필름이었다. 서방에 망명한 지 25년이 지났는데도 가수들은 자못 엄숙한 포즈로 점잔을 빼는 듯 보였고, 그들 주위의 망명 청중들은 노인 아이 할것없이 깊은 향수에 젖은 채 음악—고국에서는 이제 금지된—에 취해 있었다. 이곳 건축 공사장 인부들이 가장 좋아하는 프로그램은 마무드가 10년 전에 손에 넣은 것이었다. 추위와 먼지를 피하기 위해 이불로 몸을 감싼 채, 그들은 음악에 귀를 기울였다. 하지만 화면에는 반란이나 노여움, 섹스는 연출되지 않았다. 뚱뚱한 중년의 여가수가 헐렁한 바지를 입은 역시 뚱뚱한 남자가수와 함께 대리석 계단을 오르내리면서 떨리는 목소리로 경쾌한 노래를 부르고 있을 뿐이었다.

프로그램이 끝났다. 우리는 병원을 보기 위해 별빛 속으로 나갔다. 한 달 전에 그들은 6미터의 흙더미 속에서 병원의 토대를 발굴했다고 했다. 위의 절벽이 무너져내렸기 때문이었다. 그들은 다시 시작해야 했다. 이제 구멍이 뻥 뚫린 문과 통로가 짓다 만 영화촬영 세트처럼 서 있고, 무너져내린 흔적이 보이는 절벽이 여전히 뒤에 서 있었다. 다음에 비가 오면 모든 것을 다시 휩쓸어갈 것 같은 생각이 들었다.

건축 공사장 일꾼들이 돌아온 것을 본 마을 사람들이 곧 오두막으로 찾아와 이것저것 물어보기 시작했다. 이 지역에 전해오는 전설에 따르면, 그들의 조상은 몽골 군이 이 계곡을 휩쓸고 지나가고 한참 후에 카스피 해 연안에서 이곳으로 왔다. "그들은 두 가족에서 퍼진 사람들이에요. 서로 결혼해서." 대니얼이 말했다. "모두 호세이니가 아니면 라시반드지요. 아니, 좋을 리가 없어요. 여기서 네다섯 명의 바보아이와 적어도 한 명의 미친 어른을 보았지요. 여자들은 가능하면 외지 남자와 결혼하려고 해요. 그걸 느낄 수 있어요. 그들이 우리를 보는 눈초리로 알 수 있지요."

임시 노동자로 고용된 마을 사람들은 부탁할 일이 있거나 또는 텔레비전 프로가 너무 재미없을 때 그저 와서 앉아 있으려고 온 것이었다. 그들은 호기심 어린 눈으로 외국인인 나를 뚫어져라 바라보았다. 해진 셔츠와 바지를 입은 나는 나 자신이 그들과 별반 다를 것이 없다고 생각했다. 그 전날 나는 거울을 들여다보고 나의 거칠어진 몰골을 확인한 바 있었다. 그러나 나의 거칠어짐—바람에 탄 검은 피부—은 물론 일시적인 것이었다. 나의 삶은 나이테 같은 주름살과 거친 손가락의 마디를 가진 저들의 삶보다는 너무

나 풍족하고 편안한 것이었다. 마무드 앞에서 그들은 제대로 말도 못하고 굽실거렸다. 한 운전사는 자기의 출퇴근 시각을 알고 싶어 했다. 한 늙은 미장공은 자기를 대체할 누군가 다른 사람—나일 수도 있었다—을 뽑고 있는 게 아닌가 해서 두려움에 떨었다. 가끔 십장이 매우 천천히 그리고 참을성 있게 해야 할 일을 설명하고 나면, 턱수염 더부룩한 거무스레한 얼굴들에 환한 미소가 퍼지곤 했다. 그들은 떠나기 전에 구세계 특유의 겸손함으로 절을 하며 고맙다는 인사를 했다.

자정이 되어서야 우리는 딱딱한 바닥에 누워 퀼트 이불을 덮고 잠을 청했다. 목재로 된 천장에서는 여전히 벌레들이 기어다니고 있었다. 우리는 과수원에서 들려오는 겨울 매미들의 기계적인 울음소리와 마을 개들이 짖는 소리를 들으면서 잠에 들었다.

* * *

150년 동안 이 계곡의 암살단 본부는 난공불락이었다. 그러다가 홀연히 무서운 적수가 나타났다. 1256년 칭기즈칸의 손자인 몽골의 칸 훌라구가 수많은 군대를 이끌고 옥수스 강을 건넜다. 암살 종파의 마지막 그랜드 마스터 루큰-앗-딘은 마이문디즈에 있던 그의 궁전 겸 성채에서 방비를 단단히 한 채 눈이 내려 계곡이 막힐 때까지 버틸 수 있기를 바랐다. 그러나 그해 겨울은 유난히 따뜻했다. 몽골 군은 절벽 성채 주위에 6킬로미터에 이르는 공성(攻城) 건조물을 세웠으며, 그들이 데려온 중국 기술자들은 투석기와 거대한 쇠뇌로 돌과 불화살을 성채 안으로 날려보냈다. 방어군도 투석기로 돌을 쏘아댔다. 그렇게 해서 몽골 군의 1차 공격은 격퇴되었다. 그러나 불화살이 방어자들을 절벽면 안으로 몰아넣었고, 전임자들보다 무능했던 그랜드 마스터는 두려움에 빠진 나머지 화의를 신청했다. 그보다 더 강인했던 일부 장병들은 더 높은 요새로 철수해서 저항을 계속했다. 성을 정복한 몽골 군은 은밀한 여러 개의 방과 복잡한 회랑을 갖추고 있던 성채에 불을 질렀다.

홀라구는 루큰-앗-딘이 쓸모가 있는 동안은 그를 살려두었다. 그랜드 마스터가 그의 다른 성들에게 항복을 명하자 대다수의 성들은 그 명령을 따랐다. 이렇게 해서 알라무트는 불과 며칠 사이에 함락되었다. 그러자 몽골 군은 계곡에 있던 이스마일리 종파의 마지막 요새들을 청소하기 시작했다. 그들은 항복한 초소의 구성원들조차 학살했다. 루큰-앗-딘은 치매에 걸렸던 듯하다. 그는 박트리아의 낙타를 무척이나 좋아하게 되었다(홀라구가 100마리를 그에게 주었다). 그는 또 몽골 처녀와 사랑에 빠졌고, 그녀와 결혼해도 좋다는 허락을 받았다. 그러나 그 직후에 그는 "버림을 받았고 결국에는 살해되었으며…… 그와 그의 인척들은 사람들의 입에 오르내리는 이야깃거리로 전락하고 말았다"고 당대의 한 역사가는 기록했다.

마무드가 나를 그곳으로 싣고 갔을 때, 마이문디즈 주위에 우뚝우뚝 솟은 바위들은 11월 중순인데도 아직 눈에 덮여 있지 않았다. 죽어가는 엉겅퀴가 희끗희끗 보이는 바위 밑둥 위로 진회색 산들이 솟아, 좁은 길과 급경사의 계곡 벽으로 이루어진 미로를 만들고 있었다. 1960년 영국 원정대는 샴스 킬라야 마을 너머에 있는 가파른 산에서 성채를 발견했다. 바위 깊숙이 있는 방들은 비록 약탈되었지만, 아직 그 형체를 유지하고 있었다.

마무드와 나는 등산장비를 가지고 있다고 소문이 난 두 남자를 찾아나섰다. 그러나 한 사람은 부재중이었고 다른 한 사람은 그곳이 너무 위험하다고 했다. 그래서 마무드는 차를 몰고 그의 병원 공사장으로 갔다. 마이문디즈 위로 검은 구름이 모여들었다. 한 시간 동안 나는 오아시스에서 털실로 짠 검은 모자를 쓴, 가무잡잡한 사람들 사이를 서성이면서 어떻게 할까 생각했다. 그러다가 작은 식당 위에 있는 방 하나를 찾아냈다. 판자로 된 침대에서 나는 산 위에 비치는 괴기스런 빛을 바라보았다. 그러다가 오후 서너 시쯤에 번개가 번쩍하면서 마침내 폭풍우가 시작되었다. 밤이 되도록 비가 우박처럼 내 방 지붕 위로 쏟아졌다. 철과 유리로 된 벽과 마을 거리에 걸려 있는 보호용 울 속에 든 한 개의 희미한 전구가 전기가 나갈 때까지 나를 지탱해주었다. 나는 어둠 속에서 잠을 청했다. 어수선한 꿈이 이어졌다.

잠결에 나는 암살단의 피의 흔적이 계곡에 아직 남아 있을까 궁금했다. 몽골 군도 그들을 완전히 말살하지는 못했기 때문이었다. 암살단원들은 20년 후에 다시 돌아와 잠시 동안 폐허가 된 알라무트를 다시 점령하기까지 했다. 이 종파는 서서히 희미해졌고, 결국에는 시리아와 중앙아시아 몇 개 마을로 줄어들었다. 그러나 어린 애였던 루큰-앗-딘의 아들이 살아남아서 이스마일리 이맘의 혈통을 보존했다고 한다. 그래서 그 혈통이 현재의 아가 칸으로 이어졌다는 것이다.

시간이 지나면서 암살단들의 기억은 희미해져갔다. 하지만 그들이 아마도 자살 테러의 효시였던 것 같다. 내가 마이문디즈 밑 오아시스에서 어둠 속에 누워 있는 이 순간에도 그들의 후계자들은 똑같은 이상향을 꿈꾸면서 그들의 으스스한 작업에 몰두하고 있을 것이었다. 그러나 문화적 기억이 그들을 연결해주고 있는 것은 아니다. 암살단원들의 복수심은 종교적 역사, 부당하게 당했다는 시아파 신도의 억울함에서 비롯된 것이었다. 그것은 그들의 유산—팔레스타인, 체첸, 이라크—을 유린당했다는 오늘날 테러 분자들의 원한과는 다른 것이다.

산 위로 새벽이 부드럽게 밝아왔다. 과수원과 샴스 킬라야의 미루나무 너머에 600미터 높이로 솟아 있는 성채가 있는 절벽이, 맑아진 아침 햇빛 속에서 핑크빛으로 보였다. 내가 마을을 나설 때 개들이 거리의 쓰레기통을 뒤지고 있었다. 대기는 차가웠다. 나는 익은 블랙베리를 따면서 체리 과수원을 지나갔다. 장밋빛 절벽이 점점 다가왔다. 작은 시내 건너에 있는 비탈에는 풀이 수북이 나 있었다. 그 비탈을 따라 올라가면 조그만 성소가 나오고, 그곳을 지나면 황야였다.

이제 산 전체가 내 위로 펼쳐져 있었다. 산은 중간 높이에 움푹 파인 곳이 있어 둘로 나뉘어 있었고, 그 위쪽에 사람이 판 것으로 보이는 암굴들이 보였다. 바위 부스러기와 자갈이 내 발 밑에서 부서지거나 밑으로 흘러내렸다. 유쾌한 정적 속에서 들리는 소리라고는 파도에 밀리는 자갈들이 내는 듯한 그 소리뿐이었다. 돌로 된 계곡에서는 아무것도 움직이는 것이 없었다. 저 아래 있는 시내가 현재와 과거의 경계선을 이루고 있는 것 같았다. 나는 절벽 밑의 염소들이 다니는 길을 따라 걸었다. 이곳에는 사람들의 흔적이 없을 거라고 생각했었다. 그러나 수직 절벽을 올려다보니 가파른 사면에 회칠을 한 곳이 보였고, 둥근 탑의 파편도 보였다. 남서쪽에는 18미터 높이의 담이 보였다. 절벽에 회반죽으로 벽돌을 붙인 담이었는데, 어찌나 잘 붙였는지 절벽과 벽돌이 거의 구분이 되지 않았다. 바위에 대각선으로 난 틈은 계단이 있던 자리 같았다. 암굴의 초승달 모양 아치가 분명히 보였다. 그곳으로 제비들이 드나들고 있었다. 산 전체가 광대한, 구멍투성이의 하나의 성소였다.

나는 그 암굴 안에 들어가보고 싶었다. 그러나 암굴의 입구는 18미터 높이의 절벽 위에 있었고, 내부에 불을 질렀던 듯 입구가 검게 변해 있었으며, 외부 구조물은 완전히 타버리고 없었다. 암굴로 올라갈 수 있는 틈을 찾아보았다. 단 한 군데 손을 버틸 만한 곳이 몇 개 있는 틈이 보였다. 시험 삼아 그 틈을 따라 올라가기 시작했다. 겉보기에는 단단해 보이는 바위가 내 손가락 밑에서 푸석푸석 깨지기 쉬운 돌로 느껴졌다. 나는 이 산 전체—그리고 아마도 높이 솟은 바위들 역시—가 제대로 생성된 바위가 아니라 모래와 이판암(泥板岩)이 응고된 것에 불과하다는 것을 깨달았다.

처음에 나는 몸이 가볍게 느껴졌다. 나는 내가 계획했던 공간으로 쉽사리 몸을 날릴 수 있었다. 약간 놀라웠다. 부드러워 보이는 가파른 사면을 한 발짝 떼어놓기 전에 발로 차거나 비틀어보았지만 아무것도 부서지지 않았다. 천천히 옆에서 옆으로 돌면서 나는 내 몸을 공중으로 끌어올렸다. 그러자 내 밑에서 돌들이 떨어지면서 바위에 부딪쳐 소리를 냈다. 더 높은 절벽에서는 날카로운 바람이 불고 있었다. 차츰 겁이 났다. 사실 나는 올라가는 것이 가능하리라고 생각하지 않았었다.

반쯤 올라가서 용기를 잃고 말았다. 나는 두 팔을 독수리 날개처럼 쭉 펴고 바위 표면에 달라붙은 채 그 자리에 멈춰 섰다. 빗방울이 몇 개 떨어졌다. 내 위쪽에는 18미터 높이의 갈라진 틈이 수직으로 나 있었다. 아래쪽은 단단한 바위였다. 샴스 킬라야 오아시스를 지나 회색 흙빛의 언덕까지 이어지는 가을 계곡이 다 보였다. 나는 숨이 가라앉기를 기다렸다. 바위를 움켜잡고 있는 손이 내 얼굴 가까이 있다는 걸 알아차렸다. 바싹 마르고 피부가 여기저기 벗겨진 그 손은 이런 일을 할 만한 손이 못되었다. 다음에 나는 위를 올려다보았다. 내가 도달할 수 없는 암굴의 천장이 얼핏 보였다. 그 천장은 몽골 군의 방화로 검게 그을려 있었다.

절망과 흥분을 동시에 느끼면서 나는 다시 위로 기어올라가기 시작했다. 돌아서기에는 너무 늦었다고 생각했다. 몇 해 전 젊었을 때였다면, 두려워서 서두르다가 아마 떨어졌을 것이다. 나는 고통스러울 정도로 천천히 기다리면서 손에 잡힐 만한 것, 발을 붙일 만한 곳을 찾았다. 심장이 뛰는 소리가 크게 들렸다. 갈라진 틈의 마지막 3미터는 너무 좁아서 내 몸을 꼭 끼워넣어야 했다. 한번은 내 발가락이 미끄러지고 있다고 느꼈지만, 다음 순간 발가락은 멎었다. 밑을 내려다보기가 두려웠다. 부서진 아치가 바로 위에 보였다. 내 옆의 가파른 절벽 사면은 시멘트로 매끈하게 덮여 있었다.

마침내 내 몸을 평평한 바닥으로 끌어올린 나는 승리감을 느끼면서 비로소 밑을 내려다보았다. 18미터 아래 바위를 보니 아찔했다. 다시 내려갈 일이 걱정이었다. 나는 부서진 커다란 방 안에 들어와 있었다. 밖에는 탑이 깨져 떨어진 돌이 보였다.

지금 나는 그때 거기서 내가 쓴 것을 거의 읽을 수 없다. 손이 너무 떨렸던 탓으로 내 노트에 쓰여 있는 문장의 반쯤은 해독할 수 없다. 하지만 나는 그 뜻이 다음과 같을 것으로 생각한다.

나는 내가 지금 어디 있는지 모른다. 마구간인지도 모르고 혹은 경비초소인지도 모르겠다. 한때 요새가 있었던 것으로 보이는 갈라진 틈에 아치가 만들어져 있던 흔적이 보인다. 그것이 어떤 통로였든지 지금은 부서지고 없다. 그 위에 있는 방은 부서져서 내부를 드러내고 있다. 나는 조심스레 걷고 있다. 밑이 무너져내릴까 겁이 나기 때문이다. 천장은 모두 꺼멓게 타 있다.

어딘가에서 모르타르를 칠한 긴 물탱크에 내 손을 문지르던 생각이 난다. 그곳을 지나 거칠게 깎은 회랑을 따라 50미터쯤 가니 산이 나왔고, 다시 높은 원형 천장이 보였다. 횃불이 없으므로 나는 더 갈 수 없다. 기진맥진한 나는 계곡 위 입구에 앉아서 문지방 주위에서 너덜너덜 떨어지고 있는 회반죽의 흔적을 바라보았다. 유쾌하면서도 이상한 느낌이 들었다. 그곳의 검댕 자국은 아직도 선명하다. 루큰-앗-딘과 그의 가족이 이 통로를 서둘러 내려가서 지금은 사라진 어떤 계단을 지나 항복하러 혹은 죽으러 가는 모습을 머릿속에 그려본다. 나는 나 자신이 내려가기 위해서 마음을 가다듬었다. 새들이 틈 속에서 왔다갔다 하면서 쩍쩍거리고, 보이지 않는 해가 다른 산 위에 걸린 폭풍우 구름 사이로 빛을 보내고 있다.

\* \* \*

"영국! 축구! 맨체스터 유나이티드!"세 젊은이가 그들의 영어 실력을 내게 뽐내더니 이렇게 소리쳤다. "당신 이라크! 왜 이라크에 있는 거지?" 중국 동부에서 이란 서부까지 오는 동안 내가 만난 그 누구도 이라크 침공을 찬양하지 않았다. "기름!"

우리를 태운 미니버스는 공장으로 인해 시커멓게 된 평원을 달렸다. 관목지대에 철골과 벽돌이 드러난 아파트들이 솟아 있었다. 버스 좌석 옆에는 카즈빈 시장에서 사오는 견과류와 사과가 든 자루들이 수북이 쌓여 있었고, 승객들은 친척이 아닌 사람이 여자 옆에 앉지 않도록 좌석을 재배정했다. "축구는 아주 좋아! 하지만 이라크는 노!" 한 시간 후, 공장들의 모습은 보이지 않게 되었지만, 다음에 무엇이 나타날는지는 전혀 짐작이 가지 않았다. 그러다가 평평한 황야 저편에 술타니야의 돔이 외로이 서 있는 모습이 시야에 들어왔다.

나는 버스에서 내려 그 그늘 속으로 들어갔다. 그 주위에 작은 마을이 형성되어 있었고, 마을 골목에는 바람이 휘몰아치고 있었다. 1분 동안 바람을 피하고 있던 나는 은신처에서 걸어나와 먼지 사이로 돔을 올려다보았다. 이 건조물은 몽골의 술탄 올제이투의 영면 장소로, 칭기즈칸의 기억이 아직 생생하던 7백 년 전에 건립된 아시아의 중요한 기념물 가운데 하나라고 한다.

사자 색깔의 벽돌로 쌓아올린 거대한 8면체의 앞면은 서로 연결된 삼중의 아치로 된 회랑으로 되어 있다. 아치 위에는 마치 끊어진 눈썹처럼 윤이 나는 타일의 잔해가 달라붙어 있다. 타일은 하늘색에 강청색이 흩뿌려진 색깔이다. 아름다운 터키 옥으로 이루어진 돔은 땅에서 50미터 높이로 솟아 있다.

그의 중조부 훌라구가 발크에서 아나톨리아에 이르는 왕국을 창설한 이후 올제이투는 이곳 술타니야에 일칸 왕조의 수도를 건설했다. 모스크와 궁전이 즐비하고 상인들과 기술자들이 득실거리는 대도시가 하룻밤 사이에 건설되었다. 옛 여행자들의 말에 따르면, 둥근 돔들이 숲을 이루고, 심지어 피라미드형 신전까지 있었다고 한다. 실크로드에는 위세에 눌린 평화가 깃들어 있었다. 몽골의 약탈은 잦아들었고, 정복된 중국에 세운 대제국을 중심으로 몽골의 왕국들은 지중해까지 뻗쳐 있었다. 13세기 중엽부터 근 백 년 동안, 요새들과 제국 사절들이 이용하는 역참에 의해 감독되는 길을 따라 교역이 순조롭게 이루어졌다. 금 접시를 가진 처녀가 중국에서 터키까지 아무런 방해도 받지 않고 갈 수 있다고 일컬어질 정도였다. 이 몽골의 평화 덕분에 유럽의 교황들과 왕들은 수도승들을 사절로 동방으로 파견해서 아랍에 대항하는 몽골과의 동맹을 꾀했고, 전설로 전해지는 프레스터 존의 기독교 지역을 찾아나섰다. 중국에서 파견된 투르크계 네스토리우스파 수도승이 바티칸과 파리의 필립 르 벨의 궁정에 나타났고, 폴로 형제들은 예루살렘의 성묘에서 나온 기름을 선물로 들고 쿠빌라이 칸의 수도로 여행했다.

한편 술타니야의 시장에는 새로 들어온 사치품들이 등장했다. 중국의 생사와 비단이 칠기(漆器), 사향과 함께 육로를 통해 들어왔고, 제노바인과 베네치아인들이 가게를 열었다. 이 시기에 또한 화약에 대한 지식이 비단 짜는 직조기, 시계와 함께 중국에서 유럽으로 전해졌다. 아라비아의 말과 터키의 매도 등장했고, 플랑드르와 이탈리아의 직물도 선보였다. 당나라 시대에 융성했던 교역이 인도의 향신료, 페르시아 만에서 나는 보석, 루비와 청금석, 상아와 코뿔소 뿔과 함께 되살아난 것 같았다.

나는 몰아치는 바람을 맞으면서 이 사라진 도시를 헤매었다. 성벽과 탑들의 흔적이 일부 복원되어 있었고, 올제이투의 무덤 너머 울퉁불퉁한 땅은 푸른 파편으로 덮여 있었다. 전해지는 얘기로는 그가 죽던 바로 그날, 1만 4천 가구가 술타니야를 떠났다고 한다. 이 도시가 교통 중심지에 위치해 있지 않고 순전히 술탄의 뜻에 따라 기후가 온화하고 사냥감이 많은, 그의 조상들의 여름 목장에 세워졌기 때문이었다. 매년 여름 궁정은 이 도시를 버리고 더 낮은 야영지를 찾아갔다. 그들은 아직도 태생적으로 유목민들이었기 때문이다. 올제이투의 무덤까지도 메카가 있는 남서쪽을 향하지 않고 옛 몽골 방식대로 남쪽을 향하고 있다. 그리고 그가 총애하던 성자(나는 그의 무덤을 근처에서 찾아냈다)는 벌거벗은 몸에 종과 뼈를 엮은 목걸이를 하고 소뿔이 비죽 솟은 펠트 모자를 쓴 더러운 주술사였다.

일카니드 왕조 시절 내내 몽골인들의 텐트가 도시들보다 더 화려했다. 텐트에도 비단이 쓰였다. 금을 입히고 금못으로 고정한 기둥에 비단 천을 씌운 텐트도 있었다. 왕의 집무실, 장관들의 집무실로 쓰이는 텐트도 있었고, 2백 명의 장정들이 20일에 걸쳐 세워야 하는 거대한 텐트도 있었다. 몽골의 귀족들이 타는 마차는 비단으로 장식되었는데, 이런 마차는 대개 조공품으로 받은 것이었다. 나스이즈라는 금으로 짠 천을 특히 귀중히 여겼다. 그래서 이 천을 짜는 기술자들을 사마르칸트와 헤라트에서 몽골의 중심지로 데려오기도 했다. 칭기즈칸 자신도 비단 옷을 입은 여인을 보고 마치 '붉게 타는 불'처럼 빛난다고 칭찬했다고 한다. 마르코 폴로는 축제일에는 쿠빌라이 칸의 궁정 신하들이 모두 똑같은 색깔의 비단 옷을 입었다고 묘사했다.

무덤에 관해서는 일칸 왕조 사람들은 마침내 비밀리에 매장하는 몽골의 관습을 버리고 무덤을 호화롭게 꾸미기 시작했다. 그들의 모델은 메르프에 있는 술탄 산자르의 셀주크식 무덤이었다. 그러나 내가 들어가본 올제이투의 무덤은 더욱 복잡한 풍요로움을 드러내고 있었다. 그런데 무덤 장식에 좀 이상한 데가 있었다. 최초의 아름다운 타일 장식 위에 회반죽으로 한 트레이서리[나뭇가지·곡선으로 된 장식무늬]가 보였다. 아마도 이것은 올제이투의 시대 또는 그 자신의 마음이 흔들리고 있었음을 반영하는 것이다. 그는 태어날 때는 네스토리우스파 기독교도였고, 나중에 불교에도 관심을 보였으며, 그후에 수니파 이슬람 교도가 되었다. 그러나 1310년 돌연 시아파로 개종한 그는 알리와 후세인의 시신을 반쯤 완성된 그의 영묘로 옮겨오기로 결정했다. 그러나 다시 수니파로 돌아가면서 그 영묘를 자기 자신을 위한 무덤으로 되찾았다. 시아파의 채색 도기와 수니파의 회반죽이 나란히 남아 있다. 어떤 곳은 두 가지가 다 사라져버렸다. 회랑 위쪽 높은 곳에는 알리와 무함마드의 이름이 희미하지만 아직도 나란히 남아 있다.

\* \* \*

사람들이 이제 페르시아 말을 하고 있지 않다는 것을 내가 깨달은 것은 잔잔의 기차역 플랫폼에서였다. 터키의 방언이 오가고 있었다(그런 현상은 카즈빈에서 이미 시작되었다). 나는 지도에 표시되지 않은 또 하나의 경계선을 넘고 있었던 것이다. 평원이 고원으로 바뀌기 시작하는 이곳에서부터 페르시아인이 적어지고 터키계인 아제리족이 많아진다. 아제리족은 이란 인구의 4분의 1을 차지한다. 멀리 북서쪽으로 카프카스 산맥이 보이고, 터키 땅도 희미하게 모습을 드러내고 있다.

나 자신의 언어에도 뭔가 이상한 일이 일어나고 있었다. 허짤배기소리가 나오고 입모양도 보기 싫게 비틀어졌다. 몇 시간 동안 입이 아팠고, 이제 구역질이 났다. 기차의 거울에 얼굴을 비쳐보니 얼굴이 부었고 안색도 변해 있었다. 서로 다른 반쪽의 얼굴을 붙여 놓은 것 같았다. 한쪽 뺨은 너무 부어서 그쪽 눈은 감겨 있었다. 이가 하나 흔들렸고, 잇몸에 염증이 생겨 퍼렇게 부어 있었다. 내가 지금 가고 있는 옛 몽골 도시인 마라게에 과연 치과의사가 있을까 걱정되었다. 손재주가 좋은 페르시아인 치과의사의 치료를 받지 않고 온 것이 후회되었다.

내가 탄 3등 침대차는 중국이나 중앙아시아에서 가졌던 것 같은 승객들끼리의 교류를 가질 수 없게 되어 있었다. 침상이 여섯 개인 방에 불투명 유리가 달린 미닫이문이 설치되어 있었다. 방안은 조용하고 한갓졌다. 아스피린에 취한 나는 위쪽 침상에서 눈을 뜬 채 누워 있었다. 비를 잔뜩 머금은 바람이 내 머리 옆에 있는 환풍기를 통해 들어왔다. 기차는 어둠 속을 달리고 있었다. 내가 기차에 오를 때 경찰관이 경고했었다. "소지품을 가까이 두십시오. 누가 먹거나 마시자고 제의해도 응하지 마십시오." 홀로 여행하는 여행자인데다 병이 나서 쇠약한 나는 배낭을 등 뒤에 끼우고 꽃무늬가 있는 기차의 시트 밑에 웅크리고 누워 잠을 청했다.

다른 승객들은 멀리 떨어져 있는 듯했다. 내 밑에는 군인 두 명이 전투복 차림으로 큰대자로 누워 있었다. 그 밑에는 히잡을 입은 노파가 스카프로 얼굴을 감싸고 잠들어 있었고, 그녀의 남편은 앉아서 기도를 올리고 있었다. 가끔 기차가 작은 역들을 지나갔다. 역의 플랫폼에는 '기도실', '남성 출입금지' 등의 영어로 된 간판이 보였다. 밤이 깊어갈수록 빗줄기가 강해졌다.

잠이 들지 않은 나는 밖을 내다보았다. 한 번은 여우를 보았다. 또 한 번은 역의 차양 옆에서 오랫동안 기차가 멎어 있었다. 거기 부서진 의자 위에 한 쌍의 젊은 남녀가 우리에 대해서는 전혀 신경을 쓰지 않고 앉아 있었다. 남자는 간청하는 눈으로 여자를 바라보고 있었지만, 윤곽이 예뻐 보이는 여자는 머릿수건을 매만지며 딴전을 피우고 있었다. 남자가 무슨 마음에 드는 말을 했는지 여자가 미소를 지으면서 차도르 밑에서 운동화를 신은 발을 동동 굴렸다. 그때 기차가 출발했다.

내 맞은편 침상에서 웃음소리가 터져나왔다. 그 침상에 있는 창백한 얼굴의 남자가 그동안 내 시선을 좇고 있었던 것이다. 그는 젊었고, 둥근 머리는 벗겨져가는 중이었으며, 잘생긴 얼굴은 말끔히 면도가 되어 있었다. 그는 영어를 꽤 잘했다. 그는 미국인 냄새가 풍기는 영어를 구사했다. "2년쯤 지나야 그들은 키스를 할 겁니다!"

내가 말했다. "그렇게 한갓진 장소를 찾을 수 있을까요?"

"아마 그들 부모들 집 가운데 한쪽을 찾아가겠지요. 젊은 사람들은 다 그러거든요." 그는 자기는 이제 젊은이가 아니라는 투로 말했다. "하지만 이런 시골에서는 그 짓을 하다가 들키면 큰일이 날

수도 있지요."

창 밖으로 하늘보다 더 검은 낮은 언덕이 보이는 것으로 보아, 기차가 비탈을 올라가는 것 같았다. 그 남자의 얼굴이 차창에 또렷이 비쳤다. 그는 솔직하고 날카로운 눈을 가지고 있었다. 내가 물었다. "어디서 영어를 배웠죠?"

"열여섯 살 때까지 캐나다에서 살았어요. 거기 4년 동안 있었지요."

"가족하고 같이요?"

"아뇨, 나 혼자였어요."

좀 이상하다는 생각이 들었다. 아래서 군인들의 코고는 소리가 들렸다. 그가 다시 말했다. "난 이란-이라크 전쟁에 징집되기 전에 도망쳤지요." 이렇게 운을 떼고 그는 잠시 뜸을 들였다. 이런 비밀을 털어놓을 수 있는 것은 아마 어둠 때문이거나 자고 있는 다른 사람들 위에 우리가 붕 떠 있기 때문일 거라고 나는 생각했다. 그가 말을 이었다. "우리 부모님은 이혼했어요. 아버지한테 다른 여자가 생긴 거죠. 나는 그 여자와 함께 살지 않았어요. 밖으로 나가고 싶었어요. 또 그 전쟁에 나가 싸우고 싶지도 않았고요. 그건 아무 의미도 없다고 생각했습니다. 그래서 떠났지요."

"어떻게 그럴 수 있었지요?"

"산맥을 넘어 터키로 들어갔어요. 여러 명이 함께 갔어요. 쿠르드족이 도주 네트워크를 운영하고 있었어요. 그들이 우리를 몰래 국경 밖으로 데려가주었습니다. 가는 동안 우리는 총격을 당했고, 두 차례나 터키 경찰에 붙잡힐 뻔했지요. 쿠르드족이 내 가짜 여권을 만들어주었어요. 우리는 그걸 보고 모두 웃었지요. 뒤에 아버지가 돈을 주고 캐나다 여권을 구해 보내주었어요. 마약중독자인 서양 사람이 판 여권을 이용해서 가짜 여권을 만드는 업자들이 있었거든요. 지금도 기억하고 있지만, 내 여권은 고든이라는 사람의 것이었어요. 나는 그때 열여섯 살, 그는 서른네 살이었지요. 그러나 그리스 국경에서 출입국 관리소 직원들은 그 여권을 펴보지도 않더군요. 몬트리올 공항에서 나는 그 여권을 화장실 변기 속에 흘려보내고 난민 자격을 신청했어요."

나는 불안한 경이감을 느꼈다. 그가 만약 그렇게 하지 않았다면, 그는 지금 수만 명의 다른 십대 청소년들과 함께 순교자 묘역의 꽃이 썩어 악취가 풍기는 흙 밑에 묻혀 있을지도 모른다는 생각이 들었다. 그는 몬트리올의 패스트푸드 식당에서 웨이터로 일하면서 영어를 공부했다. 그는 이름을 바히드에서 데이비드로 바꿨다. "캐나다는 좋았어요." 그가 말했다. "하지만 나는 고국에 남겨놓고 온 가족들에게 미안하다는 생각이 들었지요. 내가 스무 살이 되었을 때 전쟁이 끝났어요. 그리고 나는 향수병에 걸렸고요. 그래서 돌아오기로 작정했습니다. 도망갈 때 미성년자였기 때문에 나는 감옥에 가지 않았지요. 그냥 벌금만 물었습니다. 하지만 지금 나는 캐나다를 떠난 걸 후회해요. 다시 돌아가고 싶어요."

"난 당신을 탓하지 않아요." 하지만 나는 그가 너무 늦게 돌아온 게 아닌가 생각되기도 했다.

그가 말했다. "당신도 아시겠지만 그건 쓸데없는 전쟁이었어요. 그들은 우리에게 몇 사람이 죽었는지 절대로 얘기를 안 해요. 그런데 아직도 시체를 찾아오고 있어요. 도처에 있는 입간판을 보셨죠? 순교자들의 얼굴이 그려진 입간판 말이에요. 거리의 반은 그들의 이름을 따서 명명되었어요. 큰 거리는 큰 순교자들의 이름을 땄고, 작은 거리는 작은 순교자들의 이름을 따서 명명되었지요." 그의 웃음이 정적 속으로 사라졌다. 나는 그가 자신을 도망자로 생각하고 있지 않을까, 그래서 그냥 남아 있던 사람들을 격하하는 말을 하는 것이 아닐까 하는 생각이 들었다.

그가 신경질적으로 몸을 움직였다. "우린 피를 충분히 흘렸어요. 너무 많은 사람들이 죽었지요. 사람들은 지쳤어요. 그들은 더 이상 전쟁을 원치 않아요. 그래서 우리는 기다리는 겁니다. 우리는 이 늙은 율법학자들이 죽기를 기다려요. 10년쯤 걸리겠지요. 성스러운 도시 콤은 일종의 율법학자 공장이에요. 율법학자들을 계속 만들어내지요. 그리고 그들은 부유한 상인들과 한통속이에요. 두 부류 다 이 나라가 발전되지 않아야 이득을 챙길 수 있는 사람들이지요. 하지만 결국 이 나라는 변해야 해요. 아시겠지만, 우리는 아랍인들보다 더 부드러운 사람들이에요. 더 개방적이죠. 묘한 일이죠." 그는 이제 속삭이고 있었다. "우린 세속적인 정부를 원합니다. 내가 아는 사람은 누구나 그걸 원해요. 우리는 세계와의 소통을 원하거든요."

"당신은 10년을 기다릴 수 있나요?"

"아뇨. 난 캐나다로 돌아갈 겁니다."

한동안 우리는 말이 없었다. 빗소리와 기차 바퀴 구르는 소리만 들렸다. 기차는 더 급한 경사를 오르고 있었다. 아제리족이 사는 땅, 그의 동포들의 땅으로 들어가고 있는 중이었다. 유목민들이 중국으로 침투해 내려왔듯이, 터키족은 몇 백 년에 걸쳐 남쪽으로 내려와 이란에 정착하고 왕조를 창건했다. 사파비 왕조도 터키족이 세운 왕조였다. 19세기에 융성했던 카자르 가문 역시 터키족이었다. 그러나 아제리족이 아직도 정부와 상업 부문에서 그들의 숫자보다 더 큰 영향력을 행사하고 있었다. 페르시아 말을 하는 사람들은 그들을 비웃었다. "그들은 우리를 빗댄, 말도 안 되는 우스갯소리를 지어내곤 하지요." 바히드가 말했다. 그는 그것을 자기네 종족에 대한 질투라고 생각했다.

이제 치통이 어느 정도 진정되었으므로, 나는 잠이 들었다 깼다 했다. 바히드 역시 얼굴을 벽 쪽으로 향하고 있었다. 하지만 그는 혼잣말을 하듯 얘기를 계속했다. "물론 나는 내 조국을 사랑하지요……하지만 여기 살고 싶진 않아요……그냥 꿈꾸고 싶다고 할까……우린 여기서 거짓말을 살고 있어요. 경제도 두 가지가 있어요……서양 물건은 두바이에서 바다를 통해 밀수입되고 있어요……아무도 그 바다를 통제할 수 없어요……외국 채널을 받는 접시 안테나가 도처에 있지요. 마약도 아주 많이 나돌고요……가난한 사람들 가운데 2백만 명의 중독자가 있다고 해요……."

진통제로 정신이 멍해진 나는 그 소리가 어떤 특정한 사람의 것이 아니라 그의 나라 전체에 떠도는 탄식인 것 같은 착각을 느꼈다.

"테헤란은 끔찍해졌어요……도시 전체가 오염되었지요. 기름값이 아주 싸거든요……하지만 우린 기름을 정제하기 위해 그걸 외국으로 보내야 해요……내 여자친구들은 낮에는 침대 시트 같은 것을 걸치고 나다니지만……집안에서는 미니스커트를 입고 수입 보드카를 마셔요. 그들이 벌이는 파티는 하도 소란스러워서 경찰이 와서 제지하기도 해요. 내 여자친구는 부모님 때문에 밤이 끝나기 전에 집으로 가야 합니다…….

비가 내리는 가운데 우리는 미아네라는 도시와, 그 부근인 키질우준 협곡에 놓인 15세기에 건설된 다리 위를 지나고 있었다. 중얼중얼하는 그의 목소리가 덜컹거리는 기차 바퀴 소리와 합쳐졌다. "난 몽골의 침공이 우리 민족을 변화시켰다고 생각합니다…… 너무 많이 파괴되었지요. 모든 도시가 파괴되었으니까요. 우린 전에는 더 행복한 민족이었는데……."

한참이 지난 것 같았다. 내가 다시 잠에서 깼을 때 그의 말이 들렸다. "이라크와의 전쟁 말입니다……나는 지금도 그 전쟁에 동의하지 않는 척하고 있지요. 하지만 나의 선생님 가운데 한 분이 그 전쟁에 나가서 싸우다가 전사하셨어요……사람들은 그 선생님이 그냥 죽었다고만 말했어요. 그 말을 듣고 나는 온 몸이 떨렸지요. 사실 난 나가 싸울 용기가 없었어요……."

달라진 땅 위에 새벽이 밝아왔다. 먼지 이는 평원은 사라졌다. 바히드 역시 밤중에 가버리고 없었다. 부어서 반쯤 감긴 눈으로 나는 터키 세계의 단단한 고원을 내다보았다. 나는 열이 나는 얼굴을 식히기 위해 밖으로 얼굴을 내밀었다. 갖가지 색깔의 열차가 얼룩무늬 뱀처럼 언덕을 달리고 있었다.

반 시간 후, 나는 마라게의 플랫폼으로 내렸고, 첫 번째 눈에 띄는 호텔로 들어갔다. 로비 벽에 붙어 있는 집권 삼인조 성직자의 초상이 두 명으로 줄어들어 있었다. 강경파인 하메네이가 혼자 살아남았고, 죽은 호메이니가 뒷전의 좀 낮은 자리에서 성난 혼령처럼 그를 지켜보고 있었다. 보잘것없는 객실에는 코란과 기도용 매트, 성스러운 돌 외에 과거의 잔해가 하나 눈에 띄었다. 벽에 걸려 있는 카펫이나 색 바랜 덧바른 석회의 흔적이었다.

치과의사를 찾으려고 언덕과 작은 강 사이의 거리를 쏘다녔다. 내 자신의 발자국이 멀게 느껴졌고 현기증까지 났다. 먼지를 뒤집 어쓴 밤나무 아래서 나는 더 거친 세상을 감지했다. 음식 파는 가 게들은 라마단 때문에 문이 닫혀 있었고, 일자리 없는 젊은이들이 떼지어 거리를 오갔다. 그들의 짧은 턱수염은 신앙보다는 가난의 상징처럼 보였다. 고통으로 무뎌진 감각을 통해 나는 쓰이지 않은 어떤 힘, 어떤 위협 같은 걸 느꼈다. 페르시아인의 상냥함은 찾아 볼 수 없었다.

타일이 깔린 골목에서 치과의사 두 명을 찾아냈다. 대기실의 한 쪽 문은 남자 치과의사의 방으로, 다른 문은 여자 치과의사의 방으 로 들어가게 되어 있었다. 남녀가 섞일 수 없게 되어 있었다. 거울 을 통해 보니 잇몸이 푸르스름한 아네모네처럼 부어올라 있었다. 나 외의 환자는 손수건을 입에 꼭 대고 있는 여자환자 둘뿐이었다.

나는 나이 든 치과의사 쪽을 원했다. 그는 돌아가지 않고 남은 아 르메니아인 같았다. 그라면 내 입안을 부드럽게 진찰한 후 부기를 빼고 항생제를 주어 내보낼 것 같았다. 하지만 머리를 짧게 깎은 뚱뚱한 남자 치과의사 쪽 문이 열렸다. 그가 웃으며 나를 맞았다. 나는 겁에 질린 채 이를 빼고 싶지 않다고 말했다. 그러나 그는 영 어를 할 줄 몰랐다. 지하실에서 한 노인이 고물 X선 촬영기를 다루 고 있었다. 치과의사가 찍은 사진을 빛에 비쳐보더니 뭐라고 중얼 거렸다. 그리고는 나에게 긴 의자에 누우라고 손짓했다. 여기에서 환자는 앉지 않고 눕는다. 그런 다음 그는 자기가 사용할 도구를 골랐다. 그는 마취제를 사용하지 않았다. 두 시간 동안 갈고 파고 떼어냈다. 처음에는 한 개의 이를 갈더니, 다음에는 그 옆의 이를 갈았다. 나는 그가 뭘 하고 있는지 알 수 없었다. 가끔 그는 내 코를 잡아당겨 내 머리를 왼쪽 또는 오른쪽으로 움직이게 했다. 그가 푸석돌로 내 두개골을 갈고 있는 듯한 느낌이었다. 나는 다시 내 이를 빼지 않으면 좋겠다는 뜻을 밝혔다. 그러나 그는 묘한 웃음만을 웃을 뿐, 중세 시대의 화젓가락 같은 도구를 써서 내 입안을 계속 휘저어댔다. 나는 런던의 내 치과의사가 어떤 도구를 썼던가를 기억해내려고 애썼다.

그가 무슨 짓을 하고 있는지 모르지만, 내 염증 부위의 고통이 더욱 심해졌다. 그가 터키어로 뭐라고 내게 말했는데 나는 '근관(根管)'이라는 단어 하나를 알아들었을 뿐이었다. 그런 다음 그는 작업을 쉬고 다시 한번 X선 사진을 찍게 했다. 그는 당황한 듯한 표정을 지었다. 내 가슴이 덜컥 내려앉았다. 그가 나에게 쉬고 좀 걸어보라는 손짓을 했다. 한 시간 후 나는 다시 고문대 위에 누웠다. 그러나 뭔가 달라져 있었다.

차도르를 입은 동료 의사들이 한 사람씩 들어왔다. 그들은 서양 사람의 입은 이란인의 입과는 다르기라도 한 것처럼 나를 둘러싸고 내 입안을 들여다보았다. 그런 다음 그들이 도구를 골라주며 의견을 제시했다. 얼굴을 찡그린 한 여자는 예뻤고, 미소 지은 한 여자는 수수했으며, 다른 또 한 명의 여자는 표정이 없었다. 결국 한 여의사가 일을 떠맡았다. 그녀는 한 시간 동안 섬세하게 내 잇몸을 쑤시며 남자 의사가 할 수 없었던 어떤 일을 했다. 차도르와 의사 마스크 밑에서 한 쌍의 안경만이 안개 속의 헤드라이트처럼 빛났다. 그녀가 내 '근관'을 채우는 동안 남자 의사는 물러서 있었다. 부끄러워하는 기색은 없었다.

마지막에 누군가가 거울을 가져왔다. 나는 내가 무엇을 보게 될지 알 수 없었다. 잠시 나는 앞니가 부러지고 아픈 이가 있던 자리는 구멍이 뻥 뚫려 있을 거라고 생각했다. 네 시간 동안 그 난리를 쳤으니 입안이 완전히 달라져 있을 것 같은 생각이 들었다. 그러나 거울을 보니 모든 것이 너무나 똑같았다. 다만 농양이 있던 자리가 움푹 들어가 있었고, 고통은 사라졌다.

* * *

11월의 바람이 거리에 먼지를 일으켰다. 약한 햇빛이 내리쬐고 있었다. 지나가는 얼굴들, 특히 나이든 얼굴들은 호기심을 드러냈다. 저 지친 눈들이 무엇을 보았을까 나는 궁금했다. 부드럽게 내 머리가 맑아지고 있었다.

길모퉁이 작은 식료품 가게에서 들려오는 남자의 부드러운 영어 말씨가 나를 붙잡아 세웠다. 그는 달콤한 바나나를 나에게 건네주고는 돈을 받지 않으려고 했다. 호기심을 느낀 나는 그곳을 떠나지 못하고 서성거렸다. 그의 긴 얼굴과 은빛 깔때기 모자가 마지막 손님이 떠날 때까지 향기로운 밤 자루 뒤에서 사라졌다 나타났다 했다. 혼자가 되자 그는 다시 얘기를 시작했다.

40년 전, 그는 한때 왕의 자랑거리였던 공군에서 복무하면서 군 장비를 실어날랐다. 지금도 그는 지갑 속에 그 시절의 사진을 간직하고 있었다. 그는 자랑과 서글픔이 뒤섞인 표정으로 그 사진들을 내게 보여주었다. 런던 출입국관리소 밖에서 찍은 사진도 있는데, 당시 유행이던 나팔바지를 입은 그는 좀 수줍어하는 표정으로 서 있다. 그 뒤의 미니스커트 입은 여자가 시대를 말해주고 있다. 손에 담배를 들고 한 친구와 함께 파리 개선문 아래 차분하게 서 있는 사진도 있다.

"그때는 좋았지요." 호두 포대 한가운데서 어깨를 펴면서 그가 말했다. "나는 모든 장교클럽의 회원이었지요. 난 당신네 나라 영국에서 낙하산을 구입하기도 했어요. 마더웰에 상점이 죽 늘어서 있던 기억이 납니다. 마더웰을 아세요?" 다른 사람들이 가게 안으로 들어왔다. 잠시 나는 그와 내가 외모가 비슷하다는 생각을 했다. 굵은 듯한 몰골 하며 연한 빛깔의 눈이 닮은 것 같았다. "데모도 생각나는군요. 셔츠도 안 입고 머리를 길게 기른 젊은이들. 나는 그것이 무엇을 의미하는지 몰랐지요. 이란에서는 데모라는 게 없었으니까요. 샤(왕)가 다스리던 시절에는 좋았어요. 물건 값이 쌌어요. 그 시절에는 1달러가 70리알에 불과했어요. 요즘은 8만 3천 리알이죠. 주말에는 내 소득이 꽤 많아 보이지만, 그러나……" 그가 손바닥으로 연기를 날려버리는 시늉을 했다.

나는 궁금했다. 그는 자기가 그 일부였던 교만을 잊어버린 것일까? 쓸데없는 무기 준비, 샤의 잘못 관리된 개혁, 비밀경찰의 잔혹함…… 내가 물었다. "그리고 다음에는?"

"다음에요? 그 다음에 나는 해고되었죠. 이라크와의 전쟁 직전에 우리들 3만 7천 명이 해고되었어요. 느닷없이 집에 가라는 말을 들었답니다. 아무 이유도 없이. 우리가 필요한 그 순간에 우리를 해고한 거예요. 일부는 미국으로 갔고, 일부는 영국으로, 그리고 그냥 장사를 시작하거나 그밖의 다른 일을 시작한 사람들도 있었지요."

"당신네들이 샤의 사람들이었기 때문에……"

"네, 그래요. 그것이 비밀스런 이유였지요. 그들은 우릴 믿지 않았지요. 그들은 자기네들과 생각이 같은 사람들만을 원했어요." 이제 그는 공공연하게 슬픔을 드러냈다. "그후에 나는 무슨 일을 해야 할지 막막했지요. 우리들 셋이 모여서 아르메니아에서 모래 섞는 기계를 사오려고 했지요. 그곳에서 이곳까지는 거리도 멀고 기계도 엄청나게 컸지요." 그는 거리의 반대쪽을 향해 한 손을 내저었다. "우리는 많은 이윤을 올릴 수도 있었지요. 하지만 중간에 있는 아르메니아의 경찰과 출입국 사무소에서 다 먹어버렸어요. 당신도 알다시피 우리는 아제리족이지요. 아르메니아인들은 그 당시에도 아제르바이잔을 미워했어요. 20년이 지난 지금 우리 정부에서 아르메니아에 우리들에게 보상해주라고 요구하고 있지요." 꿈을 꾸듯 그의 얼굴이 흐려졌다. 그는 몇 그램의 피스타치오 열매를 파느라고 얘기를 중단했다. "무슨 일이나 가능하지요. 나는 그걸 알게 되었습니다. 오직 신만이 모든 걸 알고 계시죠……."

그가 나를 똑바로 바라보며 갑자기 물었다. "당신 몇 살이지요? 아, 그렇지, 난 예순한 살이오……우리나라 사람들은 왜 이렇게 빨리 늙지요? 그건 행복하지 못하기 때문이라고 생각해요. 슬프면 늙거든요." 나는 그에게 늙으면서 날씬해지고 보기 좋아졌다고 말했다. 그러나 그는 이렇게 말했다. "우리는 과거처럼 즐길 수가 없어요. 작년에 아내와 함께 바닷가에 갔었지만, 줄곧 감시당하는 느낌이었지요. 도처에 경찰이 있어요. 검문을 하고, 오가는 대화를 엿

듣지요. 우리가 무얼 하는지, 무슨 말을 하는지, 무슨 생각을 하는지 감시한단 말입니다. 바닷가에서조차도. 만약 보상금을 받게 된다면……" 그는 다시 꿈꾸는 듯한 표정을 지었다. "난 아내와 함께 여행을 하고 싶어요. 당신네 나라도 다시 가보고 싶어요. 내가 그렇게 오래 산다면, 아마 15년은 걸리겠지만……그러면 우리가 다시 만나서 즐거운 시간을 갖게 되겠죠."

순간적으로 이 꿈 같은 이야기를 믿으면서 나는 그에게 내 주소를 적어주었다.

"내 아내도 여행을 좋아했지요. 그녀는 늘 희망적입니다. 공군에서 쫓겨났을 때, 나는 큰 절망을 느꼈지요. 하지만 그녀는 이렇게 말했지요. '힘내요. 모두 잘 될 거예요.' 늘 이런 식이지요." 그는 이렇게 덧붙였다. "아내는 나의 소중한 친구예요. 밤에 집에 가면 그녀가 거기 있으리란 걸 나는 알고 있지요. 그건 대단한 일이지요. 친구가 있다는 것은."

잠시 나는 그녀의 눈에 비친 그의 모습을 생각했다. 운수 나쁜 일을 겪은 좋은 남자, 그의 아내는 이렇게 생각하고 있을 것 같았다. 헤어지면서 나는 그의 손을 잡았다. 그는 대추야자 한 봉지를 내게 주었다. 내 주소는 잊혀진 채 아몬드 한가운데 놓여 있었다.

* * *

1257년 암살단원들을 뿌리 뽑은 훌라구는 그의 기병대와 공성부대를 이슬람의 중추로 밀어넣었다. 불과 몇 주일 만에 바그다드가 함락되었고, 이전의 정복자들이 존경했던 아바스 왕조도 사정없이 뿌리 뽑혔다. 왕을 카펫에 말아 말발굽에 밟혀 죽게 함으로써 왕의 피가 땅을 적시지는 않았다고 한다. 그 직후에 훌라구는 시리아 정복에 나섰다. 시리아의 도시들을 약탈하면서 그는 무슬림은 학살하고 기독교도들은 살려두었다. 그러다가 몽골 내부에서 분쟁이 일어나 그는 돌아갈 수밖에 없었다.

그가 일칸 제국의 첫 번째 수도로 삼았던 마라게에는 우뚝 솟은 벽돌 무덤들만이 석화된 유목민 텐트처럼 남아 있다. 나는 황폐한 골목 아래서 그 무덤들을 찾아냈다. 돔이 사라진 무덤의 탑들은 무늬가 새겨진 벽돌로 이루어졌고, 무덤의 문 위쪽에는 이슬람의 성구들이 새겨져 있었다. 그중 가장 아름다운 탑은 훌라구 이전에 만들어진 것이었는데, 돌을 잘라 만든 대좌 위에 올라앉아 있었다. 장미 색깔의 벽돌로 만든 작은 탑으로 돔은 사라지고 없었고 원형 천장은 텅 비어 있었다.

그러나 훌라구 자신도 몽골 방식에 따라 비밀리에 매장되었다. 이슬람은 그의 적이었고(그의 어머니와 그의 총애하는 아내가 네스토리우스파 기독교도였다), 이교도인 그의 조상들과 마찬가지로 그는 밤하늘에서 신비를 느꼈다. 마이문디즈의 암살단 둥지를 점령한 후, 그가 죽이지 않고 살려둔 오직 한 사람은 유명한 천문학자 나시르-앗-딘 투시였다. 이 천문학자는 마음이 흔들리는 그랜드 마스터에게 행성들의 모양이 항복을 가리키고 있다고 설득했던 사람이었다. 훌라구는 투시에게 마라게 위의 고원에 천문대를 세우는 일을 맡겼다. 이 천문대는 곧 최첨단의 과학과 마법을 갖춘 시설이 되었다. 정오의 태양 고도를 재는 거대한 기계가 있었고, 혼천의와 육분의, 태양과 달의 직경을 측정하는 기구도 있었다. 중국의 천문학자들도 차출되어왔고, 40만 권의 장서를 갖춘 도서관도 부설되었다. 장서의 대부분은 바그다드에서 가져온 것들이었다.

30년 이내에 이 천문대의 학자들은 2백 년 후 코페르니쿠스가 사용한 것보다 더 정확한 기구들을 사용해서 프톨레마이오스의 천문지식을 기초로 만든 달력을 대체할 수 있는 정확한 천체력을 만들었다. 그러나 연금술과 점성술에 빠져 있던 훌라구는 토성이 30년 주기의 공전을 끝내기를 기다릴 수 없었다. 그에게 하늘은 하느님의 마음이었다. 하늘에 의해 지상의 일들이 결정된다고 그는 믿었다. 그리고 머지않아 그는 죽을 것이었다. 그는 12년 내에 결과를 가져오라고 요구했다.

마라게의 인적이 거의 없는 고원에서 군사 방송국의 초소를 지나자, 하얀 캔버스로 덮인 돔이 나왔다. 돔의 지붕은 바람에 찢겨졌고, 주위의 언덕에는 갓 내린 눈이 보였다. 잠기지 않은 쇠사슬이 매달려 있는 문을 밀어보니, 삐거덕 문이 열리면서 완전한 원형 건물의 흔적이 나타났다. 돔의 천장을 통해 들어오는 빛이 60센티미터 높이로 높여져 있는 돌로 된 토대를 비추었다. 포장된 통로가 방을 둘로 나누어주었다. 통로 양옆에는 엉겅퀴가 돋아 있었다. 나는 조그만 탑의 원을 구분할 수 있었다. 그 많던 기구들은 오래 전에 약탈되거나 파괴당했다. 태양의 고도를 재던 투시의 거대한 사분의의 일부만이 남아 있었다. 90센티미터의 구부러진 돌이 솟아 있었고, 그 위에는 눈금 같은 것이 아직 선명했다.

훌라구는 천문대가 세워지고 나서 6년 후에 죽었다. 투시도 1274년에 그의 뒤를 따랐다. 토성이 마침내 그 공전을 끝냈고, 천체력은 수정되었다. 그후 일칸 왕국은 분열되었고, 1340년경 천문대는 폐허가 되었다. 약 60년 후에 티무르의 손자로 후에 천문학자가 된 울루그 베그가 어린 나이에 이 폐허를 거닐며 매혹되었다. 그는 성장하여 자신의 천문대를 만들었다. 내가 사마르칸트의 땅 속에서 본 것이 바로 이 천문대의 사분의였다.

그러나 이때쯤에는 그 천문대의 아버지뻘인 마라게의 천문대는 먼지로 변해 있었다. 훌라구도 그것을 바꿀 수 없다면 미래를 아는 것이 무슨 소용이 있겠느냐고 물었다고 한다.

* * *

버려진 마당에 마지막 무덤 탑이 있었다. 무덤 옆의 담은 레이스 같은 벽돌로 짜여 있었다. 이 무덤이 훌라구의 어머니 무덤이라는 전설이 전해지는 것은 아마 이 담 때문일 것이다. 그러나 그 문에 새겨진 글은 이 무덤의 조성 연대가 훌라구가 오기 60년 전이라고 밝히고 있다. 그리고 몽골의 존귀한 마님—그녀는 쿠빌라이 칸의 어머니이기도 했다—이 이슬람 식으로 매장되지는 않았을 듯하다. 그녀는 기독교도였기 때문이다. 네스토리우스파 선교사들이 이미 2백 년 전부터 몽골인들 사이에서 선교를 하고 있었던 것이다. 훌라구의 무시무시한 아내 도쿠즈 카툰도 기독교도였고, 그들의 아들은 비잔티움의 황제의 딸과 결혼하기로 되어 있었다.

걱정이 많았던 이 13세기 중엽에 유럽인들의 눈에는 몽골 제국 전체가 곧 개종할 것으로 보였다. 교황 인노켄티우스 4세와 프랑스 왕 성 루이는 아랍인들과 싸우는 십자군 전쟁에 원군을 보내달라고 요청하는 사절을 몽골 황제에게 보냈고, 아시아의 기독교도들은 훌라구의 바그다드 파괴를 제2의 바빌론에 대한 승리라고 환영했다. 몽골 군이 지중해를 향해 진군하자, 마지막 남은 무슬림 강국인 이집트의 맘루크 왕조가 그들을 맞아 싸우러 나왔다. 그러나 몽골 고국에서 내분이 일어나는 바람에 훌라구는 철수할 수밖에 없었다. 그는 세력이 약해진 군대를 기독교도인 키트보가 장군 휘하에 남겨두고 철수했다. 키트보가가 승리했다면 무슬림 세계의 거의 전부가 기독교에 호의적인 몽골 귀족의 지배 아래로 들어갔을 터였다. 그러나 그는 아인 잘루트 전투에서 살해되었고, 그의 군대는 궤멸했다.

몽골인들이 어떤 종류의 기독교를 받아들였는지 짐작하기는 어렵다. 카라코람에 파견되었던 루이 왕의 사절은 네스토리우스파 사제가 방탕하고 무식하며, 그들이 주재하는 예배는 흥청망청 놀고 마시는 놀이판과 다를 것이 없다고 묘사한 바 있다. 어느 일요일, 그는 황비(皇妃)가 대미사를 마치고 비틀거리며 돌아오는 것을 보았다는 것이었다.

* * *

마라게 서북쪽 130킬로미터 지점에 이란 내 아제르바이잔의 수도인 타브리즈가 자리잡고 있다. 이 도시 주변에 정유소와 발전소들이 모여 있다. 이 지역은 한꺼번에 10만 명을 매몰한 대지진의 피해를 입은 곳이다. 그 이전 번영의 자취가 모두 이 파괴로 빛을 잃어버렸다. 강력한 일칸 왕국의 수도이자 14세기의 대도시로 당시 이 도시의 소득이 프랑스 왕의 연간 소득보다 많았다(한 프란체스

코회 수사의 기록이다). 그 번영했던 과거의 흔적이 지금은 한 모스크의 부서진 타일과 바자르의 미로로만 남아 있다.

나는 확대된 마라게의 거리를 걷고 있는 듯한 느낌이었다. 타브리즈는 거칠고 편협하기로 유명하다. 거미줄 같은 시장—많은 점포가 15세기의 원형 천장 아래 있다—은 언뜻 보기에 풍요로워 보인다. 17세기 시아파 순교자들의 포스터는 녹색 터번을 두른 부드럽고 불행한 얼굴을 보여준다. 포스터 한 장이 60페니에 팔리고 있다. 다른 곳에서는 미국 프로 미식축구팀 '오클랜드 레이더스'의 이름이 찍힌 야구모자와 군용 견장, 리샤오룽(李小龍)과 아야톨라 호메이니의 초상화 등이 팔리고 있다.

저녁 무렵, 북쪽 교외 어딘가에서 사람들과의 접촉에 굶주려 있던 나는 영어 대학에 들어가보았다. 거기서 나는 부적처럼 이 선생에서 저 선생으로 넘겨졌다. 그들은 영국인을 한 번도 본 적이 없었다. 갑자기 나는 내 조국에 대한 책임감을 느꼈다. 곧 한 젊은 조교가 나를 독점했다. 잘 다듬은 그의 긴 얼굴에 내심 재미있다는 표정이 나타나 있었다. 그는 열 명의 여자들을 가르치고 있었는데, 내가 그들과 이야기해보기를 바랐다. 내가 그 방에 들어가자 그들은 차도르가 버스럭거리는 소리를 내면서 벽을 따라 놓여 있는 의자에서 일어나 조심스런 환호를 보냈다. 나는 그들 앞에 놓은 의자에 앉았고, 그들의 선생이 내 옆에 자리를 잡았다. 나는 무슨 질문을 던져야 할지 망설였다. 학생들은 10대 후반 아니면 20대 초반의 나이였다. 그들은 벽을 배경으로 그림자처럼 움직였다. 나는 그들에 대해서 할 말이 없었다. 평범한 말로 나는 시작했다. "왜 영어를 배우고 있습니까?"

즉시 한 여학생이 대답했다. "우리 선생님을 사랑하기 때문이에요!"

학생들이 일제히 웃음을 터뜨렸고, 선생도 웃었다. 그러면서 그림자 같던 여학생들에게 생기가 살아났다. 회색 눈을 가진 예쁜 여학생이 있었다. 그녀의 차도르는 검은색이었는데, 수가 놓여 있었다. 또 다른 여학생은 얼굴이 좁고 이마가 튀어나왔다. 올빼미 같고 부인 티가 나는 학생도 있었다. 선생과 사랑에 빠진 체한, 유머가 풍부한 여학생이 두건을 뒤로 젖히자 검은 머리가 드러났다. 그들은 차도르 밑에 진 바지를 입고 은팔찌와 손목시계도 차고 있었다.

내가 서양에 대해 어떻게 생각하느냐고 묻자 다시 한 번 간단하고 경박한 대답이 쏟아졌다. "맨체스터 유나이티드! 축구! 데이비드 베컴!" 한 학생은 놀랍게도 이렇게 묻기까지 했다. "어젯밤 맨체스터 유나이티드가 포츠머스를 3대 2로 이긴 것 아세요?"

"어떻게 그 소식을 들었지요?" 내가 물었다. "위성 텔레비전에서?" 다음 순간 나는 내가 너무 나간 게 아닐까 걱정했다. 위성 텔레비전이 금지되어 있기 때문이었다. 하지만 학생들은 까르르 웃음을 터뜨렸다. "위성요?" 그들이 빈정대는 투로 합창을 했다. "아, 아니에요. 우린 위성이 없어요! 절대로!"

선생이 싱글싱글 웃으며 말했다. "누구나 위성을 가지고 있지요."

예쁘고 영어가 유창한 학생—선생은 그녀를 여권론자라고 했다—이 짜증스런 말투로 끼어들었다. "이건 모두 난센스예요. 그들은 축구선수들에 불과해요."

그들이 서양에 대해서 싫어하는 것은 서양의 인종적 편견이라고 그녀는 말했다. 나는 그들이 그런 생각을 갖게 된 것이 영화 때문인지, 아니면 국가의 선전 때문인지 가늠할 수 없었다. 그들은 영어를 하면 세계인 같은 멋을 풍긴다고 생각하고 있는 것 같았다. 그들은 모두 컴퓨터를 가지고 있다고 했다. 좀처럼 미소를 짓지 않는 올빼미같이 생긴 여학생만이 자기는 영국 문학을 좋아한다고 말했다. 자기는 소녀시절에 로렌스 올리비에가 출연한 〈햄릿〉을 보았는데 아직도 그것을 잊지 못하고 있다는 것이었다.

그때쯤 나는 그들의 의자가 나에게 더 가까이 와 있다고 착각했다. 그들의 차도르가 이제 그들을 감추어주지 못했고, 그들의 반짝이는 눈과 매니큐어를 칠한 손들이 부각되고 있었다. 몇 명은 아름다웠다. 가끔 나는 거북함을 느꼈다. 마치 우리의 처지가 뒤바뀐 듯한 느낌이 들었던 것이다. 그들이 나를 심문하고 있는 것 같았다. 아, 영국의 반응이 이렇구나, 영국인들의 생각은 저렇구나 하면서……. 나는 그들이 수줍어할 것으로 예상했었는데, 내가 그들에게서 발견한 것은 유머와 분노, 그리고 솔직함이었다. 그들은 겉보기보다 더 성숙되어 있는 것 같았다. 그렇다면 그들이 결혼에서 기대하는 것은 무엇일까 나는 궁금했다.

유머 감각이 있는 여학생이 내뱉듯 말했다. "공처가 남편요!"

"아무것도 기대하지 않아요." 여권론자가 말했다. "난 그래요. 아이도 필요없어요. 그렇게 힘들여 아이를 낳을 가치가 없다고 봐요." 그녀는 무릎에서 먼지를 털어내며 다시 되풀이했다. "아무것도 기대 안 해요."

내가 한발 더 나가 보았다. "서양에서는 많은 젊은이들이 결혼하기 전에 관계를 맺는데……"

얼굴이 좁은 학생이 즉시 대꾸했다. "네, 그게 더 좋아요." 아무도 반대의견을 내놓지 않았다. "자기 남자를 더 잘 알게 되니까요. 전에 사랑하는 게 더 좋지요."

"하지만 대학을 졸업하면 남자를 만나게 되는데, 그렇게 되면 아주 어색할 거예요." 예쁜 여학생이 말했다. 그녀의 비단 차도르 밑으로 찢어진 모양을 일부러 만든 진 바지가 보였다. "만약 우리가 남자와 관계를 가졌다가는 감옥에 갈 거예요."

"여기서는 자기가 원하는 일을 아무것도 할 수 없어요! 아무것도요!" 나의 존재가 그들을 해방시킨 것 같았다. 얼굴이 좁은 학생은 화가 나 있었다. "생각하는 것을 말할 수도 없어요! 그랬다가는 감옥에 가요. 여기서는 자유는 농담에 불과하죠."

유머리스트가 짐짓 경계하는 척 한 손으로 친구의 입을 막았다. "이 애는 아무 말도 하지 않았어요! 아무 말도 안 했다고요!" 하지만 그녀의 웃음에는 신경질적인 데가 있었다. 그녀가 갑자기 진지해졌다. "난 결혼 후에도 계속 사랑하고 싶어요. 하지만 남자들은 딱딱해요."

나는 그녀의 묘한 어조로 보아 그녀에게 숨겨놓은 연인이 있는 게 아닐까 의심했다. 내가 가볍게 웃으면서 남자들은 어디서나, 서양에서도 역시 딱딱하다고 말했다.

"하지만 여기 같진 않아요!" 학생들이 합창을 했다. "여기 남자들은 구제불능이에요!"

"그리고 우린 법 앞에 평등하지도 못해요……우리 정부는 순전히 남자들뿐이라고요."

내가 물었다. "투표에 대해서는 어떻게 생각합니까?" 나는 선거가 아무런 변화도 가져오지 못하리라는 것을 알고 있었지만, 하여간 이듬해에 대통령 선거가 예정되어 있었다(강경파가 당선될 것으로 예상되고 있었다).

"가짜예요! 하나마나죠!" 그들은 희망을 가질 것이 못 된다고 이구동성으로 말했다. "난 투표할 거예요." 여권론자가 말했다. "'지지하는 자 없음'이라고 써넣을 거예요."

얼굴이 좁은 여자, 유머가 있는 학생, 그리고 여권론자는 창백한 주먹을 들어올리고 서로 하이파이브를 하면서 데모를 하는 흉내를 내기도 했다. 선생이 말했다. "저 학생들은 샤 시대에 나온 여권신장에 관련된 책을 몇 권 읽었지요."

"난 인터넷에도 들어가요." 선생의 말을 엿들은 여권론자가 말했다. "페미니즘이란 단어를 클릭하기만 하면 돼요. 그러면 모든 정보가 다 나와요."

나는 나 자신에게 경고했다. 이 여학생들은 부모가 부자들인 엘리트야. 이들을 보고 희망을 가져서는 안 돼. 올빼미 같은 여자가 나를 기분 나쁘게 바라보고 있었다. 그녀가 말했다. "이렇게 말해서 미안하지만, 이란인들의 80퍼센트는 영국인들을 미워해요."

나도 그것을 어느 정도는 알고 있었다. 19세기초 이후로, 영국은 페르시아를 러시아를 상대로 한 큰 게임의 놀이판으로 잘못 사용해왔다. 지금도 이란인들의 영국에 대한 의심은 미국에 대한 의심 못지않았다.

그녀가 말을 계속했다. "한때 우리가 더 앞섰었지요. 당신네들이 양을 방목할 때 우리는 대단했었지요."

짜증이 나서 내가 말을 가로챘다. "중국인들도 한때 앞섰었지요."

"난 중국인들을 이해할 수 없어요." 여권론자가 끼어들었다. "왜 그들이 앞서 있지요? 우린 영리한 국민인데 우리 형편이 어떤지 보세요!"

한 순간 침묵이 흘렀다. 내가 그 침묵을 그럴듯한 말로 채워보려 했지만, 역시 내 말은 오만한 영국인의 말을 벗어나지 못했다. 내가 한 말은 위선에 불과했다. 상한 감정을 매만져보려는 의도인 듯 예쁜 여학생이 말했다. "서양은 꿈이에요. 우리는 서양에 대해 몰라요. 도달할 수도 없고요. 이걸 이해하려면 선생님도 우리처럼 살아봐야 할 거예요." 그녀가 한 마디 더 덧붙였다. "우리나라는 행복했던 적이 없어요."

이 나라에서 나에게 다정하게 대해준 사람들도 많이 있었다. 나는 결국 사람들에게 내가 터키 안티오크로 갈 예정이라고 말했다. 그들은 가는 길이 너무 위험하다고 하면서 쿠르드족에 관해 중얼거렸다. 카즈빈의 한 남자는 서툰 영어로 안전한 여행을 기원한다는 카드를 써주기도 했다. 내게 자기 손목시계를 준 사람도 있었다 (내 시계는 깨져버렸다). 그들의 오토바이를 태워준 마을사람들도 있었다. 상점 주인들은 작은 물건을 덤으로 얹어주기도 했다. 거의 모든 사람들이 이방인에게 정중했다. 더러 다시 만나자고 약속을 하는 사람들도 있었다(그들이 반드시 약속장소에 나타난 건 아니다). 이란 사람들은 예부터 예의 바른 사람들이었다. 가끔 이중성을 드러내기도 한다. 하지만 그들이 나를 미워했을까?

영어를 가르치던 그 선생은 이렇게 말했다. "아니오. 그들이 당신에 대한 개념, 당신의 나라, 그 나라가 우리나라에 대해 한 일을 미워할 수는 있지요. 그러나 당신을 미워하지는 않습니다." 텅 빈 휴게실에서 우리는 차와 바클라바(호두·밤·꿀 등을 넣은 중동지방의 디저트용 파이)를 앞에 놓고 앉았다. 그의 얼굴은 상아처럼 매끈했고, 장난기는 사라지고 없었다. "난 서양이 우리를 부패시키고 있다고 생각합니다. 그 점을 난 싫어합니다. 포르노가 마구 들어오고, 마약도 들어오지요. 거리에 누워 있는 사람들을 보았을 겁니다. 누구나 가게에서 포르노 비디오를 살 수 있어요. 1달러도 안 되거든요. 난 곧 결혼할 계획인데, 그래서 이런 사태가 더 증오스럽습니다. 우리 세계가 병들었어요." 나는 그의 말을 듣고 놀랐다. 나는 그가 도시적이고 다소 시니컬하기까지 하다고 상상했었다. 그런 그가 세상을 걱정하고 있었던 것이다. "내가 가장 아쉬워하는 건 사랑의 가치가 저하되었다는 거예요. 매일 거리에서 여자들이 폭행 당하는 일이 벌어져요. 여자들은 마음 놓고 거리를 걸을 수도 없어요. 내 첫 번째 소원은 차를 사는 거지요. 내 약혼자가 안전하게 다닐 수 있게 말입니다."

"어떤 폭력을 당하지요?"

"남자들이 여자에게 쌍스러운 말을 하고 구경꾼들이 합세하는 겁니다." 그는 몸을 움츠리며 시선을 다른 데로 돌렸다. 무슨 이유에선지 나는 이마에 칼자국이 있는 시아파 포스터가 생각났다. "가끔 그들은 여자를 만지려고 하기도 하지요."

아마 그것은 이제 막 싹트기 시작하는 자유주의의 대가일 거라고 내가 말했다. 그가 가르치는 여학생들조차도 혼전 관계를 찬성하지 않았던가.

"그건 그들이 이미 그런 관계를 맺었기 때문이지요. 물론 그들은 그런 관계를 맺고 있어요. 비밀에 부치고 있지만 그런 관계를 맺고 있어요."

"어떻게 그걸 압니까?"

그는 대답하지 않았다. 그러나 그의 견해에 내가 놀라고 있다는 것을 감지하고 그는 이렇게 말했다. "난 늘 폭력을 두려워했습니다. 난 폭력가정 출신이거든요. 어릴 적에 난 정원에 들어가 숨곤 했어요. 폭력은 대를 물린다는 말이 있지만, 난 그렇지 않아요. 난 그저 더 걱정을 할 뿐이지요." 휴게실에 다른 사람들이 들어왔지만, 그는 개의치 않았다. "발단은 우리 어머니가 결혼할 때 처녀가 아니었다는 거였지요. 아버지는 결혼 첫날밤에 그 사실을 알게 되었지요. 아버지는 어머니를 결코 용서하지 않았어요. 아버지는 어머니가 당신을 속였다고 말했지요. 그후 아버지는 어머니를 절대로 믿지 않았어요. 어머니가 화냥질을 한다고 생각했지요. 하지만 난 성교하지 않고도 다른 이유로 처녀막을 잃을 수 있다고 생각합니다. 사고나 그밖의 원인으로 말입니다. 어머니도 그렇게 말했지요. 결국 두 분은 내가 아주 어렸을 때 이혼했어요."

그의 말은 이어졌다. "이 나라에서 순수한 감정은 사라져버렸어요. 여자들이 자기 몸을 의식하게 되었고, 그것이 그들을 타락시켰어요. 나는 내 약혼자와 이 문제에 대해서, 그리고 그녀의 친구들에 대해서 이야기했습니다. 우리는 늘 남자들끼리의 동성애는 있었지요. 하지만 여자들끼리 어울리는 그런 일은 없었어요. 자유가 없기 때문에 그런 일이 벌어지는 겁니다. 우리는 결혼 후에 터키에 가서 살 작정입니다. 그곳 생활이 더 좋거든요."

동의를 구하듯 그의 시선이 내게로 돌아왔다. 나는 그의 소년 같은 얼굴에서 그의 어머니의 유린된 처녀성을 보았다. 그는 터키에 가면 그의 기억 이전의 행복한 시절, 포르노가 범람하기 전, 그의 부모가 싸우기 이전의 행복한 시절을 되찾을 수 있을 것으로 생각하고 있었다. "여기서는 사랑이 사라졌어요." 그가 말했다.

\* \* \*

이란에서 가장 큰 호수인 오루미예 호(湖)는 평균수심이 9미터밖에 되지 않고, 물에 염분이 많아서 원초적인 갑각류와 바다에 사는 벌레들만이 그 안에 서식하고 있다. 호수 연안에는 인적이 거의 없었다. 터키에 거의 다 가도록 푸른 수면이 펼쳐져 있을 뿐이었다.

처음에 나는 파도가 물가에 부딪치고 있다고 생각했다. 그러나 자세히 보니 바위에 180센티미터 높이까지 소금이 달라붙어 있었다. 그 소금이 안개 속에서 반짝이는 것이, 마치 물결이 바위에 부서지는 것처럼 보였던 것이다. 몇 마리 하얀 새들이 물가를 따라 날고 있었다. 마치 물가 바위에서 떨어져나온 소금 조각들 같았다.

1265년 샤히 섬 어딘가에 훌라구의 시신이 비밀리에 매장되었다. 그 전 해에 혜성이 나타나 그의 죽음을 경고했고, 그는 간질 발작에 시달렸다. 그는 겨울 캠프에서 마흔여덟의 나이로 죽었는데, 아들이 서른 명이나 되었다. 그가 죽고 넉 달 후 기독교도였던 그의 왕비가 왕위를 물려받았다. 훌라구는 몽골 방식으로 매장된 칭기즈칸의 마지막 왕자였다. 그의 시신은 감싸졌고, 첩들이 그와 함께 묻히기 위해 살해되었다. 아시아의 기독교도들은 무시무시했던 그들의 보호자의 죽음을 슬퍼했지만, 무슬림 세계는 그의 죽음을 기뻐해 마지않았다. 그는 거대한 탑 속에 안치되고, 천 명의 경비 병들이 그의 무덤을 지켰던 것으로 보인다. 그러나 몇십 년도 지나기 전에 일칸 왕국이 망했고, 그의 무덤은 약탈되었다. 그리고 티무르 시절, 이 지역은 사람이 살지 않는 황무지가 되었다. 그의 무덤이 있는 곳은 기억 속에서 사라져버렸다.

이제 호수가 점점 작아지면서 샤히 섬은 산이 많은 반도가 되었다. 나는 긴 둑길을 따라 그 안으로 들어가서 비탈이 가파른 고원을 한 바퀴 돌았다. 이 고원은 한때 홀라구의 무덤으로 생각되었던 곳이다. 그러나 1939년 한 학자가 이곳을 조사해보았지만 그 사실을 뒷받침할 만한 증거를 찾지 못했다. 대신 그는 반도의 서쪽 물가에 있는 거의 접근이 불가능한 산에 바위를 깎아 만든 방과 물탱크가 있다는 얘기를 들었다. 그곳으로 떠난 그는 영영 돌아오지 못했다.

잔뜩 겁이 난 택시 운전사가 나를 새벽에 내려주고는 밤이 되기 전에 돌아오겠다고 약속했다. 내 앞에는 너무 가팔라서 올라갈 수 없을 것 같은 산이 우뚝 서 있었다. 깎아지른 절벽에 인공적인 것으로 보이는 동굴이 여기저기 뚫려 있었다. 세 시간 동안 나는 돌이 여기저기 흩어져 있는 강바닥을 따라갔다. 그러자 먼젓번 산이 물러나고 다른 산이 내 앞에 나타났다. 강가 바위 옆 대충 만든 우리 옆에서 쉬고 있던 염소 치는 사람 둘이 손짓으로 우리를 돌아가는 길을 가리켜주고는, 그 너머에 무엇이 있느냐고 나에게 묻는 듯한 표정을 지었다. 그러나 나는 그 물음에 대답하지 못했다. 나도 알지 못했기 때문이었다. 그들은 어리둥절한 표정으로 나를 지켜 보았다.

계곡이 좁아져 협곡이 되었다. 점점 좁아지는 통로 위에 솟아 있는 절벽에는 수많은 동굴이 뚫려 있었다. 거기서 보이지 않는 새들의 지저귐이 들렸다. 한 시간쯤 가니 쏟아져내려온 돌들이 내 앞을 가로막았다. 나는 옆에 있는 산을 돌아서 겨우 그곳을 빠져나왔다. 그러자 다시 거대한 절벽이 하늘을 가렸다. 절벽의 동굴들이 이제 더 분명히 보였다. 그중 두 개가 특히 높고 아슬아슬한 곳에 자리 잡고 있었다. 그 동굴들의 입구는 너무 잘 다듬어져 있어서 자연적으로 생긴 것이라고 보기는 어려웠다. 그중 하나는 완전한 아치형이었다. 창문 자리 같은 것도 보였다. 내 발밑의 경사는 더욱 가팔라졌고, 바닥은 식은 용암으로 변했으며, 검은색 또는 장밋빛 돌들이 여기저기 흩어져 있었다. 또 어깨 높이까지 자란 엉겅퀴에서 꽃이 날려 내 옷과 손에 달라붙었다. 위로 올라갈수록 공기는 죽은 듯 움직임이 없었다. 이곳에서는 계절이 바뀌는 것이 멈춘 듯 나비들이 날아다니고, 덤불에는 붉은 털이 난 통통한 벌레들도 많았다. 발밑에서 메추라기들이 날아올랐고, 한번은 아주 가까이서 한 떼의 사슴들이 나를 지켜보고 있는 모습이 눈에 띄기도 했다.

그러나 내가 네 발로 기면서 가까이 다가가자, 동굴은 멀리서 보던 것과는 딴판으로 변했다. 알고보니 동굴들의 입구는 막혀 있었다. 창문으로 보이던 것들은 빗물이 흐른 흔적이었다. 나는 그때 산을 3분의 2쯤 올라갔는데, 희망이 점점 사라지고 있었다. 고질적인 무릎 통증이 다시 시작되었다. 나는 바위 사이에 앉아서 그 장소의 기기묘묘한 경치를 감상하면서 좌절감을 달랬다. 저 아래 강이 보였고, 거기 외로이 떠 있는 배 한 척도 보였다. 그 너머는 눈 쌓인 쿠르드족의 땅이었다.

다시 동굴들이 있는 산등성이로 시선을 돌렸다. 거기까지 계속 올라갈 가치가 있을까 의심스러워졌다. 그곳에서도 다시 절벽이 이어지고, 그 절벽을 넘으면 정상까지 비교적 쉬운 사면이 이어졌다. 그때 내 손 밑에서 뭔가 하늘색으로 반짝이는 것이 있었다. 유약을 바른 도기의 파편이었다. 근처 바위 사이에 그런 파편들이 더 있었다. 청록색 도기 조각들이 엉겅퀴 사이에서 반짝거렸고, 니샤푸르에서 본 것과 같은 녹색 도기 조각도 보였다. 이런 도기 조각들이 황야에 널려 있다니 이해되지 않는 일이었다.

동굴 위쪽에 누군가 절벽 면에 쇠사슬을 박아넣은 것이 눈에 띄었다. 그러니까 내가 이곳에 온 첫 번째 사람은 아니었다. 몇 분 후 나는 평평한 선반 모양의 바위로 올라가서 회를 바른 물탱크 안을 들여다보았다. 그 너머에 그런 물탱크가 또 있었고, 그 너머에 또 한 개가 있었다. 바위 면을 푹 파서 만든 그 물탱크는 천장에 끌 자국이 아직도 선명했다. 바위를 깎아 만든 방이 근처에 있고, 그 너머에는 깊고 둥근 방이 있었으며, 거기서 암흑 속으로 뚫린 돌층계가 보였다. 열에 들뜬 나는 잠시 이것을 무덤이라고 생각했다. 그러나 2.5미터 높이까지 벽에 회칠이 되어 있고, 입구에 빗물이 빠지는 도랑이 있다는 것을 알았다.

그 너머는 높이 12미터의 절벽이었다. 무너진 탑의 두 면 같기도 했다. 군데군데 속까지 틈이 벌어진 곳도 있었다. 그러나 나는 이것이 자연석인지 아니면 석회의 덩어리인지 구분할 수 없었다. 벌써 계곡의 그림자가 길어지고 있었다. 저녁이 가까워오고 있는 것이었다. 근처에 사람이 자른 바위는 보이지 않았다. 이곳이 보물이 감춰진 무덤인지 아닌지 나로서는 확인할 길이 없었다.

* * *

겉에 소금이 덕지덕지 달라붙은 나룻배가 나를 호수 건너편 부서진 다리로 이루어진 부두 옆까지 실어다주었다. 쇠로 된 다리 잔해와 쓰러진 기둥에도 소금 결정이 달라붙어 있었다. 내 앞 터키 쪽에 산이 우뚝 솟아 있었다.

열아홉 살 학생이 내 옆 의자에 비집고 앉았다. 그는 도수 높은 안경을 쓴 그는 무슬림 특유의 그루터기 수염을 기르고 있었다. 처음에 그는 자기 영어를 연습하고 싶어했고, 다음에는 나를 이슬람으로 개종시키려고 했다. 자기는 기독교도들에 대해 알고 있다고 그가 말했다. 아랍의 지리학자들은 이 호수에 '종파 분립론자의 호수'라는 이름을 붙였다. 호숫가에 살고 있는 종파들 때문이기도 했고, 또 우리의 행선지인 오루미예가 기독교도들의 마지막 근거지였기 때문이기도 했다. 하루 종일 하메드는 나를 따라다녔다. 그는 나를 개종시키는 일은 잊은 듯했다. 그는 종교적 확신이 약했고, 믿음도 꾸민 냄새가 났다. 그는 다만 나와 얘기를 하고 싶어했다.

그가 말했다. "우리에겐 종교가 중요하지 않아요. 젊은이들은 아직 하느님을 믿을지는 모르지만, 종교의식을 행하지는 않아요. 난 재난을 예상합니다. 우리는 모두 변화를 원해요. 폭력사태가 일어날 겁니다. 이 나라 전체가 화약통이에요." 가끔 그는 발을 끌며 걸음을 멈추었다. "우리는 마흐디를 기다려야 합니다. 그분이 오시기 전까지는 사태가 악화될 겁니다. 하지만 그분은 오실 겁니다. 그리고 예수가 그분 옆에 있을 겁니다. 당신네들이 받드는 예수 말입니다……그러면 모든 문이 열릴 겁니다…….”

또 자주 들어온 넋두리가 시작되었다. 서양이 자기 나라의 순수성을 망쳐놓았다는 얘기였다. 그가 다니는 대학의 여학생 절반이 남자들과 잔다는 것이었다. 타브리즈의 선생처럼 그도 여자들의 순결에 집착하고 있었다. 이 집착이 그 주위의 모든 것에 영향을 미치고 있다는 것을 나는 깨닫기 시작했다. 경찰관이 우리 옆으로 지나가자 그가 중얼거렸다. “경찰관들은 함께 다니는 소년과 소녀를 찾고 있어요. 그들이 남매지간이 아니면 경찰이 잡아가지요…….” 젊은이들이 옆으로 지나가자 그는 이렇게 말했다. “저 아이들은 도주한 소녀들을 찾는 거예요.”

“도주라니?”

“가족을 버리고 도주한 소녀들이 있어요. 그들은 공원에서 잔답니다. 소년들은 거기서 그런 소녀들을 만나지요. 그런 소녀들 일부는 창녀가 됩니다. 우리 아버지가 그런 소녀들을 경찰에서 빼내오는 단체를 운영하고 계세요. 아버지는 그런 아이들에게 카운슬러를 찾아줍니다. 만약 그들이 두세 차례 더 도망치면 그들은 감옥으로 가지요.”

우리는 뒤에 그의 아버지의 사무실에 들어가보았다. 뚱뚱하고 점잖은 남자가 여섯 아이들에게 시달리는 부모를 그린 만화 포스터 밑에 앉아 있었다. 포스터에는 이런 제목이 붙어 있었다. “아기는 둘이면 충분하다!” 그의 단체는 샤의 시대에 창설되었고, 처음에는 2백 명의 노인이나 불구자들에게 식권을 나누어주었다고 한다. 가끔 그는 거리에서 헤로인 중독자들을 데려오기도 한다는 것이었다. 나는 그와 더 오래 이야기하고 싶었다. 그러나 하메드가 나를 밖으로 끌어냈다. "아버지가 내 숨 냄새를 맡으면 안 돼요. 우리 부모님은 내가 담배 피우는 걸 모르고 계시거든요."

하메드가 나의 흥미를 불러일으키기 시작했다. 그는 서양을 증오하면서도 서양에서 들어온 시시한 것들을 즐기고 있었다. 그가 쓰는 말로 보아 그는 영화에 푹 빠져 있는 것 같았고, 가끔 팝송을 흥얼거리기도 했다. "브리트니 스피어스가 내가 제일 좋아하는 가수예요. 그녀의 웹사이트에 들어가면 모든 걸 받을 수 있어요. 또 제니퍼 로페스도 좋아하고요. 그녀가 최근에 자기 엉덩이를 2백만 달러짜리 보험에 들었다는 거 아세요?"

> 당신 없이는 하룻밤도 못 보내
> 그건 생각만 해도 끔찍한 일
> 난 당신을 품에 안아야 해……

우리는 감귤과 사과 과수원을 지나 교외 밖으로 걸어나갔다. 하메드가 안경을 벗자 더 뭉툭하고 보잘것없는 얼굴이 드러났다. 그의 몸은 나긋나긋하고 부드러웠다. 그는 교실에서 자기 옆에 앉는 여학생을 동경하고 있었다. "하지만 먼저 결혼을 해야겠지요…… 그런데 난 아이들을 원치 않아요. 시끄럽게 울어대고 또 아들이 내 말에 복종하지 않으면 어떻게 견디겠어요? 난 여자 아이를 더 좋아할 거 같아요. 여자 아이는 더 충실하거든요. 어쨌든 아이가 말썽을 일으킬 거라는 걸 알지만, 난 내 아내가 임신을 하면 아기의 성

별 검사를 하라고 할 거예요. 사내아이이면 떼어버릴 거예요."

"그러면 이슬람에 위배되지 않을까?"

"율법학자들이 이 문제에 대해 판정을 내린 게 있어요. 아기가 영혼을 갖게 되는 시기가 있어요. 아기의 성별은 임신 5개월이면 알 수 있어요."

"5개월이면 아마 영혼도 가지고 있을 걸."

그가 망설임 없이 말했다. "난 상관 않겠어요. 그래도 떼어버리겠어요." 그는 짧게 웃었다. 그는 야생 자두나무에서 자두 몇 개를 따더니 그중 하나를 내게 주었다.

내가 말했다. "부인이 아기를 낳고 싶어할 텐데."

그러나 그는 대답하지 않았다. 그는 갑자기 땅에 무릎을 꿇고 기침을 하고 구역질을 했다. "빌어먹을!" 그가 소리쳤다. "망할놈의! 죄송합니다. 라마단이라는 걸 깜빡했어요."

그는 자기가 먹은 자두를 토해내려 하고 있었다. 5분 동안 그는 땅에 무릎을 꿇고 있었다. 그의 안경이 땅으로 떨어졌다. 그가 쉰 목소리로 말했다. "실수로 먹었을 경우에는 큰 죄가 안 돼요. 큰 죄가 아니죠. 하지만 입을 깨끗이 씻어내야 해요……."

나는 그를 싫어하는 것을 이미 포기하고 있었다. 나는 그가 무슨 얘기를 하든, 최면에 걸린 듯 귀를 기울일 뿐이었다. 1분 후, 우리는 푸른 페인트칠이 되어 있는 작은 성소에 들렀다. 그는 그 벽에 기대고 몸을 흔들었다. "이곳은 기독교도 마을이에요." 그가 말했다. "얼굴을 보면 알 수 있어요. 그들은 얼굴이 벌겋지요. 술을 먹어서 그런 거예요. 당신네 영화에서 그런 걸 보았어요."

나는 성소 안으로 비집고 들어갔다. 낯선 모습의 그리스도 초상화들이 촛농으로 노랗게 된 선반에 기대어 놓여 있었다. 예수가 눈 먼 사람을 고치는 그림에 누군가가 이렇게 써놓았다. "나는 무슬림입니다. 그러나 나는 당신의 탄생일에 태어났습니다. 그래서 당신을 믿습니다. 나를 도와주십시오."

하메드가 그 말을 조용히 번역해주었다. 그는 오루미예의 어느 곳에 기독교 교회가 있는지 알고 있다고 했다. 나는 염치없이 그를 통역으로 써먹었다. 달리 써먹을 사람이 아무도 없었다. 백여 년 동안, 이 도시의 기독교도는 점점 줄어들었다. 주기적으로 쿠르드인들이 마을을 습격했고, 1차대전 중에는 이 지역의 네스토리우스파 기독교도의 반 이상이 터키인들에게 쫓기다가 죽음을 당했다. 우리는 잠겨 있는 아르메니아인 교회를 발견했다. 1830년 이후 미국 선교사들에 의해 개종된 신교도의 수도 6백 명으로 줄어들었다. 그들은 네스토리우스파에서 신교로 개종했다. 그들은 아직도 가끔 그리스도가 쓰던 말인 아람어로 예배를 드린다고 한 사제가 말했다.

약 4백 년 전에 사라져가는 이 언어의 수호자들인 네스토리우스파 교도들이 분열되기 시작했다. 많은 신도들이 로마로 도망쳐 칼데아 교회를 구성했다. 그들의 지도자는 스스로 '바빌론의 족장'이라 칭했다. 오루미예에서는 30년 전에 브레스트에서 온 프랑스인 신부가 아직 활동하고 있었다. 남아 있는 신도가 2천 5백 명이 채 안 된다고 그는 말했다. 네스토리우스파 신도는 모두 3천 명 정도일 것이라고 했다. 변두리 마을에서는 세 가족 내지 여섯 가족으로 줄어들었다는 것이었다. 많은 신도들이 북아메리카나 오스트레일리아로 도망쳤다고 했다. 그리고 그들은 이제 아람어로 예배를 드리지도 않는다는 것이었다. 저녁 기도 때 짧은 성구를 아람어로 읽는 것이 전부라고 했다.

나는 전에 다마스쿠스 북쪽의 한 마을에서 누군가가 예수가 쓰던 말로 주기도문을 외우는 것을 들은 적이 있었다. 내가 신부에게 그때 들었던 구절을 반복해 들려주자 그는 알겠다는 듯 고개를 끄덕였다. "하지만 그리스도의 언어는 이 세상에서 사라져가고 있지요……."

하메드는 이 모든 것을 좋아하지 않았다. 그는 무릎 사이에 팔을 끼우고 고개를 숙인 채 앉아 있었다. 신부들이 그를 불신했을 거라고 나는 생각한다. 술을 마셔 얼굴이 벌게진 이 기독교도들은 아마 배반자들일 거라고 그가 뒤에 말했다. 쿠르드족도 마찬가지라고 그는 말했다. "그들은 산지에서 내려온 야만족들이에요. 그들이 우리를 밀어내고 있어요. 이 도시 인구의 절반은 쿠르드족일 겁니다 (사실이 아니었다)." 가끔 그는 신경질적으로 구역질을 하며 그의 목구멍에서 자두 즙을 씻어내려고 애썼다. 모두 떠나가버린 유대인들에 대해서는 그는 이렇게 말했다. "그들의 노인들은 대개 점쟁이들이었어요. 그들은 정령을 잡아가지고 있었어요. 쇠로 정령을 찌르면—팔을 찌르는 것이 좋아요— 그 정령을 포로로 잡을 수 있대요."

"자네 그런 걸 믿나?"

역시 망설임 없이 그가 말했다. "물론이죠. 정령이 지금은 많지 않지만, 옛날에는 많았대요. 흔히 마구간에 살았다는군요. 우리 어머니가 말해주셨어요. 정령은 인간보다는 약간 작고 얼굴이 머리털로 덮여 있대요. 여자 정령도 있고요. 몸이 반쪽뿐인 정령도 있

대요. 유대인들은 그것들을 이용해서 사람들을 이혼하게끔 했대요
……."

그의 혼란된 이슬람 외에 하메드가 용인하는 유일한 종교는 조
로아스터교의 남은 의식이었다. 춘분 이전에 불을 놓는 조로아스
터교의 의식을 올린 검은 자국이 우리가 걷고 있는 부유한 교외의
집들 벽에 남아 있었다. 하메드는 조로아스터가 오루미예에서 태
어났다고 생각하고 있었다. 1년에 한번 젊은이들이 밤에 모닥불을
뛰어넘는데, 그때 청년들은 얼굴에 녹색 칠을 하고 여자들은 붉은
칠을 한다고 그가 말했다.

그러나 그날 늦게 헤어지면서 내가 통역의 대가로 돈을 주려고
하자, 그는 받지 않았다. 대신 그는 느닷없이 이렇게 말했다. "드리
고 싶은 말이 있는데, 내가 만약 살만 루시디를 찾아낸다면, 난 그
를 죽일 겁니다."

충격적이라기보다는 우스꽝스럽다는 느낌이었다. 내가 물었다.
"자네는 정부에서 시키는 일은 무엇이라도 할 작정인가?" 그는 대
답하지 않았다. "정부의 명령이 떨어진다면, 나도 죽일 건가?"

"아뇨." 그가 어색하게 대답했다. "난 내 양심에 귀를 기울일 겁니
다."

"그게 뭔데?"

"그건 천사예요. 우리는 그걸 천사라고 부르죠. 그것이 어떻게
하라고 말해줍니다."

우리는 헤어지면서 힘없이 악수를 했다. 마치 어떤 이상한 계약
이라도 체결하는 것처럼. 그런 다음 그는 반쯤 불이 밝혀진 거리를
걸어내려가기 시작했다. 그러다가 한번 돌아보고 손을 흔들었다.

그리고는 밤의 어둠 속으로 사라졌다.

뜰에는 먼지가 일고 있었다. 그곳은 이제는 없어져버린 큰 집회를 위해 만들어진 것 같았다. 그 옆에 있는 교회는 벽에 회칠이 말끔히 되어 있었고, 높은 종탑이 있었다. 마치 운동장이 딸린 성당 같았다. 안에 '동방의 첫 교회'—정통 네스토리우스파의 본산—라는 명판이 있었다. 그러나 옛날의 복잡했던 의식이 간소화된 듯 소박한 신도석과 단 한 개의 제단만이 있었다. 네스토리우스파라는 이름도 이 종파의 신도들이 아시리아인들의 후예라는 뜻에서 아시리아 교회로 바뀌었다고 한다.

샌들에 헐렁한 웃옷을 입은 건장한 체구의 관리인은 내가 왜 거길 찾아왔는지 궁금해했다. 머리가 희끗희끗해지고 있는 관자놀이에 해적이 매는 것 같은 검은 머리띠를 둘렀고, 안경은 검은 끈에 매달려 있었다. 그는 마지못해 나를 닳아빠진 돌 위에 지은 낮은 건물로 데려갔다. 그것이 지하실 위에 있던 옛 교회의 남은 흔적이었다.

우리는 하얗게 칠해진 지하 납골소로 내려갔다. 거칠게 조명이 되어 있는 지하에 신부 네 명의 묘가 있었다. 제단에는 조화(造花)와 종교적인 그림들이 잔뜩 놓여 있었다. 십자가에 박힌 그리스도가 촛불 빛 속에서 나를 바라보고 있었다. 관리인의 태도가 누그러졌다. 그는 러시아어를 조금 했다. 그는 자기 이름이 아르튀르 미하일 마시히라고 했다. 첫 번째는 프랑스 이름, 두 번째는 러시아 이름, 세 번째는 아랍 이름(기독교도라는 뜻)이었다. 그의 복잡한 이름이 복잡한 그의 혈통을 말해주고 있었다.

"우리 아버지는 내가 사제가 되기를 바라셨지요. 아버지가 러시아 이름 미하일을 지어주셨지요. 2차대전 때 이곳에 러시아 군이 들어왔었지요. 아버지는 러시아 해군의 잠수함에서 복무하셨어요." 그는 차렷자세로 경례를 했다. 그리고는 다시 그의 넋두리를 시작했다. 그는 젊은 시절에 하마단에서 이곳으로 왔다고 했다. 그런데 그의 아내가 그를 배반했다는 것이었다. 그에게는 노년을 달래줄 자녀들이 없었다. 그는 미국으로 가려고 했다. 그의 어머니와 누나는 이미 미국에 가 있었다. 로마까지 갔지만 비자 발급을 거부당했다. "그래서 여기서 교회 일을 보고 있는 겁니다."

"여기 생활은 어떻습니까?"

"어렵지요." 그는 자기 손으로 영성체에 사용할 빵을 굽고, 예배에 사용하는 큰 종도 만들었으며, 아시리아 교회 사제 옆에서 포도주도 따른다고 했다.

한동안 그는 나를 버려두고 무덤 옆에 쭈그리고 앉아서 묘비에 새겨진 글을 살폈다. 무덤들이 그리 오래된 건 아니었다. 지하실 안은 조용했고, 들릴 소리라고는 그 묘비명뿐이었지만, 나는 그것을 읽을 수 없었다. 꺼져가는 촛불 냄새가 났다. 이 자리가 성소가 된 것이 몇백 년 전일까 나는 궁금했다. 시안에서 본 네스토리우스파 신부의 행적이 담겨 있는 거대한 비석이 생각났다. 그 비석에는 신부 알로반이 "진리의 복음을 실은 하늘색 구름을 타고 왔다"고 새겨져 있었다. 중국의 녹색 언덕에 안개 속에서 비스듬히 서 있던 다친의 탑도 생각났다. 동방의 네스토리우스파 신도들이 그들 주위의 문화에 동화되는 동안(그들의 성자는 보살이 되었고, 그들의 성서는 경전이 되었다), 페르시아와 시리아의 네스토리우스파 신도들은 상인과 학자가 되어 고대 그리스의 서적을 시리아어와 아랍어로 번역하는 일을 도왔다. 그렇게 보존된 그리스의 학문은 수백 년 후 다시 유럽으로 전파되었다.

"이제 우리 아시리아인들은 얼마 되지 않아요." 내게로 돌아온 관리인이 말했다. 시리아와 터키에 몇 천 명이 남아 있고, 나머지는 흩어져버렸다고 한다.

나는 한 무덤에서 우리가 지금 있는 곳의 내력을 말해주는 글을 발견했다. 대강 이런 내용이었다. 2천 여 년 전에 조로아스터 교도들이 이곳에 성소를 지었다. 그들의 사제였던 세 명의 현자들은 예수가 탄생할 때 베들레헴으로 갔고, 그후 다시 돌아와서 중국 공주의 보호 아래 이곳에서 죽었다.

이 이야기가 오래 전부터 전해지고 있다는 걸 나는 알고 있었다. 이란에는 이 세 명의 현자(동방박사)의 전설이 널리 퍼져 있다. 적어도 그중 한 사람은 이곳에 매장되었다는 소문이 전해지고 있다. 시안의 비석에는 그들이 페르시아에서 베들레헴으로 갔다고 쓰여 있고, 가장 오래된 기독교 그림에서는 그들은 뾰족한 모자와 헐렁한 바지 등 파르티아의 복장을 하고 있다. 신약성서 외전에 따르면, 그들은 조로아스터의 예언을 따르고 있었다고 한다. 아기예수를 쌌던 포대기 하나를 성모 마리아에게서 선물로 받아가지고 돌아온 그들은 그 포대기를 성스러운 불로 경건하게 태웠지만, 그 포대기는 그대로 온전하게 남아 있었다고 한다. 결국 그들은 어느 알려지지 않은 교회에 그 포대기와 함께 묻혔다는 것이다.

후대에 나온 전설에서는 이 세 명의 현자들이 살았던 시대와 속한 종족—페르시아인, 에티오피아인, 인도인—이 다르다. 마치 모든 인류가 그 말구유 앞에 무릎을 꿇었었던 것 같다. 그들의 시신을 콘스탄틴의 어머니 성 헬레나가 수습해서 쾰른 성당에 안치했다고 한다. 그들의 시신을 쌌던 천은 3세기 시리아의 천으로 보이며, 중국 명주실이 포함되어 있다.

그러나 역사학자들—그리고 아시리아 교회의 관리자—은 이런 주장을 일소에 붙이고 있다. 학자들은 예수 탄생의 이야기, 즉 선물을 가지고 별을 따라 왔다는 동방박사들, 헤롯의 학살, 그리고 마리아의 처녀성을 다룬 이야기는 마태복음과 누가복음 등 후대에 쓰여진 복음서에만 들어 있다고 지적한다. 이사야의 예언을 실현시키려는 마음에서 그 이야기를 만들어냈다는 주장이다. 관리인은 현자들의 시신이 그의 지하실을 떠나지 않았다고 말했다. 그러나 그는 그들의 무덤이 언제 사라졌는지 알지 못했다.

"그때 난 여기 없었거든요."

"그럼 그 중국 공주는 누구죠?" 그녀는 실크로드의 동쪽 끝에서 온 사람이 아니었을까.

관리인이 열쇠꾸러미를 달가닥거렸다. 어서 이곳에서 나가고 싶어하는 것이 분명했다. "내 생각에는 그 현자들은 예루살렘에서 죽었어요." 그가 말했다. "그리고 그 공주가 그들의 시신을 이리 가져온 거예요." 하지만 그도 그 이상 아는 것이 없었다.

# 12
## 안티오크로

　터키 국경은 불안에 싸여 있었다. 4년 동안 이 국경을 넘는 것은 안전했었다. 그러나 미국 주도하에 이라크 침공이 시작된 이후, 쿠르드족이 다시 무기를 들었다. 나는 인구 3천만의 나라를 승인 없이 여행하고 있었다. 쿠르드족은 이란 서부와 터키 남동부에 모여 살고 있었고, 이라크 북부에서는 얼마 전에 상당한 정도의 자치권을 확보하기까지 했다. 용맹성이 뛰어난 것으로 알려진 쿠르드족은 심한 박해를 받아왔다. 터키에서 벌어졌던 15년 전쟁은 3만 명의 사망자를 내고 1999년에야 수그러들었다. 이란에서는 쿠르드족은 1979년 혁명 후 그리고 이라크와의 전쟁이 계속되는 동안, 내내 억압을 받았다. 쿠르드족이 걸프전쟁 직후에 궐기했던 이라크에서는 무자비하게 폭격을 당했고, 독가스 살포라는 재앙까지 겪었다.

국경은 거의 폐쇄된 것처럼 보였다. 텅 빈 세관 건물에서 세 명의 쿠르드족 농부가 쌀과 후추가 들어 있는 자루 옆에서 기다리고 있었지만, 아무도 그들을 거들떠보지 않았다. 몇 명의 군인들이 밖에서 서성대고 있었다. 그러나 아무도 나를 검문하지 않았다. 한 사람의 세련된 관리가 왜 이 길로 왔느냐고 물었을 뿐이었다. 나는 찡그린 얼굴의 아야톨라 호메이니 초상화 밑으로 걸어나왔고, 철문을 지나 아타투르크의 세속적인 시선 안으로 들어갔다.

원기왕성한 쿠르드족들을 가득 태운 '돌무스' 택시가 나의 승차를 기다리고 있었다. 그들은 내가 몇 달 동안 여행하면서 만난 사람들 가운데서 이라크 침공을 찬양하는 첫 번째 사람들이었다. 그들은 내 어깨를 두드렸고, 죄 많은 내 손을 잡고 흔들어댔다. 그들은 차창 밖으로 침을 뱉어 이란의 율법학자들을 내쫓아버렸고, 사담 후세인의 망령을 발로 짓밟아버렸다. 그런 다음 그들은 내 지도를 펴고 그들의 나라가 차지해야 할 지역을 짚어 보였다. 그들은 이란과 시리아의 상당한 부분을 자기네들 땅이라고 지적했다. 내 뒤에 앉은 남자는 화를 내며 자기 손목으로 십자가를 만들어 보였다. 그들이 터키에 잡혀 있다는 뜻이었다. 이라크에 쿠르드족 국가가 세워지면서 1999년 이후 잠잠했던 수천 명의 게릴라들이 우리 앞의 지역에서 활동하고 있었다.

차창 밖을 보니 계곡이 점점 가팔라졌고, 도로에는 눈이 내리고 있었다. 마을에는 사과 과수원이 보였고 이란의 둥근 첨탑이 오토만의 단도 모양으로 변해 있었으며, 여자들이 베일을 쓰지 않고 장난치는 아이들 사이에서 왔다갔다 하는 게 보였다. 도로 가에 알파

벳이 보여 마치 고향에 온 것 같은 착각을 불러일으켰다. 한 시간 후 우리는 하카리로 가는 구불구불한 협곡 속으로 들어갔다. 강 옆에 3백여 미터 높이의 석회석 절벽이 솟아 있었고, 그 절벽 주위로 도로가 구불구불 이어지고 있었다. 티그리스 강을 향해 거품을 일으키며 빠르게 남쪽으로 흘러가는 강물이 보였다.

하카리에서 내가 탄 택시가 멎었다. 도로가 이라크 국경을 따라 달리는 그 너머에는 계엄령이 선포되어 있었다. 버스는 다니지 않고 있었다. 그러나 일단의 쿠르드족 운전사들이 나를 실어다주겠다고 서로 경쟁했다. 그중에서 가장 열성적인 운전사가 나를 낡아빠진 메르세데스 안으로 밀어넣었다. 그는 거칠게 택시를 몰아댔다. 압둘라는 그의 동포들의 새로운 희망에 들떠 있었다. 그는 채 열여덟도 안 된 것 같았다. 그는 히스테리 환자처럼 차를 몰았다. 라디오에서는 키르쿠크에서 방송하는 쿠르드족 노래가 흘러나왔다. 한번은 그는 도로를 벗어나서 이라크에서 밀수입된 석유저장소를 찾았다. 그곳에서 싱글싱글 웃는 마을 사람이 우리가 탄 차의 연료를 채워주면서 "사담 후세인 휘발유!" 하고 말했다.

국경을 따라 경찰과 군의 경계가 삼엄해질수록 압둘라는 점점 더 반항적이 되었다. 경비요원들은 내 여권은 거의 아무 말 없이 훑어보았지만, 압둘라의 서류는 여러 차례 엄격하게 체크했다. 그런 다음 그들은 그에게 질문을 퍼부어댔다. 그럴 때마다 압둘라는 손을 허리에 대고 서 있거나 허리에 찬 라디오를 자극적으로 흔들어댔다. 매번 검문을 당할 때마다 그는 기가 죽지 않은 채 돌아와서는 그의 관자놀이를 손가락으로 찌르며 이렇게 말했다. "터키! 바보들!"

이윽고 남쪽으로 타닌타닌 산맥이 보였다. 도로는 구멍투성이였다. 우리 차 외에 다른 차는 보이지 않았다. 이곳의 80여 킬로미터 구간에서는 검문소가 모래주머니와 돌로 둘러싸인 요새로 변했다. 담 뒤에서 헬멧을 쓴 머리들이 움직였고, 불안해하는 보초 뒤에 탱크와 장갑차가 대기하고 있었다.

시르나크 부근 어딘가에서 경찰이 압둘라를 잡았다. 그들은 우리 차를 세우고는 그를 차에서 끌어낸 다음 그에게 난폭운전을 했다고 벌금을 물렸다. 정신이 번쩍 든 그는 아무 말 없이 차를 운전했다. 어두워질 무렵 우리는 아직 쿠르드족 땅에 있었다. 우리는 시즈레에서 넓지만 얕은 티크리스 강을 건넜다. 여기서 압둘라는 나와 작별했다. 그때쯤 그는 내가 그리는 이상적인 쿠르드족 자유투사가 아니라 자기연민에 빠져 투덜거리는 무능한 소년으로 전락해 있었다. 그는 내가 자기의 벌금을 내주기를 바라고 있었다.

한동안 나는 인적이 거의 없는 이 도시의 중심가를 걸었다. 이곳의 호텔들은 국경의 호텔만도 못했다. 벽의 회칠이 너덜너덜 떨어지고, 화장실도 지저분했다. 그래도 피곤한 나는 곤하게 잠을 잤다. 나는 안티오크로 가는 중이었다.

이튿날은 하루 종일 버스를 갈아타며 서쪽으로 달렸다. 시즈레 너머 160킬로미터는 시리아와의 국경이 평원을 가로지르고 있었다. 터키 측은 철조망을 치거나 흙을 쌓아올려 국경을 철저히 봉쇄하고 있었다. 400미터 간격으로 감시탑이 보였다. 철조망 너머 시리아 쪽은 지대가 다소 낮고 바위도 더 적어 보였다.

마르딘을 지나면서 서서히 쿠르드족이 줄어들기 시작했다. 우리는 적갈색 언덕의 바다를 달리고 있었다. 구름 낀 하늘에 약한 해가 잠깐 모습을 보였다. 목화밭에서 일하는 아이들이 점점이 보였다. 키질테페, 샤늘르우르파, 가지안테프…… 우리는 지중해를 향해 500킬로미터 가까이 되는 길을 힘겹게 달려갔다. 점점 마을들이 말쑥해졌고, 길에 보이던 마차들도 사라졌다. 비레치크에 이르니 호수처럼 넓은 유프라테스 강이 우리 아래서 반짝이고 있었다. 세 시간 후 비가 내리는 가운데 우리는 남쪽으로 방향을 잡았다. 주위는 어두워져 있었다.

호텔 창문으로 내다보니 한 줄로 늘어선 가로등이 마치 얇은 천으로 가려진 도시처럼 보였다. 빗물로 수량이 불어난 오론테스 강이 밑에 흐르고 있었다. 지중해의 냄새가 나는 것 같았다.

안티오크에서 나는 8개월 만에 가장 큰 호텔에 투숙했다. 호텔은 거의 비어 있었다. 이라크 침공 이후, 관광이 위축되어 있기 때문이었다. 나는 식당에 혼자 앉아 있었고, 여러 명의 종업원들이 나를 지켜보고 있었다. 이상한 느낌이 들었다. 침실로 돌아와 화장실 물을 내려보니 잘 되었고, 온수 꼭지를 틀어보니 온수가 나왔다. 텔레비전을 틀어보니 육감적인 여인이 토크쇼를 하고 있었다. 벽이 죽은 모기의 시체로 더러워져 있지도 않았다.

이 호텔의 통로에서는 나의 옷차림이 갑자기 투박해 보였다. 나는 머리까지 뒤집어쓰는 스웨터의 구멍을 감추어보려고 했지만 허사였다. 찢어진 목깃을 감추려고 방한용 재킷의 단추를 목까지 끼웠다. 마치 길 잃은 짐승이 된 기분이었다. 거울에 비친 내 몰골이 도무지 이 호텔의 분위기와 어울리지 않았다. 한 순간 나는 내 얼굴을 나의 아버지의 얼굴로 착각했다. 하지만 분명한 사실은, 내가 여행하면서 상상했던 내 눈과 귀의 세련된 모습을 찾아볼 수 없다는 것이었다. 거울에 비친 내 외모는 나의 원래 외모 또는 아버지의 외모보다 더 거칠어 보였다. 바람에 타서 피부가 검게 변해 있었다. 눈은 움푹 들어가 있었고, 이빨도 한 개가 끝이 부러져 미소를 지을 때면 그것이 보이지 않게 신경을 써야 했다. 그리고 내 손톱에는 마이문디즈를 기어오를 때 생긴 상처가 아직 그대로 남아 있었다. 하얀 시트 사이에서 잠이 들면서 나는 누군가가 이런 몰골의 나와 얘기를 주고받았다는 사실이 놀라웠다. 나는 그들에게 뒤늦게 깊은 고마움을 느꼈다.

* * *

깊은 돌바닥 위를 흐르는 오론테스 강이 구시가와 신시가를 나누고 있다. 안티오크는 그리스식 이름이고, 1938년 시리아로부터 이 도시를 빼앗은 터키는 이곳을 안타키아라고 불렀다. 거리에서는 아직 아랍어로 말하는 소리가 들렸다. 강 서쪽에는 아파트 단지가 마치 대기중인 군대처럼 늘어서 있다. 강 동쪽에는 구시가가 타우루스 산맥이 사막을 향해 내려오면서 마지막으로 봉우리를 만든 시필루스 산을 배경으로 자리잡고 있다.

나는 산을 향해 구불구불 나 있는 골목을 따라가보았다. 집으로 돌아가고 있는 것 같은 착각에 빠졌다. 골목 양쪽은 얼룩덜룩한 담의 연속이었다. 옛 뜰을 감싸고 있는 돌담이었다. 담에는 회칠이 되어 있었다. 뜰에는 여름에 쉴 수 있도록 덩굴식물을 길러 시렁 위로 올렸고, 작은 첨탑도 있었다. 한두 번 나는 오토만의 샘이나 오렌지 나무에 둘러싸인 모스크의 현관을 지나치기도 했다. 나는 강한 흥분을 느꼈다. 저 아래 내 발 밑에, 때로는 9미터 깊이에 옛 도시가 석회석의 파편이 되어 놓여 있다는 것을 알고 있었기 때문이다. 주랑(柱廊)이 있는 거리, 극장과 서커스, 궁전 바닥의 형해가 땅 속에 묻혀 있을 터였다.

실크로드가 끝나던(또는 시작되던) 이 위대한 도시는 로마와 알렉산드리아 다음 가는 대도시였다. 그러나 이 도시는 이 유서 깊은 땅에 뒤늦게 들어온 침입자였다. 셈족의 바다에 뜬 헬레니즘의 섬이었다. 아시아에 건설된 알렉산드로스 제국의 승계자인 셀레우코스 1세(기원전 358?~280)가 기원전 300년에 이 도시를 자기 제국의 서쪽 수도로 삼으려 했다. 그는 밀이 심어진 선을 따라 거리를 설계하고, 밧줄에 매인 코끼리들로 탑이 세워질 자리를 표시했다.

그때쯤 아테네의 영광은 이미 끝난 지 오래였고, 따라서 수백 년 동안 스스로 헬레니즘의 후계자로 자처한 이 왕국의 방탕한 화려함을 능가할 세력은 없었다. 안티오쿠스 4세가 주재하고 황금관을 쓴 수천 명의 젊은이들이 참석한 경기대회에는 코끼리가 끄는 전차(戰車)들이 등장했고, 다양한 신(神)들의 그림이 진열되었다. 뒤에 로마 군이 이 도시에 진주했지만, 얼마 후 이 도시는 로마인들을 매수했다. 곧 실크로드는 동방으로의 교통과 서쪽으로 가는 상선단을 통제하는 이 로마의 대도시로 이어졌다. 짐을 잔뜩 실은 낙타들이 마치 신부들처럼 도시의 문을 통해 안내되었다. 도시의 인구는 부쩍 늘어 50만 명이 되었다. 이 도시의 가로는 여름의 미풍과 겨울의 햇빛을 누릴 수 있도록 방향을 잡았고, 밤새도록 휘황찬란하게 불이 밝혀졌다. 그러나 이 도시의 사람들은 육감적이고 난폭하기로 악명이 높았고, 그들의 통치자들에 대해 냉소적이었다. 그들의 축제는 진탕 마시고 먹고 상스러운 노래를 부르는 놀이판이었다. 그들의 연극은 에로틱한 발레였다. 유베날리스는 오론테스 강의 음탕함이 로마 티베르 강으로 흘러들어오고 있다고 불평했다.

도시에서 북쪽으로 8킬로미터 지점에 있는 다프네 숲에서 이 방탕함은 화려한 빌라와 신전으로 형상화되었다. 오론테스 강 위쪽 높이 자리잡은, 숲이 우거진 협곡에는 반쯤 숨겨진 샘들과 폭포들이 있다. 여기서 아폴론에게 쫓기던 요정 다프네는 월계수로 변해버렸다. 나는 그 월계수의 둥치가 아직도 협곡을 뒤덮고 있는 것을 보았다. 셀레우코스 왕은 이곳에 신전을 지어 아폴론 신에게 바쳤다.

12월의 땅은 차가웠고, 발밑의 흙에는 습기가 많았다. 아무렇게나 지은 카페들이 언덕에 즐비하게 늘어서 있었고, 카페들에는 맥주를 선전하는 차양이 내걸려 있었다. 모두 파리를 날리고 있었다. 몇 개의 로마 기둥이 관목 숲에 누워 있었다. 나는 아주 조심조심 걷고 있었다. 무엇인가를 깨울까봐 걱정하는 것 같은 걸음걸이였다. 내 주위에는 삼나무와 호두나무가 여기저기 서 있었고, 차가운 시냇물이 흐르고 있었다. 갑자기 시야가 트이면서 한때 융성했던 계곡의 전경이 눈에 들어왔다.

호화롭던 빌라는 이미 오래 전에 폐허가 되었다. 그러나 이 도시의 박물관에 전시된 모자이크로 된 빌라의 바닥에서 안티오크는 다시 살아난다. 녹색과 붉은색, 연한 갈색과 노란색이 뒤섞인 그 모자이크 속에서, 오르페우스가 다시 짐승들을 매혹시키고 이끄게

516

니아는 죽으러 떠나며 프시케는 나비 날개를 타고 하늘로 날아오른다. 여름 모자를 쓰고 그의 연못가에 앉아 있는 나르키소스가 가장 즐겨 사용된 소재다. 사티로스도 자주 보인다. 그리고 불과 30킬로미터 밖에 있는 바다도 등장한다. 가재 집게를 뿔로 단 대양의 신 오케아노스가 물고기들이 노니는 바다에서 목욕을 하고 있고, 그의 아내 탈라사는 녹색의 머릿단을 뽐내며 키를 휘두르면서 물 밖으로 모습을 드러내고 있다. 다프네의 상상의 홀에서는 화관 밑에서 진지한 얼굴들이 꿈을 꾸고 있다. 모자이크의 가장자리는 꽃으로 장식되어 있고, 뿔 모양의 술잔에는 술이 넘친다. 뷔페 테이블에는 삶은 달걀과 소금에 절인 족발이 차려져 있다. 그리고 도처에 의인화된 욕망들—기쁨, 부(富), 삶, 우정, 구원—이 있다.

이것이 중국의 비단으로 옷을 해 입고 또 그 비단을 서쪽으로 보내던 안티오크였다. 그러나 이곳 사람들은 비단이 어디서 나오는지 몰랐다. 로마인들은 그것이 세레스라고 불리는 사람들의 숲에서 하얀 솜처럼 자란다고 생각했다. 세레스는 세상의 동쪽 끝에 살고 있으며, 그들이 가끔 오색 빛깔의 꽃에서 비단을 빗질해낸다는 것이었다. 2세기 들어서 그들은 비로소 세레스가 다리가 8개인 거미를 기르고 그 거미들이 발에 명주실을 감고 있다는 얘기를 들었다.

파르티아인들의 비단 깃발이 카르해에서 로마 군단을 겁에 질리게 한 때로부터 불과 8년 후, 율리우스 카이사르는 그 비단 깃발을 날리며 승리의 행진을 벌임으로써 구경꾼들을 놀라게 했다. 처음에 비단은 로마에서 너무 귀해서 토가를 만들 때 한 조각을 기워 붙이는 게 고작이었다. 때로는 자주색이나 진홍색으로 염색해서 쓰기도 했다. 그러나 불과 몇 년 안 되어서 이 비싼 비단의 수입이 로마 제국의 경제를 파탄의 위험에 몰아넣었다. 기원후 14년 로마 원로원은 비단의 사용이 불명예스러운 일이라고 선언하면서 남자들의 비단 사용을 금지했다. 철학자 세네카는 비단 옷을 입은 여자들은 벌거벗은 것이나 마찬가지며, 방종한 황제일수록 비단을 병적으로 좋아한다고 불평했다. 기원후 273년 아우렐리아누스 황제는 "로마의 황금을 거미줄과 바꾸지 말자"고 경고했지만, 효과는 없었다. 4세기쯤에는 하층계급까지도 비단 옷을 입었고, 이것이 다시 로마의 쇠퇴를 가져오는 원인의 하나가 되었다.

비단은 늘 신비에 싸여 있었다. 최초의 비단—인도인들은 그것을 '짜여진 바람'이라고 불렀다—은 때로는 거즈처럼 얇았다. 시인 루카누스는 클레오파트라가 살이 비치는 얇은 비단 옷을 입고 카이사르 앞에 나타났다고 묘사했다. 후대에도 최고의 천에는 신비감이 깃들어 있었다. 이런 최고의 천은 하룬 알-라시드가 샤를마뉴에게 보낸 귀한 선물처럼 대개 국가 간의 선물로 사용되었다. 바그다드에서는 황금실을 넣은 1천 디나르짜리 튜닉이 칼리프를 위해 주기적으로 만들어졌다고 한다. 서양 사람들은, 비단은 요정들이 짜기 때문에 번개를 맞아도 끄떡없고 쥐가 쏠지도 못한다고 믿었다.

그러나 가장 좋은 비단을 생산한 곳은 역시 중국이었다. 이런 최고의 비단은 황제를 위해 특별히 직조되기도 했다. 가끔 이런 비단 이야기가 풍문으로 서양에 전해지기도 했다. 바다조개의 줄무늬를 재생한 비단, 아주 작은 물고기의 껍질을 재생한 비단이 있었고, 아주 작은 새의 깃털을 섞어 짠 비단도 있었다. 서리와 눈으로 덮인 신비로운 '얼음 누에'가 투명한 실을 뽑아내는데, 이 실로 짠 비단은 물도 새지 않고 불에도 타지 않는다고 했다. 중국인들은 투명한 것을 좋아하지 않는 것으로 알려져 있지만—그들은 보석보다 옥을 더 좋아하고, 유리보다 자기를 더 좋아했다— 옷에 관한 한은 그렇지 않았다. 9세기에 살았던 아랍의 한 상인은 다섯 겹의 얇은 비단을 통해 황제의 환관의 가슴에 있는 검은 점을 보고 놀라움을 금치 못했다.

시필루스 산을 더 높이 올라가자 교외가 끝나고 바위들이 나타났다. 저 위쪽에 별 모양의 창문을 낸 큼직한 동굴이 있었다. 그 안에서 영어로 기도를 드리는 소리가 들렸다. 거칠게 깎은 둥근 천장 아래서 반원형으로 둘러선 기독교도들이 노래를 부르고 있었다. 그들은 자기네 신앙의 원천을 찾으려고 미국 유타주에서 왔다고 했다. 바위에 볼품없게 그려진 장미꽃이 보였다. 바닥에는 4세기의 모자이크가 단색의 누더기처럼 깔려 있었다. 나는 막연한 불안감을 느꼈다. 마치 긴 여행으로 인해 내가 물려받은 신앙인 기독교가 변형된 것 같은 느낌이었다.

이 교회는 예배를 드리는 비밀장소였다. 성 베드로가 이곳에서 설교했다고 한다. 베드로는 기원후 47년에서 54년까지 여기서 활동했다. 54년에 그는 기독교 전체의 첫 번째 주교가 되었다. 헬레니즘 문화에 부분적으로 물들었던 이 도시의 유대인들은 개종의 좋은 대상이었다. 성 바울과 성 바나바도 이 도시의 거리에서 설교했고, 이 도시의 항구에서 그들의 첫 번째 선교 여행을 떠났다. 그들의 추종자들에게 크리스천이라는 이름이 처음으로 붙은 것도 안티오크에서였다. 그리고 유대인 외의 이방인들에게 세례를 주기로 한 중요한 결정이 내려진 곳도 이곳이었다.

그래서 타락한 도시 안티오크는 로마 제국이 개종하는 원천이 되었다. 따라서 그들의 뿌리를 찾으려고 이곳으로 온 미국 유타주 복음주의자들의 생각은 옳다고 할 수 있다. 이 도시의 헬레니즘화된 기독교—열정과 학문의 혼합—는 뒤에 콘스탄티노플과 오래 유지된 비잔틴 제국에 의해 승계되었다. 콘스탄티누스 황제는 이 도시에 거대한 교회 '황금의 집'을 건설했고, 성 요한 크리소스토무스는 이 교회에서 영혼의 발달을 누에의 탈바꿈에 비유하는 설교를 했다. 그 본성에 맞게 안티오크는 기독교 분파의 온상이 되었다. 네스토리우스파가 동방으로의 긴 여정을 시작한 곳도 이 도시였다. 네스토리우스파는 몽골과 중국 당나라에서 꽃을 피웠다.

동쪽의 더 가파른 언덕을 오르면, 비잔틴의 요새들의 흔적이 강을 향해 내려가는 칼날 같은 능선을 따라 남아 있다. 그 규모가 큰 폐허를 보면, 이 도시가 6세기까지 누렸던 권력을 감지할 수 있다. 그러나 종말은 갑자기 난폭하게 왔다. 526년 승천대축일(부활절로부터 40일째인 목요일)에 일어난 지진으로 백만 주민의 4분의 1 가량이 땅에 묻혔다. 14년 후 페르시아의 군대가 침공하자 비잔틴의 군대는 도시를 버리고 달아났다. 유약하기로 악명이 높았던 이 도시의 젊은이들이 요새에 배치되어 거의 맨손으로 싸웠다. 그러나 도시는 적군의 방화로 불탔고, 이어 역병이 휩쓸었다. 그러자 페르시아 군이 다시 돌아와서 또 도시를 태웠다. 정상 부근의 관목 숲에 뒹굴고 있는 회백색 파편이나 소나무 위로 멀리 보이는 폐허는 더욱 유약했던 기독교 시대와 십자군 시대에 복원되었던 건물의 유물이다. 13세기쯤에는 안티오크는 긴 쇠퇴기로 접어들어 전설 속에서 잠자는 작은 마을이 되어버렸다.

\* \* \*

　밤이 되었다. 호텔 식당은 나 외에는 손님이 없었다. 나는 와인 한 잔을 시켜 맛보았다. 나는 어쩐지 마음이 안정되지 않고 무언가를 기대하는 심정이었다. 내 여행이 아직 끝나지 않은 것 같은 느낌, 내일 휴게실 문이 사막을 향해 열릴 것 같은 느낌이었다.

　마지막으로 나는 내 방 발코니에 서서 시필루스 산 위의 별들이 더욱 또렷해지고 비잔틴의 성이 검은 실루엣으로 바뀌는 것을 지켜보았다. 강 위에서 몇 개의 불빛이 움직이고 있었다. 자야 할 시간이었지만 나는 잠을 이룰 수가 없었다. 나는 귀퉁이가 떨어져나간 내 지도를 더블베드 위에 펼쳐놓고 지도 위를 짚어가며 기억을 더듬어보았다. 호텔의 불이 나가버리자 나는 마지막 남은 초 도막을 찾아냈다. 이 노란 불빛 아래서 나는 다시 형식의 경계선과 실질의 경계선들을 더듬어 건넜다. 중국 안에서조차 나는 멀리 동쪽에 위구르족 지역의 희미한 경계선을 구분할 수 있었다. 중앙아시아와 아프가니스탄—뒤섞인 종족들의 천국 아니면 지옥—에서는 많은 국민과 종족들이 서로 뒤섞여 살고 있었다. 흔들리는 촛불 아래서 공식적인 경계선 수백 킬로미터 이전에 벌써 그 나라에 도착했다는 느낌을 받았던 기억, 또는 반대로 수백 킬로미터를 더 가서 그 나라에 비로소 도착했다는 느낌을 받았던 기억을 되살릴 수 있었다. 나는 실크로드 자체가 이렇게 국경선을 모호하게 만들고 종족들 간의 융합을 촉진했다는 생각을 자주 하곤 한다. 나는 또 같은 종족을 갈라놓고 정체성을 모호하게 하는 정치적 지도 위에 상상의 지도를 겹쳐 놓아보기도 한다.

모처럼 마신 와인 탓으로 머리가 핑 돌았다. 나는 내 노트를 더듬어 챙긴 후 옷을 반쯤 벗고 잠에 빠져들었다. 황이 아직도 브라질로 가려고 애쓰고 있는지, 돌콘은 낟알을 가려내는 체를 완성했는지, 또 마무다는 그녀의 어릴 적 애인을 나망간에서 만났는지 궁금했다. 궁금해도 영영 알 수 없을 거라는 생각이 들었다. 아마 라브랑의 승려는 이미 인도로 도피했을 것이고, 바히드도 다시 캐나다로 빠져나갔을 것 같았다.

* * *

남쪽으로 32킬로미터 떨어진 곳, 한때 오론테스 강 위로 바다로 나가는 소형 보트들이 다니던 이곳, 셀레우키아 피에레아라는 옛 항구가 있던 이곳 바닷가에 폐허가 된 아크로폴리스가 있었다. 해변은 이제 텅 비어 있었고, 지중해가 탁 트여 있었다.

협죽도와 어린 소나무 등 덤불이 우거진 아크로폴리스를 한 바퀴 돌아보았다. 깨진 블록이 높이 매달려 있거나 덤불이 우거진 땅에 흩어져 있었다. 사라진 문을 지나 계단을 올라갔다. 비가 내리기 시작하고 있었다. 요새 안의 마을을 언덕이 무너져 덮어버렸고, 물탱크의 흔적, 바위에 파인 배수로, 그리고 계단 일부만이 남아 있었다. 큰 돌로 만든 석관에 물이 채워지고 있었다.

2천 년 전, 티투스와 베스파시아누스가 이끄는 로마 군단이 치열했던 유대 전투에서 잡은 포로들을 이끌고 이곳에 와서, 급경사의 협곡에 자리잡은 아크로폴리스를 가르는 1,400미터 길이의 수로를 팠다. 홍수가 났을 때 계곡을 흘러내리는 물이 항구로 흘러오지 못하도록 하기 위한 공사였다. 나는 차가운 물이 흐르는 수로 안으로 들어가보았다. 2백 미터 가량은 수로가 바위 사이를 흘렀다. 그러다가 24미터 위의 하늘에서 약하게 빛이 새어들어오는 좁은 골짜기로 나갔다. 밝아졌다 어두워졌다 하는 이 좁은 골짜기를 따라 아름다운 통로가 나 있었다. 그 통로를 따라 상류로 가보았다. 내 옆에서는 급류가 흐르고 있었다. 아래로 흘러가는 물소리, 그리고 폭풍우가 시작되는 소리 외에 다른 소리는 들리지 않았다. 맨 끝에 신격화된 황제들에게 바치는, 시커멓게 변한 명문(銘文) 아래 물을 가둔 댐이 우뚝 솟아 있었다. 그 옆에 월계수 몇 그루가 서 있었고, 그 나무들에 소원을 적은 천 조각들이 걸려 있었다.

나는 해변 가까이 가서 골짜기에서 벗어나 밝은 곳으로 나왔다. 그곳에는 항구의 성벽이 거대한 흩어진 돌들로 남아 있었다. 내항은 이미 오래전에 폐쇄되었고, 나는 고운 침니(沈泥)가 쌓여 이루어진 낮은 땅 위를 걷고 있었다. 이곳이 아마 그리스와 시리아의 상선들이 로마의 유리와 금속 제품을 싣고 와서 부리고 중국의 비단을 싣고 서쪽으로 떠나던 부두였을 것이다.

방파제는 무너져 돌무더기로 변해 있었다. 나는 이곳을 오가던 물품과 사람들을 상상해보려고 애썼다. 멀리서 왔기 때문에 더욱 신비로워진 사치품들, 이름 없는 가난한 사람들이 생산한 밀과 가죽, 그리고 세계 각지에서 온 대상들…… 상품들은 전설을 담고 있었다. 그것들은 그것들만의 이야기, 그것들만의 아이러니를 가지고 있었다. 유니콘까지 교역된다는 소문까지 나돌았다. 그러나 이제 침니에 덮인 항구는 내 발밑에서 아무 소리도 내지 않았다.

여전히 로마인들은 비단의 출처인 땅에 대해 모르고 있었다. 동쪽 끝 바다에 면한 그곳, 세레스의 땅은 별의 영향력에 지배되지 않고 오로지 그들의 조상들의 법에 의해 운영된다고 그들은 들었다. 그곳에서는 화성(마르스, 로마 신화의 전쟁의 신)이 사람들을 전쟁으로 유도하지 않고 금성(비너스, 로마 신화의 사랑의 신)이 사람들을 어리석게 만들지 않는다는 것이었다. 그 나라에는 신전도 없고, 창녀도 없고, 범죄도 없고, 범죄에 희생되는 사람도 없다고 했다. 왕의 여자들—7백 명이라고 했다—은 황소가 끄는 전차를 타고 다닌다는 것이었다. 하지만 이 세리카의 땅은 어떤 마법 때문에 도저히 갈 수 없다는 것이었다.

한편 중국인들은 서방의 대도시들—로마, 알렉산드리아 또는 콘스탄티노플—에서는 사람들을 평화롭게 선출된 철학자들이 통치한다고 믿었다. 그들의 궁전은 수정 기둥 위에 세워졌고, 그들은 하얀 천이 덮인 작은 마차를 타고 다니며, 종을 흔들어 그들이 갈 방향을 알린다는 것이었다.

적도 길이의 4분의 1이나 되었던 두 제국 사이의 통로가 두 제국의 모든 재난을 걸러주었는지도 모른다. 실크로드가 쇠퇴하면서 중국과 로마가 다 같이 전쟁에 휩쓸렸으니 말이다.

나는 검은 모래 위를 걸어 방파제로 갔다. 해변 가까이의 바닷물은 청록색이었다. 그러나 동쪽 하늘을 보아도, 서쪽 하늘을 보아도, 하늘은 나의 상상의 귀향을 축하하는 푸른빛이 아니었다. 하늘에는 구름이 잔뜩 끼어 있었다.

# 연표(年表)

## 중국

### 기원전

| | |
|---|---|
| 4,000년 경 | 잠업이 시작됨 |
| 2697~2597 | 황제(黃帝)의 전설적인 재위 기간 |
| 2천 년 경 | 북서쪽에 토카라족이 들어옴 |
| 604(?)년 경 | 도교의 전설적인 창시자 노자 탄생 |
| 551(?)~479 | 공자 |
| 221 | 진시황제의 중국 통일. 장안(시안)이 수도가 됨 |
| 206~기원후 220 | 한 왕조 |
| 2세기 경 | 실크로드가 공식적으로 개통됨 |
| 100년 경 | 종이의 발명 |

### 기원후

| | |
|---|---|
| 1세기 경 | 불교가 중국에 전파됨 |
| 4세기 경 | 타클라마칸 사막의 기후 변화. 사막이 주거지를 파괴하기 시작함 |
| 618~907 | 당 왕조 |
| 629~645 | 승려 현장(玄奘)의 인도 여행 |
| 635 | 네스토리우스파 기독교가 중국에 전파됨 |
| 7세기 경 | 이슬람 교역자들(뒤에는 후이족)이 실크로드를 따라 중국에 옴 |

| | |
|---|---|
| 800년 경 | 목판인쇄술 발명 |
| 845 | 당나라가 네스토리우스파 기독교를 억압함 |
| 9세기 경 | 키르기스인들이 중국 북서쪽으로 들어옴 |
| 960~1279 | 송 왕조 |
| 11세기 경 | 이슬람의 중국 북서부 진출. 불교 쇠퇴 |
| 1260(?)~1294 | 쿠빌라이 칸 황제 |
| 1260~1295 | 마르코 폴로의 동방 여행 |
| 1279~1368 | 원 왕조 |
| 1368~1644 | 명 왕조 |
| 15세기 중엽 | 명이 국경을 봉쇄함 |
| 1644~1912 | 청 왕조 |
| 1949 | 중화인민공화국 창건 |
| 1959 | 달라이 라마의 망명 |
| 1966 | 문화혁명 시작됨 |
| 1976 | 마오쩌둥 서거 |
| 1989 | 텐안먼 광장의 학살 |
| 1990~98 | 위구르족의 반중국 봉기 |

## 중앙아시아

### 기원전

| | |
|---|---|
| 1500년 경 | 아리안족이 아프가니스탄 북부를 침공함 |

**기원후**

313~337    콘스탄티누스 대제의 통치

330    콘스탄티노플 천도(遷都). 비잔틴 제국이 시작됨

410    로마가 고트족에 함락됨

431    네스토리우스파에 의한 동방 교회 분열

527~565    유스티니아누스 황제가 비잔티움에서 통치함

552    누에를 비잔티움으로 가져옴

632    무함마드 서거

637    아랍의 예루살렘 점령

658    이슬람 4대 칼리프 알 리가 살해됨. 수니파와 시아파의 분열

680    케르발라 전투

800    샤를마뉴의 신성로마제국 황제 즉위

1099    제1차 십자군의 예루살렘 점령

1260    맘루크 왕국의 몽골 군 저지

1453    오스만투르크의 콘스탄티노플 점령

1498    포르투갈인들의 아프리카 우회 항로 개척

1914~1918    제1차 세계대전

1917    러시아 혁명

1939~1945    제2차 세계대전

1984~1997    터키의 쿠르드족 반란

2001    미국 세계무역센터에 대한 테러 공격

2003    미국 주도하의 연합군에 의한 이라크 침공

# 옮긴이의 말

단순히 여행을 좋아한다고 여행가라는 호칭을 가질 수는 없다는 생각이 든다. 적어도 여행기 몇 권을 써서 다른 사람들에게 도움을 주고 문화 발전에도 이바지해야 그런 호칭을 얻을 수 있을 것이다. 겁 없이 모험에 뛰어드는 용기, 남이 보지 못하는 것을 찾아낼 수 있는 해박한 지식, 그리고 치밀한 정보 수집 능력이 뒷받침되어야 훌륭한 여행가가 되어 훌륭한 여행기를 써낼 수 있을 것이다.

이 책의 저자 콜린 더브런은 그런 조건을 모두 갖춘 훌륭한 여행가다. 그의 해박한 역사지식과 치밀한 준비, 그리고 끈질기고 용감한 추적 의지는 찬양받아 마땅하다. 역자로서는 그의 문장마저 간명하고 분명해서 번역하기 좋았더라면 금상첨화였을 텐데 그렇지는 않은 것 같다.

실크로드는 세계 최고(最古)의 발명품 가운데 하나인 비단이 교역되던 세계 최고(最古), 최장(最長)의 교역로다. 기원전 수천 년에 이미 동서양을 이어주던 문화의 통로이기도 하다. 실크로드가 교역로로서 빛을 잃게 된 것은 나침반의 발명으로 해상 교통이 발달하면서부터다. 지금은 항공교통까지 발달했으니 실크로드의 교역로로서의 가치는 더욱 줄어들었을 터다.

저자는 중국 시안을 출발해서 터키의 안티오크까지 1만 2천 킬로미터 가까이 되는 길을 여행했다. 그는 시안의 비림(碑林)에서 네스토리우스파 신부 알로반의 행적을 새긴 비석을 찾아내고(당나라

태종이 이방의 종교 기독교를 수용했다는 것은 놀라운 일이다), 항복한 로마 군단 장병들의 후예를 찾기 위해 중국 서부의 오지 마을을 헤매기도 한다. 마침 그 무렵 사스(SARS)가 중국에 번져, 가는 곳마다에서 검문을 당하다가 결국은 격리수용되고 만다. 이 수용소에서 만난 타클라마칸의 오지 마을 청년을 통해 저자는 그곳 오지에도 인터넷의 영향이 미치고 있다는 것을 확인한다.

아프카니스탄에서 그는 이동전화로 약혼녀와 대화를 나누는 청년을 만나기도 하고, 이란에서는 무슬림이 아니면 들어갈 수 없는 성소 안으로 몰래 들어가 종교적 열정으로 광란상태에 빠진 사람들 속에 섞이기도 한다. 테헤란의 팝 화가를 만나기도 하고, 이란의 여대생들과 대화를 나누면서 그들이 불법으로 설치된 접시 안테나를 통해 서방의 문화와 접하고 있다는 것도 알게 된다.

그는 또 암살단 종파의 근거지 유적을 찾아 험한 산속을 헤매기도 한다. 암살단 종파는 하산이라는 사람이 11세기에 창설한 이슬람의 이단 종파로, 험한 산 계곡에 근거지를 마련하고 암살단을 각지로 파견해서 자기네들이 보기에 제거해야 할 인사로 보이는 사람들을 암살했다. 그들은 150년 동안이나 이런 무시무시한 암살을 계속했다고 한다. 그들은 산속에 멋진 정원을 차려놓고 그곳에서 마약에 취한 사람들이 젊은 여자들과 즐겼다고 한다. 그들은 하시시(대마초)에 취했다고 해서 하샤신(hashashin)이라고 불렸는데 여기서 암살자(assassin)이라는 말이 생겨났다고 한다. 이들의 근거지를 함락시키고 파괴한 사람들이 몽골 군이라고 한다. 몽골의 정복이 얼마나 철저했는지를 짐작하게 한다.

저자의 여행은 지중해에 면한 터키의 항구 안티오크에서 끝난다. 실크로드의 종점(혹은 시점)이었던 이 도시는 서양에서 한때 로마와 알렉산드리아 다음가는 인구 50여 만의 대도시였다. 저자는 실크로드의 빛과 그림자를 이 쇠락한 도시에서 목격하게 된다. 그것은 장엄한 역사의 조락이다.

2003~2004년에 걸쳐 총 240여 일간 진행된 그의 여정(사스 바이러스가 한창 창궐하던 해 봄에 여행을 시작하여 북아프가니스탄에서 벌어진 전투로 인해 중단되었다가 이듬해 같은 계절에 계속된다)은 낙타, 택시, 트럭, 달구지, 그리고 무엇보다 그의 발에 의존하고 있다. 그는 이 여정을 통해 중국 서부에서 로마 군단의 자취를 찾았고, 켈트족의 미라를 직접 보기도 했다.

1만여 킬로미터의 그의 긴 여정은, 역사는 인간들 자신과 그들의 삶의 지속이라는 것, 소통에 대한 인간의 의지는 의외로 강하다는 것, 권력의 통제가 아무리 강해도 세계는 어떻든 서로 소통한다는 것(오늘날에는 인터넷과 위성방송 등 소통 수단이 발달해서 소통을 억제하기가 더욱 어려워졌다는 것), 특히 젊은이들은 세상의 변화에 더욱 민감하다는 것 등을 생생하면서도 치밀하게 보여주고 있다.

《뉴욕타임스》의 베스트셀러가 되기도 했던 그의 이 기록에 의해, 13세기의 마르코 폴로의 실크로드는 이제 21세기의 콜린 더브런의 실크로드가 되었다.

# 실크로드

지은이 | 콜린 더브런
옮긴이 | 황의방

펴낸곳 | 마인드큐브
펴낸이 | 이상용
편집부 | 김인수, 현윤식, 황순국
디자인 | 서경아, 남선미, 서보성

출판등록 | 제2018-000063호
이메일 | mind@mindcube.kr
전화 | 편집 070-4086-2665
　　 | 마케팅 031-945-8046 (팩스 031-945-8047)

초판 1쇄 발행 | 2018년 11월 19일
ISBN | 979-11-88434-07-7(03840)